Hannes Böhm lebt in dem Industrieviertel, das die Berliner »Feuerland« nennen, weil hier die Schornsteine qualmen. Er verdient sich ein kleines Zubrot, indem er neugierigen Bürgern die Armut in den Hinterhäusern zeigt. Bei einer solchen Gelegenheit lernt er Alice kennen, die als Tochter des Kastellans im Berliner Stadtschloss wohnt. Dass es hinter der herrschaftlichen Fassade kalt ist wie in den Hinterhöfen der Stadt, lernt Hannes bald, während Alice tief beeindruckt ist von seinem Ehrgeiz. Doch als die Märzunruhen 1848 ausbrechen, scheint es für die Gefühle, die Hannes und Alice füreinander entwickeln, keine Zukunft zu geben. – Ein epochales Porträt einer Zeit im Umbruch.

»Die Märzrevolution, zuvor so weit entfernt, ist einem nahe gerückt.«
Der Tagesspiegel

Titus Müller, geboren 1977, über ein Dutzend Romane. Er lebt mit seiner Familie in Landshut, ist Mitglied des PEN-Clubs und wurde u. a. mit dem C. S. Lewis-Preis und dem Homer-Preis ausgezeichnet. Seine Trilogie um *Die fremde Spionin* ist ein SPIEGEL-Bestseller.

Titus Müller

Feuerland

Roman

kanon verlag

ISBN 978-3-98568-147-1

1. Auflage 2024

Umschlaggestaltung: Heilmeyer und Sernau Gestaltung
Herstellung: Daniel Klotz/Die Lettertypen
Satz: Heilmeyer und Sernau Gestaltung
Druck und Bindung: Pustet, Regensburg
Printed in Germany

www.kanon-verlag.de

Titus Müller

Feuerland

Saint-Germain-en-Laye, Freitag, 25. Februar 1848

Der Gefangene, ein dickleibiger Mann mit hängendem Augenlid, sah stur auf den Weg. Er wirkte abwesend, als sei er mit seinen Gedanken an einem anderen Ort. Hinter ihm folgten zwei Soldaten mit aufgesteckten Bajonetten, und am Schluss des Zuges trugen vier Füsiliere eine längliche Kiste. Trotz der Kälte schwitzten sie unter ihren Tschakos aus schwarzem Filz, und die Haare klebten ihnen an der Stirn. Unter ihren Schritten schwankte die Kiste wie ein klobiges Schiff bei Seegang.

An der alten Mauer unweit der Bahnstrecke nach Paris befahl der Capitaine, die Kiste abzusetzen und den Gefangenen mit dem Rücken zur Mauer aufzustellen. »Möchten Sie, dass wir Ihnen die Augen verbinden?«, fragte er.

Der Gefangene verneinte.

»Dann wollen wir mal hoffen, dass Ihre Hehlerware gut schießt.«

Die Füsiliere legten ihre gebrauchten Gewehre auf der Wiese ab und hoben den Deckel von der Kiste. Nacheinander entnahm ihr jeder ein fabrikneues Gewehr, während der Capitaine den Gefangenen mit der Pistole in Schach hielt. Sie bissen Papierpatronen auf, schütteten das Pulver in die Gewehrläufe und stopften eine Kugel darauf fest.

Der Capitaine sicherte die Pistole, steckte sie zurück ins Halfter und sagte: »Zur Zündung – fertig!« Die Füsiliere hoben die Gewehre. Sie spannten den Hahn und holten ein Zündhütchen aus der Tasche, um es auf den Zündkegel zu setzen.

»Legt an!«

Sie richteten die Gewehrmündungen geradeaus.

Unbeeindruckt blickte der Gefangene sie an. Ihr mit eurem kleinkarierten Leben, dachte er. Gefesselt an eine Frau, die euch aufmüpfige Kinder in die Welt setzt, Münder, die ihr zu stopfen habt, ob euch danach ist oder nicht. Unterdrückt von eurem Offizier. Der hält euch die Bratwurst an einer Angel vor die Nase, und ihr rennt ihr nach, jahrelang, ihr schuftet für eine armselige Beförderung, ein paar Francs, einen läppischen Blechorden auf der Brust. Nie werdet ihr den inneren Aufruhr kennenlernen und das Rieseln des Glücks in euren Gliedern, wenn ein Coup glückt und ihr im Alleingang Gendarmerie und Armee ein Schnippchen schlagt. Nie werdet ihr dem Duft des Abenteuers folgen. Schießt doch! Ihr könnt mich töten, aber im Gegensatz zu euch habe ich wenigstens gelebt und genossen.

Im Dachzimmer in Paris stand noch ein Paar feiner Schuhe, um die war es schade. Und um Lucienne, mit ihrem dichten schwarzen Haar, die hätte er gern noch mal besucht. Oder Julie, die frecher und frivoler war als alle anderen, die er kennengelernt hatte.

Die Füsiliere warteten. Lange Augenblicke verstrichen. Das Kommando »Feuer!« ertönte nicht. Wie ein Wolf, der auf der Lauer gelegen hatte, sprang der Überlebenswille in ihm auf.

»Hahn in die Ruh!«, befahl der Capitaine. »Schultert das Gewehr.« Er trat an ihn heran und verzog dabei sein Gesicht, als ziehe er eine Kakerlake am Hinterbein aus der Suppe. »Es gibt eine Möglichkeit, wie Sie Ihr Leben retten können. Ich habe einen Auftrag für Sie. Kommt von ganz oben.«

»Natürlich«, sagte er, als habe er nichts anderes erwartet.

»Nehmen Sie den Auftrag an, oder sollen wir das Urteil vollstrecken?«

Er sagte: »Gestern hätte ich zweitausend Francs verlangt. Jetzt ist der Preis gestiegen.«

Dem Capitaine entgleisten die Gesichtszüge. »Wie bitte?«

»Dreitausend Francs, und keinen Centime weniger.«

»Sie haben hier keine Forderungen zu stellen! Und bilden Sie sich ja nicht ein, wir würden Sie in Preußen nicht finden, wenn Sie versuchen sollten, sich abzusetzen. Die Republik hat Mittel und Wege.«

Preußen. Also stimmten die Gerüchte. »Die Republik hat vor allem ein Interesse daran, die preußische Geheimwaffe in die Hände zu bekommen.« Er musterte den Capitaine. »Ihre Vorgesetzten kennen mich«, sagte er. »Aber scheinbar nicht gut genug.«

1

Berlin, Montag, 6. März 1848

»Das sind die berüchtigten Familienhäuser?« Die Frauen sahen mit großen Augen an der Fassade hinauf.

Hannes machte eine Geste wie ein Zirkusimpresario. »Treten Sie näher, treten Sie ein, meine Damen! Dieses hier nennt man das Lange Haus. Das Souterrain wurde bereits vermietet, bevor das erste Obergeschoss fertig gebaut war. Damals war die Kellerdecke so nass, dass das Wasser herabtropfte. Heute enthält jedes Stockwerk dreißig elende Wohnungen.«

Sie spähten verunsichert in das dunkle Treppenhaus.

»Solange Sie sich nicht in eines der flohverseuchten Betten legen, ist der Besuch ungefährlich.« Er bugsierte die Damen durch den Flur in die Wohnung. Verschüchtert drückte sich eine schmutzige Kinderschar an die Wand. Ihre Kleider hätte man andernorts nur noch als Putzlappen verwendet. Ein Mann richtete sich vom Tisch auf. Hannes stutzte. Wer war das? Was war mit dem Scherenschleifer geschehen, mit dem er sich gestern verabredet hatte? Garnreste lagen auf dem Tisch, er improvisierte: »Das ist Lorenz. Er ist ein verarmter Weber. Tag für Tag sucht er sich bei anderen Webern unbrauchbares Garn zusammen und fertigt daraus Schürzenschnüre. Wie viele Kinder hast du, Lorenz?«

»Sieben«, antwortete der Weber.

»Nicht so bescheiden! Du musst dich vor den Damen nicht genieren. Er hat dreizehn Kinder«, sagte Hannes, »aber er schämt sich, denn von der achtjährigen Pauline bis zum vierzehnjährigen

Emil arbeiten sie alle in der Fabrik. Nur die Jüngsten sind hier und quälen sich im Hungerfieber durch den Tag.«

Die Frauen seufzten vor Mitleid. Die Rothaarige nestelte einen Silbergroschen aus ihrer Börse und legte ihn auf den Tisch. »Für die Kinder«, hauchte sie. Die drei anderen folgten ihrem Beispiel.

Der Weber verbeugte sich. »Meinen aufrichtigen Dank.«

Die mädchenhaften Gesichter der Besucherinnen glühten vor Zufriedenheit, während Hannes sie in die nächste Wohnung führte. »Dieses Zimmer wird von zwei Familien bewohnt. Sie sehen es am Strick, der quer hindurch gespannt ist und den Raum in zwei Hälften teilt. Meist hängt eine graue, filzige Decke darüber.« Er wies auf den schlafenden Säufer, der hier jeden Tag die Morgenstunden verdämmerte. »Das ist Ulrich. Er ist zweiundachtzig Jahre alt und vollständig gelähmt.«

»Zwei Familien in dieser engen Kammer?«, fragte eine der Frauen erstaunt. »Aber wo sind die Schlafgemächer und die Küche?«

Beinahe hätte Hannes laut aufgelacht. Er hatte Jahre seines Lebens in einem ähnlichen Raum verbracht, und am Abend, wenn sie die Strohsäcke auf den Boden legten, war kaum genug Platz gewesen für alle. Aber das band er den Frauen gewiss nicht auf die Nase. Nichts Persönliches, war seine Devise. »Die gesamte Wohnung besteht aus diesem Zimmer. So sind die meisten Wohnungen hier. Es gibt auch welche mit einer kleinen Küche, aber die kosten einen ganzen Taler mehr im Monat, das kann sich kaum jemand leisten.«

Die Damen tauschten betroffene Blicke aus.

Er führte sie nach draußen. An der Haustür lauerte, wie verabredet, Pelle mit der Kinderschar. Die Kinder umringten die Besucherinnen und reckten ihnen bettelnd die Hände entgegen. Sie befühlten den zarten Stoff ihrer Kleider, was die Damen empört aufschreien ließ. Nach einer Weile nickte ihm Pelle zufrieden zu und spazierte in Richtung des Querhauses davon, offenbar hatte er etwas stibitzen können. Hannes verscheuchte die Kinder und führte die Damen zu den Toilettenverschlägen. »Ursprünglich kam eine Toilette auf fünfzig Bewohner. Die Senkgruben sind regelmäßig übergelaufen. Sie können sich nicht vorstellen, wie das gestunken hat!«

»Doch, doch.« Die Damen hielten sich parfümierte Seidentücher vor das Gesicht und baten ihn, diesen Ort nicht weiter zu erläutern, sie würden stattdessen gern noch die Armenschule besichtigen und, wenn er für ihre Sicherheit garantieren könne, eine Kneipe, in der sich Räuber trafen.

Am späten Nachmittag brachte er sie in einer Droschke ins Stadtzentrum zurück und ließ es sich nicht nehmen, sie bis vor ihre stuckgeschmückten Häuser Unter den Linden zu geleiten. Solche Gefälligkeiten waren es, die weitere Aufträge einbrachten.

Den Heimweg trat er zu Fuß an, um die fünf Groschen zu sparen. Als er durch das Oranienburger Tor trat, sah er seinen Freund in die Chausseestraße einbiegen.

»Kutte, du alte Sau«, rief er.

Kutte trug einen länglichen Gegenstand, in schmutzig weiße Lumpen eingewickelt. »Tagchen, Sackfratze«, erwiderte er. »Kommst du nachher mal bei mir vorbei?«

An Kuttes Unterlippe klebte Blut. Wenn er sich so ausdauernd auf die Unterlippe biss, bedeutete das, er heckte etwas aus. Hannes nahm sich vor, zu allem Nein zu sagen. Er grüßte mit zwei Fingern an der Mütze und folgte der Gartenstraße zu den Familienhäusern. Sie prunkten in der Oranienburger Vorstadt wie fünf heruntergekommene Schlösser, erbaut, um die Wohnungsnot der Ärmsten auszubeuten. Ihre zweieinhalbtausend Bewohner waren genauso mittellos wie die Hüttenbewohner ringsum und standen außerdem unter der Fuchtel der strengen Hausinspektoren. Hier wohnte nur, wer kurz davor war, auf der Straße zu landen.

Hannes betrat wieder das Lange Haus. Die Tür zur Wohnung des Webers stand offen. Er klopfte kurz und trat ein. »Gestern hat ein Scherenschleifer hier gewohnt. Wo ist er?«

Der Weber zuckte die Achseln. »Im Gefängnis. Er konnte seine Schulden nicht bezahlen. Oder er hat geklaut. Irgendwas in der Art. Wir enden doch alle dort, früher oder später.«

»Vier Silbergroschen habt ihr von den feinen Damen erhalten. Ich hätte gern zwei davon.« Hannes hielt die Hand auf.

»Warum?« Der Weber hob die Brauen.

Am Fenster stand eine Frau auf. »Gib sie ihm, Mathis. Dann bringt er die großzügigen Damen beim nächsten Mal wieder zu uns.«

Hannes nickte. »Sie hat's kapiert.«

»Wie hast du die Trullas aufgegabelt?«, fragte der Weber, während er mit einem säuerlichen Gesichtsausdruck die Münzen aus einem kleinen Beutel fischte, den er um den Hals trug.

»War nicht schwer. Sie wollen sich gruseln. Sie wollen heute Abend in ihren weichen Himmelbetten liegen und sich daran berauschen, dass sie nicht so erbärmlich leben müssen wie wir.« Er steckte die Silbergroschen ein. »Bist du überhaupt Weber?«

»Dann würde ich mich wohl kaum mit Schürzenschnüren abgeben. Ich bin Tischler.«

»Und du arbeitest mit Garn?« Ungläubig sah Hannes zum Zwirn auf dem Tisch und zu dem Häufchen fertig gewickelter Schürzenschnüre.

»Gegenfrage, du Schlaumeier: Kennst du jemanden, der noch beim Tischler Möbel bestellt? Die Damen vielleicht, mit denen du hier warst. Aber sonst kauft doch jeder bei den Magazinen ein, diesen ramschigen neuen Kaufhäusern.«

»Ich weiß. Und die Möbelfabriken liefern die billige Ware. Trotzdem, die schaffen's nicht, die ganze Nachfrage zu decken. Ich kenne einen Tischler, der Arbeit hat. Er ist pfiffig und stellt Kleiderschränke für die Kaufhäuser her.«

»Frag ihn mal, was er verdient. Ich hab das auch gemacht, ich habe aus billigem Material jahrein, jahraus dasselbe Möbelstück gebaut, und mein Lehrling hat überhaupt nichts gelernt, weil er während der Lehrjahre nur diesen einen Schrank bauen durfte. Das ist doch kein Handwerk! Man bekommt so wenig für die Schufterei, dass der Staat noch nicht mal Gewerbesteuer davon abzwacken kann. Zum Leben zu wenig, zum Sterben zu viel. Glaub mir, dein Freund ist nicht pfiffig. Er ist verzweifelt. Er steht am Abgrund wie wir alle.«

»Meinst du«, fragte die Frau mit banger Hoffnung, »deine Damen könnten bei meinem Mann ein Beistelltischchen oder eine kleine Kommode in Auftrag geben?«

»Wir haben das Werkzeug verkauft«, sagte der Tischler. »Schon vergessen? Außerdem bin ich ein Niemand für die. Wenn sie feine Möbel haben wollen, gehen sie zu Werkstätten mit Rang und Namen.«

Erneut wandte sie sich an Hannes. »Komm bald wieder zu uns«, bat sie. »Nächstes Mal koche ich Hafergrütze, und wir lassen sie davon kosten.«

»Glänzende Idee. Du hast verstanden, wie der Hase läuft. Ich überleg's mir, ja? Wichtig sind die Kinder. Wenn keine Kinder da sind, geben sie nichts.« Er musterte die spielenden Gören, die zwei Wäscheklammern durch den Schmutz schoben und Stampfgeräusche machten, als wären es Dampfer. Ein Mädchen mit langen blonden Haaren half dem Vater beim Wickeln der Schürzenschnüre, die Frau hatte einen Säugling auf dem Arm. »Habt ihr nur diese sieben?«

»Wir könnten uns welche ausleihen von den Nachbarn.«

»Wäre gut. Es sollten zwölf Kinder sein oder dreizehn. Wenn ich das nächste Mal komme, stellt sie in einer Reihe auf, von der Größten zum Kleinsten.«

Er verließ das Haus. Kuttes blutige Unterlippe ging ihm nicht aus dem Kopf. Am besten suchte er den Freund gleich auf, um das Schlimmste zu verhindern. Kuttes Ideen führten nie zu etwas Gutem, auf sein Talent, sich in Schwierigkeiten zu bringen, war Verlass. Den Anteil vom Diebesgut würde er Pelle später abknöpfen, Kutte war jetzt wichtiger.

In der Nähe der Invalidenstraße hatte es heftig geregnet, erdiger Matschgeruch lag in der Luft. Hannes lief zwischen den Pfützen entlang. Hier glich keine Hütte der anderen. Mal waren Holzplanken zusammengenagelt worden, mal hatte man Blech gebogen oder Segeltuch mit Steinen beschwert, damit es nicht vom Dach wehte. Zaunlatten waren verbaut worden, alte Lumpen, Draht.

Kutte behauptete immer, seine Vorfahren, Handwerker aus dem Vogtland im Süden, seien vor einhundert Jahren hier gelandet. Auf Anordnung Friedrichs des Großen habe man sie dauerhaft in Berlin angesiedelt. »Der Stadtteil heißt nach meinen Großeltern«, brüstete sich Kutte, doch das war Unsinn. Erstens sagten die meisten inzwischen Feuerland zur Umgebung der Fabriken und nicht mehr Vogtland nach den vogtländischen Handwerkern, und zweitens war das Elendsviertel kein Stadtteil, sondern eine eitrige Pocke vor den Mauern Berlins.

Wie eine aufgeplatzte Pocke sah auch die Hütte aus, vor der er jetzt stand. »Kutte?« Er klopfte an die Tür. Sie wackelte in ihren notdürftigen Angeln aus Hanfstricken. Er öffnete und bückte sich in den Raum.

»Wie ist es gelaufen?« Kutte sah nicht hoch, er schnitt sich konzentriert mit dem Messer in die Handfläche.

»Hast du dir schon wieder einen Splitter reingezogen?«

Kutte legte das Messer beiseite und fasste mit spitzen Fingern nach dem Splitter. Er zog ihn heraus und hielt ihn hoch. »Wenn man die Splitter zusammensetzt, die ich mir beim Kanalbau jetzt schon in die Hand gerammt habe, kommt ein eigener Balken dabei raus.«

»Zieh dir Handschuhe an!«

»Weißt du, was ein Paar Arbeitshandschuhe kostet?« Er rollte die Augen. »Erzähl mir lieber, wie's mit deinen Frauen war.«

»Es wird mir weitere Anmeldungen bringen. Und Pelle hat was eingesackt. Die vornehmen Damen können ihren Freundinnen also sogar davon vorschwärmen, dass sie beklaut wurden. Sie haben sich in die Höhle der Löwen gewagt und sind mit ein paar Kratzern wieder rausgekommen. Die Kratzer müssen sein, sonst hat man nichts, womit man prahlen kann.«

»Nimm sie ruhig aus, die Hühnchen. Willst du ein Stück?« Er hielt ihm einen Brotkanten hin.

Natürlich hatte er Hunger. Aber Kutte knurrte der Magen sicher ärger als ihm. »Danke, nein. Ich ess später einen Teller Suppe. Was hast du aus der Stadt geschleppt?«

Kutte überhörte die Frage. »Dein Alter war hier. Hat nach dir gefragt.«

»Ich will ihn nicht sehen.«

Kutte biss vom Brot ab, fahrig und unkonzentriert, er sah ihn nur flüchtig an, ständig waren seine Augen in Bewegung. »Weiß ich.«

Was verbarg er? Hannes ließ den Blick durch den Raum schweifen. »Sag mal, hast du den Ofen umgestellt?«

Kutte fuhr hoch. »Verzwickte Wagenschmiere! Fällt es sehr auf?«

Der gusseiserne Ofen war Kuttes ganzer Stolz. Diesen Winter hatten Pelle und er hier übernachtet, weil es in ihren Zimmern eiskalt gewesen war. Kutte hatte nachmittags sogar die Nachbarn eingeladen, damit sie sich bei ihm Hände und Füße aufwärmen konnten.

Der Onkel, der ihm den Ofen vermacht hatte, war Kutte eigentlich kaum bekannt gewesen – aber seitdem er geerbt hatte, erwähnte er seinen Gönner, »Onkel Richard«, häufig und voller Ehrfurcht.

»Ich seh's«, sagte Hannes, »weil ich weiß, wo er immer steht.«

»Das wissen andere auch. Wenn ein Nachbar mich verpfeift, lande ich in Spandau. Und mir ist nicht nach Zuchthaus.« Kutte fasste in die Ofentür und hinten ans Rohr. »Pack mal mit an.«

So winzig der Ofen auch war, wog er doch schwer wie Blei. Hannes war froh, als sie ihn endlich wieder absetzten, und dehnte vorsichtig den schmerzenden Rücken. »Wie hast du den allein von der Stelle gekriegt?«

»Ich bin kein fauler Hund wie du. Wenn man wochenlang für die Eisenbahntrasse Erde schaufelt …«

»Ja, ja, ich weiß schon«, unterbrach ihn Hannes, »die Eisenbahntrasse. Und der Luisenstädtische Kanal. Du bist ein Held, Kutte.«

»Ich sag ja nur: Vom Schaufeln und vom Balkenschleppen kriegt man Muskeln.«

»Jetzt zeig schon, was du unter dem Ofen versteckt hältst.«

Kutte legte warnend den Finger an die Lippen. »Draußen hört man jedes Wort.« Nach einem Blick zur Tür zog er den löchrigen Teppich beiseite und begann zu graben. Er scharrte ein langes, in Lumpen gewickeltes Päckchen frei, hob es heraus und schlug den Stoff zurück.

»Bist du wahnsinnig geworden?« Hannes wich zurück. In den Lumpen lag ein Steinschlossgewehr, eindeutig aus Armeebeständen, mit Ladestock und einer Schachtel Papierpatronen.

»Ich such mir noch ein besseres Versteck.«

»Wozu brauchst du ein Gewehr? Planst du etwa einen Raubüberfall?«

Kutte raunte: »Etwas Größeres. Ich zähl übrigens auf dich. Du musst unbedingt dabei sein.«

»Du weißt, wie gereizt die Polizei gerade ist. Die fackeln nicht lange. Wenn die das hier finden, kommst du lebenslang hinter Gitter! Oder die Soldaten erwischen dich. Die knallen dich einfach ab!«

Kutte grinste. »Und wenn ich dir sage, dass ich nicht allein bin?«

2

Wehmütig hob Alice die Eintrittsbilletts aus dem Schatzkistchen. *5 Sgr. Entree, Zoologischer Garten Berlin* stand darauf. Victor war so herrlich ausgelassen gewesen im Zoo, er hatte die Bären nachgeahmt und die Affen, und sie hatten gemeinsam gelacht, bis ihnen die Tränen kamen. Die Kängurus, die Lamas, die Büffel und die Löwen hatten sie bestaunt.

Sie legte die Billetts zurück und hob die Eulenfeder heraus. Victor hatte sie auf der Pfaueninsel gefunden an dem Tag, als er sie das erste Mal geküsst hatte. Alice strich damit über ihre Lippen.

Wie sie seine Nähe vermisste, die tiefe Stimme und das Lachen! Da lag der Ring, den er ihr geschenkt hatte, ein goldener Ring mit einem kleinen Smaragd. Damals hatte die Mutter gesagt: »Pass auf, was du tust, Alice, noch seid ihr nicht verlobt.« Aber sie liebte diesen Ring, sie würde zehn Jahre ihres Lebens hergeben, um ihn wieder mit Stolz tragen zu dürfen.

Das Bündel mit Briefen war zerfleddert vom häufigen Lesen. Traurig legte sie alles in die Kiste zurück und verschloss sie.

Sie verstaute die Kiste im Sekretär, hängte sich den Schlüssel um den Hals und holte *Das schöne Mädchen von Perth* aus dem Bücherschrank. Mit dem Roman legte sie sich aufs Kanapee. Drei- oder viermal hatte sie ihn bereits gelesen, sie konnte ganze Passagen innerlich mitsprechen, aber sie bekam nicht genug davon. Kein anderer Roman von Walter Scott hatte sie so sehr berührt wie dieser. Lag es daran, dass *Das schöne Mädchen von Perth* ein Geschenk ihres Vaters gewesen war? Damals war sie noch ein Kind gewesen und hatte zu ihm aufgeschaut. Oder lag's an Victor? Wenn sie im Roman las, hatte sie oft seine Stimme im Ohr und ihren melodiösen Wohlklang, weil er ihr ein paar Mal daraus vorgelesen hatte. Sie schlug Seite 19 auf, dort fing sie neuerdings an, weil sie den Anfang schon zu gut kannte. Auf Seite 19 ging es wirklich los, da warnte der Handschuhmacher seine Tochter Katharina vor den Adligen.

»Lass sie gehen«, sagte er, »lass sie gehen, Katharina, diese edlen Herren mit ihren munteren Rossen, ihren glänzenden Sporen, ihren Federhüten und wohlgepflegten Schnurrbärten. Sie gehören nicht in unsern Stand und wir wollen uns nicht zu ihnen zu erheben suchen. Morgen ist St. Valentin, der Tag, an welchem jeder Vogel sein Weibchen wählt, aber du wirst weder den Hänfling mit dem Sperber, noch das Rotkehlchen mit dem Geier sich paaren sehen. Mein Vater war ein ehrsamer Bürger von Perth, und wusste die Nadel so gut zu führen wie ich. Wenn sich aber den Thoren unserer guten Stadt der Krieg nahte, warf er Nadel, Faden und Gemshaut weg, holte aus dem dunkeln Winkel, wo er sie aufgehängt hatte, Pickelhaube und Schild und nahm seine lange Lanze vom Kamine. Nenne mir jemand einen Tag, wo ich oder er gefehlt hätten, wenn der Hauptmann Musterung hielt! So haben wir's gehalten, mein Mädchen, gearbeitet, um Brot zu gewinnen, und gefochten, es zu verteidigen, und ich mag keinen Schwiegersohn, der sich einbildet mehr zu sein, denn ich; und was jene Herren und Ritter betrifft, so hoffe ich, du werdest dich stets erinnern, dass du zu niedrig bist, um ihre Gemahlin, und zu hoch, um ihre Buhldirne zu sein.«

Jemand trat ins Zimmer.

»Ich möchte nicht gestört werden«, rief sie ärgerlich und ließ die Hand mit dem Buch sinken.

Aber es war nicht das Zimmermädchen, sondern die Mutter, die sich beschwerte, dass Alice heute noch gar nicht Klavier geübt habe.

»Das mach ich später.«

»Den Walzer von Chopin hast du jetzt schon zwei Wochen auf.« Missbilligend musterte die Mutter das Buch in Alices Händen. »Statt dich mit Goethe oder Schiller zu bilden, liest du diesen Schund.«

»Dann mag ich eben Schund.«

Sie kniff die Augen zusammen. »Hat er dir etwa wieder geschrieben?«

»Nein.« Warum klang ihr Nein so zittrig? Alice ärgerte sich darüber. Die Mutter musste nicht unbedingt bemerken, wie sehr sie auf eine Nachricht von Victor hoffte.

»Du solltest allmählich abschließen mit dem Taugenichts.«

»Hab ich doch«, log sie.

»Dann gib mir das Buch.«

»Ich hebe es nicht wegen Victor auf.«

Die Mutter hielt weiter die Hand ausgestreckt. »Gib's mir. Es erinnert dich fortwährend an ihn.«

»Nur weil mir Victor mal daraus vorgelesen hat? Ich kann das trennen!«

Die Mutter verharrte und sah ihre Tochter an. Sie glaubte ihr zwar nicht, zog aber schließlich die Hand zurück: »Du musst es selbst wissen. Aber du wirst nicht länger auf dem Kanapee herumlümmeln und lesen, sondern du übst Klavier. Und zwar sofort.«

Das Zimmermädchen erschien in der offenen Tür und klopfte, um auf sich aufmerksam zu machen. »Störe ich? Die Damen von Stetten und von Arnim-Boitzenburg lassen fragen, ob Sie bereit sind, Sie zu empfangen.«

Alice stand auf und stellte das Buch in den Bücherschrank. Wenn ihre Mutter es wagen sollte, den Band herauszunehmen und verschwinden zu lassen, würde sie sich wehren. »Bitte sie herein. Und serviere uns Baisers und Trinkschokolade.«

Das Zimmermädchen knickste.

Die Mutter stolzierte an ihr vorbei und begrüßte im Nebenraum Alices Freundinnen. »Sie muss noch Klavier üben«, sagte sie, ging dann aber, weil sie scheinbar für den Moment ihre Niederlage einsah.

Kaum hatten Ottilie und Gemma das Zimmer betreten und die Tür hinter sich zugemacht, fragte Ottilie, ob es wieder Streit gegeben habe.

Alice rollte die Augen. »Wenn wir nächstes Jahr die Höhere Mädchenschule hinter uns haben, feiern wir ein Fest, ja?« Sie räumte das kleine Tischchen vom Stickzeug frei und bot ihren Freundinnen Plätze an. Wortreich beklagte sie sich über das zu große Klavierpensum und über die strenge Lehrerin in Haushaltsführung.

Gemma setzte sich und erwiderte: »Mathematik und Französisch, das sind die eigentlichen Quälgeister. Das Sticken ist doch Erholung!«

»Für dich vielleicht.«

Ottilie machte große Augen.

»Was ist?« Alice begriff nicht.

Die Freundin platzte heraus: »Unser Gemmachen hat was Verrücktes getan.« Sie gab Gemma einen Stoß mit dem Ellenbogen. »Sag's ihr.«

Gemmas Gesicht leuchtete. »Ich war im Feuerland. Ohne Polizeischutz. Ich bin höchstpersönlich in den Familienhäusern herumspaziert!«

Alice schlug die flache Hand auf den Tisch. »Und du hast mich nicht mitgenommen? Du weißt doch, wie sehr mich die Vorstädte interessieren.«

»Deshalb sind wir hier. Ottilie und ich wollten dich fragen, ob du heute mitkommen willst. Ich kenne jemanden, der uns durch das Armenviertel führt. Eine Freundin hat ihn mir empfohlen, und ich bin begeistert! Er zeigt einem alles. Natürlich ist es nicht ganz ungefährlich, gestern bin ich bestohlen worden, stell dir vor, der schöne silberne Armreif. Die müssen ihn mir geschickt abgestreift haben, gemerkt hab ich nichts. Erst zu Hause ist mir aufgefallen, dass er fehlte. Und sie schauen einen manchmal finster an, als wollten sie einem was antun. Man braucht schon Mut, um da hinzugehen.«

Bettine, das Zimmermädchen, brachte ein Tablett mit einem Kaffeekännchen und Tassen. Sie deckte den Tisch. Leise sagte sie: »Die Trinkschokolade ist aus, Fräulein Alice. Dafür habe ich besonders viele Baisers gebracht, und ich habe Kaffee gekocht.«

»Ist schon recht, Bettine.« Alice nahm sich ein Baiserhäubchen und biss ab. Der harte Zucker zerschmolz in ihrem Mund zu einem süßen Schaum.

Gemma wartete, bis Bettine das Zimmer verlassen hatte, und sagte dann: »Dieser junge Kerl, der durch das Armenviertel führt – ich bin regelrecht verschossen in ihn.«

Alice runzelte die Stirn. »Weiß Heinrich davon?«

»Natürlich nicht. Habt ihr einen Vorschlag, was ich diesem Hannes als Geschenk mitbringen könnte?«

Alice legte das angebissene Baiser weg. »Was du da vorhast, ist falsch! Nicht nur wegen Heinrich. Wie kannst du dem armen Mann Hoffnungen machen, die sich nie erfüllen werden?«

»Nimm nicht alles so ernst, was ich sage.« Gemma schüttelte den Kopf. »Natürlich werde ich Heinrich heiraten. Aber ein wenig Glanz darf ich doch vielleicht in Hannes' Alltag bringen. Der flickt Töpfe oder schleift Scheren oder was weiß ich. Hat keine Aussichten, keine Freuden im Leben und jeden Tag Hunger.«

Hannes lehnte am Oranienburger Tor und beobachtete das Kommen und Gehen. Wenn das Tor ein Maul war, dann war Berlin die gewaltige Kreatur, in deren Magen es führte. Die Menschen fütterten die Stadt, sie schleppten Nahrung und Rohstoffe hinein und durften im Gegenzug in ihren Poren nisten. Die Kreatur Berlin stellte Kattunkleider, Werkzeugkisten und Kleiderschränke her, und ihre Wärter schleppten sie hinaus ins Land und brachten ihr dafür Fleisch, Getreide und Schnaps.

Die Loks im nahen Stettiner Bahnhof schnauften, mit schrillen Pfeifsignalen versuchten die Bahnbeamten, sie zu zähmen. Die Dampfmaschinen der Fabriken rumpelten. Meist hörte er das Stoßen und Klopfen gar nicht mehr, so vertraut war es ihm. Jetzt aber, da er seine Sinne schärfte, fiel ihm wieder auf, wie laut es hier eigentlich war.

Aus den Schloten, die der Oranienburger Vorstadt den Namen Feuerland eingebracht hatten, wölkte schwarzer Ruß. Darunter dienten in den Werkshallen die Menschen den prasselnden Öfen und den zuckenden, rumpelnden Apparaturen.

Wer nicht mehr im hektischen Takt der Maschinen mitmachen wollte, stürzte sich vor die Eisenbahn und ließ sich zermalmen, so häufig kam das inzwischen vor, dass es einen eigenen Namen erhalten hatte: »Polkatod«.

Im Januar hatte man die »Berliner Normalzeit« eingeführt und im ganzen Land einheitliche Streckenfahrpläne durchgesetzt, um den Eisenbahnverkehr zu koordinieren oder, besser: durch den Eisenbahnverkehr die Menschen zu koordinieren. Berlin streckte seine eisernen Fühler nach anderen Städten aus, hier war die erste Lokomotive Deutschlands gebaut worden, und jetzt fuhren ihre Schwestern wie eiserne Kriegerinnen nach Dessau, nach Hamburg, nach Frankfurt. Die Uhr tickte nicht mehr nach den Bedürfnissen der Menschen, sondern nach den Bedürfnissen der Großstadt, die ihre Eisenkinder ausgesandt hatte und unwillig pfiff, wenn die menschlichen Sklaven nicht eilig in die Coupés und Waggons stiegen.

Er lachte in sich hinein. Wenn er das Kutte erzählte, der würde ihn einen albernen Guckkästner nennen, nach den altmodischen Schaustellern, die mit einem Kasten auf den Plätzen standen und Wissbegierigen für ein paar preußische Pfenninge erlaubten, durch die Gucklöcher ihres Kastens auf eine Fantasiewelt mit Menschenfressern, in einen Dschungel oder einen Palast zu schauen. Aber war es nicht heilsam, die ganze Welt einmal aus einem bestimmten, aus reiner Lust bezogenen Blickwinkel zu betrachten? Er sah zu dem schäbigen Karussell hinüber, das vor dem Tor von einem Schimmel gezogen wurde. Das arme Tier lief den ganzen Tag im Kreis. Gerade mal drei Kinder saßen jetzt auf dem Karussell und ließen sich kutschieren, die restlichen Plätze waren verwaist. Das Pferd sah müde aus, müde wie die Milchmädchen, die Kattundrucker, die Eisengießer, Bürstenmacher, Schachtelmädchen und Posamentenmacherinnen, die tagein tagaus schufteten.

Der Tischler fiel ihm ein. War es hartherzig gewesen, ihm die Hälfte der Spenden abzuknöpfen? Aber auch er, Hannes, musste sehen, wo er blieb. Er würde niemals seine Werkzeuge verkaufen können. Sein Werkzeug war die blühende Fantasie.

Dass die Berliner heute einen wacheren Gesichtsausdruck hatten, entsprang allerdings nicht seiner Vorstellungskraft. Sogar die unbescholtenen Bürger behielten die Gendarmen vorsichtig im Auge. Und der Eckensteher dort hinten schien die patrouillierenden Soldaten zu zählen.

Gab es niemanden, der das dem König und seinen Ministern meldete? Die Bevölkerung war kurz davor aufzubegehren. Sie wollte wissen, wem die Maschinen gehorchten, sie wollte etwas hören von den Fabrikbesitzern, den Handelsherren und Schlossbewohnern. Eine kleine Preissteigerung bei Brot oder Fleisch würde genügen, um das Fass zum Überlaufen zu bringen.

Andererseits: Eine richtige Revolution wie im Februar in Paris war in Berlin undenkbar. Dafür war man zu nüchtern. In Frankreich verstiegen sich die Menschen ins Philosophische und kämpften um Ideen. Der Berliner dagegen war stupide dem Irdischen zugewandt. Er teilte Abschätzigkeiten aus, biss nach allen Seiten. Und doch liebte er sein kleines Zuhause, liebte es so sehr, dass er es niemals für umstürzlerische Wagnisse aufs Spiel setzen würde.

Eine Droschke fuhr durch den mittleren Bogen des Oranienburger Tors. Die Hufeisen knallten auf das steinerne Pflaster, ihre Schläge hallten von den Wänden wider. Hinter dem Tor hielt das Gefährt. Der Kutscher sprang vom Bock. Er reichte einer Dame die Hand und half ihr beim Aussteigen, dann einer zweiten und einer dritten Dame.

Hannes löste sich vom Torbogen und trat auf das Grüppchen zu. »Willkommen im Feuerland«, sagte er und verbeugte sich.

Die Rothaarige, die schon gestern die Führung durchs Armenviertel mitgemacht hatte, gab ihm sechs Silbergroschen.

Ein Gendarm kam forschen Schrittes näher und fragte: »Belästigt Sie dieser Kerl?«

Über Hannes' Kopfhaut zog ein Prickeln. Er konnte keine Arbeitsstelle nachweisen, gemäß dem »Gesetz über die Bestrafung der Landstreicher, Bettler und Arbeitsscheuen« drohten ihm sechs Wochen Gefängnis, wenn ihm der Gendarm Bettelei unterstellte – immerhin hatte er vor den Augen des Polizisten Geld von den

Damen erhalten. Er sagte: »Die Damen gehören zum Verein für das Wohl der arbeitenden Klassen.«

Misstrauisch musterte ihn der Polizist. »Und du, Bursche?«

»Wir wollen gemeinsam einige kranke Arbeiter besuchen«, sagte er. »Die Damen haben Geld zusammengelegt, ich soll unterwegs Brot und Wurst für die Hilfsbedürftigen kaufen.«

Der Polizist wandte sich an die Frauen. »Stimmt das?«

Sie nickten. Ein wenig zu rasch, zu eilfertig, fand Hannes. Schöpfte der Polizist Verdacht?

Er brummte etwas, ließ sie stehen und überquerte die Chausseestraße.

»Das war fabelhaft. Wie gut du improvisieren kannst!« Die Rothaarige reichte ihm die Hand. »Ich bin Gemma von Stetten. Wir hatten gestern gar keine Zeit, uns vorzustellen.«

Sie streifte beim Händeschütteln mit dem Daumen seinen Handrücken. Wie weich der Glacéhandschuh war! Die zärtliche Berührung verblüffte ihn.

Die zwei anderen stellten sich als Alice Gauer und Ottilie von Arnim-Boitzenburg vor.

Er sagte: »Ich bin Hannes. Wollen wir?« Er führte sie die Chausseestraße entlang und wies auf die einzelnen Fabriken. »Das da ist die Fabrik von Eggels, sie stellt Dampfmaschinen her für Schiffe und für den Bergbau. Und hier produziert August Borsig Dampflokomotiven.« Dass besagter Maschinenfabrikant gerade ein Drittel seiner tausendzweihundert Beschäftigten entlassen hatte, brauchte er sicher nicht zu erwähnen. Davon mussten sie gehört haben. »Adolf Pflug«, sagte er beim nächsten Fabriktor. »Die machen Eisenbahnwaggons. Und dort hinten in Wöhlerts Eisengießerei und Maschinenbauanstalt werden Kräne, Achsen und Werkzeugmaschinen hergestellt, und dieses Jahr soll die erste Wöhlert-Lokomotive gebaut werden. Konkurrenz für Borsig.«

Der Rauch, den die rot gemauerten Fabrikschornsteine ausstießen, beschwerte die Atemluft und schmeckte stumpf. Das Pochen der Dampfhammer erschütterte den Boden. Alice fühlte die Stöße bis in die Knie. Erstaunlich, dass Menschen so nahe bei den lärmenden Fabriken leben konnten.

Durch die vielen Begegnungen und Gespräche im Schloss glaubte Alice ein Gespür dafür zu besitzen, wem man vertrauen konnte und wem nicht. Dieser Hannes führte sie tiefer und tiefer ins Feuerland hinein, er plauderte gemütlich vor sich hin und wies in verschiedene schmutzige Ecken, aber dahinter steckte etwas anderes. Die Rolle des Fremdenführers spielte er nur, das spürte sie deutlich.

Wie konnte Gemma Freude daran finden, sich von ihm bestehlen zu lassen? Ein Betrüger war er, eine räudige Hyäne. Solche Betrüger gehörten entlarvt, nicht angeschwärmt.

Als sie die berüchtigten Familienhäuser betraten und Hannes auf einen schlafenden alten Mann zeigte und behauptete, er sei gelähmt, hielt sie seine Dreistigkeit nicht länger aus. Meinte er, sie für dumm verkaufen zu können? Sie sagte: »Lügen haben kurze Beine, Hannes, das solltest du dir mal zu Herzen nehmen.«

»Ich … Was?«

»Du lügst. Der Mann ist nicht gelähmt, und er lebt auch nicht von den gespendeten Brotstücken der Nachbarn.«

»Woher wollen Sie das wissen?« Er verengte die Augen.

»Zum Beispiel stehen da Schuhe. Wozu braucht er die?«

»Sie sind das Einzige, was er noch hat. Eine Erinnerung an die guten Tage, als er noch laufen konnte.«

Sie hockte sich hin und hob einen der Schuhe hoch. Grüne zertretene Halme klebten an der Schuhsohle. »Eine Erinnerung mit frischem Gras an den Sohlen?«

»Manchmal leiht sich sein Sohn die Schuhe aus.«

Die Kaltschnäuzigkeit, mit der er seine Lügengeschichte weiterspann, erzürnte sie noch mehr. Er benutzte das Leid der Armen rücksichtslos für seine faulen Geschäfte.

»Alice, was soll das?« Gemma legte ihr beschwichtigend die Hand auf die Schulter. »Wenn Hannes sagt, dass der Mann gelähmt ist, stimmt das auch. Du bist das erste Mal hier. Wie kannst du da alles in Zweifel ziehen? So arrogant kenne ich dich gar nicht!«

»Arrogant? Ich zeig dir mal, wer hier arrogant ist.« Sie beugte sich über den schlafenden Mann. Er roch, als habe er eine ganze Wagenladung Schnaps getrunken. Sie rüttelte ihn. »Wach auf!«

Sein Hemd war schmierig, und etwas von der Schmiere blieb an ihren Fingern kleben. Sie wischte sie an der Wand ab.

Mühsam öffnete er die Augen. »Was soll das?«, lallte er.

»Alice!«, rief nun auch Ottilie entrüstet.

Sie sah hoch: »Entweder versorgen ihn die lieben Nachbarn außer mit Brot auch noch üppig mit Gebranntem, oder die Geschichte vom armen, gelähmten Ulrich ist von vorn bis hinten erlogen.« Als sie sah, dass Hannes' Gesicht versteinerte, ergänzte sie triumphierend: »Ich vermute, Letzteres.«

Sie wandte sich wieder dem verschwitzten Trunkenbold zu. »Kannst du aufstehen?« Der letzte Beweis fehlte noch. Also griff sie ihm kurzerhand unter die Achseln und zog an ihm, um ihn aufzurichten.

»Lass mich.« Er ruderte mit dem Arm.

»Wenn du es schaffst, aufzustehen, gebe ich dir einen Silbergroschen.« Sie zog das Geldstück hervor und hielt es ihm unter die Nase.

Das tat seine Wirkung. Er zeigte die fleckigen Zähne. Obwohl er vor Anstrengung zitterte, gelang es ihm, Stück für Stück seinen Körper in die Höhe zu hieven, indem er sich an der Wand abstützte. Schwankend hielt er sich mit der Rechten fest. Die schmutzige Linke streckte er ihr hin.

Sie legte den Silbergroschen hinein. »Ich sollte mich als Armenärztin betätigen. Und du solltest dich schämen, uns –« Sie drehte sich nach Hannes um. Er war verschwunden. »Wo ist er hin?«

Gemma und Ottilie blickten sich ebenfalls um. »Wunderbar, Alice«, zischte Gemma, »wirklich fabelhaft.«

3

»Ich wette, das war nicht seine einzige Lüge. Sicher hat er mit den Taschendieben eine Vereinbarung. Er lenkt uns ab, während sie den Schmuck stehlen.«

»Wir wollten einen interessanten Nachmittag im Feuerland erleben, und du machst alles kaputt«, schimpfte Ottilie.

Wie konnten sie so naiv sein? »Da gab es nichts kaputtzumachen. Was habt ihr denn erwartet? Meint ihr im Ernst, sie lassen uns zuschauen, wie sie verhungern? Das sind doch keine Zootiere!«

»Für noch einen Silbergroschen würde ich … eine Kniebeuge … versuchen«, lallte der Säufer.

»Alice, wir sind hier um zu helfen«, verteidigte sich Gemma.

»Diesem Hannes liegt aber nichts an den Leuten. Das siehst du allein schon daran, dass er abgehauen ist. Betrüger machen das immer so, wenn man ihnen auf die Schliche kommt.«

Gemma giftete: »Das weißt du wohl aus deinen schlauen Büchern.«

»Und jetzt?« Ottilie sah sich unbehaglich im kahlen Raum um.

»Wir gehen heim«, sagte Alice.

»Ohne Schutz, durch diese Straßen?«

»Ich bringe euch zurück.« Die Wut, die immer noch in ihr brodelte, verlieh ihr Zuversicht. Sie zweifelte nicht daran, dass sie ungehindert aus dem Armenviertel wieder hinausgelangen würden.

Als sie zur Tür trat, prallte sie beinahe mit einem Mann zusammen. Er sah aus wie Hannes – das strohblonde Haar, die knochigen Schultern, das geflickte Hemd. Aber er wirkte rundum verändert, alles Lässige schien von ihm abgefallen zu sein. In sein

Gesicht stand ein innerer Kampf geschrieben. »Sie wollen das wirkliche Elend sehen?«, sagte er. »Kommen Sie mit.«

Er ging die Treppe hinauf in die Dunkelheit. Was wollte er ihnen zeigen? Plötzlich fürchtete sich Alice. Sie drehte sich zu ihren Freundinnen um. Aus großen Augen starrten Gemma und Ottilie sie an.

Sie stiegen die krumme Treppe hoch. Alice fürchtete sich vor dem, was ihr begegnen würde, sie hatte Angst, es nicht auszuhalten, und doch wollte sie es sehen. Eine kalte Neugier trieb sie weiter.

Auf der dritten Etage wartete Hannes und sagte: »Wählen Sie eine Tür aus. Ich habe nichts vorbereitet. Sie entscheiden.«

Alice sah von Tür zu Tür. Die Wände waren nackt und fleckig, und durch die Türritzen zog fauliger Geruch in den Flur. Sie zeigte auf die Tür rechts von sich.

Er klopfte. Schritte schlurften näher, dann wurde die Tür geöffnet. Eine Frau sah sie verunsichert an. Hannes redete leise mit ihr, dann nickte sie zögerlich. Sie öffnete die Tür zur Gänze.

»Wir dürfen eintreten«, sagte Hannes.

Alice wollte sich bei der Frau bedanken, aber als sie sah, dass ihr die Schamesröte im Gesicht stand, brachte sie nichts heraus. Wir sollten das nicht tun, dachte sie. Wir haben kein Recht, in ihr Leben einzudringen. Trotzdem betrat sie das Zimmer.

Die Wohnung bestand allein aus diesem einen Raum. Die Frau nahm einen verbeulten Blechteller mit Kartoffelschalen vom Tisch und versteckte ihn unter einem Lumpen. Warum verbarg sie die Schalen? Und wo waren die Kartoffeln, die sie geschält hatte? Alice schluckte. Ihr dämmerte die furchtbare Wahrheit. Diese Frau aß vor lauter Hunger Kartoffelschalen, die sie irgendwo erbettelt hatte.

Warum stank es hier so? Gemma und Ottilie bemerkten es auch, sie zückten ihre parfümierten Tücher und hielten sie sich unter die Nasen.

An der Wand dort, war das ein Kind? Die Kleine lag auf einem schmutzigen Laken, das einen Strohsack notdürftig bedeckte. Ihre Augen waren geschlossen, der Atem ging stoßweise.

»Ist sie krank?«, fragte Alice. Sie kauerte sich vor das Bettlager und strich dem Kind über die Löckchen. Der Kopf war heiß, es hatte offenbar Fieber.

Alice erstarrte mitten in der Bewegung. Die Locken lösten sich vom Kopf! Sie zog erschrocken die Hand zurück. Ein Bündel Haare fiel zu Boden.

Ottilie stöhnte auf.

»Was hat die Kleine?«, hauchte Alice.

Die Mutter sagte ein Wort, knapp, als zöge es ihr die Kehle zu. Das Wort hing in der Luft, eine Ewigkeit lang, bis Alices Verstand bereit war, es zu verarbeiten. »Typhus.«

Sie schüttelte die restlichen Haare von der Hand. Wenn sie sich ansteckte! »Sie braucht einen Arzt.«

»Der Armenarzt war gestern Abend hier. Man kann nichts mehr tun.« Der Mutter standen Tränen in den Augen.

»Wie alt ist sie?«

»Ich hätte ihr gern mehr zu essen gegeben«, brach es aus der Mutter heraus. »Der Arzt hat gesagt, der Hunger … und die schlechte Nahrung … Aber ich hatte nicht mehr, es hat gerade so für die Miete gereicht. Ich …« Sie schluchzte. »Ich habe meinem Kind zu wenig zu essen gegeben.«

Alice schwirrte der Kopf.

»Wenn man aus der Wohnung rausfliegt und nicht sofort eine neue findet«, kommentierte Hannes trocken, »wird man von der Polizei aufgegriffen und kommt für Jahre ins Arbeitshaus. Da findet kaum einer wieder heraus.«

Stumm legten Gemma und Ottilie einige Münzen auf den Tisch. Sie hielten sich immer noch die Tücher vors Gesicht. »Gehen wir«, raunte Gemma, »komm, Alice, du kannst hier nicht helfen.«

Aber Alice wollte sich nicht lösen. Das Leid, das sie sah, grub seine Krallen tief in ihr Herz. Sie konnte doch nicht einfach fortgehen und die Mutter mit der sterbenden Kleinen allein lassen! »Können wir irgendwie behilflich sein?«, fragte sie.

Der Mutter liefen die Tränen über das Gesicht. Sie schluchzte immer lauter.

Hannes nahm Alice am Arm und führte sie hinaus.

Draußen im Flur schimpfte Gemma: »Das hast du ganz genau gewusst! Die Frau hat's dir schon an der Tür gesagt, nicht wahr? Du hast uns dem Typhus ausgesetzt! Wenn eine von uns krank wird – ich verspreche dir, wir bringen dich vor Gericht.«

Er ging stumm die Treppe hinunter, ohne Alice loszulassen.

»Schau mal, wie blass sie ist«, sagte Ottilie, als sie nach draußen traten.

»Bring uns hier weg«, befahl Gemma.

Er schlug den Weg in die Stadt ein, an den stampfenden, zischenden Fabriken vorüber. Aber kaum, dass sie durch das Oranienburger Tor getreten waren, sagte er: »Kommen Sie, ich zeige Ihnen ein weiteres Gesicht der Armut.«

»Pah!«, sagte Gemma. Sie winkte einen Gendarmen heran. »Wären Sie so gut, uns eine Droschke zu rufen?«

Alice sah in Hannes' Gesicht und erkannte in seinem Blick die Erschütterung. Konnte es sein, dass auch er, der Führer durch das Armenviertel, die meiste Zeit die Augen vor dem Schlimmsten verschloss? Was sie gesehen hatten, berührte selbst ihn. Sie fragte: »Was willst du uns zeigen?«

»Folgen Sie mir.«

Sie ging ihm nach. Hinter sich hörte sie das wütende Rufen von Gemma. »Wo willst du hin? Alice, wir fahren! Wir werden nicht auf dich warten!«

Er bog um eine Hausecke. Vor einem Wohnhaus blieb er stehen. »He, ihr zwei«, rief er, »kommt mal her!«

Jetzt erst fiel ihr Blick auf die dünnbeinigen Kinder, die vor dem Haus mit Stöcken im Rinnstein stocherten. Sie standen auf und kamen näher.

»Das ist Alice Gauer«, sagte er. »Sie wird euch etwas schenken, wenn ihr uns erzählt, was ihr hier macht.«

»Nee«, sagte der Ältere der beiden. Seine zerrissene Hose und das Hemd waren mit Morast bekleckert. »Erst dit Jeschenk.«

Sie holte zwei Pfenninge heraus und gab jedem einen.

Die Jungen wechselten einen Blick. »Also, wir graben im Rinnstein nach Brauchbarem. Man findet immer ma wat. Een

Stückchen Draht, eenen Nagel oder so. Lässt sich allet zu Jeld mach'n.«

Nie im Leben wäre Alice eingefallen, sich in den fauligen Schlamm des Rinnsteins zu knien und zwischen Kot und Abwasser nach Müll zu suchen, der sich noch reinigen und verkaufen ließ. Ihren Vater regte es ja schon auf, dass das Zeug überhaupt entlang der Straße floss und die Berliner Stadtverwaltung keine Kanalisation baute.

»Das bringt doch kaum was ein«, sagte Hannes. »Was esst ihr jeden Tag?«

»Manchma find ick eenen Knochen, den nagen wir ab. Oder wir …« Der Junge sah sich vorsichtig nach weiteren Zuhörern um. »Also, manchma fällt ooch was vom Wagen runter.«

Was hieß das? Dass sie stahlen? »Habt ihr keine Eltern?«, fragte sie.

Die Jungen lachten. »Wat? Wo komm Sie denn her? Schon ma Kinder jesehn, die keene Eltern haam?«

»Kümmern sich denn eure Eltern nicht um euch?«

»Die sind den janzen Tach inne Fabrik und schuften!«

»Der Vater ja, aber die Mutter?«

»Die Olle muss jenauso ran.«

»Und gibt es kein gemeinsames Mittagessen? Diese Knochen, die ihr da abnagt, ich meine, die lagen doch in der Gosse …«

»Mittachessen? Nee, weeßte, der Trick is, du musst die richtigen Häuser wissen, also wo viele wohnen und viel in de Josse jeworfen wird. Da findste dann ooch was.«

Sie gab ihnen noch mal Geld, jedem zwei Pfenninge. Dann verabschiedete sie sich. Als sie außer Hörweite waren, fragte sie Hannes, was aus den Kindern werden würde, später.

»Wenn sie alt genug sind, arbeiten sie auch in der Fabrik«, antwortete er. »Die meisten ziehen mit zwölf, dreizehn von zu Hause aus. Die Väter saufen viel, das erträgt keiner auf Dauer.«

Betroffen sah Alice zurück zu den kleinen Jungs. Sie knieten bereits wieder am Rinnstein und stocherten mit ihren Stöcken im Unrat.

»Wo müssen Sie hin?«, fragte er.

»Zum Schloss.«

»Kommen Sie.« Er brachte sie zur Oranienburger Straße. Dort winkte er einer heranfahrenden Droschke, aber sie war besetzt und der Kutscher hielt nicht an, er fuhr vorüber.

»Ich gehe zu Fuß«, sagte sie.

»Dann begleite ich Sie.«

»Musst du nicht. Ich finde selbst den Weg.«

Er ließ sich nicht abweisen. Sie folgten der Straße bis zur Herkulesbrücke.

»Sie haben Angst vor mir, nicht wahr?«, fragte er.

»Wie kommst du darauf?«

»Sie denken, wenn ich Sie nach Hause begleite, kundschafte ich Ihr Haus aus, und in ein, zwei Wochen breche ich dann nachts mit ein paar Spießgesellen bei Ihnen ein, um Sie zu bestehlen.«

»Nein, das habe ich nicht gedacht.«

»Aber Sie wollten mir nicht sagen, wo Sie wohnen.«

»Hab ich doch! Bist du immer so aufdringlich?«

»Ich möchte nur nicht, dass Sie etwas Falsches von mir denken. Ich schmücke manchmal eine Geschichte aus, aber ich bin kein Ganove.«

»Ach nein? Du lügst, dass sich die Balken biegen. Und du betrügst andere Menschen um ihr Geld. Wenn du mich fragst, handelt genau so ein Ganove.«

»Sie haben doch genauso gelogen«, sagte er.

»Ach ja?« Sie blieb stehen. »Wann hab ich heute gelogen?«

»Tun Sie nicht so, als wären Sie uns Ärmeren moralisch überlegen. Die Reichen stehlen auch, nur kommen sie dafür nicht vors Gericht.«

»Da wüsste ich gern ein Beispiel.«

»Die Fabrikbesitzer, nehmen wir die. Warum bekommt ein Kind in der Fabrik nur ein Sechstel des Lohns, den ein Erwachsener verdient, auch wenn es dieselbe Arbeit macht? Das ist doch Diebstahl. Und mit welchem Recht zieht man einem Arbeiter, der drei Minuten zu spät kommt, den Lohn von zwei Stunden ab?«

»Wo ist das so?«

»In der Maschinenbauanstalt der Seehandlung in Moabit, ich hab's selbst erlebt. Der Portier schließt Punkt sechs Uhr die Tür, und wer drei Minuten nach sechs da ist, wird zwar eingelassen, aber er muss bis acht Uhr ohne Lohn arbeiten.«

Sie gingen weiter. »Das würde ich nicht mit mir machen lassen.«

Er lachte freudlos. »Wer damit nicht einverstanden ist, kann seinen Arbeitsplatz jederzeit räumen und ihn einem von den Hunderten anderen überlassen, die schon darauf warten, dass jemand gekündigt wird.«

»Hast du die Stelle auf diese Art verloren?«

»Nein. Ich bin freiwillig gegangen. Ich will nicht mit vierzig aussehen wie ein alter Mann. Jeden Tag die Schufterei von sechs in der früh bis sieben am Abend, das geht zu sehr auf die Knochen.«

Warum legte er solchen Wert darauf, mit ihr zu reden? Hoffte er auf eine Spende für die Begleitung durch die Stadt? Wenn Droschkenkutscher so redselig wurden, waren sie versessen aufs Trinkgeld.

»Und Sie?«, fragte er. »Was machen Sie?«

»Ich gehe auf eine Privatschule. Bin im letzten Jahr.« Es war ihr ein wenig unangenehm, das auszusprechen.

»Sie sind sicher froh, dass Ihre Eltern das bezahlen. Ich hatte nur sechs Jahre Schule und bin immer gern hingegangen. Unsere Lehrer an der Volksschule waren ehemalige Berufssoldaten und nicht besonders feinfühlig. Aber das Lernen hat mir Spaß gemacht.«

»Wie viele waren Sie in der Klasse?«

»Hundertzwanzig.«

Sie schluckte. »Und nur ein Lehrer?«

»Keine Sorge, der konnte sich durchsetzen.« Sie gelangten an die Börse am Lustgarten, ein dreigeschossiges Gebäude mit rotem Dach und wohlproportionierter Fassade. Er blieb stehen und sagte: »Ich lasse Sie dann mal. Werd auch nicht gucken, wo Sie hingehen. Versprochen.«

Keine Bitte um Geld? Kein fordernder Blick? Erstaunlich. »Das ist kein Geheimnis. Ich laufe einfach am Dom vorbei und bin zu Hause.«

Er musterte sie verblüfft. »Das heißt, Sie leben wirklich im Schloss?«

»Was dachtest du denn?«

»Dass Sie mich anlügen und vom Schloss aus ungesehen weitergehen wollten bis zu Ihrer Straße.«

»So was habe ich nicht nötig. Das Gebäude, in dem ich wohne, ist gut bewacht.« Sie lachte. »Da können du und deine – wie hast du's gesagt? – deine *Spießgesellen* nicht einbrechen.«

»Ich dachte, der König wohnt im Schloss.« Er war immer noch verdattert.

»Das Schloss ist groß genug. Da wohnen noch ein paar mehr Leute.«

»Und Sie leben da als … Kammerzofe? Aber dann könnten Sie ja unmöglich zur Schule gehen.«

»Mein Vater ist der Kastellan.« Sein Erstaunen gefiel ihr. »Danke«, sagte sie, »dass du am Ende noch mal wiedergekommen bist. Die ehrliche Führung war beeindruckender als die erfundene. Du solltest immer ehrlich sein, Hannes, es steht dir gut.«

Er verneigte sich galant. »Wie machen Sie das bei Hofe?«, fragte er und wollte ihre Hand für einen Handkuss greifen.

Sie zog sie weg. »Lass den albernen Quatsch. Adieu, Hannes.« Sie ging. Kaum war er ihr aus den Augen, fielen ihr wieder die schluchzende Mutter und das kranke Mädchen ein. Gab es wirklich keinen Weg mehr, der Kleinen zu helfen?

Grübelnd passierte sie den Dom und trat auf das Schloss zu. Die Wache am Tor grüßte. Alice überquerte den Schlosshof. So vertraut war ihr das Treppenhaus im Spreeflügel mit seinen verzierten Geländern und den Marmorsäulen. Sie war es gewohnt, auf dem Weg nach oben an der Tür zu den Gemächern des Königs vorüberzugehen. Seit der Geburt lebte sie im Schloss, dieses Gebäude war ihr Zuhause, ihre Welt. Wie viele Wirklichkeiten gab es noch in Berlin außer ihrer eigenen?

Als Tochter des Kastellans war sie Gräfinnen und Freiherrn und Rittern begegnet. Weilte der König nicht im Stadtschloss, bewegte sie sich frei darin, beinahe so, als wäre das ganze prunkvolle Gebäude ihres. Sie kannte jedes Zimmer, jeden Dachboden, jede Küche. Und die Dienstboten schätzten sie, seit sie ein kleines Kind gewesen war.

Aber da draußen gab es eine Welt, in der man am Typhus verreckte, in der man hungerte, soff und klaute. Natürlich kannte sie Berlin. Sie kannte den Lebensrhythmus der Stadt. Zwei Stunden nach Mitternacht verhallte das Rasseln der Wagen, und es gab drei Stunden Ruhe. Dann, um fünf, öffneten die Läden, und die Arbeiter zogen in Richtung der Werkstätten und Fabriken. Sie liebte diese Uhrzeit, wenn eine wohltuende Frische über der Stadt lag wie ein unschuldiges Erwachen.

Was sie nicht gekannt hatte, war das Alltagsleben dieser Verkäuferinnen, Schlosser, Handschuhmacher und Brettschneider. Nach dem heutigen Einblick in ihre Welt kam ihr das helle, nach Kerzenwachs duftende Treppenhaus im Schloss verschwenderisch vor. Die hohen vergoldeten Türen, die sauberen Glasfenster. Die exotischen Pflanzen, die man zum Schmuck in badewannengroßen Tontöpfen aufgestellt hatte und deren Blätter glänzten, weil man sie täglich sauber wischte.

Als sie die Dachwohnung erreichte und gerade eintreten wollte, schlüpfte Bettine hinaus und schloss hinter sich die Tür. »Gnädiges Fräulein, gehen Sie da jetzt besser nicht rein.«

Ihr stockte der Atem. War den Eltern etwas zugestoßen? Oder ihrem Bruder? »Warum nicht?«, fragte sie.

In Bettines Gesicht stand Mitleid geschrieben. Sie schwieg. Es musste etwas Ungehöriges sein, das sie nicht auszusprechen wagte, etwas, von dem sie als Dienstmädchen nichts wissen durfte.

»Lass mich durch«, befahl Alice.

»Bitte, hören Sie auf mich«, versuchte es Bettine noch einmal.

»Ich sagte, du sollst mich durchlassen!«

Bettine gehorchte und machte Platz.

Im Vorzimmer sah sie keine Veränderung, nur ein Offizierssäbel lehnte da, also war ihr Bruder zu Besuch. Das war doch eine gute Nachricht! Oder hatte man ihn gerufen, weil es der Mutter oder dem Vater nicht gut ging?

Mit klopfendem Herzen öffnete sie die Tür zum Salon.

Ihr stockte der Atem. Nicht der Bruder saß dort im Sessel und plauderte mit dem Vater, sondern Victor.

Er sah zur Tür und erhob sich sofort. »Alice!« Schwungvoll trat er auf sie zu, als wollte er sie umarmen. Erst kurz vor ihr stockte er und nahm ihre Hand. Er deutete einen höflichen Kuss auf die Finger an.

Sie presste fest die Lippen aufeinander.

»So zornig? Immer noch?«

Der Vater stand ebenfalls auf.

»Ich war in der Oranienburger Vorstadt«, sagte sie, »und habe einem typhuskranken Mädchen den Kopf gestreichelt. Kein guter Tag für einen Handkuss.«

»Alice«, rief der Vater, »willst du uns den Tod ins Haus bringen? Was hast du in den Vorstädten verloren?«

»Wild und ungezähmt«, raunte Victor, »wie eh und je.« Er lächelte sein Premierleutnantslächeln, wischte sich dennoch vorsichtshalber die Lippen ab.

Die Uniform hatte Victor immer gut gestanden. Das Preußischblau des Waffenrocks wiederholte sich in seinen Augen, und die weiße Weste mit den goldenen Knöpfen gab ihm das Aussehen eines Prinzen.

»Kann ich dich nachher unter vier Augen sprechen?«, fragte er leise.

Wenn sie ihm das gestattete, hatte er sie wieder in der Hand. Ihr Ja würde die Vergangenheit vom Tisch wischen, als wäre nichts gewesen. Sie wünschte sich, mit ihm nach nebenan zu gehen und zu hören, was er erlebt hatte im vergangenen halben Jahr und ob er an sie gedacht hatte. Sie wünschte sich, wieder an seinem Arm spazieren zu gehen. Zugleich war sie wütend über das Geschehene. Gerade jetzt, da er vor ihr stand, spürte sie die Verletzung wie eine kühle Fremdheit zwischen sie fahren. Sie sagte: »Gestatten Sie, dass ich mich zu Ihnen setze?«

Der Vater sagte nichts, aber er sah sie widerstrebend an.

Sie nahmen Platz, und Vater und Victor setzten ihr Gespräch fort. Es ging um eiserne Zäune, die in Zukunft das Schloss schützen sollten. Der Stadtkommandant hatte ihn mit diesem Vorschlag zu Vater geschickt.

»So ein Unsinn«, sagte sie. »Das wäre furchtbar hässlich.«

»Es geht hier um keine Verschönerung«, erklärte Victor. »Sie sollen das Schloss schützen, falls es zum offenen Aufruhr kommt.«

»Ein Revolte gegen den König? Das sind doch Märchen.«

Vater fragte streng: »Seit wann interessierst du dich für Politik, Alice?«

Die Zurechtweisung ärgerte sie. Sie war keine, die nach der Schule nur im Zimmer hockte und Blumen malte. »Seit ich die Armut mit eigenen Augen gesehen habe«, sagte sie. »Sie ist hier in unserer Stadt, und wir tun nichts dagegen.«

»Stellst du dich etwa auf die Seite dieser Aufrührer?«, fragte Vater.

»Welche Aufrührer?«

Die Männer schmunzelten spöttisch und ein wenig erleichtert. Victor ließ sich herab, es ihr zu erklären. »Einige Rädelsführer wollen die Stadt in Unruhe versetzen. Ist dir nichts aufgefallen? In den Kaffeehäusern, Lesekabinetten und Konditoreien drängen sich die Leute um die Zeitungen, Männer steigen auf einen Stuhl und lesen der Meute Artikel vor. Man verlangt Unterstützungskassen für Krankheit und Alter. Viele fordern sogar eine Verfassung.«

»Der König wird natürlich Stärke zeigen«, sagte Vater. »Nur mit dem Königtum als Eckpfeiler können wir die Zivilisation verteidigen. Eine Volkssouveränität wie in Frankreich oder Amerika bringt Anarchie und Chaos.«

»Wie wollen Sie das wissen, Vater, wo wir doch eine preußische Volkssouveränität noch nicht probiert haben?«, fragte sie.

Der Vater nahm Fahrt auf. Wie immer, wenn er sich in Rage redete, fing er an, feine Tröpfchen zu spucken. »Ich muss nicht meine Hand ins Feuer halten, um *auszuprobieren*, ob es heiß ist. Andere Staaten auf dieser Welt brennen bereits. Da sollten wir das Zündeln sein lassen. Diese Tendenzen, diese gleichmacherischen Anwandlungen werden im Keim erstickt, oder es geht mit Preußen bergab. Wir dürfen das ungebildete Volk nicht ans Ruder lassen.«

Sie wandte ein: »Aber sind wir nicht alle von Gott gleich geschaffen?«

»Natürlich nicht!«

»Es gibt Talente und Begabungen, das meine ich aber nicht.« Sie sah Hannes vor sich und das typhuskranke Mädchen auf seinem Strohlager. »Ich wollte sagen, wir haben alle den gleichen Wert vor Gott.«

»Meinetwegen sollen gebildete Bürger über den Staatsetat mitbestimmen. Ich bin kein Konservativer. Aber gewisse Grenzen müssen gewahrt bleiben. Das ungebildete Volk hat nichts in der Regierung verloren.«

»Ist das nicht ungerecht«, fragte sie, »wenn wir den Großteil der Bevölkerung für dumm erklären und ihn von vornherein benachteiligen? Ich hab heute gesehen, wie man in der Oranienburger Vorstadt hungert. Die Kinder nagen Knochen ab, die sie in der Gosse gefunden haben! Und die Eltern arbeiten von früh bis spät in der Fabrik, Mann wie Frau, und kommen doch auf keinen grünen Zweig. Selbst die Armenärzte sind machtlos gegenüber der Mangelernährung und dem Schmutz, in dem die Menschen dort hausen müssen.«

Victor schien verwirrt zu sein, nickte jedoch anerkennend. Seine blauen Augen leuchteten.

Unter seinem intensiven Blick fühlte sie sich lebendiger als sonst, es war, als würde ein erfrischender Sturm ihr Inneres aufwühlen.

»Ungerecht ist das nicht«, wehrte Vater ab, »jeder kann ja, wenn er sich bemüht und fleißig ist, in das Bürgertum aufsteigen. Der Geselle wird zum Meister, der Lehrling zum Ladenbesitzer. Wir leben nicht mehr im Mittelalter, Alice, heute stehen den Leuten alle Wege offen.«

»Wenn das so einfach ist, warum machen das dann nicht alle? Meister werden oder Ladenbesitzer – glauben Sie nicht, die Mittellosen würden vor Freude im Dreieck springen, wenn sie eine solche Chance bekämen? Aber sie kriegen ja nicht mal anständige Löhne in der Fabrik.«

»Du argumentierst mit Einzelfällen, Alice. Hier geht es um die großen Zusammenhänge. Das ist alles komplizierter, als du meinst.«

»Ja, vielleicht.« Sie stand auf. »Bitte entschuldigen Sie mich. Ich bin müde. Ich werde Sie nicht länger stören.«

»Reden wir nachher noch ein wenig?«, fragte Victor.

»Lieber ein andermal.« Sie verließ den Salon.

Als sie die Tür hinter sich geschlossen hatte, lief ein freudiges Zittern über ihren Körper. Die Gewissheit, das Richtige getan zu haben, berauschte sie. Sie war stark gewesen. Natürlich würde es Victor ohne ihre Zustimmung nicht wagen, sie nach dem Gespräch mit Vater aufzusuchen. Sie hatte ihm gezeigt, dass nicht einfach alles vergeben und vergessen war.

4

Polizeipräsident von Berlin – dieses Amt vergaben sie nur deshalb außerhalb des üblichen Ämtergeschachers, weil die Zeiten schwierig waren. Das war Julius von Anfang an bewusst gewesen. Wie gefährlich die Lage war, dämmerte ihm allerdings erst jetzt, im neunten Monat nach Dienstantritt.

»Sind Sie sicher?«, fragte er und musterte den Spitzel.

»Herr Polizeipräsident, ich schwöre, sie sitzen im Hinterzimmer der Zeitungshalle und schmieden Pläne.«

Er schob ihm ein Blatt Papier und eine Feder hin. »Notieren Sie die Namen aller Personen, die Ihnen bekannt sind.«

Während der Spitzel schrieb, massierte sich Julius die Schläfen. Anfangs hatte ihm die Arbeit Spaß gemacht. Er hatte seinen Spionen Decknamen wie Nepomuk oder Heimbert gegeben und war höchstpersönlich zu Pferde durch die Stadt Patrouille geritten und hatte die Straßen erkundet. Seit er vor zwanzig Jahren zu Beginn seines Studiums die preußische Hauptstadt verlassen hatte, war Berlin um einiges gewachsen. Die Stadt war so anders als Posen, so gewaltig, so imposant!

Inzwischen aber drohte ihm die Sache über den Kopf zu wachsen. Das hässliche Gefühl, dass ihm die Zügel aus den Fingern glitten, ließ ihn nachts kaum noch schlafen.

Er nahm den Zettel entgegen und überflog die Namen. »Gehen Sie«, sagte er.

Der Spitzel kratzte sich das Kinn. »Meinen Sie nicht, ich sollte –«

»Gehen Sie«, wiederholte er.

»Ja, Herr Polizeipräsident.« Der Spitzel verließ mit kaum verhohlener Unzufriedenheit das Büro.

In Posen war es Julius mehrfach gelungen, nationalpolnische Aufstandsversuche zu ersticken. Bis in die höhere Aristokratie hinein hatte er die Rädelsführer aufgespürt und festgenommen, sogar den Erzbischof von Gnesen und Posen, der am Aufstand beteiligt war, hatte er von Berittenen auf die Festung Kolberg bringen lassen. Aber Berlin war anders. Die Rebellen verbargen sich im wogenden Menschenmeer und waren darin unauffindbar, bis sie plötzlich irgendwo auftauchten und zuschlugen.

»Paul!«, rief er.

Der Sekretär betrat den Raum.

»Setzen Sie sich hin, ich diktiere einen Brief.«

Er wartete, bis der Sekretär umständlich Platz genommen hatte, die Federspitze eintauchte und sie am gläsernen Fässchen abstreifte.

»Sind Sie so weit? Schreiben Sie: Ich erachte es als erforderlich, beim ersten Ausbruch einer Bewegung erstens das Königliche Schloss zu besetzen.«

Die Schreibfeder des Sekretärs kratzte über das Papier.

»Zweitens eine Kompanie für das Stadtvogtei-Gefängnis, drittens eine Verstärkung für die Brandenburger Torwache, viertens einen Schutz für das Staatsgefängnis bei Moabit ab zu kommandieren.«

Der Sekretär presste vor Anstrengung die Lippen zusammen, aber er schrieb, ohne zu unterbrechen.

»Fünftens Kavallerie von sieben Uhr abends verfügbar zu halten, um durch die Dorotheen- respektive Anhaltstraße, die Kommunikation entlang, sich nach dem Brandenburger Tor zu dirigieren und mit dieser Truppe der Volksversammlung in den Zelten zu imponieren oder sie auseinanderzujagen oder behufs Ausführung von Verhaftungen zu umzingeln.«

Jetzt sah der Sekretär auf.

»Unterstehen Sie sich nachzufragen. Schreiben Sie!«, donnerte er.

Der Sekretär beugte sich gehorsam über das Blatt.

»In diesem letzten Fall würde beim Ausrücken aus dem Tor dasselbe geschlossen und gleichzeitig der Schiffbauerdamm sowie das Potsdamer Tor besetzt werden müssen, um ein massenhaftes Eindringen in die Stadt zu verhindern. Starke Patrouillen würden das Schloss Bellevue überwachen und sich bis nach Charlottenburg ausdehnen. Inwieweit ein Avertissement an die Charlottenburger Garnison zu erlassen ist, wird gehorsamst anheimgestellt. Julius Freiherr von Minutoli, Polizeipräsident.«

Der Sekretär beendete das Schriftstück. Sein Gesicht war rot geworden. »Herr Polizeipräsident, sind Sie sicher, dass solche Schritte notwendig sind?«

Er stand auf, trat vor das Fenster und starrte hinaus auf den Molkenmarkt. »Glauben Sie, ich stelle mich mit kaum zweihundert Gendarmen einem Volksaufruhr entgegen?«, sagte er leise. »Das Militär muss vorbereitet sein.« Er kehrte sich wieder zum Schreibtisch um, nahm den Brief auf und las ihn zur Kontrolle.

Paul bot ihm demütig die Feder an. Er nahm sie entgegen und unterzeichnete. »Kein Wort zu irgendjemandem! Sie schaffen den Brief höchstpersönlich zum Gouverneur, Herrn General von Pfuel. Er wohnt vorübergehend im Gebäude der Königlich-Preußischen Bank, dort werden Sie ihn antreffen. Sie übergeben den Brief nur ihm, verstanden?«

Der Sekretär nickte. Er blies über die Tinte der Unterschrift, um sicherzugehen, dass sie getrocknet war, faltete den Brief zweimal und schlich damit hinaus.

Julius überlegte die nächsten Schritte. Einschüchterung? Festnahmen? Er las den Zettel des Spitzels und wiederholte halblaut die Namen. Auswendig, mit geschlossenen Augen, sagte er sie auf.

Euch werde ich in die Pfanne hauen, dachte er, mit Pfeffer und Salz. Er steckte den Zettel ein, ging zur Garderobe und fuhr sich mit der Kleiderbürste in zackigen Strichen über die Uniform.

Anschließend verließ er das Polizeipräsidium und überquerte die Spree. Ein schnaufender Dampfschlepper schob einen Lastkahn mit Kohle unter der Brücke hindurch. Die Kohle, die Berlin brauchte, stammte aus England. Wer weiß, dachte er, was sie unter der Kohle schmuggeln. Er fasste den Entschluss, bei Gelegenheit die Lastkähne zu überprüfen.

Nachdem er die Fischerinsel mit ihren Gässchen passiert hatte, bog er hinter dem Spreekanal in die Niederwallstraße ein. Auf dem Hausvogteiplatz bemerkte er einen Schmutzfleck an seinem Stiefel. Er blieb stehen, zückte das Taschentuch und bückte sich, um den Stiefel zu reinigen. Er polierte die Stelle mit einem sauberen Ende des Taschentuchs.

Dann marschierte er weiter, stieß in der Oberwallstraße 12 die Tür auf und nahm die Treppe nach oben. Im ersten Stockwerk, in der Zeitungshalle, lagen Hunderte Zeitungen und Journale aus, dazu Landkarten und Bücher aller Wissensgebiete. Der Raum war geschmackvoll als Lesekabinett eingerichtet, Aufwartemädchen servierten Biskuits und Kaffee in feinen Porzellantassen. Die Betreiber wussten genau, dass ihr Etablissement mit den Berliner Lesekonditoreien konkurrierte. Deshalb hatten sie dem Ganzen einen noblen Anstrich gegeben. Außerdem kostete der Zutritt zur Zeitungshalle jährlich acht Taler, was genau die Bevölkerungsschichten von der Benutzung ausschloss, über die man in der sozialistischen Zeitung schrieb, die im selben Hause entstand: der *Berliner Zeitungshalle*. Aber er war gut unterrichtet und wusste, dieser Ort war trotz allem Anschein von Noblesse ein Treffpunkt der Linksliberalen.

Der Livrierte, der den Eingang überwachte, sprach ihn an. »Verzeihen Sie, der Herr, sind Sie Mitglied der Zeitungshalle?«

»Ich komme nicht zum Lesen hierher«, knurrte er. »Wissen Sie nicht, wer ich bin?«

Besorgt, er könnte einen Fehler machen, senkte der Livrierte den Kopf und stöberte in seinen Listen.

»Da werden Sie mich nicht finden.«

Aus dem Saal eilte der Eigentümer der Zeitungshalle heran. »Herr Polizeipräsident, was verschafft uns die Ehre? Wir haben, ganz nach Ihren Wünschen, einige Zeitungen und Bücher aus dem Sortiment genommen.« Seine Uhrkette blinkte golden. Der Mann war Schriftsteller und trotzdem geschäftstüchtig. Eine seltene Verbindung.

»Ist Ihnen klar«, fragte Julius von Minutoli, »dass sich in Ihrem Etablissement eine Rotte von Aufrührern versammelt hat?«

Gustav Julius – er trug seinen Vornamen als Nachnamen, allein das brachte ihn bereits gegen den Mann auf – verneinte erschrocken.

»Führen Sie mich zum Redaktionszimmer.«

»Selbstverständlich.« Das kam nicht mehr so selbstbewusst über die Lippen des dicken Mannes. Er ahnte wohl, dass ihm Ärger drohte. Zögerlich ging er voran.

Die Lesenden an den Tischen sahen hoch, selbst die Aufwartemädchen verharrten und blickten ihnen nach, wie sie die Zeitungshalle durchquerten.

Der Inhaber öffnete die Tür zum Redaktionszimmer und fuhr zusammen. Er japste nach Luft. »Was geht hier vor?«, fragte er die Männer, die um den Ebenholztisch zusammensaßen. »Wer hat diese Versammlung genehmigt?«

Julius schob ihn beiseite.

»Sie ruinieren mich!«, rief der Inhaber von hinten. »Sie alle sind schuld an meinem Ruin!«

Julius nahm sich die Zeit, jedem der Herren in die Augen zu sehen. Mehrere von ihnen trugen Vollbärte, ein erstes Anzeichen von Widerspenstigkeit, genauso wie das kurz geschnittene, in die Stirn gekämmte Haar und die ausgeprägten Koteletten. Die Bart- und Haarmode verriet oft schon die politische Gesinnung. Nicht umsonst hatte der König preußischen Referendaren und Postbeamten per Gesetz verboten, einen Bart zu tragen.

Diese Männer waren zweifellos intelligent, klüger als die polnischen Adligen, mit denen er sich in Posen herumgeschlagen hatte. Und sie –

Was war das? Nepomuk saß in der Runde! Er hatte den Spitzel heute Morgen angewiesen, sich in der Stehelyischen Konditorei in der Charlottenstraße 53 umzuhören, dem Etablissement, in dem zu besseren Zeiten E.T.A. Hoffmann und Heinrich Heine verkehrt hatten, dem Treffpunkt der Literaten, Künstler und Radikalen. Was hatte er hier zu suchen?

Er zwang sich, nicht zu ihm hinzusehen, und richtete stattdessen den Blick auf das Schriftstück, das zwischen den versammelten Männern auf dem Tisch lag. »Geben Sie mir Ihren Schrieb«, befahl er.

Gehorsam reichte ihm einer der Bärtigen das Papier.

Er las:

Das bestimmte, ins Bewusstsein des Volkes übergegangene Bedürfnis nach größerer politischer Freiheit ist der sicherste Maßstab zur Beurteilung der Reife einer Nation.

Unsere Wünsche sind:

1) *Unbedingte Pressefreiheit.*
2) *Vollständige Redefreiheit.*
3) *Sofortige und vollständige Amnestie aller wegen politischer und Pressevergehen Verurteilten und Verfolgten.*
4) *Freies Versammlungs- und Vereinigungsrecht.*
5) *Gleiche politische Berechtigung aller, ohne Rücksicht auf religiöses Bekenntnis und Besitz.*
6) *Geschworenengericht und Unabhängigkeit des Richterstandes.*
7) *Verminderung des stehenden Heeres und Volksbewaffnung mit freier Wahl der Führer.*
8) *Allgemeine deutsche Volksvertretung.*
9) *Schleunigste*

Hier endete der Textentwurf. Er reichte das Blatt zurück. »Mein Name ist Julius von Minutoli.«

»Gestatten, ich bin –«

»Sie brauchen sich mir nicht vorzustellen, Doktor Schasler«, fuhr er scharf dazwischen. »Meinen Sie, wir im Polizeipräsidium wüssten nicht, wer Sie sind?« Maximilian Schasler, den früheren Burschenschaftler, kannte er tatsächlich, bei den anderen war es ein Glücksspiel, aber er wagte es: Er zählte die Namen auf, die ihm der Spitzel aufgeschrieben hatte. Einer nach dem anderen erbleichten die Männer.

Sein Auge ruhte auf ihnen, auch wenn sie meinten, sich hier heimlich versammeln zu können. Jawohl, er war weiter, als sie gedacht hatten.

Nur Nepomuks Rolle in diesem Spiel irritierte ihn. War er so übereifrig? Hatte er vorgehabt, speichelleckend mit der Erfolgsmeldung zu ihm zu kommen, dass es ihm gelungen sei, die Verschwörer zu infiltrieren? Er stand erst seit Kurzem in seinen Diensten, wahrscheinlich wollte er sich bewähren. Nun, das tat er, indem er die Anweisungen befolgte und nicht durch Aktionen auf eigene Faust! Julius würde ihm eine ordentliche Standpauke halten müssen. Sein wirklicher Name war nicht auf der Liste gewesen, scheinbar hatte er sich für diese Runde umbenannt. Ein übliches Vorgehen. Die Sache erinnerte ihn an Heinrich von Poninski, der ihn als Doppelagent im Polenaufstand hintergangen hatte. Der junge Portepeefähnrich der Gardeartillerie war genauso eifrig gewesen wie Nepomuk, als gebürtiger Breslauer hatte er sich ihm aus freien Stücken dafür angeboten, unter den Polen zu spionieren. Monatelang lieferte er ihm unwichtige Leute aus, Verschwörer zwar, aber nicht die entscheidenden, und arbeitete währenddessen heimlich mit den Strippenziehern des Aufstands zusammen. Dass Heinrich – ehemals Agent C. – lebenslang in Festungshaft schmoren würde, war kein Trost. Er hatte Julius vorgeführt und dem Königreich beinahe die Provinz Posen entrissen.

»Sie haben gestern und vorgestern eine Volksmenge versammelt«, sagte Julius. »wohlweislich außerhalb der Stadt, im Tiergarten. Sie halten sich für sehr schlau, was? Haben Sie wirklich geglaubt, die Berliner Polizei würde sich nicht darum kümmern, bloß weil der Tiergarten nicht im Stadtgebiet liegt?« Er richtete seinen Blick auf das Schriftstück. »Und dieser Aufruf ist eine Provokation, die Ihnen eine Anklage wegen Majestätsbeleidigung und Erregung von Missvergnügen einbringen wird. Ich garantiere Ihnen, Sie werden aus der Stadt geworfen, wenn nicht gar wegen Hochverrats in Festungshaft genommen.«

»Wir haben uns hier als Deputierte versammelt«, sagte Doktor Schasler, »gewählt vom Volk, um dem König die Anliegen des Volkes vorzutragen. Dieser hohen Bürgerpflicht gedenken wir nachzukommen, ganz gleich, welche Drohungen Sie gegen uns ausstoßen.«

»Ich will Ihnen etwas sagen«, erwiderte Julius, »nicht als Polizeipräsident, sondern als freundlicher Ratgeber. Sollten Sie die Absicht haben, ihre Forderungen vor den Thron zu bringen, oder gar die Dreistigkeit besitzen, sich von einer Horde aufgebrachter Menschen bis vor das Schloss begleiten zu lassen, so werde ich jedes Mittel anwenden, ich wiederhole: *jedes Mittel,* das die Polizei- und Militärgewalt bietet. Ich werde Ihre Tat unterbinden. Und wenn Sie es wagen, Widerstand zu leisten, sei die Volksmenge auch noch so groß, dann wird Blut fließen, darauf gebe ich Ihnen mein Wort.«

Das Gesagte stand mächtig im Raum, er konnte seine Wirkung von den Gesichtern der Männer ablesen. Sie sahen aus, als hätte man einen Eimer kaltes Wasser über ihnen ausgegossen.

»Aber der König …«

»Der König will Ihre Adresse nicht annehmen. Er verabscheut Ihre wüsten Forderungen.«

Der Mann, der beim Namen Löwenberg zusammengezuckt war, erhob sich. »Ist das eine sichere, unumstößliche Mitteilung?«

Es galt, den Aufruhr im Keim zu ersticken. Er durfte nicht zögern, auch wenn er manche der Forderungen durchaus nachvollziehen konnte und sie selbst für sinnvoll hielt. Handelte er entschlossen, dann würde es ihm gelingen, das Feuer auszutreten, bevor es die Stadt in Brand steckte. »Ich habe gerade mit dem König gesprochen«, log er. »Seine Majestät Friedrich Wilhelm hat sich unmissverständlich geäußert.«

»Der König hat doch die Adresse gar nicht gelesen«, protestierte Doktor Schasler.

»Ihre hanebüchenen Forderungen sind uns seit Tagen bekannt.« Julius sah kurz zu Nepomuk hinüber. Der Spitzel erwiderte ruhig seinen Blick.

Löwenberg schlug vor: »Und wenn wir Ihnen die Adresse zur Übergabe an den König aushändigen würden? Sie als Polizeipräsident –«

»Sie haben die Frechheit«, brüllte er, »einen solchen Vorschlag zu unterbreiten? Wenn Sie das unverschämte Schriftstück unbedingt zum Thron befördert haben wollen, empfehle ich Ihnen die Stadtpost!«

Verbittert kniff Doktor Schasler die Lippen zusammen. »Verehrter Herr Polizeipräsident, wenn eine Audienz beim König weder für uns noch für einen anderen Überbringer der Adresse zu erlangen ist, dann werden wir notgedrungen einen gänzlich anderen Weg einschlagen.«

»Und der wäre?«

»Wir veröffentlichen die Adresse in auswärtigen Zeitungen, gemeinsam mit ihrer Entstehungsgeschichte.«

Sie wollten das Ganze öffentlich machen? Ihm lief ein Schauder über den Rücken. Die auswärtigen Zeitungen unterlagen nicht der preußischen Zensur, sie würden mit Genuss etwas abdrucken, das Preußen bloßstellte und schwächte. Der König würde fragen, wieso die Polizei das öffentliche Debakel nicht verhindert hatte. Man würde seine Fähigkeiten als Polizeipräsident in Zweifel ziehen. Der Aufruhr an sich war schon schlimm, aber dass Preußen im Ausland sein Gesicht verlor, durfte er auf keinen Fall zulassen.

Doktor Schasler merkte, dass er Oberwasser gewann. Er stand auf und stützte die Hand auf der Tischfläche ab wie ein Bankdirektor. »Wir werden sie außerdem lithografieren und in einer großen Zahl von Exemplaren an öffentlichen Orten zur Unterzeichnung auslegen.«

»Ich lasse Sie auf der Stelle festnehmen und abführen. Das ist Hochverrat!«

Schasler sagte: »Sie sehen, wir sind zu fünft. Aber es gibt weitere Deputierte. Unsere Forderungen werden andernorts in der Stadt genauso diskutiert. Die Bewegung ist nicht mehr aufzuhalten. Nicht einmal von Ihnen.«

Er wog die Optionen ab. Nahm er die vier Männer fest, und zum Schein natürlich auch Nepomuk, dann musste er sie durch die Zeitungshalle führen. Irgendjemand saß hier, der ihre Namen kannte. Morgen würde man es im *Frankfurter Journal* lesen, in der *Vossischen*, in der *Illustrierten Zeitung*. Die Aufrührer würden dadurch Gewicht erhalten, er gab ihnen mit der Festnahme die Ehre, den Zorn der Polizei und des Königs auf sich gezogen zu haben. Das würde ihren Forderungen zusätzliche Aufmerksamkeit verschaffen. Mehr noch: Es erhöhte den Nachrichtenwert für die ausländischen Zeitungen, wenn man ihnen das Papier zuspielte.

»Wie Sie wollen«, sagte er. »Lithografieren Sie. Sammeln Sie Unterschriften. Ich nehme den Fehdehandschuh gerne auf.« Er trat so nahe an Doktor Schasler heran, dass sich beinahe ihre Nasenspitzen berührten. »Ich werde Ihre ›Bewegung‹ zerquetschen wie einen faulen Apfel. Wenn Sie meinen, ich dulde in Berlin Zustände wie in Paris, dann haben Sie sich getäuscht. Sie werden scheitern. Es ist nicht das erste Mal, dass ich mit Aufruhr zu tun habe. Fragen Sie mal, wie es in Posen ausgegangen ist.«

Als er sich umwandte, um zu gehen, warf er noch einen letzten Blick auf Nepomuk. Er hatte sich diesen Blick nicht gestatten wollen, schließlich durfte niemandem auffallen, dass sie sich kannten. Aber etwas an Nepomuks Miene verwirrte ihn. Der Gesichtsausdruck des Spitzels, dem wie immer ein Augenlid halb herabhing, verriet freudige Anspannung. Ihm schien zu gefallen, was sich hier abspielte.

5

»Das möchte ich einzahlen.« Hannes legte die Münzen auf den Tresen.

Kühl musterte ihn der Mann hinter dem Schalter. »Für diese kleine Summe kann ich Ihnen kein Konto eröffnen. Die Mindesteinlage beträgt fünfzehn Silbergroschen.«

»Ich habe bereits ein Sparbuch.« Hannes hielt es dem Beamten hin.

Der nahm es ungläubig entgegen, blätterte darin und wischte schließlich wortlos die Münzen mit einer Handbewegung zu sich, um sie zu zählen. Er trug die neue Summe ins Sparbuch ein, unterschrieb und drückte einen Stempel ins Buch. Als er es überreichte, musterte er Hannes noch einmal. Er konnte einfach nicht glauben, dass ein junger Bursche, der so abgerissene Kleider am Leib hatte, in der Lage war, über vierzig Taler anzusparen.

Hannes ließ das Sparbuch nach Empfang sofort unter seinem Hemd verschwinden. »Einen schönen Tag«, sagte er und verließ die noble Halle der Sparkasse.

Von den vier Pfenningen, die er behalten hatte, kaufte er auf dem Heimweg Kartoffeln. Hätte er etwas weniger eingezahlt, dann hätte er sich auch noch Heringe leisten können, ein Fleischbrötchen oder eine Thüringer Rostbratwurst, niemand hätte ihn deswegen gescholten. Aber er ging mit knurrendem Magen an den Verkaufsständen vorbei und dachte an seine Mutter, die früher trickreich das Geld vor dem Vater versteckt hatte. Sie hatte ihren Kindern Sparsamkeit vorgelebt.

Wie lange schon hatte er sie nicht mehr gesehen? Vierzehn Jahre? Fünfzehn? Eines Tages würde auch er in einer guten Straße wohnen. Er würde eine anständige Frau heiraten. Seine Kinder würden nicht Obstkarren durch die Gassen schieben und Früchte anstarren, die sie nicht essen durften. Sie würden weder mit Schwefelhölzern durch die Bierstuben ziehen noch mit Seife oder Bilderbogen hausieren gehen. Seine Kinder würden die Schule besuchen. Anschließend würden sie einen Beruf erlernen, einen zukunftsträchtigen, darauf würde er achten, Techniker vom Gewerbe-Institut, die wurden gesucht, oder Schlosser. Das hatte Zukunft, es gab immer mehr Eisenbahnen und Maschinen. Aber eine dreijährige Schlosserlehre war teuer, sie kostete dreihundert Taler. Die würde er dann irgendwie für seinen ältesten Sohn zusammenbringen müssen.

Und er wollte eine richtige Hochzeit feiern, seine Braut sollte im Wagen zur Kirche fahren, gezogen von guten Pferden mit silberbeschlagenem Geschirr, und auf dem Bock und auf dem Tritt sollten livrierte Bedienstete stehen, und wenn es nur für den einen Tag war. So etwas kostete zehn Taler, das waren umgerechnet dreihundert Silbergroschen. Aber die war ein Hochzeitsfest auch wert.

Er stellte sich Alice als glücklich strahlende Braut vor, wie sie in der Kutsche zur Kirche fuhr. Alice in einer schönen, hellen Wohnung. Alice mit Säugling auf dem Arm. Alice beim Baden in einem Zuber, wie sie ihm zulächelte.

Ich mache es anders als Vater, dachte er.

Er öffnete die Haustür und stieg die Stufen zur Souterrainwohnung hinab. Im Treppenhaus roch es nach Kohlsuppe. Der Bart des Schlüssels war durchgerostet, er war nur noch zur Hälfte vorhanden, ein Wunder, dass sich nach wie vor damit das Schloss öffnen ließ. Dafür war es ein Schnäppchen gewesen. Der gebogene Riegel schnappte auf.

Kara begrüßte ihn mit verärgertem Krächzen. Er holte einen Wurm aus der Mehlschachtel. Das Mehl hing an den Rippen des Wurms wie weißes Puder. Der Wurm wand sich, als würde er ahnen, was ihm blühte. Zwischen Daumen und Zeigefinger hielt er ihn der Krähe hin, und schon war ihr Ärger verflogen, sie zog ihn behutsam heraus und verschlang ihn.

Das Mehl für die Würmer war teuer. Vielleicht fraß die Krähe nicht bloß Fleisch? Er schichtete Holz auf und schob Späne und ein wenig Zeitungspapier darunter. Ein kostbares Zündholz riss er an, indem er es an der Wand entlangstrich, seine ältere Schwester und er hatten immer darum gestritten, wer das tun durfte: Du warst zuletzt, nein du, ich bin dran! Heute hatte er seinen eigenen zerbeulten Wassertopf und bezahlte selbst die Schwefelhölzer. Wäre die Schwester doch noch am Leben.

Das Zeitungspapier fing schnell Feuer, und die Späne knackten. Er legte die Kartoffeln in den Topf, goss Wasser aus dem Krug darüber und hängte den Topf über die Flammen. Die Scheite loderten auf, bald zeigten sich kleine Bläschen im Wasser, und es fing an, aus dem Topf zu dampfen.

Kara äugte kritisch von ihrem Ast herunter. Manchmal fürchtete er, sie könnte die Drähte lösen, mit denen er das Holz quer durch das Zimmer gehängt hatte. Der Ast schaukelte bedrohlich. Aber sie machte sich keine Sorgen, sie saß den ganzen Tag darauf, nur selten, in mutigen Momenten, flog sie auf den Zimmerboden herunter und spielte mit einer Schraube oder hackte nach einem Käfer.

Er steckte die Hand in den Krug mit dem kalten Wasser und näherte sich ihr mit tropfenden Fingern. Erwartungsvoll öffnete sie den Schnabel und reckte ihn in die Höhe. Er ließ Wasser von den Fingern hineinlaufen. Kara trank.

Dann ein kluger Blick seitwärts. Ein Krächzen. Hannes sah sie zwinkern, kleine Häute schnellten vor und bedeckten kurz die Augen.

Er zerteilte das Feuer und zog die größten Holzscheite heraus, auch Holz kostete Geld. Mit der Gabel stach er in die Kartoffeln. Sie waren weich geworden. Er lud sie sich auf den Teller. Das heiße Wasser blieb im Topf, das konnte er nachher zum Abspülen gebrauchen. An der ersten Kartoffel verbrannte er sich den Daumen, als er die Schale abziehen wollte. Nach und nach, während des Schälens, kühlten die Kartoffeln ab. Neugierig äugte Kara vom Ast herunter.

Hannes kostete ein Stück. Die Kartoffel schmeckte mehlig. Er blies auf einen Kartoffelbrocken, bis er nur noch lauwarm war. Dann stand er auf und hielt ihn Kara hin.

Vorsichtig reckte sie den Kopf nach vorn. Sie öffnete den Schnabel. Aber anstatt den Kartoffelbrocken zu fressen, betastete sie ihn mit der Zunge, als sei sie nicht sicher, worum es sich handelte.

»Keine Angst. Das ist ein Stück Kartoffel. Du kannst es ruhig fressen.«

Endlich schluckte sie die ersten Bissen. Die meisten Leute hegten Vorurteile diesen Vögeln gegenüber wegen ihres lauten Krächzens. Dabei waren sie vorsichtige, kluge und schreckhafte Tiere. Hatten sie einmal eine Gefahr kennengelernt, mieden die Krähen sie ihr Leben lang.

Er streichelte Kara den Kopf und kämmte die Federn gegen den Strich. Kara drückte ihren Kopf gegen seine Finger und genoss die Berührung.

Nach dem Essen setzte er sich auf den geflickten Stuhl und angelte seinen Schatz von der Truhe. Bevor er das Buch aus der Zeitung wickelte, wischte er sich die Finger an der Hose ab. Dann befreite er es aus seiner schützenden Hülle. Zärtlich strich er mit den Fingern über den Ledereinband.

Er schlug das Buch auf und las, zum tausendsten Mal, die erste Seite. Es gab ihm das Gefühl, als sperrte er ein uraltes Tor auf und die Welt dahinter öffnete sich für ihn. *Brockhaus Conversations-Lexikon für die in der gesellschaftlichen Unterhaltung aus den Wissenschaften und Künsten vorkommenden Gegenstände mit beständiger Rücksicht auf die Ereignisse der älteren und neueren Zeit. Erster Band, A–E.*

Wenn er diesen Band durchgelesen hatte, eines Tages, würde er sich den nächsten leisten. Zwischen den Seiten 172 und 173 steckte der kleine Papierfetzen, den er als Lesezeichen verwendete. Jeden Tag ein Lexikoneintrag, das war seine Schule. Zuerst wiederholte er die zurückliegenden Wörter und versuchte, sich an ihre Bedeutung zu erinnern.

BRAMA war eine Gottheit der Inder.

BRAMSTÄNGE hieß ein kleiner, spitz zulaufender Mast in der Seefahrt.

BRANDENBURG, das war leicht, da gab es die Hauptprovinzen Altmark, Priegnitz, Mittelmark, Uckermark, Beeskow und Storkow.

Nun las er den neuen Artikel.

BRASILIEN, *eine große, den Portugiesen gehörige Landschaft im südlichen Amerika. Es ist sehr fruchtbar und bringt Safran, Baumwolle, Krystall, Ambra, Balsam, Brasilien- oder Fernambuckholz, u. m. d. hervor; seine wichtigsten Producte aber sind die Diamanten und das Gold. Lezteres wird meistens von Negersklaven auf dem Grunde der Flüsse und in den vom Regen gemachten Gräben gesucht; so werden auch die Diamanten, welche später als das Gold entdeckt wurden, gefunden. Außer den Ureinwohnern, den Brasiliern, welche sehr roh sind, wohnen in Brasilien auch europäische Portugiesen, Creolen (solche, die von Portugiesischen Eltern in Brasilien geboren sind), Mestizen (die von gemischter Portugiesischer und Brasilischer Herkunft sind) und Neger (deren jährlich 40–50 000 dahin gebracht werden).*

Ein Land voller Diamanten und Gold. Beides las man einfach aus den Flüssen. Wie das wohl ablief? Man fand einen Diamanten und war ein gemachter Mann? Wurde einem das Stück nicht sofort von den anderen streitig gemacht?

Ein Geräusch an der Tür ließ die Krähe zusammenzucken und in die entlegenste Ecke flattern.

Er drehte sich um. Kutte betrat die Wohnung. Immer noch hatte er diesen ruhelosen Blick.

»Komm rein, setz dich«, sagte Hannes.

»Liest du schon wieder in diesem staubigen Schinken? Willst wohl einer mit Ärmeln werden, was?«

»Wäre schön.«

Kutte nahm Platz. »Weißt du, was ich vermisse? Ich würde gern mal wieder mit dir in ein Haus einbrechen und auf den Dachboden steigen und durch die Luke aufs Dach klettern. Dann sitzen wir da oben und schauen über die Stadt und reden die ganze Nacht.«

»Das können wir gerne machen. Aber ich hab dir bereits gesagt, was ich denke.« Er hob das Einkaufsnetz mit den Kartoffeln an. »Willst du ein paar? Das Wasser ist noch warm. Dauert nicht lang, bis sie kochen.«

»Wir brauchen dich.«

»Ich mach nicht mit.«

»Wir haben nicht nur dieses eine Gewehr«, sagte Kutte. »Du denkst, es ist aussichtslos, doch das ist es nicht.«

»Ich fasse keins von diesen Mordsdingern an.«

»Das brauchst du auch nicht. Du sollst nur reden. Erzähl den Leuten von Gerechtigkeit und Freiheit.«

Wie konnte er Kutte da rausholen? »Ich glaube nicht, dass ein Aufstand in Berlin ein gutes Ende nimmt. Das ist Aufruhr gegen den König! Jeder, der da mitmacht, wird erschossen.«

Kutte blinzelte. »Weißt du noch, wie wir mal einen Sommer fast jeden Tag auf Stelzen verbracht haben? Wir mussten auf ein Fensterbrett klettern, um überhaupt da raufzukommen, so hoch waren die Dinger.«

Er lachte. »Natürlich erinnere ich mich. Wir waren die Riesen und haben den Erwachsenen auf den Kopf geguckt.«

»Wir konnten uns von den Stelzen aus einfach ins Geäst der Bäume setzen. Weißt du noch, wie wir uns vorgestellt haben, mächtige Spartaner zu sein?«

So einer willst du jetzt werden, indem du dir illegal ein Gewehr beschaffst? »Kutte«, sagte er, »ich hab viele deiner verrückten Ideen mitgemacht, du weißt, ich halte zu dir. Aber diesmal sollten wir beide die Finger davonlassen.«

»Es geht nicht um mich«, sagte Kutte leise. »Es geht um was Größeres.«

»Und was soll dieses Größere sein?«

»Deutschland.«

Ihre Blicke hakten sich ineinander. War er jetzt völlig übergeschnappt? Wollte er etwa den König umbringen, wie dieser Heinrich Tschech, den sie vor vier Jahren hingerichtet hatten, weil er zwei Pistolenschüsse auf den König abgegeben hatte? Tschech war gekränkt gewesen, die preußische Verwaltung hatte seine Reformvorschläge verworfen, er hatte seinen Posten als Bürgermeister von Storkow verloren und nie wieder eine Anstellung bekommen. Deshalb hatte er ein Zeichen setzen wollen, indem er den König erschoss. Und inzwischen sangen sie in den Kneipen das Spottlied: *Hatte je ein Mensch so'n Pech / wie der Bürgermeister Tschech, / dass er diesen dicken Mann / auf zwei Schritt nicht treffen kann!* Nur den Mantel der Königin hatte eine Pistolenkugel getroffen, den König traf keine einzige.

Dass da einer hingerichtet worden war, ein Vater von zwei Töchtern, in Spandau mit dem Beil geköpft, daran dachte man kaum noch. Kutte würde genauso enden, wenn er wild mit dem Gewehr um sich schoss. Und welchen Grund hatte er denn, wütend auf den König zu sein?

»Komm wenigstens mal mit«, sagte Kutte. »Jeden Abend gibt es eine Versammlung bei den Zelten, ganz öffentlich im Tiergarten, nichts, wo du dich vor der Polizei fürchten müsstest. Hör dir an, was wir zu sagen haben.«

Die ganze Stadt redete von diesen Versammlungen. Aber jeder, auf dessen Meinung er etwas gab, hielt sie für gefährlich und dumm. Die Ungebildeten trafen sich dort, um ihrem Frust Luft zu machen. Erreichen würden sie nichts, höchstens eine Haftstrafe.

Was war mit Kutte bloß geschehen? Er hatte sich doch nie für Parolen interessiert. »Also gut. Ich komme in den nächsten Tagen mal mit.«

»Du wirst sehen, das hat alles Hand und Fuß. Rudolf Virchow kommt auch, von der Universität. Du weißt schon, der die Leukämie erfunden hat.«

»Er hat sie nicht erfunden. Nur entdeckt und beschrieben.«

»Tu nicht immer so, als wüsstest du Bescheid!« Kutte schlug ihm aufs Kreuz. Er stand auf und sah sich suchend in dem Kellerloch um. »Deine kleine Kröte versteckt sich wieder mal vor mir.«

»Da hinten sitzt sie.« Hannes zeigte auf Kara in der Ecke, wo ein Büschel von trockenem Laub ihr ein Versteck bot. »Den Unterschied zwischen Kröte und Krähe kennst du, oder?«

»Warum haut sie immer ab, wenn ich komme?«

»Krähen sind vorsichtige Vögel. Und ich habe Kara erzählt, dass du dauernd Unfug treibst.«

Kutte lachte.

»Ich hab heute eine Frau gesehen … zierlich und doch irgendwie robust, braunes Haar, in das man reinfassen möchte. Über die Friedrichstraße stolzieren manchmal Schönere, aber sie hat im Gegensatz zu denen Charakter. Ich weiß nicht, wie ich's beschreiben soll. Ich hab sie angeschaut und hab gewusst, sie ist besonders.«

»Frag sie, ob sie mit dir tanzen geht.«

Bei der Vorstellung, mit Alice zu tanzen, fuhr es ihm wie ein sanftes Wehen zwischen Lunge und Magen. »Das wird sie nicht machen. Sie wohnt im Schloss.«

»Woher weißt du das? Bist du ihr etwa nachgeschlichen?«

»Ich habe sie nach Hause gebracht. Sie war heute bei der Führung dabei. Aber ich glaube, ich hab sie ziemlich abgeschreckt.«

»Und du sagst *mir,* ich hätte Unsinn im Kopf? Du hast dich in ein Mädchen aus dem Schloss verguckt!« Kutte schaubte. »Die hat dich doch nicht mal angesehen. Für solche Leute sind wir Luft, und wenn sie uns doch wahrnehmen, dann auf einer Stufe mit 'nem Haustier, das bellt und Platz macht, wenn man's ihm befiehlt. Vergiss sie.«

»Schon klar. Ich hab ja auch nicht gesagt, dass ich mit ihr tanzen gehen werde. Das warst du.«

Kutte wurde nachdenklich. »Und – mag sie dich?«

»Wenn ich das wüsste.«

6

»Närrischer Bursche«, sagte er, »bist du nicht lange genug in meiner Werkstatt gewesen, um zu wissen, dass aus einem Schlag eine Schlägerei entsteht, und dass ein Dolch so schnell durch die Haut fährt, als eine Nadel durch's Leder? Weißt du nicht, dass ich den Frieden liebe, ob ich gleich den Krieg nie gefürchtet habe, und dass ich mich wenig darum kümmere, auf welcher Seite der Straße ich und meine Tochter gehen, wenn wir nur ruhig und friedlich wandeln können?«

Alice klappte das Buch zu und trat ans Fenster. Heute ging ihr der Roman nicht wirklich nahe. Wie sollte er auch, wo sie doch nach jedem Absatz auf den Schlosshof hinuntersah!

Sie spähte erneut hinab. Ein Soldat. Nein, das war nicht Victor.

Hunderte Male war Victor in den vergangenen drei Tagen nicht gekommen. Obwohl sie den Schlosshof im Auge behielt, horchte sie jedes Mal auf, wenn Bettine Besucher meldete, sie konnte ihn ja übersehen haben. Wieder und wieder war sie enttäuscht worden.

Natürlich, sie hatte ihn abgewiesen, aber das war doch verständlich gewesen nach dem, was er ihr angetan hatte! Durchschaute er nicht, dass sie einen Liebesbeweis von ihm erwartete? Er sollte Durchhaltewillen zeigen.

Victor war so anders, er unterschied sich deutlich von den Männern, die sie kannte. Er war ganz bei sich selbst, so sehr, dass er seine Mitmenschen mitunter verletzte. Er tat, was er wollte, und kümmerte sich wenig um die Erwartungen, die an ihn gestellt wurden. Andererseits wusste man dadurch bei ihm immer, woran man war. Wenn er Komplimente aussprach, waren sie ehrlich gemeint. Wenn er lachte, war er wirklich fröhlich. Offenbar verspürte er momentan nicht das Bedürfnis, sie aufzusuchen.

Sie setzte sich ans Klavier, klappte den Deckel hoch und stellte die Chopin-Noten auf. Die schwere Stelle weiter hinten in der Mazurka in a-moll zu üben, hatte sie keine Lust, sie spielte stattdessen den Anfang, den sie schon gut beherrschte.

Chopins Stücke klangen immer melancholisch verschattet. Es hieß, er habe die Liebe zu seiner Verlobten nie überwunden. Maria hatte sie geheißen, und sie hatte ihn trotz der Verlobung verlassen.

Zwar war Chopin inzwischen der Geliebte von George Sand, dieser mutigen Dichterin, die in Männerkleidern herumlief und Zigarren rauchte und angeblich sehr mütterlich und fürsorglich und stark war. Sie war die Enkelin eines Generals, das sagte schon allerhand. Aber sein Herz gehörte immer noch Maria, das verriet seine wehmutstrunkene Musik.

Dass ihm eine wie George Sand überhaupt gefiel. Sie trug Krawatte, weiße Hosen und Wildlederstiefel. Obwohl sie sich, hatten ein paar Hofdamen kürzlich erzählt, manchmal auch in eine goldbestickte türkische Jacke kleidete. Der Orient war hoch im Kurs. George Sand setzte dem Ganzen angeblich sogar noch ein i-Tüpfelchen auf und trug am Gürtel einen orientalischen Dolch.

Brauchte Victor jetzt vielleicht ein Zeichen der Freundlichkeit von ihr? Das würde ihn aufmuntern, es noch einmal mit ihr zu versuchen.

Ich gehe zu Ludwig, dachte sie. Wenn sie ihren Bruder besuchte, würde sie, zumindest aus der Ferne, auch Victor sehen. Sicher würde Victor die Gelegenheit nutzen und sie erneut um ein Gespräch bitten. Das war zwar nicht dasselbe, als wenn er hierhergekommen wäre, doch sie verlangte offenbar zu viel, es demütigte ihn offenbar, zweimal zum Schloss zu kommen und um sie zu werben.

Er hat dich erniedrigt, zischte eine Stimme in ihr.

Das bestreite ich gar nicht, antwortete sie ruhig, bloß muss man Fehler irgendwann verzeihen.

Du kannst ihm nicht mehr vertrauen. Wieder warnte die Stimme.

O doch, das tue ich. Indem ich ihm vertraue, helfe ich ihm, sich zu ändern.

Dass ihr Bruder Victor nicht mochte, verwirrte sie, aber sie vermutete dienstliche Ursachen. Wer ließ sich schon gern von einem Jüngeren herumkommandieren? Aus genau diesem Grund waren ja die Beförderungen beim Heer an das Alter gekoppelt, man stieg je nach Alter im Rang auf. Nur standen Ludwig als Bürgerlichem die höheren Offiziersränge nicht offen, schon gar nicht im Gardekorps. Victor hingegen war von Adel und hatte Ludwig inzwischen überholt. Er war Premierleutnant geworden und damit Ludwigs Vorgesetzter. Ihr Bruder würde lernen müssen, sich damit abzufinden.

Sie schlüpfte in das Kattunkleid mit den Schleifchen und warf sich mit Schwung den grünen Schal um den Hals. Leider war er nur ein Imitat aus Apolda, keines dieser teuren Originale aus Persien, die gegenwärtig so beliebt waren unter den adligen Damen, doch das sah man nur, wenn man sehr genau hinschaute und sich auskannte. Vor dem Spiegel zog sie die weißen Handschuhe an, setzte den grünen Hut auf und lächelte probeweise.

Die spitze Nase hatte sie von ihrer Mutter geerbt. Mehr noch haderte sie damit, dass ihr ausgerechnet die Ohren des Vaters gewachsen waren. Der untere Teil der Ohren war wohlgeformt, ein wenig prall vielleicht, aber nicht hässlich. Oben dagegen endeten sie abrupt in einer waagerechten Linie, wie abgebissen. Da fehlte eindeutig eine Rundung. Sie schob die Haare unter dem Hut so zurecht, dass die braunen Strähnen über die Ohren fielen. Schon besser. Noch einmal lächelte sie. Ja, so gefiel sie sich. Die Augen blitzten.

Sie trat ins Wohnzimmer und sagte: »Ich gehe Ludwig besuchen.«

Die Mutter sah von ihrer Stickerei auf. »Exerziert er nicht heute Nachmittag?«

»Dann schaue ich ihm ein wenig zu.«

Die Mutter gab ihr einen skeptischen Blick, den sie aber einfach ignorierte.

Draußen war die Luft erstaunlich kühl, sie biss in die Nase, und es roch nach Schnee. Kehrte der Winter zurück? Kurz überlegte Alice, eine Droschke zu nehmen. Dann entschied sie doch, den zwanzigminütigen Weg zu Fuß zurückzulegen. Die Bewegung würde ihr guttun, und die kalte Luft zauberte ihr eine natürliche Röte auf die Wangen, das hatte Victor immer geschätzt.

In der Neuen Trift kam ihr ein Stiefelputzer entgegen, der einen Hund an der Leine führte. Die Kleider des Stiefelputzers waren zerrissen und schmutzig. Wie er sich wohl fühlte, wenn er den reichen Leuten die Schuhe wichste? Er sah täglich ihre tadellose Kleidung, und selbst musste er in diesen Lumpen herumlaufen. Hatte er auch ein krankes Kind zu Hause, ein Mädchen, das seine Haare verlor? Alice klaubte einige Pfenninge aus der Geldbörse und gab sie ihm. »Für deine Familie«, sagte sie.

Der Stiefelputzer bedankte sich überschwänglich.

Sie ging bis zur nächsten Straßenecke, dann blieb sie stehen. War es nicht erbärmlich, dass ihre Gedanken ständig um Victor kreisten? Während sie einem Mann nachlief, der sie würdelos behandelt hatte, starb in der schmutzigen Kammer im Feuerland ein kleines Mädchen! Die Mutter des Kindes weinte sich die Augen aus.

Alice machte kehrt. Wie von selbst schlugen ihre Füße den Weg zum Feuerland ein. Ja, das fühlte sich richtig an. Als sie an einer Bäckerei vorbeikam, kaufte sie einen frischen Laib Brot und kurz darauf in einem Milchladen eine Kanne Milch, das Gefäß, so versprach sie, würde sie heute noch zurückbringen.

Bis zu den Familienhäusern war es weit, die Kanne wurde schwer. Sie nahm den Pferdebus der Concessionierten Berliner OmnibusCompagnie, bezahlte beim Schaffner und fuhr bis zur Endhaltestelle in der Chausseestraße. Von dort ging sie zu Fuß weiter.

Sie versuchte sich zu erinnern, welche Güter in den einzelnen Fabrikhallen hergestellt wurden. Waren es hier die Waggons und dort die Kräne gewesen? Oder umgekehrt? Es war seltsam, ohne Hannes oder einen anderen Führer durch das Feuerland zu spazieren. Die Bewohner der heruntergekommenen Gegend staunten genauso, jeder Mann und jede Frau, die ihr entgegenkamen, musterten sie verblüfft. Hier einer fein gekleideten Dame zu begegnen, war offenbar ungewohnt für sie. Als ein paar Männer sie finster anstarrten, beschleunigte sie ihre Schritte.

Im Langen Haus nahm sie die Treppe nach oben. Kindergeschrei tönte dumpf durch die Türen, und in einer Wohnung stritt ein Ehepaar. Sie klopfte an die Tür des kranken Mädchens.

Die Mutter öffnete. Ihre Augen waren gerötet.

»Darf ich reinkommen?«, fragte Alice.

Die Frau nickte. Als sie in Alices Händen das Brot und die Milchkanne erblickte, fing sie an zu schluchzen.

Eine Stunde später läutete sie an der Glocke des Milchladens und brachte die Kanne zurück. Sie war froh, dass sie der kleinen Typhuskranken mit dem Holzlöffel etwas Milch verabreicht hatte, auch wenn sie erst am Ende die Augen ein wenig geöffnet und sie staunend angesehen hatte.

Überall in der Stadt wurde mit Aufstellern für ein Affentheater geworben. Die Plakate zeigten einen Affen in Livree, der einen Handstand machte. Das wäre sicher etwas für das arme Mädchen, der Affe würde es zum Lachen bringen. Aber noch war es zu schwach, um die Kammer zu verlassen. Und wenn es ihr gelang, die Kleine aufzupäppeln? Die Ärzte, die ihr keine Chance mehr gegeben hatten, würden staunen. Warum nicht jetzt noch zum Exerzierplatz gehen? Sie hatte das Gefühl, dass ihr heute alles gelingen würde.

Sie erreichte den Exerzierplatz neben der großen Winterhalle. Grenadiere bewegten sich in Reihen wie eine lebende Maschine, dirigiert wurden sie von Ludwig, er brüllte Befehle: »Augen rechts! Präsentiert Gewehr!« Die Männer in ihren preußischblauen Waffenröcken gehorchten.

Und dort: Victor. Alice hielt das Gesicht streng zu Ludwig hingewandt, nur ihre Blicke wanderten immer wieder zu Victor hinüber. Die Befehle galten für ihn nicht, er stand beim Hauptmann und begutachtete das Marschieren der Kompanie.

Bemerkte er sie nicht? Je länger die Grenadiere marschierten, desto ungeduldiger wurde sie. Kein Zeichen von Victor, nicht einmal ein Nicken. Die Grenadiere demonstrierten die Handhabung der Waffe. Sie beherrschten die Griffe am Gewehr wie im Schlaf, das war nicht zu übersehen.

»Zieht aus den – Ladstock!«, befahl Ludwig.

»Stoßt die – Ladung!«

»Ladstock an sein' – Ort!«

»Zur Zündung – fertig!«

Hatte eine Abfuhr genügt, um Victors Gefühle für sie zu ersticken? Hatte er ein für alle Mal mit ihr abgeschlossen?

Er hatte ihr damals ausgemalt, wie sie ihr Leben zusammen verbringen würden: mit Pferdezucht, mit Reisen nach Italien, Spanien, Afrika. Der bayerische Prinz Otto, der König von Griechenland, war ein weitläufiger Verwandter von ihm, und Victor scherzte immer darüber, dass die Griechen wegen der bayerischen Farben eine blau-weiße Staatsfahne führten. »Wir können auch mal ein Jahr in Griechenland leben, du und ich«, hatte er gesagt. Und jetzt sah er sie nicht einmal mehr an?

Das konnte nur einen Grund haben. Er war zur Gräfin von Lankow zurückgekehrt. Dann war es richtig, dich abblitzen zu lassen, dachte sie. Du bist ein Idiot, Victor von Stassenberg! Ein kindischer Idiot!

Sie gab sich keine Mühe mehr, sich zu verstellen, sondern schaute ungeniert zu ihm hin. Der Mann, der ihr einst Blumen geschenkt und sie zu Ausfahrten ins Berliner Umland eingeladen hatte, ließ sie für eine Frau sitzen, die mindestens acht Jahre älter war als er. Wie konnte er sich von dieser Giftspinne einwickeln lassen?

Die Grenadiere steckten lange Messer an die Gewehrspitzen und rannten mit erhobener Waffe gegen strohgefüllte Puppen an. Wieder und wieder stießen sie ihre Bajonette in die Figuren. Alice stellte sich vor, die Gräfin von Lankow hätte sich in einer der Strohpuppen versteckt, um Victor nahe zu sein, und stürbe gerade ohne einen Laut.

Ihr Bruder gesellte sich zum Hauptmann und zu Victor. Die drei Männer sprachen miteinander und sahen zu ihr herüber. Schließlich löste sich Ludwig aus der Gruppe und kam zu ihr an den Rand des Paradefelds. Den langen Offiziersdegen hielt er am Griff fest, damit er ihm beim Gehen nicht gegen die Beine schlug. Durch den Degengriff war das Portepee geschlungen, der Zierriemen mit Troddel, der ihn als hohen Unteroffizier auswies, eigentlich trugen nur die Offiziere das Portepee, aber Ludwig war als Feldwebel so nahe an der Offizierswürde dran, dass etwas von ihrer Autorität auf ihn abgefärbt hatte.

Die Grenadiere erhielten ihre Befehle jetzt nur noch vom Spielmann, er zeigte durch Trommelwirbel an, was sie zu tun hatten.

Ludwigs hellgraue Augen leuchteten. Schon immer hatte sie ihn um diese Augen beneidet. Zwar war sein Gesicht mit Leberflecken übersät, aber die Augen machten alles wieder wett. Warum hatte sie Mutters braune Kuhaugen erben müssen?

Er sagte: »Schön dich zu sehen, Schwesterchen. Ist bei den Eltern alles in Ordnung?«

»Wollte dich nur kurz besuchen.«

»Wir haben morgen ein Manöver am Plötzensee, da muss die Kompanie einen guten Eindruck machen. Ich werde sie noch eine gute Stunde exerzieren. Wir könnten uns danach im Café Kranzler treffen, wenn du möchtest.«

Auf der anderen Seite des Paradeplatzes trat Victor an den Spielmann heran und erteilte ihm einen Befehl, den dieser per Trommelwirbel weitergab. Kaum war das Signal erklungen, sammelten sich die Grenadiere zu einer Marschkolonne.

Der Bruder folgte ihrem Blick. »Ach Pferdchen, hast du ihn immer noch nicht überwunden?«

Sonderbarerweise gefiel es ihr, wenn er sie Pferdchen nannte. Als sie klein gewesen war und mit einem Stockpferd durch die Wohnung hopste, hatte er sich im Unterschied zur Mutter nie daran gestört, sondern hatte die Hände zu einer Schale geformt und gerufen: »Komm trinken, Pferdchen, du musst doch ganz durstig sein!« Und sie hatte aus seinen Händen unsichtbares Wasser getrunken und gewiehert. Er hatte ihr den Kopf gestreichelt und gesagt: »Braves Pferdchen, du wirst einmal hundert Steeplechases gewinnen.«

»Meinst du, er ist böse auf mich?«, fragte sie.

»Du solltest böse auf ihn sein.«

»Er wollte mit mir reden, am Dienstag. Ich hab ihn abgewiesen.«

»Das war richtig so. Der ist nichts für dich.«

»Ich glaube, ich bin ihm nicht schön genug.«

Da musste Ludwig lachen. »Du und nicht schön? Ich glaube eher, du bist ihm nicht dumm genug.«

Sie gab ihm einen Knuff. »Red nicht so.«

»Aber das ist die Wahrheit! Mit den anderen kann er seine Spielchen spielen. Dich bekommt nur einer, der es ernst meint. Und so sollte es auch sein, Alice. Gib dich nicht mit diesem Casanova zufrieden. Du hast einen treuen, zuverlässigen Mann verdient, der dich wirklich liebt.«

»Das stimmt überhaupt nicht, was du über Victor sagst.« Schönen Männern wurde allzu schnell unterstellt, Casanovas zu sein. Aber Victor war anders. Zumindest bemühte er sich. In der Zeit, in der sie ein Paar gewesen waren, hatte es genügend Versuchungen für ihn gegeben, Angebote von Frauen am Hof und aus den wohlhabenden Kreisen Berlins, und er hatte ihnen allen widerstanden. Dass er am Ende schwach geworden war, hatte nur daran gelegen, dass sie sich tagelang gestritten hatten. Er war wütend auf sie gewesen und hatte sich unverstanden gefühlt, und dann war die Gräfin gekommen und hatte ihn umschmeichelt und ihn mit ihren Reizen betört. Hätte sie, Alice, ihn besser behandelt und wäre verständnisvoller mit ihm umgegangen, dann wäre er stark geblieben. Zumindest war es nicht allein seine Schuld, sondern genauso ihre. Ein Casanova war er nicht. »Victor ist ein Lieber«, sagte sie, »auch wenn du's nicht wahrhaben willst.«

Ludwig seufzte. »Alice … Kannst du nicht sehen, was wir alle sehen?«

»So funktioniert die Liebe nicht! Sie richtet sich nicht nach einer Mehrheitsentscheidung wie der Bundestag in Frankfurt. Liebe ist etwas zwischen zwei Menschen. Das können die anderen nicht verstehen. Victor und ich –«

»Es gibt kein Victor und du«, unterbrach sie Ludwig. »Jetzt jedenfalls nicht mehr, und vielleicht hat's das auch nie gegeben.«

»Wie kannst du so etwas sagen?« Sie zitterte vor Wut. »Wir hatten ein ganzes Jahr miteinander, er hätte beinahe um meine Hand angehalten, so nahe waren wir uns!«

»So etwas gibt es nicht: beinahe um eine Hand anzuhalten. Er hat's nicht getan. Geh nach Hause, Alice. Du demütigst dich nur selber, wenn du ihm nachläufst.«

Am liebsten hätte sie ihm ins Gesicht geschlagen. »Vergiss das mit dem Café«, zischte sie. »Ich hab keine Lust, mir deine Moralpredigten anzuhören.« Sie wandte sich um und ging.

Auf dem Heimweg überfiel sie die schreckliche Angst, dass ihr Bruder recht haben könnte. Dann wäre das, wovon sich ihr Herz seit langer Zeit ernährt hatte, nur Papier gewesen. In der Breiten Straße war sie kurz davor, sich zu übergeben.

Julius von Minutoli legte die Liste der längsten Straßen beiseite und begann eine neue: *Die nobelsten Cafés in Berlin* – er setzte erstens, zweitens, drittens, – bis zehntens darunter. Er dachte genussvoll nach. Welchem Etablissement gebührte der erste Platz? Die Fuchssche Konditorei Unter den Linden war sehr luxuriös, die aristokratische Stimmung beeindruckend, zudem hatten die mit Spiegelglas verkleideten Wände sicher ein Vermögen gekostet. Aber nein, die Fuchssche wurde noch übertroffen von der Konditorei Spargnapani. Dort aßen nur hohe Beamte, Geheimräte und Hofräte ihren Kuchen. Er schrieb sie auf den ersten Platz, die Fuchssche auf den zweiten. Platz drei gehörte auf jeden Fall dem Café Kranzler, das die jungen Adligen und Gesandtschaftsattachés besuchten. Auf Platz vier setzte er die Courtinsche Konditorei neben dem preußischen General-Postamt in der Königsstraße 61, eine Konditorei, die von Kaufleuten frequentiert wurde. Platz fünf musste Josty an der Stechbahn sein, dem Schloss schräg gegenüber. Der Ort für die pensionierten Militärs. Dann folgten die Konditorei d'Heureuse in der Breiten Straße, der Tummelplatz der Bourgeoisie, und auf den Plätzen sieben bis acht Stehely am Gendarmenmarkt und das Hippelsche Lokal unter den Linden.

Die Auflistung tat ihm gut. Er liebte Listen, sie schafften Struktur, wo das Leben wild zu wuchern drohte. Unbedingt wollte er heute Nachmittag noch die Rangordnung bei Hofe und die Währungen Europas verzeichnen.

Es klopfte, und Paul steckte den Kopf herein. »Herr Polizeipräsident, ich weiß, ich soll Sie nicht stören, aber da ist ein Herr, der sagt, er könne nicht warten.«

»Schick ihn rein.«

Wortlos betrat Nepomuk das Büro. Der Spitzel sah nicht so aus, als hätte er es eilig, sein Gesicht war eine träge Masse, in der das linke Auge behäbig blinzelte. Längst bereute Julius, dass er diesem hinterfotzigen Kerl bei seiner Bewerbung vor zwei Wochen den schönen Decknamen Nepomuk gegeben hatte, nach der Statue des heiligen Johannes von Nepomuk in Posen, die Mathilde bei ihren Spaziergängen immer so gern betrachtet hatte.

Julius drehte das Blatt mit der Liste um. Diesem Mann durfte man keine Schwäche offenbaren. Er stand auf und wies auf den Stuhl gegenüber seinem Schreibtisch. »Setzen Sie sich.«

Nepomuk gehorchte. Unter ihm knarzte der Stuhl, als er sich darauf niedersinken ließ.

Anstatt sich ebenfalls zu setzen, blieb Julius erst einmal stehen. Nach einer Weile trat er hinter dem Schreibtisch hervor und begann, im Zimmer auf und ab zu gehen, die Hände hinter dem Rücken verschränkt. »Um Ihre Eigenmächtigkeit wiedergutzumachen, wollten Sie mir etwas Großes präsentieren«, sagte er. »Etwas, das der aufrührerischen Bewegung den Todesstoß versetzt.«

»Wie nennen Sie einen Einbruch der Rebellen bei Prinz Albrecht? Ist das etwa nichts?«

»Oh, es wäre eine fabelhafte Möglichkeit gewesen, der Öffentlichkeit die Brutalität dieser Leute vor Augen zu führen.« Er blieb stehen und sah Nepomuk an. »Nur leider haben wir niemanden gefasst außer Ihnen. Wie erklären Sie das?«

»Die Diebe waren dort. Aber Ihre Beamten haben zu schnell aufgegeben.«

»Ach, tatsächlich? Mir hat man etwas gänzlich anderes berichtet. Die Jagdwaffensammlung des Prinzen ist verschwunden!«

»Das war ja der Plan der Rebellen, die Gewehre zu stehlen. Offenbar haben sie die Waffen mitgenommen, nachdem die Gendarmen abgerückt waren. Sie müssen sich so lange im Palais versteckt gehalten haben.«

»Wissen Sie, welche Mühe es mich kostet, dieses Vorkommnis aus der Tagespresse rauszuhalten? Wir stehen da wie dumme Schulbuben! Der König …« Er holte Luft, das gewaltige Wort hatte ihn viel Kraft gekostet. Julius setzte erneut an. »Der König will die Schuldigen haben!«

»Die liefere ich Ihnen zusammen mit den Gewehren. Lassen Sie mich nur machen.«

Die Lässigkeit des Spitzels regte ihn auf. »Ich glaube, Ihnen ist der Ernst der Lage nicht bewusst. Sie stehen so kurz vor dem Zuchthaus!« Er zeigte ihm einen haarfeinen Abstand zwischen Daumen und Zeigefinger. »Wenn ich mich nicht für Sie verwendet hätte, wäre heute der Befehl ergangen, Sie nach Spandau zu schaffen!«

Der Spitzel erhob sich. »Wäre das dann alles? Ich hab noch was vor.« Er war schon auf dem Weg zur Tür.

Entgeistert sah ihm Julius nach. In seiner gesamten Dienstzeit als Beamter des Königreichs Preußen hatte es niemand gewagt, derart respektlos mit ihm umzugehen. »Das Gespräch ist nicht beendet«, sagte er.

Da blieb der Spitzel stehen. Er drehte sich um und blickte ihn ernst an. »Minutoli, nur dass wir uns verstehen: Ich muss nicht für Sie arbeiten, es gibt genug ausländische Gesandte in der Stadt, die meine Dienste gern in Anspruch nehmen würden. Ich bin Ihr bester Mann. Sie wissen das. Ich weiß das. Ab heute verdoppelt sich mein Sold.«

7

»Siehst du?«, sagte Kutte. »Den Tiergarten haben wir schon erobert.«

Hannes dachte: Auf diese Art von Eroberung kann ich verzichten. Die grölende Menschenmenge war ein Sinnbild dessen, was er hinter sich lassen wollte. An gewöhnlichen Tagen gehörte der Tiergarten den höheren Ständen. Hoch zu Ross ritten die noblen Herren und Damen die Wege entlang und würdigten einfache Spaziergänger kaum eines Blickes. Aber ihn verletzte das nicht, er sah ihnen sehnsüchtig nach und träumte davon, eines Tages selbst ein Pferd zu besitzen und hier auszureiten. Wenn ihn jemand mit dem Wagen überholte und ihn die Räder im Vorbeifahren in eine Staubwolke hüllten, fluchte er nicht, sondern dachte sich: Später einmal werde auch ich in einem solchen Wagen sitzen.

»Schau dir die Gendarmen an!«, feixte Kutte. »Heute ranzen Sie uns nicht an, das wagen sie nicht. Die wissen genau, dass wir sie sonst frikassieren. Die Moralpredigten bleiben denen im Hals stecken. *Es ist nicht gestattet, einen Zweig abzubrechen. He, Sie da hinten, auch eine Blüte fürs Knopfloch ist verboten, wenn das jeder machen würde!* So redet heute keiner mit uns!«

Tatsächlich hielten sich die Gendarmen auffällig zurück. Alle Regeln, die sonst im Tiergarten galten, schienen außer Kraft gesetzt zu sein. In Rudeln scharte sich das Volk zusammen. Die Menschenmenge quoll über die Wegränder und trampelte den Rasen platt. Kinder rissen Blätter von den Büschen, junge Frauen umtänzelten spöttisch die Gendarmen. Sie mussten es hinnehmen.

Die Zelte, Ausflugslokale, an deren Stelle früher tatsächlich Zelte gestanden hatten, waren von Gästen überflutet. Zwar wurde in den Biergärten vor den Restaurantgebäuden bedient wie immer, aber ringsherum breitete sich zusätzlich ein Meer von Menschen aus.

»Nicht schlecht, oder?« Kuttes Augen leuchteten.

»Tu nicht so, als hättest du diese Massen persönlich zusammengebracht.«

»Aber du bist beeindruckt.«

Hannes zuckte die Achseln. »Sag mir lieber, wozu du das Ding unter dem Ofen brauchst. Du hast versprochen, wenn ich die Versammlung sehe, werd ich's verstehen. Ihr habt doch nicht etwa vor, die wildesten Kerle dieser Meute zu bewaffnen und marodierend durch die Straßen von Berlin zu ziehen?«

Kutte wies zur Tribüne. Wo sonst Musiker standen, hatten heute zwei Männer ihren Platz gefunden. Sie redeten zu den Massen. »Das ist Adolf Streckfuß«, sagte Kutte. «Er ist Autor, hat aber seit Jahren Publikationsverbot. Er betreibt einen kleinen Tabakladen.«

»Und?«

»Der andere ist Doktor Maximilian Schasler. Hör dir an, was sie sagen.«

»Sehr witzig. Ich verstehe kein Wort. Du etwa?«

»Komm.« Kutte drängte sich durch die Menge.

Sofort bereute Hannes die schnippische Kritik. Was, wenn die Polizei die Menschen zusammentrieb und alle festnahm? Hier am Rand könnten sie noch rechtzeitig abhauen, aber wenn sie so weit nach vorn gingen, gehörten sie zum Kern, der keine Chance hatte, zu entkommen. Kara nahm von niemandem Futter, nur von ihm. Wer würde sich um die Krähe kümmern, wenn er im Gefängnis saß? Er hätte sie gleich in einem Karton mitnehmen sollen. Der Trubel im Tiergarten hätte sie arg geängstigt, aber das war immer noch besser, als wenn sie in seiner Wohnung verhungerte – es sei denn, er durfte nochmal nach Hause und konnte sie freilassen. Die gebrochenen Federn wuchsen inzwischen nach, sie würde in wenigen Wochen fliegen können.

Kutte ignorierte das ärgerliche Knurren der Beiseitegeschobenen. Jemand rief: »Trottel! Der Untere war meiner!« Hannes entschuldigte sich für seinen Freund.

Sie gelangten so nahe an die Tribüne heran, dass er Doktor Schasler klar und deutlich hören konnte.

»Die preußische Gegenwart und die preußische Geschichte«, sagte der Doktor, »gehören dem preußischen Volk! Und das preußische Volk verdient eine Gegenwart und eine Geschichte, wie sie es sich schafft. Wir lassen uns von keinem Tyrannen zwingen, die Hand zu küssen, die uns züchtigt!«

Meinte er etwa den König? Er wagte es, Friedrich Wilhelm einen Tyrannen zu nennen. Mussten ihn die Polizeibeamten da nicht von der Tribüne zerren?

Hannes sah sich um. Noch hielten sich die Gendarmen zurück, sie waren einfach zu wenige, um einen solchen Volksauflauf bändigen zu können. Aber irgendwann würden sie das Militär zu Hilfe holen. Dachte hier niemand so weit? Ein Mann mit Doktortitel begriff nicht, wohin diese Zusammenrottung führte?

»Die werden uns festnehmen«, sagte er.

»Zehntausend Menschen?« Kutte grinste. »Und wo bringen sie uns hin? Das überfordert die Stadtvogtei ein bisschen, meinst du nicht? Selbst wenn sie die Strafanstalten in Spandau und in Brandenburg dazunehmen oder das neue Gefängnis in Moabit schnell zu Ende bauen – wir sind einfach zu viele. Die Bewegung ist nicht mehr aufzuhalten.«

Dann töten sie uns, dachte Hannes. Könige haben schon für weniger getötet.

Ludwig ließ seine Grenadiere vor der Kaserne antreten. Ihre Gesichter waren angespannt, die Lippen schmal. Sie wussten, dass es sich diesmal nicht um ein Übungsmanöver handelte, denn er hatte ihnen scharfe Patronen aushändigen lassen und den Befehl erteilt, sie in der Tasche mitzuführen. Außerdem kannten sie die Gerüchte, die seit Tagen in der Stadt kursierten.

Vielleicht hatten manche von ihnen Freunde unter den Aufrührern im Tiergarten, jüngere Brüder, Cousins oder ehemalige Spielkameraden. Kam es zum Zusammenprall, würden sie nicht auf Franzosen schießen wie ihre Väter in der Schlacht von Jena und Auerstedt, sondern auf Berliner Bürger. Statt in strohgefüllte Puppen würden sie ihre Bajonette in die Leiber junger Männer stoßen, von denen sie manche womöglich mit Namen kannten.

»Heute wird sich zeigen, ob ihr das Zeug zu wahren preußischen Soldaten habt«, sagte er. »Andere Einheiten sind bereits aus den Kasernen ausgerückt und besetzen wichtige Positionen im Tiergarten, Unter den Linden und am Königsschloss. Wir haben Befehl erhalten, sie zu unterstützen.«

Stramm standen sie da, scheinbar unbewegt von dem, was er sagte. Aber er ahnte, was in ihnen vorging.

»Im Tiergarten haben sich zehntausend Menschen zusammengerottet«, sagte er, »trotz des expliziten Versammlungsverbots. Wir müssen darauf gefasst sein, dass einige von ihnen bewaffnet sind. Vor allem jedoch müssen wir damit rechnen, dass sie uns zu provozieren versuchen. Niemand schießt ohne meinen Befehl! Einsatz der Bajonette ebenso nur auf meinen Befehl! Wenn sie euch beschimpfen oder anderweitig herausfordern, haltet den Blick stur nach vorn gerichtet und den Rücken gerade, ich will keine Widerworte hören. Wir liefern uns weder Wortgefechte, noch nehmen wir an Handgemengen teil.«

Die Grenadiere pressten unverändert die Hände an die Hosennaht.

»Manche von euch haben Freunde und Verwandte in der Menge. Denkt daran, ihr handelt nicht als Cousin oder Freund, ihr handelt als preußischer Soldat. Die Verantwortung für eure Taten trage ich. Ich verspreche euch, es wird keinen Schießbefehl von mir geben, es sei denn, der äußerste Notfall tritt ein. Sollte er aber eintreten, erwarte ich unbedingten Gehorsam. Wer meinen Befehl nicht ausführt, kommt vor das Militärgericht.« Er schwieg einen Moment. Dann befahl er: »Rechts um! Feldschritt marsch!«

Sie zogen die Pionierstraße hinauf an den Feldern und Kleingärten entlang. Durch das Hallesche Tor gelangten sie in die Stadt und bogen in die Anhaltische Communication ein. Einzelne Bürger säumten die Straßen und blickten ihnen stumm entgegen. Jedem schien klar zu sein, weshalb sie ausrückten. Einer rief: »Zeigt's diesen Strolchen! Lasst nicht zu, dass sie unsern König beleidigen.« Eine Frau widersprach: »Ihr seid doch unsere Jungs! Wollt ihr auf eure Nachbarn schießen?«

General Ernst von Pfuel hatte befohlen, alle Bewegungen unauffällig auszuführen, weil er fürchtete, das Heranrücken des Militärs könnte die Protestler zu heftigerem Widerstand aufstacheln.

Ludwig wusste, die hundertzwanzig Grenadiere, die der General zum Schloss abkommandiert hatte, versteckten sich im Schweizer Saal – die Wachstube des Schlosses fasste ja gerade mal die zwanzig Schützen, die heute zusätzlich ins Schloss beordert worden waren. Auch die Brandenburger Torwache, die der General auf vierzig Mann verstärkt hatte, sollte draußen nicht mehr Posten als gewöhnlich aufstellen. So sahen Vorbeikommende nicht, dass die militärische Präsenz erhöht worden war.

Aber wie sollte er seine halbe Kompanie unauffällig zum Tiergarten führen, jetzt, am Abend, da die meisten Berliner von der Arbeit in den Werkstätten, Fabriken und Ladengeschäften heimkehrten?

Seinem Hauptmann, der die zweite Hälfte der Kompanie auf der Wilhelmstraße zum Pariser Platz führte und von dort zum Tiergarten vorstoßen sollte, gelang das sicher genauso wenig. Die Bevölkerung erkannte auf einen Blick, was hier vor sich ging.

Je näher sie dem Tiergarten kamen, desto angespannter wurde Ludwig. In der Potsdamer Communication sah er besorgt zu den Fenstern hinauf, wo sich hin und wieder eine Gardine bewegte. Es konnte einen Hinterhalt geben. Die Hälfte der sechzig Mann in seinem Zug waren Rekruten, die gerade erst in die Kompanie eingestellt worden waren. Bisher hatten sie nur mit Platzpatronen geübt. Eine wirkliche Gefahrensituation würde sie überfordern.

Hannes versuchte, sich einen Überblick darüber zu verschaffen, wo die Polizisten standen. Zingelten sie die Menge ein? Er zählte sechsundzwanzig berittene Gendarmen, die unberittenen waren schlechter auszumachen, ein paar Helme sah er, vielleicht zehn. Im Augenblick schienen die Gendarmen die Situation von ihren Rössern herab lediglich zu beobachten, auch wenn sie sehr ernst auf die Menge blickten.

»Hör zu, Kutte«, sagte er, »das war ja alles phänomenal interessant. Jetzt muss ich aber wieder gehen.«

»Wir sind doch gerade erst angekommen!«

»Mir genügt, was ich gesehen und gehört hab.«

In den Biergärten ging in dem Trubel der Ausschank unvermindert weiter. Dort stießen Männer mit Weißbier an, sogar Familien waren da, Frauen und Kinder, als handele es sich um ein gigantisches Volksfest. Weiter hinten wandelten einige Scherzbolde das Lied »Der Mai ist gekommen« ab und sangen: »Der März ist gekommen, die Bäume schlagen aus …«

Plötzlich rührten sich die Gendarmen. Sie warfen sich knappe Worte zu, und ihre Pferde tänzelten nervös. Was hatten sie gesehen? Hatte jemand eine Waffe gezückt? Ein Uniformierter kletterte auf die Tribüne. Dort rief Doktor Schasler gerade voller Pathos: »Das Mittelalter hört hier und heute auf!«

Der Uniformierte trug einen Schnauzbart, sein dunkles Haar war angegraut, der Blick aber jung und energisch. Als Doktor Schasler ihn sah, verstummte er.

»Ich bin Julius von Minutoli, Polizeipräsident der Stadt Berlin«, sagte der Uniformierte. Seine Stimme war durchdringender als die Schaslers und weithin zu hören. »Sie wissen, dass diese Versammlung verboten wurde.«

Der Gesang der Männer verstummte. Die Säufer auf den Bierbänken setzten ihre Weißbiergläser ab und sahen mit glasigen Augen zur Tribüne hinauf. Über die versammelte Menschenmenge senkte sich Schweigen.

»Ihre Anliegen kann ich gut verstehen«, rief der Polizeipräsident. »Aber Sie glauben doch wohl nicht im Ernst, dass Sie mit Anarchie etwas erreichen! Wann wurde durch Chaos je etwas Gutes erschaffen? Kein Handwerksmeister wirft seine Werkzeuge durcheinander und hofft, damit ein gutes Werkstück zu bauen. Keine Hausfrau lässt ihr Kleinkind die Zutaten für einen Kuchen auswählen. Wir haben eine gute Ordnung in Preußen, Gerichte und Ministerien und einen väterlichen König, der sich um uns kümmert. Er wird die gegenwärtige Not beseitigen. Darauf gebe ich Ihnen mein Wort.«

Da konnte Maximilian Schasler nicht länger an sich halten. »1815 wurde uns bereits ein Wort gegeben, und zwar das des damaligen Königs. Er hat uns versprochen, dass es bald eine reichsständische Verfassung geben werde. Und was ist seitdem passiert? Nichts! Gleich nach der Thronbesteigung hat Friedrich Wilhelm das Versprechen seines Vaters wieder zurückgenommen. Die Könige behandeln uns wie dumme Tiere, die dem Hirten überallhin folgen und nichts tun, als blöde zu blöken.«

»An einer Verfassung wird doch längst gearbeitet«, erwiderte Minutoli.

Höhnisches Gelächter brandete aus der Menge auf.

»Seit dreiunddreißig Jahren?«, spottete Doktor Schasler. »Das hört sich bei Friedrich Wilhelm aber anders an. Er wird niemals gestatten, hat er gesagt, dass sich zwischen Gott und dieses Land ein beschriebenes Blatt drängt, um es mit seinen Paragrafen zu regieren.«

Der Polizeipräsident wurde rot vor Empörung. »Verlassen Sie auf der Stelle die Tribüne.«

»Nein, mein Herr.« Doktor Schasler wandte sich wieder an die Menge: »Der König war nicht bereit, uns zu empfangen. Also haben wir der Stadtverordnetenversammlung unsere Adresse an den König übergeben mit der Bitte, sie ihm zu unterbreiten. Was haben sie uns zur Antwort gegeben? Sie ließen sich nicht zum Briefträger eines Volkshaufens herabwürdigen, dessen überwiegender Teil nicht einmal aus wahlberechtigten Bürgern bestehe.«

Ein zorniges Beben ging durch die Menge, ein Grollen wie aus der Kehle eines Dobermanns. Hannes schluckte. Die Sache drohte, aus dem Ruder zu laufen.

Als Schasler noch hinzufügte, dass der Stadtverordnete Seidel das Volk als Pöbel beschimpft habe, kochte die Zuhörerschaft. Männer erkletterten das Tribünengeländer. Der Polizeipräsident floh in eine Ecke der Tribüne, und Maximilian Schasler stellte sich schützend vor ihn. Die Männer schlugen nach Minutoli, meist trafen sie aber Schasler. Die Polizisten trieben ihre Pferde in die Meute, sie bahnten sich einen Weg zur Tribüne, um ihren Präsidenten zu retten.

Als Ludwig einen Musketier die Straße heraufhetzen sah, verschwitzt und mit hochrotem Kopf, stellte er den Mann.

Der Soldat salutierte und keuchte: »Gefreiter Strogaly, Herr Feldwebel, vom Garde-Schützen-Bataillon.«

Die Garde-Schützen stellten heute die Brandenburger Torwache. Augenblicklich beschleunigte sich Ludwigs Puls. »Was ist passiert?«

»Der Pariser Platz steht voller Menschen, Herr Feldwebel, und das Volk hat einen Gendarmen entwaffnet und als Gefangenen an uns abgeliefert. Die Stimmung ist aufgeheizt. Wir sind zu wenige, um den Platz zu räumen.«

»Gib Meldung an Generalmajor von Moellendorff. Wir eilen deinen Kameraden zu Hilfe und bleiben dort, bis Entsatztruppen eintreffen.«

»Jawohl, Herr Feldwebel! Danke, Herr Feldwebel!« Der Musketier rannte weiter.

Ludwig befahl: »Geschwindschritt – marsch!« Seine sechzig Mann setzten sich in Bewegung. Was machte man, wenn sich eine ganze Stadt auflehnte? In Paris waren die Aufstände fürchterlich ausgegangen. Als dort vor drei Wochen die Republik proklamiert worden war, hatte es blutige Straßenkämpfe zwischen Arbeitern, Bürgern und königlichen Truppen gegeben.

Hatte er einmal gedacht, dass hierzulande so etwas nicht möglich wäre, war er letztes Jahr eines Besseren belehrt worden. Als sich wegen einer Missernte die Kartoffelpreise vervierfacht hatten, waren auch die Berliner vor Hunger und Verzweiflung auf die Bäckereien und Marktstände losgegangen und hatten sie geplündert. So zahlreich waren die Übergriffe gewesen, dass eine regelrechte Hungerrevolte daraus entstand. Die gesamte Garnison war gegen sie vorgerückt, darunter seine, Ludwigs, Kompanie. Er hatte seine Grenadiere auf den Alexanderplatz geführt in der festen Erwartung, der Anblick der Uniformierten würde das revoltierende Volk vertreiben und zerstreuen. Aber zu seinem Entsetzen waren die marodierenden Haufen nicht weggerannt, sondern hatten sich gewehrt. Das waren schreckliche Stunden gewesen. Allein aus seiner Kompanie waren über zwanzig Grenadiere verletzt worden. Drei Tage lang kämpften sie in Berlin, erst dann war der Aufstand vollständig niedergeworfen.

Was, wenn sich das heute wiederholte? Die Preise hatten sich wieder etwas normalisiert, aber die Lebenslage der Arbeiter, Studenten und Handwerker war nicht besser geworden. Jetzt erreichten die Grenadiere das Brandenburger Tor. Die Wache war sichtlich erleichtert, Unterstützung zu unterhalten. Ludwig ließ seine Männer Aufstellung nehmen. Sie sahen sich einer pfeifenden, zischenden, lärmenden Menschenmenge gegenüber. Mit Vernunft durfte man hier nicht mehr rechnen. Sollte er befehlen, die Gewehre zu laden, zur Sicherheit? Selbst wenn er nur in die Luft schießen ließ, Schüsse erzeugten Angst und konnten die Meute womöglich in die Flucht schlagen. Aber es blieb ein Wagnis. Schüsse machten auch aggressiv. Ließ er anlegen, fiel die wild gewordene Menge womöglich über ihn und seine Männer her.

So viele feindselige Gesichter! Er verstand nicht, warum sie seine Leute ausbuhten, die doch einen guten Dienst versahen und die Stadt schützten. Einzelne Aufständische rannten vor, spuckten aus und zogen sich wieder zurück. Andere zogen Grimassen, um die Grenadiere zu verspotten.

Er musste an Alice denken. So aufgebracht war sie gewesen! Er hatte seit dem Streit am Exerzierplatz unbedingt bei ihr im Schloss vorbeischauen wollen, aber wegen der aufgeheizten Lage in der Stadt hatte es ständig Besprechungen und Anwesenheitspflicht in der Kaserne gegeben, sodass er nicht dazu gekommen war. Wenn ihm jetzt etwas zustieß, würden sie auf ewig unversöhnt bleiben.

Rissen da hinten Jugendliche Steine aus dem Straßenpflaster? Sie bewaffneten sich! Er musste den Befehl zum Laden geben.

Das Getrappel von Hufen näherte sich. Auch die Jugendlichen sahen in Richtung Unter den Linden. Reiter! Nie hatte er sich über den Anblick einer Schwadron Garde du Corps mehr gefreut. Jetzt versteckt ihr rasch eure Pflastersteine, was?, dachte er. Ihr wisst genau, dass ihr verloren habt!

Die Reiter strömten auf den Platz. Eilig floh die wütende Menge. Die meisten liefen in Richtung Tiergarten, nur ein Teil rettete sich auf den Fußweg der Straße Unter den Linden, er war durch ein eisernes Geländer geschützt, von dort aus pfiff und grölte die Meute weiter.

Der Rittmeister zügelte sein Pferd und stieg ab. Ludwig salutierte. »Feldwebel Ludwig Gauer zu Ihren Diensten«, sagte er und gab einen Bericht.

Der Rittmeister nickte knapp. »Verrückte Nacht«, sagte er.

»Kann man wohl sagen.«

»Generalmajor von Moellendorff lässt auch die Königlich-Preußische Bank besetzen, die Seehandlung und die Staatsschulden-Tilgungskasse.« Der Rittmeister strich sich über den Schnurrbart. »Die Artillerie hat alle Protzen beladen, eine Batterie von vier Geschützen ist zum Schloss ausgerückt.«

Sie wollten mit Geschützen auf die Menschen schießen? Ludwig schauderte. »Nur zur Abschreckung, hoffe ich.«

»Wir werden sehen.« Er saß wieder auf. »Meine Männer und ich reiten ein wenig auf und ab, um weitere Zusammenrottungen zu verhindern. Halten Sie hier am Tor die Stellung, Feldwebel.«

Der Polizeipräsident von Berlin sah sich genötigt, über die Abgrenzung der Tribüne zu klettern und sich hinter einem berittenen Polizisten auf dessen Pferd zu schwingen. Die Menge johlte, sie zeigte ein gehässiges Vergnügen an der Demütigung des Polizeipräsidenten.

Immerhin, sie lassen ihn entkommen, dachte Hannes erleichtert. Er sah, wie sich Familien mit Kindern zurückzogen. Auch einige wohlhabendere Leute, die wohl nur aus Neugier gekommen waren, verließen den Platz.

»Ich gehe. Und du solltest dich genauso verdrücken, Kutte. Wir sind doch keine von diesen grölenden Raubeinen.« Die jungen Leute, die hier randalierten, hatten die Hoffnung auf ein besseres Leben aufgegeben. Er dagegen arbeitete zielstrebig daraufhin. Wenn alles gut geht, dachte Hannes, bin ich eines Tages einer von den Wohlhabenden, vielleicht einer, der einen kleinen Kolonialwarenladen oder einen dieser Ramschläden betreibt, die mit reißerischen Werbetafeln entlang der Straßen werben, mit Sprüchen wie: »Meine Herren, können Sie Geld brauchen?« So groß geschrieben, dass man es hundert Schritt weit lesen konnte, und wenn man nähertrat, um das Kleingeschriebene zu entziffern, erkannte man, dass billige Strümpfe angeboten wurden oder Hemden und Hosen. »Nie da gewesen«, titelten sie, »Unerhört billig!«, »Hierher geschaut!« Ging man dann in das Geschäft und fragte nach der Annonce, sagten sie einem, die Ware sei soeben ausgegangen. Aber die anderen Sachen im Laden waren trotzdem so billig, dass man etwas einkaufte.

Vielleicht würde er eines Tages ein solches Geschäft betreiben. Er würde die Waren preiswert bei den Fabrikanten einkaufen und sie in die Regale legen, er würde die Werbetafeln schreiben und die Kasse verwalten, das wäre doch gelacht, das konnte er! Wenn er nur erst genügend Geld beisammenhatte.

Wo wäre ich jetzt, wenn ich nicht diesen Freund gehabt hätte?, dachte er. Sofort schämte er sich für den garstigen Gedanken. Er sah verstohlen zu Kutte hinüber. Kutte hatte ihn das Betrügen gelehrt, er kettete ihn an das heruntergekommene Viertel und flüsterte ihm Aussichtslosigkeit ein. Ohne Kutte und seine dumme Idee, aus der Werkskasse zu stehlen, hätte er damals in der Eisengießerei bleiben können, er wäre heute sicher Hilfsarbeiter mit schriftlichem Vertrag und aufgestocktem Lohn. Inzwischen stellten sie kaum noch jemanden ein.

Aber Kutte hatte auch die schönsten Sätze der Welt gesagt, damals, als sie noch im berüchtigten Querhaus lebten und die Mutter sie noch nicht verlassen hatte. Die große Schwester hatte gebeichtet, dass sie schwanger sei, und der Vater heulte auf und schimpfte und wütete, er, der Trinker und Geldvergeuder, richtete über seine Tochter und behauptete, sie hätten als Familie »ihr Gesicht verloren«, dabei war die Schwester immerhin verlobt gewesen. Und da hatte Kutte, der zufällig gerade zu Besuch gewesen war, gesagt: »Warum freut sich eigentlich keiner? Ist doch schön, wenn ein Kind auf die Welt kommt!« Für diesen Satz liebte er ihn bis heute.

Und ein Jahr später, nachdem die Mutter für immer fortgegangen war, hatte Kutte ihn ermutigt, von zu Hause abzuhauen, weil der Vater ihn im Suff täglich verprügelte, und Kutte war es gewesen, der ihn erst einmal bei sich aufnahm. Kutte hatte ihn an die Schönheit des Lebens erinnert, als er, Hannes, nur noch schwarzsehen konnte. Gemeinsam waren sie die Friedrichstraße entlangspaziert und hatten sich gegenseitig die hübschesten Frauen gezeigt. Sie aßen im Park bei der Tierarzneischule Sauerampfer, sie brieten sich in Kuttes Hütte einen Baumpilz und schwärmten, als wäre es ein Festmahl. Am Kanal stahlen sie einem Schwan das Ei, und als sie vom wütenden Schwan gejagt wurden und unterwegs das Ei verloren, hatten sie gelacht.

Ein Krachen und Splittern riss ihn aus seinen Gedanken. Was machten die da? Die konnten doch nicht einfach den Zaun des Wirtshauses auseinanderbrechen! Immer mehr Männer bewaffneten sich mit Zaunlatten.

Wo waren die Gendarmen? Weit hinten am Rand der Menschenmenge sah er welche, aber sie schienen sich zurückzuziehen. »Kutte«, sagte er, »das artet aus. Wenn du nicht mitkommst, ist das deine Sache, ich gehe jetzt!«

»Endlich zeigen wir's denen da oben. Jetzt geht es richtig los.« Er drängte zum Zaun.

»Sei vernünftig. Kutte!«

Der Freund packte eine Zaunlatte und trat so lange gegen den Zaun, bis sie herausbrach.

Hannes sah sich nach dem Wirt um. »Guck, dein Doktor Schasler haut auch ab.« Eindeutig, dieser Mann, der sich ins Restaurant Elysium rettete, war der Redner von vorhin.

Kutte hob den Blick, als sich hinter jenem bereits die Tür schloss. »Das war jemand anderes.«

»Nein, er war's. Er ist klug und macht sich davon.«

Eine massige Gestalt drängte sich ebenfalls in Richtung des Eingangs durch, ein Mann mit hängendem Augenlid und dem Gesicht eines Fleischers. Er verschwand hinter Doktor Schasler im Haus.

8

Im Keller des Elysium, zwischen Bierfässern und Kartoffelsäcken, roch es moderig nach Erde. Sauerkrautbottiche gaben eine stechende Note dazu. Doktor Schasler schlug die Decke zurück. Sechs Gewehre lagen auf dem Tisch. Er hob eines in die Höhe.

»Eine Nothardt-Muskete«, sagte der Mann mit dem hängenden Augenlid. »In bestem Zustand.«

»Gewehre mit Perkussionsschloss wären mir lieber. Die alten Steinschlossgewehre versagen bei Nässe.«

»In der Schlacht von Jena und Auerstedt haben sie jedenfalls einen guten Dienst getan«, hielt der Waffenschieber dagegen.

»Gut? Hinter welchem Mond leben Sie? Napoleon hat die preußische Armee geschlagen.«

Der Mann mit dem hängenden Augenlid hob ein anderes Gewehr in die Höhe. »Eine Doppelflinte aus Frankreich. So was ist kaum zu kriegen hier.«

Die Schlösser der Gewehre waren aufwendig verziert, die Schäfte bestanden aus dunklem Holz mit Schnitzereien und Silberbeschlägen. »Wenn man uns mit den Gewehren des Prinzen erwischt, stehen wir als Diebe da. Das würde unseren politischen Zielen schaden.«

»Sie brauchen Waffen, sonst sind Ihre Argumente zahnlos, das wissen Sie so gut wie ich.«

»Was verlangen Sie?«

»Vierhundert Silbertaler«, sagte der Mann, »und keinen Pfenning weniger. Eine Büchse mit Kipplaufverschluss gebe ich gratis dazu.«

Besorgt beobachtete Ludwig, dass immer mehr Aufwiegler aus dem Tiergarten zum Pariser Platz strömten. Das Pfeifen und Johlen verstärkte sich. Die Menge stimmte Sprechchöre an: »Das Volk bezahlt euren Sold! Weg mit den Gewehren!«

Er hatte sich bislang immer auf der Seite des preußischen Volkes gesehen – immerhin verteidigte die Armee dieses Land und seinen Besitz. Als Frankreichs Unternehmungen in Syrien und in Nordafrika scheiterten und selbst der Seeräuberstaat Algier seinem Griff zu entgleiten drohte, als sich damals die Franzosen von Afrika abwandten und ihre Hände nach den deutschen Gebieten westlich des Rheins ausstreckten, nach wem rief man da? Natürlich nach dem preußischen Heer. Das Heer sollte Köln, Koblenz, Trier und Aachen verteidigen. Da waren sie hier über den Pariser Platz gezogen und hatten die *Wacht am Rhein* gesungen, sie hatten von Nationalgefühl gesprochen, von deutscher Einheit. Das hessische Heer stand in Worms und Mainz, das preußische in Köln und Aachen, das bayerische in der Pfalz – gemeinsam trotzten sie den Franzosen.

Was war seitdem passiert, warum hatten sie das Wohlwollen der Bevölkerung verloren? Im Heer hatte sich wenig geändert, es hatte kaum Zwischenfälle gegeben, nichts jedenfalls, das solchen Zorn rechtfertigte.

Wenn diese gellenden Pfiffe nicht wären! Sie schmerzten in den Ohren.

Er schritt die Linie seiner Grenadiere ab. »Bleibt ruhig«, sagte er, »lasst euch nicht provozieren.«

»Das Volk bezahlt euren Sold!«, brüllten die Aufwiegler.

Der Korporal bat: »Gestatten Sie eine Frage, Herr Feldwebel?«

»Bitte.«

»Meinen Sie nicht, Herr Feldwebel, wir sollten die Gewehre laden?«

Wären die Reiter der Garde du Corps nicht hier, hätte ich das längst befohlen, dachte er. Das Volk hatte Angst vor den unruhig tänzelnden Pferden und blieb hinter den Geländern des Gehwegs – wegen der Berittenen wagten es die Aufständischen nicht, sich wieder auf dem Platz zusammenzurotten. »Nein, Korporal«, sagte er, »das würde nur den Zorn der Aufrührer schüren. Halten Sie die Männer ruhig.«

Nahm denn der Zustrom gar kein Ende? Immer mehr Menschen quollen aus dem Tiergarten und drängten sich an die Geländer. Jemand aus den hinteren Reihen warf einen Pflasterstein. Er polterte auf den Platz, rollte einen halben Meter und blieb liegen.

Der Korporal blieb stumm, aber sein Blick wiederholte die Frage.

»Die Patronentaschen bleiben geschlossen«, sagte Ludwig. Wenn er jetzt die Gewehre laden ließ, würden sich die Aufständischen herausgefordert fühlen. Sie würden womöglich den Platz stürmen. Eine Salve könnte er noch feuern lassen, dann käme es zum Handgemenge.

Weitere Pflastersteine flogen. Ein Garde-Dragoner wurde getroffen, er hielt sich mit schmerzverzerrtem Gesicht die Schulter. Der Rittmeister sah es, er sonderte den Dragoner aber nicht aus, sondern führte seine Schwadron weiter über den Platz. Keine Schwäche zeigen, war offensichtlich seine Devise. So würde er, Ludwig, es auch halten.

Die wütende Menge wogte gegen das Geländer, viele schwangen Latten, die sie wohl von einem Zaun gerissen hatten.

Ludwig winkte einen der Einjährig-Freiwilligen aus seiner Kompanie heran. Viel würde ihm der Jüngling sowieso nicht nützen bei einem Handgemenge, es war ein ständisches Privileg, die Militärzeit auf ein Jahr zu verkürzen und sich dafür selbst auszurüsten, zu kleiden und zu verpflegen, dafür wurden die Freiwilligen gesiezt und bevorzugt behandelt, sie waren immer ein wenig außen vor und wiesen in der Regel wenig Militärgeist auf. »Melden Sie Herrn Generalmajor von Moellendorff die Lage«, befahl er, »und bitten Sie in meinem Namen um eine Schwadron Garde-Kürassiere oder eine Kompanie Infanterie.«

Der Einjährig-Freiwillige schien froh, den Platz verlassen zu dürfen. Er versprach, sich zu sputen, und eilte davon.

Jetzt zielten sie mit den Pflastersteinen auch auf seine Grenadiere. Sie warfen mitten in die Reihen der Soldaten. Ein Rekrut stöhnte auf, ein Gefreiter konnte gerade noch ausweichen. Die Reihen gerieten in Unordnung.

»Formation halten!«, rief er.

Der Rittmeister trabte auf seinem verschwitzten Pferd heran. »Halten Sie sich bereit! Wenn das so weitergeht, lösen wir die Menge auf.«

Ludwig nickte. Der Rittmeister war der Ranghöchste am Platz, er entschied.

Als der Rittmeister zurück über den Platz trabte, um sich wieder seiner Schwadron anzuschließen, schleuderten mehrere Männer aus der wütenden Menge Steine auf ihn. Ludwig hielt den Atem an. Ein Stein streifte den Rittmeister am Rücken. Der tat, als habe er es nicht gemerkt. Da traf ihn ein weiterer Stein mit Wucht am Kopf. Wie ein nasser Sack fiel der Rittmeister vom Pferd.

Hannes war stolz, dass es ihm gelungen war, Kutte aus dem Tiergarten zu bringen. Er hatte sich dabei einer Lüge bedient und behauptet, dass in der Stadt viel mehr los sein würde und sie das Wichtigste verpassen könnten. Leider hatte sich ihnen eine Traube von tobenden Handwerksgesellen und Fabrikhilfsarbeitern angeschlossen. Die begleitete sie nun zum Brandenburger Tor.

Die Reiterschwadron auf dem Pariser Platz wirkte wie ein Magnet auf sie. »Da hast du's!«, sagte Kutte. »Sie sammeln schon das Militär. Ich sage dir, jetzt geht was los. Das lassen wir uns nicht bieten.«

Kutte trug in der Linken einen Pflasterstein, in der Rechten die kurze Zaunlatte. Man sah ihm an, dass er bereit war, Gewalt einzusetzen.

»Lass uns außen um das Brandenburger Tor rumgehen«, schlug Hannes vor. Im Tor stand eine halbe Kompanie Infanterie, die Gewehre vor sich auf den Boden aufgepflanzt, die Gesichter verschwitzt und ernst. Wenn er Kuttes Haut retten wollte, musste er ihn rasch von hier wegbringen.

Aber sein Freund wollte unbedingt bleiben. Er knurrte nur: »Von wegen.«

Einer der Fabrikhilfsarbeiter warf einen Stein in Richtung des Rittmeisters der Reiterschwadron, der gerade allein den Platz überquerte. Andere taten es ihm gleich und schleuderten ebenfalls Steine. Der Rittmeister ignorierte den Steinhagel. Aufrecht saß er im Sattel und dirigierte seinen Rappen zur Schwadron. Da schlug ein Stein auf seiner Stirn auf. Hannes hielt den Atem an und beobachtete den Getroffenen. Der Rittmeister riss weder den Säbel aus der Scheide, noch donnerte er einen Fluch oder einen Angriffsbefehl. Er kippte einfach aus dem Sattel, stürzte zu Boden und blieb reglos liegen.

Die jungen Männer, die eben noch gepfiffen und gejohlt hatten, verstummten, und einen Augenblick lang herrschte gespenstische Stille auf dem Platz. Dann bellte der Feldwebel des Infanteriezugs einen Befehl. Seine Grenadiere fassten nach den Patronentaschen.

Kutte kletterte über das Geländer und rannte auf den Pariser Platz, gefolgt von Handwerksgesellen und Fabrikarbeitern. Sie stürmten den Platz, als gelte es, ihre eigene Stadt einzunehmen. Im Laufen bückten sie sich nach den losen Pflastersteinen, die von früheren Würfen auf dem Boden lagen.

Der Feldwebel korrigierte seinen Befehl. Daraufhin ließen die Grenadiere die Pulvertasche fahren und rückten vor. Sie schlugen mit den Gewehrkolben zu. Die ersten Aufständischen brachen unter den Hieben zusammen. Andere strömten nach, sie schwangen die Zaunlatten und holten mit den Steinen aus.

Blutüberströmte Soldaten wurden von ihren Kameraden vom Platz geschleift und in die Wachstube gerettet. Kutte prügelte mit der Zaunlatte auf einen Grenadier ein. Ich hab's versucht, mein Freund, dachte Hannes. Jetzt gilt: jeder für sich.

Hinter der Absperrung war alles verstopft, immer mehr Menschen drängten aus dem Tiergarten heran. Wenn er von hier fortkommen wollte, blieb nur der Weg über den Platz. Er kletterte über das Geländer und rannte im Rücken der Kämpfenden nach Norden, zur Marschallsbrücke hin.

In den wutverzerrten Gesichtern sah er seinen Vater, überall seinen prügelnden Vater, der sich nicht im Griff hatte, der vor Stärkeren kuschte, Schwächere aber nach Strich und Faden vermöbelte.

Nur fort von hier. Die waren doch alle durchgedreht! Aber er kam nicht weiter, die Kavallerie preschte heran, mitten in die Menge hinein, mit gezogenen Säbeln. Hannes wich zurück. Er machte kehrt und rannte in die entgegengesetzte Richtung. Überall waren Pferdeleiber und schwere Stiefel in Steigbügeln, eine Frau wurde neben ihm von den Pferdehufen niedergestreckt, sie schrie nicht einmal mehr. Panisch zwängten sich die Menschen zwischen den Pferden hindurch, trampelten übereinander. Die Kavallerie trieb sie in die Wilhelmstraße, nach Süden.

Das war wieder einmal typisch für ihre Familie. Da passierte endlich einmal etwas, und sie hockten verschüchtert in ihrer Wohnung. Alice schwor sich zum hundertsten Mal, nie so verdruckst zu werden wie ihre Eltern.

»Bitte bleib vom Fenster weg, Alice«, sagte Mutter. »Was, wenn eine Kugel die Scheibe durchschlägt?«

Alice tat, als hätte sie es nicht gehört, und presste die Stirn gegen das kühle Glas. Unten auf dem Schlossplatz sammelten sich immer mehr Dragoner, die Gasbeleuchtung des Schlosses beschien ein Meer von hellblauen Uniformen. Wie sie es schafften, ihre Pferde in Formation zu dirigieren! Die Tiere hoben und senkten aufgeregt die Köpfe, ab und an tänzelte eines aus der Reihe und wurde von seinem Reiter zurückgeführt.

Ob Ludwig auch im Einsatz war mit seinen Grenadieren? Sie wünschte es ihm nicht. Sie stellte sich auf die Zehenspitzen und versuchte, in die Stechbahn hineinzusehen.

»Alice!«

»Was?« Sie drehte sich um. Der verängstigte Gesichtsausdruck der Mutter bereitete ihr beträchtliches Vergnügen.

»Wenn du schon nicht vernünftig sein kannst, nimm wenigstens Rücksicht auf meine Nerven.« Die Mutter umklammerte ihr Fläschchen mit Hoffmannstropfen, als hinge ihr Leben von diesem Mittel ab.

Alice trat wieder ans Fenster.

»Da siehst du sowieso nichts«, sagte Vater, »die Aufrührer rotten sich auf der Schlossfreiheit zusammen.«

Aber Alice hörte sie. Das Johlen und Pfeifen drang bis in ihre Dachwohnung hinauf. Auch der König musste es hören. Jagten sie ihm Angst ein? Oder machte ihn das dreiste Pfeifen des Pöbels wütend? Schließlich war die Botschaft direkt an ihn gerichtet.

Vielleicht schaute er ebenfalls aus dem Fenster, drei Stockwerke unter ihnen hatte er seine Wohnung. Die Kavallerieschwadronen zu sehen, die sich zu seinem Schutz gesammelt hatten, war für ihn bestimmt eine Erleichterung. Erklärten ihm seine Minister auch, warum das Volk unzufrieden war?

Bettine brachte ein Glas Wasser. Die Mutter wollte es nicht entgegennehmen, sondern reichte ihr den Hoffmannsgeist und sagte: »Vierzig Tropfen.«

»Ist das nicht ein bisschen viel?« Vater runzelte die Stirn. »Sonst nimmst du zwanzig auf ein Glas.«

»Eine Ohnmacht wäre jetzt wenig dienlich. Oder willst du mich tragen, wenn wir fliehen müssen?«, sagte die Mutter vorwurfsvoll. »Es rauscht seit einer halben Stunde in meinen Ohren. Wenn ich nichts unternehme, hört mein armes, geplagtes Herz auf zu schlagen.«

Bettine begann, den Ätherweingeist ins Wasserglas zu tropfen. Sie zählte tonlos mit, nur ihre Lippen bewegten sich.

Vater erhob sich aus dem Sessel. »Ich muss ins Spritzenhaus und die Feuerlöschgeräte inspizieren. Wenn sie Feuer legen, sollten wir bereit sein.«

»Auf keinen Fall!« Die Mutter sprang ihm in den Weg. »Du darfst uns nicht alleinlassen, Robert, nicht in dieser Stunde!«

»Außer uns gibt es im Schloss noch den König und die Königin von Preußen, falls ich dich daran erinnern darf. Ich trage die Verantwortung für ihr Wohlergehen in diesem Gebäude.«

»Die Majestäten haben ihre Diener und ihr Gefolge, um die kümmert sich schon jemand. Du musst bei uns bleiben, bei deiner Familie.«

»Ich bin aber nicht nur Vater und Ehemann, sondern auch Kastellan. Was nützt es, wenn ich das ganze Jahr die Schornsteine und Kamine und Öfen überprüfe, und dann legen sie von außen Feuer an das Schloss? Nicht auszudenken, wenn ein Gebäudeflügel Feuer fängt und niederbrennt. Und ich gehe als der Mann in die Geschichte ein, der bei der Feuerabwehr versagt hat!«

Alice wusste schon jetzt, wie der Streit der Eltern ausgehen würde: Mutter würde zu weinen anfangen, Vater würde versuchen, sie zur Raison zu rufen, und am Ende würde Mutter mit immer lauterem Schluchzen ihren Willen durchsetzen. Im Notfall erlitt sie eben einen Nervenzusammenbruch, dann konnte er auf keinen Fall gehen. Alice sagte: »Ich möchte den Armen helfen.«

Die Eltern und Bettine blickten sie verdutzt an.

»Denen, die da draußen johlen und pfeifen?«, fragte der Vater.

»Nicht den Randalierern. Ich will die Familien im Feuerland unterstützen. Sie arbeiten so hart und können bei den geringen Löhnen trotzdem kaum die Miete aufbringen, geschweige denn, Kleidung oder Bücher kaufen. Manche verzichten sogar auf das Essen, damit sie nicht in Mietrückstand geraten und aus der Wohnung geworfen werden.«

»Und was willst du dagegen tun?«

»Sie könnten mir etwas Geld geben, Vater, damit ich die verarmten Familien unterstützen kann.«

»Deine Nächstenliebe in allen Ehren, aber dafür gibt es die städtische Armenfürsorge. Die weiß viel besser, wo etwas gebraucht wird.«

»Eben nicht! Ich hab eine Mutter kennengelernt, der stirbt die kleine Tochter an Typhus, weil sie nicht genug zum Essen haben. Und die Armenfürsorge hilft ihnen nicht.«

»Typhus!« Die Mutter rang nach Luft. »Hast du ihr etwa die Hand gegeben? Wir müssen einen Arzt kommen lassen. Du bringst uns den Tod ins Haus! Ist dir heiß? Fühlst du dich krank?«

»Und es gibt Kinder«, sagte Alice, »die in der Gosse leben und sich von Essensresten ernähren, die andere weggeworfen haben.«

Bettine war fertig mit den Tropfen. Sie reichte Mutter das Glas, die es in einem Zug leerte.

»Alice«, sagte Vater, »wir können nicht die ganze Welt retten. Am besten fängt man bei sich selber an. Du könntest zum Beispiel rücksichtsvoller mit deiner Mutter umgehen. Dann müsste sie nicht diesen Weingeist in sich hineinschütten vor lauter Verzweiflung. Wenn jeder vor seiner eigenen Haustür kehrt, wäre es in der Welt bedeutend sauberer.«

»Ich fasse es nicht!« Sie biss die Zähne zusammen und sammelte sich einen Moment, um nicht ausfallend zu werden. »Da sterben Kinder in Berlin, Menschen hungern und frieren, und ich soll dieses Unrecht bekämpfen, indem ich nett zu Mama bin?«

»Du kannst nicht die ganze Stadt verändern. Wenn ich dir einen Taler gebe oder zehn oder hundert – was soll das ausrichten? Ist dir klar, welche Unsummen Berlin jedes Jahr für die Armen ausgibt? Als Einzelne können wir die Umstände nicht ändern. Die Zeiten sind eben hart, für alle.«

»Für uns nicht. Warum ist das so? Das frage ich mich!« Die Ungerechtigkeit war doch mit Händen zu greifen, und keiner wollte schuld daran sein.

Vater machte einen erneuten Versuch, zur Tür zu gelangen. Er griff nach dem Mantel und trat ins Vorzimmer.

Die Mutter stürzte ihm nach. »Lass uns hier nicht wehrlos zurück! Wenn die Rebellen das Schloss stürmen, sind wir ihnen ausgeliefert.«

Er wurde ärgerlich. »Hast du mal aus dem Fenster gesehen? Da ist eine halbe Armee, die uns beschützt.«

»Wenn es so ungefährlich wäre, dann müsstest du nicht zu den Löschgeräten. Du gehst hin, weil du weißt, dass etwas Schlimmes passieren wird.«

»Ich erledige einfach meine Arbeit!«

Irritiert sah ihn die Mutter an. So aufgebracht kannte sie ihren Mann nicht.

Alice war stolz auf ihn. Heute wehrte er sich endlich einmal.

»Also gut«, sagte Mutter, »dann gebe ich dem Hoffourier Bescheid, dass hier drei Frauen schutzlos ausgeliefert sind. So lange wirst du ja wohl noch warten können.« Sie warf ihm einen giftigen Blick zu, raffte ihren Rock und verließ die Wohnung. Diesen Teilsieg hatte sie sich nicht nehmen lassen wollen, dass sie ihn zumindest noch ein wenig aufhielt. Sie suchte den Hoffourier nur auf, damit sie bestimmte, wann ihr Mann die Wohnung verlassen durfte.

Um ihn zu trösten, schlug Alice einen versöhnlicheren Ton an. Sie fragte, ob die Leute in seiner Jugendzeit auch so arm gewesen waren.

»Nicht so wie heute«, antwortete er. »In meiner Jugendzeit hatte Berlin zweihunderttausend Einwohner. Jetzt sind es doppelt so viele. Und die wollen alle arbeiten und essen. Vielleicht rührt die schreckliche Armut daher, dass wir die Zünfte abgeschafft haben. Die Industrialisierung, die Gewerbefreiheit ... Wir sind zu weit gegangen. Wir müssen die Gesellschaft zu den gesunden alten Formen zurückführen. Das ist zumindest meine Meinung.«

»Wollen Sie etwa wieder ins Mittelalter zurück, Papa? Mit Bauern, die ihrem Landesherrn gehören?«

»Nenne es meinetwegen mittelalterlich. Es hat funktioniert. Die neuen Entwicklungen haben nur Schaden angerichtet.«

»Nein. Wir müssen genau das Gegenteil tun. Wir müssen die Wirtschaft noch mehr befreien und die Industrialisierung vorantreiben. Dann werden wir genug Arbeitsplätze für die wachsende Bevölkerung haben.«

»Du liest zu viel«, erwiderte Vater knapp.

Alice ließ sich nicht beirren. »Wenn wir größere Freiheit gewähren, wird es Ideen geben, neue Erfindungen. Und die bringen uns wirtschaftlichen Aufschwung. Nicht die strengen Regeln retten uns. Die Freiheit in Wirtschaft und Wissenschaft, das ist die beste Hilfe gegen die Massenarmut.«

In diesem Augenblick kehrte die Mutter wutschnaubend zurück. »Der Hoffourier ist empört. Nur dass du es weißt. Im Notfall wird er uns zu Hilfe eilen, aber bis dahin bleibt er selbstverständlich bei seiner Familie.«

»Natürlich.« Vater schlüpfte in seinen Mantel. »Ich bin übrigens anderer Meinung als du, Alice. Dennoch gefällt es mir, dass du dir Gedanken machst. Ich werde dir Geld geben, das du den Armen schenken kannst. Unter der Voraussetzung, dass du ein paar Tage wartest, bevor du wieder in die Vorstädte gehst. Bei der Wut dieser Menschen weiß man nicht, was sie als Nächstes anstellen. Der Aufruhr soll sich erst einmal legen.«

»Robert, das kann nicht dein Ernst sein«, protestierte die Mutter. »Ich spare mit den Ausgaben, wo ich kann, damit wir Alices Schule bezahlen können. Der Schneider war bestimmt schon ein Jahr nicht mehr bei uns. Und du verschenkst unser sauer verdientes Geld an die Faulen, die sich keine Arbeit suchen?«

»Gott wird unsere Mildtätigkeit belohnen«, entgegnete er kühl. »Und jetzt entschuldigt mich. Ich habe mich um das Schloss zu kümmern.« Er ging und zog die Tür hinter sich zu.

»Was, wenn Sie ihn gerade zum letzten Mal gesehen haben, Mutter? Sollen das die letzten Worte gewesen sein, die Sie einander sagten?«

Die Mutter wurde fuchsig. »Seit einem Vierteljahrhundert versuche ich, deinem Vater beizubringen, dass er eine Familie hat. Dass er sich nicht mehr wie ein Junggeselle benehmen kann. Aber er meint immer noch, alles drehe sich nur um ihn. Findest du das in Ordnung, wie er uns behandelt? Wir bedeuten ihm nichts! Gar nichts!«

Draußen erscholl ein Trompetensignal. Alice stürzte zum Fenster. Die Dragoner preschten los, eine entfesselte hellblaue Flut. Vater war noch im Haus, ihm würde nichts geschehen. Aber von der Schlossfreiheit her hörte man panisches Kreischen. Was, wenn auch dieser Hannes unter den Aufrühren war? Gänzlich unwahrscheinlich war das nicht. Die Vorstellung, dass sie ihn niedersäbelten, tat ihr weh.

9

Gleich nach der Schule machte sich Alice auf den Weg ins Feuerland. Sie ging zwei Häuserblocks zu Fuß in die falsche Richtung, aus Sorge, eine Mitschülerin könnte sie verpetzen, und nahm dann eine Droschke zum Oranienburger Tor. Wie sie befürchtet hatte, wiederholte der Kutscher laut das Ziel ihrer Fahrt. Unsensibler Klotz! Gut, dass sie nicht vor der Schule eingestiegen war.

Im Unterricht hatte es nur ein Thema gegeben: die gestrigen Unruhen und die Zusammenstöße mit dem Militär. Sogar im Fach Mathematik hatten sie darüber debattiert. Jetzt aber, während die Hufe des Droschkenpferds in fröhlichem Rhythmus auf das Straßenpflaster klopften und Alice in der frischen Märzluft durch die Straßen fuhr, erschien es ihr, als sei der Aufruhr nur ein Albtraum gewesen.

Sie überholten einen Karren mit Eisblöcken, die vermutlich in die Kühlkeller der Gaststätten gebracht wurden, ein letzter Gruß des Winters, Eis, das man vor einigen Wochen aus den zugefrorenen Seen im Berliner Umland herausgeschnitten und bis jetzt gelagert hatte. Kinder spielten auf dem Gehweg Zirkus, ein Junge schwang als Dompteur die Peitsche, während die anderen im Kreis um ihn herumkrabbelten und Kunststückchen machten.

In einem der Häuser auf ihrem Weg öffnete sich ein Fenster. Ein Zimmermädchen schüttelte den Staublappen aus und nutzte den Augenblick, um kurz das Gesicht in die Sonne zu halten. Nirgendwo gab es eingeschlagene Türen oder verkohlte Bänke. Wie hatten sie die Spuren des Aufruhrs so schnell beseitigt? In der Charité und den anderen Krankenhäusern lagen sicher Hunderte Verletzte. Und die Gefängnisse waren überfüllt mit Festgenommenen.

Die Droschke hielt. Der Kutscher sprang vom Bock und öffnete ihr den Schlag. Sie stieg aus, bezahlte. Schon hier, diesseits des Oranienburger Tors, war das Stampfen der Fabriken zu hören. Also wurde gearbeitet wie an jedem gewöhnlichen Tag.

Ein Flugblatt lag auf dem Gehweg. Als sei es aus der Albtraumwelt herangeweht, ein Vorbote der Gewalt, die auch heute Abend wieder hereinbrechen würde. Sie ließ es liegen.Bisher war kein Fieber bei ihr ausgebrochen, und auch die Zunge hatte keinen weißen Belag. Sollten sich rote Flecken am Oberkörper zeigen, würde Vater die besten Ärzte engagieren, um sie zu heilen, ganz gewiss.

An die Wand des Familienhauses war mit nasser Kohle geschmiert: HEUTE GIBT ES KRIEG.

Vor der Eingangstür wurde sie von zwei kleinen Mädchen bestaunt. Sie ging in die Hocke, um auf ihrer Augenhöhe zu sein, und fragte sie nach ihren Namen.

Die Mädchen wichen ängstlich zurück. Offensichtlich waren es Schwestern, die hellbraunen Kinderaugen leuchteten aus ihren schmutzigen Gesichtern hervor.

»Ihr braucht keine Angst vor mir zu haben«, sagte sie.

Die Kleinere der beiden fragte, ob sie ihr Kleid anfassen dürfe, und als Alice bejahte, kamen sie beide heran und befühlten den glänzenden Seidenstoff.

»Wo ist eure Mama?«, fragte Alice.

Die Kleinen zeigten zu den Fabriken.

»Wann kommt sie nach Hause?«

»Wenn es dunkel ist«, sagte die Ältere gewissenhaft, als habe sie eine Rechenaufgabe gelöst.

Sie hätte wieder ein Brot mitbringen sollen oder etwas Wurst. Vielleicht fand sie im Haus eine Familie, die für einen Silbergroschen ihr Essen mit den Mädchen teilte.

Alice trat ins Treppenhaus. Zuerst würde sie die Mutter mit dem typhuskranken Mädchen aufsuchen. Sicher hatte die Milch die Kleine gestärkt, und es ging ihr schon besser.

Sie stutzte. Woher kam dieses Stimmengewirr? Es klang nach einer großen Versammlung. So viele Menschen passten doch gar nicht in eine der Wohnungen!

Sie ging den Stimmen nach. Waren die Männer nicht alle in der Fabrik? Hinter dieser Tür musste es sein, gleich hier im Erdgeschoss. Wer hatte sich da versammelt? Ihre Handflächen schwitzten. Deine Neugier wieder mal!, schalt sie sich. Du bringst dich nur in Schwierigkeiten!

Wenn man sie bemerkte, würde sie sagen, dass sie sich in der Tür geirrt habe. Sie drückte leise die Klinke hinunter und sah durch den Spalt ins Innere eines großen Raums. Offenbar wurden hier sonst Gottesdienste abgehalten: ein Kreuz hing an der Wand, und an einer hölzernen Tafel waren Liednummern angeschlagen.

Aber einen Gottesdienst feierten diese Männer nicht. Manche trugen den Arm in einer Schlaufe, andere einen Kopfverband.

»Wir brauchen richtige Waffen«, sagte ein junger Kerl mit zerkauten Lippen. »Sonst haben wir keine Chance.«

Ihr Blick fiel auf eine Karte von Berlin, die man provisorisch an die Seitenwand genagelt hatte. Was bedeuteten die schwarzen Vierecke in den Straßen? Sie sahen aus wie Klötze, die einzelne Plätze und Straßen versperrten. Auch dicht beim Schloss gab es welche, in der Königsstraße und in der Heilige-Geist-Straße, und …

»Wer ist das?« Der junge Kerl sah zur Tür.

»Entschuldigung«, murmelte sie und zog die Tür hastig zu. Hier waren die Rebellen also zusammengekommen! Das Militär hatte sie gestern zurückgeworfen, und sie planten bereits den nächsten Aufstand. Ihr Herz klopfte. Das war aufregend wie in *Das schöne Mädchen von Perth!* Sie stieg die Treppe hinauf.

Hinter ihr wurde die Tür aufgerissen. »Hiergeblieben!«, rief jemand.

»Ich … äh … Ich wollte nur …« Sie drehte sich um und sah in das wütende Gesicht des jungen Kerls mit der zerbissenen Unterlippe.

Er packte ihren Arm, vergeblich versuchte sie sich loszureißen, er zerrte sie mit sich in den Versammlungsraum und präsentierte sie seinen Kameraden. »Da seht ihr es, Freunde! Minutoli hetzt uns schon seine Spione auf den Hals.«

Ein stiernackiger Mann, der an gewöhnlichen Tagen sicherlich Eisenbahnwaggons schob oder Schienen verlegte, stürmte zur Wand und riss die Karte herunter. Weitere Männer sprangen von den Bänken auf.

Wenn sie nicht gleich einen guten Grund auf die Frage vorbrachte, was sie hier zu suchen hatte, würde man sie in der Luft zerreißen. »Ich suche Hannes«, sagte sie hastig. »Kennt ihn jemand?«

Nur so komme ich heil durch die nächsten Tage, sagte sich Hannes. Wer aufgegriffen wurde und eine Arbeitsstelle nachweisen konnte, wurde sicher nicht so leicht für einen Aufrührer gehalten wie jemand, der keine Arbeit hatte. Sein riskantes Geschäft mit den Führungen der Reichen durch das Feuerland würde er aussetzen, bis wieder Ruhe eingekehrt war in der Stadt. Gestern war er noch einmal davongekommen, aber der Aufstand war längst nicht erstickt, und er wollte nicht zu denen gehören, die den Rest ihres Lebens in Festungshaft verdämmern mussten. Hannes bemühte sich, dem Spinnmeister zuzuhören, der die Fabrikregeln aufzählte.

»Die Arbeit beginnt präzise sechs Uhr morgens. Fünf Minuten vorher läutet die Fabrikglocke. Bis zum Ende des Läutens hast du an deinem Arbeitsplatz zu sein.«

Das war das Perfide: Nach dem Zusammenprall mit dem Militär gestern waren etliche Hilfsarbeiter im Polizeigefängnis oder im Krankenhaus gelandet. Das wiederum machte die Arbeitssuche leichter, denn die Fabriken mussten die Leute ersetzen. Vermutlich sprang er gerade für jemanden ein, der von einem Pferd niedergetrampelt oder einem Gewehrkolben zu Boden geschlagen worden war. Dem Fabrikbesitzer war es egal. Nichts änderte sich, es blieb bei den ungerechten Lohnabzügen und der miserablen Versorgung.

»Wann endet der Arbeitstag?«, fragte er.

»Um sieben Uhr. Außer an Sonntagen wird jeden Tag gearbeitet. Und du brauchst dir gar nicht erst einen Keuchhusten auszudenken, es ist egal, mit welcher fadenscheinigen Begründung du dich entschuldigst. Wer nicht erscheint, dem wird ein doppelter Tageslohn abgezogen.«

Die Spinnmaschinen ratterten. Sie brachten dem Fabrikherrn Geld, genauso wie die stumm vor sich hin arbeitenden Menschen, die die Maschinen bedienten. Der Fabrikherr saß irgendwo im Gebäude in einem Büro und rechnete aus, wie sich sein Geld vermehrte. Natürlich hatte auch er Sorgen. Material kam nicht rechtzeitig an, die Preise brachen ein oder ein Konkurrent eröffnete eine weitere Fabrik.

»Wenn du jemanden siehst, der Baumwolle oder Garn stiehlt, melde ihn auf der Schreibstube. Dafür gibt's fünf Taler Belohnung.« Der Spinnmeister musterte Hannes von Kopf bis Fuß. »Und besorg dir ein besseres Hemd. Der Herr Direktor möchte nicht, dass seine Arbeiter zerschlissene Kleidung tragen.«

Hannes war innerlich noch mit der vorherigen Regel beschäftigt. So verhinderten sie Diebstahl? Die Arbeiter sollten sich gegenseitig bespitzeln?

»Du bist als Aufsteckergehilfe dafür verantwortlich, das Maschinengestell und die Putzpuddel sauber zu halten.«

Er sah sich in der Halle um. Die Hälfte der Angestellten in der Fabrik waren Frauen, blasse, müde gearbeitete Geschöpfe mit krummen Schultern. Leichtere Aufgaben wurden von Kindern erledigt. Nur etwa ein Viertel waren Männer. Als ungelernter Hilfsarbeiter konnte er nicht mehr als die drei Groschen am Tag erwarten, wobei die Kinder vermutlich noch weniger verdienten.

Der Spinnmeister fragte: »Wo hast du bisher gearbeitet?«

»Beim Kanalbau«, log er, »am Luisenstädtischen.«

»So ein Schwachsinn, dass sie das Köpenicker Feld entwässern. Einen ganzen neuen Stadtbezirk will der König bauen? Das wird nichts werden. Nicht mal die zwei Kilometer Kanal werden sie hinbekommen, du wirst sehen. Wenn du dich gut machst bei uns, geb ich dir im Sommer einen Vertrag, dann wirst du nicht mehr von Tag zu Tag, sondern von Woche zu Woche angestellt, und der Lohn steigt auch. Also, streng dich an.«

Das hatten sie schon vielen versprochen. Für wie naiv hielt ihn der Mann? Beim nächsten kleinen Einbruch der Bestellungen würde man ihn wie die anderen Hilfsarbeiter auf die Straße setzen. Laut sagte er: »Vielen Dank, das würde mich sehr freuen. Wann kann ich anfangen?«

»Nächsten Montag.«

Eine ganze Woche sollte er noch warten? Das war schlecht. Gerade in den kommenden Tagen brauchte er den Nachweis einer Arbeitsstelle. »Ich hatte gehofft, dass ich schon morgen –«

Der Spinnmeister schnitt ihm das Wort ab. »Bis dahin stemmen wir die Produktion ohne zusätzliche Arbeiter. Sei froh, dass wir dich überhaupt nehmen, unerfahren, wie du bist.« Er brachte ihn zur Tür der Fabrikhalle. »Und sei pünktlich!«

Hannes versprach es. Die Tür schloss sich hinter ihm, und die Fabrikmauer dämpfte den Lärm der Maschinen. Er blickte zum Himmel hoch und sah die Wolken ziehen. Zum ersten Mal in seinem Leben hatte er Verständnis dafür, dass sein Vater sich hatte so tief fallen lassen. Tag für Tag von früh bis spät an solchen Maschinen zu stehen und für jede Unaufmerksamkeit bestraft zu werden, das hätte ihn auch zermürbt.

Am Fabriktor wartete Franz, eines der Kinder aus den Familienhäusern. »Du sollst zum Langen Haus kommen, Hannes.«

»Woher weißt du, dass ich hier bin?«

»Von Kutte. Eine Alice hat nach dir gefragt, soll ich dir sagen.« Der Kleine sah ihn unschuldig an, er wusste nicht, was das bedeutete.

Hannes schluckte. Er spürte, wie ihm das Blut ins Gesicht schoss. »Gehen wir«, sagte er. Die Schönheit aus dem Schloss kam ins Feuerland und fragte nach ihm. Sie wollte ihn wiedersehen! Was kümmerten ihn die Fabrik und der Aufstand der Mittellosen, wenn Alice sich für ihn interessierte. Ihm drohte die Brust zu zerspringen, so glücklich war er.

Er merkte, dass er zu große Schritte machte, der kleine Franz kam kaum hinterher. »Wartet sie schon lange?«, fragte er, und bemühte sich, langsamer zu gehen.

»Wie meinst du das?«

»Na ja, du musstest erst hierherlaufen. Seit wann ist sie beim Langen Haus? Du bist gleich losgegangen, hoffe ich.«

Der Junge zuckte die Achseln. »Ich durfte bei der Versammlung nicht mitmachen. Das ist nur für Erwachsene. Und als mich Kutte gerufen hat, war sie schon gefesselt.«

Was redete er da für wirres Zeug? »Ich versteh nicht.«

»Die Frau hat sie gestört, glaube ich. Da haben sie ihre Arme am Stuhl festgebunden und sie nach draußen gestellt, hinten, zu den Toiletten.«

»Kutte! Ich bring dich um!« Er rannte los.

Der Junge versuchte mitzuhalten und japste: »Warte!«

Aber Hannes ließ ihn hinter sich zurück, er rannte, bis ihm die Lunge brannte und ihn jeder Atemzug in die Seiten stach. Er überholte die Tilbury-Kutsche eines bürgerlichen Dandys, der im gemütlichen Tempo die Straße entlangfuhr, und stieß beinahe zwei Herren um, die aus einer Tabagie traten. »Ruhig, junger Mann«, riefen sie ihm nach.

Vor dem Langen Haus wechselte er in lockeren Laufschritt über. Er war verschwitzt, die Haare klebten ihm an der Stirn. Seine Hände waren gerötet, der Kopf vermutlich genauso. Aber Alice sollte ruhig sehen, wie sehr er sich beeilt hatte.

Ein glockenhelles Frauenlachen war zu hören. Er bog um die Hausecke. Da stand ein Stuhl bei den Toiletten, und Alice saß darauf und schüttete sich aus vor Lachen. Eine Schar Kinder hatte sich bei ihr versammelt. Eines von ihnen hatte ein Papierknäuel auf einen Ast gesteckt und wedelte damit hin und her, während es mit verstellter Stimme eine Rede hielt.

Hannes trabte hin und keuchte: »Ich bin so schnell gekommen, wie ich konnte.«

»Keine Sorge.« Sie sah ihn fröhlich an. »Ich hatte gute Unterhaltung.«

»Warum habt ihr sie nicht losgebunden?«, schimpfte er die Kinder.

Sie antworteten treuherzig, dass Kutte das verboten habe.

»Kutte! Was weiß der schon? Wenn die Polizei gekommen wäre! Eine Dame an einen Stuhl zu fesseln, das kann nur ihm einfallen.« Er trat hinter den Stuhl und versuchte, den Knoten zu lösen. Er war fest zugezogen, wahrscheinlich hätten die Kinder es gar nicht geschafft, ihn zu öffnen. Er zerrte daran.

Alice sagte: »Jetzt zeigen wir Hannes mal, was wir können. Seid ihr bereit?«

Die Kinder riefen vielstimmig: »Ja!«

Alice und die Kleinen skandierten gemeinsam: »Herr von Hagen, darf ich's wagen, Sie zu fragen, welchen Kragen Sie getragen, als sie lagen krank am Magen in der Stadt zu Kopenhagen?«

Die Kinder lachten, weil einige sich verhaspelt hatten.

Alice begann den nächsten Zungenbrecher, und die Kinder sprachen mit. »Der Cottbusser Postkutscher putzt den Cottbusser Postkutschkasten. Den Cottbusser Postkutschkasten putzt der Cottbusser Postkutscher.«

Inzwischen war auch Franz eingetroffen und stand schnaufend da.

Endlich bekam er den Knoten auf.

Der Strick fiel runter, und Alice nahm ihre Hände nach vorn und rieb sich die Unterarme. »Doch, das ist besser.« Sie stand auf.

Mit einer Geste lud Hannes sie ein, ihn ein Stück zu begleiten. Dass sie einwilligte, diese Schönheit im sonnengelben Kleid, erfüllte ihn mit Stolz. »Ich entschuldige mich für die würdelose Behandlung, die man Ihnen hat angedeihen lassen.«

»So redet nicht mal meine Mutter. Und sie ist etepetete in jeder Beziehung.«

Er hustete verlegen. »Sie wollten mich besuchen?«

»Ich hab Geld dabei, drei Taler. Habe meinen Vater erweicht. Das Geld möchte ich drei Familien schenken, die Hilfe besonders nötig haben. Hast du eine Idee, wer dringend Unterstützung bräuchte?«

Drei Taler! Die könnte er selbst gut gebrauchen. Aber natürlich schlug man sich nicht selber vor. Wem hatte er seit langem etwas Gutes tun wollen? »Die Legebrechts würden sich freuen, der Vater ist seit zwei Jahren im Arbeitshaus in Haft, und die Mutter versucht sich und die vier Kinder durchzubringen. Ich kenne sie gut, wir waren mal Nachbarn. Der Älteste ist zwölf Jahre jünger als ich. Vor Jahren habe ich ihm das Pfeifen beigebracht.« Während er sprach, hatte er schon den Weg zum Querhaus eingeschlagen. Blieb nur zu hoffen, dass Vater nicht zu Hause war.

Alice sah an den grauen, fleckigen Wänden hoch und fragte: »Hier hast du gelebt?«

Er nickte. »Gehen wir rein.«

Die altbekannte Treppe. Wie oft hatte er voller Schrecken in der Wohnung gestanden und gelauscht, während Vater die Treppe hinaufschnaufte. Manchmal war es ihm gelungen, unbemerkt durchs Treppenhaus in die oberen Stockwerke zu entkommen. Er hatte sogar versucht, die Mutter mit aus der Wohnung zu zerren, aber sie hatte sich gewehrt und gesagt, sie bleibe hier, sie würde den Vater schon zur Vernunft bringen. Schlich er dann spät in der Nacht die Treppe wieder hinunter, fand er die Mutter weinend am Küchentisch sitzen mit einem blauen Auge, einer aufgeplatzten Wange oder Beulen am Kopf, und der Vater lag schnarchend im Bett. Er hatte schon damals große Angst gehabt, dass sie die Familie verließ, er hatte es geahnt, irgendwie. Mutter sagte Dinge wie: »Jetzt weine du nicht auch noch, mein Großer. Ich hab ein bisschen Geld vor ihm versteckt, wir verhungern schon nicht.« Und er musste ihr versprechen, seinem kleinen Bruder nicht zu erzählen, was vorgefallen war. Das Versprechen war jedes Mal eine Lüge gewesen, er wusste ja genau, dass der Kleine mit offenen Augen im Bett lag und alles mit anhörte. Wusste Mutter das nicht auch? Verdrängte sie den Gedanken, weil sie ihn nicht ertragen konnte? Sie tat so, als wäre der Kleine außen vor.

»Da ist es.« Er klopfte leise bei Legebrechts, gerade laut genug, dass sie es hören konnten. Auf keinen Fall wollte er seinen Vater aus der Wohnung locken. Wie ihn Alice ansah! Spürte sie seine Anspannung? In ihrem Blick lagen hundert Fragen.

Sie wurden hineingebeten. »Sind die Jungs gar nicht da?«, fragte er.

»Die sind arbeiten.«

»Echt, sie haben was gefunden? Das ist ja großartig! Was machen sie denn, was ist aus ihnen geworden?«

Therese zögerte. Schließlich sagte sie leise: »Die Bleiweißfabrik. Da arbeiten sie.«

Wieder ein fragender Blick von Alice. Aber er würde ihr das nicht erklären, auf keinen Fall, sie sollte diese Familie nicht verachten.

»Wir hatten nichts zu essen, Hannes.« Therese sah ihn an, als bitte sie um seine Vergebung.

»Vielleicht ändert sich das jetzt, zumindest für die nächsten Wochen.« Er nickte Alice zu.

Sie zog einen Silbertaler hervor. »Das soll euch helfen«, sagte sie. »Koch deinen Söhnen einen kräftigen Gulascheintopf.«

Therese erhob sich und nahm das Geldstück entgegen. In ihren Augen schimmerten Tränen und sie umarmte Alice, küsste ihr sogar die Wangen.

Als sie sich verabschiedet hatten und wieder in den Treppenflur traten, flüsterte Alice gleich: »Was sind die Bleiweißfabriken? Was ist so schlimm daran?«

Er rang mit sich. Dann sagte er es doch. »Die giftigen Dämpfe. Die überlebt selbst ein erwachsener Mann nicht lange. Kinder können sich da nur kurz halten.«

»Aber wenn die Leute das wissen, wieso gehen sie trotzdem hin?«

»Hunger haben sie heute«, antwortete er knapp. »Das Sterben kommt erst später.«

Ein Mann trat ihnen auf der Treppe entgegen, abgehärmt, mit eingefallenem Gesicht und rot geäderten Augen. War das …? Er war es tatsächlich. Vater sah erbärmlich aus. Eine Branntweinfahne erfüllte den Treppenflur. »Alice«, sagte Hannes rasch, »gehen Sie bitte schon nach draußen. Egal, was er sagt, lassen Sie sich nicht von ihm aufhalten.«

»Wer ist das?«

»Gehen Sie bitte.«

Sie eilte die Treppe hinunter.

Vater machte verdattert Platz. »Guten Tag«, sagte er, als sie an ihm vorüberrannte, und sah Alice nach. Dann blickte er wieder nach oben, ging zwei Stufen und verharrte. »Hannes? Bist du das?«

Hannes nahm sich vor, ihn genauso rasch zu passieren. Das würde das Beste sein, so konnten sie nicht anfangen zu streiten.

»Du wolltest mich besuchen?«, lallte Vater.

Darauf war er nicht vorbereitet gewesen, dass der Vater ihm plötzlich leidtun würde. Die Alkoholsucht hatte ihn geknechtet und zu Boden geworfen. Was war noch geblieben von dem muskulösen Arbeiter, der er früher einmal gewesen war? Er hatte seine Frau vergrault und alle Kinder, einsam war er jetzt, und wenn er nüchtern war, wurde ihm sicher bewusst, dass er sich alles verdorben hatte. Hannes zögerte. »Ja«, sagte er.

»Das freut mich.« Vater lächelte. »Ich dachte, du hättest mich vergessen.«

Oder war das nur eine neue Masche? Gab er sich als Opfer aus, um ihm Geld aus den Taschen zu ziehen, das er vertrinken konnte? »Ich wollte dich auch vergessen. Aber so leicht geht das nicht.«

»Komm doch mit rauf«, bat Vater leise.

»Du bist betrunken. Und ich bin mit Alice unterwegs.«

»Die schöne Frau?«

»Ja, die schöne Frau.«

»Nächstes Mal bin ich nüchtern, versprochen. Kommst du wieder?«

»Ich hab viel zu tun, aber ich seh mal, was ich machen kann.«

Er ging zwei Stufen hinunter. Als er den Vater passieren wollte, hielt der ihn fest. »Hannes, pass gut auf sie auf. Mach nicht den gleichen Fehler wie ich.« Er sah ihm in die Augen.

»Bestimmt nicht.«

»Man muss die Frauen beschützen. Sie sind so zart.«

Hannes entwand sich seinem Griff. Hättest du das mal bei meiner Mutter getan, dachte er, dann wäre jetzt nicht alles kaputt. »Mach's gut, Vater.«

»Ich bin stolz auf dich.« Der Vater wankte. Er zitterte, ob vor Erregung oder Rührung oder wegen des Alkohols, war schwer zu sagen.

Mit weichen Knien stieg Hannes die Treppe hinunter.

Alice wartete unten vor der Tür. Sie fragte: »Wer war das?«

»Niemand Bestimmtes.«

Ihr Blick verriet ihm, dass seine Antwort sie nicht zufriedenstellte. Aber sie schwieg. Als er sie zur nächsten Familie bringen wollte, sagte sie, sie müsse zuerst zu einem typhuskranken Mädchen gehen. Es lasse ihr einfach keine Ruhe, sie müsse wissen, wie es der Kleinen gehe, der sie neulich ein wenig Milch habe geben können.

Also kehrten sie zum Langen Haus zurück. Das Zimmer, in dem die Mutter mit dem typhuskranken Kind gewohnt hatte, stand offen. Es war sauber gefegt und leer.

10

Die Abendsonne tauchte die Stadt in warmes Licht, als er Alice zurück zum Schloss brachte. Eine Frau ihres Standes fuhr eigentlich mit der Droschke und ging nicht stundenlang zu Fuß. Aber Alice erwähnte das nicht einmal. Als Gentleman hätte er ihr den Kutscher bezahlen müssen, das kostete fünf Groschen für die ersten zwanzig Minuten, dauerte die Fahrt länger, waren es siebeneinhalb Groschen. Ohne mit der Wimper zu zucken, hätte er das für sie bezahlt. Nur, wer wusste schon, wann er sie wiedersehen würde? Zu Fuß waren sie länger unterwegs. Er kostete jede Minute aus, die er an ihrer Seite verbringen durfte.

Zuerst sprachen sie wenig, es brauchte eine Weile, bis Alice den Anblick des leeren Zimmers verkraftet hatte. Dann beruhigte sie sich irgendwann. Sie sagte: »Wäre ich ein paar Wochen früher gekommen, hätte ich das Mädchen retten können.«

»Das können Sie nicht auf Ihre Schultern nehmen. In Berlin sterben gerade Hunderte Kinder an Entkräftung und Typhus. Wollen Sie da überall schuld sein?«

Sie schwieg. Schließlich sagte sie: »Seltsam, oder? Gestern hat hier ein blutiger Aufstand getobt, und heute gehen alle wieder ihren Geschäften nach, als wäre nichts gewesen. Bis auf die Hitzköpfe bei deinem Freund Kutte, natürlich.«

»Wenn's nur Kutte wäre! Ich bin sicher, da sind viel mehr, die ihre Wunden lecken und sich zornig zum Gegenschlag rüsten.«

»Du machst nicht mit?«

»Das ist doch sinnlos. Das Militär wird wieder alles niederschlagen. Wenn die Gerüchte stimmen, dann hat der König sieben zusätzliche Bataillone in die Dörfer rings um Berlin verlegt, von Spandau bis nach Hohenschönhausen, sie ziehen einen Belagerungsring um die Stadt. Wenn Friedrich Wilhelm genug hat von den Rebellen, kommandiert er diese zwanzigtausend Mann nach Berlin rein und macht uns platt.«

»Also meinst du, die Aufständischen sollten aufgeben.«

»Sagen Sie es mir! Sie wohnen doch im Schloss. Beeindruckt den König das Johlen und Pfeifen seiner Untertanen?«

Sie seufzte. »Das kann ich dir leicht beantworten. Friedrich Wilhelm ist heute Abend in der Oper.«

»Sehen Sie? Es lässt ihn kalt. Er weiß genau, dass er die Oberhand behalten wird.«

»Dein Freund ist da anderer Meinung.«

Kutte. Hoffentlich überlebte er die nächsten Wochen. »Ich möchte mich noch mal entschuldigen für sein unmögliches Benehmen.«

Sie lachte. »Ich hab nichts anderes erwartet von einem Kerl mit abgekauten Fingernägeln und zerbissener Unterlippe.«

»Er hat auch gute Seiten. Die hat er heute nicht gezeigt, ich weiß. Aber Sie müssen mir glauben, er ist nicht immer so.«

»Was macht er denn sonst, wenn er keine konspirativen Treffen abhält oder Frauen fesselt?«

»Hart arbeiten zum Beispiel. Kutte kann schuften wie ein Tier, mit einer Ausdauer, von der ich mir ein Scheibchen abschneiden sollte. Wenn ich bei einer unterbezahlten Arbeit längst alles hingeschmissen habe, bleibt er noch drei Wochen und bringt den Lohn nach Hause. Zwar kann er nichts sparen, weil er so verfressen ist, aber immerhin arbeitet er anständig.«

Alice sah einem Pferdebus nach, einem rostrot gestrichenen Wagen der Roten Linie, die letztes Jahr eröffnet worden war. »Warum tust du das nicht auch? Dann musst du keine gutwilligen Frauen betrügen, die den Armen helfen wollen.«

Er spürte, wie er zu schwitzen begann. »Sämtliche Familien, die wir heute besucht haben, sind wirklich in Not. Ich habe Sie nicht reingelegt.«

»Trotzdem, wirklich vertrauen kann ich dir nicht. Das Lügen macht dir zu viel Spaß.«

Dass sie das sagte, gab ihm einen schmerzhaften Stich. »Diese feinen Damen wollen doch belogen werden! Sie haben eine bestimmte Vorstellung, und die wollen sie bestätigt sehen. Ich meine, ist das nicht bescheuert? Die gehen zum Vergnügen in die Häuser der Unterschicht, weil sie sich neben den schmutzigen, hungernden Kinder so schön sauber fühlen! Und dann tue ich ihnen den Gefallen und erzähle ihnen die Geschichte, die sie hören wollen. Ich kann nichts dafür, dass sie so leichtgläubig sind.«

»Dann könnte ein Mörder sich genauso rausreden und sagen, die Leute sterben so leicht!«

Sie bogen in die Straße Unter den Linden ein. »Aber ich morde nicht«, sagte er. »Was ich tue, macht beiden Seiten Freude. Die Armen bekommen Geld, und die Reichen das gewünschte Abenteuer.«

»Leute zu bestehlen, ist einfach nicht in Ordnung.« Sie sah ihn an. »Und ich glaube, du weißt das. Tief drinnen ist dir das längst klar, deswegen wehrst du dich so dagegen.«

Er sah verstohlen zu ihr hinüber. Ihre feine blasse Haut, die braune Haarmähne, die langen Wimpern faszinierten ihn. Es schien ihm unerklärlich, dass eine Frau wie sie mit ihm die Straße Unter den Linden entlangspazierte.

Am Zeughaus wachte ein Zug Infanteristen, die ihn streng musterten. Natürlich, Alice und er waren ein ungleiches Paar. Falls es zu einem weiteren Treffen mit ihr käme, würde er sich bessere Kleidung kaufen. »Ich hab eine Arbeit angenommen, als Aufsteckergehilfe in einer Wollspinnerei. Am Montag fange ich an.«

Sie sagte: »Das finde ich großartig.« Sie hakte sich bei ihm unter.

Ihre Hand in seiner Armbeuge zu spüren, beschleunigte seinen Puls.

Auch auf der Schlossbrücke standen Soldaten. Aber mit Alice an seiner Seite ließen sie ihn ungehindert passieren.

Sie näherten sich dem Schloss von der Lustgartenseite her. An der Ecke zur Schlossfreiheit hin stand die Adlersäule. Vor zwei Jahren hatte man die Terrasse fertiggestellt und diese Säule aufgerichtet. Sie war sicher acht Meter hoch, und der vergoldete

Adler noch mal zwei Meter. Er saß auf einem Felsstück, wie zum Abflug bereit, mit ausgebreiteten Flügeln. »Der Vogel sieht aus, als würde er leben«, sagte Hannes. »Ein echtes Kunstwerk.«

»Jeder schaut sich den Adler an. Aber die Säule ist genauso beeindruckend«, sagte Alice. »Sie wurde aus einem Granitfindling aus den Rauenschen Bergen bei Fürstenwalde geschlagen. Aus demselben Findling ist auch die große Schale vor dem Museum gebrochen. Und die Tempelfront des Mausoleums im Charlottenburger Schloss.«

Allein hätte er niemals gewagt, sich so nahe am Schloss herumzutreiben. Alice dagegen ging, ohne zu zögern, auf das Portal zu, an dessen Seiten rechts und links gewaltige Pferdebändiger aus Bronze standen. Die edlen Pferde bäumten sich überlebenshoch auf, und die Männer aus Bronze versuchten, sie am Zügel zu halten. »Und wo sind die her?«, fragte er.

»Die Rossbändiger sind ein Geschenk an den König. Sein Schwager, der russische Zar Nikolaus, hat sie ihm geschickt. Die gleichen Rossbändiger stehen in Petersburg auf der Anitschkoffbrücke.«

»Woher wissen Sie das alles?«

Alice lächelte. »Mein Vater ist der Kastellan. Dieses Schloss ist sein Leben.«

Die Front des Schlosses mit ihren unzähligen Fenstern und den Figuren auf dem Dach gab eine Ahnung von königlicher Machtfülle. Und Alices Familie war ein Teil davon, sie sorgte mit dafür, dass Friedrich Wilhelm unbehelligt von Alltagssorgen über das preußische Volk herrschte. »Wie lange wohnen Sie schon im Schloss?«

»Seit ich geboren bin«, sagte sie. »Wenn du willst, zeige ich dir mal das große Treppenhaus. Da gibt es eine Rampe, auf der man bis in den zweiten Stock hinaufreiten kann.«

»Ein Treppenhaus für Pferde?«

»Eigenartig, nicht wahr?«

»Und Sie könnten mich da wirklich reinbringen?«

»Ich muss natürlich vorher fragen. Hast du morgen Nachmittag Zeit?«

»Sie werden Ärger kriegen.«

Sie kniff die Augen zusammen und legte den Kopf schief. »Hast du das gerade wirklich gesagt? Ausgerechnet du, Freund Ulrich-ist-zweiundachtzig-Jahre-alt-und-vollständig-gelähmt?«

Er musste lachen. »Naja, ich meine …«

»Bis morgen also. Sagen wir, drei Uhr?« Als er nickte, drehte sie sich um und ging auf das Portal zu. Dass sie von den Wachen eingelassen wurde und das Portal einfach so passieren durfte, kam ihm vor wie Magie. Sie betrat das Schloss, als sei es eine Selbstverständlichkeit. Vor seinen Augen wechselte sie in eine andere Welt.

Wenn sie mich hier gaffen sehen, werde ich aufgegriffen und ins nächste Polizeirevier gebracht, dachte er. Außerdem denken sich die Soldaten wahrscheinlich sowieso schon ihren Teil.

Alice. Er bewegte beim Gehen ihren Namen im Mund, und allein an diesen Namen zu denken, machte ihn glücklich. Er fühlte sich, als sei er ein anderer Mensch, frisch und voller Tatkraft. In seiner Armbeuge spürte er ihre Hand, als ginge sie immer noch neben ihm.

Alice lehnte sich an das Geländer des Treppenhauses und lächelte still in sich hinein. Sie war an Victor vorbeigegangen und hatte nicht mal zu ihm hingesehen. Wie er gerätselt haben musste, wer dieser Kerl war, der sie begleitete!

Nie wieder würde sie um die Aufmerksamkeit von Hochwohlgeboren Victor von Stassenberg betteln. Sie hatte heute gemerkt, dass es auf der Welt auch noch andere liebenswerte Männer gab.

Erstaunlich – aber sie hatte sich in Hannes verguckt. Sie bewunderte ihn dafür, wie er, ohne zu verbittern oder seinen Humor zu verlieren, in einer Welt überlebte, in der man jeden Tag fror und hungerte. Das Steife, Förmliche, das die Welt im Schloss bestimmte, war sie inzwischen so sehr leid! Ihn, Hannes, hatten keine stumpfen Regeln verformen können, er war ein Wildwuchs, ein wunderschöner zudem. Sogar die knochigen Schultern mochte sie. Beim Gedanken daran flatterten feine Schwingen in ihrem Bauch. Pass auf dich auf, Alice, dachte sie.

Du kommst vom Regen in die Traufe. Die Eltern würden es nie und nimmer akzeptieren, wenn sie sich mit einem jungen Mann vom Feuerland verband.

»He, Bursche!«

Hannes schreckte aus seinen Gedanken hoch. Einer der Soldaten beim Zeughaus hatte ihn gerufen.

»Herkommen«, befahl der Offizier.

Er gehorchte. Hatte ihn der Soldat wiedererkannt? Gab es jetzt ein Nachspiel wegen des Aufruhrs am Brandenburger Tor? Er wusste von etlichen, die gefangen genommen worden waren und denen man jetzt den Prozess machte. Die Aussicht, morgen Alice wiederzusehen, löste sich in Rauch auf. Stattdessen würde er in einer düsteren Gefängniszelle sitzen, und Alice würde denken, er habe die Schläge der Kirchturmglocken überhört und sich anschließend, weil er so verspätet war, nicht mehr hingetraut.

Der Offizier besaß ein zartes, beinahe weibisches Gesicht und helle blaue Augen, nur der Mund war schmal und streng.

»Heb den Zettel auf«, sagte der Offizier und wies auf den Boden zu seinen Füßen.

Darum ging es also? Er wollte nur eine Dienstleistung? Erleichtert bückte sich Hannes. Gerade, als er nach dem Papierfetzen greifen wollte, stellte der Offizier seinen Stiefel darauf.

Er richtete sich wieder auf. »Ihr Stiefel –«

»Aufheben, hab ich gesagt!«, schnarrte der Offizier.

Die anderen Soldaten grinsten. Offenbar zog der Offizier öfter Vergnügen daraus, andere spüren zu lassen, dass sie ihm unterlegen waren. Es gab solche Leute, die brauchten das. Was blieb ihm übrig? Hannes bückte sich erneut und versuchte, den Zettel unter dem Stiefel des Offiziers hervorzuziehen. Nach einigem Gezerre gelang es. Er hielt ihm das schmutzige Blatt hin.

Der Offizier nahm es nicht an, er sagte: »So viel bist du wert. Du bist nichts weiter als Dreck unter meinem Stiefel. Verschwinde von hier.«

Mit klopfendem Herzen entfernte er sich. Die Demütigung ärgerte ihn. Sie vergiftete ihm die Freude über den Tag mit Alice.

Seine Wut ließ erst nach, als er den Opernplatz überquert hatte und an die Ecke des Universitätsgebäudes gelangte. Dort verkaufte eine knorrige Alte Knoblauchwurst. Sie sah aus, als wäre sie aus einem Märchen entsprungen. Mit flinken klugen Seitenblicken spähte sie nach Gendarmen aus, die sie vertreiben könnten, und hütete zugleich die Würste auf ihrem Bauchladen. Er malte sich aus, wie sie am Abend in ihrer Hütte die Wurstreste aus der Haut pellte und genüsslich futterte. Knoblauchwurst und diese Alte, das passte einfach. Genauso wie Alice zum Schloss passte, und er, Hannes, ein Aufsteiger sein würde, einer, der sich aus dem Sumpf der Armut freikämpfte.

11

Der Laternenanzünder pfiff ein Lied, das russisch klang. Er legte mit seiner Stange das Gasventil einer Laterne um und entzündete das austretende Gas. Hinter dem Laternenanzünder war die Straße noch dunkel.

Walter Unterhag dachte: So leicht hängst du mich nicht ab, Nepomuk. Aber interessant war's, offensichtlich machte der Kollege einen Weg, bei dem er nicht gesehen werden wollte. Er hatte die passende Stunde dafür gewählt: Drüben auf dem Schlossplatz, in der Breiten Straße und in der Brüderstraße sammelten sich seit Einbruch der Dämmerung die Unzufriedenen, die Gertrauden-Brücke und die Schleusen-Brücke waren von Rebellen hochgezogen worden, dorthin war jetzt die Aufmerksamkeit Berlins gerichtet. Hier, nur wenige hundert Schritt entfernt, konnte man währenddessen unbeobachtet agieren. Nepomuk passierte den pfeifenden Laternenanzünder und wurde von der Dunkelheit verschluckt.

Walter spürte ein aufreizendes Kitzeln im Bauch. Einen Kollegen hatte er noch nie überwacht. Eigentlich ging es gegen die Ehre. Warum hatte ihm Minutoli das aufgetragen? Fürchtete er, dass Nepomuk nicht nur für Preußen, sondern gleichzeitig auch für Frankreich arbeitete?

Er wartete noch einen Moment im Hauseingang, dann trat er hinaus und ging ebenfalls am Laternenanzünder vorüber.

Nepomuks Unterschlupf ausfindig zu machen, war nicht leicht gewesen. Der Agent lebte in einer möblierten Stube, wie es sie zu Tausenden in Berlin gab, und wechselte die Adresse alle paar Wochen. Die Vermieterinnen der Chambres garnies fragten meist nicht nach den Papieren, obwohl sie eigentlich per Gesetz zur Meldung verpflichtet waren. Solange die Mietzahlung pünktlich kam, waren sie zufrieden.

Der Fehler, den Nepomuk gemacht hatte, bestand darin, dass er einer Vorliebe nachgegeben hatte, die ihn aus der Menge heraushob. Offenbar besaß er einen regelrechten Schuhtick, er kaufte ständig Schuhe. Nicht die billigen, die von Schustern auf dem Land oder von Zuchthaushäftlingen genäht und alle vier Wochen als Wagenladung in die Schuhläden gekippt wurden, auch nicht die Massenware aus der Fabrik in Spandau, nein, feine Schuhe aus gutem Leder, Maßanfertigungen für seine nicht gerade kleinen Füße. Das war nicht alltäglich und fiel auf.

Er selbst, Walter, hatte schon immer ein heimliches Vergnügen daran gefunden, sich wenig von den anderen zu unterscheiden, und als der Unterschätzte, der vermeintliche Langweiler, ihnen allen etwas vorzuenthalten, das sie in höchstes Erstaunen versetzen würde, wenn sie davon wüssten.

Teure Schuhe brauchte er nicht, und auch kein anderes extravagantes Freizeitvergnügen. Nicht einmal seine Frau ahnte, dass er im Geheimen für den Polizeipräsidenten arbeitete. Tagsüber saß er im Büro der Städtischen Gasanstalt als Gehilfe im Rechnungswesen, abends spielte er Skat in der Tabagie um die Ecke.

Für Gunda war er ein genügsamer Trottel, der zufällig ein wenig rechnen konnte, sonst aber wenig zu bieten hatte. Als ihn letztes Jahr die Berliner Lebensversicherungsgesellschaft abzuwerben versucht hatte, war kurz Hoffnung in ihr erwacht, dass doch noch etwas aus ihm werden konnte, aber er hatte das Angebot ausgeschlagen. Jetzt versichert man schon Menschenleben, hatte er gesagt, ich fass es nicht! Wie kann man glauben, den Wert eines Menschenlebens berechnen zu können!

Gunda hatte ihm wie erwartet eine Szene gemacht. Endlich könne er Karriere machen, sie kämen womöglich auf einen grünen Zweig, nach all den Jahren der Entbehrung, und er kneife!

Aber er musste sich nicht vorwerfen, Gunda in der Verlobungszeit getäuscht zu haben. Sie hatte von Anfang an gewusst, was sie erwartete. Dass sie bei der Hochzeit ihren Nachnamen behalten hatte, sprach doch schon Bände. Ihn ärgerte das, im Kolonialwarenladen wurden sie mit Herr Unterhag und Madame Fischer angeredet, als wäre da nichts Dauerhaftes zwischen ihnen. Gunda hatte auch nur im einfachen Hauskleid und ohne Brautschmuck heiraten wollen.

Neulich hatte sie in seiner Anwesenheit vor Freunden gespottet, ihr Walter würde nicht einmal dann nach Südamerika auswandern, wenn dort das Gold frei für jedermann auf der Straße herumläge. Jeder wisse, dass man in der Amazonasregion reich werden könne, Kautschuk finde dank der Entdeckung dieses Charles Goodyear reißenden Absatz für die Vulkanisation, aber Walter, nein, Walter käme es nicht einmal bei vierzig Grad Fieber in den Sinn, nach Manaus oder Belém überzusiedeln, wer würde denn dort mit ihm Skat spielen? Sie lachte und tätschelte sein Knie, als sei er ein armer, dummer Junge.

An diesem Abend, als sie zu Bett gingen, stand er kurz davor, ihr zu sagen, dass er seit Jahren als Agent für die Berliner Polizei Spitzeldienste leistete, dass er an der Aufdeckung von Skandalen bis in die höchsten Kreise Anteil gehabt und durch seine Gewitztheit sogar einmal ein Mordkomplott verhindert hatte. Aber dann hatte sie beim Zubettgehen einfach das Licht gelöscht, obwohl er noch las, im selbstsicheren, wortlosen Vertrauen darauf, dass er ihren Schlaf wichtiger finden würde als sein Buch. Sie hatte ihr schweres Gesäß ins knarzende Bett verfrachtet, ihm beiläufig eine gute Nacht gewünscht und sich abgewendet. Da war ihm die Lust auf Enthüllungen vergangen.

Nepomuk drehte sich um. Ein kniffliger Moment, der kühles Blut erforderte. Prüfte ein Überwachter, ob er verfolgt wurde, so kam es darauf an, ganz selbstverständlich weiterzulaufen, ihn nötigenfalls auch zu überholen, wenn er stehenblieb, und ihn keines Blickes zu würdigen.

Tatsächlich ließ sich der Dicke überholen. Im Licht, das aus den Fenstern eines nahestehenden Hauses fiel, kramte er nach seiner Taschenuhr und täuschte vor, auf ihr Ziffernblatt sehen zu wollen.

Walter zog stumm an ihm vorüber. An der nächsten Ecke bog er in die Rosenstraße ein, als hätte er hier ein Ziel. Er ging noch einige Schritte und trat dann in einen Hauseingang. Von dort aus spähte er zum Oberwall aus. Tatsächlich kam kurz darauf der Dicke vorbei.

Er lauschte auf dessen Schritte. Wenn Nepomuk weiter dem Oberwall folgte, würde er auf den Königsplatz gelangen. Dort brannten die Laternen schon. War es ihm doch nicht wichtig gewesen, unbeobachtet zu sein? Aber warum fürchtete er dann Verfolger?

Walter schlug den kleinen Umweg über die Niederlagstraße zum Königsplatz ein. Unterwegs entnahm er seiner verschrammten Ledertasche den hellgrauen Hut und steckte stattdessen den schwarzen Hut hinein. Dann warf er die Tasche in einen Hauseingang. Er zog den Mantel aus und legte ihn sich über die Schulter. Das dürften genug Veränderungen sein, wenn er auf Distanz blieb.

Als er auf den Königsplatz trat, sah er Nepomuk gegenüber mit der Wachmannschaft des Zeughauses sprechen. Nepomuk zeigte ein Papier vor und wurde eingelassen.

Was wollte er im Zeughaus? Ein Auftrag des Polizeipräsidenten, von dem man ihm, Walter, nichts gesagt hatte? Unwahrscheinlich. Und wenn Nepomuk zusätzlich für das Kriegsministerium oder den Generalstab arbeitete? Aber davon hätte Minutoli wissen müssen.

Nachdem Nepomuk im Gebäude verschwunden war, ging Walter ebenfalls auf den Eingang des Zeughauses zu.

Die Wachsoldaten hielten ihn auf. »Kein Zutritt für Unbefugte.«

Er faltete den Mantel auf und fingerte das Papier aus der Innentasche, das ihn als nicht uniformiertes Mitglied der Polizei auswies. »Ich gehe einem wichtigen Fall nach«, sagte er.

Die Soldaten studierten das Papier. »Noch so einer. Gibt's heute ein Spitzeltreffen im Zeughaus?«

»Ich verbitte mir die herablassenden Kommentare. Sie wissen so gut wie ich, dass die Sicherheit der ganzen Stadt auf Messers Schneide steht.«

»Von Haus aus brauchen Sie trotzdem eine offizielle Genehmigung«, verteidigte sich der Soldat, aber es klang bereits durch, dass er nachgeben würde.

Walter sagte nichts. Er ließ sein Gesicht sprechen.

»Also gut. Gehen Sie schon rein.«

Er betrat das Zeughaus. Im Flur lag der Geruch von Kohlestaub und Asche. Trotzdem war es kühl, vermutlich wurden nur ausgewählte Zimmer im Haus beheizt. Was wollte Nepomuk hier? Hatte Frankreich ein Interesse an den genauen Beständen von Gewehren, Bajonetten und Säbeln in Berlin? Das war schwer vorstellbar. Traf er sich mit jemandem, der hier arbeitete?

Walter wandte sich nach links. Der Fußboden war schlecht gefegt, unter seinen Füßen knirschte der Schmutz. Die Gaslampen fauchten leise. Im Vorbeigehen sah er prüfend nach den Türen, suchte eine Unregelmäßigkeit an ihnen, ein aufgebrochenes Schloss, einen Kratzer. Am Ende des Flurs verharrte er und lauschte. Es war still, kein Geräusch verriet, wo Nepomuk steckte. Er machte kehrt und folgte dem Flur in die andere Richtung. Seltsamerweise war hier der Boden gereinigt. Wie konnte es sein, dass sie eine Seite fegten und die andere nicht? Vielleicht war diese Seite besonders schmutzig gewesen, und man hatte eine Reinigung unvermeidlich gefunden. Bei Waffenlieferungen gelangte sicher eine Menge Dreck ins Zeughaus.

Eine der Türen hatte kein Schloss. Bei genauerem Hinsehen waren Abschabungen an den Eisenhalterungen zu erkennen, die von einem Vorhängeschloss stammen mussten. Ein Raum ohne Schloss war bestimmt leer. Waren eventuell keine Waffen geliefert, sondern welche abgeholt worden, und man hatte anschließend den Flur gereinigt? Er zog die Tür auf.

Das Zimmer war alles andere als leer. Bis zur Decke waren Kisten aufgestapelt. *Gewehrfabrik Sömmerda* stand darauf. Er schlich um den Kistenstapel, um sicherzugehen, dass sich niemand dahinter verbarg. Aber er war allein hier. Vorsichtig nahm er den Deckel von einer Kiste. Fabrikneue Gewehre lagen darin, Seite an Seite in Holzwolle gebettet, das Holz poliert, die Laufringe aus Messing blank und makellos.

Was war das für ein seltsamer Knauf über dem Abzug? Das musste die Neuentwicklung sein, von der man munkelte, dass sie die preußische Kriegsführung revolutionieren würde. Gewehre, die man nicht mehr im Stehen laden musste mit Pulver im Lauf und Filzstopfen und Ladestock, sondern Waffen, die man im Liegen von hinten nachlud. Es hieß, man könne sie doppelt so oft abfeuern wie die bisherigen Gewehre. Während der Gegner noch nachlud, wurde er schon unter Beschuss genommen. Mit dem neuen Gewehr war es den Soldaten möglich, in Deckung zu bleiben und trotzdem weiterzufeuern, was bisher nicht ging.

An der Tür gab es ein Geräusch. Er fuhr zusammen. Zum Glück verbargen ihn die Kisten.

»Entschuldigung«, sagte jemand, »ich suche meinen Spitzelkollegen. Sie wissen nicht zufällig, wo er ist?«

Nepomuk.

Schon wollte er hervortreten, da fiel ihm der kalte Sarkasmus auf, der in der Stimme gelegen hatte. Sollte er offen zugeben, dass er von Minutoli geschickt worden war, um ihm nachzuspionieren?

Schritte näherten sich. »Kommt Walter raus zum Spielen?«

Heiß durchfuhr es ihn: Er weiß genau, wer ich bin!

Nepomuk bog um die Ecke. Sein hängendes Augenlid zuckte. »Da ist es ja, mein Walterchen. Spielst du mit den Gewehren? Peng! Peng!«

In Nepomuks Gürtel steckte ein Bajonett. Das war vorhin auf der Straße noch nicht dort gewesen. Walter sagte: »Minutoli weiß, dass ich Ihnen folge. Machen Sie keine Dummheiten.«

»Aber nein. War das Walterchen brav? Hat es auch eine Akte angelegt? Fein mit Büroschrift auf dem Aktendeckel: Überwachung des Agenten Nepomuk.«

Dieser lauernde Blick gefiel ihm nicht. Er zog in Erwägung, zur Tür zu hechten. Aber Nepomuk versperrte den Weg. Die Soldaten mussten ihm zu Hilfe eilen. »Hierher!«, rief er laut. »Helft mir!«

Der Dicke stürmte mit einer Behändigkeit heran, die er ihm nie zugetraut hatte. Walter hob die Hand, um das Bajonett abzuwehren, da stach der Agent bereits zu.

Nicht in den Hals, dachte er. Das Bajonett fuhr ihm tief hinein. Er griff danach. Sein Protest ging in Gurgellauten unter.

Er musste sich an den Kisten abstützen, dann sackte er auf die Knie nieder. Endlich wurde das Bajonett herausgezogen, gefolgt von einem Schwall Blut.

Das überleb ich nicht, dachte er. Gunda wird staunen! Der Raum drehte sich, er fiel vornüber. Das Letzte, was er sah, waren Nepomuks gewichste, glänzende Schuhe. Blutstropfen glänzten darauf.

12

Kutte befehligte die Männer wie ein alter Kapitän. »Den Balken quer drüber und dann die Rinnsteinbrücken vorn dagegengelehnt. Prüft, ob's stabil ist! Wir brauchen mehr Fässer, seht ihr das nicht?«

Dass diese Leute auf Kutte hörten, erstaunte Hannes. Manche gehörten nicht mal ins Feuerland, sie kamen aus der Stadt und lebten dort in sauberen Wohnungen und aßen jeden Tag gute Mahlzeiten. Hannes erkannte einen Stubenmaler, der eine Zeit lang mit einem Mädchen aus den Familienhäusern zusammen gewesen war, und einen Möbeltischlermeister aus der Louisenstraße. Sogar zwei Studenten waren dabei.

Kutte bemerkte ihn und rief: »Wo warst du gestern Abend? Wir haben uns in der Brüderstraße eine Keilerei mit den Garde-Ulanen geliefert. Hätten dich gebrauchen können!«

»Du weißt doch, so etwas ist nichts für mich.«

»Die Bewegung wird größer, Hannes. Bald sind wir stark genug, um die Innenstadt zu erobern.«

»Und dann?«

»Wir sorgen dafür, dass sich endlich was ändert! Festlöhne soll es geben, die von den Unternehmern nicht mehr willkürlich verändert werden können, um Druck auf uns auszuüben. Und in Zukunft sollen die Überstunden bezahlt werden. Wir wollen die Stadtregierung wählen, das soll nicht mehr den Reichen überlassen bleiben, die sich die Wahlberechtigung kaufen können. Das schreit doch zum Himmel! Nur jeder Zehnte in Berlin darf wählen. Mach mit! Wir brauchen noch einen Mann, der mit anpackt.«

»Ich hab gleich eine Verabredung, ich kann nicht.«

An seine Bauleute gewandt, sagte Kutte: »Nehmt die Barrikade wieder auseinander. Wir machen das gleich noch mal. Es muss schneller gehen.« Dann trat er an Hannes heran. »Wie kann dir eine Verabredung wichtiger sein als der Barrikadenbau? Wir wollen vierzig Barrikaden hochziehen, wenn es losgeht. Ich brauche verlässliche Leute.«

»Wo hast du gelernt, wie man so was baut?«

»Einer unserer Leute war im Februar in Paris dabei. Er übt gerade mit den Männern im Stralauer Viertel. Nachher kommt er rüber zu uns.«

»Ich hab gehört, es sind weitere zwei Bataillone Soldaten angekommen, mit der Eisenbahn. Glaubst du wirklich, die lassen sich von einem Holzhaufen aufhalten?«

Kutte verschränkte selbstbewusst die Arme. »Weißt du nicht, was gerade in Wien passiert ist?«

Nein, das wusste er nicht.

»Metternich ist gestürzt! Und die hatten auch keine Armee, das haben Arbeiter und Studenten geschafft. Es war wie bei uns: Kaiser Ferdinand wollte auf ihre Bittschriften nicht hören. Da haben sie das Ständehaus gestürmt. Metternich hat daraufhin das Militär aufmarschieren und auf sie schießen lassen. Das hat das Volk so wütend gemacht, dass die Leute Barrikaden gebaut haben. Da ging's hoch her! In den Vorstädten haben sie die Fabriken angezündet, und jetzt haben sie eine Nationalgarde gebildet, das haben einfach die Bürger gemacht, der Kaiser hatte keine Wahl, er hat ihnen Waffen aushändigen müssen. Die Studenten haben eine Akademische Legion gegründet. Beide zusammen, Nationalgarde und Studentenfreikorps, sind dreißigtausend Bewaffnete, überleg mal, was das für eine Macht ist! Und ein Zentralkomitee verwaltet alles. Fürst Metternich, der alte Knochen, musste zurücktreten. Wenn die das in Wien können, schaffen wir's in Berlin schon lange.«

»Gab es Tote?«

»Natürlich, da führt kein Weg dran vorbei. Ich sage dir, es beginnt eine neue Zeit!«

Erst Frankreich, nun Österreich – war er vielleicht wirklich zu skeptisch, und es würde auch in Preußen einen Neuanfang geben? Immerhin hatte der Bundestag neuerdings die Farben Schwarz-Rot-Gold als Bundesfahne eingeführt, und auch in Preußen durfte man sie inzwischen zeigen. Noch vor ein paar Tagen wäre man dafür festgenommen worden. Es bewegte sich was, daran gab es keinen Zweifel.

Aber letztendlich hing alles von den Entscheidungen des Königs ab. Und der ging in die Oper, anstatt sich den Forderungen seines Volkes zu stellen. Würde er nicht ohne zu zögern den Befehl geben, die Rebellen niederzumachen?

Die Angst, die er verspürt hatte, als die Kavallerie ihn anritt, saß ihm nach wie vor tief in den Knochen. »Ich weiß nicht, Kutte. Ich traue der Sache nicht.«

»So warst du schon immer. Du machst dir zu viele Gedanken.«

Die Enttäuschung in Kuttes Gesicht tat ihm weh. Der Freund wandte sich wieder seinem Barrikadenbautrupp zu: »Und jetzt los! Stellt euch vor, vom Ende der Straße rückt ein Zug Infanterie ran, ihr habt wenig Zeit. Verbaut ihnen den Weg!«

Die Glocke der St.-Elisabeth-Kirche schlug zur halben Stunde. Mit Wehmut in der Brust machte sich Hannes auf den Weg zum Schloss. In den Straßen standen die Leute in Gruppen beisammen. Sie diskutierten die Neuigkeiten über den Umsturz in Wien. Berittene Patrouillen der Garde du Corps streiften zur Abschreckung durch die Stadt.

An den Bäumen flatterten die Zettel, die im Namen des Königs gestern angeschlagen worden waren:

Mitbürger und Einwohner Berlins! Wir kennen ja alle das Herz und den Willen unseres Königs. Sie sind unablässig gerichtet gewesen auf die Wohlfahrt und die politische Entwicklung des Vaterlandes, und vor wenigen Tagen noch haben wir die schönsten Zeichen seines Vertrauens zu seinem Volk erhalten. Verlassen wir daher nicht den Weg des Gesetzes und der Ordnung, halten wir uns fern von allen Schritten, die, einer Missdeutung fähig, zur Vermehrung der Aufregung und Störung der Ordnung führen könnten, und vertrauen wir, wie bisher, der landesväterlichen Weisung unseres Königs.

Den Rest überflog er nur. Beklagen den Unfug des gestrigen Abends … Von jeder Teilname aufregender Versammlungen fernhalten … Weder notwendig noch förderlich … Große Gefahren.

Er setzte seinen Weg fort und sah beim Gehen an sich hinunter. Der neue Leibrock und die Hose waren ihm fremd. Dabei hatte er bloß gebrauchte Kleider gekauft. Aber es war das erste Mal seit Jahren, dass er eine andere Hose trug als die eine, ewig vertraute. Alice sollte sich nicht für ihn schämen müssen.

Wenn sie ihm trotz neuer Kleider den Zugang zum Schloss verwehrten, vielleicht kam Alice dann heraus, und sie konnten ein wenig am Spreekanal spazieren gehen. Ihn interessierte brennend, was sie von den Entwicklungen in Wien hielt.

Pauline Gauer wusste, dass man im Leben nur mit Hartnäckigkeit etwas erreichte. Auch wenn Robert vorhin sein Kastellansgesicht aufgesetzt und hitzig gesagt hatte, es sei sein letztes Wort, würde sie nicht nachlassen. Sie hatte ihm eine Stunde Zeit eingeräumt, er war sicher hundertmal im großen Schlosshof auf und ab gegangen und hatte so getan, als würde er die Baustelle besichtigen, während er innerlich ihre und seine Argumente abwog. Jetzt würde sie ihm die richtige Entscheidung noch einmal mit Nachdruck vor Augen führen.

Oben in der neuen Kuppel kletterten Menschen herum, sie sahen aus wie Läuse im Blätterwerk eines Weltenbaums. Dass ihnen nicht schwindelig war in vierzig Klaftern Höhe! Bisher war niemand abgestürzt, Gott sei Dank.

Die neue Kuppel war noch ein Gerippe: Etwa zwanzig Bögen aus Stahl wölbten sich zur Mitte hin, und über ihnen schwebte die kleinere Kuppel der Laterne wie ein Vogelkäfig. Immerhin hatte die Firma Borsig inzwischen den Eisenbau vollendet, und es ging jetzt an das Dachdecken. Zum Geburtstag des Königs nächsten Oktober sollte die Kuppel fertig sein.

Sie trat von hinten an Robert heran und wartete geduldig. Er sprach mit zwei Handwerkern. Natürlich hatte er sie bemerkt. Aber sie würde ihn nicht unterbrechen, sie wollte ihm keinen Grund in die Hand geben, unsachlich zu werden.

Er erklärte den Männern, dass es der ausdrückliche Wunsch des Königs sei, ein Schriftband möge um den Tambour der Kuppel herumlaufen mit dem Text: *Es ist kein ander Heil, es ist auch kein andererer Name den Menschen gegeben, denn der Name Jesu, zu Ehren des Vaters, dass im Namen Jesu sich beugen sollen aller derer Kniee, die im Himmel und auf Erden und unter der Erde sind.* Robert sagte: »Und zwar auf lasurblauem Grund, und es sollen goldgelbe Großbuchstaben aus gebranntem Ton sein, etwa vierunddreißig Zentimeter hoch. Sie wissen, wie genau es Seine Majestät mit den eigenen architektonischen Ideen nimmt. Also halten Sie sich daran.«

Als die Handwerker ihm ihr Versprechen gegeben hatten, drehte er sich um. »Was willst du hier?«

»Robert, wir müssen eine Entscheidung treffen. Kommst du bitte noch mal mit nach oben? Die Baumeister haben die Baustelle sicherlich im Griff.«

»Belehre mich nicht über meine Aufgaben. Und mein Entschluss steht fest, der Kerl kommt nicht ins Haus, schon gar nicht, während es in der Stadt zischt wie in einem Dampfkessel kurz vor der Explosion.«

Pauline sagte: »Du kennst mich. Ich würde Alice niemals mit einem dahergelaufenen Tunichtgut verheiraten. Aber das wird ja auch nicht passieren. Er kommt nur zu Besuch. Und er lenkt sie von Victor ab. Sie muss diesen Offizier endlich überwinden.«

»Glaubst du, auf solche Tricks fällt unsere Alice rein? Nie und nimmer.«

»Sobald sie über Victor hinweg ist, schickt sie diesen Hannes sowieso in die Wüste. Dann ist sie frei. Du weißt, es gibt genügend Adlige, die ihr schöne Augen machen. Und diesen Fabrikantensohn, der neulich Blumen geschickt hat. Ist dir klar, dass dieses Jahr das entscheidende für sie ist? Wir können sie die nächsten Jahrzehnte ihren Dickkopf durchsetzen lassen, aber jetzt geht es um alles, ums Heiraten. Da müssen wir kämpfen, Robert.«

»Findest du nicht, dass das unfaire Mittel sind? Wir täuschen ihr vor, wir wären mit dem armen Schlucker einverstanden, und später ziehen wir unsere Einwilligung zurück.«

»Aber sie hat doch gar nichts von Liebe gesagt! Sie will ihm nur das Schloss zeigen.«

Er gab ihr einen Das-glaubst-du-doch-selbst-nicht-Blick.

»Und wenn schon«, sagte sie, »die Liebe kommt und geht, sie wird schnell verfliegen, wenn Alice erst einmal begreift, dass er ihr nichts bieten kann.«

»Ich möchte nur, dass meine Tochter glücklich wird.«

»Und die Familie? Unsere Eltern haben das alles mühsam aufgebaut. Ich lasse nicht zu, dass jemand die Familie kaputtmacht, weder Victor, dieser Schürzenjäger, noch ein Niemand aus dem Feuerland.«

»Es geht hier nicht um dich. Es geht um Alice.«

»Wären deine Eltern nicht so zielstrebig gewesen, Robert, dann würdest du heute einen kleinen Milchladen bewirtschaften. Und ich stünde im Bestattungsinstitut und würde schniefenden Angehörigen erklären, dass sie ihren Otto entweder im Mittelleichenwagen mit zwei Pferden, vier Trägern und zwei Trauerkutschen zu Grabe fahren können oder im großen Leichenwagen mit acht Trägern und vier Trauerkutschen und dass wir für nur fünfzig Taler einen pompösen Leichenwagen mit vier Pferden und zwölf Trägern anbieten und dazu acht Trauerkutschen.«

Vom Gerüst dröhnte Hämmern herüber, dazwischen erschollen die lauten Rufe, mit denen die Männer auf der Baustelle sich verständigten. Robert fuhr nachdenklich mit dem Daumen über das rasierte Kinn. »Er soll sie also über Victor hinwegtrösten. Und später wird dem armen Schlucker das Herz gebrochen.«

»Ach was. Er wird vor seinen Freunden damit angeben, dass er einmal eine wunderschöne junge Frau aus dem Schloss hofiert hat und sie sicher Ja gesagt hätte, wären da nicht die garstigen Eltern gewesen.«

Er schüttelte den Kopf. Seufzte. Dann sagte er widerwillig: »Meinetwegen.«

»Kommst du auch? Du willst ihn dir doch sicher ansehen, deinen künftigen Schwiegersohn.« Sie lachte.

»Ich komme später nach. Ich hab hier noch zu tun.«

Die Fabrikhilfsarbeiter und Studenten auf der Schlossfreiheit riefen noch keine Parolen, sondern sahen mit wachsamer Zurückhaltung zum Schloss hin. Sie wussten, dass erst nach Arbeitsschluss eine größere Menge zu ihnen stoßen würde, bis dahin mussten sie sich in Zurückhaltung üben. Hannes schritt zwischen den Wartenden hindurch. Er spürte Blicke in seinem Rücken, womöglich hielten sie ihn für einen Verräter. Er bog um die Ecke des Schlosses und ging auf der Lustgartenseite auf das Portal zu, in dem Alice gestern verschwunden war.

Wie erwartet traten ihm Soldaten entgegen. »Du hast hier nichts verloren, Bursche!«

Hinter ihnen ging die Tür auf. Alice rief: »Lassen Sie ihn bitte rein.«

Verblüfft wandten sich die Soldaten um. »Fräulein«, sagte einer von ihnen, »sind Sie sicher, dass Sie diesen Kerl kennen?«

»Natürlich kenne ich ihn.« Sie trat auf ihn zu, hakte sich bei ihm unter und zog ihn zum Portal. Die Soldaten ließen sie staunend durch.

Gleich hinter der Tür blieb er stehen. »Danke. Die hätten mich in Stücke gerissen.«

»Ach was! Sie sind nur ein wenig gereizt wegen der Aufständischen.«

Er sah sich um. Der Palast, der nach außen hin preußische Strenge vorgab, war im Inneren voller Magie. Da saßen kleine Kinder am Außenrand des Treppengeländers und ließen ihre Beine hinabbaumeln, so lebensnah aus Stein gehauen, als würden sie sich jeden Augenblick bewegen. Blumen und Ranken verzierten die Decke des Treppenhauses, es wirkte wie ein Baum, der von selbst gewachsen war, gestützt durch spiegelblanke weiße Säulen. Die Kerzenständer waren so verschnörkelt, als stammten sie aus einem Märchenschloss.

»Das kannst du dir später ansehen«, sagte Alice, »bitte, komm.«

Er folgte ihr in einen Saal, in dem ein Dutzend Leute geschäftig Speisen zubereiteten. Sie verzierten Pasteten mit Gewürzen von leuchtendem Rotorange, Grün und Gelb, sie rupften Rebhühner, brieten Äpfel und Zwiebelringe, überall dampfte es und roch verführerisch. An den Wänden hingen Töpfe und Pfannen, und die Köche trugen fleckige Schürzen. Sie nickten Alice zu, scheinbar kannte sie jeder.

Alice durchquerte die Küche und brachte ihn in einen Nebenraum. Hier lagerte Schokolade in den Regalen, und es roch nach Kuchen. Beim Anblick des Schokoladenkuchens und der halbierten Torte lief ihm das Wasser im Mund zusammen.

Auf einem Stuhl lag ein Bündel Kleidung. Alice hob es hoch und reichte es ihm. Sogar Schuhe waren dabei. »Von meinem Bruder. Er hat ungefähr deine Statur.«

»Ich soll das anziehen?«

»Wäre besser. Meine Eltern sollen doch einen guten Eindruck von dir bekommen. Ich warte in der Küche.« Sie verließ die Kammer und schloss die Tür hinter sich.

Wozu habe ich drei Silbergroschen ausgegeben, dachte er. Dann dämmerte ihm, was sie gerade gesagt hatte. Ihre Eltern? Wollte sie ihn ihrer Familie vorstellen? Er spürte das Herz weit oben, als würde es in seinem Hals schlagen und nicht in seiner Brust.

Er sah an sich hinunter. Die neue Hose war zwar nicht geflickt wie seine alte, aber auch sie war an den Knien durchgewetzt. Und der Leibrock hatte einen kleinen Riss an der rechten Schulter und mehrere Schmutzflecken. Obwohl es bessere Kleider waren, als er je im Leben getragen hatte, war er damit inmitten des Prunks und Glanzes unpassend angezogen. Die Sachen von Alices Bruder waren seine Rettung. Zur Beruhigung stibitzte er ein Stück Schokoladenkuchen. Es zerging im Mund, nur die Kruste musste man kauen, eine herrliche, süße Kruste. Noch kauend, schlüpfte er aus Leibrock, Hemd und Hose und zog die Stücke von Alices Bruder an. Offensichtlich war dieser Bruder um einiges muskulöser und fülliger. Das Hemd hing lose an ihm herunter, als hätte der Schneider zu viel Stoff verwendet. Er stopfte es in die Hose, damit sie nicht rutschte. In den Schuhen konnte er die Füße vor- und zurückschieben, sie waren eindeutig zu groß.

Alice klopfte.

»Kommen Sie rein«, sagte er.

Sie betrat die Kammer und musterte ihn. »Ist jedenfalls besser als deine zerrissenen Sachen.«

Er sah nach Leibrock, Hemd und Hose, die er über den Stuhl geworfen hatte, und seinen Schuhen darunter.

Alice lächelte und streckte die Hände aus. »Also, willkommen im Schloss. Wir stehen im Grünen Hut, das ist der älteste Teil von allem.«

»Wie ein Hut sieht's hier nicht aus.«

»Fallen dir die runden Wände nicht auf? Und schau mal, wie dick die Mauer am Fenster ist! Der Grüne Hut ist ein Turm. Von außen, wenn man die Schlossmauer betrachtet, sieht man ihn kaum, nur ein bisschen wölbt er sich vor, der Rest des Turms ist ins Schloss eingebaut und fällt nicht auf. Früher hat der Turm zur Befestigung der Stadt Cölln gehört. Der Kurfürst hat ihn stehen lassen und sein Schloss drumherum gebaut.«

»Köln? Ich dachte, wir sind in Berlin.«

Sie rollte die Augen. »Früher waren es zwei Städte. Berlin und Cölln. Hast du in der Schule nicht aufgepasst?«

»Das sollte ein Witz sein«, log er.

Ihr strenger Mund verriet, dass sie ihm nicht glaubte.

Er erinnerte sich vage, dass er davon im Konversationslexikon gelesen hatte. »Na gut«, gestand er, »ich hab's nicht gewusst. Im Wachturm bäckt man jetzt Kuchen für den König?«

»So ist es. Vormals befand sich unten im Turm das Verlies. Siehst du den Haken an der Decke?«

Er folgte ihrem Blick empor zur Decke, in die ein grober Haken geschraubt war.

»Daran hat man die Gefangenen ins Verlies runtergelassen. Anschließend wurde der schwere Deckel aus Holzbohlen geschlossen.«

»Früher haben hier Leute gehungert, und jetzt werden die feinsten Speisen zubereitet.«

»Ja, die Zeiten ändern sich. Und im Schloss ändert sich ständig etwas. Zum Beispiel wird das Kupferdach zu einem Zinkdach umgewandelt, weil das Kupfer Risse bekommt und es dann reinregnet. Mein Vater überwacht den Umbau. Aber die Arbeit macht man nicht auf einmal, sie nehmen sich immer nur das reparaturbedürftigste Stück Dach vor, und allmählich, über Jahrzehnte, wird das ganze Dach zu Zink, das dauert jetzt schon über dreißig Jahre. Auch die Figuren werden einzeln vom Dachsims runtergenommen und repariert. Gerade bauen sie den Weißen Saal um und setzten eine Kuppel auf das Dach. So etwas hatte das Schloss noch nie.«

»In der Stadt schimpft jeder über die Kuppel. Sie sagen: Das Volk hungert, und der König verschönert sein Schloss.«

»Stimmt schon, der Zeitpunkt ist nicht gut gewählt.«

»Wenn es nur das Schloss wäre! Den Kölner Dom lässt der König ebenfalls weiterbauen. Da fließen Zigtausende Taler hin, die hier dringend gebraucht werden.«

»Findest du das denn nicht faszinierend? Vor sechshundert Jahren haben die Menschen angefangen, diese Kirche in Köln zu errichten, und in unserem Jahrhundert wird sie vollendet.«

»Wohnungen und Brot finde ich wichtiger als Kirchen.«

»Kann ich verstehen.« Alice sah ihn ernst an. »Sag so etwas bitte nicht, wenn wir gleich oben bei meinen Eltern sind. Die haben sowieso schon Angst vor dir.«

Seine Handflächen kribbelten. Warum macht sie das überhaupt, mich ihren Eltern vorzustellen, dachte er. Er hatte vorhin die Badeanstalt Lohde besucht hinter dem neuen Packhof. Natürlich hatte er nur ein Bad vierter Klasse genommen, unten im Keller, er hatte nicht in einer Zinkwanne mit parfümiertem Wasser gesessen und sich eingeseift wie die in den oberen Stockwerken, sondern hatte in einer schlichten Holzwanne in Spreewasser gebadet, aber schmutzig war er nicht mehr. Trotzdem bereute er es, nicht zusätzlich zum Frisör gegangen zu sein.

Ihr Blick wanderte zum Regal, wo die Kuchen standen, und zu ihm zurück. »Du hast übrigens noch Krümel vom Schokoladenkuchen im Mundwinkel.«

Beschämt wischte er sie sich aus dem Gesicht.

13

Auf dem Weg nach oben ließ sie ihn in ein Schlosszimmer hineinblicken. Ihn schwindelte vom Anblick der Tapeten. Er trat an die Wand heran und betastete die grün schimmernde Oberfläche. Sie fühlte sich an wie Seide, war aber aus Damast, wie Alice ihm erklärte.

Er ging weiter zur weißen Ummauerung der Feuerstelle. Auch die Marmorplatten musste er berühren. Sie erinnerten ihn an Wasser, so kühl und glatt waren sie.

Alice begann von den antiken Büsten auf dem Kamin zu sprechen, doch er hörte ihr nicht zu. Er sah sie einfach an. Ihre braunen Augen, den vollen Mund, die zarte weiße Haut. Seine Augen folgten gebannt ihren anmutigen Handbewegungen.

»Komm«, sagte sie, »gehen wir rauf.« Sie führte ihn das Treppenhaus hinauf zu einer Tür. »Hier wohnen wir.«

Gleich beim Betreten der Wohnung nahm Hannes die Mütze ab.

Eine Dame im Brokatkleid räumte gerade Silberbesteck in eine Schublade und schloss sie fest. Anschließend ließ sie eine Tabakdose aus Achat im Schrank verschwinden. Sie setzte ein Lächeln auf und trat heran. »Willkommen, ich freue mich, Sie kennenzulernen.«

»Hannes Böhm«, sagte er, »ich freue mich auch.«

»Pauline Gauer. Möchten Sie etwas ablegen?«

Er hatte seinen Leibrock unten in der Kuchenkammer gelassen. Ein nicht enden wollender Moment peinlicher Ratlosigkeit entstand. Kommentarlos gab er Alices Mutter die Mütze, die sie kurz betrachtete und dann an das Zimmermädchen weiterreichte, das die Kopfbedeckung an einen Garderobenhaken hängte.

Das Korsett der Dame war eng geschnürt. Wenn sie zu sich selbst derart streng war, wie musste sie dann erst mit anderen umgehen? Alice war in mancher Hinsicht wohl zu bedauern. Der lange, bauschige Rock ihrer Mutter, der sich wie eine Glocke von der Taille abwärts wölbte, war an der Seite mit einem Band und einer Agraffe in Form eines Mohrenkopfes um eine Kleinigkeit hochgebunden, vermutlich weil sie sonst mit diesem Ding keinen einzigen Schritt gehen konnte. Der Überstoff reflektierte golden das Licht.

Im aufgetürmten Haar der Dame steckten Kämme. »Wollen Sie mir bitte folgen.« Sie brachte ihn zu einem Tisch mit blütenweißer Decke und zierlichen Porzellantassen. In einer Schale lag Gebäck. Kaum hatten sie sich gesetzt, trat das Zimmermädchen an den Tisch heran und schenkte ihnen Tee ein. Alices Mutter sagte: »Ich hoffe, Sie haben noch nicht Ihren Nachmittagstee genossen.«

»Mama«, sagte Alice, »Sie wissen genau, dass man in den Vorstädten keinen Tee trinkt. Die Leute sind nachmittags bei der Arbeit.«

»Was arbeiten Sie denn, Herr Böhm?« Ihr Blick war ehrlich interessiert.

Er strich mit der Hand über die Tischdecke. »Am Montag nächste Woche fängt für mich ein neues Kapitel an. Ich beginne in einer Wollspinnerei. Was ich bisher gemacht habe, war ganz nett, ich war als Stadtführer unterwegs. Aber das Angebot der Wollspinnerei war zu verlockend.«

Alice saß ein belustigtes Schmunzeln in den Mundwinkeln.

»Stadtführer!« Pauline Gauer hob die Tasse zum Mund und blies sachte darauf. Endlich trank sie einen Schluck. »Dann müssen Sie Berlin und seine Geschichte recht gut kennen.«

Da konnte Alice nicht mehr an sich halten und lachte laut heraus. »Entschuldigung.« Mit Mühe bezähmte sie sich.

»Allerdings«, sagte er. »Wussten Sie beispielsweise, dass die Stadt einmal aus zwei Städten bestand? Berlin und Köln hießen sie.«

Alice lachte schon wieder. Es war so ansteckend, dass er mitlachen musste. Alices Mutter fuhr sich mit der Hand durch das aufgetürmte Haar und betastete einen der Kämme, dann fragte sie mit belegter Stimme, was daran so lustig sei. Erneut machte sich Ratlosigkeit breit. Doch sie legte sich, als ein Herr den Raum betrat und alle Aufmerksamkeit auf sich zog. Er trug einen Bart und ein weißes Hemd mit Vatermörderkragen und schwarzer Krawatte und zog – unter den missbilligenden Blicken seiner Frau – gleich nach Betreten des Raums den Leibrock aus und warf ihn über eine Stuhllehne. Eine Weste mit rotem Schottenkaromuster kam zum Vorschein, die sich in scharfem Kontrast vom gestärkten Hemd abhob.

Alices Mutter gab dem Zimmermädchen einen Wink, und das Mädchen nahm den Leibrock von der Stuhllehne und brachte ihn hinaus.

Der Herr reichte Hannes die Hand. »Hofrat Robert Gauer.«

Hannes sagte seinen Namen und erhob sich.

»Bleiben Sie sitzen, junger Mann. Sie sind also aus der Oranienburger Vorstadt?«

»Aus dem Feuerland, ja. Ich bin dort aufgewachsen.«

»Ludwig kommt vielleicht auch zum Tee«, sagte der Hofrat, »ich habe ihn unten im Schlosshof gesehen.«

Alice strahlte. »Das ist mein Bruder«, erklärte sie. Sie fragte den Vater: »Hat er die Strapazen von letzter Nacht gut überstanden?«

»Er sieht übermüdet aus.« Der Hofrat setzte sich und wandte sich an Hannes: »Was denken Sie, wird es mit den Straßenkämpfen bald zu Ende sein?«

»Ich fürchte, nein.«

Er nickte. »Sie werden wohl recht haben. Diesmal wird's noch schlimmer als letztes Jahr, als es in Berlin diese Hungerrevolte gab. Aber, sagen Sie, ist es gerecht, dass die Armen den König und die Oberschicht dafür verantwortlich machen? Ich zähle ja gewissermaßen zur Oberschicht dazu. Und ich muss zugeben, ich fühle mich ungerecht behandelt. Für die Missernten der letzten Jahre können wir nichts. Und für die Kartoffelfäule noch weniger, die kam von Frankreich rüber, wie hätten wir sie aufhalten sollen?«

Hannes verkniff sich jede Erwiderung und stimmte der rhetorischen Frage scheinbar zu.

Alice musterte ihn skeptisch. »Sie wollten doch etwas sagen. Nur zu, mein Vater kann das verkraften.«

Hannes stutzte. Warum siezte sie ihn plötzlich? Sonst hatte sie immer du gesagt, und nur er hatte sie gesiezt. Es war ihm selbstverständlich vorgekommen, schließlich war er ein Herumtreiber aus dem Feuerland und sie eine Dame aus dem Schloss. War es derart unangebracht, dass er hier am Tisch saß? Sie mussten ihn anscheinend durch das Sie um einige Etagen erhöhen, sonst würde es ihnen vorkommen, als säße ein Diener bei ihnen am Teetisch. Im Feuerland duzten sich alle. Dass die reichen Leute Sie zueinander sagten, war ihm seit je her vorgekommen, als wollten sie sich gegenseitig darin bestätigen, wie wichtig und ehrenhaft sie waren. Wie ein Spiel wirkte es. Aber es drückte auch Respekt aus, dieser Teil daran gefiel ihm.

»Ja, reden Sie frei heraus«, forderte ihn der Hofrat auf.

Er wollte es sich auf keinen Fall mit Alices Eltern verderben. Und schon gar nicht mit Alice. Aber ihre braunen, feurigen Augen sahen ihn herausfordernd an, sie würde nicht nachgeben, ehe er seinen Gedanken ausgesprochen hatte. »Für die Missernten konnte keiner was«, sagte er. »Nur fragen sich viele, warum letztes Jahr über drei Millionen Scheffel Weizen ins Ausland verkauft wurden, obwohl wir hier gehungert haben.«

Der Hofrat runzelte die Stirn. »Nun, das sind Fragen des Marktes und der Preise. Offenbar wurde im Ausland noch besser dafür bezahlt als hier.«

»Der König und das Staatsministerium hätten den Verkauf ins Ausland verbieten können. Oder die Getreidehändler hätten darauf verzichten können. Sie haben mit den Wucherpreisen hierzulande doch genügend Reibach gemacht.«

Es wurde still am Tisch. Schließlich nickte der Hofrat. »Sie haben recht, junger Mann.«

»Und was denken Sie noch?«, bohrte Alice weiter.

Wie konnte sie es ihm so genau ansehen, dass er etwas zurückhielt? Schon bei der Führung durch die Familienhäuser hatte sie ihn bloßgestellt. Dass sie ihn jedes Mal durchschaute, erschreckte ihn. Es war ein wohliges Erschrecken, auf eine verblüffende Art tat es ihm gut, erkannt zu werden. Alice sah ihn schon wieder so eindringlich an, dass ihm ganz warm wurde. »Die Branntweinbrennereien haben ebenfalls einen Großteil der Kartoffelernte und der Getreideernte verbraucht.«

»Wollen Sie ihnen das verbieten?«, fragte Alices Vater erstaunt.

»Irgendwo habe ich gelesen, dass es jedes Jahr fast zwanzig Millionen Scheffel Kartoffeln sind, die in Preußen zu Branntwein verarbeitet werden, und drei Millionen Scheffel Getreide. Hätte man die als Nahrungsmittel auf den Markt gebracht, wären die Preise nicht so in die Höhe geschossen, und auch wir Ärmeren hätten uns weiterhin zu essen kaufen können. Warum hat man das nicht getan?«

»Weil Branntwein eine hohe Gewinnspanne verspricht«, sagte der Hofrat. »Sie sind ein kluger Kopf.«

Das Lob des gebildeten Hofrats schmeichelte Hannes ungemein. War es ernst gemeint? Oder nahm er ihn auf die Schippe? Verunsichert schaute er in die Runde, aber niemand lachte. Nun glühte er innerlich vor Freude. Wie schlau von ihm, sich das Konversationslexikon gekauft und darin gelesen zu haben.

Mit der Entschiedenheit einer ganz im Praktischen verankerten Frau griff Alices Mutter nach einem Stück Gebäck in der Schale auf dem Tisch. »Reden wir nicht länger von Hungersnöten. Wir haben ja zu essen!« Wie zum empirischen Beweis ihrer Behauptung ließ sie das Gebäckstück in ihrem Mund verschwinden.

Der Hofrat schenkte dieser Unterbrechung keinerlei Beachtung, was seine Ehefrau aber auch nicht zu verwundern schien. Er sagte: »Sie meinen also, für die Missernten konnten wir nichts, aber wir hätten den Getreide- und Kartoffelhandel besser regulieren sollen.«

»Ich weiß nur, dass letztes Jahr Brot und Kartoffeln doppelt so teuer waren wie sonst. Das hat uns hart getroffen im Feuerland, wir ernähren uns fast ausschließlich davon. Und dass es kaum noch Aufträge für die Handwerksleute gab, hat die Sache noch schlimmer gemacht. In der Stadt fehlte einfach das Geld, die Leute haben es ja für die überteuerte Nahrung ausgegeben, wie sollten sie sich da einen neuen Schrank oder ein Paar Schuhe leisten? So fing die große Arbeitslosigkeit an.«

»Glauben Sie nicht«, fragte der Hofrat, »dass die Maschinen eher die Schuld daran tragen? Seit Jahren sinkt der Wert der menschlichen Arbeit. Die Löhne fallen, weil eine Maschine dasselbe billiger produzieren kann.«

»Ja, vermutlich spielt das eine Rolle.«

»Und die wachsende Bevölkerung. Wie soll die Nahrung reichen, wenn wir heute in Berlin doppelt so viele sind wie noch vor zwanzig Jahren? Ein Brite namens Thomas Malthus behauptet sogar, es sei ein Naturgesetz, dass sich die Bevölkerung in einem Maß vermehrt, mit dem die Vermehrung der Unterhaltsmittel nicht mithalten kann.«

Alices Mutter trank einen weiteren Schluck und stellte ihre Teetasse ab. »Das Beste wäre jetzt ein Krieg. Egal gegen welches Land. Das würde die Leute ablenken und ihrer Wut ein neues Ziel geben. Der Dampf könnte aus dem Kessel.«

»Pauline, ich bitte dich«, sagte der Hofrat. »Das ist doch absurd. Denkst du bitte auch einmal daran, dass ein Krieg Todesopfer fordert? Außerdem …« Er dachte kurz nach. »Ich finde die Forderungen der Aufständischen verständlich.«

Nun riss Pauline Gauer die Augen auf. »Wie bitte?« Sie hatte sich von ihrer resolut vorgetragnen Eingebung offenbar die Abkürzung der Diskussion erhofft und empfand das Verständnis des Hofrats für die Rebellen als ungeheuerlich.

»Wir brauchen kostenlose öffentliche Schulen«, sagte der Hofrat. »Und eine staatliche Sozialpolitik, die nicht wegen der Krise in Schockstarre verfällt. Was ist gegen Gewerkschaften der Arbeiter einzuwenden? Sie könnten damit gegenüber den Fabrikbesitzern für ihre Rechte eintreten. Ich bin für den Fortschritt. Ich bin für Eisenbahnen und Fabriken und elektrische Telegrafen. Aber wir sollten diesen Fortschritt gemeinsam erreichen, mit allen. Wenn wir die Arbeiter in die Gestaltung des Staats einbeziehen und sie demokratisch daran mitwirken, brauchen sie nicht auf die Straße zu gehen und mit Steinen nach den Soldaten zu werfen.«

»Das haben Sie gut gesagt, Vater.« Alice sah ihn bewundernd an.

Schon allein die Ausdrucksweise von Alices Vater verlangte Hannes große Aufmerksamkeit ab. Seine Gedanken tuckerten nicht bloß gemächlich dahin, nein, das Gehirn lief unter Volldampf, es war eine Lokomotive, die auf einer langen, geraden Strecke schnell Fahrt aufgenommen hatte. Allerdings hatte er das sehr bestimmte Gefühl, dass er diese Fahrt nicht mehr lange durchhalten könnte. Er fühlte sich ein wenig wie ein Hochstapler, der bei der nächsten präzisen Frage entlarvt werden würde.

War Alice überhaupt bewusst, wie gut sie es hatte? Mit dieser Familie an einem Tisch sitzen zu dürfen und mit ihr zu diskutieren, ohne dass jemand ausfällig wurde und zu prügeln anfing, war ein Geschenk des Himmels. Was wäre aus ihm geworden, wenn er solche Eltern gehabt hätte?

Auch wenn er den Hofrat gerade erst kennengelernt hatte, mochte er ihn bereits. Pauline schien ihm etwas egoistischer und weniger aufgeschlossen, doch ebenfalls von wohltuender Höflichkeit zu sein. Mit solch feinen Menschen war er bisher noch nicht zusammengekommen. Er sagte: »Danke, dass ich heute bei Ihnen zu Gast sein darf.«

Alices Vater sagte: »Sie sind ein angenehmer Gast.«

»Bitte, bedienen Sie sich doch.« Pauline Gauer wies auf die Schale mit dem Gebäck.

Er griff zu. Als er den Keks im Mund in feine Krumen zerbiss, atmete er versehentlich einige davon ein und musste husten.

In diesem Augenblick betrat ein Mann in Offiziersuniform den Raum. Hannes erkannte ihn sofort: Er hatte vor dem Brandenburger Tor die Infanterie befehligt.

Beim Anblick der Leiche musste Julius von Minutoli an die ägyptischen Mumien denken, die sein Vater einmal von einer Expedition mitgebracht hatte. Dabei war der Körper Walter Unterhags weder einbalsamiert noch verwest. Dennoch hatte er etwas

Pharaonenhaftes an sich. Vielleicht lag es an seiner Größe, seiner Statur? Oder an dem Hundegesicht?

Ein guter Mann, dieser Unterhag. Verlässlich und mit Spürsinn ausgestattet. Eine Schande, ihn tot daliegen zu sehen. Und was würde er seiner Frau sagen? Kinder hatten sie keine, Gott sei Dank. Für die Frau aber würde es ein Schock sein.

Er ging um die Leiche herum. »Haben die wachhabenden Soldaten nichts gehört?«, fragte er.

Kriminalkommissar Rothe schüttelte den Kopf. »Nichts. Zumindest behaupten sie das.«

Der Mörder hatte die Kammer aufgesperrt, Walter Unterhag hineingelockt und nach der Bluttat die Kammer wieder verschlossen. Wie hatte er sich den Schlüssel für das Vorhängeschloss beschafft? Jemand musste ihm zugearbeitet haben. »Und es fehlt wirklich nichts?«

»Die Bestände wurden mehrfach geprüft.«

»Sie hätten mich gleich avisieren sollen, Rothe. Ihnen ist klar, was da in den Kisten liegt?«

»Das modernste Gewehr der Welt, Herr Polizeipräsident.«

Die geheime Waffe, die unter dem Decknamen »leichtes Perkussionsgewehr M/41« geführt wurde, durfte nicht in falsche Hände gelangen. Man munkelte, dass mit diesem Gewehr bis zu sieben Schuss pro Minute möglich waren. Es würde das preußische Heer jedem anderen Heer überlegen machen. Gelangte es in den Besitz der Aufständischen, würde das verheerende Folgen haben. Ein Gewehr, das man im Liegen in der Deckung laden konnte, war im Häuserkampf allen anderen Waffen überlegen.

Auch wenn er nichts gestohlen hatte, der Mörder hatte Walter Unterhag sicher nicht ohne Grund in diese Kammer gelockt. Womöglich hatte er hier schon länger gestöbert, als er bemerkte, dass ihm Unterhag gefolgt war. Während Unterhag die Rückseite des Raums prüfte, muss der Mörder, vom Kistenstapel gedeckt, zur Tür geschlichen sein, das Bajonett aus einer der Kisten geangelt und Unterhag aufgelauert haben.

»Das Zeughaus braucht in den nächsten Wochen dreifachen Schutz«, sagte Julius. »Darum kümmere ich mich. Sie gehen ins

Polizeipräsidium und holen sich die Überwachungsakte, die Walter Unterhag über einen Agenten namens Nepomuk angelegt hat. Ich werde Ihnen zusätzlich zwei Kommissare aus den benachbarten Revieren zuteilen. Haben Sie einen Kontaktmann im Berliner Umland?«

Rothe bejahte.

»Reiten Sie aufs Land und geben Sie Ihrem Kontaktmann den Auftrag, in geheimer Mission Sensen gerade schmieden zu lassen. Am besten zwanzig, dreißig Stück.«

»Aber wozu? Was wollen wir mit so vielen umgeschmiedeten Sensen?«

»Nepomuk war nicht ohne Grund im Zeughaus. Ich bin mir ziemlich sicher, dass wir es mit einem Waffenschmuggler zu tun haben. Und mit Speck fängt man Mäuse.«

Vor dem Zeughaus stieg Julius auf sein Pferd. Er trieb es an, trabte die Straße hinunter zum Schloss. Man ließ ihn in den großen Schlosshof vor, wo er umgehend nach General von Pfuel fragte.

Die Soldaten schickten ihn weiter zu einem jungen Offizier, der Antwort wusste. »Er ist beim König, Herr Polizeipräsident.«

»Kann ich Ihnen für einen Moment das Pferd überlassen?«

Der Offizier nickte und übergab die Zügel einem jungen Rekruten. Zuerst scheute der Rappe ein wenig und tänzelte seitwärts. Dann ließ er sich fortführen.

Julius stieg im Spreeflügel das prachtvolle Treppenhaus in den ersten Stock hinauf. Jeden Freitag traf er hier den König zum persönlichen Vortrag, zwar nicht allein, sondern gemeinsam mit den beiden Kabinettsministern, aber wenn man bedachte, wie streng die wenigen Menschen ausgewählt wurden, denen es gestattet war, dem König Anliegen vorzubringen, war es eine große Ehre. Friedrich Wilhelm musste vor Bittstellern geschützt werden, damit er seine Zeit den großen Fragen widmen konnte und sich nicht im Klein-Klein des Königreichs verzettelte, dafür gab es die Ämter und Ministerien und Gerichte. Aber ein Anschlag auf das Zeughaus war in diesen Tagen Grund genug, Seiner Majestät Meldung zu machen. Eigentlich musste er nur General von

Pfuel sprechen. Wenn der Gouverneur allerdings beim König weilte, sprachen sie mit Sicherheit über die aktuelle Lage, und da gehörte der Versuch der Rebellen, sich die neuesten Waffen zu beschaffen, mit ins Bild.

Die Wachen erkannten ihn und ließen ihn passieren. Er durchmaß den Flur bis zu seinem Ende und trat in die königliche Bibliothek. Auf den Bücherspinden standen neben den dicken, ledergebundenen Bänden zwanzig Gipsbüsten. Wenn ich die Krise meistere und einen Bürgerkrieg verhindere, dachte er, fertigt man vielleicht auch einmal eine solche Büste von mir an. Dann schauen die Ratgeber eines zukünftigen Königs die Regale hinauf und sehen meinen Kopf und denken: Das ist Julius von Minutoli, der das Königreich Preußen vor dem Untergang gerettet hat. Und sie hoffen, dass ihnen irgendwann eine vergleichbar große Tat gelingt, und bedauern womöglich, dass sie in ruhigeren Zeiten geboren wurden.

Aus dem Vortragszimmer hinter der Bibliothek hörte er schon deutlich die Stimme des Generals. Eine zweite Stimme setzte jetzt ein, nicht die des Königs – mit wem debattierte von Pfuel?

Die Tür stand offen, er trat in den Türbogen und blieb stehen. Julius' Mund war plötzlich so ausgetrocknet, dass er nur mühsam genug Speichel zusammenbrachte, um zu schlucken. Vielleicht war es doch keine so gute Idee gewesen, hier einfach hineinzuplatzen.

Von Pfuel stritt mit dem Bruder des Königs. Wenn jemand das preußische Militär verkörperte, dann Prinz Wilhelm von Preußen. Er war alles, was der König nicht war. Der König war dick, kurzsichtig und kein guter Reiter. Der Bruder dagegen war durch und durch Soldat. Bei Besichtigungen der Truppen fürchtete man seine Strenge, er sah aus fünfzig Schritt Entfernung einer Parade zu und entdeckte dabei einen losen Uniformknopf bei einem Gefreiten im hintersten Glied. Insgeheim betrachtete das Militär ihn als seinen Oberbefehlshaber, das war ein offenes Geheimnis.

General Ernst von Pfuel dagegen hatte etwas Staatsmännisches, Ruhiges an sich. Rechts und links seiner Nase verliefen strenge

Falten bis zu den Mundwinkeln, aber seine blauen Augen blickten ruhig und besonnen. Er hatte Altersflecken im Gesicht und auf den Händen, und die weißen, spitz zulaufenden Brauen gaben ihm das Aussehen eines gütigen Alten. Als junger Mann war er mit Heinrich von Kleist befreundet gewesen, dem berühmten Theaterschriftsteller. Kleist und er hatten gemeinsam im Potsdamer Infanterie-Regiment 18 gedient und waren im literarischen Salon der Rahel Varnhagen ein- und ausgegangen. Später, nachdem sein Freund Kleist sich umgebracht hatte, war General von Pfuel mehrere Jahre lang Gouverneur von Neuchâtel gewesen.

Wenn diese zwei aneinandergerieten, der energische Königsbruder und der ruhige, diplomatische Militärstratege, dann lief ein tiefer Riss durch das Königreich. Julius hielt respektvoll Abstand.

Der fast Siebzigjährige von Pfuel sagte: »Ich bin der Kommandierende General der Truppen in und um Berlin, und es war meine Entscheidung.«

»Ist Ihnen klar, dass Sie meinen Bruder wie einen Schwächling dastehen lassen?«, wetterte der Prinz. »Der König könnte jetzt wunderbar Stärke zeigen. Er könnte seine Gegner niederwerfen. Sie aber manövrieren bloß vor und zurück.«

»Hier geht es nicht um einen Krieg gegen Franzosen oder Dänen, verehrter Prinz. Sie reden von einer militärischen Attacke auf preußische Bürger!«

»Bürger, die ihrem König den Gehorsam verweigern.«

Einfach dazustehen und die beiden zu belauschen, war ungehörig. Sie zu unterbrechen aber genauso. Eine Zwickmühle. Julius trat etwas näher und räusperte sich.

»Was wollen Sie?«, fuhr der Prinz ihn an.

»Durchlaucht, ich bitte, Meldung machen zu dürfen. Es hat einen Vorfall –«

Aber der Prinz hatte sich schon wieder General von Pfuel zugewandt. »Neuchâtel haben Sie bereits verloren, wollen Sie jetzt auch noch Berlin zugrunde richten? Wenn Sie noch einmal den Zusammenstoß zwischen Aufrührern und Soldaten verhindern, wird das ein Nachspiel haben.«

Nun geriet auch der greise General aus der Fassung. Dass man in diesem Ton mit ihm redete, war er nicht gewohnt. Er hatte an den Schlachten von Jena und Auerstedt teilgenommen, und dass die Quadriga auf das Brandenburger Tor zurückgekehrt war, hatte man ihm zu verdanken, weswegen er und seine Familie wie der König die mittlere Durchfahrt des Tores benutzen durften. Empört herrschte Pfuel den Prinzen an: »Sie erdreisten sich, mich derart zu beleidigen? Sie sind nicht mehr Kommandierender General des Gardekorps, Sie wurden an den Rhein versetzt. Wann gedenken Sie endlich aufzubrechen?«

Der Prinz von Preußen hielt dem General den ausgestreckten Finger hin. »Glauben Sie mir, von Pfuel, Sie kriegen keinen Fuß mehr auf den Boden!«

Peinlich berührt, richtete Julius seinen Blick auf einen der Wandschränke, in denen die Kupferstichsammlung und die Karten des Königs aufbewahrt wurden. Er hatte hier wirklich nichts verloren.

Da trat der König in den Raum, er kam die kleine Treppe aus dem benachbarten Turmzimmer hinaufgeschnauft, das zu seinen Privatgemächern gehörte. Das dünne Haar hatte er nach hinten gekämmt, und er verschränkte die fleischigen Arme vor der Brust. »Meine Herren«, sagte er, »ich habe mich entschieden.«

Julius verbeugte sich.

Von Pfuel fragte: »Mit Verlaub, wofür, Eure Majestät?«

»Ich werde Berlin verlassen. Diese undankbare Stadt hat nicht länger meine Anwesenheit verdient. Ich habe die Pfeifkonzerte satt, die sie vor dem Schloss veranstalten. Ich möchte den Pöbel nicht länger sehen.«

»Bist du sicher, Fritz, dass das eine gute Entscheidung ist?«, sagte der Prinz. »Es könnte dir als Feigheit ausgelegt werden.«

»Papperlapapp! Die ganze Bewegung ist dahin gerichtet, mich zu Konzessionen zu nötigen. Befinde ich mich in Potsdam, so habe ich Ruhe und Zeit, alles Erforderliche zu überlegen, und die Berliner Emissäre tun einen Stich ins Wasser. Selbst wenn sie Berlin zum Aufstand bringen – meine Person ist das allein Entscheidende, ohne mich können sie nichts erreichen.« Er wandte sich an den Gouverneur. »Sorgen Sie für sicheres Geleit.« Damit machte er kehrt und ging wieder die Stufen hinab.

»Fritz, warte!« Der Prinz eilte ihm nach.

Von Pfuel presste die Lippen aufeinander und sah starr geradeaus. Schließlich sagte er: »Sie wollten von einem Vorfall berichten?«

Julius gab das Geschehene wieder. Aber der General schien nicht richtig zuzuhören. Er äußerte ein paar Mal »Verstehe« und versprach am Ende, die Wachen am Zeughaus zu verstärken. Trotzdem hatte Julius das Gefühl, dass die aufrüttelnde Nachricht nicht wirklich zu ihm durchgedrungen war.

»Wenn diese neuen Waffen in die falschen Hände fallen«, sagte er noch einmal eindringlich, »könnte das katastrophale Folgen haben!«

»Mir ist das bewusst«, murmelte der General, »glauben Sie mir.«

14

Der Offizier blieb an der Tür stehen und starrte ihn an. Er hat mich erkannt, dachte Hannes, ich war bei den Steinewerfern, niemand wird mir glauben, dass ich nicht mitgemacht habe. Ein Frösteln kroch ihm den Rücken herauf.

»Ludwig, darf ich dir Hannes Böhm vorstellen?«, sagte Alice. »Hannes, das ist Ludwig Gauer, mein Bruder.«

Der Offizier kam heran und gab Hannes die Hand. »Erfreut, Ihre Bekanntschaft zu machen.« Er blieb ernst dabei und starrte ihn immer noch an, als überlege er, ob er ihn auf der Stelle festnehmen solle.

Alice erklärte: »Ich hab ihm deine alten Anziehsachen gegeben, Ludwig, ich hoffe, du hast nichts dagegen.«

»Also ist es meine Jacke!« Ludwigs Gesicht hellte auf. »Die ganze Zeit denke ich, genau so eine Jacke hatte ich auch mal.« Er lachte und setzte sich. Bettine goss ihm Tee ein.

Der Hofrat fragte: »Die zwei Toten gestern, wer waren die? Weiß man das schon?«

»Tote?« Hannes schluckte. Er hatte von Kutte nichts mehr gehört.

»Ein neunzehnjähriger Kupferschmiedlehrling und ein achtzehnjähriger Malergehilfe.«

»Was ist passiert?«, fragte nun auch Alice.

»In der Brüderstraße haben sie die Rinnsteinbrücken aufgeklaubt und damit die Neumannsgasse und die Spreegasse verbarrikadiert, das wollten wir aufräumen. Da haben sie aus den Fenstern Steine und Flaschen auf uns geworfen. Kürassiere kamen uns zu Hilfe, sie haben die Straßensperren mit gezogenen Säbeln gestürmt. Die Aufständischen sind daraufhin in die Hauseingänge geflohen. Als immer mehr Steine aus den Häusern auf uns flogen, hat der

Hauptmann das Feuer auf die Leute eröffnen lassen. Von uns sind auch einige verletzt. Und das Ganze bringt so wenig. Man treibt sie auseinander, und hinter einem laufen sie wieder zusammen.«

Also hatte der Aufstand die ersten Todesopfer gefordert. Das würde die Lage weiter anheizen. Herrschten in Berlin bald Zustände wie in Wien oder in Paris?

Ludwig trank einen Schluck. »Reden wir von was anderem. Ich habe jetzt frei.«

»Gibt es denn keine erfreulichen Nachrichten?« Alices Mutter lächelte etwas dümmlich in die Runde.

Der Offizier sagte: »Vor vier Tagen hat zum ersten Mal ein chinesisches Schiff einen europäischen Hafen angelaufen. Wussten Sie das? Die Dschunke Keying, gesegelt von dreißig Chinesen und zwölf Engländern. Wieder sind es die Engländer, wieder haben sie die Nase vorn. Und wir hauen uns hier gegenseitig die Köpfe ein, anstatt mit den Erfindungen gleichzuziehen. Bald wird England nicht mehr einzuholen sein.«

»Das ist wohl kaum erfreulich.« Pauline tupfte sich den Mund mit der Serviette ab.

»Wo ist das Schiff gelandet?«, fragte Alice.

»Momentan liegt es im Hafen der Insel Jersey vor Anker, aber das Ziel ist natürlich London. Ein berühmter chinesischer Mandarin ist an Bord, und ein ganzes Arsenal an chinesischen Gegenständen. Jeder will das sehen. Tausende Schaulustige haben sich versammelt und bezahlen Geld dafür, das chinesische Schiff zu betreten, heißt es. Und man lässt nur die Männer an Bord.«

Alice runzelte die Stirn. »Weil die Seeleute glauben, dass es Unglück bringt, eine Frau an Bord zu haben?«

»Nein. Die erste europäische Frau an Bord der Dschunke soll Königin Victoria sein.«

»Da haben wir es.« Pauline legte die benutzte Serviette auf ihren Teller. »Die Engländer haben noch Respekt vor ihrem Königshaus, während bei uns aus Friedrich Wilhelm eine Witzfigur gemacht wird. Diese unsäglichen Karikaturen, seit die Zensur gelockert worden ist! Friedrich Wilhelm mit roter Nase und Schnapsflasche, ich bitte Sie, so etwas wäre in England undenkbar!«

Ludwig wandte sich an Hannes: »Waren Sie einmal am Meer, Herr Böhm? Was halten Sie von der Schifffahrt?«

Er beschloss, die Wahrheit zu sagen. »Leider bin ich bisher nie aus Berlin herausgekommen. Für Reisen reicht mein schmales Bankkonto nicht aus.«

»Immerhin haben Sie eines«, lobte ihn der Hofrat.

»Darf ich fragen, was Sie arbeiten?«, fragte Ludwig.

»Ich habe gerade eine neue Stelle angenommen in einer Wollspinnerei.«

»Was verdienen Sie da?«

O nein. Was jetzt? Sobald er diese Zahl nannte, würde allen am Tisch bewusst werden, welche Kluft zwischen ihnen bestand. So angeregt hatten sie sich unterhalten, und er hatte das Gefühl gehabt, von Alices Familie ernst genommen zu werden. Damit würde gleich Schluss sein.

Aber es war zwecklos zu lügen, ein Kastellan wie Herr Gauer kannte die Löhne von Arbeitern und Handwerkern, er würde ihm auf die Schliche kommen. Er sagte: »Drei Groschen.«

»In der Stunde?«, fragte Pauline Gauer.

»Am Tag.«

»Da kosten ja fünf Minuten Droschkenfahrt mehr!«, entfuhr es Alices Mutter.

Der Hofrat senkte unangenehm berührt den Blick. War ihm der Ausruf seiner Frau peinlich, oder war es der geringe Lohn?

Stille am Tisch. Alle hatten plötzlich zu tun, Ludwig rührte Zucker in den Tee, Pauline faltete die Serviette, Alice las einen Krümel vom Tischtuch.

»Wie schaffen Sie es, davon zu leben?«, fragte die Hofrätin schließlich. »Ich meine, allein schon für die Miete brauchen Sie doch mehr als das.«

»Ich zahle zwei Taler und vier Groschen im Monat, also vierundsechzig Groschen. Acht Groschen bleiben mir.«

»Für Kleidung, Kohlen im Winter und Brot und Butter ist das nicht viel.« Alice sah ihre Mutter herausfordernd an. »Verstehen Sie jetzt, warum ich den Ärmeren in Berlin helfen will?«

Bin ich nur deshalb hier, fragte er sich. Als lebendes Beispiel, damit die Familie versteht, was Alice im Feuerland treibt? Es ärgerte ihn.

»Wenn Sie mögen«, sagte Ludwig, »kann ich Ihnen helfen, was Besseres zu finden. Sie können sich ausdrücken und haben Tischmanieren. Sie sind ein heller Kopf! Da müssen Sie doch nicht in der Wollspinnerei Garnrollen aufstecken.«

Hannes fragte, an welche Möglichkeiten er denke.

»Einer unserer Leutnants könnte Sie als Burschen einstellen. Die Arbeit ist leicht, Sie müssen ihm nur die Stiefel putzen und die Uniform bürsten, morgens die Kammer fegen und ein paar Dienstbotengänge erledigen. Soweit ich weiß, erhält so ein Bursche zwei Taler im Monat und wohnt mietfrei. Statt acht Groschen hätten Sie also sechzig zur freien Verfügung.«

Warum sah Alice ihren Bruder so böse an?

Jetzt bemerkte auch Ludwig ihren unfreundlichen Blick. »Ich will ihm nur helfen!«, verteidigte er sich.

»Ich hoffe, du hast nicht zufällig an Victor gedacht«, zischte sie.

»Nein, habe ich nicht. Er ist nicht der einzige Leutnant in Berlin, falls dir das entgangen ist. Und es gibt Menschen hier am Tisch, die nicht ständig an ihn denken.«

Diese plötzliche Kränkung in ihrer Miene! Wer war Victor? Warum dachte sie fortwährend an ihn? Es beunruhigte Hannes, sie so aufgewühlt zu sehen, nur weil der Name dieses Leutnants gefallen war.

»Lebt Ihre Familie ebenfalls in der Oranienburger Vorstadt?«, fragte der Hofrat.

Hannes hatte den Eindruck, er wollte rasch vom Thema ablenken. »Meine Schwester ist gestorben, und meinen kleinen Bruder habe ich seit fünfzehn Jahren nicht mehr gesehen.«

»Wie bedauerlich«, sagte Pauline Gauer. »Lebt er im Ausland?«

»Ich denke, er ist in Berlin. Bei meiner Familie ist das alles ein wenig kompliziert.«

Alice trank ihren Tee aus. »Was halten Sie davon, wenn wir durch das Schloss spazieren? Mein Vater hat noch zu tun, da bin ich sicher, und Ludwig wird sich von den durchwachten Nächten erholen wollen.«

»Aber nur die Räume für das Dienstpersonal«, warnte die Hofrätin. »Sonst unterstellt man dem lieben Herrn Böhm noch, dass er das Schloss für die Aufständischen ausspioniert.«

»Ich bin enttarnt.« Hannes stützte das Gesicht auf die Hände. »Jetzt bin ich ganz umsonst nach Frankreich gereist. Wozu habe ich gelernt, wie man Barrikaden baut, wenn ich jetzt festgenommen werde?«

Alices Eltern sahen sich entsetzt an.

Er hob den Kopf. »Das war ein Scherz.«

»Kommen Sie.« Alice stand auf. »Jugendlicher Humor wurde im Hause Gauer noch nie besonders geschätzt.« Sie brachte ihn zur Tür.

»Das ist nicht wahr«, rief der Vater ihnen nach, »wir beweisen Ihnen gern das Gegenteil, Herr Böhm!«

Als Alice und er die Wohnung verließen, hörte er gerade noch, wie Alices Mutter drinnen sagte: »Das ist aber ein Netter.«

Alice schloss die Tür. Sie rollte die Augen. »Erst wollten sie nicht erlauben, dass ich dich einlade, und dann fressen sie dir aus der Hand. Meine Eltern sind manchmal wirklich anstrengend.«

»Das fand ich gar nicht«, sagte er. »Sie haben großartige Eltern. Wo liegen die Räume der Dienstboten?«

»Pah! Die sind langweilig. Es gibt prächtige Säle für die Hoffeste, die musst du kennenlernen. Wusstest du, dass sogar Beethoven hier gespielt hat?«

Er sah sie verständnislos an, und sie seufzte. Da fiel ihm ein, dass er im Konversationlexikon doch schon über Be hinaus war, aber als die bruchstückhaften Erinnerungen an irgendetwas mit Musik und Wellington wieder auftauchten, war der Moment schon verflogen.

Sie brachte ihn eine Etage nach unten. »Das zweite Stockwerk ist das Festgeschoss. Du müsstest es mal sehen, wenn hier gefeiert wird! Vor fünf Jahren waren dreitausend Gäste im Schloss und haben ein ›Hoffest zu Ferrara‹ zelebriert. Alles war an die Renaissance angelehnt, die Musik, die Speisen, die Unterhaltung …

Und vor zwei Jahren gab es einen Maskenball, da passten sämtliche Kostüme zu deutschen Märchen. Natürlich gibt es auch die üblichen regelmäßigen Feste.«

Er berührte sie am Arm.

Sie sah ihn an, ein wenig verunsichert.

»Wissen Sie, dass wir uns ähnlich sind?«

Da musste sie lachen. »Wir? Uns ähnlich?«

»Ich führe die Reichen durch das Armenviertel, und Sie führen mich, den Habenichts, durchs Schloss.«

Sie schüttelte den Kopf. »Was ist bloß heute mit dir los? Schon bei meinen Eltern hast du lauter kluge Sachen gesagt. Hast du rohes Gehirn gefrühstückt?«

»Bäh! Wir im Feuerland würden das nicht mal unseren Haustieren geben.«

Sie führte ihn in einen langen Flur. Auf der linken Seite schien das helle Tageslicht herein. Rechts standen gepolsterte Armstühle an kleinen Tischen, den ganzen Flur entlang. Er konnte sich vorstellen, wie hier bei den Tanzbällen Damen und Herren saßen und plauderten, während ihnen Diener Erfrischungen kredenzten.

In Einbuchtungen der Wand hing Geschirr, lange Reihen von Tellern, Krügen und Schalen aus allerfeinstem Porzellan. »War in den Küchenschränken nicht genug Platz?«, fragte er. »Einen Vorteil hat es: Die Kammerjungen müssen das Geschirr nicht weit tragen, wenn sie hier jemanden bedienen.«

»Das Geschirr wird nicht verwendet. Es ist ausgestellt.«

»Verstehe ich nicht.«

»Die Schalen und Teller hängen zum Schmuck an der Wand.«

»Die werden nie benutzt?«

»Nie.«

War das zu fassen? So herrliche Farben, so schöne Tassen und Schüsseln! »Gerecht ist das nicht«, sagte er. »Unsereins ist froh, wenn er eine verbogene Gabel und einen zerbeulten Topf hat, und hier hängt das Geschirr an der Wand.«

»Lass dich nicht verleiten«, warnte ihn Alice. »Man würde sofort merken, wenn ein Teller fehlt.«

Sie betraten einen Raum, in dem zwei niedrige Tische standen. Die Tischplatten wurden von Mohren aus schwarzem, glattem Marmor und von Schildkröten aus purem Silber getragen.

Hannes kauerte sich bewundernd davor.

»Die Braunschweigischen Kammern sind sehr fein ausgestattet«, erklärte Alice.

Er stand wieder auf. Sogar die Kerzenhalter an der Wand waren aus Silber. Wenn er nur einen dieser Kerzenhalter besäße! Bestimmt könnte er jahrelang davon leben.

Alice trat an einen Sekretär heran. Eine Uhr war in das glänzende rötliche Holz eingelassen.

»Geht die Uhr wirklich?«, fragte er und folgte ihr zum Schränkchen. »Oder ist es eine Nachbildung?«

»Das werden wir gleich wissen.«

Glaubte man den Zeigern, war es wenige Minuten vor vier.

Alice drehte sich zu ihm um. Sie sah ihn seltsam durchdringend an.

»Stimmt was nicht?«

»Ich möchte mehr über dich wissen. Warum hast du deinen Bruder so lange nicht gesehen?«

Eigentlich wollte er nicht darüber reden. »Er lebt bei meiner Mutter.«

»Deine Eltern haben sich getrennt? Du könntest deine Mutter doch sicher besuchen.«

»Ich glaube, das will sie nicht.«

Alice runzelte die Stirn. »Und deine Schwester?«

»Luise wollte gern ihr Kind aufziehen, aber es ist tot zur Welt gekommen. Das konnte sie meinem Vater nicht vergeben, dass er das Kind nicht hatte haben wollen, als es noch in ihrem Bauch war und gelebt hat. Und sich selbst hat sie vorgeworfen, dass sie nicht stark genug war, es lebendig zur Welt zu bringen. Ich meine, wahrscheinlich war es gar nicht ihre Schuld! Aber sie dachte das.«

Bestürzt fuhren Alices Brauen hoch. »Hat sie sich –?« Sie brach ab und hielt sich die Hand vor den Mund.

»Meine Familie hatte nicht mal das Geld für ein anständiges Begräbnis. Kennen Sie den Armenkirchhof? Da ist Luise beigesetzt. Das hat meine Mutter schwer gekränkt. Vater hat den ganzen Lohn in Schnaps umgesetzt. Deshalb konnten wir kein Begräbnis bezahlen. Mutter ist wenige Wochen nach Luises Tod bei uns ausgezogen.«

»Das tut mir alles so leid«, flüsterte Alice.

»Ist lange her. Ich denke nicht mehr daran.« Er fuhr mit dem Finger über einen silbernen Kerzenhalter. »Ihre Familie ist ganz anders, Alice. Da ist Vertrauen, da ist Wärme. Bei uns hatte jeder Angst vor dem anderen.«

Sie legte ihm die Hand auf die Wange, sanft, als wage sie kaum, ihn zu berühren. Ihre Augen waren jetzt dicht vor seinen. Sie hob die andere Hand ebenfalls an sein Gesicht, und dann küsste sie ihn.

Warm und feucht waren ihre Lippen. Hannes fühlte eine Kraft in sich erwachen, eine Leidenschaft, die ihn fortzureißen drohte. Er drückte Alice an sich und erwiderte den Kuss.

Sie ließ es geschehen, dann löste sie sich aus seiner Umarmung und sah ihn zärtlich an.

Eine Träne lief ihm über das Gesicht und floss salzig in seinen Mundwinkel. »Alice, ich …« Wo kam das plötzlich her? Damals, als Mutter fortgegangen war, hatte er sich geschworen, nie mehr zu weinen.

In diesem Moment knirschte es im Sekretärschrank. Eine Flöte begann zu spielen, eine zweite kam hinzu und eine dritte. Hannes sah sich erschrocken um. Wurden sie jetzt hinausgeworfen? Zu seinem Erstaunen waren sie allein im Zimmer. Die Musik schien aus dem Schrank zu kommen.

»Sie spielt immer zur vollen Stunde«, sagte Alice. »Es gibt acht verschiedene Lieder, die wechseln sich ab.«

Hannes begriff nicht. Wer spielte die Flöten?

»Es ist eine Flötenspieluhr, sie ist in den Sekretär eingebaut und mit der Uhr verbunden. Kennst du keine Spieluhren? Man zieht sie über einen Schnurzug auf. Wenn man sie aufgezogen hat, läuft das Werk mehrere Tage.«

»Woher kennt es das Lied?«

»Eine Metallwalze mit kleinen Stiften darauf dreht sich, die Stifte sind wie Noten, sie sagen die Töne an. Ich hab ein kleines Schmuckkästchen, da funktioniert es ähnlich.«

Nichts klapperte, nichts stampfte. So leise konnten Maschinen sein? Der Sekretär hauchte sanft die Flötentöne. Es kam Hannes vor, als antwortete das Schloss auf ihren Kuss.

Ich mag ihn, dachte Alice erstaunt, ich mag ihn wirklich. Der Kuss klang in ihrem Inneren nach wie eine vibrierende tiefe Cellosaite, wenn der Rest des Orchesters im Anschluss an ein rauschhaftes, wildes Stück schwieg und nur noch der Cellist sanft seinen Bogen über die Saite führte. Es machte sie glücklich.

Dabei war es vollkommen unvernünftig, sich in einen Mann aus dem Feuerland zu verlieben. Victor konnte ihr so vieles bieten, eine schöne Wohnung, Reisen, neue Kleider, gutes Essen, Bücher, er besaß interessante Freunde, Bildung, Ansehen, mit ihm erwartete sie ein unbeschwertes, frohes Leben. Und sollte sie nicht auch an ihre zukünftigen Kinder denken? Denen würde sie mit Victors Hilfe gute Hauslehrer bezahlen können, Musikunterricht, Museumsbesuche. Mit Hannes dagegen würden sie und die Kinder vermutlich Hunger leiden. Sie würden in einem Dreckloch hausen, von jedermann verachtet.

Sie sah ihm zu, wie er über den Teppich staunte, der die Treppe vom Weißen Saal hinunterfloss. Sie folgte seinem Blick zu den Kaiserstandbildern und den Gaskronen, die im Treppenhaus für Licht sorgten. Seine schnelle Auffassungsgabe, sein Staunen über Dinge, die ihr selbstverständlich waren, faszinierten sie. Er bewunderte ihr Wissen, ganz anders als Victor, der immer nur von ihr bewundert werden wollte. Verglichen mit Hannes war Victor ein eitler Geck, ein Pfau, der angeberisch sein Rad schlug. Hannes aber wusste, dass er ganz unten stand, und war bereit, sich hinaufzukämpfen. Ein Leben an seiner Seite würde Abenteuer bedeuten, Entbehrungen, aber auch die Freude an kleinen Dingen. Er war so lebendig, trotz seiner schmerzhaften Vergangenheit hatte er das Ohr viel näher am Puls des Lebens als der gesättigte Premierleutnant. Keine Frage, Victor glänzte. Er war aus Gold gemacht und seine Oberfläche fein poliert. Aber seltsamerweise überstrahlte der schmutzige Pfenning Hannes ihn um einiges.

Gemeinsam betraten sie den Weißen Saal. »Hier hat sich letztes Jahr der Vereinigte Landtag versammelt«, sagte sie, »und die Abgeordneten haben zu Beginn so laut ›Lebe hoch!‹ gerufen, dass ich es bis rauf in mein Zimmer gehört habe.«

Hannes durchmaß den Saal und stellte sich vor den Thron.

»Unter diesem Baldachin sitzt der König«, erklärte sie.

»Dachte ich mir. Am Ende haben sie ihm nicht mehr zugejubelt, oder?«

»Wahrscheinlich nicht.«

Er spazierte entlang der Marmorbildnisse der zwölf hohenzollernschen Kurfürsten und gab jedem von ihnen einen Namen. »Kalle, Wolle, Moritz, Rudi, Eugen, Atze –« Er brach ab. »So einfache Leute wie ich kommen wohl sonst nicht ins Schloss.«

»Höchstens im Januar, da verleiht der König Auszeichnungen an Minister und Schullehrer und Dorfpfarrer, an jeden, den er dekorieren möchte. Dafür sind die strengen Regeln ausnahmsweise aufgehoben. Der König behandelt alle als seine Gäste, egal, ob sie einen hohen oder niedrigen Rang haben.«

»Ich hab davon gehört. Sogar ein einfacher Briefträger ist dieses Jahr ausgezeichnet worden, und ein Steinmetz und zwei Pastoren, richtig? Wie heißen diese Orden doch gleich? Mit Eichenlaub, mit Stern und Eichenlaub, mit Stern ohne Eichenlaub …«

»Du meinst den Roten Adlerorden. Aber die Erste bis Dritte Klasse geht nur an hochrangige Offiziere und Staatsbeamte. Der Briefträger und der Steinmetz haben bestimmt die Vierte Klasse verliehen gekriegt oder ein Allgemeines Ehrenzeichen.«

»Trotzdem, sie durften mitessen. Das ist ’ne richtige Sause, oder?«

»Im Vergleich mit den anderen Festen hier am Hof ist es dürftig. Der Tag beginnt mit einem Gottesdienst, und danach stellen sich die Leute dem königlichen Paar vor. Anschließend gibt es ein gemeinsames Essen. Dieses Jahr waren es achthundert Gäste. Aber die Speisen waren nur mittlerer Standard. Braten, ein paar Pasteten und zum Schluss Fruchteis.«

»Ist der Saal im Januar nicht saukalt?«

»Mit genau solchen Problemen schlägt sich mein Vater herum. Er muss den Saal tagelang vorher mit Holzfeuern erwärmen, und der Ruß zieht natürlich nicht nur durch die Kamine ab, sondern verbreitet sich auch im Saal. Obwohl der Boden kurz vor dem Fest zwei Mal gewischt wird, müssen die Damen ihre teuren Kleider nach der Feier wegwerfen. Zumindest die Schleppen.«

»Warum?«

»Weil sie schwarz sind von Ruß.«

»Kann man sie nicht mehr waschen?«

»Vater denkt schon über eine Lösung nach. Er möchte eine Luftheizung bauen, auch für den Schweizer Saal. Sie soll mit Heizkammern im Kellergeschoss verbunden werden. Dort wird mit großen Öfen die Luft erwärmt, und die steigt dann durch gemauerte Rohre in die Säle auf. Man bräuchte acht Heizkammern im Keller, hat er ausgerechnet. Bisher scheitert es an den Kosten. Zehntausend Taler, das gibt auch der König nicht mal eben so aus.«

»Zehntausend …! Nur damit die Schleppen nicht schwarz werden? Könnte man die Feste nicht auf das Frühjahr oder den Sommer legen?«

»Das Krönungsfest, wo die Orden vergeben werden – niemals. Das Fest erinnert an den Tag der Krönung Friedrichs I., das muss im Januar stattfinden. Und die Gesellschaftssaison geht schon seit Jahrhunderten im Januar los. Das sind Traditionen, die wirft man nicht einfach um.«

»Was soll das sein, die Gesellschaftssaison?«

»Das öffentliche Zurschaustellen. Man präsentiert sich der Gesellschaft.«

»Wie die Teller im Flur?«

»So ähnlich.«

»Irre. Ein Zoologischer Garten für Menschen.«

Sie lachte. Hannes schien seine Unbefangenheit zurückgewonnen zu haben. Sein Witz und seine gute Laune waren ansteckend. Ab und an sah er sie aber mit einer Glut in den Augen an, die in ihrem Bauch kleine Flammen anspringen ließ, ein herrliches Gefühl.

Er wandte sich zum Thron hinüber und fragte, wo der König eigentlich sei, wenn er nicht gerade vom Thron aus regierte?

»Er hat eine Wohnung hier im Schloss, zusammen mit der Königin.«

»Und was ist in den vielen anderen Sälen und Zimmern?«

»Die Flügeladjutanten müssen ja auch irgendwo schlafen, und die Hofdamen, Kammerfrauen, Dienstmädchen. Allein der königlichen Familie dienen täglich vierzehn Personen. Dazu hat der Onkel des Königs beim Apollosaal eine Wohnung, der Staatsrat trifft sich im Erdgeschoss im Staatsratssaal, verschiedene Behörden haben hier ihre Bureaus, die Generalstaatskasse, die Zivilausgabenkasse, die Generalkriegskasse, das Geheime Staatsarchiv … Es ist ein ständiges Kommen und Gehen. Natürlich auch abhängig von der Jahreszeit.«

»Wegen der Heizung, meinst du?«

Er hatte nicht gefragt, ob er sie duzen dürfe. Victor hatte das erst nach einem halben Jahr gewagt. Dass Hannes so vertraulich mit ihr sprach, als verbinde sie jetzt etwas, als habe eine herrliche Geschichte zwischen ihnen begonnen, die werweiß wohin führen konnte, reizte sie auf eine angenehme Art. Ihr Mund wurde trocken vor Aufregung, und in ihrem Kopf rauschte es, ihr war fast ein wenig schwindlig. »Das Schloss ist nur die Winterwohnung des Königs, hier ist er ein halbes Jahr, bis auf Weihnachten, das verbringt er im Schloss Charlottenburg. Im Frühjahr zieht er dann in das Potsdamer Stadtschloss, im frühen Sommer nach Sanssouci, und den August und September verbringt er gern auf der Ostseeinsel Rügen und auf seinem Schatullgut Erdmannsdorf in den schlesischen Bergen. Erst im Herbst kehrt er zurück für die Truppenmanöver.« Sie unterbrach sich und lauschte auf die fernen Glockenschläge. Nein! Wieso vergingen gerade die schönsten Stunden so rasend schnell? »Ist es wirklich schon fünf? Ich hab jetzt Französisch.«

»Tja, dann muss ich wohl gehen.« Er zog einen Flunsch. »Danke, dass du mir das Schloss gezeigt hast.«

»Das Schloss? Dafür bräuchten wir eine Woche!«

»Ich kann ja wiederkommen.« Er zwinkerte schelmisch, und seine schneeblauen Augen strahlten.

Sein Interesse an ihr machte sie glücklich. Zugleich aber stieg Angst in ihr auf. Was erwartete er? Sie hatte ihn geküsst! Was sollte sie den Eltern sagen?

Sie brachte ihn hinunter in die Küche, wo er sich umzog, und dann zum Portal. Vor den Soldaten konnte sie ihn nicht umarmen, deshalb gab sie ihm die Hand.

Beim Anblick der Soldaten wurde er plötzlich wieder schüchtern. Er fragte leise: »Morgen um dieselbe Zeit? Ab Montag bin ich immer in der Wollspinnerei. Morgen hätte ich noch Zeit.«

Die Vorstellung, Hannes gleich morgen wiederzusehen, euphorisierte sie. Trotzdem beherrschte sie sich und tat so, als müsse sie überlegen. »Gut, morgen«, sagte sie schließlich. »Aber diesmal sparen wir uns das Teetrinken mit meinen Eltern. Wieder um drei?«

»Einverstanden. Ich werde da sein.«

Einer der Soldaten begann, ein Liedchen zu pfeifen. Die anderen grinsten.

Hannes errötete. Er warf ihr noch einen sehnsuchtsvollen Blick zu, bevor er das Schloss verließ.

»Sehr feinfühlig, meine Herren«, sagte sie zu den Soldaten. Aber die lachten nur.

Kaum hatte sie die Wohnung wieder betreten, rief der Vater nach ihr. Sie folgte dem Rufen in die Stube. Vater saß immer noch am Tisch und trank Tee. Er musterte Alice neugierig und sagte: »Du magst ihn also.«

Die Mutter seufzte erleichtert.

Als wäre sie krank gewesen und nun endlich wieder gesundet, als wäre Victor eine Infektion und Hannes die Kur. »Das sind Menschen«, fauchte Alice, »keine ansteckenden Krankheiten, die man sich einfängt.«

»Aber das sagt doch niemand, Kind.« Die Mutter war siegesgewiss, sie konnte es nicht verbergen.

Das schürte nur noch ihren Zorn. »Wenn Sie glauben, Victor ist vergessen, dann haben Sie sich getäuscht.«

15

Gleich nebenan in der Hausnummer 55 residierte der Gesandte des Königreichs Hannover, der Graf von Inn- und Knyphaasen. Und hier wohnte Mutter mit ihrem neuen Mann, ihrer neuen Familie. Hannes hob die Hand zur Türglocke.

War Mutter dieselbe wie vor fünfzehn Jahren? Bestimmt nicht. Auch er hatte sich ja verändert. Acht war er damals gewesen, ein spindeldürres Kind, dessen Rippen man zählen konnte.

Entmutigt ließ er die Hand sinken. Er konnte es nicht. Er konnte hier nicht läuten.

Die Fenster waren sauber geputzt, und es hingen Gardinen darin. Das Namensschild an der Glocke war aus golden schimmerndem Messing gefertigt, es trug einen fremden Namen. Sicher hatte sie neue Kinder mit diesem Herrn Grabowski gezeugt. Und wenn er sagte, dass er nur seinen Bruder besuchen wolle? Theodor war damals drei Jahre alt gewesen. Er wusste vielleicht nicht einmal mehr, dass es ihn, Hannes, überhaupt gab.

Warum hatte er beim Vater bleiben wollen? Tausendmal hatte er diese Entscheidung bereut. Mitleid war es gewesen. Er hatte den Gedanken nicht ertragen, dass der Vater allein zurückblieb. Und es war ihm falsch vorgekommen, dass Mutter diesen wohlhabenden Kaufmann heiratete. Ihr Entschluss wegzugehen, hatte ihn widerwillig gemacht. Trotzdem hatte er die ersten Monate jeden Tag darauf gewartet, dass die Mutter zu Besuch käme und nach ihm fragte. Sie kam nicht. Nicht ein einziges Mal. Sie wollte nichts von ihm wissen.

Er strich mit dem Zeigefinger über das Namensschild. Wahrscheinlich saßen sie oben gerade beim Abendbrot zusammen. Heute bin ich gewaschen, dachte er, ich muss mich nicht schämen, hier zu läuten.

Er zog die Türglocke. Ein Zimmermädchen, höchstens sechzehn Jahre alt, öffnete und fragte nach seinem Begehr. Er erklärte, er wünsche die Dame des Hauses zu sprechen. Verwirrt sah sie ihn an, knickste dann aber und versprach, sie zu holen.

Eine Weile später öffnete sich die Tür erneut. Mutter sah ihn an und erstarrte, wie vom Donner gerührt.

Sie war noch schöner geworden, fand er. Vater war inzwischen ein Wrack, Mutters Haut aber war frisch, die Lippen glänzten, die Locken fielen ihr üppig auf die Schultern. Wie war das möglich? Wurde den Reichen auch noch Lebenszeit geschenkt, zusätzlich zu allem anderen? Er suchte nach Schmerz in ihren Augen, nach Bedauern, ihn nicht aufwachsen gesehen zu haben. Aber da war nur Angst.

»Hast du Arbeit?«, fragte sie.

»Hier und da.«

Sie senkte den Blick. »Ich weiß, du fragst dich, warum ich dich nicht besucht habe.«

Er nickte. Sie führten ein Gespräch, das sie vor Jahren hätten führen sollen.

Lange war es still. Dann sagte sie: »Erst hatte ich Angst vor deinem Vater, und dann hatte ich Angst vor dir.«

»Vor mir? Ich war zwölf!«

»Ich hatte Angst vor dem Blick, mit dem du mich gerade ansiehst. Vor deiner Enttäuschung, deiner Wut auf mich. Ich wollte ja kommen und dich besuchen, ich habe jeden Tag an dich gedacht. Aber als ich sechs Wochen nicht da gewesen war, wusste ich, ich würde es nie mehr machen.«

Diese Frau wollte nicht länger seine Mutter sein. Sie hatte eine neue Familie gegründet. Wenn ihr noch an ihm lag, hätte sie ihn umarmt oder ihn wenigstens hineingebeten. Aber sie stand da in der Tür, als müsse sie ihr neues Leben beschützen.

Hast du neue Kinder?, wollte er fragen. Und wie geht es Theodor? Er brachte es nicht heraus.

»Brauchst du Geld?«, fragte sie schließlich.

Mit dieser Frage stieß sie ihn von sich. Sie machte einen Bettler aus ihm, der so frech gewesen war, bei ihr zu läuten. »Nein, Mutter«, sagte er. »Nein, ich brauche kein Geld.«

Er war plötzlich sterbensmüde. Ohne ein weiteres Wort ließ er sie stehen und ging. Das Gefühl, die Mutter zum zweiten Mal verloren zu haben, nahm ihm den Atem. Er wollte am liebsten zu Staub zerfallen.

16

Hannes sah den Deutschen Dom an und blickte auf das Königliche Schauspielhaus. Auf dem Gendarmenmarkt drängte sich eine Frauenmeute vor einem Kasten an der Mauer des Schauspielhauses, die Frauen reckten die Hälse, stießen sich. Im Kasten wurde die Seite des Intelligenzblatts ausgehängt, auf der die weiblichen Dienstgesuche inseriert waren, man konnte sie hier gratis lesen.

Mehr als fünftausend Mädchen strömten jedes Jahr nach Berlin in der Hoffnung, eine Stelle als Dienstmädchen zu ergattern und einen Diensterlaubnisschein zu erhalten. Wenn sie später wegen einer Kleinigkeit von ihrer Herrschaft entlassen wurden und ohne Obdach waren, landeten sie aus Verzweiflung in der Prostitution, jemand sprach sie an, sie hatten Hunger, sie gingen mit. Viele landeten im Feuerland. Dass jemand von dort hierherkam, wie Mutter, geschah so gut wie nie.

Er dachte an Alice. Das gab der Wehmut in seiner Brust eine hoffnungsvollere Färbung. Morgen würde er sie wiedersehen. Sie kannte ihn, seine Lügen, seine mangelnde Bildung. Und sie hatte ihn dennoch geküsst.

Wenn er seine Anstrengungen verdoppelte, konnte ihm dann nicht auch das Wunder gelingen, so wie Mutter, und er brach aus dem Teufelskreis der Armut aus? Er würde es anders machen als sie: Er würde nicht vergessen, woher er kam. Würde regelmäßig die Freunde im Feuerland besuchen, und sie zu sich einladen.

Alices Familie hatte ihm ihre Unterstützung angeboten, das war das eine. Die Hand ihrer Tochter würden sie ihm nicht geben, wenn er nicht einen gewissen Besitz und eine Zukunft vorzuweisen hatte. Er musste es zu etwas bringen. Nur so würde er Alice gewinnen können.

Aus der Chausseestraße kamen Hannes müde gearbeitete Männer entgegen. Ihre Gesichter waren schwarz von Ruß und Schmutz, das Weiß der Augen stach daraus hervor wie Elfenbein. Am Straßenrand lag Müll. Kinder spielten vor den windschiefen Hütten.

Es war seine Heimat, aber sie kam ihm heute schäbiger vor. Er hatte Schränke mit Glastüren gesehen und Fußböden aus Rosenholz. Er hatte Tee aus einem feinen Tässchen getrunken.

Was machten die Soldaten vor seiner Haustür? Warteten die zwei auf Orje, war sein Handel mit gestohlenen Zigarren aufgeflogen? Oder steckten die halbstarken Söhne von Justine aus dem ersten Stock in Schwierigkeiten?

Einer der Soldaten war ein hochgestellter Offizier, er trug einen langen Degen und weiße Handschuhe. Als habe er Hannes' Blick bemerkt, drehte er sich um und sah ihm in die Augen. Hannes erschrak. Es war derselbe, der ihn gestern vor dem Zeughaus mit dem Zettel schikaniert hatte! Wieso hatte er solches Pech?

Der Offizier packte ihn im Genick. »Da ist er ja endlich.« Er schüttelte ihn. »Was für ein schwächliches Bürschchen! Wohl noch nie von körperlicher Ertüchtigung gehört, wie? Dich müsste Turnvater Jahn mal in die Mangel nehmen.« Er warf ihn zu Boden. »Vierzig Liegestütze, aber zack-zack!«

Diesmal mach ich's nicht, dachte Hannes. Sonst gewöhnt er sich an mich und steht in Zukunft jeden Tag vor der Tür, um mich zu erniedrigen. Er hat nur dann seinen Spaß, wenn ich tue, was er sagt, und er sich daran ergötzen kann.

Ohne ein Wort stand er auf und trat auf die Haustür zu. Das Herz hämmerte ihm in der Brust. Er versuchte, die Tür aufzuziehen. Sie war abgeschlossen. Seit den Unruhen war man verpflichtet, die Häuser immer um sechs zu verschließen, wer das nicht tat, geriet in den Verdacht, fliehenden Aufständischen ein Versteck zu bieten. Er fingerte den Schlüssel aus der Tasche des Leibrocks.

»Kannst du die nicht, du Memme?«

Er wollte den Schlüssel ins Schloss stecken, aber der eiserne Bart verfing sich.

Der Soldat, der den Offizier begleitete, erschienen rechts neben ihm. »Der Premierleutnant redet mit dir. Dreh dich gefälligst um!«

Endlich bekam er die Tür auf. Der Soldat schlug sie ihm sofort wieder zu. Der Schlüssel fiel klirrend zu Boden.

Hannes drehte sich um. Kalter Schweiß brach ihm aus. »Ich hab jetzt keine Lust auf Liegestütze«, sagte er.

Ein gefährliches Glimmen erschien in den Augen des Offiziers. Er nickte seinem Kameraden zu. Der stieß Hannes in den Rücken. Hannes stolperte. Der Soldat riss ihn an den Haaren hoch. »Wir prügeln dich windelweich«, keuchte er ihm ins Ohr. Seine Speicheltropfen benetzten das Ohrinnere. »Du wirst nicht mal mehr deinen Namen wissen.«

»Für den interessiert sich sowieso keiner.« Hannes sah hoch zu den Fenstern. Hilft mir niemand?, dachte er. Die guckten alle weg, weil sie Angst vor den Soldaten hatten. »Schon gut, schon gut«, sagte er, »ich mach die Liegestütze ja.«

Der Soldat ließ ihn los.

»Frisch, fromm, fröhlich, frei«, bellte der Offizier, »zackzack!«

Er nahm die Liegestützhaltung ein und beugte die Arme, stemmte sich hoch, beugte die Arme, stemmte sich hoch. Aus dem Augenwinkel sah er, dass der Offizier neben ihn trat. Als er diesmal unten war, spürte er den Stiefel des Offiziers im Rücken. Er versuchte, sich dagegen zu stemmen, um die Liegestütze zu beenden, aber der Stiefel des Offiziers zwang ihn hinunter, bis er mit der Brust den Boden berührte.

»Na, was ist, schaffst du's nicht?«

Noch einmal versuchte er, gegen den Fuß anzudrücken, aber der Offizier verstärkte einfach sein Gewicht und presste ihn nieder.

»Der frisst Staub«, feixte der Soldat.

»So geht es jedem, der zu hoch hinaus will«, sagte der Offizier. »Wenn ich dich noch einmal beim Schloss sehe, bring ich dich um. Hast du das verstanden?«

Seine Nasenspitze steckte im Straßenstaub. »Ja, ich hab's verstanden«, sagte er. Die Lippen schaufelten Dreck.

Der Stiefel löste sich von seinem Rücken, dann krachte er noch einmal herunter. Alle Luft wurde aus Hannes' Lunge gepresst, er meinte, ersticken zu müssen. Stöhnend erhob er sich, hielt sich den Brustkorb, rang um Atem. Die Soldaten gingen.

Er bückte sich nach dem Schlüssel. Dabei stach es ihn heftig in den Brustkorb. Waren die Rippen nur geprellt oder gebrochen? Er schloss die Haustür auf und schleppte sich in seine Wohnung.

Das Ganze ergab keinen Sinn. Warum sollte ein Offizier die weite Strecke bis in die Oranienburger Vorstadt zurücklegen, um ihn zu quälen? Er konnte in der Stadt Tausende armer Schlucker demütigen, die gab es nicht nur im Feuerland. Wozu nahm er den mühsamen Weg auf sich?

Ein Premierleutnant. Das war nicht wenig. Danach kamen nur noch Hauptmann, Major, Oberstleutnant und Oberst, und dann war man General. Wieso gab sich ein Premierleutnant mit ihm ab?

Und wie hatte der Offizier erfahren, dass er gerade im Schloss gewesen war? Der Schlossbesuch machte ihn offensichtlich wütend. Ging es um Alice? Er fasste sich an die Stirn. Aber natürlich! Bei Tisch war es doch genau um so einen Leutnant gegangen, einen Leutnant namens Victor. Alice war deshalb ziemlich aufgebracht gewesen.

Plötzlich war der Schmerz viel leichter zu ertragen. Victor stellte Alice nach, und nun war er zornig auf ihn, Hannes, weil sich Alice mit ihm traf, während sie Victor abgewiesen hatte. So musste es sein. Auch wenn es ihm eigentlich unmöglich schien: Er war im Begriff, einen Leutnant auszustechen.

Er bot Kara die Schulter dar, und sie hüpfte darauf. Er streichelte ihr den Schnabel. Das hatte er anfangs nicht gewusst, dass der Schnabel einer Krähe empfindsam war. Er nahm ihn zwischen Daumen und Zeigefinger und strich an ihm entlang, vom Kopf zur Spitze des Schnabels, das gefiel ihr.

Er besah die verkrüppelten Schwanzfedern der Krähe. Bei der nächsten Mauser würden sie gesund wieder nachwachsen. Als er Kara nach dem Sturm im heruntergewehten Nest gefunden hatte, war sie halb verhungert gewesen, er hatte immer noch vor Augen, wie sie im halb zerstörten Vogelnest gehockt und vor Kälte gezittert hatte. Wegen der Hungerzeit waren die Federn verkrüppelt gewachsen, Federn brauchten offenbar gute Nahrung.

Er half ihr wieder auf den Ast hinauf, holte sich das Lexikon und setzte sich auf den Stuhl. Ächzend hielt er sich die Brust. Brest, lautete das neue Stichwort, »der beste Seehafen in ganz Frankreich«. Kara schritt über den Ast und beäugte ihn von oben.

Während der Französischlehrer noch mit Vater plauderte – ein einschläfernder Kerl, nur die quäkende Stimme hielt einen wach –, sah Alice gelangweilt auf den Tisch hinab. Die Zeitung lag dort, aufgeschlagen. Leider war es die Seite mit den Hochzeitsannoncen. Mutter hatte die Zeitung zuletzt gelesen. Sie suchte fortwährend nach der besten Partie für ihre widerspenstige Tochter. Wenn sie doch wagen könnte, umzublättern! Aber das hätte unhöflich gewirkt, sie musste wenigstens so tun, als würde sie dem Gespräch folgen.

Sie las: »Auf diesem nicht mehr ungewöhnlichen Wege« – die gängige Formulierung, das Hochzeitsgesuch in der Zeitung einzuleiten. Inzwischen brachte es jeden zum Gähnen. Fiel denen denn gar nichts Neues ein? »Auf diesem nicht mehr ungewöhnlichen Wege sucht ein Mann in seinen besten Jahren eine Lebensgefährtin, welche außer anderen persönlichen Vorzügen die Summe von 5.000 Talern mitbringen kann. Doch wird weniger auf Schönheit als auf Herzensgüte gesehen. Tiefste Diskretion.« Haha. Von wegen, Herzensgüte. Natürlich sahen sie auf die Schönheit. Es war nur unschicklich, in derselben Annonce Schönheit *und* Reichtum zu verlangen. Den Reichtum forderte man, und anschließend gab man sich bescheiden und behauptete, man sei mehr an inneren Werten interessiert.

Endlich verabschiedete sich der Lehrer. Sie sagte ihm Dank und gab ihm höflich die Hand. Die beiden Männer drehten ihr den Rücken zu und redeten gedämpft, während Vater ihm das Geld zusteckte. Als würde sie nicht wissen, dass ihr Französischlehrer fürs Unterrichten bezahlt wurde. Die Geldübergabe war den Herren peinlich.

Hatte es mit der Familienehre zu tun? Sollte ein Lehrer dankbar sein, ein Mitglied dieser Familie unterrichten zu dürfen, und es deshalb gratis tun? Es war wohl selbstverständlich, dass er für die Ausübung seines Berufs Geld verlangte. Im Schuhgeschäft schämte sich auch keiner, die Schuhe zu bezahlen.

Sie ging nach nebenan und schloss die Tür hinter sich. Wenn Hannes doch hier wäre! Mit ihm wäre die Französischstunde viel vergnüglicher gewesen. Er war nicht von tausend Benimmregeln verdorben und genierte sich nicht, über eine Albernheit zu lachen.

Während ihrer Zeit mit Victor war sie einmal als seine Begleitung offiziell zu einer Gesellschaft des englischen Gesandten, Graf Westmoreland, eingeladen worden – sie, eine Bürgerliche ohne größeres Vermögen. Sie hatte damals geglaubt, in neue Sphären vorzustoßen, und war überglücklich gewesen. Heute, im Rückblick, konnte sie darüber nur lachen. Was war so großartig daran, dumm herumzustehen und über Belanglosigkeiten zu plaudern?

Sie nahm ihren Stickrahmen auf und zählte auf der Vorlage die Kästchen für die nächste Reihe, indem sie mit der Nadel auf jedes Kreuzchen tippte, damit sie nicht verrutschte und sich etwa verzählte. Die Aufgabe war, einen Pfauenvogel zu sticken, abgeben mussten sie die Stickerei am Freitag, also schon übermorgen. Vierzehn … Fünfzehn … Sechzehn … Die Tür öffnete sich, und Bettine trat ein. »Siebzehn«, sagte Alice, um nicht aus dem Rhythmus zu kommen. Ein Fehler war beim Kreuzstich sehr ärgerlich, dann musste man alles mühsam wieder auftrennen.

Das Zimmermädchen nahm keine Rücksicht darauf, es blieb bei ihr stehen, beugte sich herunter und flüsterte: »Der Herr Premierleutnant wünscht Sie zu sprechen. Er sagt, es ist dringend.«

Victor. Ihn ärgerte, dass sie sich neu verliebt hatte. »Wartet er vor der Tür?«

»Nein. Er sagte, Sie mögen bitte in das Antikenkabinett kommen.«

»Danke, Bettine. Kein Wort zu Mutter oder Vater.«

»Natürlich nicht.«

Auf einmal interessierte er sich also wieder für sie. Hannes als Rivale stachelte ihn auf. Oder hatte ihn die Gräfin abserviert? Ich werde nicht länger dein Spielzeug sein, dachte Alice. Es ist genug.

Sie schlich sich aus der Wohnung und folgte der Treppe eine Etage nach unten. Um keinem Bediensteten zu begegnen oder, was noch fataler wäre, einer tratschsüchtigen Komtesse, nahm sie nicht den Gang, der am Kleinen Schlosshof entlangführte, sondern durchquerte die Säle im Festgeschoss. Heute wurde ja nicht gefeiert, da würde sie in den Sälen niemanden antreffen.

Als sie den Schweizer Saal betrat, fuhr sie erschrocken zusammen. Einige Offiziere standen in der Mitte des Saals beisammen und berieten sich. Alice knickste und murmelte eine Entschuldigung. Sie eilte an den Offizieren vorüber und schloss in der benachbarten Ersten Paradevorkammer die Tür hinter sich. Sie würde Victor warnen müssen, er durfte nachher, wenn er ging, auf keinen Fall diesen Weg nehmen.

Durch die Zweite Paradevorkammer gelangte sie in die Brandenburgische Kammer. Als sie endlich den Rittersaal erreichte mit seinen überbordenden Figurenkaskaden aus Stuck, seinen Friesen und Gesimsen und den mächtigen, tief herabhängenden Leuchtern, war sie ein wenig außer Atem. Sie verharrte einen Moment, um ihren Puls zu beruhigen, und ging dann gemessenen Schritts zur kleinen Tür, die in das Antikenkabinett führte.

Früher war es mit Kunstschätzen überladen gewesen, hatte Vater ihr erzählt, aber man hatte die meisten Kostbarkeiten ins Museum im Lustgarten gebracht. Jetzt betrat kaum noch jemand das Antikenkabinett, es war eine Mischung aus Restesammlung und verstaubter Livreekammer. Sie selbst war es gewesen, die Victor die Verschwiegenheit dieses Orts gezeigt hatte. Hier hatte er zum ersten Mal ihre Hand genommen und jeden einzelnen Finger geküsst.

War es ein Fehler, die dunkle Kammer zu betreten und sich Victors Verführungskünsten auszusetzen? Ein Teil von ihr vermisste ihn immer noch. Konnte sie sich selbst über den Weg trauen? Sie hoffte doch insgeheim, dass er sie der Gräfin vorzog, dass er endlich einsah, wie dumm es von ihm gewesen war, sie zu verlassen.

Zögerlich betrat Alice die Kammer. Victor war nicht zu sehen. Sie schloss die Tür hinter sich. Es roch nach Mottenkugeln und altem Holz. Hinter einem Sammelsurium von ägyptischen Pharaonenmasken, antiken Statuen, Gipsköpfen, Schachteln und Schalen standen offene Schränke an der Wand. In ihren Fächern lagerten Kristalle, silberne Becher und Pergamentrollen. Im hinteren Bereich des Raums, wo die Livreen an Kleiderstangen hingen, gab es eine Bewegung. Alice fuhr zusammen. »Victor?«

Victor erhob sich, er hatte auf dem Boden gesessen. »Schön, dass du da bist. Wir haben unser kleines Liebesnest vernachlässigt. Ist schade darum, findest du nicht auch? Ich dachte, wir sollten es mal wieder besuchen.«

Hier hatten sie einander vertraut. Hier hatte es nur sie gegeben, nichts sonst hatte eine Rolle gespielt, die Armee nicht und ihre Eltern genauso wenig. Stundenlang hatten sie geflüstert, sich geküsst und gestreichelt. Aber dann hatte er sie verlassen für die Ältere, Wohlhabendere. »Hat dir die Gräfin den Laufpass gegeben?«, fragte sie.

Er lachte freudlos auf. »Die Gräfin! Das war der größte Unsinn. Ich hatte Schulden, verstehst du? Als Offizier musst du ein gewisses Leben führen, es wird erwartet, dass du essen gehst, mitfeierst, mitspielst, du weißt schon, das Hasardspiel, man setzt kleine Summen auf die Karten, und am Ende ergibt es einen Haufen Silbergeld, oder man verliert, so wie ich. Der Sold gibt das nicht her. Also machst du Schulden. Wenn aber rauskommt, dass du verschuldet bist und nicht zurückzahlen kannst, wirst du unehrenhaft aus dem Heeresdienst entlassen.«

»Warum hast du mir nichts davon gesagt?«

»Dachtest du, ich liebe sie? Diese alte Schachtel?«

»Natürlich dachte ich das! Du hättest mit mir reden müssen.«

»Ich habe mich geschämt.«

Für einen Moment war es still in der Kammer, und sie sahen sich einfach nur an. Seine Uniform war verrutscht, er sah aus wie ein kleiner Junge, der sich ohne Hilfe noch nicht ordentlich anziehen konnte. So wehrlos sehe nur ich ihn, dachte Alice, allen anderen präsentiert er sich als toller Hecht.

»Verzeih mir, Alice«, sagte er leise.

Sie schwieg. Viel fehlte nicht, und er bekam sie herum. Sie lenkte ihre Gedanken bewusst auf Hannes, stellte sich sein geliebtes Gesicht vor und klammerte sich daran, um standhaft zu bleiben.

»In der Oper spielen sie die *Martha* von Flotow. Ich habe Karten für morgen Abend. Hast du Lust, mich zu begleiten?«

Er wollte sich in der Öffentlichkeit mit ihr zeigen? Dann war die Affäre mit der Gräfin wirklich ein für alle Mal ausgestanden. In der Oper würde sie jeder an Victors Seite sehen. Das kam einer Verlobung nahe. Die gesamte hohe Gesellschaft würde dort sein und mitbekommen, dass er sie, Alice, als seine Begleitung präsentierte. In den Droschken auf dem Heimweg würden Dutzende junge Frauen vor Enttäuschung ins Taschentuch beißen.

»Meine Eltern sind dir immer noch böse«, sagte sie. »Wenn ich mit dir in die Oper gehe, wird sie das nicht gerade freuen.«

»Ist das ein Ja?«

Ich entscheide mich für Hannes, dachte sie. Ich bin bereit, alles hier aufzugeben und zu ihm ins Feuerland zu ziehen. Abenteuerlust kitzelte sie. Sie wusste, es war der richtige Weg. Bei ihm reizten sie nicht der gesellschaftliche Aufstieg und der Luxus. Er selbst war es, den sie liebte.

Aber bevor sie vom schönen Leben Abschied nahm, warum es nicht ein letztes Mal zelebrieren? Warum nicht noch einmal so tun, als könnte sie die Gattin Victors von Stassenberg werden?

Sie nickte.

Er berührte sanft ihre Hand. »Du hast mir gefehlt.«

Victor roch gut, jedes Mal, wenn sie sich in der Droschke an seinen Arm geschmiegt hatte, war ihr sein Parfum wohltuend aufgefallen.

Er kniff sie neckend in die Seite und sagte: »Gib's zu, du hast mich arg vermisst.«

»Ab und zu.«

Er zog sie an sich in eine Umarmung.

Sie befreite sich. »Ich muss zurück, meine Eltern fangen sonst an, mich zu suchen. Hol mich morgen vor dem Schloss ab, am besten an der Schlossfreiheit, die ist von unseren Fenstern aus nicht zu sehen.«

»Meine Wildkatze. Du willst es mir schwer machen, nicht wahr? Ich werde dich zurückerobern. Verlass dich darauf.«

»Da wäre ich mir an deiner Stelle nicht so sicher. Vielleicht bleibt es auch bei dem einen Abend.«

Er lachte selbstsicher.

Mit einem schuldbewussten Brennen im Herzen verließ sie das Antiquitätenkabinett.

17

Die Wand zum Gerlachschen Lokal schien papierdünn zu sein. Das Scheppern von Geschirr drang herüber und das Rasseln von Besteck, das in die Kästen sortiert wurde. Hannes hörte sogar die Stimmen der Küchenjungen. Er sagte: »Wir sollten etwas leiser reden. Die hören uns nebenan.«

Kutte ignorierte den Hinweis und sprach mit unverminderter Lautstärke weiter: »Hannes, wir schreiben hier Geschichte, wir können endlich was bewegen! Und du willst dein Schlossfräulein treffen.«

»Um Alice geht es doch gar nicht.«

»Ich brauche dich hier. Wenn wir jetzt nicht die Oberhand gewinnen, bleibt die nächsten hundert Jahre alles so beschissen, wie es ist.«

Natürlich muss sich etwas ändern, dachte Hannes. Aber Kutte zäumte das Pferd völlig falsch auf. »Glaubst du wirklich, die lassen euch ans Ruder?«, fragte er. »Zwei von euch haben sie schon kaltgemacht. Sie werden euch alle in Spandau einlochen. Und wenn ihr weiter auf Gewalt setzt, werden die Bürgerlichen in Berlin dazu sogar applaudieren, weil sie euch für Wüstlinge halten.«

»Auf friedlichem Weg ändert sich nichts. Ich sag dir, heute Nacht gibt's Krieg in Berlin. Und wenn du wieder nicht mitmachst, brauchst du dich bei mir überhaupt nicht mehr blicken zu lassen.« Kuttes Blick war angefüllt mit kaltem Zorn. Er meinte es ernst.

Hannes sah nach dem Mann, der hinter ihnen an der Druckerpresse arbeitete, aber so tat, als hörte er ihnen nicht zu. »Das ist doch zwecklos«, sagte er. »Die ziehen so viel Militär zusammen, dass auf jeden von euch zehn Soldaten kommen.«

»Gestern Abend haben wir die Gendarmen von der Rossstraße vertrieben und haben die Brücke hochgezogen, und dann haben wir eine Barrikade gebaut, ich sag's dir, eine Barrikade, die wog bestimmt sechs Tonnen. Wir haben den ganzen Verkehr gestaut, für Stunden! Die brauchten eine Kompanie Grenadiere und ein Dutzend Gendarmen, um uns von da zu vertreiben. Und dann mussten sie erst Pferdegeschirre ranholen, um unsere Sperre auseinanderzuzerren.«

»Und was habt ihr damit erreicht? Was wird sich ändern?«

»Die müssen sich mit uns beschäftigen. Die können nicht mehr über unsere Köpfe hinweg regieren.«

Der Mann bog den Handgriff nach oben, und der Drucktiegel öffnete sich. Hannes gelang es, einen Blick auf das bedruckte Blatt Papier zu werfen. *Bürger, Brüder!,* las er da, und etwas von *Freiheit* und *Gleichheit*. Darunter stand ein längerer Text. Der Mann hob das Papier zur Seite und legte ein neues Blatt in die Druckerpresse.

Kutte sagte: »Du musst dich entscheiden, Hannes. Auf welcher Seite stehst du? Bald gibt es nur noch die oder uns.«

»Natürlich stehe ich auf eurer Seite. Ich hatte gerade erst wieder Ärger mit einem Offizier. Er hat mich Liegestütze machen lassen und so. Hat gesagt, wenn ich mich noch mal beim Schloss rumtreibe, macht er mich fertig.«

»Da hast du's. So sind die, so wollen die ewig weitermachen.« Er dachte nach. »Pass auf, ich mach dir einen Vorschlag. Wenn ihr mich begleitet und ich unbeschadet zum Schloss komme, rede ich mit ihr und erzähle ihr vom Offizier. Ihr Bruder könnte mich wieder nach Hause bringen. Danach helfe ich dir. Ich nehme kein Gewehr in die Hand, aber ich stelle mich in eine Versammlung von deinen Leuten und sage laut und deutlich, was sich ändern muss. Du weißt, dass ich gut reden kann.«

»Das ist der letzte Gefallen«, sagte Kutte ernst. »Ich tu's für die Freundschaft der letzten Jahre. Guck dir das Mädel noch mal an und entscheide dich. Baust du ab morgen mit mir Barrikaden, dann gehen wir Seite an Seite in diesen Krieg. Turtelst du weiter im Schloss rum, sind wir geschiedene Leute.« Er nickte zur Tür hin. »Übrigens ist Clara da.«

Hannes drehte sich um. Er hatte Clara ein halbes Jahr nicht gesehen.

»Hannes!« Sie ließ die Tür offenstehen und gab ihm einen Puff gegen den Arm. »Wie jeht's dir, olle Flitzpiepe?«

»Ganz gut.« Früher hatte ihm Clara gefallen, die Stupsnase, das pechschwarze Haar. Heute kam sie ihm grobschlächtig vor. Ihr ausladender »Balkong« irritierte ihn.

»Machste mit? Wir mischen die City auf.« Tzitti, sprach sie es aus.

»Hat dich Kutte etwa zum Barrikadenbauen überredet?«

»Überredet? Nee. Det mach ick von alleene. Immer mittenmang. Wir machen Frikassee aus denen.«

»Aber du hast Kinder. Wenn es eine Schießerei gibt …!«

»Eben weil ick Jören hab, muss ick da mitmischen. Die solln's ma besser haben wie icke. Den janzen Tag steh ick und rolle Zijarren für die feinen Herrschaften, und wat kommt bei rum? Nüscht.«

Er wandte ein, dass die Kinder, sofern sie sich in der Schule bemühten, etwas werden könnten, aber sie erwiderte trocken: »So wie bei dir? Du hast imma jelernt. Und nu? Nüscht is mit was werden.« Dann erzählte sie ihm, dass ihr Jüngster ständig krank sei und sie sich keinen gescheiten Arzt leisten könnten.

Kutte teilte den Stapel Flugschriften und gab Clara ein Drittel und ihm, Hannes, das zweite Drittel. Er selbst behielt den Rest.

Hannes brannte das Papier wie Feuer in den Händen. »Was, wenn sie uns damit erwischen?«

»Willst du nun, dass wir dich in die Stadt begleiten, oder nicht?«

»Ihr geht zum Schloss?«

»Hast du vorhin nicht zugehört? Du musst da hin, also bringen wir dich.«

Als Hannes sich die Flugschriften unter das Hemd steckte, lachte Clara. »Bist 'n Schisser.«

Sie verließen das Hinterzimmer und durchquerten den Schankraum des Gerlachschen Lokals. Kaum, dass sie auf die Straße getreten waren, lösten sich Männer aus den Hauseingängen der Bergstraße und schlossen sich ihnen an. Hannes sah deutlich, wie Kuttes Brust vor Stolz schwoll.

Um ihm einen Gefallen zu tun, sagte er: »Scheinst einen guten Ruf zu haben.«

»Tja, Kumpel.« Kutte ballte die Rechte zur Faust. »Ich war von Anfang an ganz vorn dabei.«

Bald waren sie zwanzig Männer und Frauen. Dann dreißig. Als sie die Friedrichstraße erreichten, stießen weitere Gruppen zu ihnen und die Meute schwoll zu einer Menschenmasse an. Kutte begrüßte einige Männer. Es versetzte Hannes einen Stich. Das waren seine neuen Freunde.

Aber er half ihm. Ihre Freundschaft zählte noch für ihn. Solange er sich in diesem Haufen befand, würde der Premierleutnant nicht wagen, ihn anzugreifen.

Er überlegte, wie er Alice von Victors Niedertracht erzählen konnte, ohne dabei als Schwächling dazustehen. Auf jeden Fall musste er betonen, dass er Victor zuerst die kalte Schulter gezeigt und sich mutig abgewendet hatte, um die Haustür aufzuschließen. Und vielleicht konnte er aus dem einen Begleiter vier Begleiter machen, angetrunkene, streitlustige Soldaten, die ihn gereizt hatten. Und wie erklärte er, dass er in die Liegestützhaltung gegangen war? Victor hatte den Degen eingesetzt, das würde ihr Eindruck machen, er hatte ihn, Hannes, mit vorgehaltener Waffe dazu gezwungen, Liegestütze zu machen. Dabei war Victor sturzbetrunken gewesen, und die Spitze des Degens hatte ihm schon die Brust geritzt, eine falsche Bewegung, und der torkelnde Premierleutnant hätte ihn erstochen. Er aber habe mutig seine Liegestütze absolviert und sich dann mit einer geschickten Rolle vorwärts in eine bessere Position gebracht, aus der er dem Offizier den Degen habe entreißen können, und so habe er ihn mitsamt seinen vier Soldatenfreunden in die Flucht getrieben.

Wie schön wäre das doch gewesen. Sich das Zusammentreffen mit Victor auf solche Weise vorzustellen, tat ihm gut, es war, als trüge er Heilsalbe auf eine innere Wunde auf. Aber dann dachte er: Ich darf Alice nicht belügen. Von allen Menschen nicht sie.

Sie näherten sich mittlerweile dem Zeughaus. Schwarz gekleidete Männer redeten auf ein Menschenknäuel ein und versuchten, es mit weißen kurzen Stäben zu zerteilen und aufzulösen.

»Das ist jetzt das Neuste«, sagte Kutte. »Bürger, die sich als Schutzbeamte aufspielen.«

Davon hatte er gehört. Auf Geheiß des Innenministers setzten die Kommunalbeamten in jedem Stadtbezirk Handwerker und Kaufleute und kooperationswillige Studenten zu Schutzbeamten ein. Sie sollten Zusammenrottungen wie die von Kutte auseinandertreiben.

»Da sind nur Berliner zugelassen, die den Bürgerbrief haben. Also das obere Zehntel. Und jetzt meinen diese Bürger, sie wären ›welche von uns‹ und könnten uns besänftigen. Können sie aber nicht.«

Schon hatten die Schutzbeamten Kuttes Trupp bemerkt. Sie kamen eilig auf die Heranströmenden zu. »Bitte«, riefen sie, »gehen Sie nach Hause! Es sind keine Versammlungen erlaubt.«

»Wat so 'ne Armbinde und 'n Stöckchen ausmachen«, knurrte Clara.

Kutte sagte laut: »Zuerst soll das Militär abziehen! Wenn die Soldaten heimgehen, gehen wir auch.«

»Seien Sie doch vernünftig«, bat einer der Schutzbeamten.

»Dit war'n wir viel zu lange!«, rief Clara. »Keen Mensch kann mehr seine Miete zahl'n. Da muss doch wat passier'n!«

Ein hochgewachsener Schutzbeamter mit spitzer Nase hob warnend den Stab. »Sie wissen, dass Sie uns Folge leisten müssen. Widerstand wird bestraft. Wir sind den Polizeibeamten und Soldaten gleichgestellt.«

Das ist unklug, dachte Hannes, sie überschätzen sich. Die sind ja ganz berauscht von ihrem neuen Amt.

»Ich kenn dich«, rief einer aus der Menge. »Du verkaufst doch Hemdkragen in der Schützenstraße. Glaubst du, jetzt bist du was Besseres? Erst kritisierst du die Regierung, und kaum gibt sie dir ein bisschen Macht, spielst du den Herren!«

»Mein Amt habe ich nicht von der Regierung«, erklärte der Hemdkragenverkäufer. »Das läuft ganz demokratisch. Wir Wehrmänner wählen unsere eigenen Rottenführer und Zugführer. Wir wollen doch bloß verhindern, dass die Sache eskaliert und ein Bürgerkrieg ausbricht.«

»Bluthunde fürs Militär seid ihr«, rief Kutte. Er gab seinen Leuten einen Wink, und die Menge drängte voran, sie schob die Wehrmänner einfach beiseite. Die Schutzbeamten flohen, malträtiert von Ellenbogenstößen und Knüffen, verängstigt zur Neuen Königswache.

»Schnell, versteckt euch bei euren Freunden«, spottete Kutte.

Vom Zeughaus her kamen Füsiliere angerückt, der Hauptmann gab den Befehl zum dreimaligen Trommelsignal. Nach dem dritten Intervall durfte geschossen werden, das war das neue Gesetz. Kutte steckte die Finger in den Mund und pfiff, und die Menge teilte sich. Ein Teil rannte Richtung Universität, der andere zum Prinzessinnenpalais.

Der verdatterte Hauptmann musste sich entscheiden. Er setzte mit seinen Füsilieren dem Pulk nach, der zur Universität strömte. Dann gehe ich mit den anderen, dachte Hannes. »Kutte, ich …«

Kutte ignorierte ihn. Im Laufen spähte er nach weiteren Soldaten aus. Immerhin ging er nicht mit denen, die zur Universität rannten.

»Mach's gut, Clara«, keuchte Hannes. »Ich hab noch was vor.«

Sie lachte ihn aus. »Haste die Hosen voll?«

Von der Universität her hörte man den Befehl des Hauptmanns: »Zur Zündung – fertig!« Die Füsiliere setzten den rechten Fuß hinter den linken, hoben die Gewehre, spannten den Hahn und griffen in das Täschchen, um ein Zündhütchen hervorzuholen.

Das genügte. Die Menge stob schreiend auseinander.

»Feiglinge«, schnaubte Kutte. Er war am Prinzessinnenpalais angelangt und blieb stehen. Seine Leute sammelten sich um ihn, Hannes und Clara.

Der Hauptmann befahl: »Hahn in die Ruh! Schultert das Gewehr!« Er hieß die Kompanie wenden und auf das Prinzessinnenpalais zumarschieren.

Kutte sah ihn an. »Du wolltest doch gehen, Hannes. Zeit für Drückeberger, abzuhauen.«

Ihm zog sich das Herz zusammen. »Was hab ich dir getan?« Diese Wut in Kuttes Gesicht! Meinte er, bloß weil er, Hannes, sich nicht abknallen lassen wollte, stünde er auf der Seite der Soldaten? »Ich bin kein Feigling.«

»Und wie.«

»Ich hab einfach keine Lust, sinnlos zu sterben.«

Clara hob die Brauen. »Nu aber ma halblang. Hier stirbt keener.«

Die Füsiliere nahmen Aufstellung. Der Hauptmann ließ den dreimaligen Trommelwirbel spielen. Kuttes Trupp zerteilte sich nicht. Die Männer und Frauen blickten grimmig auf die Soldaten.

Clara hat recht, beruhigte sich Hannes, so ohne Weiteres werden die nicht schießen. Die Füsiliere waren sichtlich nervös, in ihren Gesichtern zuckte es. Das waren alles junge Berliner, die konnten doch nicht einfach ihre Nachbarn und Freunde niedermähen. Wenn er jetzt ging, sah es tatsächlich erbärmlich aus. Er beschloss zu bleiben. Sein Freund sollte sehen, dass er nicht feige war. Es war idiotisch, was Kutte versuchte. Doch dass er, Hannes, diesen Weg kritisierte, hieß noch lange nicht, dass er keinen Mut besaß. »Schießt schon mit euren Platzpatronen«, rief Kutte.

Der Hauptmann befahl: »Zur Zündung – fertig!« Die Füsiliere hoben die Gewehre, spannten den Hahn und holten ein Zündhütchen aus der Tasche. Sie setzten das Hütchen auf den Zündkegel.

»Erstes Glied – legt an!«

Die Füsiliere der vorderen Reihe richteten die Gewehrmündungen geradeaus.

Das hat es bisher nie gegeben, dachte Hannes, dass preußische Soldaten in der preußischen Hauptstadt die Bevölkerung zusammenschießen ohne Gerichtsverhandlung. Dazu haben sie nicht die Befugnis. Das gäbe ja einen Riesenaufruhr, wenn die Soldaten mitten auf der Straße abdrücken würden.

»Feuer!«

Hannes riss die Augen auf. Er hörte vielfachen Knall und sah die Gewehrmündungen rauchen. Neben ihm sackte Clara zusammen, einer von Kuttes Männern knickte ein, ein weiterer stürzte der Länge nach hin. Jemand hielt sich den Bauch und spuckte Blut, einer Halbwüchsigen war der Unterarm zerschossen worden, einem bulligen Mann blutete der Hals, er presste die Hand darauf, aber das Blut quoll zwischen den Fingern heraus.

Nach einem Schreckmoment zerstreute sich die Menge, die Menschen rannten panisch durcheinander, flohen über den Platz. Manche schleiften einen Verwundeten mit.

Hannes sah an sich hinunter. Pfiff die Luft durch ein Loch in seiner durchbohrten Lunge? Sickerte Blut durch sein Hemd? Er hatte gehört, dass man so etwas im ersten Moment nicht bemerkte. Offenbar war er unversehrt.

Kutte keuchte: »Hilf mir!« Er stand über Clara gebeugt, griff ihre Oberarme.

Die Soldaten luden nach, sie bissen Papierpatronen ab, schütteten das Pulver in den Lauf und stießen die Kugel mit dem Ladestock fest. Währenddessen trat die zweite Reihe vor und legte an.

Hannes nahm Claras Füße. Ihr Körper hing schlaff zwischen ihnen durch, und während sie Clara zu den Lindenbäumen trugen, schleifte ihr Hintern übers Pflaster.

18

Vielleicht waren es zwanzigtausend Aufständische. Bereit, Gewalt einzusetzen und Barrikaden zu errichten, war davon höchstens ein Fünftel. Julius schrieb die Zahlen auf. Die Feder kratzte die Ziffern auf das Papier, sie blau auf weiß vor sich zu sehen, machte die Sache klarer für ihn.

Er dachte an den Angriff auf Posen vor zwei Jahren. Damals hatten seine Spitzel ihn vorgewarnt, deshalb hatte er Geschütze und zwei Kompanien Infanterie an der Wallischeibrücke postiert. Als die Rebellen nachts in der Dunkelheit kamen, wurden sie gebührend empfangen. Im Feuergefecht zeigte sich schnell, dass seine Soldaten überlegen waren, und der Angriff wurde abgeschlagen, bevor die Rebellen überhaupt die Stadt hatten betreten können.

Hier und heute lagen die Dinge anders. Die Rebellen hockten bereits in der Stadt. Sie hatten Häuser und Höfe besetzt und versteckten sich im Gewirr der Gassen. Zwanzigtausend Soldaten waren zusammengezogen, sechsunddreißig Geschütze aufgefahren worden. Aber das war nicht genug, um eine Stadt, die vierhunderttausend Einwohner hatte, von zwanzigtausend Rebellen zu säubern, die sich überall versteckt hielten, in den Tabagien, in den Wohnungen, den Kellern. Wenn es den Aufständischen gelang, sich zu bewaffnen, würden sich die Straßen Berlins bald in eine Hölle verwandeln.

Wie ließ sich die Katastrophe noch aufhalten?

Mit wenigen Strichen kritzelte er eine Spinne auf das Blatt, einen Weberknecht. Das Zeichnen war schon immer seine große Leidenschaft gewesen. Zu Hause stand das hübsche Kaffeeservice der Königlichen Porzellanmanufaktur, das man nach seinen

Zeichnungen von Posener Schlössern angefertigt hatte, Teller mit Goldrand und Tassen auf drei vergoldeten Füßchen, es trug die Bezeichnung »Alt-Posen« und verkaufte sich gut. Hätte er lieber Maler werden sollen? Sein Vater hatte zu Recht eingewandt, dass er dann höchstwahrscheinlich als Etikettenzeichner für Weinflaschen geendet wäre.

Konzentriere dich!, ermahnte er sich. Du bist für die Stadt Berlin verantwortlich, und es sieht nicht gut aus.

Eine Auflistung. Er könnte die wichtigsten Jahreszahlen der Weltgeschichte notieren. Oder die edelsten Pferderassen.

Er vergrub das Gesicht in den Händen. Morgen war Freitag, da wurde er mit den beiden Kabinettsministern zum persönlichen Vortrag vor den König gerufen. Der König würde seine Einschätzung hören wollen, er würde Vorschläge erwarten und erste Ergebnisse. Seine Majestät Friedrich Wilhelm IV. hatte ihm, Julius von Minutoli, die preußische Hauptstadt vertrauensvoll in die Hände gelegt. Fiel die Hauptstadt, dann versank mit ihr das ganze Königreich im Chaos.

Wenn man nicht weiter weiß, hatte sein Vater immer gesagt, ist es keine Schande, einen Klügeren um Rat zu fragen.

Wer konnte Rat wissen? Wer war der klügste Mann, den er kannte? Er malte die Zahlen eins bis zehn auf das Blatt. Jacob Grimm, nun, da wäre vielleicht Platz sechs angebracht. Wilhelm Grimm war auf Platz sieben gut aufgehoben. Die beiden arbeiteten mit achtzig Mitarbeitern am *Deutschen Wörterbuch,* vor zehn Jahren hatten sie damit begonnen, und wenn die Gerüchte stimmten, hatte Jacob in dieser Zeit gerade mal die Buchstaben A und B bewältigt, während Wilhelm am Buchstaben D arbeitete.

Rudolf Virchow, der als Arzt in der Pathologie der Charité das Krankheitsbild der Thrombose erforscht und die Leukämie entdeckt hatte, nun, der gehörte auf jeden Fall zu den ersten drei. Julius zögerte kurz und schrieb ihn neben die Ziffer Drei. Wem gebührte Platz eins?

Er ging Namen durch, entsann sich der Empfänge der letzten Monate und der gebildeten Vorträge, denen er zugehört hatte. Einige weitere Personen ergänzten die Liste. Da überfiel es ihn mit plötzlicher Wucht. Natürlich! Dass er nicht gleich darauf gekommen war! Er sprang auf. Im Vorzimmer trat ein Polizeibeamter mit flehentlichem Gesicht in seinen Weg und bremste seinen Schwung. »Was wollen Sie?«, fragte Julius ihn ärgerlich.

»Ein Brandsatz wurde in den Kasernenstall der Gardeartillerie geworfen, am Kupfergraben, ein richtiger Zündapparat mit Schwamm, Schwefelhölzern und einem Stück Eisenschlacke, um das Fluggewicht zu erhöhen.«

»Schäden?«

»Glücklicherweise ist er auf die Treppe gefallen und nicht ins Stroh. Das Feuer konnte sich nicht ausbreiten.«

»Suchen Sie nach Zeugen. Irgendjemand wird den Saboteur doch beobachtet haben.«

»Aber in einer Stunde wird der Zug der Leipziger Eisenbahn erwartet. Ich sollte zum Bahnhof gehen, hatten Sie gesagt.«

»Welcher Zug?«, fragte Julius.

»Der mit den gewaltbereiten Studenten.«

»Bitten Sie den Gouverneur in meinem Namen, eine Schwadron Dragoner zum Anhalter Bahnhof zu schicken. Sie kümmern sich um den Brandsatz. War's das?«

»Jawohl, Herr Polizeidirektor.«

Er eilte weiter.

Unterwegs legte er sich seine Worte zurecht. *Sie sind so weit gereist … Jemand von Ihrem Wissen und Ihrer Erfahrung … Sicher können Sie das alles aus einem ganz anderen Blickwinkel betrachten.*

Und wenn ihn Politik nicht interessierte? Wie konnte er ihn zu einer Stellungnahme bewegen? *Als langjähriger Freund des Königs werden Sie längst darüber nachgedacht haben, wie man dieser unguten Lage Herr wird, hoffe ich …*

Möglicherweise empfing man ihn gar nicht erst. Er hätte seine Visitenkarte schicken und um ein Treffen am Samstag oder Sonntag bitten sollen. Von einer Privataudienz bei diesem Herrn träumten viele. Er lud aber kaum jemanden zu sich ein.

Julius wurde jäh aus seinen Gedanken gerissen. Waren das Schüsse? Vor dem Zeughaus wurde geschossen! Stürmten die Rebellen das Gebäude, um sich Waffen zu beschaffen? Ein Angriff auf das Zeughaus – etwas Schlimmeres konnte es kaum geben. Wenn die Aufständischen Gewehre erbeuteten und ihre Barrikaden künftig mit Waffengewalt verteidigten, würde die Sache in einem Blutbad enden. Umso mehr, wenn sie die neuen, modernen Gewehre entdeckten.

Er rannte los. Als er den Opernplatz erreichte, humpelten ihm Verwundete entgegen. Ihre schmerzverzerrten Gesichter erschreckten ihn. Vor dem Zeughaus schien es ruhig zu sein, der Vorplatz war nahezu menschenleer. Ein ungewöhnlicher Anblick. Aber dass es keine tobende Menge gab, keine Barrikaden und kein Wutgebrüll, beruhigte ihn.

Er blieb stehen und schöpfte Atem. Beim Prinzessinnenpalais formierte sich ein Zug Füsiliere. Wäre das Zeughaus in Not, hätte man sie sicherlich herbeigerufen. Sein Blick fiel auf eine Linde zur Rechten. Lag dort nicht eine Frau am Boden? Zwei Männer beugten sich über sie. Er trat näher heran. Ihre Augen standen offen, sie waren kalt und leer. Er schluckte. »Was ist passiert?«

»Das kann ich Ihnen sagen.« Einer der beiden Männer stand auf und sah ihn hasserfüllt an. »Preußische Soldaten haben auf offener Straße ihre Landsleute über den Haufen geschossen! Das ist passiert.«

»Sicher gab es einen Grund für diese Eskalation«, sagte er.

Der junge Mann packte ihn an der Uniform. »Arbeitet ihr so bei der Polizei? Wenn's das Militär war, wird es schon einen Grund gehabt haben?« Er wies auf die Tote und schrie: »Clara hat nicht einen Finger gekrümmt! Sie hat einfach da gestanden, und diese Schweine haben abgedrückt!«

Jetzt erhob sich auch der andere. »Kutte, beruhige dich. Du machst es nur noch schlimmer.«

Er befreite sich. Dieser Kutte war höchstens fünfundzwanzig Jahre alt, wahrscheinlich noch jünger. Was er gesehen hatte, konnte er nicht verarbeiten, er war sichtlich schockiert, und ihm standen Tränen der Wut in den Augen. Das ungebührliche Verhalten würde er ihm durchgehen lassen.

Der junge Mann zischte: »Ich sage Ihnen, das wird Folgen haben. Wir schlagen zurück.«

Julius sah auf die Tote. Sie war ebenfalls jung. Neben ihr lagen Flugblätter auf dem Boden. *Freiheit. Gleichheit.* Die Worte berührten ihn. Die jungen Leute waren bereit, für ihre Überzeugungen ihr Leben zu lassen. So sehr tat ihnen die Ungerechtigkeit weh, so verzweifelt sehnten sie eine Veränderung herbei. Er sagte: »Ich gehe der Sache nach, das verspreche ich Ihnen.«

»Zu spät. Jetzt nehmen wir das selber in die Hand.«

Vielleicht war die Frau seine Schwester gewesen. Trug nicht die Politik, trug nicht die ganze Stadt Schuld an diesen Aufständen? Er selbst, hätte er nicht mehr tun müssen, um die Massenarmut zu bekämpfen? Das unschuldige Gesicht der Toten erschütterte ihn. »Wer hat die Schüsse befohlen?«, fragte Julius.

Die Blicke der beiden Männer richteten sich hasserfüllt auf die Füsiliere.

»Verstehe. Mein Beileid, von Herzen.« Als sie nichts erwiderten, wandte er sich ab und ging zu den Soldaten hinüber. Auch sie waren sichtlich aufgewühlt. Der Hauptmann redete auf sie ein, sagte, sie hätten das Richtige getan und Treue zu König und Vaterland bewiesen.

»Auf ein Wort, Herr Hauptmann.«

Ungehalten drehte der Offizier sich um. »Sie sehen, ich habe hier eine Malaise zu bewältigen, wenn Sie also die Güte hä–« Er unterbrach sich. »Herr Polizeipräsident. Bitte entschuldigen Sie.«

»Darf ich Sie unter vier Augen sprechen?«

»Natürlich.«

Sie gingen einige Schritte, um aus der Hörweite der Füsiliere zu kommen. Julius fragte leise: »Was ist geschehen?«

»Wir haben die Rebellen aufgefordert, sich zu zerstreuen. Dem haben sie sich widersetzt.«

»Wie haben Sie sie aufgefordert?«

»Drei Trommelwirbel. Das war nicht zu überhören.«

»Und nur weil die Leute nicht gegangen sind, haben Sie das Feuer eröffnet?«

»So verlangt es das Gesetz.«

»Herr Hauptmann, ein Gesetz und seine tatsächliche Anwendung sind zwei Paar Stiefel.«

»Für mich nicht. Für mich ist es genau dasselbe. Und ich wundere mich, dass Sie das anders sehen, Herr Polizeipräsident.«

Die Sturheit dieses Mannes regte ihn auf. »Sie hätten nicht schießen dürfen, verdammt! Haben Sie eine Ahnung, was uns jetzt blüht? Die Sache wird sich in Windeseile herumsprechen und die Aufständischen erhalten Zulauf von Tausenden. Auf offener Straße die eigene Bevölkerung erschossen! Man wird sagen, der König habe das befohlen.«

»Hat er doch.«

Hatte er das? Nein, er hatte zur Abschreckung die entsprechende Warnung erlassen, aber nicht zur konkreten Ausführung! »Wie ist Ihr Name?«

»Wenn Sie mich verklagen wollen, tun Sie es. Ich bin Hauptmann von Cosel. Ich habe nur nach meinen Befehlen gehandelt.«

Gemma schlürfte bedächtig Kaffee und plauderte, während Alice immer unruhiger wurde. Jeden Moment würde es drei schlagen, sicher stand Hannes längst vor dem Schloss. Er würde auf sie warten, und wenn sie nicht erschien, würde er enttäuscht wieder gehen. Aber Gemma erzählte ihr in aller Ausführlichkeit von den Versuchen ihrer Mutter, für ihren Hausbesitz angemessene Mieter, Geheimräte oder Generäle etwa, zu finden.

Bevor sie sich noch mehr in Details erging, warf Alice ein, dass sie heute abend mit Victor in die Oper gehen werde. »Mutter ist in die Luft gegangen wie ein Fass trockenes Schießpulver«, fügte sie hinzu.

»Kann ich mir vorstellen. Was wird heute Abend gegeben?«

»Die *Martha* von Friedrich von Flotow.«

Gemma zog Alices Hand zu sich. »Zeig mal her.« Mit gierigen Augen betrachtete sie den goldenen Ring mit dem kleinen Smaragd und nickte anerkennend. »Dass er dich in aller Öffentlichkeit an seiner Seite präsentiert! Du hast ihn in der Tasche, Alice. Vielleicht sind wir bald alle unter der Haube.«

Alice wiegte den Kopf. »Vater hat mir streng verboten, Victor zu sehen. Er sagt, Victor hat es einmal getan und wird's wieder tun.«

»Dich betrügen, meinst du?«

Es klang grässlich aus dem Mund ihrer Freundin.

Draußen schlug es drei Uhr.

»Erinnerst du dich an diesen Jungen, Hannes?« Gemma lachte überdreht. »Ich war lange sauer auf dich wegen ihm. Hast du ihn noch mal gesehen?«

Wusste sie Bescheid? Dass ihre Freundin ausgerechnet jetzt an Hannes dachte! »Wieso sollte ich«, log Alice. Sah Gemma die vielen Zeichen nicht, die sie ihr gab, um sie auf höfliche Art zum Gehen zu bewegen? Sie schenkte ihr keinen Kaffee nach, und sie saß aufrecht auf ihrem Stuhl, als würde sie sich jeden Moment erheben. Ihre Antworten waren knapp.

Endlich trank die Freundin den Rest aus der Tasse und seufzte, wie jemand, der gleich aufbrechen wird. »Viel Glück für heute Abend. Du musst mir alles erzählen, ja? Dass du hingehst, obwohl dein Vater es dir verboten hat … Ich bewundere deinen Mut, Alice.«

»Du würdest das Gleiche tun.«

Gemma schüttelte den Kopf. »Nein, würde ich nicht, und das weißt du. Keine von uns ist so starrköpfig wie du.«

Sie lachten, und Alice stand auf.

Für gewöhnlich verwendete Gemma den Lustgarten-Ausgang, wenn sie das Schloss verließ, weil sie gern über die neue Terrasse spazierte. Dort aber wartete Hannes. Die beiden durften sich auf keinen Fall begegnen.

»Hast du dir die Kuppelbaustelle schon genauer angeschaut?«, sagte sie und hakte sich bei Gemma ein. »Das Ding wird gigantisch!« Sie brachte sie die Treppe hinunter und ermahnte sie, vor der Tür des Königs und der Königin nicht so laut zu lachen.

Gemma hielt sich die Hand vor den Mund und kicherte. Als Alice sie über den Schlosshof führte, sagte sie, sie verstehe es selbst nicht: Immer gerade dann, wenn sie nicht lachen dürfe, packe sie ein unbändiger Lachreiz.

Alice brachte sie zur Baustelle an der Schlossfreiheit. Aber wie erwartet, langweilten die Gerüste und das Hämmern ihre Freundin, und sie verabschiedete sich bald. Kaum war Gemma fort, eilte Alice zur Lustgartenseite.

Ihr erster Gedanke, als sie Hannes sah, war: Er weiß es. Er spürt irgendwie, dass ich mich mit einem anderen verabredet habe. Sein Gesicht war verquollen und weiß, und die Augen lagen tief in ihren Höhlen.

Sie machte kleine Schritte, um den Moment ihrer Begrüßung hinauszuzögern. Ihr Herz zitterte. Wie konnte ich ihn bloß hintergehen, dachte sie. So ein erbärmlicher Plan, zum »Abgewöhnen« noch einmal mit dem Verflossenen in die Oper zu gehen, bevor sie sich auf Hannes einließ.

Aber als sie vor die Schlossterrasse getreten war und er sie sah, sagte er nur leise: »Sie schießen auf uns.«

19

Johann Seifert stand über dem Glockenzug. Natürlich, dachte Julius, er möchte nicht gestört werden. Deshalb schreibt er den Namen seines Dieners draußen ans Haus. Dass der Diener Johann Seifert hieß, wusste er deshalb, weil man sich über den Papageienvogel des berühmten Herrn erzählte, dass er ständig den Satz wiederhole: »Viel Zucker, viel Kaffee, Herr Seifert!«

Die Schnur des Glockenzugs führte in die zweite Etage hinauf. Das Haus war fleischfarben getüncht, drei Parteien wohnten hier, eine Familie im Erdgeschoss, eine unter dem Dach, und in der Mitte der große Gelehrte.

Julius läutete, die Glocke schlug an. Er wartete.

Nichts geschah.

Vorsichtig drückte er gegen die schwere Eingangstür. Sie ließ sich öffnen. Er fühlte sich wie ein Einbrecher, als er in den zweiten Stock hinaufstieg. Mit weichen Knien erreichte er die Wohnungstür des berühmten Mannes. Hier stand sein wahrer Name angeschlagen.

ALEXANDER VON HUMBOLDT

Er klopfte. Endlich näherten sich Schritte, und ein etwa vierzigjähriger Mann öffnete die Tür. Er musterte Julius misstrauisch. Hier half die Polizeiuniform nicht weiter.

»Herr Seifert?«, stammelte er. »Ich weiß, Seine Exzellenz wird jeden Tag mit zahllosen Bitten und Anfragen bestürmt. Aber ich befinde mich in einer Notlage. Mein Name ist Julius von Minutoli, ich bin der Polizeipräsident von Berlin. Wenn Sie so gütig wären, Herrn von Humboldt meine Karte zu überreichen.« Er nestelte sie heraus und übergab sie. »Ich würde gern eine Frage an Herrn von Humboldt richten.«

Mürrisch nahm der Diener die Visitenkarte in Empfang und verschwand in der Wohnung.

Viel Zucker, viel Kaffee, Herr Seifert! Alexander von Humboldt galt als ruhelos, kein Wunder, dass er starken, süßen Kaffee liebte. Sein Buch *Kosmos – Entwurf einer physischen Weltbeschreibung* war in aller Munde, letztes Jahr war der zweite Band erschienen, und wieder waren die Menschen Schlange gestanden vor den Buchhandlungen. Dieser Mann fuhr monatelang auf engen Kanus durch den südamerikanischen Urwald, er kroch in Höhlen und übernachtete auf Vulkanen. Er bereiste Europa, Amerika und Asien, er kannte so viele Länder und Kulturen, vielleicht würde er auch eine ungewöhnliche Lösung für die Krise in Preußen wissen. Seltsam, dass er hier lebte, in einer einfachen Wohnung in der Oranienburger Straße 67. Ein Mann, der im Schloss Tegel aufgewachsen war. Ein enger Freund des Königs.

Seifert erschien erneut. »Seine Exzellenz ist bereit, Sie zu empfangen. Bitte folgen Sie mir.«

Im Vorzimmer standen ausgestopfte Vögel. In einem Terrarium suhlte sich eine seltsame Echse in hellem Sand. Seifert führte Julius durch die Bibliothek, deren Regale bis zur Decke mit Büchern gefüllt waren, Büchern in rotem, blauem, braunem und grünem Leder, stattlichen dicken Bänden, die sicher von Buchdeckel zu Buchdeckel mit klugen Gedanken und naturwissenschaftlichen Erkenntnissen gefüllt waren. Auch Humboldt selbst hatte nicht nur den *Kosmos* geschrieben, sondern Dutzende Werke, seine Bücher standen in den Bibliotheken bedeutender Menschen auf der ganzen Welt.

Sie zwängten sich an zwei großen Tischen vorbei, auf denen Folianten lagen und dazwischen papierne Rollen, vermutlich Landkarten.

War das der Meterstab, den Humboldt von der Akademie der Wissenschaften in Paris erhalten hatte? Er lag einfach im Regal. Einer der ersten Meterstäbe überhaupt, angefertigt für Humboldt, kurz, nachdem man diese neue Maßeinheit erfunden und ihre Länge festgelegt hatte.

Hinter der Bibliothek, in einem kleineren Zimmer, sagte Seifert: »Bitte warten Sie hier.«

Das Zimmer war schlicht eingerichtet mit einem Schreibtisch und grünen Gardinen. An der Wand hing eine Karte, die alle fünf Kontinente zeigte. Der Schreibtisch war mit Manuskripten gefüllt, ein wenig unordentlich, aber Humboldt hatte ja auch keinen Besuch erwartet.

Auf einer brusthohen Stange saß der berühmte Papagei. Das schwarze Gefieder glänzte, und um das Auge herum schimmerte ein gelber Kreis, wie mit dem Pinsel hingemalt. Das Tier beäugte Julius neugierig.

Seifert verließ den Raum durch eine schmale Tür und nannte hörbar Julius' Namen. Kurz darauf trat Humboldt ein. Seine strahlend weißen Zähne und das wirre Haar imponierten, aber er wirkte nicht unnahbar, im Gegenteil: Fröhlich schritt er auf ihn zu. »Herr von Minutoli.« Humboldt schüttelte ihm die Hand, als hätte er schon lange auf seinen Besuch gewartet. »Bitte nehmen Sie doch Platz.« Er wies auf das grüne Sofa neben dem Schreibtisch.

Julius dankte und setzte sich. »Ich weiß, dass Sie viel zu tun haben, Exzellenz, und ich bedaure sehr, Sie unangemeldet zu stören.«

»Ja, ich lebe in der Tat arbeitsam. Meist in der Nacht.« Humboldt lachte. »Wissen Sie, was mich am meisten quält? Die Korrespondenz. Die Menschen sind so unbarmherzig. Sie schreiben und schreiben und schreiben, und die meisten Briefe sind uninteressant.«

Verblüfft stellte Julius fest, dass er sich bereits wie ein langjähriger Freund von Humboldt fühlte. Wen wunderte es, dass ihn die Menschen so liebten? Aber vielleicht war es auch etwas, das man als berühmter Mensch lernte: den anderen rasch die Ehrfurcht zu nehmen. Niemand hatte Freude daran, von steifen, verunsicherten Verehrern umgeben zu sein.

Humboldt hob die Augenbrauen. »Also, was führt Sie zu mir?« Hellwach sah er aus, man sah ihm das Alter von achtundsiebzig Jahren nicht an.

»Gerade habe ich erfahren, dass vor dem Zeughaus Aufständische erschossen wurden, auf offener Straße. Ich bin hier, weil ich nicht weiß, wie ich der Unruhen Herr werden soll. Härte schürt nur weiteren Aufruhr. Aber die Stadt dem Chaos preiszugeben, ist auch undenkbar. Haben Sie einen Rat für mich?«

»Erstaunlich, dass Sie mich das fragen.« Humboldt sah ihn aufmerksam an. »Sie haben doch in Posen erfolgreich Aufstände erstickt. Wurden nicht gerade einhundert Polen verurteilt, die Sie in Posen festgenommen haben? Zwei erhielten die Todesstrafe, wenn ich mich recht erinnere, und die restlichen kamen ins Gefängnis Moabit.«

Kritisierte Humboldt die Urteile? In der Bevölkerung waren sie durchaus umstritten. Aber er, Julius, war vor Ort gewesen, er kannte die perfiden Pläne der Verschwörer. Allein die Festung Posen! Zwei Köche wollten die Mannschaften mit Arsenik vergiften. Dass solche Massenmörder ein hartes Urteil verdienten, stand außer Frage. Unter den Verschwörern hatte er auch angesehene Personen gefunden, Stadträte und einen Arzt. Sie wollten ihren Nationalstolz befriedigen und waren bereit, dafür zu töten.

In Berlin lag die Sache anders. Die Aufständischen schrien nicht nach Blut, sondern nach Brot und Freiheit. Er sagte: »Die Polen wollten einen Krieg anzetteln. Bei den Berliner Aufständischen ist es anders. Sie ringen um bezahlte Überstunden und gesetzliche Kündigungsfristen. Ihre Unzufriedenheit hat soziale Gründe. Damit erfasst sie den Großteil der Berliner Bevölkerung.«

»Da haben Sie wohl recht.« Humboldt stand auf und begann, im Zimmer auf und ab zu gehen. »Vielleicht bringt die Wissenschaft die Lösung. Wenn die Bevölkerung weiter so wächst, wird bei der bisherigen Art des Anbaus die Nahrung nicht für alle reichen. Das zeigt sich schon heute. Die Nachfrage ist höher als das Angebot, und deshalb steigen die Preise. Das wiederum führt zum Hunger in den Armenvierteln.«

»Wie könnte die Wissenschaft hier helfen?«

»Es gibt mindestens zwanzigtausend Pflanzenarten auf der Welt! Sobald der Mensch meint, die Wahrheit gefunden zu haben, wird er gleichgültig, als gäbe es nichts zu verbessern, nichts mehr zu entdecken. Die Botanik könnte der Schlüssel sein für eine Ernährung der Menschheit.«

»Verzeihen Sie, aber das wäre eher ein langfristiges Ziel, nicht wahr? Ich brauche eine Lösung für morgen und übermorgen. Etwas, das die Wut der Berliner dämpft.«

»Tüchtigkeit muss belohnt werden. Die Verhältnisse der Armen müssen sich verbessern, nicht nur ihre Ernährung und ihre Unterkünfte, sondern auch die moralischen Bedingungen. Dafür braucht die Regierung ein Gefühl für die Nöte der Menschen. Die Beamten müssen verstehen lernen, dass jede Ungerechtigkeit einen Keim der Zerstörung in sich trägt.«

Julius stutzte. Warum hielt Alexander von Humboldt die Hand so stur bei der Hosennaht? Und warum vermied er beim Reden den Blickkontakt? War da nicht ein nervöses Zucken der Fingerspitzen? Alles, was er bei der Vernehmung von Verdächtigen gelernt hatte, verriet ihm, dass Humboldt nicht preisgab, was er wirklich dachte.

»Sie meinen also«, fragte er, »dass die Regierung einen Schritt auf die Rebellen zugehen sollte?«

Humboldt fuhr sich nervös über die Stirn, als würde er eine Fliege verscheuchen wollen. »Gewalt ist immer schlecht, ob sie nun vom Pöbel ausgeübt wird oder vom Staat. Auf keinen Fall sollten die Aufrührer ermutigt werden, noch mehr Steine auf die Soldaten zu werfen. Politische Schritte, das wäre das Richtige. Eine rechtliche Gleichstellung aller Bürger, und demokratische Freiheit.«

Kein Zweifel: Alexander von Humboldt hatte Angst. Der Erforscher des Orinoco flüchtete sich in vage Allgemeinheiten.

Wovor fürchtete er sich?

Julius merkte, dass er ihn verlor. War sein Rückzug noch aufzuhalten? Er musste rasch handeln. Er stand ebenfalls auf und sagte leise: »Es ist Ihre freie Entscheidung, Exzellenz, ob Sie mit mir reden wollen oder nicht. Ich bin verantwortlich dafür, dass sich die Menschen wieder beruhigen. Deshalb hatte ich auf Ihre Hilfe gehofft. Aber ich sehe, ich bin umsonst gekommen. Danke für Ihre Zeit.«

Erschrocken sah ihn Humboldt an. »Sie wollen schon gehen?«

»Ich kann Ihnen an Erfahrung und Wissen nicht das Wasser reichen. Aber die Menschen kenne ich ganz gut. Und ich weiß, was auch immer Sie denken, Sie sagen es mir nicht.«

Ein innerer Kampf zeichnete sich auf Humboldts Gesicht ab. Schließlich murmelte er: »Bitte setzen Sie sich wieder.«

Julius tat es.

Humboldt nahm auf dem Korbstuhl Platz, der dem Sofa gegenüberstand. »Ich ahne schon lange, dass es auf Zusammenstöße zwischen dem Volk und den Truppen hinausläuft. Der König wollte nichts davon hören. Er ist zu zögerlich, und wenn er etwas tut, dann trifft er die falschen Entscheidungen. Zudem sind die Ministerien einfach unfähig. Vielleicht müssen wir durch einen Bürgerkrieg hindurch. Sie zwingen das Volk ja förmlich dazu durch ihre Starrköpfigkeit.«

»Also meinen Sie, das Volk ist im Recht mit seinen Forderungen?«

Humboldt sah besorgt zu den Fenstern hin. »Ich bin Kammerherr des Königs. Ich bin ihm zu Loyalität verpflichtet.«

»Es geht um Tausende Menschenleben!«

»Herr Seifert«, rief Humboldt, »sind alle Fenster geschlossen?«

Der Diener betrat das Zimmer und antwortete: »Ja, Exzellenz. Auch in der Küche und der Bibliothek.«

Humboldt wandte sich wieder Julius zu, und Johann Seifert verließ unaufgefordert den Raum. »Ich sage Ihnen jetzt etwas«, raunte Humboldt, »das auf keinen Fall diesen Raum verlassen darf. Habe ich Ihr Wort?«

»Das haben Sie.«

»Geschenkte Verfassungen taugen in meinen Augen nichts. Das preußische Volk muss sich die Verfassung und die Redefreiheit selbst erkämpfen, und das wird es auch. Was glauben Sie, wie mich die französischen Ideale beflügeln, Liberté, Egalité, Fraternité! Am Königshof gelte ich als ›rot‹, man weiß dort von meiner Neigung. Aber ich darf den Bogen nicht überspannen.«

»Und in der Stunde der Not, können Sie jetzt nicht etwas tun? Je schneller die Verfassung da ist, desto weniger Menschen müssen ihr Leben lassen.«

Humboldt richtete sich im Sitzen auf: »Wollen Sie mir Untätigkeit vorwerfen? Wer war es denn, der sich für die ›Göttinger Sieben‹ eingesetzt hat, als die Universität Göttingen ihre mutigen Professoren entlassen hat und sie des Landes verwiesen wurden? Mir hat's gestunken, dass man im Königreich Hannover die Verfassung aufgegeben hat, darum habe ich mich für die sieben kämpferischen Professoren beim preußischen König verbürgt, darunter die Brüder Grimm. Nur mir ist es zu verdanken, dass sie heute an der Berliner Universität unterrichten, statt verarmt im Ausland zu darben.«

»Eine ehrenvolle Tat, Exzellenz.« Aber sie war zehn Jahre her. Jetzt ging es um das Überleben des Königreichs Preußen.

Sah er das nicht?

»Sie klingen so richtig berlinerisch. In dieser Stadt wird alles und jedes nach der Schreiberschablone gemessen. Ich hätte in Paris bleiben sollen, oder besser noch in Mexiko-Stadt. Der König wirft mir vor, dass ich mit den Franzosen und den deutschen Aufrührern sympathisiere. Und die Aufrührer hassen mich, weil ich der Freund des Königs bin. Niemandem kann man es hier recht machen.«

Julius fragte behutsam: »Aber Sie essen doch häufig mit Seiner Majestät zu Abend, können Sie da nicht Einfluss auf den König nehmen?«

Humboldt winkte ab. »Glauben Sie mir, ich flüchte so oft ich kann vor den ewigen Klagen des Königs über die Undankbarkeit seiner Untertanen. Sein unaufhörliches Schwanken zwischen den Möglichkeiten! Seine Unfähigkeit, zu entscheiden! Das ist mir längst unerträglich.«

»Aber Sie haben einen Ruf wie Donnerhall. Wenn Sie die Aufrührer zur Mäßigung ermahnen und gleichzeitig für gewisse Reformen eintreten würden, könnte das den Druck aus dem Kessel nehmen.«

»Nichts dergleichen. Ist Ihnen nicht klar, wie viele Neider nur auf einen Fehltritt von mir warten, um mich bei Friedrich Wilhelm anzuschwärzen? Als ich in Kuba war und Zeuge der grässlichen Sklavenhaltung auf den Zuckerplantagen, meinen Sie, da habe ich dem spanischen König Vorhaltungen gemacht? Nein, denn das hätte meine gesamte Forschungsreise platzen lassen. Ich wäre sofort des Landes verwiesen worden und hätte keinen Fuß mehr auf den Boden der spanischen Kolonien in Südamerika gesetzt. Ich brauchte die Unterstützung des Königs. Erst Jahre später konnte ich gegen die Sklaverei anschreiben, gegen das Zusammenpferchen von Scharen schwarzer Menschen in Sklavenschiffen und das Auspeitschen und Quälen, gegen die Erniedrigungen.« Er trommelte im nervösen Wechsel mit Zeigefinger und Mittelfinger auf die Armlehne des Korbstuhls. »Genauso ist es jetzt. Mein Ruf wäre im Handumdrehen vernichtet, sobald ich mich offen auf die Seite der Rebellen stelle. Und dann nütze ich niemandem.«

»Ich glaube nicht, dass man Sie noch verjagen kann. Wenn Sie den Mut hätten, ein Machtwort zu sprechen, würden alle Zeitungen davon schreiben, und es würde ein befreiender Ruck durch die Gesellschaft gehen.«

Der Gelehrte stand auf und trat zum Papageienvogel. Aus einer kleinen Blechdose holte er Sonnenblumenkerne und verfütterte sie. Äußerlich schien es, als wäre er ganz versunken in seine Tätigkeit. Aber er dachte nach, da war sich Julius sicher.

Der Vogel passte zu Humboldt. Er war exotisch und zugleich hochintelligent. Immerhin lernten Papageienvögel zu sprechen, und sie wurden siebzig Jahre alt. Er musste an Ludwig Feuerbach denken, der in seinem Werk *Das Wesen des Christentums* behauptete, dass der Mensch sich Gott selber erdacht habe. Wenn jedes Lebewesen Gott für sich selbst erfand, wie sah der Schöpfer dann für einen Papagei aus? Wenn die Pferde Götter hätten, würden sie Hufe haben und eine Mähne und einen Schweif, sie würden wie Pferde aussehen, lautete die These. Stellte sich der Papagei, so er denn gläubig war, Gott als Papageienvogel vor?

Allerdings passte Jesus nicht in dieses Modell der selbst erdachten Götter. Wer würde einen Gott erfinden, der gedemütigt und qualvoll getötet wurde? Hätte jemand diese Geschichte ersonnen, dann wäre Jesus als strahlender Held durch Palästina gezogen, beliebt und von allen geachtet. Dass er nicht verstanden wurde und verachtet am Kreuz starb, nur um nach der Auferstehung weiter angezweifelt zu werden – das war nicht die Geschichte, die man sich für eine neue Religion wünschte.

Die Kirchen! Dass er daran bislang nicht gedacht hatte. Er musste die Kirchen dafür gewinnen, den Armen zu helfen und sie zu beruhigen.

Alexander von Humboldt sagte: »Ich habe Thomas Jefferson, dem amerikanischen Präsidenten, vor über vierzig Jahren vorgeschlagen, einen Kanal zu bauen, der Atlantik und Pazifik verbindet. Doch es fehlten einfach die Mittel dafür, und sie fehlen bis heute. Eines Tages wird es der Menschheit gelingen. Man muss Geduld haben.«

»Aber wir haben keine Zeit. Ich bin mir sicher, die Todesschüsse sprechen sich längst herum. Die Aufständischen werden dadurch gehörigen Zulauf erhalten. Und sie werden nicht mehr davor zurückschrecken, ihrerseits Waffengewalt einzusetzen. Ich kann Ihnen sagen, wohin das führt. Entweder wird der König aus Berlin vertrieben und abgesetzt, oder seine Truppen schießen die eigene Hauptstadt zusammen.«

»Ich habe versucht, gewisse Dinge auf der Welt zu ändern.« Humboldts Blick war in die Ferne gerichtet. »Nehmen wir die Ungerechtigkeit in den Kolonien. Die ganze Idee einer Kolonie ist unmoralisch. Man hält ein Land in der Mittelmäßigkeit, man erlaubt ihm nicht, durch Fleiß zu Wohlstand und Bildung zu gelangen. Stattdessen ist es verpflichtet, seinem Mutterland Abgaben zu schicken. Nordamerika hat das Richtige getan, als es seine Unabhängigkeit erklärte. Alle anderen Kolonien werden eines Tages dasselbe tun, wie jüngst Mexiko, Peru oder Ecuador. Allein schon, dass ich das angedeutet habe – kaum so klar und deutlich, wie ich es Ihnen gerade sage, sondern nur in Schemen –, hat mich eine Reise nach Persien und Indien gekostet. Die Ostindische Handelskompanie hat von meiner Haltung Wind bekommen und mir so lange Steine in den Weg gelegt, bis ich aufgeben musste. Dadurch ist der Wissenschaft einiges entgangen.«

Ob ihm die Wissenschaft wichtiger sei als das Leben seiner Berliner Mitmenschen, fragte Julius. Ob er das mit seinem Gewissen vereinbaren könne.

»Die Menschen«, wiegelte Humboldt ab, »verhalten sich oft unlogisch. Schauen Sie sich Nordamerika an: Die Bürger dieses großartigen Staates wissen, was Freiheit bedeutet – und trotzdem schaffen sie die Sklaverei nicht ab. Nun haben sie auch noch einen grässlichen Krieg gegen Mexiko geführt und ihm einen Teil seines Landes geraubt. Ach, was habe ich Mexikostadt geliebt. Das war mir der angenehmste Ort in ganz Amerika. Es ist grauenvoll, was die Gier aus uns macht.«

Und die Angst, dachte Julius. Humboldt war ein Genie. Aber er hing an seiner Wohnung mit den Büchern und den ausgestopften Tieren und wollte am Lebensabend wohlgelitten sein bei Hofe und bei den Gebildeten. Die Anstellung als Kammerherr beim preußischen König und als Mitglied der Königlichen Akademie der Wissenschaften hatten sein Herz fett und träge gemacht.

»Niemand kann mir Feigheit vorwerfen«, sagte Humboldt, als hätte er Julius' Gedanken gelesen. »Ich bin in aktive Vulkane hinabgestiegen, sodass mir fast das Gesicht verbrannt ist, ich habe im Orinoco gebadet, umgeben von Pirañas und Kaimanen, ich habe das Pfeilgift Curare gegessen und mich aus wissenschaftlichen Gründen dem Stromschlag der Zitteraale ausgesetzt! Wenn ich eine Entscheidung treffe, dann aus völlig rationalen Gründen.«

20

Mutter gierte nach Namen. »Wer wird noch da sein? Lass dir nicht alles aus der Nase ziehen!«

»Baron Peter von Meyendorff.«

»Der russische Gesandte! Und weiter?«

»Freda Sophie von Arnim-Boitzenburg ist da und ihr Verlobter Karl Friedrich von Savigny.«

»Oh!« Sie schlug entzückt die Hände zusammen. »Seine Mutter habe ich einmal getroffen, stell dir vor, sie ist die Schwester des Dichters Clemens Brentano und der Dichterin Bettina von Arnim! Sind auch alleinstehende Männer geladen?«

»Natürlich.«

»Sieh dich gut um.« Sie zupfte Alice den Kragen zurecht. »Und sei nicht so kratzbürstig. Adlige Herren mögen keine widerspenstigen Frauen.« Die Mutter fasste sie fest in den Blick. »Meine kleine Alice, und so erwachsen. Ich will nachher alles wissen, vor allem wer von den unverheirateten Herren mit dir gesprochen hat!«

Auf dem Weg nach unten dachte sie daran, dass Hannes behauptet hatte, sie seien sich ähnlich. Damals hatten seine Lügen sie entrüstet. Dabei log sie selbst wie gedruckt. Sie hatte Mutter erzählt, sie gehe auf ein abendliches Fest, zu dem Gemma sie eingeladen habe.

Es war absurd: Hannes war ihr näher als je zuvor. Sie fühlte sich, als würde sie ihn schon seit Jahren kennen. So wie ihren Bruder. Trotzdem ging sie mit Victor in die Oper, den sie doch gar nicht mehr liebte. Jedenfalls nicht richtig.

Mutter später Geschichten zu erzählen über die Anwesenden und die Kleider und Gesprächsthemen, würde ihr nicht schwerfallen, schließlich gab es genügend hohen Besuch in der Oper, und in der Pause würden sie sicher im Foyer einige prominente Besucher treffen und mit ihnen plaudern. Aber wer der unverheiratete Mann war, der am längsten mit ihr gesprochen hatte – das verschwieg sie besser.

Victor wartete wie vereinbart an der Schlossfreiheit. Er wies den Kutscher an, auf dem Bock sitzen zu bleiben, stieg aus und half ihr in den Wagen. Der Platz war von den Fenstern der elterlichen Wohnung aus nicht zu sehen. Und von den Dienstboten im Schloss konnte ja niemand ahnen, dass sie gerade etwas Verbotenes tat.

Er trug seine weißen, wildledernen Handschuhe und die Paradeuniform mit der weißen Hose. Noch nie hatte er seine Paradeuniform getragen, wenn sie gemeinsam ausgegangen waren. Der blaue Waffenrock bildete einen herrlichen Kontrast zum Weiß der Hose. Wie passgenau er saß! Wie die goldenen Knöpfe blitzten! Sie konnte verstehen, dass so viele Frauen sich einen Offizier angelten.

»Du siehst bezaubernd aus, Alice.«

»Du auch«, sagte sie.

Die Kutsche fuhr an. Eigentlich eine Verschwendung, dachte sie, für die paar Meter zum Opernplatz die Droschke zu nehmen. Andererseits durfte der Kaninchenfellmantel auf keinen Fall schmutzig werden, den sie sich von Mutter geliehen hatte. Und die Stiefeletten blieben so ebenfalls sauber für die Oper. Mit jedem Atemzug stieg ihr der Duft des No. 4711 Eau de Cologne in die Nase. Sie hatte es reichlich verwendet.

Ein letztes Mal noch Luxus, dachte sie.

Es war berauschend, sich schön und begehrenswert zu fühlen. Victor sah zu ihr herüber. Gefiel sie ihm wirklich?

Die Hufe der Pferde schlugen einen fröhlichen Rhythmus auf das Straßenpflaster. Sie fuhren in einer Reihe von Droschken, sicher waren die meisten davon zur Oper unterwegs. Als sie den Platz vor dem Zeughaus passierten, dachte sie: Hier sind die Schüsse gefallen, von denen Hannes erzählt hat. Ihn hatten knapp die Kugeln verfehlt, aber an seiner Seite waren Menschen gestorben. Nur stockend hatte er es erzählen können, so aufgewühlt war er gewesen. »Hast du gehört«, fragte sie, »dass es heute Schüsse gab?«

»Die ganzen letzten Tage gab es Schüsse.«

»Aber heute wurden Aufständische auf offener Straße niedergeschossen. Weißt du davon?«

Er nahm ihre Hand, legte sie sich auf den Arm und tätschelte sie. »Mach dir keine Sorgen. Wir haben alles im Griff.«

»Alles im Griff?«, entfuhr es ihr höhnischer, als sie gewollt hatte. »Ihr schießt auf wehrlose Bürger.«

»Wehrlose Bürger, die das Straßenpflaster aufreißen und uns mit Steinen bewerfen. Aber Alice, wir sind auf dem Weg in die Oper. Mir ist jetzt nicht nach Streitereien darüber.«

Sie sah eine Weile stumm auf die Häuserfronten. Dann sagte sie: »Entschuldige.« An ihrer Tonlage war deutlich zu hören, dass sie ihn nicht wirklich um Verzeihung bat.

Die Hofoper, das größte Opernhaus Europas, glich mit ihrem Säulenvorbau einem griechischen Tempel. Droschke um Droschke ratterte heran und entlud ihre edlen Fahrgäste. Victor und sie mussten in der Schlange warten, bis sie ebenfalls vor das Portal fahren und aussteigen konnten.

»Vergiss heute mal die Unruhen in der Stadt«, sagte er, als er ihr die Hand reichte, um sie beim Aussteigen zu stützen. »Heute gibt es nur dich und mich.«

Sie gingen die Treppe hinauf, vor sich und hinter sich feine Herrschaften, ausländische Gesandte, Ministergattinnen, Fabrikanten. Die Männer waren in Paletots gekleidet. Am Kragen waren die Mäntel mit Biberfell besetzt. Die Damen trugen Pelzstolen aus Silberfuchs mit echten Tierköpfen. Alice sah voller Neid ihre Stiefeletten, sie besaßen einen Absatz, das war das Neueste, Ottilie hatte auch solche Stiefeletten mit Seitenverschluss und Gummibandeinsatz und einem Absatz, der das Bein länger und schlanker wirken ließ und das Gesäß betonte.

An der Garderobe fiel ihr auf, dass die Mäntel der Herren, die vor ihnen an der Reihe waren, innen mit Hunderten kleiner Hamsterfelle gefüttert waren. Die Herren strichen ihren schwarzen Frack glatt und die glänzende Weste und gaben ihre Zylinderhüte ab. Und die Mäntel der Damen! So viele Zobelpelze hatte sie noch nie versammelt gesehen. Sie schämte sich, Victor ihren billigen Mantel aus Kaninchenfell zu übergeben. Er nahm sich fast ärmlich aus zwischen den Zobeln, sie hatte das Gefühl, dass sich die Leute nach ihr umsahen und die Stirn runzelten.

Ein Logenschließer brachte sie zu ihrer Loge im ersten Rang und rückte ihr den Stuhl zurecht. Gab ihm Victor ein Trinkgeld? Wenn er es getan hatte, dann so unauffällig, dass sie es nicht bemerkt hatte.

Neben ihnen saß ein älteres Ehepaar. Die Dame roch nach Vanille, sie trug sicher eines der teuren französischen Parfüms von Pierre-François Pascal Guerlain, die gerade so beliebt waren.

Alice war seit zweieinhalb Jahren nicht mehr hier gewesen, das Schulgeld war erhöht worden und ließ Opernbesuche einfach nicht mehr zu. In einer Loge hatte sie überhaupt noch nie gesessen, bisher war ihr Platz immer im Heer der roten Stühle gewesen, auf das sie jetzt hinabsehen konnte. Über ihrer Loge erhoben sich noch drei weitere Ränge bis zum Dach hinauf. Die prunkhafte Ausstattung in Gold und Rot verlieh dem prachtvollen Raum Würde. Vorne links befand sich die königliche Loge. Sie konnte nicht erkennen, ob jemand von der königlichen Familie anwesend war, denn deren Mitglieder saßen zurückgezogen in ihrer Loge und lehnten sich nicht über die Brüstung, was den hohen Herrschaften auch nicht recht zu Gesicht gestanden hätte. »Ist der König da?«, fragte sie.

»Zusammen mit Königin Elisabeth, ja. Auch seine verwitwete Schwester, die Großherzogin von Mecklenburg-Strelitz, ist heute dabei, heißt es.«

»Warum ist die Oper seinerzeit eigentlich abgebrannt?«, fragte sie. »War ein Kerzenleuchter umgekippt?« Jetzt war alles neu gestaltet mit Gasleuchtern, die Kerzen waren abgeschafft. Man sah keine Spur mehr von der Zerstörung.

»Sie haben das Militärballett *Der Schweizer Soldat* gegeben, und am Schluss gab es wie immer einen Schuss. Dabei hat ein glimmender Gewehrpfropfen einen Vorhang entzündet.«

»Was ein einziger Schuss auslösen kann …«

»Das wollen wir jetzt nicht vertiefen.«

Was das gekostet haben musste, dieses prunkvolle Gebäude neu zu errichten! Sie würde nachher Vater fragen, er – nein. Sie würde ihn nicht fragen. Er durfte nicht erfahren, dass sie hier gewesen war.

Die Musiker betraten den Orchestergraben. Es gab ersten Applaus. »Diese Kapelle«, sagte Victor, »gibt es seit Vierzehnhundertnochwas.«

Er will, dass ich ihm dankbar bin, dachte Alice. Er will bewundert werden, als wäre es seine Oper. Auch Victor war nicht egal, was die anderen dachten und fühlten. So unabhängig, wie er sich gab, war er gar nicht.

Alice ließ ihren Blick über den Zuschauerraum schweifen. Hier saßen die oberen Tausend der Stadt. Seit Jahrhunderten lauschten sie der Königlichen Hofkapelle. Die Frau, die Victor heiratete, würde künftig ebenfalls zu den namhaften Familien Berlins gehören. »Hat nicht Felix Mendelssohn Bartholdy die Kapelle geleitet?«, fragte sie.

»Nur die Sinfoniekonzerte. Vor sechs Jahren, glaube ich.«

Die Dame neben ihr räusperte sich. Offensichtlich störte sie, dass Victor und sie redeten. Das Kleid der Dame besaß einen Kragen aus Schwanenpelz, völlig alltagsuntauglich, nur für die Oper oder ein Hoffest wurde so etwas geschneidert. Die starken Oberfedern waren ausgerupft worden, geblieben war der weiche Flaum, der ihren Hals umschmeichelte. Der tote Schwan tat Alice leid. Am liebsten hätte sie den Schwanenpelz berührt, um ihn postum zu trösten und den Schmerz wegzustreicheln.

Die Musiker stimmten ihre Instrumente. Wieder fiel ihr Hannes ein. Was würde er zum wilden Missklang sagen, dem disharmonischen Durcheinandertönen von Oboen, Klarinetten und Querflöten? Und sicher fielen ihm gute Witze ein über die etepetete Gesellschaft hier. Die Schwanenpelzdame mit dem Vanilleduft hätte er längst durch einen frechen Kommentar brüskiert.

Ich mag ihn, diesen Wildfang, dachte sie. Gleich war da wieder das Flämmchen in ihrem Bauch.

Andererseits, war es nicht dasselbe Muster wie mit Victor? Hannes kam als Ehemann für sie nicht infrage, und schon deshalb war er reizvoll für sie. Hatte sie einfach Angst vor dem eintönigen Alltag einer verheirateten Frau?

Vor Victor hatten alle sie gewarnt, sie sahen einen Casanova in ihm, einen Schürzenjäger ohne den Willen zur Treue. Er weiß, dass er sich das bei mir nicht leisten darf, hatte sie gesagt, sonst hat er mich verloren. Sie hatte behauptet, er habe dazugelernt und sei ein anderer geworden. Und eine Weile lang hatte das auch gestimmt, bis er der Gräfin verfallen war.

Und nun? Warum zeigte er sich in der Öffentlichkeit mit ihr? Wollte er sie tatsächlich heiraten? Wenn er mit ihr vor den Traualtar trat, würde sie es fortan gut haben. Sein Gerede von Schulden war Jammern auf hohem Niveau gewesen. Sie wusste genau, was ein Premierleutnant verdiente, zudem schossen ihm seine Eltern jeden Monat eine stattliche Summe zu. Wenn er das Hasardspiel sein ließ, würde sie Konzerte und Opern besuchen, feine Kleider tragen, hätte es immer warm und würde sich an den teuersten Speisen laben. In ein paar Jahren, wenn sie Kinder hatten, würden die Kleinen von Dienstboten und einer Gouvernante versorgt werden und erhielten die besten Lehrer. Victor würde viel außer Haus sein, wenn es hoch kam, würden sie am Tag für eine Stunde zusammen sein, um zu essen. Sie würde leben wie ihre Mutter. Was tat die eigentlich den ganzen Tag? Sie zählte das Silberbesteck, um zu prüfen, ob etwas fehlte, und putzte mit Hirschhornpulver und Spiritus ihre Juwelen, weil sie die guten Stücke niemandem sonst anzuvertrauen wagte. Brauchte sie Abwechslung, dann schimpfte sie Bettine aus oder machte Spaziergänge im Tiergarten, höchstens gab sie mal eine Teegesellschaft. Sollte das ihr Leben sein, in Watte gepackt und immer gleich?

Entschied sie sich allerdings für Hannes, müsste sie ihre Kinder selbst aufziehen, und es würde oft nicht genug zu essen geben. Auf ihr Erbe konnte sie kaum zählen, die Eltern würden wohl kein Wort mehr mit ihr sprechen, wenn sie derart hinter ihren Hoffnungen zurückblieb, was den Ehemann und die Zukunft der Familie anging. Sie würde zerschlissene Kleider tragen, was ihr gehörte an guter Garderobe, würden sie verkaufen müssen, um über Notlagen hinwegzukommen, da machte sie sich keine Illusionen. Das Gute war: Jeder Tag würde anders aussehen. Sie würden gemeinsam für das Wohl ihrer Familie kämpfen müssen. Und es würde zu lachen geben, jede Menge, denn sie war sicher, Hannes würde für die Kinder aus einer kümmerlichen Kartoffel ein Drachenei machen.

Es wurde still, knisternde Spannung senkte sich über den Saal. Das Publikum schwieg erwartungsvoll. Allmählich wurde das Gaslicht heruntergedreht. Alice blickte ein letztes Mal über die Zuschauermenge hinweg, über Silberbrokat, Atlas und Seide. Saß da ein Kind zwischen den Erwachsenen? Ein blondes Mädchen, in der dritten Reihe!

Die Musik setzte ein, die Overture wechselte von Moll in Dur, behutsam. Das Mädchen ließ sie an das typhuskranke Kind denken. Sie sah es vor sich: die Augen geschlossen, auf der Stirn die schweißnassen Löckchen. Sein Atem war stoßweise gegangen, es hatte um sein junges Leben gerungen und hatte doch unweigerlich verlieren müssen. Dieses Mädchen hörte keinen einzigen Ton Musik mehr.

Auf der Bühne sang die Vertraute des königlichen Ehrenfräuleins: »Euch umgibt des Reichtums Fülle, Gnad' und Ehr' wird Euch zuteil.« Die Lady antwortete: »Und aus Gold und Purpurhülle gähnt erschöpft die Langeweil'.«

Ein Lord Tristan wollte ihr Herz gewinnen, er schlug Hahnenkampf vor, Hetzjagd, Eselreiten, Pferderennen, eine Wasserfahrt. Sie wies ihn angeödet ab.

Alice dachte an den Schmutz im Feuerland und an die abgemagerten Kinder, die im Rinnstein stocherten. War das gerecht? Warum saß sie hier, und diese Kinder bekamen nie im Leben die Chance, einen solchen Ort zu sehen? Jeder Zobelpelz dieser feinen Leute war mehr wert als der Jahreslohn eines einzigen Jungen, der als Laufbursche in der Fabrik arbeitete.

Reiß dich zusammen, ermahnte sie sich, du verdirbst dir den ganzen Abend! Sie fasste Victors Hand. Einmal noch wollte sie träumen, sie hätte den Weg des Wohlstands eingeschlagen. Als die Lady ihrem Lyonel versprach, dem Glanz und dem Schimmer zu entsagen, und ihm den Blumenstrauß gab, träumte sie sich in Victors Arme.

Nach der Aufführung blieben sie noch lange im Foyer. Victor stellte sie seinen Freunden vor, allesamt höhere Offiziere, die ihr Komplimente machten. Die Frauen versuchten, Victors Blicke auf sich zu ziehen, aber er blieb standhaft.

Als sie endlich nach draußen traten, glänzte das Straßenpflaster vom Regen. Die Luft war frisch und roch nach erdigem Wasser. Es musste geschüttet haben, während sie in der Oper waren. Jetzt waren kaum noch Wolken da, die Sterne zeigten sich am Himmel.

Das war's, dachte sie. So stark empfand sie den Abschied, dass sie beinahe zu weinen begann, nicht weil es sie frustrierte, sondern weil die Größe des Augenblicks sie zu sehr aufwühlte. Ihr war, als würde sie morgen auf einen völlig neuen Kontinent reisen.

Victor half ihr in die Droschke und nannte das Schloss als Zielort. Der Kutscher tat so, als führe er jeden Tag dahin, kommentarlos nahm er die Zügel auf.

Kaum dass sie anfuhren, nahm Victor die Decke vom Sitz gegenüber und legte sie über ihre Beine. Herrlich, wie fürsorglich er war! Konnte Hannes das auch? Im Grunde wusste sie doch fast nichts über ihn.

Sie sah eine Gestalt über den Zeughausplatz taumeln, einen Mann. Bleich und orientierungslos wankte er von einer Laterne zur nächsten. War das etwa … Hannes? Hatte ihn eine Kugel verletzt? Nein, er musste betrunken sein. Furchtbar sah er aus, kaum mehr er selbst. Plötzlich blieb er stehen und schwankte nicht und blickte vor sich auf den Gehweg, als sähe er dort etwas liegen. Also war er doch nicht alkoholisiert? Im Schein der Gaslaterne sah sie sein tränennasses Gesicht.

Es schien wirklich Hannes zu sein. Oder das schlechte Gewissen spielte ihr einen Streich. Sie überlegte, ob sie die Kutsche anhalten lassen und zu ihm gehen sollte, schon allein um sich Gewissheit zu verschaffen, dass er es wirklich war. Aber Victor würde dann einen Wutanfall bekommen und ihn niederschlagen, damit war keinem geholfen.

Hannes sah hoch. Verwirrt folgte sein Blick der Kutsche, sprang von ihr zu Victor und zurück.

Deshalb hat sie mir vorhin nicht zuhören wollen, dachte Hannes. Sie war mit diesem Monstrum von Offizier verabredet. Es ist ihr egal, dass wir auf der Straße erschossen werden. Dieses ganze Verständnis für die Nöte der Armen ist doch geheuchelt. Für die Reichen sind wir ein interessanter Fall, so wie sie Schmetterlinge einfangen und sie auf Nadeln spießen und mit kalter Neugier betrachten. Sie reden über die Typhuswelle im Feuerland und über den Hunger und die Arbeitslosigkeit, aber es betrifft sie nicht. Sie haben ihre Kutschen und ihre Pferde und ihre schönen Kleider und Gebäck und Kaffee und ein Bankkonto, das Woche für Woche Zinsen abwirft.

Wir sind ihnen gleichgültig.

Ich bin Alice gleichgültig.

Die Verzweiflung, die ihn den ganzen Nachmittag niedergedrückt und gequält hatte, verwandelte sich in Wut. Erst hatte ihn der Offizier gedemütigt und ihm den Stiefel ins Kreuz gedrückt. Dann hatten seine Soldaten Clara erschossen. Und jetzt stahl er ihm Alice.

Es reichte. Meinten sie wirklich, sie konnten das ungestraft so machen? Kutte hatte recht behalten. Er, Hannes, musste sich entscheiden, auf welcher Seite er kämpfen wollte. Und es wurde höchste Zeit, dass sie kämpften.

Mit weit ausgreifenden Schritten machte er sich auf den Heimweg. Er nickte den Gruppen von Aufständischen, die ihm entgegenkamen, grimmig zu. In der Wohnung nahm er Bleistift und Papier und schrieb:

An den König von Preußen

Du hast's gewagt! Der Würfel fiel,
Du hast den Rückweg Dir verrammelt

Wie weiter? *Durch Schüsse auf dein gutes Volk …* Nein. *Durch Ströme Blut …*

Durch Ströme Blut willst Du zum Ziel
Wo Dir die Wut noch Flüche stammelt.
Doch auf dem schuldbelad'nen Haupt
Wankt schon die blutbefleckte Krone
Längst war dein Lorbeerkranz entlaubt,
Herab! Herab von Deinem Throne!

Alle Enttäuschung, allen Zorn legte er in die Worte. Endlich hatte er ein Ventil für sein Entsetzen. Wie sie Clara am Fuß der Linde auf den Boden gelegt hatten. Wie sich auf ihrem Kleid der rote Fleck ausgebreitet hatte. Die Augen hatten offen gestanden, aber sie hatten nichts mehr angeblickt.

Was war mit Claras Kindern? Die kleinen Jungen verstanden doch gar nicht, was hier vorging! Sie würden Monate brauchen, bis sie begriffen, dass ihre Mutter niemals wiederkam.

Und Alice und ihre Familie im Schloss mit ihrem selbstherrlichen Interesse an der Welt, während sie wie die Made im Speck lebten! Auch sie würden sich umgucken, wenn jetzt die Wut des Volkes losbrach.

Ha! Stolzester der Fürsten Du,
Weh Dir, Dein Stern muss ganz erbleichen.
»Fluch« donnern Dir die Völker zu.
»Fluch« sprechen stumm die kalten Leichen.
Ha! Hat der Himmel keinen Strahl?
Hat denn die Erde keine Schlünde?!
Hat denn der Tod nicht eine Qual!
Die keines Menschen Geist ergründe?!

O! Alles! Alles ruf ich an,
Es fall auf Dich gekrönter Henker;
Dumpf braus es an Dein Ohr heran.
»Du bist verworfen, Völkerhenker!«
Ha! Könnt an den Kometen ich
Dich fesseln eng mit glüh'nden Streifen
Dass diese Rute Gottes Dich
Mög durch das ganze Weltall schleifen!

Ha! Zittre Heuchler, Scheusal nur
Der Rache Tag wird Dich ereilen
Noch feucht ist jenes Blutes Spur
Die Wunden können nimmer heilen.
Du darfst nicht länger atmen mehr,
Pest bringt Dein Hauch, er weht Verderben,
Blut macht die Sündenschale schwer
Verworf'ner! – Ha! – Du, Du musst sterben!

Mit dem Zettel in der Faust ging er nach draußen. Der Mond schien in die Pfützen. Wo würde er Kutte finden? Er machte sich auf die Suche und klapperte die Orte ab, an denen sich Kutte für gewöhnlich aufhielt. Überall hatte man ihn gesehen heute Abend, in jeder Tabagie, in jeder Kellerkneipe war er gewesen. Die Leute redeten über Clara und die anderen Erschossenen. Sie versteckten Messer unter der Kleidung. An den Straßenecken wurden Wachposten mit Knüppeln aufgestellt.

Endlich, vor der Villa Bella am Oranienburger Tor, traf er ihn. Sicher war er nicht wegen der Prostituierten gekommen, nicht an einem Tag wie heute. Er redete im Schein einer Laterne zu einer Gruppe von schlesischen Tagelöhnern. Nach London wanderten die Iren ein und bildeten dort den niedrigsten und ärmsten Bevölkerungsanteil. In Petersburg waren die Finnen und in Kopenhagen die Jüten der dreckige Kaffeesatz der Gesellschaft. In Berlin waren es die Schlesier.

Schlesien war berühmt für seine landschaftliche Schönheit. Aber die neuen Webstühle machten die Menschen dort bettelarm, es gab nicht mehr genügend Arbeit und Lohn für sie. So wanderten sie nach Berlin aus. Schlesier erledigten hier die schwere, schlecht bezahlte Arbeit. Sie schufteten an der Ramme, leisteten Karren- und Handlangerdienste und bekamen dafür beschämend wenig Geld. Die Berliner fühlten sich ihnen überlegen und verachteten sie. Ein Berliner Arbeiter konnte von den Löhnen nicht leben, mit denen sich die Schlesier abspeisen ließen. Aber die Schlesier sparten noch dabei und schickten etwas in ihre Heimat zurück. Sie schliefen zu acht oder mit zehn Mann in einem Loch, das man kaum Kammer nennen durfte, und aßen Abfälle. Nur an seltenen guten Tagen gab es mal Kartoffeln oder einen Hering. Die Körper der Schlesier starrten vor Schmutz. Und doch waren sie gutmütige, heitere Menschen. Das Elend konnte sie nicht brechen.

In dieser Nacht würde es zu keinen Prügeleien zwischen Berliner Handwerksgesellen und den Schlesiern kommen. Die Schlesier hörten Kutte zu. Sie nickten, sie knurrten kurze Worte, und ihre Hände ballten sich zu Fäusten. Kutte würde sie mit auf die Barrikaden holen.

Als er sich von den Schlesiern abwandte, reichte Hannes ihm wortlos das Blatt mit seinen Versen.

Kutte hob es ins Licht der Laterne und las mühsam. Mit jeder Zeile hellte sich seine Miene auf. »Willkommen bei uns. Ich wusste, du würdest die richtige Entscheidung treffen. Das lasse ich noch heute Nacht drucken.«

20

Julius wälzte sich im Bett hin und her, er schwitzte. Wegen seines trockenen Rachens musste er sich ein Glas Wasser holen. Mathilde kraulte ihm den Nacken, um ihn zu beruhigen, aber es half nichts. Er tat stundenlang kein Auge zu. Erst gegen drei Uhr fiel er in einen oberflächlichen Schlaf.

Am Morgen rasierte er sich, hieß das Zimmermädchen die Uniform ausbürsten, aß einen Apfel und kleidete sich an. Mathilde wünschte ihm Glück und küsste ihn. Das Zimmermädchen polierte noch einmal die Stiefel. Dann ging er zum Schloss.

Weil er zu früh dran war, nahm er einen Umweg an der Spree entlang. Aber statt ihn zu beruhigen, machte ihn das Gehen noch nervöser, die Beine gaben seinen Gedanken einen unguten Takt vor. Er bog in die Brüderstraße ein. An ihrem Ende sah er schon das Schloss. Von außen wirkte das Gebäude, als könne keine Revolution ihm je etwas anhaben. Fenster folgte auf Fenster in einer endlosen Reihe, und die prachtvoll verzierten Portale kündeten von der Macht des Königs. Das Schloss hatte seit Jahrhunderten jedem Sturm getrotzt. Es hatte schon hier gestanden, als an der Stechbahn noch Ritterspiele stattgefunden hatten. Julius passierte die Volpische Konditorei, die im Fenster Torten anbot, die Buchhandlung Ernst Mittler & Sohn mit ihren Regalen voller Bücher und anschließend den Lotterieladen Matzdorff. Die Familie Matzdorff verkaufte den Traum vom schnellen Geld. Das Bankhaus Jacquier & Securius daneben bot Zinsen an für jene, die nicht bloß davon träumten, sondern bereits Geld besaßen.

In der Konditorei Josty hing ein lebensgroßes Gemälde des Königs an der Wand, und ihm zu Füßen tranken pensionierte Offiziere ihren Kaffee, zeigten sich ihre Narben und schwelgten in Erinnerungen an 1813. Julius meinte, bis nach hier draußen den Geruch der malkontenten alten Männer wahrzunehmen. Das Schloss stand trutzig daneben und belächelte die Szenerie. Es ging mit der Zeit, wo es nötig war. Seit ein paar Monaten wurde das Gebäude von über zweitausend Gasflammen erleuchtet. Und weil die Häuser Berlins gewachsen waren, wuchs auch das Schloss und erhielt eine Kuppel, die über alle Dächer hinausragte.

Würde es dem neuen Sturm standhalten, der es bedrohte? Von ihm würde man jetzt Pläne erwarten, wie das zu schaffen war. Und die Wahrheit war: Er hatte keine.

Er spürte, wie ihn der Schweiß unter den Achseln kitzelte, als er das Schloss betrat. Früher hatte er Stolz empfunden, wenn er seinen Fuß in dieses Gebäude setzte. Ihm war es wie ein Wunder erschienen, dass er jeden Freitag zum König vorgelassen wurde. Nicht einmal der Kriegsminister oder der preußische Außenminister sahen ihn so oft, nur die beiden Kabinettsminister und er, Minutoli, gehörten zum innersten Zirkel. An diesem Gedanken hatte er sich gelabt. Die Zeit des Königs war das kostbarste Gut in Preußen. Friedrich Wilhelm las zweihundert bis dreihundert Briefe jeden Tag und traf ungezählte Entscheidungen. Die beiden Kabinettsminister vertraten das gesamte Ministerium, alles musste erst ihnen angedient werden, damit sie es anschließend gebündelt vor den König brachten. Nur er, Julius von Minutoli, brauchte nicht durch dieses Nadelöhr zu kriechen, er sprach direkt mit Seiner Majestät, dem König von Preußen.

Vielleicht bin ich heute das letzte Mal hier, dachte Julius. Und vielleicht ist es am Ende das Wichtigste, was ich in meiner Laufbahn als Berliner Polizeipräsident geleistet habe. Er hatte in den letzten Monaten die Straßenreinigung forciert und etliche Straßen neu pflastern lassen. Er hatte die Gasbeleuchtung ausgedehnt, eine Marktverordnung für die Wochenmärkte eingeführt, war streng gegen die Bettelei vorgegangen und hatte Übungen für die Rettungsmannschaften der Feuerpolizei angesetzt. Seine Kommissare hatten Verbrecher entlarvt und ins Gefängnis gebracht. Aber all das waren Nichtigkeiten im Vergleich zu der Aufgabe, vor der er heute stand.

Warum warteten die Flügeladjutanten vor dem Vortragszimmer? Der König schickte sie doch nie aus dem Raum, sie dienten ihm als Feder und Notizbuch, er vertraute ihnen. Verunsichert grüßte sie Julius und betrat das Zimmer. Es war leer. Aus der königlichen Wohnung hörte er die Stimmen der beiden Minister. Fürchtete Seine Majestät, belauscht zu werden, und hatte er die Beratungen deshalb tiefer in die Wohnung verlegt?

Eine Weile stand er unschlüssig da. Ungeladen in die königliche Wohnung vorzudringen, erschien ihm frevelhaft. Dann aber sagte er sich, dass es auf diesen einen Tabubruch heute auch nicht mehr ankam. Er folgte den Stimmen und durchquerte mit angehaltenem Atem das königliche Schlafzimmer und die Garderobe. Als er in das Arbeitszimmer Friedrich Wilhelms trat, sah er durch die Glaswand im Wohnzimmer schon die Minister stehen. Der König sah ihn und winkte ihn herein.

Das Wohnzimmer des Königs befand sich im ehemaligen Chorraum der gotischen Erasmuskapelle, durch eine Glaswand abgetrennt von der Apsis, dem heutigen Arbeitszimmer. Gegenüber der Glaswand stand ein Bücherregal, durch das hindurch der König ungesehen ins Schlafzimmer der Königin gelangen konnte. Vor den Büchern standen die beiden Minister mit Seiner Majestät, dem König von Preußen.

Friedrich Wilhelm sah ungnädig aus. Kürzlich hatte die Behauptung, der König habe »ein gemeines Fleischergesicht«, einen Studenten vor Gericht gebracht. Angesichts des so griesgrämig dreinblickenden Herrschers musste Julius dem Studenten recht geben.

Ein charismatischer Anführer war er jedenfalls nicht mit seiner Halbglatze, dem Backenbart und den kurzsichtigen, blinzelnden Augen. Sein Leib war feist, jeden Moment drohten die Knöpfe von der Uniform zu platzen. Deshalb nannte ihn die Familie oft »Dicky« oder »Butt«, was natürlich auf keinen Fall nach draußen dringen durfte.

Staatsminister Ludwig Gustav von Thile sagte: »Es steht wieder einiges über den Umsturz in Wien in den Zeitungen. Das stachelt die Leute auf.« Der Mann war ein langjähriger Freund des Königs, die Berliner nannten ihn »Bibel-Thile«, weil Gebet und Glaube an Gott ihm so wichtig waren, er zählte zu den Pietisten. Ein versöhnlicher, gewissenhafter Mann. Sicher würde er nie in Ungnade fallen.

Der König wandte sich an Julius mit der Frage: »Wie sieht es bei der Bürgerwehr aus?«

»Die Schutzkommissionen? Treffen sich wie vereinbart um fünf Uhr in den Schulen in ihrem Stadtviertel. Sie rücken in Abteilungen von je zehn Personen aus.«

»Gelingt es ihnen, Volksansammlungen zu zerstreuen?«

»Immer wieder, ja. Die Maurer und die Zimmerer machen jetzt auch mit, und die Fleischer. Die Schützengilde wird sogar uniformiert auftreten und mit Seitengewehren, die anderen natürlich nur mit Schutzbinde.«

»Gut, gut. Ich möchte keine weiteren Volksaufläufe haben.«

Julius schluckte. Begriff der König nicht? »Ich fürchte, das wird kaum zu verhindern sein, Majestät.«

Innenminister Ernst von Bodelschwingh warf ihm einen warnenden Blick zu.

Er, Julius, war der Jüngste hier im Raum. Die beiden Minister waren in ihren Sechzigern, der König Mitte fünfzig. Die drei schienen einer Meinung zu sein, während er ein Bote der fremden Welt da draußen war. Aber Bodelschwingh und Thile mussten die Gefahren kennen. Sie fürchteten offenbar nur, den König mit den schlechten Nachrichten zu überfordern oder zu erzürnen.

»Wie meinen Sie das?«, fragte der König.

Dieser Mann besaß die Macht, die Berliner Bevölkerung mit Kanonen zusammenschießen zu lassen, er besaß die Macht, Frieden zu stiften und dringend benötigte Reformen einzuführen, er konnte Kriege beginnen und beenden.

Friedrich Wilhelm war ein brillanter Redner, das musste man ihm lassen. Mit seiner Begabung, unterhaltsam und fesselnd zu erzählen, hatte er das Volk schon bei seiner Antrittsrede verblüfft. Und er zeichnete mit Leidenschaft, so wie Julius selbst. Es hieß, er habe als Kind mit der Bleifeder fantastische Landschaften gemalt, die er sich ausdachte. Heute entwarf er antike Rundtempel, römische Landhäuser, Viadukte.

Aber für die Bedürfnisse seines Volks schien er blind zu sein.

»Gestern wurden vor dem Zeughaus Aufständische niedergeschossen. Seitdem wird überall in der Stadt unverhohlen die Revolution gepredigt«, erklärte Julius.

Der König winkte ab. »Aufrührerische Reden werden schon lange geschwungen.«

»Das mag sein. Aber jetzt werden ihnen Taten folgen. Mehrere Spitzel haben mich gewarnt.«

Der König sah zu den beiden Ministern. »Was sagen Sie dazu?«

Bodelschwingh errötete. »Der größte Teil der Bevölkerung steht loyal hinter Euch. Und wir haben genügend Militär zusammengezogen. Es besteht keine Gefahr, die Stadt an dahergelaufene Aufrührer zu verlieren.«

Bevor Thile etwas Ähnliches äußern konnte, trat Julius einen Schritt auf den König zu. »Majestät, mit Verlaub, es werden so viele aufgebrachte Bürger sein, dass Eure Soldaten in den engen Straßenschluchten nicht mehr ihrer Herr werden können. Ihr müsstet den Entschluss fassen, mit Kanonen auf Euer Volk zu schießen. Wollt Ihr das wirklich tun?« Nun musste er es aussprechen, gleich kam das gewagte Wort. Er dachte an Humboldt. So wollte er nicht enden. »Was wir brauchen, sind Reformen.«

Die Minister warfen sich Blicke zu.

»Mir gefällt es nicht, wenn mein Volk mich zu erpressen versucht«, polterte der König, »es sollte aus voller Überzeugung hinter mir stehen, das ist seine Pflicht, so wie es meine Pflicht ist, es gut zu regieren. Ich lasse mir keine neuen Gesetze abringen, als wären wir Gegner, das Volk und ich. Das sind doch Ausländer, die meine guten Berliner aufhetzen! Franzosen sind das, und Polen. Oder etwa nicht?« Er warf einen hilfesuchenden Blick zu Thile.

Der bestätigte. »Es gibt gewisse Hinweise, dass sich aufrührerische Polen und Franzosen unter das Volk gemischt haben, ja.«

Julius konnte es nicht fassen. »Aber natürlich sind Polen in der Stadt! Haben Sie vergessen, dass wir gerade einen Jahrhundertprozess gegen Aufständische aus der Provinz Posen geführt haben?«

»An was für Reformen haben Sie denn gedacht?« Die Lippen des Königs wurden schmal.

Er sieht mich an, dachte Julius, als wäre ich einer der Aufrührer. Als würde ich die Reformen fordern. Wenn ich jetzt die Forderungen der Bürger aufzähle, ist das der endgültige Bruch mit dem König. »Diese Flugschrift ist heute aufgetaucht«, sagte er und übergab das Blatt dem König. »Man hat bereits neun Exemplare im Polizeipräsidium abgegeben. Aber nicht alle Eure Untertanen sind so loyal. Eine unbekannte Zahl an Exemplaren der Schrift wird im Volk weitergereicht.« Üblicherweise schützte man den König vor solchen Beleidigungen, man verschwieg sie. Aber er musste ihm den Ernst der Lage begreiflich machen.

Der Text bestand aus Ohrfeigen, in Worten dargebrachten Ohrfeigen. Konnte der König zwischen dem Verfasser und ihm, dem Überbringer, unterscheiden? Was, wenn er ihn in Festungshaft steckte? Wie sollte es dann Mathilde und den Kindern ergehen?

Friedrich Wilhelms Gesicht erblasste beim Lesen. Dann färbte es sich rot und erblasste wieder. Wo war er gerade? Bei *Wankt schon die blutbefleckte Krone*? Oder beim *gekrönten Henker*?

»Wer hat das verfasst?« Das Blatt zitterte in der Hand des Königs.

»Wir wissen es nicht. Ich nehme an, dass es letzte Nacht hergestellt wurde, vervielfältigt mit einer Handpresse. Damit schafft man dreihundert Exemplare die Stunde. Wo die Presse steht und wer den Text geschrieben hat, ist noch unklar.«

»Ich will, dass Sie diesen Kerl fangen und öffentlich aufhängen!«

»Majestät, Euer Zorn ist verständlich, aber –«

»Noch nie hat mich jemand derart beleidigt! Sie gehen nicht mit der gebotenen Härte gegen die Aufständischen vor, Minutoli, ganz offensichtlich haben diese Kerle jeglichen Respekt vor Krone und Land verloren.« Der König reichte das Blatt an die Minister weiter. »Sehen Sie sich das an, meine Herren, sehen Sie sich diese Widerwärtigkeit an.«

Die beiden steckten die Köpfe zusammen und lasen. Ihre Augen weiteten sich.

»Vergesst für einen Moment den Verfasser der Flugschrift«, bat Julius. »Majestät, wenn jemand so etwas zu vervielfältigen wagt und es nur neun Menschen gibt, die das Blatt bei der Polizei abgeben, und Hunderte, die es behalten oder weiterreichen, dann sind wir nicht mehr weit von einer Revolution entfernt. Wollt Ihr einen Krieg haben in Eurer eigenen Stadt? Oder den Menschen lieber Reformen zusagen, die sie besänftigen?«

»Was für Reformen genau?«

Da waren sie, die bitteren Worte. Ausgerechnet er musste aussprechen, was der König nicht hören wollte. »Pressefreiheit, ein freies Versammlungs- und Vereinigungsrecht und vor allem eine preußische Verfassung.«

Beim Wort »Verfassung« zuckte der König zusammen.

Ernst von Bodelschwingh sagte: »Ich stimme zu.«

Der König fuhr herum. »Sie?«

»Herr von Minutoli hat recht. Wir brauchen die Reform. Nur so können wir ein schreckliches Blutvergießen vermeiden.«

Damit hatte Julius nicht gerechnet, dass ihm der Innenminister zu Hilfe kam. Vielleicht hatte er nur darauf gewartet, dass sich jemand mit ihm aus der Deckung wagte? Ein warmes Gefühl von Siegesgewissheit durchströmte ihn.

Der König zog sein Taschentuch hervor, schnäuzte sich und blickte dann starr zu Boden. Es war still im Raum, niemand wagte, ihn in seinen Gedanken zu stören. Nach kurzem Nachdenken stopfte er wütend das Taschentuch wieder in seine Rocktasche und entschied: »Also gut. Wir veröffentlichen eine Proklamation, die unseren Reformwillen deutlich macht. Dadurch wird der Revolution ein Damm gesetzt. Das Volk wünscht sich Freiheit und Mitbestimmung – dann geben wir ihnen Pressefreiheit und ziehen die Einberufung des Vereinigten Landtags vor.«

Bodelschwingh nickte. »Das ist der richtige Weg, Majestät. So nehmen wir den Aufrührern den Wind aus den Segeln. Ich würde allerdings zusätzliche Schritte empfehlen. Eine große Zahl an Unzufriedenen wünscht sich ein einiges Deutschland. Wie wäre es, wenn wir unseren Bundesgenossen ein Bundesbanner vorschlagen und eine gemeinsame Flotte? Gut wären auch ein deutsches Bundesgericht und ein allgemeines deutsches Heimatrecht samt Freizügigkeit. Ich bin mir sicher, wenn wir das bekannt geben, wenn wir sagen, dass wir den gegenwärtigen Staatenbund der deutschen Völker in einen vereinten Bundesstaat zu verwandeln bestrebt sind, würde das eine Woge der Euphorie im Volk auslösen. Stellt Euch das vor, ein deutscher Zollverein, gleiche Münzen, gleiche Maße und Gewichte.«

Der König rang um Luft.

Bodelschwingh aber hatte sich in Fahrt geredet. Jetzt war sich Julius sicher, dass sich all das lange in ihm angestaut hatte. Er hatte nur nicht gewagt, es zu äußern. Bodelschwingh sagte: »Wenn wir außerdem noch zusichern würden, darauf hinzuwirken, dass es in allen deutschen Ländern eine konstitutionelle Verfassung geben soll, würden –«

»Das ist ausgeschlossen!«, donnerte der König. »Wollen Sie, dass ich vollends das Gesicht verliere? Soll ich, nur weil das Volk auf die Straße geht, meine Haltung in sämtlichen Punkten ändern? Jeder würde wissen, dass ich das nicht freiwillig getan habe. Da kann ich gleich die Krone abgeben. Niemals wird das Volk regieren, indem es mich dazu zwingt, seine frechen Wünsche zu erfüllen!«

»Deshalb müssen wir es erscheinen lassen, als hätten wir Euch schlecht beraten. Ihr habt erkannt, dass die Regierung einen Irrweg eingeschlagen hat, und habt aus freiem Entschluss Reformen eingeleitet.« Bodelschwingh pausierte einen Moment. »Majestät, ich möchte Euch ersuchen, mich aus meinem Amt zu entlassen.«

Der König glotzte ihn an, als habe sich der Minister gerade in einen Frosch verwandelt.

»Ich kann nicht Innenminister bleiben, wenn wir die notwendige Reform vornehmen. Sonst würdet Ihr tatsächlich wankelmütig erscheinen. Gern bin ich bereit, für das Volk als Vertreter des Alten dazustehen. Ihr seid der Neuerer, Majestät, und die Bewahrer des Alten müssen gehen.«

Friedrich Wilhelm rieb sich nachdenklich über das Kinn.

Da räusperte sich Thile. »Ich biete ebenfalls meinen Rücktritt an. In meiner Person soll kein Hindernis liegen, wenn Ihr es für nötig erachtet, die Regierung neu zu gestalten.«

»Nicht Sie auch noch, werter Freund«, begehrte der König schwach auf.

Aber Thile nahm seinen Vorschlag nicht zurück.

Friedrich Wilhelm wandte sich in seiner Verzweiflung an ihn, Julius. »Halten Sie das etwa für eine gute Maßnahme, die Minister abzusetzen in einer solchen Krise?«

Sicher hatten die beiden Männer heute Morgen nicht geahnt, dass sie ihren Rücktritt anbieten würden. Aber sie wirkten, als seien sie ernsthaft bereit zu diesem Schritt. »Es könnte das Volk mit Euch versöhnen und so am Ende Preußen dienen«, sagte er.

»Mir gefällt es überhaupt nicht.« Friedrich Wilhelm trat an das Bücherregal heran und verharrte dort eine Weile. Als er sich wieder umdrehte, stand ihm Feuchtigkeit in den Augen. »Aber meinetwegen. Zuerst suchen wir einen neuen Staatsminister. Ist der gefunden, möge er entscheiden, ob er ein neues Ministerium bilden oder an die Spitze des alten treten möchte. Außerdem werden wir den Vereinigten Landtag früher einberufen. Zum … Was wäre das Früheste, das wir verantworten können?«

Staatsminister Thile dachte bereits nach. »Sonntag, der neunte April.«

»Papperlapapp. Wir berufen ihn zum zweiten April ein. Wo geben wir die Proklamation bekannt?«

»Am besten in einem Extrablatt der *Allgemeinen Preußischen Zeitung*«, schlug Bodelschwingh vor. »Und in Anschlägen überall in der Stadt.«

»Lassen Sie mich allein«, sagte der König. »Ich habe genug gehört und muss Entschlüsse fassen.«

Gehorsam traten die Herren nach draußen. Es herrschte Schweigen, die Schwere des Augenblicks hatte ihnen die Sprache verschlagen. Schließlich reichte Ernst von Bodelschwingh dem Polizeipräsidenten die Hand. »Ich möchte Ihnen danken.«

»Wofür?« Julius stutzte. »Sie haben gerade Ihr Amt verloren.«

»Ich habe es nicht verloren, lieber Minutoli. Dank Ihrem Mut habe ich es wiedergefunden.«

Hannes hielt Kara einen der letzten Mehlwürmer hin. Sie zog ihn behutsam zwischen seinem Daumen und Zeigefinger heraus und verschlang ihn. Anfangs waren ihre Augen blau gewesen. Inzwischen hatten sie eine braune Färbung angenommen.

Wie bei uns, dachte er. Menschen kamen doch auch mit blauen Augen auf die Welt, und später wandelte sich bei manchen die Farbe. Alice hatte braune Augen. Schöne, wache, in einem honigfarbenen Braunton. Dass sie ihn hintergangen hatte, war ihm unbegreiflich.

Kara putzte sich den Schnabel, sie streifte ihn am Ast ab, um Mehlwurmreste zu entfernen.

»Du musst bald fliegen lernen«, sagte er. »Hörst du? Ich gehe fort. Ich kann mich nicht mehr um dich kümmern.«

Würde sie allein bestehen können? Der größte Feind der Krähen war der Habicht. Er lauerte im Geäst und wartete auf eine einzelne Krähe. Pfeilschnell flog er sie von hinten an, um ihr die Krallen ins Fleisch zu schlagen. Bemerkte ihn die Krähe rechtzeitig, warf sie sich auf die Seite oder ließ sich nach unten fallen, und der Habicht schoss vorüber. Aber nur wenige entgingen ihm.

Flogen die Krähen jedoch in einem Schwarm, sah die Lage anders aus. Dann zögerte der Habicht. Gegen ihre Masse wusste er nichts auszurichten. Sie wehrten sich gegen Angriffe. Bemerkten sie einen Raubvögel, vertrieben sie ihn sogar aus ihrem Revier, sie, die Schwächeren!

Mochte sein, dass die Habichte des Königs besser bewaffnet waren. Aber wenn es ihnen, den Schwachen, gelang, eine Masse zu werden, dann konnten auch die Gewehre der Soldaten nichts mehr ausrichten.

Hätten auf dem Platz vor dem Zeughaus nicht zweihundert, sondern zweitausend Aufständische gestanden, dann hätte sich der Hauptmann gut überlegt, ob er auf sie anlegen ließ.

Zärtlich streichelte Hannes Kara den Kopf.

Er musste daran denken, wie er als Kind gebettelt hatte, bis die Mutter endlich mit ihm zur Signalstation gegangen war. Dort hatte sie ihm erklären müssen, wie eine telegrafische Nachricht von Berlin nach Koblenz gelangte und wie lange das dauerte. Er wollte wissen, wie der Telegrafenwärter die mechanischen Winker bediente und was er da für Zeichen weitergab, und ob der nächste Telegrafenwärter sie auch wirklich immer richtig erkannte.

Doch wem nützte diese Technik? Dem König, dessen Reich sich von Westfalen und der Rheinprovinz bis in den Osten nach Königsberg erstreckte. Er musste wissen, wo es Aufruhr gab, um rechtzeitig seine Truppen schicken zu können. Das hatte er als Kind in seiner Begeisterung nicht begriffen. Die Telegrafenwärter winkten von Koblenz bis Berlin, um dem König die Macht zu erhalten.

Auch die Börse half den Reichen. Sie hatten Eisenbahnaktien gekauft, sorgenfrei, denn das königliche Kabinett garantierte damals bei Eisenbahnaktien eine gute Rendite. So hatten sie rasch ihren ursprünglichen Einsatz verdreifacht. Als sich die Sache herumsprach und auch die ärmeren Bevölkerungsschichten ihr Erspartes in Eisenbahnaktien anlegten – Kutscher, Dienstmädchen, Briefträger –, gab es die Garantie nicht mehr, und die Reichen waren clever genug gewesen, die Aktien wieder zu verkaufen. Anschließend folgte der große Zusammenbruch, und das einfache Volk verlor, was es dem Sparstrumpf entnommen hatte.

Die mächtigen Familien hatten Jahrtausende genutzt, um die Welt zu ihren Gunsten einzurichten. Sie stellten den König. Die Zeitungen schrieben nur, was ihnen gefiel, durch die Zensur hatten sie die Presse fest im Griff. Und wenn einer aufbegehrte, schickten sie das Heer, um ihn und seine Mitstreiter mundtot zu machen.

Dem Volk blieb nur ein einziges Mittel, um sich zur Wehr zu setzen: sich in einer großen Anzahl zu versammeln.

Sein Entschluss stand fest. Er würde an Kuttes Seite kämpfen. Schießen würde er nicht, er nahm kein Gewehr in die Hand. Aber er würde Kutte helfen, weitere Unterstützer zu finden, und wenn es zum Zusammenprall mit der Armee kam, würde er mit

Kutte auf der Barrikade stehen. Einer musste doch darauf aufpassen, dass er sich im richtigen Augenblick zurückzog und seine Leute neu formierte. Kutte wurde schnell übermütig.

Wenn der Aufstand glückte, blieb er hier und richtete sich einen Laden ein. Die Armen würden dann mehr Geld haben, und es würde einen Ansturm auf preiswerte Kleidung geben. Scheiterte der Aufstand, würde er nach Hamburg flüchten, bevor die Verhaftungswelle einsetzte, und von seinem Ersparten eine Überfahrt nach Amerika buchen.

Es tat gut, über das Heute hinauszuplanen. Es lenkte ihn von dem glühenden Keil ab, der in seinem Fleisch saß und bei jedem Atemzug stechende Schmerzen verursachte: dem Gedanken an Alice.

Er kauerte sich vor die Truhe und nahm das Lexikon in die Hand. Es wog schwer, auf der Flucht würde es ihn behindern. Aber er hing daran. Wo er auch war, ob in Preußen, auf dem Schiff nach Amerika oder in New York, im Brockhaus zu lesen, würde ihn beruhigen und ihm das Gefühl geben, dass die Welt geordnet war.

Er vernahm Schritte auf der Treppe. Ihm stockte der Atem. Sie holen mich, dachte er. Als die Schritte vor seiner Tür verstummten, sprang er auf und stürzte zum Fenster.

Das vereinbarte Klopfzeichen. Er nahm die Hand vom Fenstergriff. Er ging zur Tür und öffnete. »Junge, hast du mich erschreckt.«

Kutte trat ins Zimmer. »Pack deine Sachen. Du musst untertauchen. Sofort.«

»Haben die rausgekriegt, dass der Text von mir ist?«

»Irgendwer muss geredet haben.«

»Mist.«

»Unten warten zwei Schlesier, die nehmen dich erst mal mit. Morgen bringe ich dich zu Kanalarbeitern, guten Kumpels von mir, die halten dicht. Und übermorgen finden wir schon was. Du darfst jetzt nirgends länger als eine Nacht bleiben.«

»Irgendwann verpfeift mich jemand.« Er hatte Kutte helfen wollen. Hatte an seiner Seite bleiben wollen. »Ich muss die Stadt verlassen. Am besten gehe ich gleich nach Hamburg.«

»Weißt du, wie man Kaninchen fängt? Man lässt ein Frettchen in ihren Bau kriechen, und wenn sie fliehen, wartet am Ausgang schon das Netz.«

»Du meinst, die haben Posten an den Stadttoren?«

»Mit Sicherheit. Die warten dort auf dich.«

Er setzte sich auf die Truhe und stützte die Stirn in die Hand. »Mist, Mist, Mist.«

Kutte fragte: »Hast du ein scharfes Messer?«

»Wozu?«

»Denk mal nach, du Kartoffelhirn. Wenn sie dich fassen, stichst du zu.«

Warum nur hatte er das Geld vom Sparbuch noch nicht abgehoben! Er musste Kutte zur Bank schicken. »Wussten sie meinen vollen Namen? Oder hatten sie nur den Vornamen und eine Beschreibung?«

»Ein Offizier war da, ein Feldwebel, glaube ich. Er wusste, dass du Hannes heißt, und konnte dich gut beschreiben.«

Hannes sprang auf. »Wann war das? Und wo?«

»Vor ein paar Minuten. Vorn, bei Borsig.«

Er stürzte nach draußen, rannte die Treppe hinunter. Stürmte an den verdutzten Schlesiern vorbei. Alles, was er denken konnte, war: Alice.

22

Kurz vor der Weidendammer Brücke holte er Ludwig ein. Zwei Gefreite begleiteten ihn. Eine Weile lief er hinter den Dreien her und fragte sich, was er tun sollte. Vielleicht irrte er sich, und Ludwig war gar nicht wegen Alice gekommen, sondern tatsächlich, um ihn festzunehmen.

Aber er konnte nicht ertragen, jetzt nach Hamburg abzuhauen und es nie zu erfahren. Verrückt war das. Wegen Alice kam er noch ins Gefängnis. Er überholte sie und fragte: »Herr Feldwebel Gauer, dürfte ich Sie einen Moment stören?«

»Hannes! Ich habe gerade nach Ihnen gesucht.« Ludwig wandte sich an die Gefreiten: »Wartet auf der anderen Seite der Brücke auf mich.«

Sie salutierten und entfernten sich.

Hannes hüpften die Worte von der Zunge. »Geht's Alice gut?«

»Kommen Sie, wir spazieren ein Stück.« Ludwig steuerte in Richtung der Brücke. »Sie haben meine Schwester gern, nicht wahr?«

Das Blut schoss ihm ins Gesicht. Er suchte nach einer passenden Antwort.

Ludwig sagte: »Ich sehe es Ihnen an.« In der Mitte der Brücke blieb er stehen, stützte sich auf die Brüstung und sah zur Spree hinunter. »Alice ist eine dumme Gans.«

»Mir kommt sie eher klug vor.«

»Klug? Ich muss Ihnen leider sagen, dass sie auf einen Offizier hereingefallen ist, der mit seiner Masche den unterschiedlichsten Frauen nachstellt. Sie denkt, sie könnte ihn ändern.«

»Ich hab sie gesehen, gestern Abend.«

Ludwig seufzte und bedachte ihn mit einem mitleidigen Blick. Dann sagte er: »Er ist wie dieses neue Instrument aus Paris, kennen Sie es?«

»Was meinen Sie?«

»Das Instrument ist nach seinem Erfinder benannt, Adolphe Sax.«

»Hab's noch nie spielen gehört.«

»Ein grässliches, quäkendes Ding. Es ist wie diese Zeit, in der wir leben – nervös und laut. Und genauso ist Victor von Stassenberg. Hinter der goldenen Fassade verbirgt sich nur heiße Luft.«

Er dachte an Alices Kuss, an ihr Lachen. Sie war so voller Güte und Wärme. »Wie kann es sein, dass Ihre Schwester sich von ihm täuschen lässt? Irgendwann müssen ihr doch die Augen aufgehen.«

»Ich fürchte, das passiert erst, wenn's zu spät ist. Sie will ihn heiraten.«

Während es in seinen Ohren rauschte und ihm die Stirn kalt wurde vor Bestürzung, wurde ihm klar, dass er immer noch gehofft hatte. Er hatte davon geträumt, wie er in Amerika sein Glück machen und von dort Briefe an Alice schreiben würde. Und sie würde sich besinnen und ihm nachreisen. Er hatte sich eingeredet, dass sie doch noch zusammenfinden konnten. Aber war sie erst verheiratet, war alles verloren.

Ludwig sagte: »Ich würde mir wünschen, dass sie ein glückliches Leben führt.«

Leise antwortete er: »Ich auch.«

»Dann kämpfen Sie um sie.«

»Aber was kann ich gegen einen Offizier ausrichten? Er ist adlig, er sieht gut aus, er kann ihr alles bieten!«

»Geben Sie immer so schnell auf?« Ludwig drehte sich zu ihm hin. »Victor von Stassenberg kann ihr einiges bieten, aber nicht alles. Alice hat mir erzählt, was sie an Ihnen mag: Sie haben Humor, Sie bringen sie zum Lachen. Ihre erfrischende Sicht auf die Welt tut ihr gut. Und Sie können Dinge *sehen*. Das haben sie ihm voraus. Wenn Sie Alice wirklich mögen, lassen Sie sie jetzt nicht im Stich. Sie ist kurz davor, den größten Fehler ihres Lebens zu machen.«

Ihm war, als kehre das Leben in ihn zurück. Plötzlich liebte er Berlin, jeden Stein, jede Welle auf der Spree. Er liebte das Flüstern des Windes in den Blättern der Uferbäume. Er liebte die Tauben, die unter der Brücke saßen und gurrten. Er liebte die Wolken am Himmel. »Können Sie mich ins Schloss bringen?«, fragte er.

»Alice ist noch in der Schule.«

»Gut. Ich muss da sein, wenn sie nach Hause kommt.«

Das Polizeipräsidium am Molkenmarkt betrat Julius als ein neuer Mann. Er war kein Handlanger der preußischen Regierung mehr. Er hatte die Zukunft des Landes mitgestaltet. Die Arbeit bekam wieder einen Sinn. Jetzt galt es, die Stadt zu retten.

Als Kriminalkommissar Rothe eintrat und ihn voller Bewunderung ansah, meinte er, sein folgenreicher Auftritt im Schloss habe sich bereits herumgesprochen.

Rothe sagte: »Sie hatten recht, Herr Polizeipräsident. Er ist Waffenschmuggler.«

Wen meinte er? Julius musste einen Moment nachdenken, bevor er das Gesagte zuordnen konnte. »Woher wissen Sie das?«, fragte er.

»Er ist uns auf den Leim gegangen. Er will die dreißig Sensen haben.« Rothe legte ihm ein Stück Papier auf den Schreibtisch.

Also auch hier Erfolg auf der ganzen Linie! Himmel, konnte das glücklich machen, wenn einem gelang, was man anpackte. Julius beugte sich über das Schriftstück. Es trug die penible, saubere Schrift eines Telegrafenbeamten.

NEPOMUK HEUTE 1 UHR IN NOWAWES.
ERWARTE SIE AM BAHNHOF IN POTSDAM. Q.

»Q ist Ihr Kontaktmann?«, fragte er.

Rothe bejahte.

Mit Schwung zog er seine Taschenuhr hervor und klappte sie auf. »Kommen Sie mit acht Gendarmen zum Potsdamer Bahnhof für den Zug um elf Uhr dreißig. Und bringen Sie Hunde mit.«

»Wie Sie wünschen, Herr Polizeipräsident. Aber meinen Sie, dass wirklich acht Sergeanten vonnöten sind? In diesen unruhigen Tagen brauchen wir jeden Mann auf den Straßen.«

»Unterschätzen Sie den Schmuggler nicht. Er hat einen unserer besten Agenten getötet. Und vergessen Sie nicht, es geht nach Nowawes. Gehen Sie davon aus, dass der ganze Ort gegen uns arbeitet.«

Pulverdampf zog in Schwaden über die Waldsenke. »Sie sind jetzt Tirailleure«, rief der Franzose, »Sie sind als Schützen Einzelkämpfer! Warten Sie nicht auf die anderen, suchen Sie sich ein Ziel und schießen Sie!«

Kutte biss eine weitere Papierpatrone ab, schüttete das Pulver in den Lauf, setzte die Kugel auf und fixierte alles mit einem Filzstopfen. Er stieß die Kugel mit dem Ladestock im Lauf fest, lehnte sich seitlich an den Baum, hob das Gewehr, spannte den Hahn und zielte.

Die Schüsse der anderen krachten, Kugeln zerfetzten die Zielscheiben. Er wartete noch einen Moment, dann betätigte auch er den Abzug. Der Schuss versetzte ihm einen schmerzhaften Schlag gegen die Schulter. Vom lauten Knall sangen ihm die Ohren. Schon wieder hatte er nur den Rand der Zielscheibe durchlöchert. Die glatten Läufe schossen einfach nicht genau, sein Gewehr war veraltet. Die anderen, die mit den gezogenen Läufen, trafen leichter.

Und es gefiel ihm nicht, dass dieser Dicke so lange auf den Franzosen einredete. Wer war das überhaupt? Mit seinem hängenden Augenlid kam er ihm irgendwie bekannt vor, aber er konnte sich nicht entsinnen, wo er ihn schon einmal gesehen hatte. Jedenfalls spielte er sich ganz schön auf dafür, dass er noch nie mitgeübt hatte. Statt sich ein Gewehr zu erbitten und wie alle anderen das Laden und Zielen zu drillen, sah er sich prüfend die Schützen an, gab herablassend Hinweise und stahl jetzt auch noch dem Franzosen die Zeit.

Kutte lehnte das Gewehr an den Baum und trat ebenfalls zum Franzosen. Hängeauge erzählte gerade etwas von einer Lieferung Sensen, die er ganz in der Nähe aufgetan habe und bereit sei, den Aufständischen zu verkaufen.

»Wo kriegen Sie so etwas her?«, fragte der Franzose mit seinem drolligen Akzent.

»Beziehungen. Die Sensen sind schon gerade geschmiedet, sie stehen den Seitengewehren der Armee in nichts nach, damit können Sie sich im Nahkampf bestens behaupten. Brauchen Sie alle dreißig, oder wollen Sie eine Teillieferung kaufen?«

Kutte drängte sich in das Gespräch. »Ich bin Kutte.« Er reichte dem Dicken die Hand. »Und Sie?«

Widerwillig schlug der Mann ein. »Nenn mich einfach Nepomuk.«

»So, Nepomuk. Wer schickt dich? Ich habe dich auf unseren Versammlungen noch nie gesehen.«

Der Mann musterte ihn unbeeindruckt. »Du hast hier das Sagen oder wie?«

»Die Männer hören auf mich, ja.«

»Tja, ihr braucht mich.« Der Dicke zog großspurig den Rotz hoch und spuckte auf den Waldboden. »Das preußische Militär gibt im Jahr sechsundzwanzig Millionen Taler aus. Und ich helfe euch, mit euren paar Tacken dagegen anzukommen.«

Der Franzose runzelte die Stirn. »Das ist Unsinn. Wenn das Heer nicht meutert, sind wir sowieso verloren. Gegen ausgebildete Soldaten können wir unmöglich ankommen.«

Kutte war entsetzt. »Und wozu üben wir dann hier?«

»Damit man uns ernst nehmen muss«, erklärte der Franzose. »Mit ihren Geschützen können sie jede Barrikade einnehmen. Allerdings müssen sie die Geschütze erst mal in die Straßen fahren. Das machen wir ihnen schwer. Und wenn eine Barrikade fällt, errichten wir eine neue, ein paar Kreuzungen weiter. Die Berliner müssen das Donnern der Kanonen hören, damit ihnen klar wird, dass der König sein Volk verrät.«

»Und dann?«

»Dann schlägt sich das Heer auf die Seite des Volkes. Oder die Sache endet schlecht.«

Hängeauge folgte ihrem Gespräch mit undurchdringlichem Gesichtsausdruck. Schließlich sagte er: »Ich wüsste eine Abkürzung.«

Fragend sah ihn der Franzose an. Ich will sie nicht hören, dachte Kutte, verzieh dich von hier. Er war ohnehin schon schlecht gelaunt, weil er Hannes nirgends hatte auffinden können. Womöglich saß der Freund längst in einem Gefangenentransport nach Spandau oder Moabit. Der einzige Trost war, dass sie die Gefängnisse stürmen würden, wenn sie erst einmal stark genug geworden waren.

Nepomuk sagte: »Tötet ein paar Regierungsmitglieder, oder noch besser: den König. Ihr füllt eine Flasche mit Schießpulver, steckt eine Zündschnur hinein und deponiert sie an passender Stelle im Schloss. Im richtigen Zeitpunkt zündet ihr die Schnur an und verschwindet.«

Der Franzose schüttelte den Kopf. »Das ist wenig heldenhaft. Und damit verlieren wir das Vertrauen der Bevölkerung. Außerdem müssten wir zu viele Patronen opfern, um an genügend Schießpulver zu gelangen.«

Hängeauge sagte: »Lasst das mal meine Sorge sein. Haltet euch einfach an mich. Ich besorge das Schießpulver.«

Wie zu Kindern redete er auf sie herab. Kutte platzte der Kragen. »Erbärmlich, wie du hier Ratschläge verteilst. Wetten, du hast dich verzogen, sobald der Straßenkampf losgeht? Ich hab dich noch keinen Schuss abgeben gesehen. Du kannst nur große Töne spucken.«

Nepomuk sagte leise. »Ich habe dich beobachtet, Kutte. Für einen Anführer schießt du ein bisschen zu oft daneben, findest du nicht?«

»Noch ein Wort, du Pissnelke, und ich schneid dir die Eier ab.« Mit dem Dicken wurde er fertig, ganz sicher.

Wortlos ging Hängeauge zum Baum, an dem Kuttes Gewehr lehnte, nahm es hoch, lud und legte an. Seine Bewegungen sahen geschmeidig aus, als machte er das zum tausendsten Mal. Er feuerte und traf die Mitte der Zielscheibe. Er lud erneut, legte an, schoss. Ein zweites Loch brannte sich dicht neben das erste ein.

Die anderen senkten die Gewehre. Voller Ehrfurcht starrten sie den Mann an. Jeder seiner Handgriffe strahlte Erfahrung aus. Er schoss erneut. Auch der dritte Schuss war ein Volltreffer.

Nepomuk setzte das Gewehr ab. »Beim preußischen Militär«, sagte er, »steht die Zielscheibe bis zu dreihundert Schritt entfernt. Dreihundert! Sie ist nicht rund wie ein Kuchen wie eure läppischen Attrappen, sondern besitzt die Form eines Menschen. Jede Scheibe enthält vier verschiedene Trefferzonen, und es werden Schusslisten geführt. Man trägt entsprechend dem Treffer die Zahlen eins, zwei, drei oder vier ein. Nach den Resultaten werden die Schützen in vier Klassen eingeteilt. Für die vierte Klasse muss man sich schämen als Soldat. Ihr alle« – er sah in die Runde – »seid von einer vier noch weit entfernt.«

Die Männer schwiegen.

»Aber die Soldaten üben nicht nur, auf unbewegliche Scheiben zu schießen. Sie montieren den Holzmenschen an einen Karren und fahren den Karren über den Übungsplatz. Dann reißen sie das Gewehr hoch und schießen auf das bewegliche Ziel.«

»Hast du einen Rat für uns?«, fragte einer der Männer kleinlaut.

»Allerdings. Haltet eure Munitionskästen versteckt. Preußische Plänkler sind dazu ausgebildet, zuerst auf die Munitionskästen zu schießen, und wenn die neben euch hochgehen, ist das Nächste, was ihr erlebt, der Tag der Auferstehung. Sehen sie keinen Munitionskasten«, – er wandte sich Kutte zu, – »schießen sie auf die feindlichen Offiziere.«

»Das kümmert mich einen Dreck«, sagte er.

Nepomuk setzte das Gewehr ab und kehrte zu ihm und dem Franzosen zurück. »Vielleicht versteht ihr jetzt, weshalb ihr Klingen braucht. Mit den Gewehren allein werdet ihr nicht viel ausrichten. Die Soldaten montieren eine Bajonettklinge an ihr Gewehr. Sie stellen sich beim Nahkampf so, dass ihr Körper durch Gewehr und Bajonett möglichst gedeckt ist. Dabei stoßen sie nach dem Gegner mit dem Ziel, dass der Stich ihn tötet oder durch Verwundung kampfunfähig macht. In der Ausbildung lernen sie vor allem Stöße nach dem Gesicht, der linken Hand, dem Arm oder dem vorstehenden Knie. Alternativ heben sie den Gewehrkolben und schmettern ihn auf den Kopf oder die Brust des Gegners. Ihr habt es mit Männern zu tun, deren Beruf das Töten ist. Das solltet ihr nie vergessen.«

In der Einsteighalle waren die Polizisten rasch auszumachen, ihre Uniformen mit den roten Kragen stachen aus der Kleidung des restlichen Reisevolks heraus. Julius durchmaß die Halle. Als er näher kam, warfen sich die Hunde in die Leinen, um ihn zu beschnuppern. Sie waren gut erzogen und bellten nicht, aber ihre Gier nach neuen Gerüchen konnten sie nicht verleugnen. Er hielt den Beutel höher. Sie sollten sich nicht jetzt schon am fremden Geruch berauschen. Erst wenn sie in Nowawes waren, würde er ihnen den Inhalt des Beutels zu riechen geben.

Die Dobermannpinscher besaßen eine breite, muskulöse Brust und einen schlanken Leib. Herrschaftlich hingen ihnen die Lefzen herunter. Er wusste, Kriminelle fürchteten diese Hunderasse, die sie ehrfurchtsvoll Gendarmenhund nannten. Karl Friedrich Dobermann, ein Hundefänger und Steuereintreiber aus Apolda, hatte sie gezüchtet, indem er Hütehunde mit Pinschern und Rottweilern kreuzte und deren Abkömmlinge mit Doggen, Deutsch-Kurzhaar und Jagdhunden und diese Mischlinge schlussendlich mit Greyhounds und Terriern.

Ein Hundefänger, der selbst einen Hund züchtete – das war ihm immer abscheulich erschienen. Aber die Dobermannpinscher besaßen Mut und eine gewisse Schärfe, die den Schäferhunden fehlte. Sie leisteten gute Dienste in der Polizeiarbeit.

Julius verteilte die nummerierten Platzkarten an die Sergeanten. Sie fuhren mit den Hunden im offenen Wagen zweiter Klasse, er fuhr entsprechend seiner Amtswürde in einem geschlossenen Wagen erster Klasse. So sparten sie fünf Silbergroschen pro Person, in der ersten kostete die Fahrt nach Potsdam siebzehneinhalb, in der zweiten nur zwölfeinhalb Groschen. Er würde das Geld seiner Behörde noch brauchen, wenn es an die Aufräumarbeiten nach der verhinderten Revolution ging. Überhaupt hatte er heute schon einen ordentlichen Batzen Geld ausgegeben, damit die Hunde Nepomuks Duftspur aufnehmen konnten.

»Und kein Wort zu den Mitreisenden«, schärfte er den Beamten ein. »Nepomuk hat seine Ohren überall. Nördlich von Nowawes gibt es ein Waldgebiet, ich vermute, dort hat er sich versteckt. Wenn er vorgewarnt wird, stehen unsere Chancen schlecht.«

Das Abläuten rief die Passagiere zum Zug.

»Gute Reise, die Herren.« Er wandte sich am Bahnsteig den noblen Wagen zu, während seine Männer die Hunde ans andere Ende des Bahnsteigs führten, wo die offenen Wagen auf die gewöhnlichen Reisenden warteten.

Er zeigte seine Fahrkarte. Der Wagenschließer öffnete ihm die Tür und ließ ihn einsteigen. Eine fein gekleidete Dame und zwei Herren saßen bereits im Abteil, sicher fuhren sie nach Sanssouci. Er grüßte höflich und sah dann aus dem Fenster. Am zweiten Gleis des Bahnhofs wurde gerade eine Dampflokomotive gedreht. Das war an den Endbahnhöfen nötig, da die Lokomotiven nur vorwärts mit ihrer Höchstgeschwindigkeit fahren konnten. Sie war auf eine runde Scheibe gefahren worden, und jetzt hievten ein halbes Dutzend Männer die Lok herum, indem sie das Gleis auf der beweglichen Scheibe drehten. Drei Männer schoben eine Stange, die anderen hatten die Hände an die Lok gelegt und stemmten sich dagegen. Eine moderne Lokomotive war es, eine mit waagerechten Zylindern.

Ein lang gezogener Pfiff, das Signal zur Abfahrt, zerschnitt die Luft. Die Lok zischte und schnaufte. Ein Ruck ging durch den Wagen. Allmählich kam der Zug ins Rollen. Die Lok keuchte behäbig, während sie an der Drehscheibe vorüberfuhren, an der die Männer sich immer noch mit der anderen Lok abmühten. Mit jeder Sekunde wurde der Zug schneller. Sie fuhren hinaus auf die Felder vor Berlin. Windmühlenräder drehten sich. Bauern pflügten mit ihren Pferden die Äcker.

Schon verlangsamte sich wieder die Fahrt, und sie erreichten das Dorf Schöneberg. Quietschend kam der Zug zum Halt. Nur wenige stiegen zu. Die Lok fuhr schaufend an. Nun erhöhte sich die Geschwindigkeit des Zuges, bis er jene atemberaubende Schnelligkeit erreichte, mit der die Eisenbahnen ihren Sieg über alle sonstigen Mittel der Fortbewegung erlangt hatten.

Julius sah auf seine Taschenuhr. Die Fahrt nach Potsdam würde etwa vierzig Minuten dauern. Ein gewaltiger Unterschied zur bisherigen Reise per Postkutsche – die hatte von Berlin nach Potsdam dreieinhalb Stunden gedauert und zudem zwanzig Silbergroschen gekostet.

Er lebte in einer wahrhaft historischen Zeit. Alles veränderte sich. Er, Julius von Minutoli, fuhr auf der ersten preußischen Eisenbahnstrecke, noch vor wenigen Jahren hatte es überhaupt keine Eisenbahn in Preußen gegeben. Hier hatte alles begonnen, und inzwischen kam man mit der Eisenbahn in achteinhalb Stunden nach Hamburg oder mit einer anderen Linie in viereinhalb Stunden nach Magdeburg. Dagegen die Strecken, für die es noch keine Eisenbahnlinie gab! Von Posen nach Frankfurt an der Oder reiste er per Postkutsche über zweiundzwanzig Stunden, und dann erst konnte er in den Zug umsteigen und kam von Frankfurt bis Berlin mit der Eisenbahn in weniger als drei Stunden.

Die Menschen würden künftig mehr reisen. Und die Orte, die an eine Eisenbahnstrecke angebunden waren, würden wirtschaftlich erblühen. Kein Wunder, dass sich die Städte und Dörfer darum rissen, einen Haltepunkt zu bekommen.

So wie Steglitz, in dessen Nähe sie gerade anhielten. Der Zug bremste auf freiem Feld. Es gab eine Ausweichstelle und einen Feldweg zum Dorf. In Zehlendorf sah es nicht besser aus, auch da lag der Halt mitten auf der Wiese. Wenn es nach ihm gegangen wäre, hätten diese mickrigen Käffer keinen Haltepunkt bekommen. Aber scheinbar hatten sie gute Fürsprecher gehabt, und inzwischen fuhren etliche Berliner hierher, um in der Natur spazieren zu gehen und anschließend in einem Gasthaus einzukehren. Auch aus seinem Zug stiegen ein Dutzend Leute aus.

Der Zug nahm erneut Fahrt auf und tauchte in den Wald ein. Hier drückte das kühlere Klima den Rauch der Lok nieder auf die Waggons, der Qualm zog am Fenster vorüber, und obwohl es geschlossen war, roch man den Kohlestaub. Angewidert hielt sich die Dame den Zeigefinger unter die Nasenlöcher.

»Das geht gleich vorüber, Madame«, sagte er.

Sie nickte.

Eine hohe, glatte Stirn hatte sie und einen süßen Mund. Sofort schämte er sich, dass er sie so intensiv betrachtete. Er liebte doch seine Mathilde! Trotzdem sah er nach einer kurzen Pause wieder zu ihr hin. Der Mund war herrlich geformt, er gab der

Frau diese mädchenhafte, pralle Erscheinung. Wenn sie lächelte, sah sie sicher umwerfend aus.

Konzentriere dich auf deine Aufgaben!, herrschte er sich an und sah aus dem Fenster in den Kiefernwald.

Nowawes. Das würde keine leichte Hatz werden. Das Dorf war ein Räubernest. Ein Großteil der Ortsbevölkerung saß im Gefängnis, und die Verbliebenen waren sicher nicht gerade gut auf Polizisten zu sprechen. Er konnte nicht damit rechnen, dass man ihnen den Weg zu Nepomuks Versteck wies, im Gegenteil, man würde ihnen Steine in den Weg legen.

Die Einwohner von Nowawes waren aus Not Diebe geworden. Sie plünderten die Felder und brachen in Potsdam in Ladengeschäfte ein, weil sie hungerten. Fast alle von ihnen waren Weber, aber die Webstühle standen verwaist. Durch den Aufstieg der Fabriken fehlte es an Aufträgen für die Heimarbeiter. Für boshaft geringe Löhne mussten sich die Weber als Tagelöhner zu Gelegenheitsarbeiten verdingen. An Tagen ohne Arbeit konnten sie ihren Familien nichts zum Essen kaufen. Wen wunderte es, dass viele auf die schiefe Bahn gerieten?

Einer wie Nepomuk hingegen war gebildet, er konnte ohne Schwierigkeiten eine sinnvolle und gut bezahlte Arbeit finden. Stattdessen säte er Krieg, um Silber zu ernten.

Julius zog einen der schwarzen Halbschuhe aus dem Beutel. Er war handgenäht und unverschämt teuer gewesen. Für dieses Geld müsste die Schnalle eigentlich aus echtem Silber sein, dachte er. Er hob sich den Schuh vors Gesicht und roch daran. Der Lederduft war von wildem und herbem Aroma. Diesen Duft gab es in Nowawes sicher kein zweites Mal.

»Sie haben Schuhe gekauft?«, fragte die junge Dame und lächelte spöttisch.

Einer der Herren runzelte die Stirn. »Da haben Sie sich aber gehörig in der Größe vertan.«

»Sie sind nicht für mich.« Er steckte den Schuh wieder ein.

»Ich nehme nur Bares«, beharrte Nepomuk. »Die Zeiten sind zu unsicher für Schuldscheine. Entweder, ihr schafft die Talerchen ran, oder ich gehe und mit mir die –« Er unterbrach sich mitten im Satz und hob den Kopf. Plötzlich hatte er etwas Marderartiges an sich, wie er die Augen verdrehte und die Nase in den Wind hielt.

»Wie sollen wir hier im Wald –«

»Shhhh«, machte Nepomuk. »Still!«

Jetzt hörte Kutte es auch. Ein Hund bellte.

Eine Spuckefaden hing zwischen Nepomuks Lippen, aber er schloss den Mund nicht.

»Das wird in Nowawes sein. Ein paar Kinder spielen mit ihrem Köter«, sagte der Franzose.

Nepomuk schüttelte den Kopf. »Nein. Das ist ein Dobermann.« Er rannte zu dem Baum, an dem seine Tasche lehnte, kauerte sich nieder und löste hektisch die Druckverschlüsse.

»Feuer einstellen«, befahl Kutte.

Der Waffenschieber zerrte ein Päckchen aus der Tasche, irgendetwas Weiches, das in Zeitung eingewickelt war.

Die Hunde schnüffelten gierig an den Halbschuhen, und am Ortsrand von Nowawes nahmen sie mit Feuereifer eine Spur auf. Die Nasen dicht über dem Boden, zerrten sie ihre Führer in den Wald. Der Verräter war hier.

Walter Unterhag hatte seine Akte über Nepomuk gut geführt. Die Hinweise, die er darin festgehalten hatte, würden letztendlich zur Festnahme des Waffenschmugglers führen.

Gerade noch hatten Schüsse im Wald gekracht, und einer der Hunde hatte mit wütendem Bellen darauf geantwortet. Waren Wildhüter Nepomuk auf die Spur gekommen, und er wehrte sich?

»Wenn er in Sicht kommt, machen Sie die Hunde los«, sagte Julius. »Und gehen Sie hinter Bäumen in Deckung. Er wird nicht zögern, auf uns zu schießen.«

Die Hunde jagten vorwärts. Immer wieder musste Julius Zweige beiseitebiegen, damit sie ihm nicht das Gesicht zerkratzten. Aber es kümmerte ihn wenig, dass ihm Dornen in die Hände stachen.

Sie hatten einen Mörder zu fassen. Einen, der aus Gewinnsucht mit den Sehnsüchten der Bevölkerung Geschäfte machte.

Er vergiftete ihre Gedanken mit Waffen und heizte das Blutvergießen an.

Für diese Jagd auf das Böse war er Polizeipräsident geworden. Er malte sich aus, wie Nepomuk panisch durch den Wald rannte, wie ihm der Schweiß über das Gesicht lief. Die Hunde ließen sich nicht abschütteln und genauso wenig er und seine Polizeibeamten.

Die Dobermänner hetzten einen Hang hinauf. Vom Hügelkamm stürzten sie sich laut bellend in die Senke. Hier waren Schießscheiben aufgestellt. Also kein Gefecht mit Waldhütern, sondern ein Übungsplatz! Fünf Zielscheiben zählte er. Drillte Nepomuk die Aufständischen? Die Hunde rannten hin und her, sodass die Sergeanten alle Kraft benötigten, um die Tiere an der Leine zu halten. »Er ist nicht mehr hier, Sie müssen die Fährte finden«, sagte Julius. »Bringen Sie die Hunde an den Rand der Senke!«

Da begann einer der Hunde, wie unter Schmerzen zu winseln. Ein weiterer stimmte ein. Der dritte Hund jaulte verwirrt, setzte sich auf die Hinterpfoten und leckte sich die Schnauze.

Julius ging auf die Knie und suchte den Boden ab. Er fand Pulverreste und eine leere Patronentasche. Seltsam – roch es hier nicht nach Fisch? Er nahm einige halb verrottete Blätter vom Vorjahr in die Hand und hielt sie sich vor das Gesicht. Der strenge Fischgeruch stach ihm in die Nase. Jetzt sah er auch einen silbrigen toten Fisch zwischen den Blättern, und dort hinten einen weiteren. Sicher waren ein halbes Dutzend Fische über die Senke verstreut.

Er stand auf. Dieser Dreckskerl. »Rothe, Sie bleiben hier bei den Hunden. Führen Sie die Dobermannpinscher weg von der Lichtung und geben Sie ihnen Zeit, sich zu erholen.« Er teilte die anderen in drei Gruppen auf und gab ihnen den Auftrag, den Wald in Richtung Osten, Norden und Westen zu durchkämmen.

»Warum lassen wir die Hunde zurück?«, fragte ihn einer der Sergeanten verwundert.

»Der Waffenschieber hat rohen Fisch auf seine Spuren gelegt. Der Geruch ist so intensiv, dass er die Sinne der Hunde betäubt.«

»Eine Kanaille ist das! Und wie lange dauert es, bis sich die Hunde erholt haben?«

Julius schüttelte den Kopf. »Bis dahin ist er über alle Berge.«

»Aber wie wollen wir ihn ohne Hunde finden?«

»Wir suchen einen Tümpel oder einen Bachlauf. Er und seine Begleiter werden versuchen, ihre Spuren im Wasser weiter zu verschleiern. Im Wasser sind sie für die Hunde unauffindbar.« Er schloss sich der Gruppe an, die gen Norden ging, und rief den anderen zu: »Suchen Sie Schlammspuren am Ufer!«

23

Mutters säuerlicher Gesichtsausdruck genügte, um ihr vollends die Laune zu verderben, gleich, als sie von der Schule heimkam und die Wohnung betrat. Sie war doch sowieso schon wütend auf sich selbst. »Was ist?«, fragte sie.

Die Mutter schwieg, so wie sie es auch bei Vater oft tat, um ihn zu bestrafen.

War sie ihr etwa auf die Schliche gekommen, was den Opernbesuch mit Victor anging? Aber das hätte kein säuerliches Gesicht, sondern Schläge und Geschrei gegeben.

Alice zog die Tür zum Musikzimmer hinter sich zu. Gestern hatte sie ihr doch haarklein von der angeblichen Feier bei Gemma erzählt, hatte Kleider beschrieben und Gespräche über 1624er Rüdesheimer Wein und literarische Salons. Mutter hatte ihr begeistert die Hand getätschelt.

Sie stutzte. Was suchte der Zettel auf dem Klavierdeckel? Sie nahm ihn und faltete ihn auf.

Liebe Alice, bist du bereit, eine kleine Reise durch das Schloss zu unternehmen?

Sie kannte diese Handschrift nicht. Die Schrift wirkte ein wenig ungelenk, auch wenn sich der Verfasser sichtlich Mühe gegeben hatte, leserlich zu schreiben. Alice drehte den Zettel um. Auf der Rückseite stand nichts. Der eine Satz war alles.

Es sah Victor ähnlich, sie an der Nase herumzuführen. Vermutlich hatte er jemand anderen gebeten, den Zettel für ihn zu schreiben, damit sie herumrätselte. Victors Schrift hätte sie sofort erkannt, da genügte ein einziges Wort. »Wie soll ich denn antworten?«, fragte sie halblaut. Sie sah hinter den Vorhängen nach. Dort war er nicht versteckt.

Zumindest war die Frage nach Mutters säuerlichem Gesicht beantwortet. Victor war zu Besuch. Hatte er um ihre Hand angehalten?

Sie war kühl und abweisend gewesen bei der Verabschiedung gestern. Vermutlich merkte er, dass er sie verlor. Das schien ihn zum Äußersten zu treiben.

Vor einem Jahr hätte sie sich nichts sehnlicher gewünscht, als Victor an die Stelle zu bringen, an der sie ihn jetzt hatte. Er machte ernst und wurde aufrecht und ehrbar. Sie hatte ihn verwandelt, ihre Geduld und ihr Zutrauen hatten ihn gewonnen. Aber während ihr damals vor Freude schier die Brust zersprungen wäre, fühlte sie sich jetzt, als habe sie ein Geschenk erhalten, das sie nicht haben wollte. Warum eigentlich?

Weil ich mich verändert habe, dachte sie. Victor möchte ein junges Mädchen haben, das ihn anhimmelt und ihm das Leben versüßt. Er braucht Bewunderung und möchte nicht eingeengt werden. Ich bin nicht mehr die, die er sich wünscht. Unser Alltag sähe so aus wie gestern, als ich ihn nach den Schüssen gefragt habe und er nicht darüber reden wollte. Ich würde ihm sehr schnell lästig werden.

Sie trat ans Fenster, müde. Da entdeckte sie einen weiteren Zettel. Er klemmte am Kaktus auf dem Fensterbrett. Eigentlich hatte Victor sich über die Kakteen immer lustig gemacht, er hasste Kakteen. Seltsam, dass er dort einen Zettel versteckte.

Hast du Hunger? Sieh bei der Pfeife deines Vaters nach.

Mutter lauerte sicher vor der Tür. Eigentlich wollte sie nicht, dass die Mutter ihr das innere Tohuwabohu ansah. Trotzdem ging sie hinaus. Sie blickte gar nicht zu Mutter hin, sie tat, als sei nichts, und sah auf Vaters Rauchtisch nach. Beim Zigarettenetui und der Türkischen Tabakspfeife lag ein Brotkanten.

Victor wollte, dass sie altes Brot aß? Mit Trauer im Bauch steckte sie den Kanten in den Mund und biss ab. Das harte

Brot zerkrümelte im Mund. So etwas wurde höchstens noch an die Schwäne verfüttert. Scheinbar wollte Victor sie arbeiten lassen für das Geschenk seines Herzens. Es kam ihr vor, als äße sie das Brot einer anderen. Er würde das ganze Spiel bei einer Frau wiederholen müssen, die ihn wirklich haben wollte.

Sie kaute so lange, bis ihr die Kiefer wehtaten und aus den Krumen ein zäher Brotbrei geworden war. Dann schluckte sie ihn herunter. Er rutschte unangenehm langsam den Hals hinab.

Bettine hatte sich heute Morgen wegen einer Grippe abgemeldet, also musste sie sich selbst etwas zum Trinken holen. Schlau, wie Victor war, würde er das einkalkuliert haben, der nächste Zettel wartete sicher in der Küche.

Die Mutter sah ihr mit ernstem Gesicht nach. Sollte sie denken, was sie wollte. Alice nahm sie sich ein Glas aus dem Küchenschrank. Was suchte der Keks im Schrank? Verwundert nahm sie ihn heraus. Unter dem Keks lag ein Zettel.

Was schmeckt dir besser: ein harter Kanten Brot mit Freude im Bauch oder dieser langweilige Keks?

Da musste sie lächeln. Solche obskuren Gedanken hätte sie Victor gar nicht zugetraut. Sie steckte den Keks in den Mund und goss sich währenddessen Limonade ein. Den schmackhaften süßen Keksbrei spülte sie mit Limonade hinunter. Harte Kanten würden bei Victors Offiziersgehalt nicht nötig sein, dachte sie. Für Männer wie Hannes waren sie der Alltag.

Sie drehte den Zettel um. Auf der Rückseite stand:

Geh auf den Schlosshof und schau dir die Pflastersteine an. Sieh genau hin! Ein Wunder wartet auf dich.

Sie setzte das Glas ab. Das hatte nicht Victor geschrieben. Es ging hier nicht um den Versuch einer Verlobung. Ihre Arme waren wie gelähmt. Sie ließ das Glas stehen und verließ die Küche. »Mutter«, sagte sie, »war in den letzten Stunden jemand hier?«

»Du kannst mir glauben, ich habe für solche Spielchen wenig übrig. Aber ich habe versprechen müssen, nichts zu sagen.«

»Wem? Wem haben Sie das versprochen?«

»Deinem Bruder.«

Ludwig? Der steckte dahinter? Aber auch seine Handschrift war es nicht.

»Wenn Sie mich mit irgendeinem Adligen oder einem Fabrikantensohn verkuppeln wollen, sage ich Ihnen gleich, das wird nichts.« Sie ging zurück ins Musikzimmer und schloss die Tür. Sie hatte jede Lust an dem Rätselspiel verloren.

Als sie sich auf den Klavierhocker gesetzt und den Deckel des Instruments geöffnet hatte und gerade die Finger auf die Tasten setzte, hielt sie unvermittelt inne. War es möglich, dass Hannes die Botschaften geschrieben hatte? Aber er hatte sie doch mit Victor in der Kutsche gesehen! War er nicht enttäuscht von ihr und wütend?

Sie nahm die Hände von den Tasten. So bekam die Sache Sinn: Bei ihm würde sie trockenes Brot zu essen bekommen, bei Victor gute Bahlsenkekse. Und dass Mutter die Sache nicht passte, leuchtete genauso ein.

Hannes kämpfte um sie? Sie lächelte beglückt vor sich hin. Für dich, Hannes, bestaune ich auch den öden Schlosshof. Sie stand auf, verließ die Wohnung und stürmte im Treppenhaus nach unten.

Verwundert trat sie auf den Schlosshof. Warum sollte sie sich das Pflaster ansehen? Soldaten rollten Kanonen heran. Wollte Hannes ihr das zeigen? Dass man sich darauf vorbereitete, mit Geschützen auf das Volk zu schießen? Aber er hatte geschrieben: Schau dir die Pflastersteine an.

Auch wenn sie sich vor den Soldaten genierte, kauerte sie sich nieder und betrachtete das Pflaster. Sie war hier aufgewachsen, zahllose Male war sie über dieses Pflaster gelaufen. Was sollte daran besonders sein?

Die Steine bestanden, wenn sie es richtig einordnete, aus Granit. Ihre Oberfläche besaß Poren wie eine Haut. Risse durchfurchten sie. Außerdem schien sie aus zahlreichen verschiedenfarbigen Plättchen zu bestehen.

Sie fuhr mit den Fingerspitzen darüber. Die Steine waren kalt, und trotzdem hatte sie für einen Moment das Gefühl, dass sie lebten.

Wie machst du das bloß, Hannes? Dein Geschichtenerzählertalent. Verblüffend. In allem ist ein Wunder verborgen, selbst im einfachsten Stein. Das Pflaster war überhaupt nicht grau. Blau war es und grün und rot, jeder Pflasterstein schimmerte in mehreren Farben. Und zwischen den Steinen wuchsen Gräser. An manchen Stellen lagen feine weiche Moosteppiche.

Eine Ameise lief durch diesen Dschungel, sie überquerte nie einen Pflasterstein, immer hielt sie sich im grün bewachsenen Streifen zwischen den Steinen, auch wenn sie rechts oder links abbog.

Zu Alices Füßen landete eine Fliege. War es ihr schon warm genug? Dass bereits ein Insekt aus seinem Winterschlaf erwachte, wunderte sie. Sie hätte gemeint, die Tierchen würden erst später auftauchen.

Was machten die überhaupt im Winter? Marienkäfer verkrochen sich in die Fensternischen des Schlosses, einmal hatte sie das Fenster des Musikzimmers geöffnet und fünfzehn Marienkäfer gezählt, die in seinem rissigen Holz kauerten. Sie warteten dort darauf, dass es wieder wärmer wurde. Wo überlebten die Fliegen? Eine Fliege hatte sie noch nie beim Winterschlaf überrascht. Schliefen Fliegen unter der Rinde der Bäume wie die Hummelköniginnen?

Diese hier besaß einen Leib, der metallisch blau und grün schillerte. Die Kanonen und das laute Rufen des Offiziers kümmerten sie nicht. Die Fliege trippelte über den Stein, blieb stehen, trippelte weiter.

»Geht es Ihnen nicht gut, Fräulein?« Ein Kammerdiener beugte sich zu ihr herunter.

»Doch, doch, alles in Ordnung.« Sie stand auf.

»Sicher?«

Alice sah ihn an. »Wussten Sie, dass die Pflastersteine bunt sind?«

Der Kammerdiener runzelte die Stirn. »Sind sie das? Ich dachte, sie wären grau.«

»Man sieht die Farben nur, wenn man genau hinschaut.« Sie ging nachdenklich wieder in die Wohnung hinauf. Was für eine sanfte Seele Hannes doch hatte! Seine Güte verbarg sich hinter einem frechen Mundwerk, aber wenn er sich einem offenbarte, blickte man auf einen See, dessen Oberfläche sanft glänzte.

Oben wartete die Mutter schon auf sie. »Das soll ich dir geben.« Sie reichte ihr mit verkniffenem Mund einen weiteren Zettel.

Werde wieder Kind im Nonnengang.

Woher wusste Hannes vom Nonnengang? Ludwig musste ihm davon erzählt haben. Mit ihm würde sie ein ernstes Wörtchen reden müssen. Ihr Bruder hatte kein Recht, sich so in ihr Leben einzumischen.

Der Nonnengang befand sich in der Nähe der Kapelle im Linarschen Mittelgebäude. Dort hatten die Zimmer der Nonnen gelegen, die zum Gefolge der Königin gehörten, als sie noch Kronprinzessin gewesen war und – sehr zum Missfallen ihres Schwiegervaters, des alten Königs – am katholischen Glauben festhielt. Sie hatte sogar eine eigene kleine Kapelle im Schloss gehabt, in der sie ihre katholischen Andachten hatte halten können, bis sie endlich konvertierte. Noch heute nannte man den Gang nach den Nonnen, obwohl dort längst keine mehr wohnten.

Als Alice im Gang eintraf, fand sie ihn leer vor. Nur ein weißes Kissen lag am Boden, ein Kissen ohne Bezug. Hatte Hannes ihr das Kissen gekauft? Was sollte sie damit anfangen? Sie hob es hoch. Ein Zettel lag darunter:

Leg das Kissen auf den Boden, nimm Anlauf und springe darauf. Viel Spaß!

War er jetzt völlig übergeschnappt? Sie sollte im Schloss auf einem Kissen herumspringen! Alice probierte die Türen, die vom Nonnengang abgingen. Sie waren verschlossen. Sie lauschte. Nichts zu hören.

Scheinbar war niemand in der Nähe.

Der Parkettboden war frisch gewachst und poliert, er glänzte. Sie legte das Kissen in die Mitte des Gangs, ging einige Schritte zurück. Nach kurzem Nachsinnen zog sie sich die Schuhe aus. Sie nahm Anlauf und warf sich auf das Kissen. Es schlitterte herrlich über den glatten Fußboden und blieb nach halber Strecke durch den Flur liegen. Sie musste grinsen. Tatsächlich fühlte sie sich wie ein kleines Kind.

Sie sprang auf und legte sich wieder das Kissen zurecht. Diesmal nahm sie mehr Anlauf. In vollem Schwung warf sie sich auf das Kissen und schlitterte bis zum Ende des Flurs. Es kitzelte herrlich in ihrem Bauch, sie hätte jauchzen mögen!

Noch einmal rannte sie an und rutschte durch den Flur. Jetzt fand sie es schade, dass Hannes nicht hier war. Mit ihm gemeinsam hätten diese Spielchen bedeutend mehr Spaß gemacht. Das Leben war viel zu ernst, um eine solche Alberei nicht auszukosten.

Als sie gerade die lange Bahn entlangschlitterte, öffnete sich eine der Türen und ein Dienstmädchen betrat den Flur.

Alice versuchte zu bremsen, verlor aber den Halt auf dem Kissen und landete erhitzt vor dem Mädchen. Hastig rappelte sie sich auf.

Das Dienstmädchen lächelte. »Er hat gesagt, dass Sie Freude daran finden würden. Hier, das soll ich Ihnen geben.« Sie überreichte eine kleine Schachtel.

»Was ist es?«

»Ein Kartenspiel. Kennen Sie es nicht? Meine Schwestern und ich haben's geliebt, früher.« Sie blinzelte schüchtern.

Lange konnte das nicht her sein, dass das Dienstmädchen gespielt hatte, sie war höchstens fünfzehn. *Kleine Metamorphosen* stand auf der Schachtel. Alice öffnete sie. »Wie funktioniert es?«

»Man setzt aus drei Karten einen Menschen zusammen. Kopf, Rumpf und Beine. Wenn man will, fügt man die Kleider richtig zusammen, oder man macht sich einen Jux und mischt die Menschen.«

Eine Weile spielten sie damit herum. Dann bemerkte Alice einen Zettel zwischen den unteren Karten. Sie nahm ihn heraus.

Rücksichtsvoll entfernte sich das Dienstmädchen. »Viel Glück, Fräulein«, sagte sie. »Er ist ein netter Mensch.« Sie machte noch einen Knicks, bevor sie den Flur verließ.

Alice las:

Du kannst die Kleider tauschen, aber der Kopf und das Herz bleiben dasselbe.

Stimmte das? Sie war sich nicht sicher. Wenn sie im Feuerland leben würde und Lumpen trug und den Typhus fürchten musste, war sie sicher eine andere als hier im Schloss.

Sie drehte den Zettel um. Auf der Rückseite stand:

Ach, wir armen Narren
Hoffen stets und harren,
Dass der Freiheit Morgenrot beginnt,
Dürfen doch kaum klagen,
Leise, leise sagen,
Dass wir alle arg betrogen sind.
Kommt denn gar kein Tag,
Der uns trösten mag?

Sie musste schlucken, so sehr berührten sie diese Worte. War das Schicksal der armen Bevölkerung gemeint? Oder bezog sich Hannes auf seine Enttäuschung, als er sie in der Kutsche mit Victor gesehen hatte, obwohl sie doch ihn, Hannes, geküsst hatte?

Sie las das Gedicht noch einmal.

Eine Stimme hinter ihr sagte: »Das hätte nicht jede Frau gemacht.«

Alice drehte sich um. »Was?«, fragte sie.

Hannes stand da, die Hände hingen herab und spielten an der Hosennaht. »Ich hatte gehofft, dass du den kleinen Botschaften folgen würdest. Aber nicht jede hätte da mitgemacht.«

»Hast du das Gedicht geschrieben?«

Er schüttelte den Kopf. »Das war Hoffmann von Fallersleben. Es heißt, er hat sich auf einem mecklenburgischen Gut versteckt, irgendwo im Norden. Die preußische Polizei würde ihn gern fangen. Sie mag seine *Unpolitischen Lieder* nicht.«

»Hannes, ich weiß, ich hab dir Hoffnungen gemacht. Aber ich bin mir nicht sicher, ob ich im Feuerland leben könnte.«

Seine Hände bebten. »Das sollst du doch gar nicht. Ich werde es schaffen, da rauszukommen.«

Mit seinem strohblonden Haar und den knochigen Schultern strahlte er Frische und Tatkraft aus. Seine Augen hingegen wirkten verletzlich. Ein heller Streifen lag über den feinen Härchen an der Unterseite, als wäre dieser winzige Flecken Haut zwischen Auge und Gesicht ein jungfräuliches, von Sonne und Wetter unangetastetes Stück Land.

»Dieser Premierleutnant kann dir mehr bieten, das weiß ich. Anfangs zumindest. Aber mit mir macht der Weg mehr Spaß, auch wenn wir länger brauchen. Eines Tages werden wir Pferde haben und eine Kutsche und eine schöne Wohnung, ich versprech's dir.«

»Vergiss Victor. Vergiss die Pferde und die Kutsche. Das brauche ich alles nicht.«

Er war ein besonderer Mensch. Einer, der Schönheit sah, wo die anderen an ihr vorübergingen. Einer, der sich durch Entbehrungen nicht verbittern ließ. Mit seinem geflickten Hemd wirkte er deplatziert im Schloss, aber früher oder später hätte sie das Schloss sowieso verlassen. »Warum wolltest du, dass ich mich wie ein Kind fühle?«

»Weil dir ein Leben mit mir Freude machen würde. Es gibt bei mir immer was zu lachen. Ob man sich freut, ist nicht abhängig davon, dass man viel Geld hat oder teure Kleidung oder feines Essen. Wichtiger ist, was man sieht und hört. Niemand hat den Wind bezahlt, der in den Baumwipfeln spielt. Dabei ist das Geräusch der Blätter unbeschreiblich, es gibt einem Frieden! Keiner kann die Schneeflocken kaufen, die im Schein einer Gaslaterne zu Boden sinken, oder das blümerante Gurren der Tauben.«

»Blümerant! Du bist sehr einfallsreich.«

Sein Lächeln verschwand. »Nein«, sagte er ernst. »Das bin ich nicht. Ich wünschte, ich wär's. Aber mir fällst immer nur du ein. Es gibt viele Mädchen in Berlin, und ich denke nur an dich.«

Die Wärme der Flamme in ihrem Bauch strahlte aus in die Brust. Ich bin glücklich, dachte sie. Da steht Hannes und sieht mich an und gesteht mir seine Liebe, und es macht mich glücklich.

Seine blauen Schneeaugen leuchteten. »Bitte guck mich nur noch so an«, sagte er.

24

General Ernst von Pfuel hörte seinem Adjutanten nicht zu. Er stand am Fenster in seinem untervermieteten Zimmer des Präsidenten des preußischen Hauptbankdirektoriums und sah auf die Straße hinunter.

Dort war ein kleiner Grafensohn aus der Kutsche entsprungen. Während sein Vater in der Königlichen Bank wohl Wechsel einlöste, war ihm das Warten langweilig geworden. Er ging zu einem Gossenkind und stupste es mit dem Stock an, wie ein Insekt, von dem er wissen wollte, ob es noch lebte. Er wartete auf eine Reaktion, aber das Gossenkind sah ihn nur mit großen Augen an. Da bemerkte der Kutscher, dass ihm die kostbare Fracht ausgebüxt war, und kletterte vom Bock, um den Grafensohn wieder einzufangen. Der fein gekleidete Bursche folgte ohne Widerrede und setzte sich in die Kutsche hinein.

Es fing an zu regnen. Die Tropfen platzten auf dem staubigen Boden, wie Kartätschenhagel sah es aus. Der Kutscher schloss eilig das Verdeck. Passanten flohen in die Hauseingänge. Im Haustor gegenüber der Bank stand bald eine bunt gemischte Gruppe von Menschen beieinander. Der Regen machte sie gleich, keiner wollte nass werden: der Doktor der Medizin mit seinem glänzenden Zylinder, die in Lumpen gekleidete Scherenschleiferin mit der kleinen Tochter an der Hand, der Offizier und der barfüßige Gossenjunge, sie, die sich sonst nicht mal eines Blickes würdigten, mussten sich dicht aneinanderschmiegen, damit sie Platz in ihrem Unterschlupf fanden, und keiner murrte.

Diese Berliner, dachte Ernst von Pfuel. Die meisten waren ungebildet, sie sagten, wenn sie ein gutes Ereignis erwarteten: »Dann trinke ich Schappanger.« Und Sanssouci sprachen sie

»Sanszuzi« aus. Aber sie hatten das Herz auf dem rechten Fleck. Selbst wenn sie eine alte Frau als »olle Scharteke« bezeichneten, hielten sie ihr doch die Tür auf. Das Betteln war verboten, und trotzdem zeigte keiner einen Bettler an, die Streuner waren sicher, solange kein Gendarm in der Nähe war. Und war ein Nachbar in Not, dann legten die Berliner Geld für ihn zusammen.

Ein Comptoirvorsteher trat aus der Bank. Er öffnete seinen Regenschirm und machte dabei ein so ernstes Gesicht, als trüge er höchstpersönlich das Gewicht des preußischen Staates auf seinem Rücken.

Natürlich ruhte auf den Angestellten der Königlich-Preußischen Bank eine erhebliche Verantwortung. Die Mauern dieses Gebäudes bargen Millionen Taler in geprägtem Silber und Gold, Schränke voll mit Wertpapieren, dazu kostbare Pfänder, Dokumente und Wechsel. All das musste bewacht und verwaltet werden.

In der Königlich-Preußischen Bank konnte sich wie im Märchen ein Blatt Papier in einen Haufen Gold und umgekehrt ein Haufen Gold in ein Blatt Papier verwandeln. Ein Federstrich schuf tausend Taler, das Wort »Kredit« öffnete wie die Märchenformel »Sesam« den Berg und machte den Weg frei zu unermesslichen Schätzen. Zu diesem Reservoir des Nationalvermögens floss in Rinnsalen, Bächen, Flüssen und Strömen aus dem Handel und der Industrie das Geld. Der Präsident, Ferdinand von Lamprecht, und unter ihm die vier Bankdirektoren, verwalteten diese Ströme, sie führten ein Heer von Justitiaren, Buchhaltern, Kassierern und Comptoirvorstehern, Kontrolleuren, Registratoren, Kanzlisten und Bankdienern, und mit ihnen spülten sie das Geld dahin, wo es der Bank und dem Staat guttat.

Wenn ich nicht bei der Armee gelandet wäre, dachte von Pfuel, hätte ich womöglich tagein tagaus in einem Bankbüro gesessen und Zahlenkolonnen kontrolliert.

»Herr General, haben Sie mir zugehört?«, fragte der Adjutant. »Sie wollten mit mir die heutigen Truppenankünfte durchgehen.«

»Jawohl. Eingetroffen sind die Folgenden. Aus Halle das erste Bataillon des achten Infanterieleibregiments, bereits in Kriegsstärke.«

»Quartieren Sie es in Britz, Rixdorf und Treptow ein.«

Der Adjutant schrieb die Orte auf und fügte hinzu: »Ferner das erste Bataillon des zwölften Infanterieregiments, noch nicht in Kriegsstärke.«

»Soll Quartier nehmen in Tempelhof, Mariendorf und Lankwitz.«

»Dann das Füsilier-Bataillon des einunddreißigsten Infanterieregiments in Friedensstärke.«

»Schöneberg, Steglitz und Wilmersdorf.«

»Aus Frankfurt an der Oder traf das zweite Bataillon des achten Infanterieleibregiments ein, in Kriegsstärke. Viele seiner Rekruten haben allerdings noch nie mit scharfer Munition geschossen.«

»Nach Weißensee, Lichtenberg und Hohenschönhausen.« All diese Truppenteile an einem einzigen Tag. Er war der Gouverneur von Berlin, er allein! Aber dieser Prinz von Preußen hinterging ihn nach Strich und Faden, und er war gezwungen, gute Miene zum bösen Spiel zu machen.

Dann der Brief des Königs: *Ich trage Ihnen auf, den sämtlichen in diesen Tagen hier gegen die Tumultuanten tätig gewesenen Truppen, ohne alle Ausnahme, meine volle Anerkennung für die von ihnen bewiesene musterhafte Haltung, Ausdauer und Disziplin auszusprechen.* Das nur Stunden, nachdem Hauptmann von Cosel auf dem Zeughausplatz wehrlose Bürger hatte zusammenschießen lassen.

Die Truppen wurden verhätschelt und für ihre Gnadenlosigkeit und Schärfe belohnt, und er, der das eigentlich entscheiden und steuern müsste, wurde als Werkzeug dafür missbraucht. Von ihm hätte es niemals Lob gegeben für das Dahinmetzeln von Unbewaffneten, ohne Gerichtsbeschluss, ohne Gerechtigkeit.

»Das Füsilierbataillon des achten Infanterieleibregiments.«

»Friedrichsfelde und Marzahn. War's das?«

Er sah einen Uniformierten heranreiten. Vor dem Bankgebäude sprang er vom Pferd und eilte zur Tür. Das verhieß nichts Gutes. Er musste daran denken, wie man ihm damals die Nachricht gebracht hatte, dass sich sein bester Freund das Leben genommen hatte. Natürlich war Heinrich gequält gewesen, zerrüttet und vom Leben enttäuscht. Er hatte sich zerrissen gefühlt zwischen den Ansprüchen, die sein eigenes Talent an ihn stellte, und dem, was er zu leisten imstande war. Für die meisten war er der große Heinrich von Kleist, der geniale Verfasser der *Penthesilea* und des *Zerbrochenen Krugs*. Aber so oft war er verzweifelt gewesen und hatte ihn angefleht, gemeinsam mit ihm aus dem Leben zu scheiden. Er, Ernst, hatte zur List greifen müssen, er hatte dem Freund versprochen, er würde es überdenken, morgen sollten sie gemeinsam entscheiden. Und am nächsten Tag ging es Heinrich meistens besser.

Als sie Stube an Stube in einem Vorort von Dresden wohnten, war Heinrich einmal in sein Zimmer gestürzt gekommen, völlig verheult, und hatte gewimmert: »Sie ist tot!« Auf die entsetzte Frage, wen er meine, hatte er geantwortet: »Penthesilea.«

Gelächelt hatte er damals über seinen Dichterfreund, und ihm erklärt: »Aber du hast sie ja selbst umgebracht.«

Worauf Heinrich, trotz aller Tränen, auch lachen musste, und sagte: »Ja, freilich.«

Die Geschichte des Hans Kohlhase hatte er, Ernst, ihm erzählt, und Heinrich hatte daraus die kluge Novelle *Michael Kohlhaas* geformt. Sie waren gemeinsam durch die Schweiz und nach Paris gereist, hatten vergnügte Spaziergänge unternommen, in Seen gebadet, philosophische Gespräche geführt oder die hydrostatischen Grundlagen eines Unterseeboots diskutiert. Gemeinsam hatten sie regelmäßig den literarischen Salon der Rahel Varnhagen besucht.

Und dann, am 21. November 1811: ein Reiter, der mit ernstem Gesicht die Nachricht brachte, dass Heinrich sich am Ufer des Kleinen Wannsees bei Potsdam das Leben genommen hatte. Er hatte sich mit Henriette Vogel, einer oberflächlichen Bekannten, die ihm nichts bedeutete, zum Freitod verabredet und zuerst sie und dann sich selbst erschossen. Das tat am meisten weh, dass er so unwürdig gegangen war. Auf diese Weise hätte er nicht sterben müssen. Und auch nicht so früh – damals war Kleist wie auch er, Pfuel, erst Mitte dreißig gewesen.

Sie waren gemeinsam oft genug an dieser Uferstelle gewesen. Nicht selten hatte Heinrich dort mit Rühle und ihm über einen Suizid gesprochen, hypothetisch noch, er hatte gesagt, am sichersten erscheine es ihm, mit einem Kahn auf den See hinauszufahren, sich die Taschen mit Steinen zu beschweren, sich auf den Bootsrand zu setzen und die Pistole gegen sich abzufeuern.

Das war ihm immer wie eine Tändelei mit dem Tod erschienen, ein Tick, den Heinrich nun mal eben hatte und der ihn oft vom Sterben sprechen ließ. Aber es war ihm ernst gewesen.

Heinrich hatte nicht alt werden können wie er, Ernst. Nächstes Jahr werde ich siebzig, dachte er, du hast mich allein alt werden lassen, mein Freund.

Es klopfte.

»Treten Sie ein«, sagte er.

Er hatte das intensive Gefühl, genau diesen Moment schon einmal erlebt zu haben. Da war der Sergeant, da salutierte er, gleich würde er die Hiobsbotschaft aussprechen.

Der Sergeant sagte: »Herr General, auf dem Schlossplatz wütet eine Menschenmenge. Sie werfen mit Steinen nach uns. Feldwebel Gauer bittet um den Befehl, schießen zu dürfen.«

»Nicht erteilt. Reiten Sie zurück und sagen Sie ihm, er soll die Truppen in die Schlosshöfe zurückziehen.«

Der Sergeant schlug die Hacken zusammen. »Jawohl, Herr General.« Blinzelnd blieb er stehen.

»Was ist, worauf warten Sie?«

»Bitte um Erlaubnis, offen sprechen zu dürfen, Herr General.«

»Sie wissen, ich schätze Aufrichtigkeit.«

Der Sergeant sah verunsichert zum Adjutanten hin.

»Reden Sie«, befahl Ernst. »Was Sie zu sagen haben, kann er ruhig hören.«

»Vielleicht wäre es gut, wenn Sie persönlich zum Schloss kämen.«

»Danke für Ihre Einschätzung, aber das ist gänzlich unnötig. Ich halte das Schloss und die Majestäten nicht für gefährdet durch ein paar Steinewerfer. Eher liegt mir daran, die Situation zu entschärfen. Wenn ich dort auftauche, würde es die Rebellen nur zusätzlich anstacheln.«

Der Sergeant schluckte. Er sagte leise: »Prinz Wilhelm von Preußen ist dort und redet mit den Soldaten.«

Es durchfuhr ihn wie heißer Dampf aus dem Kessel einer Lok. »Ich nehme Ihr Pferd.« Er stürmte nach draußen. Erschrocken salutierten die Soldaten, die vor dem Eingang der Bank das herrenlose Pferd am Zügel genommen hatten. Er übernahm den Zügel, bestieg die Fuchsstute und ritt an. Während er an den stark vergitterten Parterrefenstern der Bank vorüberritt, versuchte er, seine Wut zu bändigen. Sich gegen den jüngeren Bruder des Königs zu wenden, war gefährlich. Mit seinem königlichen Bruder verfügte Prinz Wilhelm von Preußen über einen Verbündeten von nahezu unbegrenzter Macht.

Aber es gab gewisse Grundsätze, und wenn sie die aufgaben, dann versank das Land im Chaos. Dazu gehörte die Kommandohierarchie der Armee. Der Prinz von Preußen gab sich als inoffizieller Oberbefehlshaber, dabei hatte er hier in Berlin nichts mehr zu befehlen. Wenn ich ihm das weiterhin durchgehen lasse, dachte er, unterhöhlt es meine Autorität bis zum Zusammenbruch.

Er ritt über den Werderschen Markt und überquerte die Schlossbrücke. Tatsächlich hatte sich eine große Menschenmenge auf dem Schlossplatz versammelt, von der Schlossfreiheit und der Stechbahn strömten immer mehr Aufrührer hinzu. Sie skandierten: »Fort mit den Soldaten!«

Genau diese Wut hatte der Prinz von Preußen hervorrufen wollen, indem er immer mehr Militär in die Stadt zog. Er wollte den großen Zusammenprall herbeiführen, um durch ein Niederwerfen der Aufständischen den Wunsch nach einer preußischen Konstitution ein für alle Mal abzuschmettern.

Der Feldwebel ließ seine Grenadiere vor dem Portal antreten. Sie hatten bereits die Bajonette aufgesteckt, ein klares Signal an die Aufständischen, dass sie bereit waren, Blut zu vergießen.

Einige aus der Menge lasen Pflastersteine auf. Ein paar Steine lagen auch schon auf der freien Fläche vor den Soldaten. Die Aufständischen hatten wohl nur deshalb aufgehört, sie zu werfen, weil sie ihn hatten näher kommen sehen mit seinem weißen Haar und der Generalsuniform und in kerzengerader Haltung auf der Fuchsstute. Droschkenkutscher hingen mit ihren Fuhrwerken in der Menge fest und machten verzweifelte Gesichter. Sie hatten Angst um ihre Kutschen – wenn es zur Eskalation kam, würden die Aufständischen sie als Deckung missbrauchen. Neugierige kletterten an Laternenpfählen hoch, um mehr zu sehen.

Ernst von Pfuel ritt zum Feldwebel und stieg ab. Der Prinz von Preußen stand bei ihm und erörterte die nächsten Schritte, als wäre er es, der hier die Befehle zu geben hatte.

»Feldwebel Gauer«, sagte der General, »ich hatte einen milden Umgang mit den Aufständischen befohlen. Weshalb haben Sie Bajonette aufpflanzen lassen?« Er kannte natürlich die Antwort. Während er befahl, die Aufständischen mit größtmöglicher Schonung zu behandeln, forcierte der Prinz ein rasches Einschreiten. Und wie konnte ein einfacher Feldwebel wagen, dem Prinzen von Preußen zu widersprechen?

Man sah die Qual im Gesicht des Mannes. Sein Blick sprang nervös hin und her. »Sie werfen mit Steinen, Herr General. Wir haben schon etliche Verwundete unter den Grenadieren.«

Von Pfuel sah sich um. Sie schwitzten zwar vor Nervosität, aber die Männer standen gerade, und er sah auch keinen, der blutete.

Der Feldwebel ergänzte rasch: »Ich habe sie ins Schloss bringen lassen.«

»Wie viele sind es genau?«

Der Feldwebel zögerte. Schließlich gestand er: »Drei, Herr General.«

»Und wegen drei verletzter Soldaten wollen Sie einen Bürgerkrieg riskieren? Ist Ihnen klar, was geschieht, wenn Sie auf diese Menschenmenge feuern?«

Feldwebel Gauer biss sich auf die Lippe und sah verunsichert zum Prinzen. Wären sie außer Hörweite des Prinzen, würde er sicher gestehen, dass es ihm selbst auch lieber wäre, nicht zu schießen.

Wie erwartet schritt der Prinz ein. »Mein lieber von Pfuel, Ihnen ist wohl entfallen, wo wir uns befinden. Diese Kompanie bewacht nicht irgendein Gebäude.« Er wies auf das Schloss. »Das Schloss steht für Preußen, es steht für den Königsthron. Wer Steine auf das Schloss wirft, ist nicht länger ein ehrbarer Bürger, er ist ein Verräter am Vaterland!«

»Wer ein Verräter ist, entscheiden die Gerichte, Königliche Hoheit. Und ob das Berliner Stadtschloss in Gefahr ist, das entscheide ich kraft des Amtes, in das mich Ihr Bruder eingesetzt hat.«

Der Prinz wurde rot vor Wut. »Sie haben lange genug über preußischen Besitz entschieden.« Er brüllte so laut, dass es nicht nur der Feldwebel, sondern auch die Soldaten hörten. »Seit hundertfünfzig Jahren gehörte das Fürstentum Neuchâtel zu Preußen. Sie waren der letzte Gouverneur dort, sie haben es für uns verloren durch ihre liberalen Methoden. Wollen Sie jetzt auch noch Berlin ruinieren?«

Eine plötzliche Ruhe senkte sich über ihn. Das war immer seine Stärke gewesen, dass er auf dem Schlachtfeld im entscheidenden Moment seinen Zorn bändigen und einen kühlen Kopf bewahren konnte.

Was er jetzt erwiderte, musste seine Autorität wiederherstellen. Und es musste den anwesenden Truppen zeigen, dass sie guten Grund hatten, auf ihn zu hören anstatt auf den Prinzen. Er sagte: »Sie ziehen meine Ehre in den Schmutz, Königliche Hoheit? Dann will ich Ihnen eine Lektion erteilen.«

Die Soldaten sahen verblüfft zu ihm herüber. Er wagte es, so mit dem Prinzen von Preußen zu reden?

»Ich bin achtzehndreizehn mit einer Horde Kosaken in das besetzte Berlin eingedrungen«, sagte er. »Zehntausend Franzosen hatten die Stadt besetzt. Wir sind durch das Schönhauser Tor gebrochen, haben die französischen Wachen überwältigt und sind am hellen Tag durch die Straßen geritten, ohne Furcht. So haben wir der Bevölkerung Mut gemacht. Ich muss mir von Ihnen keinen mangelnden Einsatz für Preußen vorwerfen lassen.«

»Ein Ritt durch Berlin macht Sie noch nicht zum Helden.«

Wie der Prinz in die Falle tappte! »Natürlich nicht. Vielleicht haben Sie vergessen, dass ich kurz darauf mit meinen Truppen im Handstreich Bremen eingenommen habe, und wie sich das auf den Krieg ausgewirkt hat.«

Der Prinz lächelte bitter. »Sie meinen die Stadt, die Sie nach drei Tagen wieder verlassen mussten, weil die Franzosen mit frischen Truppen zurückgekehrt sind?« Ironisch lobte er: »O ja, das war eine Heldentat.«

»Ich werde Ihr Gedächtnis auffrischen, Königliche Hoheit. Wir haben Bremen nicht halten können, aber ich habe es mit zwei Millionen Talern Kriegsbeute verlassen. Auf zweihundert vierspännigen Karren haben wir das Geld nach Mecklenburg in Sicherheit gebracht. Ohne diese Beute wäre Preußen niemals in der Lage gewesen, Napoleon zu besiegen.« Der Prinz wollte etwas erwidern, aber er schnitt ihm das Wort ab. »Nach der Eroberung von Paris habe ich für meine Tapferkeit den russischen Annenorden und den preußischen Orden Pour le mérite erhalten. Als Generalstabschef habe ich mit Gneisenau den Plan ausgearbeitet, mit dem wir bei Belle-Alliance Napoleon geschlagen haben, ich habe die Vorhut geleitet, die auf den rechten französischen Flügel zumarschiert ist. Napoleon hatte Wellington bereits besiegt, nur durch unseren Mut haben wir den Grand Général niederwerfen können. Ich habe die Tambours trommeln lassen, obwohl die Infanteriekolonnen noch gar nicht zur Stelle waren, ich habe unser Heer größer erscheinen lassen, als es war, und obwohl Napoleon bereits seinen Sieg nach Paris gemeldet hatte, haben wir ihn geschlagen.«

Die Gesichter der Grenadiere glühten vor Stolz. Soldaten liebten es, unter einem General zu dienen, dessen Taten sie bewundern konnten. Er machte ihrem ganzen Berufsstand Ehre und beflügelte damit auch sie.

»Wären wir gescheitert«, fuhr er fort, »dann wäre Europa heute französisch. Meinen Sie, ich bin grundlos nach der Eroberung zum Kommandanten von Paris ernannt worden? Später war ich mit Erfolg Kommandant der Festung Köln, und heute bin ich der Kommandierende General der Truppen in und um Berlin. Sie mögen edleren Blutes sein als ich, Königliche Hoheit, aber ich entscheide, was diese Truppen tun oder lassen.«

Der Prinz kniff den Mund zu einem schmalen Strich zusammen. »Wenn Sie all die Jahre solchen Mut bewiesen haben, General, dann zeigen Sie ihn auch jetzt! Diese Aufrührer werfen mit Steinen auf die Soldaten des Königs. Würde der Mann, der Napoleon niedergeworfen hat, sich von denen ins Bockshorn jagen lassen?«

Der halbe Sieg war errungen. Die Aufforderung des Prinzen war ein Rückzugsgefecht, schließlich hatte er seine Autorität bereits anerkannt, er versuchte nur noch, ihn zu instrumentalisieren und zu einem aggressiven Handeln zu zwingen. »Ich will Ihnen sagen, Prinz, warum ich nicht schießen lasse. Als die sächsischen Soldaten in Lüttich meuterten, fast die Hälfte des zweiten preußischen Armeekorps unter General von Borstell, befahl mir Feldmarschall Blücher, die drei Bataillone, die am meisten gehetzt hatten, hart zu bestrafen: Ich sollte von dreitausend Mann jeden Zehnten erschießen, bis sich alle Rädelsführer gemeldet hatten. Das wären dreihundert Männer gewesen, sinnlos getötet. Ich habe diesen Befehl nicht ausgeführt. Stattdessen habe ich sieben Grenadiere hinrichten lassen und dann die Nachforschungen eingestellt. Vielleicht haben Sie davon gehört.«

Er war europaweit von Militärs bewundert worden deswegen. Jeder kannte die Geschichte. Damals hatte er Augenmaß bewiesen, und nicht zuletzt deshalb endete die Meuterei der achtzehntausend sächsischen Soldaten friedlich.

»Ich wüsste nicht«, sagte der Prinz, »was das mit dem heutigen Tag am Berliner Stadtschloss zu tun hat.«

»Dann sage ich es Ihnen. Güte und Schonung sind mitunter ein besseres Manöver als voreilige Schüsse im Zorn.«

Aus dem Augenwinkel sah er Erleichterung in vielen Gesichtern. Die Soldaten waren froh, nicht auf ihre Verwandten und Nachbarn schießen zu müssen. Sie achteten ihn, ja, sie waren ihm dankbar, das konnte er spüren.

Jetzt musste er nur noch das aufrührerische Volk bändigen. Er wandte sich vom Prinzen ab und stellte sich zwischen die Soldaten und das Volk. Im Niemandsland zwischen den gegnerischen Haufen lagen Pflastersteine, die zu kurz geworfen worden waren. Keiner hatte gewagt vorzustürmen, um sie aufzuheben.

Er wollte gerade zu reden ansetzen, als er hinter sich den Prinzen befehlen hörte: »Zur Zündung – fertig!« Einen Moment war es still, als wüssten die Grenadiere nicht, ob sie den Befehl des Prinzen zu befolgen hatten oder nicht. Dann hörte er, wie sie den rechten Fuß hinter den linken setzten, hörte das Klappern der Gewehre, als sie die Waffen hoben. Dutzendfach klickten die Gewehrhähne, die sie spannten. Die Patronentaschen flogen auf, die Füsiliere holten ein Zündhütchen hervor.

Wilhelm von Preußen war nur als Zuschauer hier. Wie konnte er es wagen, in seiner Gegenwart Befehle zu erteilen!

Der Prinz befahl: »Erstes Glied – legt an!«

Wenn ich nicht gehe, schießen sie mir in den Rücken, dachte er. Auch wenn sie auf die Aufständischen zielen, irgendeinen Querschläger gibt es immer. Das wagt er nicht, er wird nicht den Befehl zum Feuern geben!

»Gehen Sie aus der Schusslinie, Herr General«, flehte der Feldwebel.

Er drehte sich um und sah den Soldaten in die Gesichter. Ihr Blick flatterte, noch nie hatte es so etwas gegeben, dass die Truppen auf ihren kommandierenden General anlegten, sie wussten nicht, was sie tun sollten, dem Prinzen gehorchen oder ihm den Befehl verweigern? Der Feldwebel zitterte am ganzen Leib, er war totenbleich.

Sie werden schießen, dachte der General. Wenn der Befehl zu hören ist, drücken sie ab. Darauf wurden sie jahrelang gedrillt. Er legte alle Gelassenheit, die er aufbringen konnte, alle Autorität aus den Jahrzehnten als Offizier in seine Stimme und befahl: »Hahn in die Ruh!«

Sie zögerten.

Darauf das Kommando: »Schultert das Gewehr!«

Schließlich lösten die Ersten erleichtert den Hahn, hoben die Gewehrmündung hoch und schulterten das Gewehr. Die anderen folgten ihrem Beispiel.

Der Prinz verzog das Gesicht. Er hatte darauf gesetzt, dass er, Ernst von Pfuel, Angst zeigte und aus der Schusslinie ging. Er hatte sich getäuscht.

Alles, was er an Wut in sich zurückgedrängt hatte, brach sich nun Bahn. Er marschierte auf den Prinzen zu und brüllte: »Wagen Sie es nie wieder, meinen Truppen Befehle zu geben!«

Auch der Prinz platzte vor Zorn. »Sie haben die Männer demoralisiert. Die Stimmung war gut zum Angriff! Es ist indigne!«

Hinter ihm landeten Pflastersteine. Die Aufrührer witterten eine Schwäche und gingen zum Angriff über. Er befahl: »Feldwebel, ziehen Sie Ihre Kompanie zurück auf den Schlosshof. Übermitteln Sie dem dortigen Rittmeister meinen Befehl, mit der Reiterei auszurücken und die Steinewerfer festzunehmen.« Er wandte sich dem Prinzen zu. »Sie werden verantworten, was Sie getan haben. Ich werde sofort mit Seiner Majestät darüber sprechen.«

Er überwachte noch kurz, ob der Rückzug gelang. Die Grenadiere flohen auf der rechten Seite durch das Portal in die Schlosshöfe, während links die Schwadron Kürassiere hinausquoll und die Menschenmenge anritt. Einige der dreisteren Aufrührer wurden festgenommen, das sah er noch. Dann begab er sich ins Schloss.

Im Treppenhaus kam ihm von oben ein blonder junger Kerl entgegen, der keinesfalls ins Schloss gehörte. Wie hatte der es an den Wachposten vorbei geschafft? Es waren doch alle Eingänge mit Soldaten besetzt! Er sagte: »Was haben Sie hier zu suchen?«

Der Blonde erschrak. »Ich … Ich habe nur jemanden besucht«, stotterte er.

Er kam geradewegs aus dem ersten Stock, wo sich die Wohnungen des Königs und der Königin befanden. »Wohl kaum die Majestäten, oder?«

»Nein, ich war ganz oben, bei der Familie Gauer. Ich habe Alice Gauer besucht.«

Gauer? So hatte doch der Feldwebel geheißen, der gerade auf ihn hatte anlegen lassen. Der Kerl log wie gedruckt, er musste die

Befehle mitangehört haben, und nun fiel ihm auf die Schnelle kein anderer Name ein. Die Kleidung des Eindringlings war geflickt und zerschlissen. Ein Spitzel oder gar ein Attentäter?

»Herr Gauer ist der Kastellan hier im Schloss«, beteuerte der junge Mann, »er und seine Familie wohnen unter dem Dach.«

»Du kommst mit.« Er packte den Kerl am Arm und zwang ihn wieder die Treppe hinauf. Bei den Wachen vor der Tür der königlichen Wohnung gab er ihn ab. »Seien Sie so freundlich und halten Sie diesen Burschen fest. Durchsuchen Sie ihn nach Waffen und lassen Sie ihn nicht entwischen!« Dann fragte er nach dem König. Der sei in den Gemächern der Königin, erklärten die Offiziere.

Wenn er jetzt wartete, baute sich der Prinz eine neue Verteidigungslinie, er würde Verbündete finden, die für ihn aussagten, und würde die Sache im Nachhinein anders darstellen, als sie gelaufen war.

Er betrat den Teesalon der Königin. Zweimal war er hier gewesen, einmal hatten die Majestäten ihn zu einem Kammerkonzert geladen, ein andermal hatte Alexander von Humboldt von seinen Reisen erzählt.

Im Teesalon war niemand. Er durchquerte ihn. Dies war einst das Konzertzimmer Friedrichs des Großen gewesen. Auf halber Höhe der Wände waren fünfzehn plastische Kunstwerke ausgestellt, darunter Elektra, Odysseus, Iphigenie und Achilles. Ein Rundgemälde zeigte Amphitrite, auf Delfinen sitzend, mit Nereiden- und Tritonengefolge, dann eine Zentaurin mit einem Jüngling im Arm. Pegasus wurde von Nymphen gebadet. In flachen, halb hohen Schränken aus Lindenholz waren Königin Elisabeths private Gegenstände untergebracht.

Er klopfte und betrat das Eckzimmer, das Wohnzimmer der Königin. Hier fand er das königliche Paar vor den weißen Musselinvorhängen ins Gespräch vertieft. Erstaunt drehte sich die Königin zu ihm um.

»Ich bitte um Vergebung für die Störung, Majestäten.« Er verbeugte sich.

»Mein lieber Pfuel, es wird doch nichts Ernstes sein?«, fragte der König besorgt.

Hatte der König ihn, Ernst, zum Gouverneur von Berlin berufen, um einen Gegenpol zu seinem Bruder herzustellen, weil die Hitzigkeit des Prinzen selbst ihm zu weit ging? Dann würde er ihm im Zweifel den Rücken stärken, wenn es auf ein Kräftemessen mit dem Prinzen hinauslief. Zumindest bestand diese Hoffnung. Seine Majestät hatte doch genau gewusst, dass er als Gouverneur von Neuchâtel die Zensur abgeschafft, die Pressefreiheit eingeführt und eine konstitutionelle Verfassung etabliert hatte. Reformen, die sich die Aufständischen in Berlin wünschten und die er ihnen verweigerte. Warum hatte er sich vor zwei Wochen einen derart liberalen Gouverneur in die Hauptstadt geholt, wenn nicht aus Sorge, sein gewaltbereiter Bruder könne die Krawalle eskalieren lassen? Er brauchte jemanden, der dem Prinzen die Stirn bieten konnte. »Leider ist es das doch. Ich diene seit sechsundfünfzig Jahren im preußischen Heer. Eine Ungehörigkeit wie heute ist mir nicht vorgekommen. Ich muss Euch bitten, Abhilfe zu schaffen, oder die Glaubwürdigkeit Eurer Armee leidet irreparablen Schaden.«

Die Miene des Königs wurde abweisend. »Sie wollen sich über meinen Bruder beschweren.«

Der General schilderte ihm, was geschehen war. Während Königin Elisabeth Bestürzung zeigte, blieb Friedrich Wilhelm kühl und unwillig. Am Ende gestand er immerhin ein, dass der Prinz den Kommandanten nicht so behandeln dürfe und dass er sich, da es eine öffentliche Sache gewesen sei, bei ihm entschuldigen müsse.

Das war nicht viel, aber es war etwas. Königin Elisabeth würde Sorge dafür tragen, dass Friedrich Wilhelm nicht umschwenkte und am Ende dem Prinzen glaubte und ihn, Ernst von Pfuel, vor das Kriegsgericht stellte. Dennoch fragte er: »Wünschen Sie, dass ich von meinem Amt zurücktrete, Majestät?«

»Nein. Sie bleiben Gouverneur und Kommandant Berlins.«

Hätte Heinrich den heutigen Tag auf dem Schlossplatz erlebt, dachte er, als er die Wohnung der Königin verließ, dann hätte es ihm die Armee endgültig verleidet.

25

»Ludwig!« Hannes atmete auf, als er Alices Bruder sah. Erst auf den zweiten Blick bemerkte er den schlechten Zustand, in dem sich Ludwig befand. Er war blass, und das Haupthaar klebte ihm an der schweißbedeckten Stirn. Hatte man ihm Ärger gemacht, weil er einen Unbefugten ins Schloss gelassen hatte? Hoffentlich verlor er seinetwegen nicht den Posten beim Militär!

Ludwig marschierte an ihm vorüber und verschwand in der königlichen Wohnung. Hatte er ihn nicht bemerkt? Oder nicht bemerken wollen? Wenn Ludwig Gauer sich gezwungen sah, ihn zu ignorieren, sah es schlimm für ihn aus. In diesen Tagen wurde oft kurzer Prozess gemacht, ohne lange die Fakten zu prüfen. Man erschoss schließlich auf der offenen Straße Aufständische – was geschah dann erst mit einem vermeintlichen Attentäter im Schloss?

»Die unvergitterten Fenster müssen bewacht werden«, sagte der eine der beiden Soldaten, die ihn in Gewahrsam genommen hatten. »Am besten von innen.«

Der andere nickte. »Über kurz oder lang werden sie versuchen, reinzuklettern.«

Sie schwiegen eine Weile. Dann fing der erste wieder an: »Haben Sie das gelesen in der *Vossischen*, den Artikel über die Frage, wie Europa im Jahr Neunzehnhundert aussehen wird?«

Einfache Grenadiere waren das nicht, es waren Offiziere, mindestens Majore oder Oberste. Vielleicht war es möglich, mit ihnen zu reden und ihnen die Sache zu erklären. Hannes sagte: »Die Herren Offiziere, dürfte ich eine Frage stellen?«

Verblüfft sahen sie ihn an. So viel Höflichkeit hatten sie ihm nicht zugetraut. »Worum geht es denn?«

»Zuerst möchte ich mich vorstellen«, sagte er. »Mein Name ist Hannes Böhm.«

»Karl von Grueben«, sagte der eine.

Der andere nannte sich Graf von der Pleiße. »Was ist Ihr Anliegen, Gefangener?«, fragte er. Er musste sich beeilen, zum Punkt zu kommen. »Verehrte Herren Offiziere, im Heer wird auf die Ehre und die Urteile der Gerichte geachtet. Wenn das auch auf Gefangene zutrifft, habe ich nichts zu befürchten. Glauben Sie mir, man wirft mir etwas vor, das ich nicht getan habe!«

Der Graf sagte kühl: »Ob wir Ihnen glauben oder nicht, ist irrelevant.«

In diesem Moment ging die Tür wieder auf, und Ludwig trat heraus.

Hannes berührte ihn am Ärmel. »Ludwig, ich brauche Ihre Hilfe, bitte!«

Verwirrt sah Alices Bruder ihn an, dann riss er die Augen auf. »Hannes. Was machen Sie noch hier?«

»Ich bin festgehalten worden. Man hält mich für einen Attentäter.«

Ludwig schüttelte den Kopf. Er sagte zu den beiden Wachhabenden: »Meine Herren, da liegt ein Irrtum vor. Ich kann für ihn bürgen.«

Karl von Grueben erwiderte unbeeindruckt: »Wir haben Befehl von General Ernst von Pfuel, ihn auf keinen Fall gehen zu lassen.«

Ludwig drückte sich die Faust gegen das Kinn. »Ich bin in Eile, Hannes. Ich verspreche Ihnen, nach Dienstschluss kümmere ich mich um Ihren Fall. Machen Sie sich keine Sorgen, General von Pfuel ist der beste Mann, den wir in der Armee haben. Solange er das Sagen hat, kann Ihnen nichts passieren.«

Nun trat Erschütterung in Karl von Gruebens Gesicht. »Wie meinen Sie das, Feldwebel, *solange er das Sagen hat*?«

»Ich kann mich nicht weiter dazu äußern. Bedaure.« Plötzlich hielt er inne, als sei ihm etwas eingefallen. Er machte kehrt und durchschritt erneut die Tür, aus der er gerade gekommen war.

»Wie hat er das gemeint?«, fragte der Graf.

Karl von Grueben sagte: »Wäre furchtbar, wenn sie ihn absetzen würden. Wer käme nach ihm dran? Prittwitz? Dann gute Nacht Berlin.«

Ludwig kehrte zurück, an der Seite des Generals. Sofort verstummten die beiden Offiziere und nahmen Haltung an.

»Sie sind also tatsächlich … mit dem Schloss verbandelt?«, fragte ihn der General.

Hannes nickte. »So könnte man es nennen, ja.«

Der General warf Ludwig einen kurzen Blick zu und sah dann wieder Hannes an. »Aber Sie leben im Feuerland?«

»Bin dort geboren und lebe immer noch da.«

»Könnten Sie sich vorstellen, für mich einige Erkundigungen einzuziehen? Ich würde gutes Geld dafür bezahlen.«

Er verstand nicht recht, was gemeint sein könnte, und bat um eine genauere Erklärung.

»Es ist oft nützlich, früh von den Bewegungen seines Gegners zu erfahren. Wo werden sich die Aufständischen sammeln? Über welche Bewaffnung verfügen sie? Gibt es Pläne für Mordanschläge auf Regierungsangehörige? Sie könnten uns sehr weiterhelfen, wenn Sie sich nach solchen Dingen umhören.«

Er sollte sich also freikaufen, indem er zum Spitzel für das Militär wurde? Nie und nimmer konnte er Kutte ans Messer liefern. Wie sollte er je wieder glücklich werden, wenn Kutte im Gefängnis landete oder aufgehängt wurde, weil er ihn verraten hatte? »Tut mir leid«, sagte er, obwohl er das beklemmende Gefühl hatte, damit sein eigenes Schicksal zu besiegeln. »Ich kann meinen Freunden nicht in den Rücken fallen.«

Ludwig griff ein. »Aber Sie gehören doch nicht zu den Aufständischen! Hannes, hier geht es nicht um Spitzelei, sondern einfach darum, die Augen offen zu halten in einem Stadtgebiet, wo Polizei und Militär keinen Fuß auf den Boden bekommen.«

Gehörte er nicht zu den Aufrührern? O doch, das tat er. Wenn sie wüssten, dass er der Verfasser eines majestätsbeleidigenden Flugblattes war, würden sie ihn auf der Stelle abführen, vielleicht sogar hinrichten. Dass er mit seinem Flugblatt gegen Ludwig kämpfte und eigentlich auch gegen Alice, tat ihm leid. Trotzdem konnte er nicht ihr Spitzel werden. »Ich kann das Vertrauen meiner Freunde nicht missbrauchen«, sagte er.

Ludwig beharrte: »Bedenken Sie, wenn Sie General von Pfuel helfen, verhindern Sie ein großes Blutvergießen. Er ist einer der wenigen, die noch zwischen den Kanonen und den Aufrührern stehen. Gerade hat er unterbunden, dass in die Menschenmenge vor dem Schloss geschossen wurde. Wenn er frühzeitig erfährt, wo sich Aufrührer zusammenrotten, kann er eingreifen, bevor die Lage eskaliert.«

»Tut mir wirklich leid«, sagte er. »Ich kann das nicht machen.«

Der General sah enttäuscht aus. Mit meiner Ablehnung zwinge ich ihn ja geradezu, mich drakonisch zu bestrafen, dachte Hannes. Tatsächlich machte der General ein Gesicht, als müsse er einen mächtigen Impuls in seinem Innern niederringen. Aber er klopfte Hannes auf die Schulter und sagte: »Sie haben die richtige Entscheidung getroffen. Es muss noch Dinge geben, die einen höheren Stellenwert haben als der Krieg. Ihre Freunde vertrauen Ihnen, und das können sie offensichtlich auch.« Er wandte sich an die Offiziere. »Lassen Sie ihn gehen.«

Kutte hielt sich die stechenden Seiten. Vom heftigen Atmen der kühlen Luft brannte ihm die Kehle. Sein Speichel war dickflüssig geworden und schmeckte süß. »Ich glaube, wir haben sie abgehängt«, sagte er.

Der Franzose hielt den Oberkörper nach vorn gebeugt und stützte sich auf den Knien ab. Er keuchte wie ein Dampfbagger. »Hoffen wir's.«

»Ich könnte diesen Nepomuk an die Wand klatschen! Aber wir verdanken ihm unser Leben. Hätte er die Fische nicht dabeigehabt …«

»Unsinn.« Der Franzose schüttelte den Kopf. »Wir verdanken ihm, dass die Polizei Jagd auf uns macht. Was glaubst du, wen die im Wald gesucht haben?«

»Den Waffenschieber?«

»Natürlich. Er hat sie erst auf unsere Spur gebracht.«

Die Bahntrasse, an der sie stehen geblieben waren, war mit hellem Schotter unterfüttert, sie war noch neu, die Gleise waren rot von Rost. Das hatte ihn immer gewundert, dass neue Gleise rostig waren, während viel gebrauchte Gleise silbern glänzten. »Woher willst du das wissen?«, fragte er.

»Der hatte nicht zufällig Fische in der Tasche. Er wusste genau, dass man ihn sucht.«

Auf der anderen Seite der Bahntrasse war eine Bewegung im Wald zu sehen. Kutte fuhr zusammen. Sein Herzschlag beschleunigte sich. Dann aber sah er erleichtert Edgars vertrautes Gesicht. »Mann, Ede, hast du mich erschreckt!«

Edgar kletterte die Böschung hinauf. Er sah sich vorsichtig um und stieg über die Bahngleise. »Hierhin habt ihr euch also verkrümelt. In Nowawes ist die Hölle los.«

»Kann ich mir denken.«

Mit bedeutungsvoller Miene verkündete Edgar: »Ich hab Neuigkeiten mitgebracht.«

»Spuck's aus, Ede.«

»Morgen um zwei versammeln sich die Schutzkommissionen auf dem Schlossplatz. Sie übergeben eine Bittschrift an den König.«

»Was fordern sie?« Es war klug gewesen, Edgar bei den neuen Schutzbeamten unterzubringen. Als Weinhändler und wahlberechtigter Bürger hatte er Zugang zu Kreisen, die ihnen, den Besitzlosen, verschlossen blieben. »Wollen sie Gewehre, damit sie auf uns schießen können wie ihre Freunde vom Militär?«

»Das ist ja das Verrückte. Die stehen plötzlich auf unserer Seite. Sie fordern den Rückzug der Soldaten aus der Stadt, die Pressefreiheit und ein zügiges Einberufen des Landtags. Und jetzt kommt's: Der König soll ihre Bittschrift sofort beantworten, und bis er das tut, wollen sie schweigend auf dem Schlossplatz stehenbleiben.«

Wie bitte? Die Schutzkommissionen, die neuen Beißhunde der Monarchisten, setzten den König unter Druck und stellten liberale Forderungen? »Ist das wirklich wahr?« Er konnte es kaum glauben.

»In den Beratungen haben einige sogar die Berücksichtigung der arbeitenden Klassen gefordert. Aber man konnte das nicht klar genug fassen, deshalb haben sie es nicht mit in die Forderungsliste genommen.«

»Morgen also«, sagte der Franzose und blickte grimmig drein.

Kutte nickte. »Ja, morgen. Machen wir uns bereit.«

26

Die Wisperer kamen zu ihm, die bezahlten Schnüffler. Julius von Minutoli erfuhr, dass sich die Studenten in der Aula der Universität versammelten, um zu diskutieren, ob es sinnvoll sei, gemeinsam vor das Stadtschloss zu ziehen. Ein Mann, der frisch aus der Stadtverordnetensitzung im Rathaus Cölln zu ihm eilte, berichtete, dass unbefugte Bürger in die Sitzung hineingeplatzt seien; anstatt sie hinauszuwerfen, habe man sie willkommen geheißen und ihnen in der ausgelassenen Freudenstimmung sogar gestattet, sich auf jene Sessel zu setzen, auf denen sonst nur die Magistratskommissarien Platz nehmen durften. Zwar sei tosender Applaus ertönt, als die neuen Freiheiten verkündigt wurden. Aber dann habe sich Bürgermeister Naunyn an das Pult gestellt und gesagt: »Mit solchen kleinen Schritten braucht man jetzt nicht mehr zu kommen, dazu ist die Sache doch längst viel zu weit gediehen! Wir müssen geradeheraus sagen, was wir wollen, und das ist eine Konstitution!«

Die Anwesenden hätten wild durcheinander gerufen, und Bürgermeister Naunyn habe man schleunigst in ein Nebenzimmer gebracht, wo ihm von Oberbürgermeister Krausnick deutlich auseinandergesetzt wurde, zu welcher unpassenden Zeit er solche aufregenden Äußerungen mache, und dass er sich gefälligst zurückhalten solle. Der König habe doch bereits große Zugeständnisse gemacht.

Es sei gelungen, die Versammlung wieder auf den Boden der Tatsachen zurückzuholen, und man habe beschlossen, die Stadt am Abend zur Feier der wunderbaren Reformen festlich zu erleuchten.

Julius ließ sich davon nicht einlullen. Seine Unruhe wuchs. Er flehte und drohte und ging persönlich zu mehreren Schutzkomissionsversammlungen. Schließlich brachte er die Schutzkommissionen dazu, ihren Zug zum Schloss abzusagen.

Schon eine halbe Stunde später stellte er fest, dass das Gerücht nicht mehr aufzuhalten war. Immer mehr Berliner verabredeten sich, um gemeinsam zum König zu marschieren. Seine bezahlten Lauscher gaben aus allen Stadtbezirken Alarm.

Die Nachricht, dass der König Pressefreiheit gewährt habe, verbreitete sich wie ein Lauffeuer in der Stadt. Begeistert redete man von der vorgezogenen Einberufung des Landtags, man feierte den gewaltigen Ruck, der durch die Regierung gegangen war. Hunderte Bürger versammelten sich im Gemeindesaal der Lutheraner, trug man Julius zu. In der Weinstube Wegener trafen sie zusammen, im Hippelschen Lokal in der Friedrichstraße, in der Courtinschen Konditorei. Das Gerücht, dass es eine große Dankesfeier vor dem Schloss geben solle, lockte sie an, und sie machten sich aus allen Himmelsrichtungen auf den Weg ins Stadtinnere.

Julius wusste: Eine Menschenmasse von Tausenden war kaum zu bändigen. Er musste den König warnen.

Als er auf dem Schlossplatz eintraf, war dort bereits ein Meer von zehntausend Menschen versammelt. Vielerorts wehten schwarz-rot-goldene Fahnen, an manchen Jacken sah man die verbotenen schwarz-rot-goldenen Kokarden. Er war gezwungen, sich hindurchzuwühlen, um zu den Portalen zu gelangen. Aus allen Straßen ergossen sich weitere Berliner auf den Schlossplatz. Noch waren sie in froher Stimmung.

Im Vorzimmer hielt ihm Bodelschwingh das königliche Patent entgegen und sagte: »Keine Sorge, Preußen hat seine Revolution gemacht, das liegt jetzt hinter uns.«

»Sie täuschen sich. Die Revolution fängt gerade erst an. Meine Leute tragen mir Beunruhigendes zu. Das Rad ist ins Rollen gekommen, und wenn es zu viel Fahrt gewinnt, lässt es sich nicht mehr aufhalten. Wer sich dann dem rollenden Rad entgegenwirft, wird von ihm wie ein Rohr geknickt und zermalmt.«

Bodelschwingh lachte. »Sie und Ihre bildhafte Sprache! Ihre blutige Demonstration, die Sie uns vorhergesagt haben, wo ist sie? Dauernd lagen Sie mir damit in den Ohren. Ich höre von da draußen aber nur Jubelgeschrei.«

»Deshalb bin ich gekommen, um Ihnen und dem König zu sagen, dass der Jubel sich rasch in einen blutigen Konflikt verwandeln kann.«

Ungläubig lächelnd begleitete ihn Bodelschwingh zum König. Als er seine Warnungen vorgetragen hatte, ergänzte Bodelschwingh: »Ich möchte hinzufügen, dass ich diese Befürchtungen für hanebüchen halte.«

»Das ist gar nicht nötig«, sagte Friedrich Wilhelm. Er wandte sich an Julius. »Mein lieber Minutoli, Ihre Bemühungen in Ehren. Aber Sie sehen immer zu schwarz!«

Sie schleppten die Kiste mit den Gewehren nach oben und setzten sie an der schmalen Stiege zum Dachboden ab. Kutte grub in der Hosentasche nach dem Schlüssel.

Hannes flüsterte: »Wenn das rauskommt, verliert das Dienstmädchen die Anstellung.«

»Wir klauen doch nichts.« Kutte grinste. »Wir bringen was.« Er kletterte die Stiege hinauf und öffnete das Vorhängeschloss. Leise öffnete er die Luke. Dann kam er zurück, und gemeinsam hievten sie die Kiste hoch.

Als sie hinter sich die Luke geschlossen hatten, sah sich Hannes um. Der Dachboden war nur spärlich erleuchtet, das Fenster fast vollständig blind. Aber die Kammer war aufgeräumt und sogar ordentlich warm. Hannes fasste an den Kamin. Das Mauerwerk hatte sich behaglich erwärmt, die wohlhabenden Leute in diesem Haus heizten gut. Eine Verschwendung, dass hier im geräumigen Dachboden niemand wohnte. Könnte er nicht mit Alice auf einem solchen Dachboden wohnen, vorerst?

Er sagte: »Die Herrschaften schätzen es bestimmt nicht, dass wir Waffen auf ihrem Dachboden verstecken.«

»Erstens wissen sie nichts davon«, erwiderte Kutte, »und zweitens sind sie Feiglinge. Was meinst du, warum sie die Namensschilder von der Klingel montiert haben? Die haben Angst. Wenn die Arbeiter aus ihrer Fabrik sie finden, gibt's nämlich eins auf die Mütze. Komm, pack mit an!«

Sie schleppten die Kiste in einen dunklen Winkel und setzten sie ab. Kutte bedeckte sie mit Stroh.

Hannes bückte sich und las ebenfalls Stroh auf, um ihm zu helfen. »Findest du denn, dass wir noch kämpfen müssen? Der König hat alle Forderungen erfüllt. Es wird Pressefreiheit geben, und er beruft den Landtag ein.«

»Die Pressefreiheit kann keiner essen, Hannes. Und solange die Stadt voller Militär ist, glaub ich dem König kein Wort. Heute sagt er dies, und morgen das. Hast du vergessen, dass er vor Jahren schon mal eine Verfassung versprochen hat? Und dann hat er sein Versprechen gebrochen.« Er trat an das Dachfenster heran und öffnete es einen Spalt. Zufrieden nickte er. »Ein guter Blick auf die Straße. Hier werden wir einen Gewehrschützen postieren.« Er löste sich vom Fenster. »Und dort vorn decken wir das Dach ab, dann können weitere Schützen Position beziehen.«

Kutte hatte sich verrannt, wieder einmal. Wenn er zur Sicherheit Waffen deponieren will, meinetwegen, dachte Hannes, aber er plant ja einen regelrechten Krieg! »Hörst du nicht die Menge jubeln da draußen? Niemand ist mehr böse auf den König.«

»Hannes, da draußen jubelt das Bürgertum. Wir sind Proletarier! Das Los der Arbeiter hat sich nicht verbessert. Ich hab dir doch von diesem Friedrich Engels erzählt, erinnerst du dich? Der ist achtundzwanzig Jahre alt, vor sieben Jahren war er noch in Berlin als Einjährig-Freiwilliger bei der Garde-Artillerie-Brigade. Mann, ich wünschte, ich hätte ihn kennengelernt.«

»Du warst damals vierzehn, Kutte. Ich glaube nicht, dass er sich mit dir abgegeben hätte.«

»Egal. Jemand aus dem Berliner Handwerkerverein hat mir erzählt, dass Engels die Massenarmut als Folge des kapitalistischen Fabrikwesens ansieht.«

Hannes dachte nach. Bei Alice am Tisch hatte er etwas anderes gehört. »Und die Bevölkerungsexplosion? Ich denke eher, die ist schuld. Dadurch, dass wir immer mehr Menschen sind, werden die Ressourcen knapper, die für alle zur Verfügung stehen.«

»Das sagen die reichen Säcke, um sich rauszureden. Hannes, wir brauchen nicht bloß eine Pressefreiheit. Wir müssen die

Arbeitszeit verkürzen, es geht nicht an, dass Menschen vierzehn, fünfzehn Stunden am Tag an der Maschine stehen! Wir brauchen gesetzliche Kündigungsfristen. Und Unterstützungskassen für Krankheit und Alter.«

»Wer soll das alles bezahlen?«

»Die Leute aus dem Berliner Handwerkerverein sagen, dass die Besteuerung ungerecht ist. Auf dem Land ist sie wenigstens nach Besitzklassen unterteilt, aber hier in der Stadt gibt es keine Einkommensteuer, sondern nur die Steuer auf jedes Brot und jedes Gramm Fleisch. Für den Reichen kommt so im Jahr dieselbe Steuersumme zusammen wie für den Tagelöhner. Findest du nicht, dass das eine schreiende Ungerechtigkeit ist? Wir brauchen eine Einkommensteuer, die zwischen hohen und niedrigen Löhnen unterscheidet.«

In diesem Punkt musste er Kutte recht geben. Ihn wunderte, wie gebildet sein Freund sich plötzlich auszudrücken vermochte. Die Arbeiterversammlungen taten ihm gut. Andererseits machten sie ihn auch wütend. Und in seiner Wut hatte er sich auf ein ziemlich klares Feindbild eingeschossen. Dass das genauso parteiisch war wie die Besteuerungsgesetze, schien er nicht zu bemerken. Hannes nahm ihn bei den Schultern: »Ich verstehe deinen Ärger, und ich verstehe, was du erreichen willst, Kutte. Ich war auch entschlossen, an deiner Seite dafür zu kämpfen. Aber in den letzten Stunden ist viel passiert. Der König hat große Zugeständnisse gemacht. Jetzt Gewalt einzusetzen, ist falsch. Höre auf mich, ich bin dein ältester Freund. Warte einige Wochen, beobachte erst einmal, was sich tut.«

Kutte schüttelte den Kopf. »Nein. Ich sag dir was. Diese Tage, die wir gerade erleben, wird man wieder und wieder betrachten, später einmal. Weil sie die Welt verändern werden. Eines Tages lernen die Kinder das im Schulunterricht.«

»Aber du rennst gegen eine Kraft an, die du nicht besiegen kannst!«

»Da irrst du dich. Das Volk zahlt dem König alles, die Soldaten, die Beamten. Er ist nur so lange mächtig, wie wir ihn mächtig machen. Und damit ist jetzt Schluss.«

Alice stand in der wogenden Menge. Sie genoss es, von außen und distanziert auf das Schloss zu blicken, es kam ihr vor, als sehe sie ihr eigenes Leben mit den Augen eines Fremden. Wenn ich Hannes heirate, dachte sie, werde ich in einem gewöhnlichen Haus wohnen, vielleicht sogar in einem schäbigen. Das Schloss werde ich nur noch sehen, wenn ich meine Eltern besuche. Diese Vorstellung war aufregend und auch ein wenig erschreckend.

Zeitungsjungen verkauften ein frisch gedrucktes Extrablatt der *Allgemeinen Preußischen Zeitung*. Männer wurden von anderen auf die Schultern gehoben und lasen der Menge die Botschaften des Königs vor. Dabei fuchtelten sie mit den Armen, als sei das Ganze ein Theaterstück. Und das Publikum schrie nach jedem Punkt: »Hurra!« Alice wurde von wildfremden Menschen umarmt und beglückwünscht. Hüte flogen in die Luft. Selbst die Kinder schrien vor Glück, obwohl sie doch kaum begreifen konnten, worum es ging.

Wo war Hannes? Die Menge bestand größtenteils aus gut gekleideten Bürgern. Nur an den Ecken der Straßen, die auf den Schlossplatz mündeten, sammelten sich Arbeiter und Handwerksgesellen. Sie lachten nicht mit den Bürgern, manche schüttelten sogar den Kopf.

Alice drängelte sich durch die Menge, um dorthin zu kommen. Einer von denen würde Hannes kennen und ihr den Weg weisen. Sicher stand die Mutter oben am Fenster und betrank sich mit Hoffmannstropfen. Wenn sie wüsste, dass ihre Tochter hier draußen im Gewühl war!

Plötzlich brauste großer Jubel auf, wie Gischt schlug er über der Menge zusammen, sie klatschten, sie schrien. Alice sah sich um. Der König! Er war auf den Balkon über dem Schlossportal getreten. Was er sagte, hörte man nicht, das Brausen der Menge und die donnernden Hurrarufe machten es ihm unmöglich, sich zu verständigen. Aber er schien bewegt zu sein, er legte die Hand aufs Herz und hob die andere zum Himmel empor.

Wie klein er wirkte. Wegen dieses Mannes herrschte der Trubel, wegen der Worte, die er hatte niederschreiben lassen. Er wedelte mit einem Tuch. Offensichtlich wollte er eine Rede halten, aber die zu Tausenden versammelten schrien unerbittlich. Was er sagte, ging in ihrem Brausen unter. Ein machtloser König. Der Verdacht stieg in Alice hoch, dass die Menge sich genau daran berauschte: dass sie ihn in der Hand zu haben schien, dass ihre geballte Macht ihn zu Konzessionen gezwungen hatte und er ihnen nun auch noch zuhören musste, während sie schrien, und selbst dabei nichts sagen konnte.

Die Menge wuchs und wuchs, immer mehr Menschen strömten herbei und verstopften die angrenzenden Straßen. Die vorn Stehenden wurden in Richtung der Schlossportale gedrückt, von dort kamen ihnen aus den Schlosshöfen Soldaten entgegen. Natürlich, das konnte man nicht dulden, dass eine solche Meute in das Schloss eindrang.

»Da stimmt doch was nicht«, sagte jemand neben Alice. »Warum muss er sich mit so viel Militär schützen? Am Ende hält er sich wieder nicht an seine Versprechen.«

»Letzte Woche sind Leute erschossen worden, einfach so«, erwiderte ein anderer. »Wer garantiert uns, dass er das wirklich macht, was er heute versprochen hat?«

Beim Anblick der Soldaten, die vor den Portalen Stellung aufnahmen, ging ein misstrauisches Murren durch die Menge. Die Stadtverordneten stiegen von den Schultern ihrer Unterstützer, und die Hurrarufe wurden seltener.

»Weg mit dem Militär!«, brüllte einer. Schon Augenblicke später wiederholten ein Dutzend Männer diesen Ruf, dann ein paar Hundert.

Vom Balkon eines Hauses am Schlossplatz wurde eine Fahne mit den preußischen Farben gehisst. Die Menge pfiff erbost. Lautstark wurde nach einer schwarz-rot-goldenen Fahne verlangt. Daraufhin zog man die Fahne hastig wieder ein.

Alice wandte sich wieder vom Schloss ab und versuchte, zum Rand der Versammlung zu gelangen, wo die Arbeiter standen. Aber die Menschen waren so dicht zusammengedrängt, dass sie nur mühsam vorankam. Eben noch hatte sie sich wohlgefühlt in diesem Menschenmeer. Allmählich aber bekam ihre Aufregung den kalten Beigeschmack von Angst.

Schon von Weitem hörte Ludwig den Ruf: »Weg mit den Soldaten!« Während sie sich dem Schloss näherten, beobachtete er die jungen Männer seines Infanteriezugs. Ihre Schritte waren steifer als sonst, die Nacken angespannt, die Blicke starr geradeaus gerichtet. Konnte er sich auf jeden Einzelnen von ihnen verlassen bei dem, was ihnen bevorstand?

Gleichzeitig mit ihnen erreichten drei Schwadronen Garde-Dragoner den Schlossplatz, als Begleitschutz für acht Kanonen, die auf Karren in die Schlosshöfe gefahren wurden. Was machte das für einen Eindruck auf das Volk! Man hatte ihnen bisher gesagt, dass die zwei Kanonen im Schlosshof nur dafür da seien, um im Notfall ein akustisches Signal abgeben zu können. Jetzt konnte kein Zweifel mehr daran bestehen, dass man die Waffen gegen die Bevölkerung richten würde.

Er ließ den Trommler spielen. Eine Gasse entstand im Volksgewühl, sodass sie hindurchmarschieren konnten. Noch vor wenigen Wochen hätte das Volk aus Respekt diese Gasse gebildet. Jetzt geschah es nur noch widerwillig.

Als sie im Schlosshof ankamen, atmete er innerlich auf. Er hatte seine Männer ohne Zwischenfall ins Schloss gebracht. Er sah sich nach bekannten Gesichtern um. Da, Hauptmann von Plessen ließ gerade die zweite Kompanie des ersten Bataillons des Kaiser-Franz-Grenadier-Regiments antreten. Ludwig ging zu ihm hinüber, salutierte und sagte: »Herr Hauptmann, ich bitte darum, Herrn General von Pfuel sprechen zu dürfen.«

»Das wird nicht viel bringen, Feldwebel. Pfuel wurde abgesetzt.«

Er schluckte. Das durfte nicht sein, er musste sich verhört haben! »Ich bitte um Verzeihung. Man hat den Kommandierenden General …?«

»Er war nicht aufzufinden. Seine Majestät hat ihn des Amtes enthoben.«

Der Prinz hatte seine Drohungen also wahr gemacht. »Mit Verlaub, das ist eine fadenscheinige Begründung. Wo wird er sein? Im Schloss oder in der Bank, wo er derzeit wohnt. Hat man denn nach ihm gesucht?«

Hauptmann von Plessen hielt seinem Blick stand. »Es heißt, gewisse Kreise seien mit seiner Führung nicht einverstanden.«

»Gewisse Kreise? Den Prinzen meinen Sie. Nehmen wir an, Pfuel ist momentan nicht vor Ort. Dann wäre das Mindeste, dass das Kommando nur übergangsweise einem anderen gegeben wird, bis zur Rückkehr Pfuels. Es ergibt keinen Sinn, ihn komplett abzusetzen, nur weil er gerade nicht vor Ort ist! Wer ist überhaupt an seine Stelle gerückt?«

»General von Prittwitz.«

»O Gott.« Er biss sich auf die Zunge. Hatte er das gerade tatsächlich gesagt? Egal. Sicher wusste auch Hauptmann von Plessen, dass der Wechsel des Oberkommandos von Pfuel zu Prittwitz eine Katastrophe darstellte. Unter Pfuel hatte die Chance bestanden, dass die Aufstände friedlich endeten. Er gehörte zu den gebildeten, kulturell interessierten Offizieren, er war zwar General, aber zugleich Diplomat. Prittwitz hingegen hatte über den laxen Führungsstil Pfuels geschimpft und mehr als einmal deutlich gemacht, dass es unter ihm derartige »Tänzchen« nicht geben würde.

»Vorsicht, Gauer. Da ist er.« Der Hauptmann nickte leicht mit dem Kinn, und Ludwig drehte sich um. General von Prittwitz trat auf sie zu. Sie salutierten.

Der General befahl: »Nehmen Sie auf dem Schlossplatz Aufstellung und bilden Sie eine Front mit Ihren Grenadieren.«

»Jawohl, Herr General!« Ludwig bat: »Darf ich frei sprechen, Herr General?«

»Wenn es sein muss.«

»Das Volk reagiert sehr ungehalten auf den Anblick von Uniformen. Wenn wir auf den Schlossplatz marschieren, könnte das zu einem Tumult führen.«

»Tun Sie einfach, was ich Ihnen gesagt habe, und halten Sie Ihre Männer bereit. Wir werden den Platz räumen. Ein Befehl Seiner Majestät.« Er machte kehrt und trat zu den Dragonern. Auf sein Kommando hin saßen sie auf.

Der Hauptmann und Ludwig warfen sich einen langen Blick zu. Ludwig befahl seinen Männern: »Rechts um! Marsch!« Der

Hauptmann tat es genauso. Sie verließen in Kolonne den Hof durch das Schlossportal.

Als er draußen »Front!« befahl, setzte ein Drängeln und Schieben ein. Männer, die das gar nicht wollten, wurden gegen seine Grenadiere gedrückt, die schoben mit quer gehaltenem Gewehr zurück. Endlich war wenigstens ein kleiner Abstand zum Volksauflauf hergestellt, und sie konnten Aufstellung nehmen.

Vom Lustgarten her kam General von Prittwitz mit den Dragonern geritten. Sie mussten den Hof durch das vierte Portal verlassen haben. Prittwitz strahlte Entschlossenheit aus. Die Dragoner ritten im Schritt auf den Schlossplatz zu, in einer Dreierreihe. Kurz bevor sie die Menschenmenge erreichten, fächerten sie sich auf und formten eine Linie vor den Arkaden der Stechbahn. In der Mitte der Front befanden sich der Rittmeister, ein Trompeter und General von Prittwitz. Prittwitz gab einen Befehl, und sie ritten auf das Volk zu.

Aber das Meer von Menschen wich nicht zurück. Immer noch riefen manche: »Hurra!« Andere forderten, dass sich die Soldaten zurückzögen. Die meisten blickten in trotziger Feindseligkeit den Reitern entgegen. Sie schwangen Stöcke, auf denen Hüte steckten.

Plötzlich, wie auf ein Kommando, formte die Menge eine Welle. Sie wogte den Reitern entgegen, drängte sie ab. Die Pferde scheuten. Hinter sich hatten die Reiter nur die Bögen der Stechbahn, dann die Ladengeschäfte. Die Pferde gingen rückwärts, bis ihre Hufe auf die Kellertüren polterten. Längst war ihre Reihe auseinandergerissen worden, überall kämpften vereinzelte Reiter um das Gleichgewicht, umgeben von Aufständischen, die das Ross mit ihren Hüten wild machten.

Er musste rasch handeln. Ludwig befahl Trommelschlag und ließ seinen Zug mit »Gewehr über« zur Breiten Straße vorrücken.

»Front!« Der Befehl des Rittmeisters war so durchdringend und aus solch geübter Kehle gerufen, dass er über den ganzen Platz zu hören war. Aber zu seiner Ausführung waren die Dragoner nicht mehr in der Lage, sie mühten sich, im Sattel zu bleiben und die Pferde zu halten.

Die Volksmasse jubelte über ihren Sieg. General von Prittwitz riss die Klinge aus der Scheide, und der Rittmeister tat dasselbe, er zückte seinen Säbel, streckte ihn nach vorn und brüllte: »Vorwärts!«

Die Dragoner verstanden: Es war ihre letzte Chance, sonst wurden sie von den Pferden gerissen und niedergetrampelt. Etliche taten es dem Rittmeister gleich und zogen ihre Säbel. Die umstehenden Aufrührer wichen etwas zurück, um den Klingenhieben zu entgehen. Das verschaffte den Reitern Luft. Sie formierten sich zur Front. Während die Dragonerreihe sich der Menschenmenge entgegenstellte, sammelten sich immer mehr der versprengten Reiter. Sie bildeten eine Linie und ritten in das Volk hinein. Wütend schlugen sie mit ihren Säbeln nach den Leuten.

Die Bürger schlugen mit den Stöcken zurück. Zwei der Pferde stürzten, ihre Reiter gingen in der Menge unter. Die anderen Dragoner sahen es und zahlten es den Aufständischen mit blutigen Hieben heim.

Auch gegen Ludwigs Zug wurde die Menschenmenge handgreiflich. Ein Stein flog auf seine Grenadiere. Und noch einer.

Ludwig wandte sich an die Volksmenge: »Beruhigen Sie sich!«

Da knallte ein Schuss.

Ludwig wirbelte herum. »Grenadier Kühn, wer hat befohlen zu schießen? Die Waffe weg!«

Ein weiterer von seinen Leuten schoss, Korporal Hettgen. Er zitterte am ganzen Leib dabei.

Unter Geschrei flohen die Aufständischen über die Kurfürstenbrücke und zur Breiten Straße hin. »Verrat«, brüllte jemand. »Zu den Waffen!«

Ludwig warf sich vor seine Grenadiere und riss denen, die feuern wollten, die Gewehre hoch. »Um Himmels willen, hören Sie auf zu schießen!«

Die Menschenmenge schwappte hierhin, dorthin, es war ein wildes Kreischen und Rennen und Auseinanderjagen. Sofort waren die Straßenmündungen verstopft, jeder wollte durch dieses Nadelöhr, es wurde geschoben, übereinandergeklettert, gestoßen. Dann ein Durchbruch, und der Strom an Menschen floss ab.

Die Dragoner ritten im Viereck an den Gebäuden entlang. Aus den Häusern am Schlossplatz wurden sie beschimpft, aus der Brüderstraße warf man mit Holzscheiten nach ihnen, aber sie jagten die letzten Aufrührer zusammen. Hauptmann von Plessen kreiste sie mit seinen Soldaten ein und ließ sie truppweise zum Schloss abführen.

Ludwig sagte müde: »Das Gewehr einnehmen! Rechts heran!« Er beugte sich über die Verwundeten, die auf dem Platz liegen geblieben waren, und rief nach dem Militärarzt. Was haben wir nur getan, dachte er. Wir werden einen ungeheuren Preis bezahlen.

27

Ernst von Pfuel tunkte die Feder in die Tinte und schrieb:

> *Meine liebe Emilie, heute musste ich wieder an Kleist denken. Wie wir uns in Paris zerstritten haben, und wie ich voller Wut aus unserer gemeinsamen Wohnung ausgezogen bin. Kleist war damals so verzweifelt, dass er alle seine Papiere verbrannt hat, auch das Manuskript des Guiskard. Das habe ich dir nie erzählt. Er ist ohne Abschied nach Flandern gereist und hat sich als Freiwilliger für Napoleons Invasionsarmee gemeldet, mit der man in England anlanden wollte. Um zu kämpfen? Nein, darum ging es ihm nicht. Er wollte sterben. Wie so oft.*
> *Ich hatte doch alles versucht, war mit ihm in den Louvre gegangen, ins Theater oder zu Vorlesungen an der Pariser Universität. Ich ha*

Er brach ab. Was war das für ein Geschrei?

Er legte die Feder zur Seite und trat ans Fenster. Eine Meute von etwa zwanzig Männern bedrängte die beiden Schildwachen am Eingang der Bank. Man entriss ihnen die Patronentasche, den Säbel, das Bajonett. Jetzt fassten sie auch nach den Gewehren und versuchten, sie den Grenadieren zu entwinden.

Hastig setzte er sich den Helm auf und griff nach seinem Degen. Er eilte die Treppe hinunter. Als er aus der Tür trat, schlug gerade einer der Grenadiere einem Kerl mit blauer Schirmmütze die Faust ins Gesicht. Das fachte die Wut der Menge nur weiter an.

»Sofort aufhören!«, rief er.

Einer der Aufständischen richtete eine Pistole auf den rechten Grenadier und feuerte. Der Grenadier hielt sich den Bauch. Er fiel gegen das Schilderhaus und sackte qualvoll langsam rücklings zu Boden und hinterließ eine Blutspur an der Wand. Der andere Grenadier feuerte sein Gewehr ab, während ihn Aufständische von hinten würgten, der Schuss ging in die Luft.

Ernst von Pfuel zückte den Säbel und befahl: »Auseinander! Oder ich bin gezwungen, Sie zu töten!« Und wenn sie mich genauso erschießen wie den Soldaten?, dachte er. Er sah sich nach weiteren Schützen um. Abgesehen von dem Schützen schien keiner der Umstehenden eine Schusswaffe zu besitzen. Und das Gewehr des linken Grenadiers müsste erst nachgeladen werden. Gefährlich war das Gewehr des Verwundeten, es war vermutlich noch geladen.

Die Aufständischen rissen dem linken Grenadier den Helm vom Kopf und prügelten auf ihn ein, zerrten an der Uniform, traten nach ihm. Er wehrte sich, so gut er konnte, aber lange würde er in diesem ungleichen Kampf nicht mehr standhalten.

Trotzdem sprang Ernst nicht zu ihm, sondern zum Verletzten, und stieß einem Aufständischen, der nach dem Gewehr greifen wollte, den Degen in die Schulter. Mit einem Schmerzensschrei fuhr der zurück.

Die Aufständischen kamen dem Mann zu Hilfe und scharten sich drohend um den General.

Er hielt den Degen vor sich gestreckt. »Ich habe auf zahlreichen Schlachtfeldern gekämpft. Wäre nicht das erste Mal, dass ich mich einer Überzahl gegenübersehe.« Er sah auf ihre Knüppel und herausgebrochenen Zaunlatten. »Ich kann Sie nur warnen. Ich habe im preußischen Militär das Fechten als Sport überhaupt erst eingeführt.«

»Erzähl doch keinen Unsinn, Alter!«, höhnte einer.

»Dann komm her und stell mich auf die Probe.«

Der Spötter, ein langer Kerl mit feuerrotem Haar, machte einen Ausfall, er schlug mit seiner Zaunlatte nach ihm. Es war ein Schlag mit viel Wucht, aber unbeholfen ausgeführt.

Mühelos wich er aus. Ich bin alt, dachte er. Jedoch nicht zu alt. Er stach nach der Hand des Gegners. Wie erwartet, schrie der auf, ließ seine Zaunlatte fallen und hielt sich die blutenden Finger. »Noch jemand?«, fragte er.

Sie musterten seine Generalsuniform mit dem Schwarzen Adlerorden und dem Pour le Mérite mit Eichenlaub, dem russischen Annenorden in Brillanten und dem schwedischen Königlichen Seraphinenorden, dazu dem Roten Adlerorden mit Brillanten und dem Eisernen Kreuz. Da blieben sie lieber auf Abstand, auch wenn sie gierige Blicke auf das Gewehr des verwundeten Grenadiers warfen.

Schließlich sagte einer: »Kommt, hauen wir ab, ein Gewehr haben wir ja.« Sie drohten noch einmal mit ihren Knüppeln, bevor sie davonzogen.

Mit einem Taschentuch wischte der General die Klinge des Degens ab und steckte ihn in die Scheide. Dann bückte er sich zum Verwundeten hinunter. Blut sickerte ihm aus dem Bauch. Er war bei Bewusstsein, aber er brauchte dringend Hilfe. Der andere Grenadier musste sich am Schilderhaus abstützen und wirkte benommen von den vielen Schlägen. Als Ernst von Pfuel ihn nach seinem Namen fragte, versuchte der Grenadier Haltung anzunehmen und sagte: »Grenadier Czaika, von der siebten Kompanie Kaiser Franz, Herr General.«

»Und dein Wachgefährte?«

»Das ist Grenadier Theisen, ebenfalls siebte Kompanie Kaiser Franz, Herr General.«

»Kannst du gehen?«

»Ich denke schon, Herr General.«

»Lauf zur Kommandantur und hole Hilfe. Wenn du unterwegs auf einen Uniformierten triffst, sei es Polizist oder Soldat, schicke ihn her, wir müssen deinen Wachgefährten ins Lazarett eures Regiments in der Grünstraße bringen.«

»Jawohl, Herr General.« Sogleich humpelte Czaika davon. Ernst von Pfuel hingegen lauschte. Die ganze Stadt schien auf den Beinen zu sein. Geschrei und wütende Rufe hallten herüber. Was war geschehen? Er hatte das Fest am Schlossplatz doch erst vor knapp einer Stunde verlassen! Er musste unverzüglich dorthin zurückkehren, um sich ein Bild von der Lage zu verschaffen. Aber den Schwerverwundeten hier liegen zu lassen, kam nicht infrage. Es käme einem Todesurteil für den Grenadier gleich.

Er hielt dem Soldaten die Hand und sprach ihm Mut zu. »Glaub mir, ich habe noch schlimmere Verletzungen gesehen, und die Männer laufen heute quicklebendig herum.«

Der Grenadier nickte. Selbst diese Geste fiel ihm schwer. Er zitterte am ganzen Leib.

Vier Soldaten bogen in die Straße ein, mit einer Trage, offenbar von Czaika geschickt. Gemeinsam hoben sie den Verwundeten, der vor Schmerzen stöhnte, auf die Trage.

Ernst fragte die vier Männer, wo sie ihre Säbel und Gewehre hatten.

»Die wurden uns von einer Horde Bürger abgenommen, Herr General.«

Das Volk bewaffnete sich. Es war kein bloßer Protest mehr, sondern eine ausgewachsene Revolution. Wie war die Stimmung derart gekippt? Dieser Umschwung erinnerte ihn an den Krieg gegen Napoleon: Man war arrogant und viel zu schlecht vorbereitet vorgegangen, und dann, in der Schlacht von Jena und Auerstedt, fielen folgerichtig neunzehn Generäle, und das große Chaos brach aus.

Die vier Soldaten trugen den Grenadier fort. Gleich hier in der Jägerstraße war der literarische Salon von Rahel Levin, spätere Varnhagen von Ense, gewesen, in dem er mit Schriftstellern wie Friedrich Schlegel oder Ludwig Tieck gesprochen hatte. Rahels Mann, Karl August Varnhagen von Ense, lebte noch, und es war in den höheren Kreisen Berlins bekannt, dass er voller Wohlwollen auf die neue Bewegung blickte.

Ein Herr im maßgeschneiderten Anzug eilte vorüber, mit verkniffenem Gesicht. »Verstecken Sie sich«, sagte er. Seine Stimme war hoch wie die eines Kindes. »Wer Uniform trägt, wird auf den Straßen verprügelt oder Schlimmeres.«

Ihm wurde allmählich klar, was geschehen war: Man hatte ihn ausmanövriert. Dieser tückische Graf Alvensleben hatte ihm geraten, sich über Mittag ein wenig auszuruhen, und die Minister Graf Stollberg und General von Rauch hatten vorgegeben, ebenfalls für ein oder zwei Stunden in ihre Quartiere zu gehen. Mit diesem simplen Trick hatte er sich aus dem Schloss locken lassen.

General von Moellendorf hatte ihm noch versichert, alles bestens im Griff zu haben. Dabei hatte man nur seine Abwesenheit abgewartet, um die Auseinandersetzungen eskalieren zu lassen.

»Sind Sie bereit«, fragte Pfuel den Passanten, »Ihrem Vaterland einen wichtigen Dienst zu leisten?«

Der gut kleidete Herr machte ein Gesicht, als habe man ihn gebeten, sich einen Dolch ins Herz zu stoßen. »Wo-worum geht es denn?«, hauchte er.

»Ich brauche Ihren Anzug. Nur als Zivilist habe ich eine Chance, es bis ins Schloss zu schaffen.«

Menschen rannten durch die Oberwallstraße, als wäre ein Rudel Wölfe hinter ihnen her. Schutzmänner rissen sich die Armbinde ab. Sie wollten nicht mehr der Regierung dienen, sondern wieder zum Volk gehören. Kutte bückte sich nach dem umgestürzten Schilderhaus der Wache. »Pack mal mit an.«

Hannes zögerte. Am Schilderhaus klebte Blut. Was war mit den Wachsoldaten vor der Königlichen Bank passiert? Würde man ihnen nicht die Schuld an deren Schicksal geben, wenn sie jetzt mit dem Schilderhaus herumspazierten? »Was willst du mit dem Ding?«, fragte er, fasste aber schließlich doch mit an. Sie schleppten das Schilderhaus zur Ecke Jägerstraße. Danach rissen sie eine Bude vom Jahrmarkt auf dem Dönhoffplatz ein und trugen deren Teile ebenfalls auf die Kreuzung.

Gemeinsam mit Kuttes Männern stoppten sie einen Wagen mit Brennholz, spannten ihn aus und stürzten ihn, vor den Augen des lamentierenden Wagenlenkers, um. Die Holzscheite polterten zu Boden. Sie legten Rinnsteinbrücken als Verbindungsbretter zwischen den umgestürzten Wagen und die Teile der Jahrmarktsbude. Diese Barrikade versperrte die gesamte Straßenkreuzung.

Aus einem Solinger Klingenladen an der Ecke des Hausvogteiplatzes holten Kuttes Männer Rapiere und Säbel – ob man sie ihnen freiwillig gegeben hatte, wagte Hannes nicht zu fragen. Andere brachten Beile aus den Eisenwarenhandlungen. Alles schien vorab geplant und geprobt zu sein, jeder wusste, was er zu tun hatte.

Sie waren wild entschlossen, mit dem König von Preußen Krieg zu führen. Aber so beeindruckend ihre kleinen Erfolge auch waren, bald würde eine Armee anrücken, die durch umgestürzte Karren nicht lange aufzuhalten war.

Zwei bärtige Kerle aus Kuttes Gefolge arbeiteten mit Eisenstangen daran, das Steinpflaster aufzubrechen. Währenddessen wurden drei Stockwerke höher die Dächer abgedeckt, um Posten für Gewehrschützen zu schaffen.

Was Hannes am meisten verblüffte, war der Umstand, dass auch besser gestellte Leute sich am Barrikadenbau beteiligten. Zwei Männer trugen einen schweren Balken heran: der vordere ein Arbeiter mit zerrissenem Hemd, der hintere ein Herr im Gehrock mit einer goldenen Uhrkette, die vom Knopfloch zur Westentasche führte. Manche wohlhabenden Bürger waren offenbar genauso aufgebracht wie die armen Schlucker und fühlten sich vom König betrogen. Männer in feinem Zwirn erschienen bereits mit einer Büchse bewaffnet an der Barrikade. Die gehören zur Landwehr, dachte Hannes, und können wirklich schießen.

Vom Schloss hallte bereits Gewehrfeuer herüber. »Das muss schneller gehen«, trieb Kutte die Männer an, von denen manche doppelt so alt wie er selbst waren. »Die sind bald hier, dann muss die Barrikade stehen!«

Zwei Herren im Frack kamen vom Werderschen Markt her auf die Kreuzung zu. Zwischen sich trugen sie an Stangen ein Bettlaken, darauf hatte jemand mit Ruß und Öl geschrieben:

EIN MISSVERSTÄNDNIS! DER KÖNIG WILL DAS BESTE!

»Was seid ihr denn für Flitzpiepen«, begrüßte sie Kutte vom umgestürzten Holzkarren herab.

»Kammergerichtsassistent Moewes, zu Diensten«, sagte der eine. »Bitte, räumen Sie die Straßensperre weg. Das ist alles nur ein großes Missverständnis.«

Kuttes Männer lachten so schallend, dass sie sich die Bäuche halten mussten. »Hat euch der König geschickt?«, fragte Kutte voller Spott. »Was für eine armselige Truppe ihr seid!«

Der Kammergerichtsassistent war sichtlich beleidigt. »Wir sind allerdings im Auftrag Seiner Majestät hier, der König hat den Porträtmaler Graewert beauftragt –«

»Wir sind nicht blöd, kapiert? Verschwindet, oder ich hau euch meine Axt in den Schädel!« Kutte zog das Beil aus dem Gürtel. Die anderen machten es ihm nach, sie zückten ihre Messer und hoben drohend die Eisenstangen. Wie eine Crew von Piraten sahen sie aus. Die Barrikade war ihr Schiff.

Die beiden Herren ließen die Stangen mit dem Laken fallen und machten, dass sie davonkamen.

Kutte nahm einem seiner Leute das Gewehr ab und drückte es Hannes in die Hand.

Der eiserne Lauf war kalt, und doch hatte Hannes das Gefühl, er brenne sich in seine Haut. Er schüttelte den Kopf. »Ich kämpfe an deiner Seite, aber ich erschieße niemanden.«

»Du wirst schießen«, sagte Kutte. »Wenn dir die Kugeln um die Ohren pfeifen, wehrst du dich.«

Er gab Kutte das Gewehr zurück. »Tut mir leid. Ich finde es auch falsch, dass die Soldaten unschuldige Berliner erschießen. Aber viele von den Grenadieren führen genauso nur mit Widerwillen ihre Befehle aus, da bin ich mir sicher. Was haben die für eine Wahl? Vor das Kriegsgericht will keiner. Ich kann nicht auf sie schießen. Ich hätte immer Angst, ich töte jemanden, der das gar nicht verdient hat.« Aus dem Augenwinkel sah er, dass Kuttes Freunde ihre Arbeit niederlegten und mit feindseligen Gesichtern näher kamen.

Kuttes Nasenflügel blähten sich. »Du lässt mich also im Stich. Heute, wo's drauf ankommt.«

»Nein«, sagte er, »ich verlasse dich nicht. Aber ich werde nicht schießen. Einer muss hier sein, um dir im richtigen Moment zu sagen, dass es Zeit ist abzuhauen. Der werde ich sein. Wir brauchen einen Fluchtweg für den Fall, dass wir überrannt werden. Hier unten in den Straßen zingeln sie uns ein. Wir müssen über die Dächer entkommen.« Er sah nach dem nächstgelegenen Hauseingang. Wenn die Flucht misslang, würde er Alice nie wiedersehen. »Für die Tür hast du einen Schlüssel, richtig? Lass mich eine Route über die Dächer auskundschaften, dann komme ich wieder.«

28

Das musste ein Albtraum sein! Berlin, die Stadt, für die er als militärischer Kommandeur verantwortlich war, stand gegen den König von Preußen auf, aber anstatt seine Truppen zu führen und den König zu beraten, stand er in Zivil – in Zivil! – am Straßenrand und fragte sich, wie er zum Schloss vordringen konnte.

Ein Detachement Dragoner sprengte vom Gendarmenmarkt her die Jägerstraße entlang. Er winkte und befahl ihnen, stehen zu bleiben, aber sie ritten einfach vorüber. »Ich bin General von Pfuel«, rief er, »ich befehle Ihnen –« Es war nutzlos. Für sie war er nur ein Zivilist, der vom Straßenrand Dinge brüllte, ein beinahe Siebzigjähriger, der die Faust schüttelte, was kümmerte das die Kavallerie, zumal an diesem Tag?

Er eilte ihnen nach. Sie gingen gegen eine Barrikade an der Oberwallstraße vor. Im Barrikadengerüst hatte man das Schilderhaus verbaut, er erkannte es sofort wieder. Vor ein paar Stunden hatten daneben noch die Wachposten vor der Königlich-Preußischen Bank gestanden. Und dieser Blondschopf, der sich da hinter die Bretter duckte, kam er ihm nicht auch bekannt vor? Das war der junge Kerl im Schloss gewesen!

Die jungen Leute hinter der Barrikade bewarfen die Dragoner mit Pflastersteinen, sogar von den Hausdächern schleuderten Aufständische Steine herab. Glücklicherweise verfehlten sie die Reiter. Da warf einer vom Dach eine Gehwegplatte herunter. Der Granit zerschellte mit lautem Krachen auf der Straße. Die Pferde scheuten. Hinter der Barrikade wurde eine Büchse abgefeuert.

Der Rittmeister gab folgerichtig den Befehl, das Feuer zu erwidern. Die Dragoner hoben ihre Karabiner und schossen. Nur waren die Aufständischen hinter ihrer Sperre schwer zu treffen, während die Dragoner ein leichtes Ziel abgaben. Wieder blitzte Mündungsfeuer auf, Ernst zählte mindestens drei Büchsenschützen hinter der Barrikade.

Einer der Dragoner wurde getroffen, ließ den Karabiner fallen und hielt sich ächzend die Schulter. Weitere Steine flogen. Die Pferde bäumten sich mit angstgeweiteten Augen auf. Der Rittmeister befahl den Rückzug.

Wieder beachteten sie ihn nicht, das Detachement sprengte davon, vermutlich, um sich ein paar Straßen weiter zu sammeln, die Verwundeten zu versorgen und eine neue Strategie zu entwickeln. Aber er hörte Trommelschlag von der anderen Seite der Barrikade. Die Verteidiger wechselten rasch auf seine Seite des Haufens und spähten aus. Er hörte ihre Rufe: »Das ist Infanterie, das sind zu viele!« Schon knallten die ersten Schüsse, und weitere folgten in einer Geschwindigkeit, wie sie nur ein geübtes Bataillon Grenadiere abgeben konnte. Die Grenadiere zielten auf die Steinewerfer auf den Dächern, er sah, wie der Putz wegplatzte durch die Kugeln, die auf die Mauern trafen. Eine Dachschindel zersprang. Jetzt flogen keine Steine mehr.

Der Blondschopf, den er aus dem Schloss kannte, führte die ganze Rotte in eines der Häuser. Während die Grenadiere die Barrikade stürmten, sah er die Aufständischen über das Dach zu benachbarten Häusern entkommen.

Die Grenadiere begannen sofort, die Barrikadenteile auseinanderzuzerren und fortzuräumen. Er sprach den befehlshabenden Hauptmann an: »Mein Name ist Ernst von Pfuel. Sie werden sich wundern, mich in Zivil zu sehen, aber man hat mich unter Vorwand und Tücke vom Schloss weggelockt.«

Der Hauptmann machte große Augen. »Diese Rebellen schrecken doch vor nichts zurück.«

Das waren nicht die Rebellen, dachte Ernst, das war Feuer aus den eigenen Reihen. Aber er schwieg.

»Ich erkenne Sie. Ich habe Sie beim Manöver vor drei Wochen gesehen.«

»Nehmen Sie hier an der Werderschen Kirche Stellung«, befahl er dem Hauptmann, »und geben Sie mir sechs verlässliche

Männer mit, die mich zum Schloss begleiten. Es sollten gute Schützen sein. Wir werden uns durch ein Gebiet schlagen müssen, das von Rebellen besetzt ist.«

»Zu Befehl, Herr General.«

Er zögerte. Sollte er sich die Blöße geben und fragen? Andererseits war es von Vorteil, vorbereitet ins Schloss zu kommen, so konnte er den Kriegstreibern besser in die Flanke fallen. »Welche Ziele verfolgt die Heeresführung? Bringen Sie mich auf den neuesten Stand, Hauptmann.«

»Sämtliche Truppen werden beim Schloss zusammengezogen, Herr General. Ich dachte, Sie hätten das befohlen? Auch die, die draußen in den Dörfern stationiert waren. Vom Schloss und Unter den Linden aus werden die Angriffe gegen die Rebellen geführt. Vor allem sollen wir die Verbindung mit dem Brandenburger und dem Potsdamer Tor freihalten, und die Bank und die Seehandlung in der Jägerstraße schützen. Aber wer hat all das befohlen, wenn Sie es nicht waren?«

Das werde ich bald herausfinden, dachte er. »Wo stehen die Aufständischen?«

»In der ganzen Stadt, Herr General. Wir halten nur noch das Schloss und ein paar Kasernen, fürchte ich.«

Draußen krachte es wie von einem Feuerwerk, und Alice zuckte bei jedem Knall zusammen. Diesmal war es kein Schlossfest, das durch Raketen und Leuchtkörper gekrönt wurde, durch Wasserfälle aus blauem Feuer und schillerndes Kupfergold, zerplatzende Papphülsen, Kunstfeuer-Frösche oder chinesischen Goldregen. Diesmal starben Menschen. Bei jedem Knall sank einer um und hörte für immer auf zu atmen.

Sie klammerte die Hände noch fester um die Sessellehnen. Guter Gott, betete sie, lass Hannes nichts zustoßen. Und pass auf Ludwig auf.

Ihr Bruder würde sich, wenn er den Befehl dazu erhielt, mitten in die schlimmste Schlacht stürzen. Er würde seine Männer schonen und stattdessen die waghalsigsten Aufgaben selbst übernehmen. Das machte ihr Angst. Und Hannes … Was war das Leben eines einfachen Werksarbeiters heute wert? Die Soldaten würden keinen Unterschied machen zwischen Anstiftern und Mitläufern. Als er gegangen war, hatte er ihr gesagt, dass er sich um Kutte kümmern müsse. Hannes würde nicht sterben, weil er den König stürzen wollte, er würde sterben, weil er eine Kugel fing, die für seinen Freund gedacht war. Auch da hatte sie die schlimmsten Vorahnungen.

Mutter drückte die Flasche mit Hoffmannstropfen an ihre Wange, wie um sie zu kühlen. Sie seufzte: »Ich hab's immer gesagt. Gegen Demokraten helfen nur Soldaten.«

»Pauline!«, schimpfte Vater. »Solche Bierstubensprüche sind unter deiner Würde.«

»Komm, du siehst es doch genauso. Volkssouveränität ist ein Modewort, nichts weiter. Gerade wenn der Ausnahmezustand herrscht, ist der König wichtig. Er hält das Land zusammen. Die Monarchie bewahrt uns vor einer roten Republik, sie bewahrt uns davor, dass der ungebildete Pöbel die Herrschaft an sich reißt und uns ins Chaos stürzt. Sonst fallen die Massen über alles her, was uns wertvoll und heilig ist, und ziehen mordend und raubend durch die Straßen. Es geht hier um Gesetz oder Anarchie.«

»Unsinn.« Vater stand auf. »Die Probleme liegen viel tiefer. Warum willst du das nicht wahrhaben? Uns stellen sich zu viele Aufgaben auf einmal, die gelöst werden müssen. Die grässliche Armutswelle. Der Adel will seinen alten Rang zurückerlangen, die Bürger wollen ihn abschaffen und selbst zur Geltung kommen. Tagelöhner und Handwerksgesellen wollen wie die Bürger angesehen sein, was diese verständlicherweise ablehnen. Die Arbeiter fordern kostenlose Schulen und das Wahlrecht, die Meister wollen über ihr Handwerk bestimmen und verlangen ein Gesetz, das die Fabriken zwingt, Aufträge nur an Meister zu vergeben. Die Studenten fordern die Republik, die Professoren ein Grundgesetz, die Beamten mehr Macht und Bewegungsfreiheit für den Verwaltungsapparat. Wo sollen wir anfangen? Wir bräuchten zehn Jahre, um all das zu lösen.«

Das hatte ihr noch gefehlt, dass die Eltern sich stritten. Sie brauchte jetzt Wärme und Sicherheit! Obwohl sie sich eine Decke über die Knie gelegt hatte, fror sie. Die ganze Welt, die sie gekannt hatte, stürzte zusammen, an einem einzigen Tag zerfiel alles. Und niemand schien in der Lage zu sein, die Gewalten zu beherrschen, die durch Berlin tobten und die Menschen gegeneinander aufhetzten.

Sie hatte sich in eines der Häuser am Schlossplatz retten können, bis man den Platz geräumt hatte, und war dann von Soldaten zum Schloss geleitet worden. Aber einem Habenichts wie Hannes machte man die Haustür nicht auf. Wo sollte er sich in der Innenstadt verstecken?

Sie legte die Decke weg und trat ans Fenster.

»Komm sofort weg da«, kreischte die Mutter. »Bist du wahnsinnig geworden?«

Gefesselte Aufständische wurden von Soldaten zum Schloss geschleppt, ein Dutzend oder mehr mussten es sein. Sie bluteten aus zahlreichen Wunden. Einer war ganz blau im Gesicht, sicher hatte man ihn geschlagen. »Was passiert mit den Gefangenen, Vater?«

»Das weiß ich nicht, Alice. Bitte hör auf deine Mutter. Man kann von draußen deine Silhouette im Fenster sehen, von den Dächern schießen Rebellen. Sie könnten dich für die Königin halten.«

Alice trat vom Fenster zurück. »Werden sie hingerichtet?«

»Gut möglich.« Vater machte ein ernstes Gesicht. »Zumindest die Rädelsführer wird man hängen, vermute ich.«

Wenn Hannes unter den Gefangenen war, musste sie ihm helfen. Aber warum brachten sie die Rebellen hierher und nicht ins Gefängnis? Sie fragte es.

Der Vater rieb sich das Handgelenk. Er vermute, sagte er, dass das Stadtschloss der letzte sichere Ort in der Stadt sei. Die Außenbezirke würden offenbar von den Aufständischen kontrolliert. Vielleicht hätten sie auch die Gefängnisse bereits gestürmt.

»Ich muss nachsehen«, sagte Alice, »ob Hannes unter den Gefangenen ist.«

Ihre Worte gingen in Mutters aufschäumender Hysterie unter. »Wie bitte? Die ganze Stadt befindet sich in der Hand dieser

Wilden, und nur noch das Schloss ist nicht erobert? Wir sind eingekesselt! Am Ende greifen sie uns gewiss auch noch an. Robert, tu etwas!«

»Die Armee –«

»Die Armee hat Berlin verloren«, kreischte die Mutter. »Wie soll sie da das Schloss verteidigen können? Was machen wir, wenn diese Banditen die Treppe heraufkommen? Ich möchte nicht in die Hände dieser Bestien fallen. Das kannst du nicht zulassen, Robert.«

29

Julius von Minutoli konnte das Geräusch nicht zuordnen. Ein dumpfes Hacken war es, regelmäßig, wiederkehrend. Es dröhnte durch die Straße. Der Pulverdampf ließ ihn nicht weit sehen, wie Nebel hing er in der Luft. Vorn bei der Sternwarte bebte die Baumkrone einer Linde. Er ging näher. Dann sah er sie, zuerst als Schemen nur im weißen Schmauch: Aufständische fällten die Linde in der Besselstraße. Julius beobachtete, wie sie wankte und schließlich fiel, Äste zersplitterten beim Auftreffen auf dem Enkeplatz. Schon schälten sich Pferde aus der Nebelwand, und Dutzende Männer packten mit an. Mit vereinter Kraft von Mensch und Tier schleiften die Aufständischen die Linde an das Fundament einer neuen Barrikade heran.

In der Ferne knallte es. Wieder und wieder. Er wusste, dass in Schlossnähe bereits das Militär gegen die Barrikaden anrollte, da konnte er nichts mehr ausrichten, im Kugelhagel würde er schneller sterben, als er das weiße Taschentuch schwenken konnte.

Hier aber, wo sie gerade erst mit dem Bauen begonnen hatten, gab es noch eine Chance. Dreißig oder vierzig Barrikaden standen bereits, die Einwohner Berlins verrammelten ihre Stadt. Die Gewalt würde auf beiden Seiten einen hohen Blutzoll fordern, und der Ausgang war ungewiss. Es mussten Verhandlungen zwischen dem König und seinen Untertanen eingefädelt werden. Beide Seiten hatten sich in eine mörderische Sturheit verrannt.

Die Rebellen an der neuen Barrikade hatten Gewehre, Pistolen und Patronentaschen, sie mussten einen Waffenladen überfallen haben. Würden solche Männer gegenüber sachlichen Argumenten offen sein?

Ein älterer Herr mit Schiebermütze kam näher. Erstaunt musterte er Julius. »Mann, Sie haben Mumm, hier mit Uniform rumzulaufen. Auf dem Dönhoffplatz haben sie gerade einen Gendarmen massakriert.«

Dönhoffplatz, die hatten doch nicht etwa Polizeihauptmann von Holstein ermordet? Er war einer der erfahrensten und besten Männer, die seine Dienststelle besaß. Kalt kroch es ihm in die Knochen.

Woher rührte der Hass dieser Menschen, die plötzliche Wut auf alle Uniformierten? Und zugleich der Zorn der Uniformierten auf die Bürger, das war ja keinen Deut besser. Man musste beide Seiten an einen Tisch bringen, sonst würde es zahllose Tote wie in Wien oder in Paris geben.

Er beschloss, die schwer bewaffneten Barrikadenbauer besser unbehelligt zu lassen. Stattdessen ging er die Charlottenstraße hinauf, Richtung Stadtmitte. Dort würden sich die Anführer der Bewegung befinden. Die musste er zu Verhandlungen bewegen.

An der Kreuzung Charlottenstraße und Kochstraße ragte eine weitere Barrikade mit schwarz-rot-goldenem Wimpel aus dem Pulvernebel. Hatten die Rebellen hier einen Kommandeur? Er zückte sein weißes Taschentuch, hielt es am ausgestreckten Arm in die Höhe und näherte sich dem Berg von Rinnsteinbrücken und Fässern.

Köpfe erschienen über der Barrikadenkante. Sein Körper spannte sich an. Immerhin, sie schossen nicht.

Drei Männer kamen über die Barrikade geklettert. Nein, vier. Was hatten sie mit den Eisenstangen vor? Und mit den Messern? Sie kamen ihm mit blanken Messern entgegen! Die wollen mich umbringen, dachte er.

Er warf sich herum und rannte los. Hinter sich hörte er die Schritte der Verfolger. Ein Aufständischer schleuderte seinen Eisenstab nach ihm. Das Eisenteil schlug klirrend auf den Boden auf und hüpfte weiter. Julius sprang in die Höhe, beinahe wäre es ihm zwischen die Beine geraten. Er war aus der Übung, ein Polizist musste eigentlich in Form sein, wie oft hatte er es seinen Gendarmen gepredigt.

Er bog in die Zimmerstraße ein. Als er sich keuchend umdrehte, sah er sieben Männer, die ihn verfolgten. Scheinbar hatten sich weitere der Jagd auf ihn angeschlossen. Seine Beine pumpten wie die Kolben einer Dampfmaschine, er rannte um sein Leben.

Aus der Markgrafenstraße kam eine zweite Gruppe Aufständischer. Sie sahen ihn laufen, sahen seine Uniform, und setzten ihm ebenfalls nach. Sie kriegen mich, dachte er. Die sind noch frisch, und mir geht die Puste aus.

Der Gedanke an Mathilde trieb ihn weiter. Mathilde brauchte ihn! Wie sollte sie allein die vier Kinder durchbringen? Gerhardine war erst zwei, sie würde sich nicht einmal an ihn erinnern können. Und Arthur hing so an ihm.

Nirgendwo war Militär in Sicht. Anscheinend befand sich dieser Teil der Stadt vollständig in der Hand der Rebellen. Weiter! Weiter! Seine Lungen stachen. Der Mund war ausgetrocknet. Er hörte stoßweisen Atem hinter sich, dann packte ihn eine Hand an der Schulter und riss ihn herum.

Er stolperte. Als er sich wieder aufrappelte, war er bereits von Männern in zerschlissener Kleidung umringt. Arbeiter, Handwerksgesellen, Schlesier, Herumtreiber, Tagelöhner. Jemand riss ihm den Degen aus der Scheide.

Mit meinem eigenen Degen?, dachte er. »Ihr macht einen Fehler. Ich kann euch zum König bringen. Ihr solltet verhandeln! Ich kann eure Anliegen verstehen, ich bin auf eurer Seite!«

Sie stießen ihn zu Boden. Er bekam einen Tritt in die Rippen, dann packte ihn ein besonders kräftiger Kerl beim Kragen und schleifte ihn die Straße entlang. Vergeblich versuchte er, sich zu befreien und auf die Füße zu gelangen, der Griff des Arbeiters war fest wie ein Schraubstock.

»In die Pferdeäpfel!«, forderten die anderen. »Mitten rein!«

Der Arbeiter drückte ihn in einen Haufen frischer Pferdeäpfel. Als er sich abstützte, um aufzustehen, quoll der klebrige Kotbrei zwischen seinen Fingern hindurch. Er krabbelte auf allen vieren fort.

Sie holten ihn ein und umringten ihn. Er sah einen Stiefel auf sich zukommen, wollte ausweichen, aber der Tritt landete auf seinem Brustkorb. Die Luft wich aus seinem Körper, sodass er kaum mehr atmen konnte. Er ächzte.

Ein weiterer Tritt. Noch einer. Sie prügelten und traten, dass ihm Sehen und Hören verging. Er spannte seinen Körper an, um die inneren Organe zu schützen, machte die Muskeln hart, auch wenn sie bei jedem Schlag, den er einsteckte, schmerzten. Den Kopf nahm er zwischen die angewinkelten Arme.

Schützenstraße 10, dachte er. Kommissar Rothe. Rechts in die Markgrafenstraße, links in die Schützenstraße.

Er zog die Beine an den Leib und wälzte sich auf die Knie, den Kopf immer noch am Boden wie eine Raupe. Harte Tritte gegen seine Rippen. Es tat höllisch weh. Er spannte den Körper an, machte sich bereit. Blut lief ihm über das Gesicht, aber er sah die Lücke in ihrer Reihe. Er versuchte, dreimal kräftig Atem zu schöpfen, dann schnellte er hoch und schoss mit dem Kopf voran durch die Lücke.

Bei jedem Schritt explodierten Feuertöpfe in seinem zerschundenen Körper, aber er ließ nicht nach, eisern setzte er die Füße und hielt das Tempo. Er stürmte in die Schützenstraße.

Hausnummer 10. Er trommelte mit den Fäusten gegen die Tür. Hinter der Gardine erschien ein erschrockenes Gesicht.

»Ich bin es, Minutoli«, brüllte er. »Öffnen Sie rasch!«

Seine Verfolger bogen ebenfalls in die Schützenstraße ein, und als sie begriffen, was er vorhatte, gingen sie in einen Spurt über, um ihn rechtzeitig zu erreichen.

Bitte!, dachte er, bitte! Bitte!

Die Tür öffnete sich. Er sprang ins Haus und rief: »Verriegeln! Schnell verriegeln!«

Kriminalkommissar Rothe verriegelte die Tür. Schon donnerten die Schläge der Aufständischen dagegen. »Herr Polizeipräsident«, entfuhr es dem Kommissar, »Sie sehen furchtbar aus.«

Er war in Sicherheit. Er war gerettet. Jetzt ließen die Kräfte nach, und er musste sich an der Wand abstützen.

»Was ist passiert? Haben Sie versucht, diese Männer festzunehmen?«

»Nein«, sagte er. »Ich wollte nur mit ihrem Anführer reden.«

Sie sahen beide zur Tür, die unter heftigen Faustschlägen erzitterte.

Kommissar Rothe sagte: »Stabile Eiche.«

»Ich hoffe, sie hält.«

»Kommen Sie mit rauf, Herr Polizeipräsident.« Er führte ihn in seine Wohnung im ersten Stock.

Rothes Frau hatte er nie kennengelernt. Ihr Gesicht war wohlgeformt, wenngleich von winzigen Pockennarben übersät. Die Hände waren schmal und fraulich. Als sie ihn erblickte, flüsterte sie: »O mein Gott.«

»Hol einen Lappen und warmes Wasser, Liebling«, sagte Rothe. Er ging zum Fenster und spähte nach unten. »Elf Mann. Ein furchtbares Chaos in der Stadt heute.«

Obwohl ihm alle Glieder schmerzten, setzte er sich nicht, um keinen Stuhl zu verschmutzen. Rothes Frau kam und bat um Erlaubnis, ihm das Blut aus dem Gesicht tupfen zu dürfen.

Er dankte.

»Aber Sie müssen sich dafür hinsetzen«, sagte sie.

»Meine Uniform ist leider verschmutzt.«

Sie warf einen Blick darauf, öffnete den Mund, wie um etwas zu sagen, und schloss ihn wieder. Dann verschwand sie und kam mit einem Handtuch zurück. Sie breitete es über den Sessel. »Bitte, Herr Polizeipräsident, darauf können Sie Platz nehmen.«

Endlich ausruhen. Er setzte sich. Nun merkte er erst so richtig, wo er überall heftige Schmerzen hatte. Er ließ sich die Stirn abtupfen.

Von draußen drang lautes Schimpfen herein. Rothe meldete vom Fenster: »Jetzt sind es schon zwanzig. Wo kommen die alle her?«

»Ist Ihre Frau Gemahlin wohlauf, Herr Polizeikommissar?«, fragte seine Pflegerin.

»Zum Glück ist sie nicht zu Hause. Sie besucht mit den Kindern die Schwiegermutter in der Leipziger Straße. Dort wird niemand nach ihr suchen.«

Es klopfte an der Wohnungstür. Der Kommissar und er sahen sich entsetzt an.

Julius fragte: »Haben Sie eine zweite Waffe im Haus?«

Der Kommissar schüttelte den Kopf.

Es klopfte erneut. Rothe nahm seine Pistole aus der Schublade, lud und entsicherte sie, und trat zur Tür. Julius stand auf und holte sich einen marmornen Briefbeschwerer vom Schreibtisch.

Rothe öffnete die Tür einen Spalt, die Waffe einsatzbereit auf Kopfhöhe, jedoch hinter der Tür verborgen.

Eine Frau sagte: »Herr Rothe, diese Meute vor dem Haus, können Sie da nichts unternehmen?«

»Die werden weiterziehen, Frau Wegener.«

»Sie sehen nicht so aus. Und es werden immer mehr! Meine Töchter und ich leiden Todesängste.«

»Ich kümmere mich darum.«

»Nach wem rufen die denn? Wer soll herauskommen?«

»Niemand, Frau Wegener. Bleiben Sie in Ihrer Wohnung. Dann passiert Ihnen nichts.«

In diesem Moment zerbarst mit lautem Klirren eine Fensterscheibe, und ein faustgroßer Stein polterte auf das Wohnzimmerparkett.

»Gehen Sie in Ihre Wohnung«, sagte Kommissar Rothe streng, »und halten Sie sich von den Fenstern fern.« Er schloss die Tür.

Durch das Loch im Fenster drangen wütende Rufe herein. Die Meute drohte, das Haus zu stürmen.

Als Julius ein paar Schritte machte, knirschten unter seinem Stiefel Glasscherben. Ächzend hob er den Stein auf, die Bewegung machte ihm Mühe. Er wog ihn in der Hand. Ein Pflasterstein. Wo der herkam, gab es mehr. In der Nähe der Fenster war man seines Lebens nicht mehr sicher. Und wer sagte, dass sie nicht anfingen zu schießen? »Die machen das wahr«, sagte er leise. »Sie werden das Haus stürmen.«

Rothes Frau begann zu schluchzen.

Julius wagte sich nahe an der Wand entlang, wo ihn der Vorhang deckte, zur Fensterfront. Die Menschenmenge draußen wuchs und wuchs, inzwischen waren es sicher an die hundert Männer und Frauen. Deren Geschrei lockte weitere Aufständische an.

Zwei Neuankömmlinge brachten eine Leiter. Den Ersten, der zum Fenster hinaufstieg, konnte Rothe im Zweifel erschießen. Aber dann würden weitere kommen, zornige Angreifer, die ihnen die Kehlen durchschnitten. Es war zwecklos, hier weiter auszuharren.

Julius machte zwei große Schritte zum mittleren Fenster hin und öffnete es mit Schwung. Herrisch, als wäre er unverletzt und nur über eine Ruhestörung ungehalten, fragte er: »Was wollen Sie von mir?« Er beugte sich über die Fensterbrüstung, um zu zeigen, dass er nichts fürchtete.

Die Aufrührer verstummten verblüfft. Dann sagte einer von ihnen: »Mein Bruder wurde abgeführt. Mit welchem Recht? Das ist Ihre Polizei, also ist es Ihre Verantwortung.«

»Ihr habt mir meinen Sohn erschossen!«, schrie eine Frau. »Dafür werdet ihr büßen.«

»Gehen Sie auseinander«, sagte er. »So tragen Sie zum Frieden bei. Wer nach Hause geht, hat nichts zu befürchten.«

Wutgeheul war die Antwort. »Nach Hause gehen? Hat er sie noch alle?« Einer schrie: »Macht ihn fertig!«

»Ich habe den König gebeten«, sagte er, »die Truppen zurückzuziehen. Aber Seine Majestät war nicht dazu bereit. Der König hat die falschen Berater.«

»Sie sind ja selbst sein Berater«, rief jemand. »Heuchler!«

Er dachte einen Moment nach. Wie konnte er Zeit gewinnen? Er würde ein größeres Risiko eingehen müssen. »Also gut«, sagte er. »Ich mache Ihnen einen Vorschlag. Ziehen wir gemeinsam zum Schloss und sprechen mit dem König. Er soll sich die Bedenken des Volkes anhören.«

»Pah! Die Soldaten knallen uns ab, bevor wir überhaupt in die Nähe vom Schloss kommen.«

»Nein. Ich werde an der Spitze gehen und meine Brust den Kugeln darbieten.«

Jetzt wurden sie ruhiger. Sie tuschelten miteinander.

Er musste sie beschäftigen. »Hier in der Nähe wohnen Mitglieder der Schützengilde. Die haben Waffen. Holt sie dazu. Lebt nicht der Schützenkönig vom letzten Jahr, ein gewisser Meineber, in der Zimmerstraße?«

»Ja, Nummer achtundzwanzig. Den holen wir.« Die Aufständischen waren begeistert. »Und Tischlermeister Badmeyer und Gürtlermeister Juhle gehören auch zur Gilde. Die bringen wir her.« Schon liefen einige junge Burschen los. Leider zerteilte sich die Meute nicht, die meisten blieben vor dem Haus stehen.

Kommissar Rothe trat zu Julius an das Fenster. »Wollen Sie wirklich da rausgehen? Denen ist nicht zu trauen.«

»Sehen Sie die Leiter?«, antwortete er leise. »Wenn ich nicht rausgehe, kommen sie rein. Das sollten wir Ihrer Frau nicht zumuten.«

Nach kurzer Zeit trafen die ersten Mitglieder der Schützengilde ein, tatsächlich mit dem Gewehr über der Schulter. Sie wurden von einigen stolzen Halbwüchsigen begleitet.

Julius zögerte. Was würde diese Leute mit ihm anstellen, wenn er das Haus verließ? Konnten die Gemäßigteren unter ihnen die anderen im Zaum halten, die es nach seinem Blut dürstete?

Sein Zögern blieb nicht unbemerkt. »Der kommt nicht, das feige Aas!«, rief einer. Ein anderer brüllte: »Holen wir ihn uns!«

Militär, das die Menge zerstreuen könnte, war nach wie vor nicht in Sicht. Er kündigte durchs Fenster an, dass er jetzt herauskomme. Rothes Frau weinte, als er sich verabschiedete. Der Kommissar wollte ihn begleiten, er bestehe darauf, sagte er. Seine Frau quittierte es mit bestürztem Gesicht.

»Ich befehle Ihnen, bei Ihrer Frau zu bleiben«, sagte Julius. »Es ist nichts gewonnen, wenn Sie mitkommen, die Meute ist uns so oder so überlegen.«

Man sah dem Kommissar deutlich die Erleichterung an. Er schüttelte Julius an der Tür noch einmal bewegt die Hand.

Vielleicht sehen wir uns zum letzten Mal, dachte Julius. Er drehte sich um und begann, die Treppe hinabzusteigen. Das Treppenhaus war wie eine dunkle, schützende Höhle. Hielt er solche Tritte und Schläge noch ein weiteres Mal aus? Und was, wenn ihn einfach jemand von hinten erstach? Es kostete ihn alle Disziplin, die er aufbringen konnte, die schwere Haustür zu entriegeln. Du bist preußischer Beamter, sagte er sich. Du hast eine

Aufgabe übernommen, nun musst du sie auch erfüllen und zu deinem Amt stehen. Er öffnete die Tür.

Draußen wurde er von den Männern der Schützengilde in Empfang genommen. Sie klopften ihm auf die Schulter. Er stehe auf der richtigen Seite, versicherten sie ihm. Jemand müsse den Berlinern Zugang zum König verschaffen, der sei von sturköpfigen Ratgebern umgeben, die ihn seinem Volk entfremdeten.

Die Menschenmenge setzte sich in Bewegung. Inzwischen war sie auf über dreihundert Männer und Frauen angewachsen. Die Mitglieder der Schützengilde hielten weiße Taschentücher in die Höhe, damit man nicht auf sie schoss. So passierten sie die Leipziger Straße. Als er sich auf der Kreuzung umdrehte, sah er, dass sich einige Aufständische in Richtung Dönhoffplatz absetzten, wo eine Barrikade stand.

Er ging weiter, überquerte die Kronenstraße. Die Mohrenstraße war rechter Hand mit einer Barrikade verbaut, die Taubenstraße und die Jägerstraße hatten sie zum Königlichen Schauspielhaus und zum Deutschen Dom hin dichtgemacht. Ein weiterer Teil seiner Gefolgschaft stahl sich fort, zu den Barrikaden hin. Hinter sich hörte er jemanden raunen: »Der will uns nur den Soldaten ausliefern. Wenn wir da sind, werden wir alle festgenommen.«

Sie ließen den Gendarmenmarkt hinter sich. Zwischen der Königlich-Preußischen Bank und der Parfümhandlung Treu & Nuglisch hatte sich eine Kompanie Soldaten aufgestellt und machte Front gegen den Hausvogteiplatz hin. Als sie sich den Soldaten näherten, kam Bewegung in die Truppe, der Premierleutnant ließ laden und Bajonette aufstecken.

»Warten Sie bitte hier«, sagte Julius zu seinen Begleitern, »ich werde mit ihnen reden.«

Widerstandslos ließen sie ihn ziehen. Geschafft!, dachte er beglückt. Ich bin frei! Ich lebe! Die Grenadiere würden ihn beschützen. Jetzt konnte ihm keiner mehr etwas antun. Er trat zum kommandoführenden Offizier.

Der wedelte sich mit der Hand vor der Nase herum und sagte: »Was haben Sie mit Ihrer Uniform angestellt? Waren Sie im Pferdestall zugange?«

Die Soldaten grinsten.

Offenbar waren sie heute noch nicht in Kampfhandlungen verwickelt worden, sie trugen tadellos saubere Uniformen. Es war unverkennbar, dass sie aus einer anderen Bevölkerungsschicht stammten als die Aufrührer: Sie waren gut genährt und frisch rasiert. Für den ›angestrengten Dienst‹ während des Aufstands erhielten sie einen Lohnzuschuss von zweieinhalb Silbergroschen am Tag. Das hatte er nebenbei in einem Gespräch aufgeschnappt, und bisher hatte es ihn nicht gestört. Jetzt aber ging es ihm nahe und ärgerte ihn. Die Soldaten verdienten an der Verzweiflung der Berliner Bevölkerung! Und am Hunger derer, die durch Dampfmaschinen ersetzt und nicht länger benötigt wurden.

Er sah sich nach seiner obskuren Gefolgschaft um. Verschreckt schauten die Menschen ihn an, fluchtbereit. Sobald die Soldaten mit den Gewehren anlegten, würden sie in Hauseingänge und Nebenstraßen springen. Er sagte: »Diese Bürger müssen Ihre Stellung passieren. Lassen Sie mich mit ihnen durch.«

»Wie bitte?« Der Offizier drückte den Rücken durch und fasste seinen Säbelknauf. »Ich bezweifle, dass mehr als zwei oder drei von denen überhaupt Bürger sind. Die saubere Gesellschaft, die Sie da mitgebracht haben, bleibt, wo sie ist.«

Die Stimme des Offiziers war voller Verachtung. Sein Helm trug als Zierrat den Gardeadler mit aufgesetztem Gardestern, er bezog doppelten Sold, weil der König seiner Garde besonders vertraute und sie sich gewogen halten wollte. Zudem war er wahrscheinlich adelig – bei der normalen Truppe waren etwa die Hälfte der Offiziere von Adel, aber bei der Garde fast jeder Offizier. Julius kannte das Leben dieser Leute. Mit ihrer Uniform und der »Pickelhaube«, wie sie manche Spötter nannten, waren sie den gewöhnlichen Nöten enthoben, hatten ein festes Einkommen, gutes Essen und Zukunftsaussichten. Hatte der Offizier je Notiz genommen von der Verzweiflung und Not der Armen?

Julius spürte eine alte Wunde in sich aufbrechen. Dieser Kerl war doch genauso von Vorurteilen geblendet wie die Eltern und Verwandten von Mathilde. Nicht ein einziges Familienmitglied von ihr war damals zu ihrer Hochzeit gekommen, weil sie sich für

Mathilde eine bessere Partie gewünscht hatten als einen preußischen Provinzbeamten, der er damals gewesen war. Es hatte ihn tief gekränkt, und er hatte Jahre gebraucht, um die Sorge abzubauen, dass ein Teil von Mathilde ihn ebenfalls ablehnte. Immer noch war das Verhältnis zu den von Rotenhans aus Rentweinsdorf gestört.

So einer bist du also, dachte er, und entgegnete dem Offizier: »Das sind alles Leute, die dem Aufstand ein Ende machen wollen. Sie haben die besten Absichten.«

Der Offizier lachte. »Da hat man Ihnen aber einen gewaltigen Bären aufgebunden. Rauben und Plündern wollen die! Wenn sie so friedfertig sind, wie sie vorgeben, warum gehen sie dann nicht zu den anderen Aufständischen und bringen sie zur Vernunft?«

»Wir sind unterwegs zum König, um ihn zu einem Waffenstillstand zu bewegen.«

»Ist Ihnen nicht klar –« Der Offizier brach ab. Er kniff die Augen zu schmalen Schlitzen zusammen. »Von denen werden Sie doch instrumentalisiert! Auf welcher Seite stehen Sie überhaupt?«

»Lassen Sie uns durch«, sagte Julius, »das ist ein Befehl.«

»Nein. Ich werde hier niemanden durchlassen.« Sein kühler Blick signalisierte äußerste Entschlossenheit.

Angst kroch in Julius hoch. Hinter dem Offizier stand die Verwaltung des Königs. Sollte er sich wirklich gegen diesen Machtapparat wenden? Preußen hatte ihn gebildet und ernährt, er hing doch von der Gunst des Königs ab!

Andererseits, wenn der König blind war, war es da nicht die Pflicht seiner Beamten, ihm die Augen zu öffnen? Ich diene dem König, dachte er, indem ich helfe, den Aufstand zu beenden.

Er drehte sich um und kehrte zu seinem Haufen Aufständischer zurück. »Wir suchen uns einen anderen Weg zum Schloss.«

30

Gewehrkugeln durchschnitten die Luft, hinter Hannes fiel der Putz von der Hauswand. Hatten sie etwa auf ihn gezielt? Er duckte sich noch tiefer hinter die zwei Mehlsäcke. Endlich eine Pause. Die Soldaten luden ihre Gewehre nach.

Kutte schrie: »Ein Soldat ist nichts anderes als ein Proletarier – nur in den Kleidern des Königs! Warum schießt ihr auf uns?«

Er sollte den Kopf nicht so weit über die Barrikade recken. »Kutte, runter!« Hannes spähte über den Mehlsack und sah, wie ein Offizier seine Pistole hob. »Vorsicht!«

Rasch nahm der Freund wieder Deckung hinter der Barrikade. »Das sind Grenadiere aus Pommern«, sagte er. »Brandenburgische Kompanien würden nie und nimmer auf uns schießen.«

Zwei Bürger luden ihre Büchsen und zielten. Die Gewehrschützen waren es, die von den Soldaten gefürchtet wurden. Die Schüsse knallten, und die Barrikadenbesatzung jubelte.

Er kroch von den Mehlsäcken weg und suchte sich ein Loch zwischen den Holzbohlen, durch das er die Grenadiere beobachten konnte. Einer von ihnen war getroffen worden. Sie schleiften den Verletzten fort und zogen sich in die Hauseingänge zurück.

Er staunte, dass Kuttes Männer in der Lage waren, den Soldaten so lange die Stirn zu bieten. Die andere Barrikade hatten sie bald verlassen müssen, aber diese in der Königsstraße hielten sie jetzt schon seit Stunden. Scheinbar war das Militär an den anderen Brandherden in der Stadt so sehr in Anspruch genommen, dass es sich nicht für einen konzentrierten Angriff sammeln konnte.

Kuttes Männer hatten im Tanzlokal hinter ihrer Barrikade eine Art Lazarett eingerichtet, mit einem Arzt und Frauen, die sich um die Verwundeten kümmerten. Wer einen Streifschuss erlitten hatte, ließ sich dort verbinden und eilte sofort wieder zur Barrikade. Allerdings gab es bereits sechs Schwerverletzte, um deren Leben man im Notlazarett rang, und einen Toten, einen Knaben von kaum vierzehn Jahren.

Irgendwann würde das Militär jede Zurückhaltung aufgeben. Er hatte die Geschütze im Schlosshof gesehen. Wenn sie die in die Straßen brachten und damit auf die Barrikaden schossen, war es unmöglich, die Stellung zu halten.

Er sah zu den Dächern hinauf. Würden Kutte oder er von einem Kartätschenschuss verwundet, könnten sie nicht mehr über die Dächer klettern, um zu entkommen. Er brauchte einen anderen Fluchtweg. Einen, den man auch humpelnd und blutend schaffte.

Hannes verließ seinen Spähposten und kroch hinüber zu Kutte. »Hör zu, ich hab mir was überlegt. Für den Fall, dass wir uns von hier zurückziehen müssen.«

»Wir halten diese Barrikade«, sagte Kutte. »Rückzug kommt nicht infrage! Die anderen verlassen sich auf uns. Willst du, dass in ihrem Rücken überall Militär auftaucht?«

»Nur mal gesetzt den Fall, es kommt eine frische Kompanie Füsiliere und sie bringen Artilleristen, die ein Geschütz heranrollen.«

»Tja, dann haben wir trotzdem ein paar Überraschungen für sie.«

»Du meinst die Glasscherben vor der Barrikade? Ich glaube kaum, dass sie das aufhält.«

»Hier kommt keiner durch.«

»Nur für den Fall!« Er redete leiser, damit die anderen Männer ihn nicht hörten. »Ich will die Kellermauern durchschlagen in den Häusern. Wenn sie uns folgen, verriegeln wir die Haustür, und während sie das Haus belagern und stürmen, hauen wir durch den Durchbruch ins nächste Haus ab und entkommen über den Hof. Was meinst du?«

»Wie viele Männer brauchst du dafür?«

»Zwei. Am besten die beiden Schlesier, die haben Kraft.«

»Meinetwegen.« Aber anstatt die Schlesier zu rufen, fing Kutte an zu strahlen. »Siehst du?«, sagte er. »Das ist Rudolf Virchow.«

Hannes sah hinter sich. Ein Mann ging dicht an der Hauswand entlang zu ihrer Barrikade, gefolgt von fünf weiteren. Er war Ende zwanzig und trug eine feine Drahtbrille. Ein Doktor der Medizin, der sich an diesem schmutzigen Kampf beteiligte? Die Männer in seinem Gefolge hatten die Arme voll mit Gewehren und Säbeln, und über ihren Schultern hingen Patronentaschen.

»Schau dir das an«, jubelte Kutte. »Jetzt können wir alle schießen, jeder Einzelne von uns.« Er lief gebückt hinter der Barrikade entlang, um Virchow zu begrüßen.

Virchow war Arzt in der Pathologie der Charité und hatte das Krankheitsbild der Thrombose nachgewiesen, einem bislang kaum erforschten Gebrechen. Und er hatte die Leukämie entdeckt. Dass ein Mann wie er überhaupt mit Kutte redete! Virchows Begleiter übergaben Kuttes Männern die Waffen und die Patronentaschen. Hannes kroch näher, um sie zu belauschen.

Sie hätten die Wache am Neuen Markt gestürmt, erklärte Virchow, und im Obergeschoss ein großes Reservoir an Waffen gefunden, vor allem Landwehrsäbel, den größten Teil habe er schon an andere Barrikadenkämpfer verteilt. Dann hätten sie das Militär-Arrest-Lokal in der Lindenstraße eingenommen und die Gewehre der Wachmannschaften erbeutet, dazu Säbel und Pistolen.

Er sah erstaunlich gefasst aus, wie er da hinter der umgestürzten Marktbude stand und Kutte einen Lagebericht gab. Vielleicht war ein Arzt eher an den Gedanken gewöhnt, dass er jeden Moment sterben konnte.

Ernst von Pfuel kochte vor Wut. Prittwitz! Man hatte Prittwitz zum neuen Kommandeur der Truppen berufen. Ohne zuvor ein Gespräch mit ihm zu führen oder überhaupt einen Grund zu benennen. Natürlich steckte Prinz Wilhelm dahinter. Er hatte dafür gesorgt, dass man ihn vor der gesamten Armee demütigte.

Nur mit Mühe zügelte er seinen Zorn und überquerte gemessenen Schritts den Schlosshof. Eine Gruppe von Offizieren senkte den Blick, als er sie passierte. Offensichtlich schämten sie sich für das, was man ihm angetan hatte. Aber sie sprachen ihn nicht an, sie wagten es nicht, ihm ihre Entrüstung und ihr Mitgefühl zu bezeugen. Ihn, von Pfuel, hatten sie geachtet und verehrt. Prittwitz fürchteten sie.

Jetzt galt es, einen klaren Kopf zu bewahren. Was bedeutete die Intrige für Berlin und für die Schlacht in den Straßen? Dem Prinzen, der aus dem Hintergrund die Fäden zog, lag an einer Eskalation, er wollte den Aufstand blutig niederschlagen und damit die Macht des Königshauses stärken.

Nur dass es weder für den König noch für die Reformbemühungen der Aufständischen förderlich wäre, wenn das Pulverfass explodierte. Da täuschte sich der Prinz. Zustände wie nach der Französischen Revolution würden Preußen seiner klügsten Köpfe berauben. Blinde Wut war alles andere als ein fruchtbarer Boden für Neuerungen.

Der Schlüssel zu maßvollen Veränderungen, die die Stadt befrieden könnten, blieb der König. Sicher würde er ihn nicht dafür gewinnen können, kurzfristig seine Absetzung rückgängig zu machen, aber er musste eine mildere Linie gegen die Aufständischen erwirken.

Die Wachen wagten nicht, ihm den Weg zu verwehren, auch wenn er offiziell durch kein Amt mehr berechtigt war, ungeladen beim König vorzusprechen. Er begab sich in den Sternensaal. Die Marschallstafel war bereits aufgehoben, die hohen Herren hatten den Saal verlassen. Diener deckten den Tisch ab. Die Teller waren verschmiert, und es roch nach Bratensauce und Rotkraut.

Wo würde er den König antreffen? Er ging zur Bibliothek der königlichen Wohnung. Auch hier ließ ihn die Wache passieren, sie tat einfach, als habe sie von seiner Absetzung nichts gehört. Am mitleidigen Blick der Soldaten sah er, dass sie sehr wohl Bescheid wussten.

Der Saal war voller Würdenträger. Oberbürgermeister Krausnick sprach mit dem König, eskortiert von den Stadtverordneten Fournier und Schauß und einigen anderen, die er nicht kannte. Er schöpfte Hoffnung. Sicher baten sie Seine Majestät, das Militär zurückzuziehen.

Neben der Tür sah er die Prinzen stehen, Carl und Wilhelm. Wilhelm blickte ihm eisig entgegen.

Er muss mit meinem Erscheinen gerechnet haben, dachte er. Bestimmt hat er sich eine Rede zurechtgelegt, Fehlentscheidungen, die er mir vorwirft, eine angeblich schlechte Stimmung in der Armee oder zum hundertsten Mal die Sache mit Neuchâtel. Aber ob und wann diese Rede gehalten wurde, bestimmte er, Ernst von Pfuel.

Wie unterschiedlich die drei Brüder doch waren! Friedrich, der König, besaß nicht die Fähigkeit, seinen Leidenschaften zu widerstehen. Alle Ideen, die er hatte, wollte er sofort verwirklichen. Ob es der Kölner Dom war oder die Schlosskuppel, er zeichnete mit Leidenschaft Entwürfe und wollte von Fragen nach der Finanzierbarkeit nichts wissen. Carl dagegen sagte man nach, er sei empfänglich für Schwindler und Spekulanten. Wieder und wieder wurde er in finanzielle Skandale hineingezogen, einmal war es die Omnibusgesellschaft in Berlin, dann wieder ging es um das Fällen von Mahagonibäumen entlang der Küste Nicaraguas. Es endete immer so, dass Carl sich noch tiefer verschuldete und die königliche Familie beschämt versuchte, die Sache aus der Öffentlichkeit herauszuhalten.

Wilhelm dagegen hatte sich weitgehend im Griff und besaß dennoch den Biss, für eine Sache zu kämpfen. Auch wenn es die falsche Seite war, auf der er stand – Ernst wusste solches Durchsetzungsvermögen zu würdigen. Mit seiner Klugheit und seinem Führungswillen konnte der Prinz es weit bringen. Dass er allerdings vor einer derartigen Intrige nicht zurückgeschreckt war, entehrte ihn.

Seit jeher war Wilhelm ein Gegner konstitutioneller Veränderung gewesen. Mit ihm würde es gewiss keine Reformen geben. Wie würde es mit Preußen weitergehen, wenn seinem älteren Bruder etwas zustieß? Der König und seine Frau waren zu alt, um Kinder zu zeugen. Es war klar, dass die Thronfolge in die Seitenlinie gehen würde, Wilhelm war als der nächstältere Bruder der Thronfolger, deshalb nannte man ihn bereits »Prinz von Preußen«. Ein Preußen unter seiner Herrschaft würde ein kalter Ort sein, streng regiert und mit militärischer Zucht geordnet.

Damit hätte ich leben können, dachte Ernst. Aber einen Intriganten werde ich nicht ohne Widerstand an die Macht lassen. Vielleicht braucht es einen alten Mann wie mich, um das zu verhindern. Er sah Wilhelm an, und der erwiderte kampfbereit seinen Blick. Du denkst wohl, du hast mich besiegt?, fragte er ihn in Gedanken.

Da lenkte ihn der König ab. Er hatte eine unwillige Handbewegung gemacht, so, als schüttele er ein lästiges Insekt ab. »Seit der Revolution in Paris ist diese fieberhafte Stimmung in allen Gemütern, das hat etwas Kontagiöses, die ruhigsten Leute verlieren ihren klaren Blick. Während ich mit wichtigen Entschlüssen über die Zukunft Preußens und Deutschlands beschäftigt bin, zieht man mich durch Nebendinge fortwährend ab.«

Beim Wort »Nebendinge« zuckte es in den Gesichtern der Stadtverordneten und der Oberbürgermeister.

»Gerade jetzt habe ich Vorbereitungen zum Fürstenkongress in Potsdam zu treffen«, dozierte der König. »Und da lässt man mir seit heute Vormittag keinen Augenblick Zeit dazu. Ich verliere wirklich bald die Geduld! Endlich bin ich so weit gelangt, die Grundzüge des Übergangs zum konstitutionellen Staat proklamieren zu können, und kaum habe ich das getan, wird es nur umso ärger. Statt dass ich Dankbarkeit höre, tobt ein Pöbelhaufen durch die Straßen meiner Stadt.«

»Majestät«, sagte der Stadtverordnete Schauß, »es handelt sich nicht um einen Pöbelhaufen. Auch die wohlhabenden Bürger Eurer Stadt sind entsetzt über die Gewalttaten des Militärs in Berlin.«

Ungehalten stampfte der König auf. »Meine Herren, machen Sie sich doch die Verhältnisse klar! Seit acht Tagen ist Berlin mit ausländischen Emissären angefüllt. Spione und Verschwörer versuchen, meine Bürger gegen mich aufzuhetzen.«

Schauß wurde rot. »Majestät …« Er rang sichtlich verzweifelt nach Worten. »Es gibt in Berlin keine ausländischen Emissäre und Verschwörer.«

»Sie wissen so gut wie ich, dass Emissäre das Volk aufhetzen, und wenn Sie behaupten, dass das nicht der Fall ist, dann gehören Sie selbst zu diesen Verschwörern.«

Dem Stadtverordneten zitterte die Unterlippe. »Ihr sagt – wie bitte?«

»Erinnern Sie sich, was man alles von mir verlangt hat und was ich alles gewährt habe. Auf dem Vereinigten Landtag verlangte man die Periodizität. Ich habe sie bewilligt. Man verlangte die freie Presse. Ich habe sie gegeben. Man verlangte eine Konstitution. Ich habe sie proklamiert. Bei jeder dieser Bitten hat man mir zugeschworen, es wäre das einzige, was man wünsche. Trotzdem ist jeder Bewilligung eine neue Forderung gefolgt. Jetzt verlangt man den Rückzug meiner Truppen, und was wird man dann verlangen? Ich müsste nicht recht bei Trost sein, meine Herren, das zu gewähren. Sie sprechen im Namen der Berliner Bürgerschaft, sagen Sie? Nein. Sie lassen sich missbrauchen, mir die Forderungen von Aufrührern vorzutragen.«

Oberbürgermeister Krausnick räusperte sich. »Wir sprechen durchaus im Namen der Bürger Berlins, und wenn Eure Majestät nicht die Gnade haben, unseren gerechten Bitten nachzugeben, wird die ganze Stadt Partei ergreifen.«

»Ich will's nicht glauben, dass meine Vaterstadt Berlin gegen ihren König aufstehen kann. Wenn sie es aber tut, so sind die Bürger von Berlin Rebellen und werden als solche behandelt werden. Ich werde meine Ehre und meine Krone nicht gegen diese Straßen-Emeute aufs Spiel setzen.«

Draußen wummerte ein Kanonenschuss, wie zur Antwort auf den Beschluss des Königs. Lautes Krachen folgte, irgendetwas stürzte zusammen.

Er fühlte sich plötzlich alt. Sobald die Situation in Berlin ausgestanden ist, dachte er, werde ich auf Emilies Gut in der Altmark reisen und mir dort gestatten, ein ruhebedürftiger Greis zu sein.

Der Boden bebte. Etwas Großes, Schweres rumpelte näher. Hannes spähte über die Mehlsäcke. Mit Entsetzen erblickte er auf der übernächsten Straßenkreuzung Pferde, die hinter sich auf großen Rädern eine Kanone herzogen. Das Rumpeln verebbte, die Pferde blieben stehen. Artilleriesoldaten spannten sie aus.

Die Soldaten richteten die Geschützmündung auf die Barrikade. Hannes kam es so vor, als sehe das schwarze Auge der Kanone genau auf ihn, als nehme es konzentriert jede seiner Bewegungen wahr.

Er duckte sich hinter die Barrikadenkrone und kroch zu Kutte und dem Franzosen hinüber. Auf halber Strecke hörte er die Kanone donnern. Er warf sich flach auf den Boden. Aber statt des wuchtigen Einschlags einer Kanonenkugel gab es ein Prasseln und Splittern, überall, auf der ganzen Breite der Barrikade. In den Häusern ringsum zerplatzten die Scheiben, Glassplitter regneten nieder.

Er rappelte sich auf und schüttelte die Scherben ab. Sicher luden sie bereits nach. Er rannte zu Kutte und dem Franzosen.

»Eine Kartätsche«, sagte der Franzose. »Früher hat man Nägel und Eisensplitter geschossen, aber ihr Preußen schießt Blechbüchsen, gefüllt mit Flintenkugeln. Wenn das Geschoss zerplatzt, dann Gnade Gott denen, die nicht in Deckung liegen.«

Kutte sah sich um. »Niemand von uns ist getroffen worden«, triumphierte er.

»Wir müssen weg hier«, raunte Hannes. »Wie sollen wir die Barrikade halten, wenn sie mit Kanonen schießen?«

»Nutzt die Zeit«, empfahl der Franzose, »füllt die Fässer mit Steinen und stopft die Löcher in der Barrikade. Sie laden schon für den nächsten Schuss.«

Kutte gab die Befehle, und gleich begannen die Männer hektisch, die Barrikade zu verstärken. Hannes richtete sich auf und sah nach der Kanone. Als er die Artilleriesoldaten mit der Lunte hantieren sah, rief er laut: »Achtung!«

Sie duckten sich, zogen sich hinter die Barrikade zurück, sprangen in die Hauseingänge. Wieder platzte eine Kartätsche an der Barrikade, Blei und Holzsplitter und Glas flog durch die Luft. Zwei Männer bluteten, Kutte schickte sie ins Lazarett.

Sogleich liefen die Reparaturarbeiten an der Barrikade wieder an. »Sie feuern, um uns sturmreif zu kriegen. Dann werden sie mit Infanterie vorrücken.« Der Franzose machte ein ernstes Gesicht.

»Können wir überhaupt standhalten?«, fragte Hannes. »Ich meine, irgendwann ist von den Balken nur noch Kleinholz übrig.«

Der Franzose nickte grimmig. »Aber wir sind in der Stadt eures Königs. Jeder Kanonenschuss ist ein Eingeständnis seiner Verzweiflung. Wir werden ja sehen, wer länger durchhält.«

Ein weiterer Schuss krachte, und sie warfen sich nieder, um nicht zu sterben. Hannes spürte die Glassplitter unter seiner Brust. Als er aufstand, verletzte er sich außerdem am Knie. Ein gläserner Splitter hatte ihn geschnitten.

Er hörte den Franzosen fluchen. Hatte es ihn etwa erwischt? Nein, der Mann blutete nicht, er blickte nur unter wüsten Beschimpfungen nach vorn, wo die Kanone stand. Hannes spähte ebenfalls vorsichtig über die Barrikade. Nein! Nur das nicht! Drüben rollten sie ein zweites Geschütz neben die Kanone, eines ohne Hals, kurz und dick war es. »Was ist das?«, fragte er.

»Eine Haubitze«, sagte der Franzose tonlos. »Siebenpfünder.«

»Das bedeutet?«

»Die Haubitze wirft Granaten.«

Er fragte, was Granaten seien. Davon hatte er noch nie gehört.

»Hohle eiserne Kugeln. Mit Schießpulver gefüllt. In den Kugeln steckt ein Brandrohr aus Holz, wenn sie uns erreichen, explodieren sie, sobald das Brandrohr bis zum Pulver heruntergebrannt ist.«

»Was machen wir jetzt?«

»Wir gehen in Deckung und beten.«

Er fegte sich eilig einen Bodenplatz vom Glas frei und kauerte sich nieder. Den Schnitt im Knie spürte er kaum. Falls diese Kugeln hinter der Barrikade landeten, würden die Bruchstücke der zerplatzenden Kugeln sie dann nicht alle töten? Er richtete sich auf. »Kutte, wir müssen abhauen. Es ist mein Ernst.«

»Die Barrikade hält«, sagte Kutte.

»Wenn du jetzt stirbst, ist nichts gewonnen. Komm mit, oder ich gehe allein!«

Kutte sah ihn stirnrunzelnd an. »Na gut, aber wir bleiben im Hauseingang. Die dürfen uns nicht überrennen.«

Hannes sprang in den nächstgelegen Hausflur. Kutte folgte dicht hinter ihm. Schon krachte der Schuss der Haubitze. Hannes riss Kutte in den Eingangsbereich der Portierswohnung. Draußen polterte etwas zu Boden. Dann plötzlich ein Zerplatzen, ein Scheppern und Krachen.

Schmerzensschreie folgten, schreckliches Jammern und Wimmern. Hannes trat in den Hausflur und sah hinaus. Zerfetzte Leichen lagen hinter der Barrikade. Zwei blutende Männer torkelten in Richtung des Lazaretts.

Kutte brüllte zum Dach hinauf: »Gebt das Notzeichen! Wir brauchen Verstärkung!«

Die Helme seiner Grenadiere waren verbeult und zerkratzt, die Monturen voll Staub. Mehrere Gefreite hatten Quetschungen erlitten. Aber der schriftliche Befehl ließ keinen Interpretationsspielraum: *Nehmen Sie die Barrikaden in der Königsstraße ein und säubern Sie die benachbarten Häuser. Bringen Sie das feindliche Feuer zum Schweigen.*

Die meisten seiner Männer hatten kaum mehr zwanzig Patronen in der Tasche. In dieser Nacht war das verdammt wenig. Im Schloss würde es Nachschub geben, hatte man ihm versprochen, Munitionswagen waren schon angefordert. Aber wie wollten die mit den Wagen durch die gesperrten, besetzten Straßen kommen? Es hieß, Hauptmann von Schöler sei deshalb heimlich mit zwei Zügen Füsilieren der zwölften Kompanie unterwegs, mit leeren Tornistern seien sie zum Militärlaboratorium bei Moabit marschiert und trügen nun jeder zweihundertfünfzig scharfe Patronen im Tornister, insgesamt vierzigtausend Stück, die sie zum Schloss zu bringen versuchten. Selbst wenn sie das schafften – seine Kompanie würde in Kürze leer geschossen sein, hier in der Königsstraße. Wie sollten sie es derart wehrlos zurück zum Schloss schaffen, um sich aufzumunitionieren?

Er führte seine Männer an den beiden Geschützen vorbei, dem Zwölfpfünder und der Haubitze. Der Artillerieleutnant nickte ihm zu. Auch sein Gesicht war voller Staub und Ruß. Ludwig löste die beiden Züge in Schützenlinien auf und ließ sie hart an den Häusern vorangehen. Er befahl ihnen, ihr Feuer auf die Dächer und Fenster zu richten. Längst war seine Stimme heiser geworden von den vielen Befehlen.

Am besten gar nicht nachdenken. Nur vorwärts, keine Feigheit, und die Befehle ausgeführt. Der letzte Granateneinschlag war kaum eine Minute her, die Rebellen hatten sich wahrscheinlich in die Häuser zurückgezogen oder waren tot. Er musste nur die Barrikade stürmen und halten.

Er ließ seine Grenadiere mit Bajonetten gegen die Barrikade anstürmen. Um ihnen Mut zu machen, zückte er den Degen und rannte selbst in der vordersten Reihe. »Vorsicht, Scherben!«, rief er und sprang über eine Fläche, die jemand mit zerschlagenen Flaschen ausgelegt hatte. Er versuchte, an der Holzkonstruktion der Barrikade hinaufzuklettern. Sie war zu steil, er rutschte ab. Holzteile, an denen er sich hinaufziehen wollte, gaben nach.

Jetzt flogen Steine von den Dächern. Der Gefreite Meyerhoff stürzte zu Boden und krümmte sich vor Schmerzen. Büchsen wurden über den Kamm der Barrikade gestreckt. Schüsse krachten. Aus nächster Näher wurden zwei Soldaten getroffen und fielen mit zerfetzter Brust zurück.

»Zurück!«, befahl Ludwig.

Seine Männer machten kehrt. Er befahl dem Sergeanten und dem Korporal, anzulegen, um ihnen Feuerschutz zu geben. Auch er selbst hob die Pistole. Er würde es nicht dulden, dass man seinen Männern in den Rücken schoss.

Als ein Verteidiger über der Barrikade auftauchte, feuerte er. Und traf.

31

Julius von Minutoli wurde nur noch von einer Handvoll Männer begleitet, als er endlich das Schloss erreichte. Dass man seinem Trupp den Weg hierher so schwer gemacht hatte, ärgerte ihn. Nun mussten die Mitglieder der Schützengilde auch noch ihre Waffen abgeben, bevor sie das Schloss betreten durften.

Drinnen machte ein Hofbeamter Julius darauf aufmerksam, dass seine Uniform verschmutzt sei.

Er zog die Uniformjacke aus. Stroh und Kotreste klebten daran, was man nicht nur sah, sondern auch roch. »Schauen Sie nicht so indigniert«, schimpfte er, »bringen Sie mir lieber ein feuchtes Tuch!«

Der Hofbeamte winkte einem Diener, und der Diener brachte das Gewünschte.

Während seine Begleiter sich staunend umsahen, versuchte Julius, den Unrat von der Uniform zu wischen, mit bescheidenem Erfolg, denn er schmierte den Brei breit und arbeitete ihn in den Stoff ein. Er war es gewohnt, dass Mathilde seine Kleider einer Wäscherin zum Reinigen brachte. Einer seiner Begleiter bot ihm Hilfe an, und Julius überließ dem Mann die Uniformjacke. Dieser wischte und rubbelte so lange, bis nur noch ein großer nasser Fleck den Rücken der Jacke zierte. Als Julius sie wieder in den Händen hielt, wurde ihm klar, dass er sie selbst so nicht anziehen konnte.

»Dass Sie derart verschmutzt dem König Ihre Aufwartung machen wollen!«, tadelte ihn der Hofbeamte.

Niemand hier schien die geringste Vorstellung davon zu haben, welche Demütigungen und Schmerzen er, buchstäblich auf der Straße liegend, durchlitten hatte.

Ein Mann von der Schützengilde schlug vor, die Jacke an einem Stock aus dem Fenster zu hängen, um sie zu trocknen.

Kopfschüttelnd schickte der Hofbeamte nach einem Stock. Ein Diener brachte nicht nur eine Stange, sondern sogar einen Bügel dazu. Sie hängten die Uniformjacke daran und streckten sie aus dem Fenster.

Unten auf dem Hof brandete Gelächter auf. »Stehen jetzt schon Uniformen zum Verkauf?«, rief jemand.

Julius trat ans Fenster, und sofort verstummten die Spötter. Er wandte sich wieder dem Hofbeamten zu. »Hätten Sie die Güte, schon einmal zu erkunden, wann Seine Majestät bereit wäre, uns zu empfangen?«

Der Hofbeamte zögerte. »Wo ist Ihr Offiziersdegen?«, fragte er.

»Was hat das mit meinem Degen zu tun?«

»Alles, Herr Polizeipräsident. Der Degen ist ein Zeichen Ihrer Amtswürde. Genauso wie die Uniform.« Er sagte, etwas leiser: »Ich will offen zu Ihnen sein. Es wäre besser für Sie und vor allem für Ihre Begleiter, wenn Sie jetzt gehen würden. Noch vor einer halben Stunde hat Seine Majestät aus dem Fenster geschaut und die Aufständischen betrachtet, die man als Gefangene zum Schloss bringt. Wissen Sie, was der König gesagt hat? ›Das ist ja die Ausgeburt der Hölle!‹ Das hat er gesagt.« Der Hofbeamte sah zu Julius' Begleitern hin. »Sicher würde er diese Männer nicht wohlwollend empfangen. Im Gegenteil. Es ist besser, sie verlassen das Schloss, solange sie noch die Freiheit dazu haben.«

Die Mitglieder seiner kleinen Gruppe warfen sich fragende Blicke zu. Sie schienen die Bemerkung des Hofbeamten gehört zu haben.

»Wir gehen nicht«, sagte Julius. »Wir haben dem König Wichtiges mitzuteilen.«

Der Mann von der Schützengilde, der immer noch die Uniformjacke aus dem Fenster hielt, sagte: »Wenn der König so aufgebracht ist, lässt er uns am Ende gar hinrichten. Vielleicht ist es doch besser, wir gehen.«

»Und die Kämpfe?«, fragte er. »Wie soll es weitergehen in der Stadt, wenn niemand ihm die Wahrheit sagt?«

»Er wird sagen, wir waren auch dabei. Er wird uns Verrat vorwerfen.«

Die Männer sahen aus dem Fenster und tuschelten. Dann baten sie ihn um die Erlaubnis, sich entfernen zu dürfen.

Julius warf selbst einen Blick hinaus. In einer langen Reihe wurden Gefangene ins Schloss gebracht. Manche von ihnen waren misshandelt worden, das konnte er schon von hier oben erkennen. Ihre Gesichter waren grün und blau, und die Art, wie sie angstvoll zu Boden sahen, verriet, wie sehr sie weitere Hiebe ihrer Peiniger fürchteten. Andere hielten den Kopf verbissen aufrecht, wagten aber genauso wenig, aus der Reihe auszubrechen. Soldaten mit aufgesteckten Bajonetten geleiteten die Gefangenen in das Gebäude hinein.

Er nickte. »Ja, gehen Sie«, sagte er. »Vielleicht ist es besser so.«

Die Männer dankten ihm, einige schüttelten sogar seine Hand. Dann schlichen sie hinaus. Still jetzt, zu unscheinbaren Schatten geworden. Sie forderten keine Menschlichkeit mehr, sie baten allein um die Gnade, leben zu dürfen.

Hatte erst dieser Tag Berlin so ungerecht gemacht? Oder war es schon all die Jahre ungerecht zugegangen, hatte die Stadt ihre Läden geöffnet, ihre Omnibuslinien betrieben und die Wohlhabenden durch die Parks spazieren lassen, während der Hunger und die Verzweiflung in Hinterhöfen wüteten und den Rechtlosen der Mund verboten wurde?

Er holte seine Jacke rein, nahm sie vom Bügel und zog sie an. Das Hemd wurde am Rücken nass, aber er tat so, als merke er es nicht. Ohne sich vom Hofbeamten zu verabschieden, ging er nach unten und schloss sich einfach dem Zug der Gefangenen an. Die Soldaten sahen ihn wohl als Aufseher, als einen der Ihnen.

Man brachte die Rebellen in einen Saal im Erdgeschoss. Sicher hatten viele von ihnen noch nie solchen Prunk gesehen, auch wenn es einer der schlichteren Räume im Schloss war. Im Saal standen viele Soldaten und Offiziere. Um einen großen Tisch herum saßen zehn Männer in Zivil, von denen er nur die Kriminalkommissare Simon und Gsellius kannte, die ihn kurz anschauten und höflich nickten.

Einzeln traten die Gefangenen vor ihren Tisch, von Soldaten flankiert. Die beiden Kriminalkommissare befragten sie und notierten mit reglosen Gesichtern die Ergebnisse.

»Das ist kein Ort für eine Dame, Fräulein«, sagte der Soldat und verstellte ihr den Weg.

Sie hatte gehofft, dass die Nebentüren des Saales unbewacht sein würden. Hatten sie Angst, dass jemand versuchen könnte, die gefangenen Rebellen zu befreien? Oder warum stand die Wache draußen und nicht im Inneren? »Mein Freund ist da drin«, sagte sie.

Der Soldat lächelte väterlich. »Ich glaube kaum, dass er jetzt Zeit hat für Sie.«

Natürlich glaubte er, sie meine einen der Offiziere. Dass sie, eine Schlossdame im hübschen gelben Kleid, mit einem der zerrissenen Aufständischen Freundschaft geschlossen haben könne, überstieg seine Vorstellungskraft. »Das würde ich ihn gern selbst fragen.«

Der Soldat dachte nach. Er musste wohl entscheiden, was ihm mehr Ärger eintragen würde: eine Frau in den Saal zu lassen oder die Freundin eines Vorgesetzten abzuweisen. Vermutlich doch Letzteres. Zögerlich trat er beiseite.

Sie öffnete die Tür. Im Saal drehten sich einige nach ihr um. Vor allem die Männer in Zivil musterten sie tadelnd. Sie trugen tabakbraune, pflaumenblaue und mausgraue Anzüge und schwarze Krawatten. Die Knöpfe der Anzugsjacken waren mit Stoff überzogen, nicht aus glänzendem Metall wie beim Militär oder der Polizei. Die meisten Hemden hatten Vatermörderkragen. Zwei der Männer trugen schon den Kragen über die Krawatte umgeschlagen, eine moderne Neuerung, die sie als jung und selbstbewusst auswies.

Bei denen brauchte sie keine Rücksicht zu erwarten. Aber dort, der Polizist, dessen Uniform durchnässt war, als habe man ihm einen Kübel Wasser auf den Rücken gegossen, der würde ihr vielleicht weiterhelfen. Ihm waren Sorgenfalten ins Gesicht gegraben, und er hatte etwas Derangiertes an sich, das ihr Vertrauen weckte. Sie ging zu ihm und fragte: »Gibt es eine Liste der Gefangenen, mein Herr?«

»Gnädiges Fräulein«, erwiderte er, »sollte ein Familienmitglied von Ihnen darunter sein, wird das Missverständnis sicher sofort aufgeklärt.«

»Es ist kein Familienmitglied. Ich suche einen Freund.«

Er hob die Augenbrauen. »Ihr Freund hat sich den Aufständischen angeschlossen?« Behutsam nahm er ihren Arm und führte sie weg von den anderen. Dabei sagte er leise: »Ich würde an Ihrer Stelle keine Namen nennen. Wenn er noch frei herumlaufen sollte, würde man zur Hetzjagd auf ihn blasen. Ein Mann aus Ihren Kreisen, der den Adel verrät und mit dem einfachen Volk gemeine Sache macht, das sehen sie überhaupt nicht gern.«

»Ich bin nicht von Adel«, flüsterte sie. »Trotzdem würde ich ihn gern schützen. Kann ich Ihnen vertrauen?«

»Das müssen Sie selbst entscheiden.«

Sie sah zum Tisch hinüber, wo die Papiere geschrieben wurden. »Wären Sie so freundlich, für mich unauffällig in Erfahrung zu bringen, ob Hannes Böhm gefangen genommen wurde?«

Er nickte. »Warten Sie draußen. Hier starren Sie sowieso schon alle an. Ich lasse noch einige Minuten verstreichen, dann verschaffe ich mir Einsicht in die Namensliste und komme anschließend hinaus, um Ihnen Nachricht zu bringen.«

»Danke. Wirklich, vielen Dank.« Alice verließ den Saal. Der Soldat an der Tür grinste. »Ich habe Sie gewarnt.«

Sie ignorierte ihn. Was, wenn Hannes nicht auf der Liste stand? Lebte er überhaupt noch? Lag er blutend und bewusstlos in einer Seitengasse?

Der Polizist trat in den Flur, und der Soldat nahm Haltung an. »Herr Polizeipräsident«, sagte er respektvoll.

Wie bitte? Sie hatte sich ausgerechnet den Polizeipräsidenten ausgesucht, um jemandem Hannes' Namen anzuvertrauen? Wie hatte sie nur so dumm sein können! »Entschuldigen Sie«, sagte sie, »ich wusste nicht …«

»Er steht nicht auf der Liste«, sagte er. »Aber ich bleibe hier, es gibt Frauen und Schwerverwundete unter den Gefangenen, ich will versuchen zu erreichen, dass sie freigelassen werden. Man bringt sie in den Holzkeller unter dem Schloss, ohne Rücksicht auf ihren Zustand oder ihr Geschlecht. Ich muss sehen, dass sich das ändert. Wenn mir Ihr Freund unter die Augen kommt, gebe ich Ihnen Bescheid. Wo finde ich Sie?«

Eine Welle der Erleichterung durchflutete sie. Dieser Mann, obwohl er der Polizei in Berlin vorstand, war bereit, ihr zu helfen. »Mein Name ist Alice Gauer. Das Personal im Schloss kennt mich, sie wissen, wo ich zu finden bin.«

Kutte! Hannes kroch hin, er hielt ihm den Kopf. Sein Freund röchelte. Spuckte Blut. Wie hatten sie ausgerechnet ihn niederschießen können, von allen Menschen auf der Welt! Was hatte er denn getan?

Kuttes Blick flatterte. »Dieses Schwein, dieser Offizier …« Er hielt sich stöhnend die Brust.

Wut griff heiß nach seinem Herzen. Hannes zog ein Stück Holz aus der Barrikade und schleuderte es in Richtung der Soldaten. »Mörder!«, schrie er.

Es half ihm aber nicht. Seine Wut loderte nur noch höher. Er riss einem Bürger, der gerade das Gewehr neu geladen hatte, die Waffe aus der Hand. Zielte auf den Offizier und drückte ab. Der Gewehrkolben krachte gegen seine Schulter, er verlor das Gleichgewicht. Gerade so konnte er sich noch an einem Balken festhalten. Das Gewehr schlitterte die Barrikade hinab.

Geschrei und Jubel brandeten auf. Aufständische rannten zu ihm und schlugen ihm auf die Schultern. In ihren wildernsten Gesichtern brannten Leidenschaft und Stolz. »Du hast es geschafft! Jetzt müssen sie aufgeben.«

Hannes spähte über den Barrikadenrand. Die Grenadiere schleiften ihren Offizier von der Straße. Hatte er ihn erschossen? War er das gewesen?

»Jetzt hast du deinen Freund gerächt«, sagten sie. »Du hast den Mistkerl von einem Offizier erwischt.«

Er taumelte zu Kutte hin. Das wollte ich nicht, dachte er. Ich wollte doch niemanden töten. Und doch hatte er das Gewehr ergriffen, hatte gezielt und abgefeuert.

»Halte sie auf«, röchelte Kutte. »Die Barrikade darf nicht fallen.«

»Du brauchst einen Arzt.« Er griff Kutte unter die Achseln. »Helft mir«, rief er, »wir schaffen ihn ins Notlazarett!«

Kutte wehrte sich, er wedelte mit den Armen und ächzte vor Schmerzen. »Nein, nein!«

Einer der Aufständischen nahm Kutte bei den Füßen. Gemeinsam trugen sie ihn ins Tanzlokal und legten ihn auf einen Tisch. Sofort war der Arzt zur Stelle. Er knöpfte Kutte das blutgetränkte Hemd auf. Dass er ihm half, war nicht selbstverständlich, jeder Arzt musste im Berufseid dem König Treue und Gehorsam schwören.

Kutte hustete. Feine Blutspritzer bedeckten sein Gesicht.

Du schaffst das, Kutte, wollte Hannes sagen, der Arzt wird dich wieder hinkriegen. Aber er brachte es nicht heraus, ihm hing ein Pfropfen in der Kehle.

Ein Gehilfe trat zum Tisch. Der Arzt erklärte dem Burschen: »Das Blut, das aus der Wunde tritt, ist schaumig, sehen Sie?« Er wies auf die Brust. »Das bedeutet, dass die Lunge verletzt ist. Charakteristisch ist auch, dass er Blut hustet. Helfen Sie mir, ihn auf die Seite zu drehen.«

Die beiden drehten Kutte.

»Die Kugel ist nicht wieder ausgetreten«, sagte der Arzt, nachdem er den Rücken untersucht hatte. Seine Miene wurde ernst. Sie legten Kutte wieder auf den Rücken. »Es ist besser, wenn ich die Wunde nicht genauer untersuche. Würde ich jetzt mit dem Finger hineingehen, käme Luft in den Bauchraum, was nie gut ist, und die Wunde könnte vereitern. Wir nähen sie stattdessen rasch zu und verbinden. So verhindern wir einen Pneumothorax und einen Lungenkollaps. Wir –« Er stockte.

Was hatte den Arzt so erschreckt? Hannes folgte seinem Blick. Kuttes Brust hob und senkte sich. Wo die Kugel in Kuttes Leib eingedrungen war, wurde bei jedem Atemzug Luft eingesaugt. Beim Ausatmen aber schloss sich das kleine Loch von innen. Kuttes linke Brustkorbhälfte wuchs an. Sie war längst größer als die rechte.

»Schnell!«, sagte der Arzt. Der Gehilfe rannte und brachte ihm eiserne Gerätschaften.

Kuttes linke Brusthälfte stand hoch und senkte sich beim rasselnden Ausatmen kaum noch.

Hannes nahm Kuttes Hand. »Wir stehen das gemeinsam durch, Kumpel!«

»Du hattest recht mit dem Weglaufen«, japste Kutte. »Hätte auf dich hören sollen. Verflucht, tut das weh.« Er hustete. »Weißt du noch, die Feldlerche?«

Natürlich erinnerte er sich. Kutte hatte sich einmal nach langem Sparen eine Feldlerche gekauft und sie mit Kräutern und Eiern gebacken, aber er, Hannes, war nicht bereit gewesen, mitzumachen und seinerseits auch für einen einmaligen Festschmaus Geld auszugeben, sodass Kutte wütend geworden war und ihn einen Spielverderber genannt hatte. Aber selbst Kuttes Wut hatte ihn nicht erweichen können, stur war er dabei geblieben, dass ihm sein Geld für das Essen zu schade war. Der Freund hatte seine Feldlerche allein essen müssen. »Klar.«

»Das war richtig von dir. Du machst es richtig, Hannes. Wenn einer von uns es schafft, dann du. Das hab ich immer gewusst.«

Der Arzt begann, Kuttes Brust zu nähen, und Kutte biss vor Schmerzen die Zähne zusammen. Tränen stiegen ihm in die Augen. Zwischendrin stieß er hervor: »Versprich mir, dass du nach Amerika auswanderst, wenn es hier nicht besser wird.«

»Ich versprech's. Das machen wir gemeinsam, du und ich. Hörst du?«

»Du musst ein neues Schiff nehmen. Die *Washington*, ja?«

Nun stiegen auch Hannes Tränen in die Augen. Das war einer ihrer schönsten Momente gewesen. Sie hatten auf dem Dach gesessen und über die Stadt geschaut und sich über Schiffe unterhalten, mit denen sie gern einmal fahren würden. Über die neuen Dampfer mit Segeln und Schiffsschraube, über die *Great Western* und die *Great Eastern*, die von London nach New York nur fünfzehn Tage brauchten, also die Hälfte der Zeit, die ein Segler benötigte. Ihr gemeinsamer Favorit war das deutsch-amerikanische Postdampfschiff *Washington* gewesen, das zwischen Bremen und New York verkehrte.

Kuttes Lippen wurden blau. Seine Pulsadern schwollen an, und er atmete so flach und hektisch, als drohte er zu ersticken. Seine Hand krampfte sich um Hannes' Hand. »Danke«, flüsterte er. »Du hast mich nicht im Stich gelassen.« Sein Gesicht wurde violett, und der Blick hing an Hannes, als könne er sich damit am Leben festhalten.

»Was hast du gedacht? Wir sind doch Freunde. Du schaffst das, die bringen dich wieder auf den Damm! Du hast so viele Säcke voll Erde geschleppt und Steine getragen und Kanalgruben ausgehoben, einer wie du ist stark, diese läppische Kugel wirst du los, Kutte.«

Er bemerkte, dass der Arzt und sein Gehilfe zu nähen aufgehört hatten. Kuttes rasselnder Atem war verstummt.

Der Arzt wischte sich die blutigen Hände an der Schürze ab. Er sah müde aus. »Wir haben getan, was wir konnten. Ihr Freund ist tot.«

32

Als es Nacht wurde, traf an der Barrikade Kuttes Erbe ein: drei Böller, die man in seinem Auftrag aus dem Schützenhaus entwendet hatte. Es war sein letzter Befehl gewesen. Sie brachten die Geschütze in Stellung, luden sie mit Eisenstücken und Tonkugeln, sogenannten Murmeln, und schossen auf die Soldaten. Auch der Alarm, den Kutte noch gegeben hatte, und seine Bitte um Unterstützung trugen Früchte. Das Eckhaus war bald in allen Etagen mit bürgerlichen Schützen besetzt, die rasch und sicher feuerten und ein Vorrücken der Armee verhinderten. Im Hinterhof reparierten Schlosser beim Licht mickriger Funzeln schadhafte Gewehre. Ein Zinngießer versorgte die Barrikade und das Eckhaus mit frischen Gewehrkugeln. Hannes stand bei den Feuerspritzen und verteilte aus zwei erbeuteten Pulverfässern Munition. Zuerst war er sparsam, aber dann erhielt er Nachschub, weil man einige Pulverkästen des Militärs an der Stadtmauer und an der Georgenkirche geplündert hatte, und teilte großzügiger aus.

Feuer erhellte die Königsstraße. In den Seitenstraßen aber war es stockfinster. Heckenschützen zielten von den Fenstern aus auf die Soldaten.

Der Kampf ging weiter, auch ohne Kutte. Jedes Mal, wenn dumpf die Glocken einer entfernten Kirche läuteten, weil die Aufständischen dort in Not geraten waren und ihre Kameraden zu Hilfe riefen, erschauderte Hannes. Die Brutalität, mit der sein Freund niedergestreckt worden war, ließ ihn immer noch zittern.

Dumpf verrichtete er seine Arbeit, wie betäubt. Er konnte nicht um Kutte weinen. Nur manchmal, kurz und wie versehentlich, sickerte die Trauer in seine Brust, und er vermochte in seiner Verzweiflung kaum mehr zu atmen. Dann schüttelte er sich, biss sich unwillkürlich auf die Zunge, um sich abzulenken.

Einer von Kuttes Männern trat zu ihm an die Pulverfässer. »Der Feldwebel, auf den du geschossen hast, ist nicht tot, übrigens.«

»Woher weißt du das?«

»Ich habe an einer anderen Barrikade ausgeholfen, und die Jungs haben gesagt, ein Bataillonskommandeur sei vom Pferd geschossen worden. Da habe ich gesagt, das war nur ein Feldwebel, und er saß gar nicht auf einem Pferd. Sie haben widersprochen und behauptet, das sei woanders gewesen, der Bataillonskommandeur sei tot, aber der Feldwebel, von dem ich reden würde, lebt, sie wüssten das von einem Überläufer. Dabei hätte Feldwebel Gauer am meisten verdient gehabt zu sterben – es war nämlich seine Kompanie, die zuerst geschossen hat auf dem Schlossplatz.«

Gauer? Hatte er in seiner blinden Wut auf Alices Bruder gefeuert? Hannes schluckte. Gott sei Dank war er am Leben. Aber was, wenn er mich erkannt hat?, dachte Hannes. Er musste Alice erklären, was vorgefallen war, bevor ihr Ludwig davon erzählte, sonst glaubte sie, er habe kaltblütig auf ihren Bruder angelegt. Als wegen eines Sturmangriffs auf die Barrikade alle Helfer aus dem Hof geholt wurden, rannte er in die andere Richtung und kletterte über die Hofmauer in das benachbarte Grundstück. Um zu Alice zu gelangen, würde er durch die Reihen der königlichen Soldaten brechen müssen. Nur ein Lebensmüder würde das versuchen. Aber ihm blieb keine andere Wahl. Er konnte nach Kutte nicht auch noch Alice verlieren.

Wenn General Karl Ludwig von Prittwitz Abscheu empfand, ließ er es sich nicht anmerken. In sachlichem Tonfall merkte er an: »Mir wurde gesagt, es handele sich um eine Unterredung unter vier Augen.«

Der König tat, als habe er es nicht gehört.

Damit blieb die Sache an ihm, Ernst von Pfuel, hängen. Prittwitz würde glauben, er habe den König darum ersucht, bei der

Lagebesprechung dabei sein zu dürfen. Welche Meinung Prittwitz von ihm hatte, spielte keine Rolle, aber für die Beratungen war es ein entscheidender Unterschied, ob er aus Geltungssucht hier war oder auf Befehl des Königs. Er sagte: »Wenn Eure Majestät wünschen, ziehe ich mich gern zurück.«

»Ich habe Sie nicht herbefohlen, um Sie dann wieder fortzuschicken«, sagte Friedrich Wilhelm entnervt.

Er verbeugte sich. Immerhin, die Sache war geklärt.

»Fangen Sie an«, befahl der König.

»Es sind jetzt fünfzehntausend Soldaten in der Stadt im Einsatz, Majestät«, sagte Prittwitz.

»Wie ist die Lage?«

»Wir konnten die Innenstadt unterwerfen. Allerdings habe ich bei Weitem nicht genügend Truppen zur Hand, um Berlin Haus um Haus einzunehmen. Ein Teil unserer Soldaten kommt aus anderen Regionen Preußens, ihnen gegenüber haben die Aufständischen den Vorteil, dass sie die Straßen und Häuser und Höfe genau kennen. Zudem genügen unsere Angriffskolonnen schon rein zahlenmäßig nicht, ihnen müssten Soutiens oder Reserven gestellt werden, um zu verhindern, dass in ihrem Rücken die Barrikaden von Neuem errichtet werden.«

»Was schlagen Sie vor?«

»Wir können versuchen, die Innenstadt für einige Tage zu halten, um zu sehen, auf welche Seite sich die Bevölkerung schlägt. Sollte sie es mit den Rebellen halten, sieht es schlecht aus.« Prittwitz warf einen kurzen Blick auf ihn, Ernst, als wollte er prüfen, ob er derselben Meinung war. »In diesem Fall wäre es besser, die Garnison aus der Stadt herauszuziehen und Berlin einzuschließen. Wir müssten eine Blockade verhängen und die Kapitulation erzwingen, indem wir Berlin mit Belagerungsgeschützen beschießen.«

»Wie bitte?«

»Natürlich erst, nachdem Eure Majestät die Stadt verlassen habt und in Sicherheit gebracht seid. Ich habe mir erlaubt, bereits die Staatsvorräte aus der Stadt eskortieren zu lassen. Es war zu gefährlich, sie hier in Berlin zu belassen.«

»Was meinen Sie damit?«

Prittwitz geriet ins Rudern. »Ludwig Gustav von Thile, also Euer Staatsminister… Wir haben beide gefunden, dass Berlin nicht mehr sicher genug ist. Wir haben die gesamte Staatskasse, den Kronschatz und die wichtigen Staatspapiere in Kisten verpacken und nach Potsdam und Spandau bringen lassen. Unter größter Geheimhaltung. Ich hoffe und denke, das war in Eurem Sinne.«

»Sie haben – was?«

»Wir haben vierzehn Millionen Taler auf Militärwagen und auf militärisch gesicherten Spreekähnen nach Spandau gebracht, Majestät. Nur zur Sicherheit.«

Für einen Moment war es still. Dann sagte Friedrich Wilhelm: »Ich werde auf keinen Fall meine eigene Hauptstadt beschießen.«

Prittwitz, der sich in seinen dienstfreien Stunden als Autor von Büchern zur Heereskunde hervorzutun wusste, schluckte. »Dann sollten Eure Majestät wenigstens zwei vollständige Regimenter im Schlossbereich stationieren, und größere Truppenverbände am Zeughaus und bei den Banken. Ich gebe allerdings zu bedenken, dass die Aufständischen jederzeit unsere Verbindungslinien stören oder sie sogar unterbrechen können. Das hätte erhebliche Versorgungsprobleme bei der Ernährung der Armee zur Folge und, was schwerer wiegt, bei der Nachlieferung von Munition.«

»Ich verstehe. Das wäre alles.«

Prittwitz war sichtlich verwirrt. »Ihr wollt Euch mit General von Pfuel weiterberaten, ohne mich?«

»Ich möchte seine Meinung zu alldem hören, ja. Sie dürfen uns schon verlassen, sicher haben Sie noch reichlich zu tun. Ich wünsche eine gute Nacht.«

Gleich nachdem der General den Raum verlassen hatte, fragte der König: »Nun, was sagen Sie?«

Ernst von Pfuel räusperte sich. »Aus rein militärischer Sicht hat der General recht. Aber natürlich ist es absurd, die eigene Hauptstadt zu belagern und zu beschießen.«

Der König setzte sich an seinen Schreibtisch. Er streckte das Bein aus und sagte: »Wenn Sie die Güte hätten …«

Er sollte ihm den Stiefel ausziehen? Wie selbstverständlich behandelte Friedrich Wilhelm die Menschen als seine Diener. Niemand stand über ihm, folglich standen alle unter ihm. Und ob sie Kammerdiener waren oder Adjutanten oder Gouverneure, machte keinen Unterschied.

Ernst seufzte, kniete sich vor den König und zog am Stiefel. Als der königliche Strumpf zum Vorschein kam, verbreitete sich ein beißender Geruch wie von altem Käse.

Friedrich Wilhelm streckte ihm das andere Bein hin.

Auch von diesem zog Ernst den Stiefel.

Der König sah die Papiere auf seinem Schreibtisch durch. Er schlüpfte mit den Füßen in einen Fellsack, der unter seinem Schreibtisch bereitstand, und begann zu schreiben. Er schien völlig zu vergessen, dass er nicht allein war. Oder war es ihm angenehm, einen Menschen mit im Raum zu wissen? Dieser Mann hatte ihn heute Nachmittag auf perfide und demütigende Weise abgesetzt. Jetzt schien es plötzlich, als würde er ihm wie einem Familienmitglied vertrauen. Für diese Wechselhaftigkeit war Friedrich Wilhelm berüchtigt.

Ich bin keine Schachfigur, die man nach Belieben vorrückt und wieder zurücksetzt, dachte er und sagte: »Ich werde jetzt gehen.«

»Nein, warten Sie. Ich brauche Ihr Urteil.« Kaum einmal setzte der König die Feder ab, um nachzudenken, er schrieb und schrieb, tauchte die Feder in die Tinte ein und schrieb weiter. Er wirkte sehr konzentriert, in völligem Frieden mit sich und seiner Aufgabe.

Was verfasste er da? Setzte er ihn wieder ein? Warf er den kühnen Prittwitz aus dem Amt?

Wenn er ihn schon warten ließ und sein Urteil wünschte, war wohl auch ein Blick auf das Schriftstück gestattet. Er trat näher und sah dem König über die Schulter. Er las die Überschrift. Danach konnte er nicht aufhören. Während Friedrich Wilhelm schrieb, las er das ganze Schriftstück mit.

An meine lieben Berliner!

Durch mein Einberufungspatent vom heutigen Tage habt Ihr das Pfand der treuen Gesinnung Eures Königs zu Euch und zum gesamten deutschen Vaterlande empfangen. Noch war der Jubel, mit dem unzählige treue Herzen mich gegrüßt hatten, nicht verhallt, so mischte ein Haufe Ruhestörer aufrührerische und freche Forderungen ein und vergrößerte sich in dem Maße, als die Wohlgesinnten sich entfernten. Da ihr ungestümes Vordringen bis ins Portal des Schlosses mit Recht arge Absichten befürchten ließ und Beleidigungen wider meine tapfern und treuen Soldaten ausgestoßen wurden, musste der Platz durch Kavallerie im Schritt und mit eingesteckter Waffe gesäubert werden. Zwei Gewehre der Infanterie entluden sich von selbst, gottlob ohne irgendjemanden zu treffen.

Eine Rotte von Bösewichten, meist aus Fremden bestehend, die sich seit einer Woche zu verbergen gewusst hatten, haben diesen Umstand im Sinne ihrer argen Pläne durch augenscheinliche Lüge verdreht und die erhitzten Gemüter von vielen meiner treuen und lieben Berliner mit Rachegedanken um vermeintlich vergossenes Blut erfüllt, und sind so die gräulichen Urheber von Blutvergießen geworden. Meine Truppen, Eure Brüder und Landsleute, haben erst dann von der Waffe Gebrauch gemacht, als sie durch viele Schüsse aus der Königsstraße dazu gezwungen wurden. Das siegreiche Vordringen der Truppen war die notwendige Folge davon.

An Euch, Einwohner meiner geliebten Vaterstadt, ist es jetzt, größerem Unheil vorzubeugen. Erkennt, Euer König und treuster Freund beschwört Euch darum, bei allem was Euch heilig ist, den unseligen Irrtum. Kehrt zum Frieden zurück, räumt die Barrikaden hinweg, und entsendet an mich Männer, voll des echten alten Berliner Geistes, mit Worten, wie sie sich Eurem König gegenüber geziemen, und ich gebe Euch mein Königliches Wort, dass alle Straßen und Plätze sogleich von den Truppen geräumt werden sollen und die militärische Besetzung nur auf die notwendigen Gebäude, die des Schlosses, des Zeughauses und weniger anderer, und auch da nur auf kurze Zeit, beschränkt werden wird. Hört die väterliche Stimme Eures Königs, Bewohner meines treuen und schönen Berlins, und vergesst das Geschehene, wie ich es vergessen will und werde in meinem Herzen, um der großen Zukunft willen, die unter dem Friedenssegen Gottes für Preußen und durch Preußen für Deutschland anbrechen wird.

Eure liebreiche Königin und wahrhaft treue Mutter und Freundin, die sehr leidend darniederliegt, vereint ihre innigen, tränenreichen Bitten mit den Meinigen.

Geschrieben in der Nacht vom 18.–19. März 1848

Friedrich Wilhelm

Mit leuchtenden Augen hob der König das Blatt vom Schreibtisch und reichte es dem General. »Das wird die Sache beenden. Wir geben es gleich in die Hofdruckerei, sie sollen die Nacht über drucken.«

33

In einem Baum sang eine frühe Amsel gegen die Dunkelheit an. Hannes kroch im Rinnstein vorwärts, Fingerbreit um Fingerbreit. Ihm dröhnte der Kopf vor Müdigkeit. Obwohl seine Augen brannten, hielt die Angst ihn wach. Der Morgen dämmerte bereits, bald machte die aufgehende Sonne die Straßen hell, und dann würde man ihn entdecken, ihn vom Boden hochreißen und gefangen abführen oder gleich erschießen. Das durfte nicht passieren, er musste vor Tagesanbruch die Stellung der Grenadiere passiert und weit genug hinter sich gelassen haben.

Er hörte die Soldaten miteinander sprechen. Hörten sie ihn nicht genauso, machte er nicht verräterische Geräusche, wenn er bäuchlings über den Boden robbte?

»Hast du das mitgekriegt?«, fragte der eine der Soldaten. »Der König bietet den Aufrührern eine Generalamnestie an. Wenn sie die Barrikaden wegräumen, kommen sie ungeschoren davon. Allesamt.«

»So was kann's auch nur in Preußen geben. Da müssen wir nicht lange auf den nächsten Aufstand warten, wenn die Rebellen hinterher nicht mal vor Gericht gestellt werden.«

»Die hier knacken wir auf jeden Fall vorher.« Er lachte.

Hannes' Nase hing dicht über dem Schlamm. Die Fäulnis kroch ihm in die Nasenlöcher, er schmeckte sie am Gaumen, und auf seiner Zunge lag ein widerwärtiger Hauch, den er sonst nur roch, wenn er an einem Gulli vorüberging.

Vorsichtig setzte er die linke Hand nach vorn und winkelte das rechte Knie an. Er schob sich weiter, verharrte und lauschte, wartete. Setzte die rechte Hand nach vorn.

»Kann nicht mehr lang dauern, bis die Verstärkung eintrifft.«

»Ich wette, der Alte schickt sie hintenrum ran an die Barrikade. Dann nehmen wir sie in die Zange. Die werden ein hübsches Wunder erleben!«

»Wie viele sind das noch?«

»Schätze mal, zwanzig. Höchstens dreißig. Viel Munition können die nicht mehr haben.«

»Sollen wir Gefangene machen?«

»Wenn mir im Handgemenge das Bajonett ausrutscht, kann keiner was sagen. Die haben Gustav erschossen, und Mathis haben sie den Arm zertrümmert. Das hätten sie sich vorher überlegen sollen. Jetzt gehen sie dafür selber drauf, das verspreche ich dir.«

»Ich mache mit. Gustav hätte es für uns auch getan.«

Hannes hielt inne. Wenn er weiterkroch, ging in seinem Rücken das große Morden los. In entgegengesetzter Richtung gab es einen Fluchtweg, jetzt war er noch offen, sie konnten alle ihr Leben retten, wenn er sie warnte. Ihm hatte der Weg nichts genützt, er musste ja an den Truppen vorbei zum Schloss, aber die Barrikadenkämpfer konnten sich so zu einer anderen Barrikade retten, oder sie flohen in die Wohnhäuser. Wenn jede Familie einen versteckte und ihn wusch und neu einkleidete, konnte am Ende keiner feststellen, ob sie an der Barrikade gewesen waren oder nicht.

Kutte hatte er nicht retten können. Wie in dem Notlazarett seine Lippen blau geworden waren. Wie die Augen brachen. Das durfte den anderen nicht passieren.

Aber wenn er jetzt zurückkroch, um sie zu warnen, war es hell, bis er wieder hier war. Er würde es nicht rechtzeitig zu Alice schaffen. Irgendwer würde ihr von ihrem Bruder erzählen, sie würde ihn besuchen gehen, und Ludwig, der immer gut zu ihm gewesen war, würde im Krankenbett hasserfüllt seinen Namen zischen. »Ausgerechnet der. Hannes. Hannes hat mich niedergeschossen.«

Er unterdrückte einen Fluch. Das innere Hin und Her zermürbte ihn. Nein, er konnte die Barrikadenbesatzung nicht sterben lassen. Mühsam kroch er zurück. Als er nah genug an die Barrikade herangekommen war, verließ er die Deckung. Er sprang auf und hechtete den Schuttberg hoch. Kugeln pfiffen ihm um die Ohren.

Mit einem Satz brachte er sich in Sicherheit. »Alle weg hier!«, rief er. »Die wollen euch einkesseln!«

Eine Frau mit rußbedecktem Gesicht biss seelenruhig von einer Butterstulle ab, die sie in der Hand hielt. »Und woher weißt du das?«, fragte sie. »Wir haben nicht die ganze Nacht die Barrikade gehalten, um sie jetzt aufzugeben. Bloß weil einer versucht, uns Angst zu machen.«

»Ich war beinahe durch ihre Linie durch, ich hätte es geschafft. Ich bin zurückgekrochen, um euch zu retten. Sagt nicht, dass das umsonst war! Wollt ihr euch umbringen lassen? Na gut, meinetwegen. Ich sage euch, die haben frische Truppen und kommen von beiden Seiten, die Barrikade wird euch nichts mehr nützen.«

Die Frau ließ die Stulle sinken und sah mit großen Augen zu den müden Männern links und rechts von ihr. Die meisten trugen bereits blutige Verbände.

»Ihr könnt die Barrikade wieder aufbauen, wenn sie abgezogen sind«, versuchte er es noch einmal. »Aber jetzt müsst ihr eure Haut retten, und zwar schnell.«

Immer noch starrten sie ihn unschlüssig an.

»Da rein!«, befahl er und wies auf die Tür zu seiner Linken. »Über das Dach können wir entkommen.«

»Ich glaube ihm«, sagte ein alter Mann, der sich auf eine Flinte stützte. »Wir sollten abhauen.«

Schüsse krachten, eine ganze Salve von Schüssen. Drei Männer sackten zusammen, obwohl sie hinter der Deckung der Barrikade gestanden hatten. Auch der Alte fasste sich ans Bein, und seine Hand färbte sich blutrot. »Sie kommen von hinten«, rief er, und humpelte auf die Tür zu.

Panisch rannten Hannes und die anderen zur Tür. Eine Kugel pfiff ihm dicht am Ohr vorbei. Holz splitterte. Einer der Rebellen fiel auf sein Gesicht und blieb reglos liegen. Hannes lief gebückt weiter, um kein leichtes Ziel abzugeben. Er schlüpfte hinter dem Alten ins Haus.

»Kommen Sie, ich helfe Ihnen«, sagte er und fasste den Alten unter.

Gemeinsam erklommen sie die erste Etage. Der Alte ächzte bei jeder Stufe. »Guter Junge«, sagte er schließlich, »das hat keinen Sinn. Die sind jeden Moment unten an der Tür. Übers Dach schaffe ich's nicht mehr.«

Hannes pochte an eine der Türen. Er rief: »Wir brauchen Hilfe, schnell!«

Entweder waren die Bewohner längst geflohen, oder sie machten nicht auf. Ein breitschultriger Rebell schnaufte die Stufen hoch. Er brach mit einem gewaltigen Tritt die Tür auf. »Bitte sehr.«

Der Alte humpelte in die Wohnung. Der blutverschmierte Fußabtreter wird ihn verraten, dachte Hannes. Er tauschte den Abtreter mit dem der gegenüberliegenden Wohnung.

Dann rannte er die Treppe hinauf. Von oben kamen ihm enttäuschte Aufständische entgegen. »Von wegen Fluchtweg. Die Luke zum Dachboden hat ein Vorhängeschloss.«

Er stockte. »Aber das war vor zwei Stunden noch nicht da.« Also waren doch Bewohner hier im Haus. Er rief laut: »Bitte, helfen Sie uns! Wir müssen übers Dach fliehen!«

Stille.

Der Breitschultrige sagte: »Ich versuch's.« Er stürzte hinauf, nahm zwei Stufen auf einmal.

Hannes folgte ihm. Unten flog die Haustür auf. »Kommen Sie mit erhobenen Händen raus!«, brüllte jemand.

Sie rannten weiter hoch, dem Breitschultrigen nach. Er erklomm die Leiter zur Dachbodenluke. »Gebt mir ein Gewehr«, sagte er.

Jemand reichte ihm seine Flinte.

Er holte mit dem Kolben aus und drosch auf das Schloss ein. Nach vier kräftigen Hieben brachen die Nägel des Verschlags aus dem Holz.

Unten im Haus wurde schon an die Wohnungstüren geklopft. »Aufmachen!« Man hörte Frauen kreischen und Kinder weinen.

»Wir haben nichts getan«, flehte jemand.

Geschirr zersprang. Glas splitterte. Schwere Stiefelschritte kamen die Treppe hoch.

Der Breitschultrige öffnete die Luke und kletterte auf den Dachboden. Die anderen folgten ihm. Hannes war der Letzte, er hörte die Soldaten bereits ein Stockwerk weiter unten.

Er saß in der Falle. Das Fenster, das hinaus auf das Dach führte, war winzig. Der Breitschultrige pferchte sich hindurch. Hinter ihm drängten sich ein Dutzend Männer und Frauen. Hannes konnte sich ausrechnen, dass er nicht mehr an die Reihe kommen würde. Seine Blicke schweiften über den Dachboden. Gab es ein Versteck für ihn?

Zwei Frauen hatten dieselbe Idee. Sie sammelten Stroh vom Boden auf, krochen hinter eine Kiste und deckten die Kiste und sich selbst mit Stroh zu.

Es gab einen dunklen Winkel hinten, wo das schräge Dach den Boden berührte. Dort stand einiges Gerümpel herum. Aber einer der Männer hatte das ebenfalls bemerkt, er warf sich auf den Boden und versuchte, hinter das Gerümpel zu kriechen.

Hannes dachte an die Worte des Grenadiers, der jeden Aufständischen mit dem Bajonett aufspießen wollte. Mit Barmherzigkeit durfte er hier nicht rechnen. Er rannte in die entgegengesetzte Richtung. Die Klappe im Schornstein, wenn er da durchpasste, war das die Rettung. Niemand würde damit rechnen, dass ein Mensch freiwillig in den Schornstein kroch. Er öffnete sie und zwängte sich hinein. Seine Schultern hätten nicht einen Zentimeter breiter sein dürfen. Er stemmte sich mit den Ellenbogen gegen die schwarzen Wände und zog die Knie an den Leib. Die eiserne Kante der Klappe schnitt schmerzhaft in seine Schienbeine. Trotzdem zog er die Beine an. Verdammt, tat das weh! Er angelte von innen nach der Klappe und zog sie zu.

Die Luft im Schornstein war voller Ruß und Ascheteilchen. Er bemühte sich, ruhig zu atmen. Draußen waren Stimmen zu hören, die tiefen, selbstsicheren Stimmen der Soldaten. Jetzt durfte er auf keinen Fall husten. Am besten hielt er den Atem an.

Gerümpel schepperte. Harte, laute Befehle. Wimmern, Flehen. Poltern. Ein Schuss. Dann wieder die Stimmen der Soldaten. So langsam wurde ihm die Luft knapp. Er musste atmen. Er musste! Länger konnte er es nicht mehr hinauszögern. Hannes tat einen Atemzug. Die Ascheteilchen setzten sich in seine Luftröhre, sie kitzelten. Nicht husten! Nicht! Er röchelte. Er keuchte, um das Husten zu verhindern. Plötzlich war es still auf dem Dachboden. Lauschten sie etwa, weil sie ihn gehört hatten?

Schritte.

Die Klappe wurde geöffnet. »Spielst du Weihnachtsmann? Raus da!«

Er wurde unsanft aus dem Schornstein gezerrt, stieß sich die Ellenbogen an.

»Ein Mohrenknabe, wie süß«, spotteten die Soldaten. »Und wo sind die anderen versteckt?«

Er zwang sich, nicht zur Kiste hinzusehen. Stattdessen richtete er den Blick auf das Gerümpel. Dort lag eine Leiche. Zwei weitere Männer standen mit gesenkten Köpfen bei den Grenadieren.

»Und wie ist es hier hinten?«, fragte einer der Soldaten. »Ist da vielleicht noch jemand?« Er schlenderte grinsend zur Kiste. Als sich nichts rührte, hob er sein Gewehr und stieß es mit dem Bajonett voran ins Stroh.

Es rappelte, es gurgelte. Der Soldat hielt sein Gewehr mit beiden Händen umklammert, dann zog er es mit einem Ruck wieder hoch.

Eine Frau, offenbar unverletzt, aber mit dem Blut ihrer Kameradin besudelt, erhob sich zitternd hinter der Kiste.

»Na also«, sagte der Soldat.

Ein Offizier betrat den Dachboden. Er überblickte rasch die Lage und befahl: »Bringen Sie die Gefangenen runter auf die Straße.«

Hannes sah die finsteren Blicke der Soldaten. Sie hätten gern ihr makabres Spiel fortgesetzt und alle umgebracht. Aber sie gehorchten dem Offizier. Solange er in der Nähe war, musste man ihn am Leben lassen. Der Dachboden war gefährlich, verließ der Offizier ihn, würden die Soldaten womöglich kurzen Prozess machen und anschließend behaupten, er und die anderen hätten zu fliehen versucht.

Er ging zur Bodenklappe. Niemand hielt ihn auf.

Der Offizier sah ihn erstaunt an.

»Zur Straße, oder?«, fragte er.

Der Offizier nickte.

Er stieg die Leiter hinunter. Am Fuß der Leiter warteten weitere Grenadiere. Sie verpassten ihm eine Kopfnuss, schubsten ihn zur Treppe. Besorgt sah er sich um, der Offizier folgte ihm.

Während er hinabstieg, dachte er nach. Wohin würde man ihn bringen? Nach Moabit? Nach Spandau? Am besten würde er unterwegs von einer Brücke springen. Wenn er es schaffte, bis zu einem Kahn zu tauchen und erst auf dessen anderer Seite wieder an die Oberfläche zu kommen, dicht am Schiffsrumpf und lautlos, würde er vielleicht entkommen können, weil sie glaubten, er sei ertrunken.

In jeder Etage standen Soldaten. Sie spuckten ihn an. Schlugen nach ihm. Unten vor der Haustür wartete einer, um dessen Hals etliche Hanfstricke baumelten. Der Soldat nahm einen davon und fesselte Hannes die Hände auf den Rücken. Er zog die Knoten stramm. Verdammt. Schwimmen oder gar tauchen war so nicht möglich.

Da war der Alte. Sein Gesicht war zerschunden. Sie mussten ihn furchtbar verprügelt haben. Aber er hielt tapfer den Kopf erhoben. Als er Hannes sah, nickte er ihm zu.

Die Soldaten befahlen den gefangenen Frauen und Männern sich aufzureihen und loszumarschieren.

Schweigend liefen sie durch ihre Stadt. Es wurde heller Morgen. Aus den Fenstern sahen Neugierige. Überall lag Schutt. Soldaten standen an den Hausecken und blickten ihnen finster nach.

Am Schauspielhaus wurden sie mit anderen Gefangenen zu einem Pulk vereint, jetzt waren sie vierzig oder fünfzig. Eine Schwadron Ulanen übernahm das Kommando. Im Hintergrund krachten weiterhin Kanonenschüsse, gefolgt von Gewehrfeuer, das durch die Straßen hallte. Hannes' Beine schmerzten, wo der Ruß in die Wunden drang. Der Mund war ausgetrocknet, die Lippen spröde. Immer noch schmeckte er die Asche auf der Zunge. Als er begriff, wohin man sie brachte, musste er bitter schlucken.

Sie führten sie ins Schloss. Genau dahin hatte er auch gewollt. Allerdings unter anderem Vorzeichen.

Vor dem Portal sah er Victor stehen, den Premierleutnant. Hannes senkte den Kopf, um nicht erkannt zu werden.

Fast war er schon vorüber, da unterbrach Victor das Gespräch mit den anderen Offizieren. »Augenblick mal«, rief er. Er trat an die Gefangenenreihe heran und packte Hannes am Arm. »Den Blondschopf kenn ich doch. Bist du jetzt unter die Mohren gegangen? Tja, eine schwarze Seele bleibt auf Dauer nicht unbemerkt.«

Die Offiziere lachten.

Er stieß Hannes von sich. »Das war's, Freundchen, mit deinen Aufmüpfigkeiten.« Leise raunte er: »Wir sehen uns noch.«

Hannes lief ein kalter Schauder über den Rücken. Lieber wollte er in der Zitadelle Spandau verrotten, als von diesem Scheusal in die Mangel genommen zu werden. Er durfte nie allein sein, vor anderen würde Victor seine sadistischen Spielchen nicht wagen.

»Weiter, ihr Nichtsnutze!«, brüllte ein Soldat und stieß mit dem Gewehrkolben ausgerechnet nach Hannes. Der Hieb traf ihn schmerzhaft in die Niere. Er humpelte eilig weiter.

Sie wurden ins Erdgeschoss des Schlosses gebracht. Hier saßen Herren in Zivil am Tisch, jeder mit einem Glas Rotwein, vor sich Listen und Bücher. Die Gefangenen wurde ihnen einzeln vorgeführt, und sie stellten jedem leise ernste Fragen.

Untereinander redeten die Herren in einer fremden Sprache, wohl, damit sie vom Pöbel nicht verstanden wurden.

Hannes fragte den Alten: »Verstehen Sie die Sprache, die sie sprechen?«

Der Alte schüttelte den Kopf.

Ein anderer Gefangener sagte leise: »Das ist Französisch.«

»Was sagen sie?«

»Dass der Keller voll ist und ein paar Hundert Gefangene nach Spandau abtransportiert werden sollen.«

»Also ist die Revolution gescheitert«, flüsterte Hannes.

Der andere lächelte. »Nicht im Geringsten, junger Freund. Die königlichen Truppen haben ein paar Stadtteile besetzt. Aber die Anwohner werden die Barrikaden sofort wieder aufbauen, sobald die Soldaten in einen anderen Stadtteil ziehen.«

Ein Dritter sagte: »Habt ihr von diesem Schreiben von'n König jehört? Ick hab's nich jelesen, aba mir ham se jesacht, wat drinne steht. Er will uns für blöde verkoofen. Eene Rotte ›auswärtiger Bösewichter‹ soll für de Revoluzion verantwortlich sein. Dit is lachhaft. Keener kann ihn damit ernst neh'm.«

»Heute früh haben wir das Lager des Garde-Landwehr-Regiments in der Lindenstraße erobert und tausend Gewehre erbeutet«, sagte stolz ein Junge, kaum sechzehn Jahre alt. »Die Pistons fehlen zwar, weil man die absichtlich entfernt hat, und ohne die Pistons sind sie nicht abzufeuern. Aber die Schlosser haben sich gleich darangemacht, Pistons herzustellen. Mein Vater ist auch Schlosser. Er sagt, es wird nur ein paar Stunden dauern, dann sind alle Gewehre feuerbereit.«

Eine Frau schüttelte den Kopf. »Versteht ihr's immer noch nicht? Der Aufstand ist verloren! Sie haben die große Barrikade am Cöllnischen Rathaus eingenommen. Ins Rathaus sind sie eingedrungen und haben uns gejagt. Diese Angstschreie aus den Zimmern, dann die Stille, wenn sie jemanden erschossen haben! Außer mir ist kaum jemand am Leben geblieben. Und wir waren viele, wirklich viele.«

Der Mann, der Französisch verstand, nickte grimmig. »Aber das macht uns nur entschlossener, wenn sie so gnadenlos brutal sind. Wir werden unser Leben teuer verkaufen. Jetzt gibt es kein Zurück mehr.«

34

Alice erkannte ihn sofort, als sie den Saal betrat, obwohl er von Kopf bis Fuß schwarz war, als hätte er sich in einem Kohlenkeller gewälzt. Dünn wie ein Kohlestrich stand er zwischen den anderen zerlumpten, blutenden Gefangenen und wartete darauf, verhört zu werden. Was war mit ihm geschehen?

Sie umklammerte den Wasserkrug fester und trat an die Gefangenen heran. »Wer wünscht etwas zu trinken?« Es hatte sie die halbe Nacht gekostet, bis zu General Prittwitz vorzudringen und ihn zu erweichen, ihr die Erlaubnis für diesen humaneren Umgang mit den Gefangenen zu geben.

Viele baten um Wasser. Aber sie waren gefesselt, Alice musste ihnen den Krug an den Mund halten und sie vorsichtig trinken lassen. Wieder und wieder sah sie zu Hannes, und auch er blickte sie an.

»Du auch?«, fragte sie ihn.

»Nichts lieber als das.«

Sie hob den Krug an seine Lippen und kippte ihn ein wenig, bis er das Wasser kosten konnte. Er schluckte gierig. Tropfen liefen ihm aus den Mundwinkeln und malten helle Spuren in das rußige Gesicht.

Sie fragte leise: »Was ist passiert?«

An Hannes Stelle antwortete ein alter Mann mit Schrammen und blaugrünen Flecken im Gesicht: »Er ist zu uns gekommen, um uns zu warnen. Dabei war er schon durch die Linien der Soldaten entwischt. Er hat mir und einigen anderen das Leben gerettet.«

»Ich hab mich im Schornstein versteckt, als das Haus gestürmt wurde«, sagte Hannes. »Das ist absurd: Früher habe ich manchmal den Leuten auf der Straße erzählt, dass da einer aus dem Schornstein winkt, und sie haben mir geglaubt und hingestarrt, obwohl keiner da war. Jetzt war ich selber drin.« Seine schneeblauen Augen funkelten im schwarzen Gesicht.

»Ich bin froh, dass du am Leben bist«, sagte sie.

»Wir müssen reden, Alice, unbe–« Plötzlich verstummte Hannes. Er sah jemanden an, der hinter ihr stand.

Sie drehte sich um. Victor. In strahlender Uniform.

»Versuchst du, einen Verlierer zu trösten?« Victors Blick sprang zu Hannes und wieder zu ihr zurück.

»Es geht hier nicht um Hannes. Es geht um die Gefangenen und darum, wie mit ihnen umgegangen wird.«

Victors Gesichtszüge wurden streng. »Geh rauf zu deiner Familie. Da bleibst du, bis in der Stadt Ruhe eingekehrt ist.«

»Ich habe die offizielle Erlaubnis von General von Prittwitz, den Gefangenen Wasser zu geben.«

»Und jetzt hast du den offiziellen Raumverweis von dem Premierleutnant von Stassenberg. Ich will dich hier unten nicht mehr sehen.«

Wie hatte sie diesen Mann je lieben können? Gedämpft, sodass nur er sie hören konnte, zischte sie: »Das ist also, was eine zukünftige Frau von Stassenberg tun darf und was nicht?«

Er lachte. »Meine zukünftige Frau willst du sein?«, polterte er. Offenbar genoss er es, das vor Hannes auszuposaunen. »Davon bist du weit entfernt, Kleines. Da müsste der König zustimmen, wie bei allen höheren Offizieren. Glaubst du wirklich, er will für mich eine Alice Gauer haben, die mit dem Krug in der Hand zwischen zerrissenen Raufbolden herumspringt? Eine, die Leuten Wasser bringt, die vor dem Militär den Schwanz eingezogen haben?«

»He, Kumpel«, sagte Hannes. »dich habe ich bei den Kämpfen gar nicht gesehen, wie kommt das?«

Victors Mundwinkel begann zu zucken. Er holte aus und streckte Hannes mit einem Fausthieb nieder.

Alice bückte sich, wollte Hannes aufhelfen, aber Victor griff ihr ins Haar und zerrte sie fort. Der Krug rutschte ihr aus der

Hand und zersprang auf dem Boden. Victor kümmerte es nicht. Er schleifte sie durch die Scherben und die Pfütze, öffnete mit der freien Hand die Tür, stieß sie nach draußen und sagte: »Ich will nie wieder sehen, dass du mit dieser Promenadenmischung redest. Hast du mich verstanden?« Dann knallte er die Tür zu.

Sie stand im Flur und starrte die Tür an. Ihre Kopfhaut schmerzte, noch schlimmer aber war die Wut, die in ihrem Bauch alles von oben nach unten kehrte. Wie hatte sie so blind sein können? Blind für den Mut, den Hannes besaß. Blind für Victors Grausamkeit.

Jeder im Raum hatte zugesehen, wie Victor sie demütigte. Es war ihm völlig egal. Und er hatte Hannes niedergeschlagen, während der an den Händen gefesselt war, an einem Wehrlosen hatte er sein Mütchen gekühlt. Victor war ein ehrloser Feigling.

Wie hatte sie früher Freude daran haben können, dass sich für Victor die ganze Welt um ihn selbst drehte? Genau das hatte ihn attraktiv gemacht: sein Selbstbewusstsein. In seinem Universum vorkommen zu dürfen, war ihr eine Freude gewesen, ein Siegestaumel, weil sie es geschafft hatte, dass er sie überhaupt bemerkte.

Dumm war sie gewesen.

Sie wechselte in den Spreeflügel und stieg die Treppe hoch. Vater kam ihr entgegen, aber er sah sie kaum an, so beschäftigt war er mit der Aufgabe, noch mehr Gefangene und Soldaten im Schloss unterzubringen.

Das Scheppern in der Küche hörte sich wütend an, Bettine wusch das Geschirr heute besonders lautstark ab. Das war ihre Art des Protestes, weiter durfte sie nicht gehen. Sie konnte die Stellung nicht aufgeben, schließlich hatte sie drei Töchter durchzubringen. Ob die Eltern überhaupt mitbekamen, was Bettine störte?

Auf dem Kanapee lag Mutter und schlief leise schnarchend ihren Rausch aus.

Alice ging zum Ofen und öffnete die Klappe. Drinnen prasselte das Feuer, Bettine musste gerade nachgelegt haben. Sie holte das Schatzkistchen aus dem Sekretär, nahm den Schlüssel vom Hals und schloss es auf. Sie hob die Eulenfeder heraus. Der Gedanke daran, dass Victor sie geküsst hatte wie ein Eroberer einen Kontinent, den er sich unterwarf, verursachte ihr Übelkeit. Weg mit der Erinnerung an die Pfaueninsel! Sie warf die Feder ins Feuer. Zuerst kräuselten sich die feinen Härchen und verglühten, dann flammte auch der Kiel auf.

Alice warf die drei Eintrittsbilletts des Zoologischen Gartens ins Feuer und forschte in ihrem Inneren. Erstaunlich, das tat nun doch weh, es war ein glücklicher Tag gewesen im Zoo, und Victors Lachen war echt gewesen, seine Ausgelassenheit, ihr gemeinsames Albern.

Sie nahm die Briefe heraus, das ganze Bündel, und steckte sie in den Ofen. Das Feuer brauchte eine Weile, bis es sich durch die Umschläge gefressen hatte. Dann brannte das Bündel mit heller Flamme.

Der Anblick des leeren Kistchens tat ihr gut. Sie dachte: Es wurde wirklich Zeit, dass ich mal die Augen aufmache. Ludwig hat es von Anfang an gewusst. Er hat immer versucht, mich zu warnen.

Sie schloss die Ofenklappe, verstaute das leere Kistchen im Sekretär und ging in die Küche.

Ein Plan musste her, wie sie Hannes da rausbekam. Sonst würde Victor ihn tagelang misshandeln. Einfach wieder in den Saal hineinmarschieren konnte sie nicht, Victor würde Vorkehrungen getroffen haben. Eine Beschwerde bei General Prittwitz war ebenfalls wenig aussichtsreich, er hatte ihrem Wunsch, die Gefangenen versorgen zu dürfen, von Anfang an bloß widerwillig stattgegeben und würde nach dem Eklat natürlich für seinen Premierleutnant Partei ergreifen. Aber was im Schloss geschah, bestimmten nicht nur die führenden Persönlichkeiten. Von diesen meist kaum beachtet, spielten die Bediensteten oftmals eine entscheidendere Rolle. Sie hielten den Betrieb im Schloss am Leben. Und sie hatten ihre eigenen Mittel und Wege.

Bettine war von Anfang an ihre Verbündete gewesen. Vielleicht wusste sie einen Ausweg.

Sie stand über den Abwaschkübel gebeugt und tauchte das Frühstücksgeschirr in die Lauge: Teller, Schälchen, von heißer

Schokolade befleckte Tassen. Sie agierte dabei, als wollte sie das Porzellan mutwillig zerbrechen.

»Was ist, Bettine?«

»Nichts.«

Allein dieses zornig ausgestoßene »Nichts« sagte, dass da vieles war. Alice nahm das Geschirrtuch von der Umlaufstange des Küchenherds und griff sich eine frisch gespülte Tasse. Sie rieb sie trocken. Erst würde sie Bettine helfen, und dann konnte vielleicht Bettine ihr einen entscheidenden Hinweis geben – sie kannte das Dienstpersonal im Schloss und wusste, wessen Unterstützung sie erlangen musste, um zu Hannes vorzudringen.

»Das ist doch nicht Ihre Aufgabe, Fräulein Alice.«

Alice räumte die Tasse in den Küchenschrank. Die gläsernen Scheiben zitterten, als sie ihn schloss. Es wirkte, als könnten sie jeden Moment herausfallen. Die Zerbrechlichkeit dieses Schranks war ihr noch nie aufgefallen.

Sie nahm sich einen Teller und trocknete ihn ab. »Bettine, du weißt, du kannst offen mit mir reden. Mutter schläft, und Vater ist irgendwo im Schloss unterwegs. Irgendetwas ärgert dich doch.«

»Ich hab mich mit meiner ältesten Tochter zerstritten.«

»Wie heißt sie denn?«

»Marline. Sie wollte bei den Kämpfen mitmachen, mit ihren zarten vierzehn Jahren. Ich hab's ihr verboten, aber sie ist gestern, während ich hier war, ausgebüxt, die Kleinen haben es mir verraten. Da habe ich sie geschlagen. Jetzt weiß ich nicht, auf wen ich mehr böse bin, auf sie oder auf mich.«

Alice dachte nach. Es fühlte sich seltsam an, sie war doch die Jüngere, die Unerfahrene, wie konnte sie da Bettine trösten? »Ich glaube, so ist das, wenn man Mutter ist. Manchmal macht man sein Kind wütend.« Sie streifte sich den Ring vom Finger, den goldenen Ring mit dem kleinen Smaragd, den sie damals von Victor bekommen hatte. »Den möchte ich dir schenken. Wenn du ihn verkaufst, habt ihr ein hübsches Sümmchen. Vielleicht kannst du mit Marline in die Armenviertel gehen und ein paar Familien aushelfen. Das wird sie glücklich machen. Die Barrikaden sind kein Ort für eine Vierzehnjährige, da hast du recht. Dass sie helfen will, ist dagegen etwas Gutes.«

Bettine sah auf den Ring. »Wollen Sie das wirklich tun? Dieser Ring war Ihnen immer so wichtig.«

»Das ist er nicht mehr. Ich wäre dir sogar dankbar, wenn du ihn annimmst.«

Bettine nahm ihn behutsam entgegen, als wäre er ein lebendiges Wesen, das wie ein Insekt versehentlich zerdrückt werden konnte. »Danke, Fräulein Alice.«

»Ich könnte ebenfalls deine Hilfe gebrauchen. Es geht um einen der gefangenen Rebellen.«

Als man ihm die Fesseln durchschnitt, wusste er, dass er in Schwierigkeiten steckte.

»Steh auf!«, befahl Victor.

Langsam erhob er sich. Ihm dröhnte der Schädel vom Schlag des Premierleutnants. Verunsichert sah er sich um. Die Männer in Zivil hatten sich vom Tisch erhoben und blickten kühl herüber. Die Gefangenen, die noch auf das Verhör warteten, wurden von Grenadieren in Schach gehalten. Wollte Victor ihn hier vor allen anderen umbringen?

»So, du willst also einen Offizier beleidigen, ja?«, sagte Victor. »Man hätte euch Hunde gleich über den Haufen schießen sollen.«

Ich darf ihn auf keinen Fall meine Angst spüren lassen, befahl er sich, das stachelt ihn nur an. Hannes hatte erlebt, wie Victor dieses Demütigen liebte, es schien ein Scheusal in ihm zu füttern, das sich an der Erniedrigung anderer weidete. Wenn es nicht noch schlimmer werden sollte, musste er widerstehen. Er durfte sich nicht niederwerfen lassen, musste dem Offizier verweigern, was er haben wollte. »Ich sehe keine Hunde hier im Saal«, sagte er.

»Ach nein? Wohl eher Schweine? Sieh dich an. Deine Kleider gehören auf den Müll.« Victor zog sich die Uniformjacke aus.

Es geht los, dachte Hannes.

Schon kamen Victors Fäuste herangesaust, rasend schnell. Rechts. Links.

Die ersten Schläge trafen Hannes mit Wucht, dann gelang es ihm, einem Hieb auszuweichen. Er schlug zurück. Der Körper des Offiziers war wohlgenährt und muskulös, er steckte Hannes' Hiebe locker weg. Dagegen taten Victors Faustschläge weh, als wären seine Hände aus Eichenholz.

Hannes zog das Knie hoch und rammte es Victor zwischen die Beine.

Der Offizier stöhnte. Er packte wutentbrannt Hannes' Kopf und nahm ihn in den Schwitzkasten. Wieder und wieder rammte er ihm die Faust in den Bauch.

Sämtliche Luft entwich aus Hannes' Körper, er konnte nicht mehr atmen. Verzweifelt stieß er Victor den Ellenbogen in die Seite, aber das schien den Offizier nicht zu beeindrucken, Victors Schläge kamen in unerbittlicher Folge. Es fühlte sich an, als würden ihm die Eingeweide zu Mus zerquetscht. Hannes röchelte. Er versuchte, sich freizuwinden. Mit Eiseskälte wurde ihm bewusst, dass Victor ihn totschlagen würde.

»Das genügt«, sagte eine Stimme. »Premierleutnant von Stassenberg, hören Sie auf!«

Da ließ Victor endlich von ihm ab.

Er fiel zu Boden wie ein nasser Sack. Ihm schwindelte, und er glaubte sich erbrechen zu müssen. Ihm fehlte dazu die Kraft.

»Vielleicht verlassen Sie jetzt besser den Raum.« Einer der Männer in Zivil war näher getreten.

»Habe ohnehin nicht vor, noch länger die Atemluft mit diesen Verrätern zu teilen«, schnaufte Victor. »Und du«, sagte er und beugte sich zu Hannes herunter, »denk an mich, wenn du morgen in Spandau am Galgen baumelst.« Er holte mit dem Fuß aus und verpasste ihm einen Tritt.

Hannes spürte ihn nicht. Alles wurde schwarz um ihn.

35

Zorn erfasste Ernst von Pfuel, vor allem auf sich selbst, weil er es in dieser Situation fertiggebracht hatte, über vier Stunden zu schlafen. Er musste sich an der Stuhllehne abstützen. Ich werde alt, dachte er. Ausgerechnet jetzt, da ich es nicht gebrauchen kann, macht mein Körper schlapp.

Diener räumten die Matratzen fort. Nie hätte er geglaubt, dass er einmal neben Hauptmann von Bergh und Hofmarschall Graf Keller auf einer einfachen Matratze im Sternensaal des Schlosses schlafen würde.

Das Schloss schien der letzte sichere Ort in Berlin zu sein. Nicht Bescheid zu wissen, wo welches Bataillon stationiert war, wo welche Kompanie kämpfte und wie die Dinge standen, war, als habe man ihm auf dem Schlachtfeld die Augen verbunden und ihn anschließend wie eine Spindel gedreht.

Es wurde ein einfaches Frühstück aufgetragen: Brot, Eier, etwas Speck und Milch. Gemeinsam saßen sie herum und kauten, die Würdenträger der alten Zeit. Draußen in der Stadt war längst ein neues Zeitalter angebrochen, aber man hatte vergessen, sie daran zu beteiligen.

Die wenigen Jüngeren im Raum behandelten ihn mit herablassendem Respekt, wie einen senilen Alten, der seine besten Tage hinter sich hatte, dem aber noch ein Rest des Nimbus anhaftete, der ihn in den Tagen seiner Machtfülle umgeben hatte. Er schickte Fragen zur aktuellen Lage ab wie einzelne Jäger zur Aufklärung in schwierigem Terrain. Vergebens. Er erhielt keine Antworten, man wich ihm aus.

Nach dem Frühstück wurden die Tische hinausgetragen. Die Würdenträger blieben. Prittwitz ließ sich nicht blicken, ansonsten tauchte jeder auf, der meinte, Zugang zum König verdient zu haben. Aufgeregt wurden Meinungen ausgetauscht, jeder erachtete das Eckchen der Stadt für wichtig, an dem er etwas beobachtet zu haben meinte. Minister von Thile bildete einen Ruhepol im Gewimmel. Ernst von Pfuel stellte sich zu ihm.

Er musste an den Zwischenfall vergangene Nacht denken. Landrat von Vincke aus Westfalen, gekleidet in einen hellen Paletot und die Mütze in der Hand, hatte jeden angeredet und ein Aufsehen gemacht, als ginge es hier nur um ihn. Kaum dass der König den Raum betreten hatte, hatte dieser Vincke losgepoltert: »Mein Eindruck ist, und einer muss es endlich offen aussprechen, dass die Truppen müde werden, Majestät. Überhaupt macht mir diese rohe Gewalt gegenüber dem Volk einen unangenehmen Eindruck.«

General von Gerlach hatte ein trockenes Lachen nicht unterdrücken können.

Von Vincke wurde laut. »Wer weiß, meine Herren, wer hier morgen noch lachen wird!«

Daraufhin war es still geworden. Das Schweigen all der hohen Herren und die Tatsache, dass sie von Vincke nicht widersprachen, verunsicherte den König deutlich.

»Die Truppen sind sehr wohl noch in der Lage zu kämpfen«, hatte General von Gerlach gesagt. »Und nicht eine einzige Kompanie ist zum Volk übergelaufen.«

König Friedrich Wilhelm, dessen aufgedunsenes und ungesund rotes Gesicht die nervliche Anspannung verriet, fragte: »Welche Teile der Stadt sind in unserer Hand?«

»Das Schlossviertel nebst Brücken, die Staatsgebäude Unter den Linden, die meisten Kasernen und die Zugangsstraßen zu den Bahnhöfen.«

»Das ist alles?«

Als habe er die Frage nicht gehört, hatte General von Gerlach erklärt, dass das erste Bataillon des zweiten Infanterieregiments, Major von Clausewitz, angefordert sei, um in den frühen Morgenstunden fünfhundert Gefangene aus dem Schloss nach Spandau zu bringen. Dass man sie in der Zitadelle sicher verwahren könne. Dass zwar mit Angriffen seitens der Bürger von Charlottenburg und Spandau auf den Gefangenenzug zu rechnen sei, aber es ihnen nicht gelingen würde, jemanden zu befreien.

Nein, wird es nicht?, hatte er gedacht. Wie konnten die Generäle dem König eine solche Sicherheit vorgaukeln, wo doch jeder von ihnen wusste, wie es in Paris gelaufen war und in Wien, und wo sie den ganzen Tag über erlebt hatten, wie schwer sich die Soldaten im Straßenkampf taten und welche Massen an Berlinern sich zusammentaten und ihnen entgegenwarfen!

Aber er, Ernst von Pfuel, war nicht eingeschritten. Obwohl es in seiner Verantwortung gelegen hätte, etwas zu sagen, nicht mehr als Kommandierender General der Truppen in und um Berlin, sondern als preußischer Bürger und Mitmensch der Sterbenden da draußen in der Stadt.

Die Tatsachen, dass er geschwiegen hatte gestern Nacht, dass er sich schlafen gelegt hatte, als ginge ihn das alles nichts an, nagten an seinem Gewissen. Er schämte sich seiner Schwäche. Einige Momente brauchte er jetzt, um in sich zu gehen und diese Feigheit erstaunt zu betrachten. Dann rief er Clausewitz und seine Schriften *Vom Kriege* in sich wach: Nach einer verlorenen Schlacht sei es das Beste, *sich zu sammeln und in der Sammlung wieder Ordnung, Mut und Vertrauen zu finden*. Letzte Nacht hatte er eine bittere Niederlage erlitten. Das hieß noch lange nicht, dass der ganze Feldzug vergebens gewesen war.

Der Prinz betrat den Sternensaal und würdigte ihn, seinen alten Feind, nicht einmal mehr eines Blickes. Aus jeder Pore strömte ihm das Wissen, dass er der wichtigste Mensch im Raum war. Einige verneigten sich leicht, als er an ihnen vorüberging. Er grüßte sie nicht. Den Rücken militärisch durchgestreckt, stellte er sich zu General von Gerlach und dem König und begann ein Gespräch.

Fabrikanten und wohlhabende Bürger steckten die Köpfe herein. Wachte denn niemand mehr an der Tür? Sie traten ein. Ernst erkannte den Bürgermeister Naunyn in ihrer Runde. Einer der Fabrikanten dankte im Namen aller Gewerbetreibenden der Stadt für das ermutigende Schreiben des Königs, und bat, dessen Ankündigungen mögen recht bald in die Tat umgesetzt werden.

Friedrich Wilhelm nahm gnädig den Dank entgegen und sagte: »Nun, zuerst müssen die Bürger die Barrikaden niederreißen und zur Ordnung zurückkehren. Dann mache ich mein Versprechen wahr und ziehe das Militär zurück.«

Naunyn druckste herum. Schließlich sagte er: »Das Volk wird nicht gehen, solange die Straßen noch voller Soldaten sind, fürchte ich.«

»So reden Sie nur, weil Sie ehrbare Bürger sind«, beschied ihn der König. »Aber da unten in den Straßen tobt der Abschaum der menschlichen Gesellschaft. Mit denen lässt sich nicht verhandeln. Ich muss zuerst sehen, dass sie die Barrikaden beseitigen.«

»Viele Unbeteiligten sind bereits gestorben«, sagte der Bürgermeister.

Da konnte der Prinz nicht länger an sich halten. »Pah! Eine Hofdame ist ebenfalls beinahe von einer Kugel getroffen worden. Und bei meinem Bruder, dem Prinzen Carl, hat man eine Fensterscheibe eingeschossen. Ich sage, wir müssen Berlin zernieren und den Rebellen jede Zufuhr abschneiden. Dann wird die Bevölkerung um die Gnade des Königs flehen.«

Ernst spürte neue Kraft in sich aufsteigen. Kühnheit sogar. Er räusperte sich: »Mit Verlaub, Hoheit, dafür bräuchte man zusätzliche Truppen in großer Zahl. Sind denn neue Bataillone angefordert worden?«

Der Prinz kniff die Augen zu schmalen Schlitzen zusammen. Mit mühsamer Beherrschung sagte er: »Ja, auch wenn das nicht mehr Ihre Zuständigkeit ist. Ein Bataillon des Garde-Reserve-Regiments aus Spandau trifft heute ein.«

»Sie meinen, das wird genügen? Ein Bataillon?« Er hatte zu wenig Kenntnis der aktuellen Lage. Aber nach dem, was er aus den Gesprächen gehört hatte, meinte er, eine mutige Schlussfolgerung ziehen zu können. »Mit den vorhandenen Truppen sind wir nicht einmal in der Lage, entferntere Stadtteile zu besetzen. Wir können mit Mühe das Zentrum halten.«

»Schämen Sie sich! Sie wollen ein preußischer General sein?«

»Militärische Führungsstärke zeigt sich mitunter auch in einem Sinn für Realismus«, entgegnete er.

Betreten senkten einige der Offiziere im Raum den Blick.
Da wusste er, dass er ins Schwarze getroffen hatte.

Hannes spürte eine kühle Hand an seiner Stirn. Er roch zarten Rosenduft. Ich muss im Himmel sein, dachte er. Dann eine leise Stimme, wie von weither.

»Hannes, kannst du mich hören?«

Er schlug die Augen auf. Alice! Sie sah ihn zärtlich und besorgt an.

»Wir müssen von hier verschwinden«, flüsterte sie.

Er richtete sich auf. Stöhnend hielt er sich den Bauch. »Da draußen wartet Victor. Er wird's nicht gerne sehen, wenn du mich hinausgeleitest.«

»Raus dürfen wir sowieso nicht«, sagte sie leise.

Eine strenge Stimme rief: »Was gibt es da zu flüstern? Lassen Sie auf der Stelle den Gefangenen los!«

Alice erhob sich. »Der Gefangene wurde misshandelt. Ich nehme an, es gibt etliche Zeugen dafür im Raum.«

Hannes sah sich nach dem Mann um, mit dem Alice stritt. Er trug Zivil, aber mit Sicherheit war er Polizeibeamter. Hinter ihm standen zwei Soldaten und blickten finster zu ihm, Hannes, herunter.

»Sie machen sich keine Freunde, Fräulein, wenn Sie hier für Verräter an König und Vaterland streiten.« Der Polizeibeamte verzog den Mund. »An Ihrer Stelle würde ich mir gut überlegen, ob ich diesen Weg gehen möchte.«

»Mein Bruder ist Feldwebel im Kaiser-Franz-Garde-Grenadierregiment. Er hat mir einiges erzählt. Scheinbar habe ich als Frau manche der preußischen Grundsätze tiefer verinnerlicht als Sie. Ich vermute, Sie kennen dieses Gesetz?« Sie hoffte, sich alles richtig eingeprägt zu haben. Das Buch mit dem genauen Wortlaut lag oben in der Wohnung auf dem Sekretär, Bettine hatte es extra von einem befreundeten Zimmermädchen aus der königlichen Bibliothek im ersten Stockwerk stehlen lassen, nachdem Alice sie genau instruiert hatte.

Sie zitierte mit lauter Stimme: »Der Gefangene genießt Schutz und Sicherheit gegen jede Misshandlung und Beleidigung, denn Menschlichkeit und Völkersitte fordern, dass an dem Überwundenen keine unedle Rache geübt wird.«

Verdutzt schwieg der Polizist in Zivil.

Ein Armeeoffizier kam ihm zu Hilfe. »Madame, das Gesetz hat eine Einschränkung. Wenn der Gefangene erneuten Widerstand leistet, verliert er alle Rechte eines Kriegsgefangenen. Sicher hat dieser Mann sich dem Premierleutnant von Stassenberg widersetzt, und so sah dieser sich gezwungen, ihn niederzuwerfen und zu bestrafen.«

Aus den Reihen der Gefangenen kam wütender Protest. »Unsinn!« »So war es nicht!« »Hat doch jeder gesehen, dass der ihn ohne Grund verprügelt hat.«

Alice bückte sich zu Hannes hinunter und half ihm aufzustehen. »Komm.« Sie stützte ihn. Gemeinsam schritten sie zur Seitentür hin.

Zwei Soldaten stellten sich ihnen in den Weg. »Wo wollen Sie hin, Fräulein?«

»Es wird ja wohl wenigstens gestattet sein, ihm die Wunden zu verbinden!«, schimpfte Alice. »Fürchten Sie im Ernst, in seinem Zustand könne er aus dem Schloss entkommen?«

»Sie dürfen Ihn nicht fortbringen.«

Alice sagte: »Muss ich Sie an Ihre eigenen Vorschriften erinnern? Sie lauten: Für die verwundeten Kriegsgefangenen ist die gleiche Sorge zu tragen wie für Verwundete und Kranke der eigenen Truppen.«

Die Soldaten schüttelten verdutzt die Köpfe und ließen das Paar passieren.

Einer der Offiziere sagte leise zu seinem Adjutanten: »Das ist die Tochter des Kastellans. Gehen Sie, holen Sie ihren Vater. Er soll sie von hier fortschaffen.«

Niemand hinderte sie daran, mit Hannes den Raum zu verlassen. Alice sagte: »Ich weiß, jeder Schritt tut dir weh. Trotzdem, wir müssen schnell machen.«

Er humpelte mit ihr.

Unterwegs nahm sie aus einem Schubfach eine Kerze und Schwefelhölzer, die Bettine dort für sie versteckt hatte. »Draußen sammeln sie schon Gefangene für einen großen Transport nach Spandau«, sagte sie. »Wenn du erst in der Zitadelle bist, kann ich dir nicht mehr helfen. Und Ludwig wahrscheinlich auch nicht. Victor sorgt mit Freuden dafür, dass du hingerichtet wirst.«

Ludwig. Wusste sie nicht, dass der schwer verletzt irgendwo im Lazarett lag? »Wo gehen wir hin?«, ächzte er. »Die lassen uns bestimmt aus keinem der Tore raus.«

»Still, spar dir deine Kräfte.« Sie passierten mehrere Türen. In einem kreisrunden Raum von etwa sechs Schritt Durchmesser öffnete Alice eine Bodenluke. »Rein da, schnell.« Er mühte sich eine Leiter hinunter. Alice entzündete die Kerze und folgte ihm. Unten angekommen, stellte sie die Kerze auf dem Boden ab, kletterte wieder hoch und schloss von innen die Luke. Das Licht der kleinen Flamme reichte kaum bis zu den Wänden. Verunsichert sah er sich um. Scheinbar war der Raum völlig leer. War das eine Art Verlies? »Hier sollten ursprünglich Wasserbehälter untergebracht werden«, sagte Alice. »Ich wette, nicht mal die Torwachen kennen diesen Raum. Keiner wird uns finden.«

»Du meinst, wir warten hier, bis man mich vergessen hat?«

Alice nahm die Kerze auf. »Komm.« Sie leuchtete zu einer Wand hin, und erst jetzt bemerkte er, dass es dort einen niedrigen Durchgang gab.

Hannes folgte ihr in einen Gang hinein. Ihre Schritte hallten von den Wänden wider, und ein kühler Luftzug strich ihm über die Wangen. Der Gang schien endlos zu sein und war nur grob gemauert.

»Wir sind jetzt unter dem Platz der Schlossfreiheit. Der Gang führt zum Haus neben dem Werderschen Mühlengebäude. Ursprünglich sollten hier die Rohre verlaufen.«

»Rohre wofür?«

»Fürs Wasser. Ein Wasserrad in den Werderschen Mühlen treibt eine Druckpumpe an, und die pumpt das Wasser ins Schloss. Deshalb müssen wir nicht zu einer Handpumpe oder einem Brunnen gehen. So etwas gibt es bei euch im Feuerland nicht, fließendes Wasser, ich weiß. Ursprünglich standen unter dem Dach drei Wasserbehälter, da, wo jetzt die neue Kuppel gebaut wird. Die Behälter musste man umsetzen. Aber schon vorher ging hier unten kein Rohr durch. Das Wasser fließt durch einen anderen Kanal. Dieser hier war eine Fehlplanung. Unter Friedrich Wilhelm, dem Soldatenkönig, wollte man eigentlich einen Turm errichten, aber dann hat man es doch nicht gemacht und das Wasser lieber durch einen anderen Kanal geführt. Deshalb ist dieser Gang leer geblieben.«

Er hörte nur mit halbem Ohr zu. Wenn sie erfährt, was Ludwig zugestoßen ist, wird sie bereuen, mich rausgehauen zu haben. Sie wird mich hassen, dachte er.

Er hörte mechanisches Rumpeln und Stampfen vor ihnen, und das Rauschen von Wasser. Im Kerzenschein schälte sich eine morsche, alte Holztreppe aus der Dunkelheit. Alice stieg sie hinauf, und er folgte ihr. Durch eine Bodenklappe gelangten sie in einen Pumpenraum. Es roch nach fauligem Spreewasser. Die Luft war feucht von Sprühnebel. Ein Glucksen erfüllte den Raum, ein Spritzen und Fließen und Plätschern. Vor ihnen floss Wasser auf die Schaufeln eines großen Rades und drehte es. Das Rad trieb über Stangen einen Kolben an, der sich hob und senkte. Aus undichten Fugen spritzte feiner Wassernebel heraus und nässte Hannes das Gesicht.

»Wasch dir den Ruß runter«, sagte Alice. Sie zog ein besticktes Taschentuch hervor und reichte es ihm.

»Bist du dir sicher?«, fragte er. »Das kriegst du nie wieder sauber.«

Sie nickte.

Er wischte sich das Gesicht sauber. Das schmutzige Tuch steckte er ein.

Von draußen drangen zornige Stimmen herein.

»Hörst du das?« Sie hob den Kopf. »Das könnte unsere Rettung sein.« Vorsichtig öffnete sie die Tür und spähte hinaus. Dann winkte sie ihm.

Gemeinsam traten sie ins Freie. Dutzende wohlgekleidete Bürger standen auf der Straße beisammen und diskutierten. Ein Mann mit rotem Kopf zerriss ein Blatt Papier, warf es zu Boden und trat darauf. »Das sind doch alles Lügen!«, rief er.

Ein anderer sagte entrüstet. »Wie können Sie es wagen, eine königliche Proklamation mit den Füßen zu treten!«

»Entweder hat der König idiotische Berater, die ihm diesen Stuss einreden, oder er ist selbst völlig blind. Sein Volk versucht das Äußerste, um endlich gehört zu werden, und er behauptet, Fremde hätten uns aufgewiegelt!«

In weiter Ferne hörte Hannes Büchsenschüsse. Das Schloss war noch bedrohlich nahe, von den Fenstern aus würde man ihn sehen können. Auf den Brücken, die vom Schloss wegführten, waren Soldaten stationiert. Sie hatten sich Schießstände aus Mehlsäcken gebaut. Er beobachtete sie: Jeder, der sie passieren wollte, wurde befragt und durchsucht.

Hatte man wegen seines Fehlens Alarm geschlagen? Aber vermutlich hatte das gar nichts mit ihm zu tun, die Kompanien bewachten einfach das Schlossareal. Er sagte: »Alice, ich muss dir etwas Wichtiges erklären.«

Sie sah ihn an. Die braunen Augen lachten. »Wir haben's geschafft.«

Wenn er jetzt gestand, dass er Ludwig niedergeschossen hatte, würde er dieses Lächeln nie wieder sehen. Zu wissen, dass sie ihn hassen musste, vergiftete seine Zuneigung zu ihr mit einem quälenden Schmerz. »Kutte ist tot«, sagte er laut, und ergänzte im Stillen: Und ich habe auf deinen Bruder geschossen.

36

Minister von Bodelschwingh kehrte von der Beratung mit dem König wieder, die in einem Nebenraum stattgefunden hatte. Kaum dass er den Saal betrat, wandten sich ihm alle Köpfe zu. Rotfleckig im Gesicht und sichtlich erregt, sagte er: »Meine Herren, dies ist das letzte Mal, dass ich in amtlicher Stellung zu Ihnen spreche.«

Ein Raunen ging durch den Saal. Ernst spürte, wie auch ihm das Herz schneller gegen die Rippen schlug. Hatte der König gerade seinen Innenminister gefeuert?

»Herr Staatsminister von Thile und ich haben beschlossen, unsere Ämter niederzulegen. Wir werden einer neuen Regierung und einem Neubeginn seiner Majestät des Königs mit seinem Volk nicht im Wege stehen.« Er wartete, bis wieder Ruhe eingekehrt war im Saal. Dann sagte er: »Nun wiederhole ich Ihnen genau des Königs Worte. Seine Majestät befiehlt im Vertrauen auf die Versprechen seiner getreuen Berliner Bürger, dass sich das Militär aus allen Straßen und von allen Plätzen zurückziehen soll.«

Der Prinz von Preußen keuchte und rief: »Nein! Auf keinen Fall!«

»Am königlichen Wort darf nicht herumgedeutet werden«, sagte Bodelschwingh.

»Das ist unmöglich.« General von Gerlach erblasste.

»Vielleicht meinte er«, versuchte es der Prinz, »dass sie sich an den Stellen zurückziehen sollen, an denen die Bürger freiwillig die Barrikaden abtragen?«

Innenminister von Bodelschwingh schüttelte den Kopf. »Laufboten und Reiter sollen den Befehl des Königs überbringen. Die Truppen sollen abziehen.«

Bürgermeister Naunyn und einige Stadtabgeordnete umarmten sich. Gemeinsam stürmten sie aus dem Saal.

Der Prinz wendete sich ihm, Ernst, zu. »Das haben Sie zu verantworten!«, zischte er und stieß den Zeigefinger in seine Richtung. Dann eilte er nach nebenan zum König.

Die Adjutanten, Generäle, Hofchargen und Beamten redeten durcheinander. Vor allem die Offiziere machten betroffene Gesichter. Ihn, Ernst von Pfuel, betrachteten sie mit sichtlicher Abscheu.

Nur General von Gerlach kam zu ihm. Er sagte: »Sie wissen, dass uns das die Krone kosten kann. Womöglich geht hier und heute unsere Monarchie zugrunde.«

»Der König hätte nicht gewinnen können.«

»Aber das Heer hat immer treu zu ihm gestanden. Dass er seine Soldaten jetzt zwingt, als Besiegte vom Schlachtfeld zu ziehen, obwohl sie die Rebellen niedergeworfen haben – das werden sie ihm nicht verzeihen.«

Plötzlich ertönte Geschrei von nebenan. Man hörte die Stimme des Prinzen, der rief: »Ich wusste, dass du ein Schwätzer bist, doch jetzt erweist du dich als Memme!« Ein Klirren war zu hören, wie von Metall auf festem Boden.

Der Prinz stürmte durch die Tür und verließ den Saal. Er trug keinen Degen mehr. Hatte er seinem Bruder den Degen vor die Füße geworfen? Den König derart zu beleidigen, ihn eine Memme zu nennen! Er hatte die Beherrschung auf eine Art verloren, die ihn das Anrecht auf den Thron kosten konnte.

Ernst atmete tief durch. Er wusste selbst nicht, wohin das alles führen würde, und fühlte sich, als taste er sich über dünnes Eis, das jeden Augenblick brechen konnte. Aber wie es aussah, war die Stadt Berlin gerettet.

Wir müssen runter von der Straße, dachte Hannes und zog Alice in eine Toreinfahrt hinein. Im Hof drückten sie sich an die Wand. Dort konnte man sie von den Fenstern des Vorderhauses aus nicht sehen. Die Bewohner des Hinterhauses waren ärmer. Sie würden sie nicht verraten.

»Ich habe dir nicht richtig zugehört, als du mir gerade von Kutte erzählen wolltest«, sagte Alice. »Ist er erschossen worden?« Ihr Blick drang in ihn, schien zu signalisieren, dass sie alles aushalten konnte und dass er ruhig die ganzen Gräuel über ihr auskippen sollte.

»Er konnte der größte Dickschädel sein«, sagte er, »aber wenn man ihn brauchte, war er zuverlässig für einen da. Zuletzt hat er noch so viel dazugelernt! Er hat nicht mehr nur von Mädchen geredet und von Schrippen mit Westfälischem Schinken, sondern kannte eine *Rheinische Zeitung*, die es vor fünf Jahren gegeben haben soll, unter der Redaktionsleitung eines gewissen Karl Marx. Seine neuen Freunde hatten ihm die mitgebracht. Er hat mir von einem Artikel erzählt über die Lage der arbeitenden Klasse in England von einem Friedrich Engels. Das habe ihm die Augen geöffnet, hat er gesagt, aber auch das mutige Kämpfen für Demokratie und Pressefreiheit von Karl Marx. Überleg mal, Kutte, der für jedes Wort eine halbe Stunde brauchte, weil er es erst mühsam buchstabieren muss!«

Während er redete, saß die Angst wie eine glühende Gewehrkugel in seinem Fleisch. Er hatte das Gefühl, dass nicht er es war, der redete, sondern ein anderer. Der andere plauderte, und er stand hinter diesem Fremden und hörte zu und sah voller Schrecken Alices schönen Mund und ihre schmalen Hände und wusste, dass er sie tief verletzen würde, bald.

»Er wollte sogar eine Zeitung hier in Berlin herausbringen, er kannte da jemanden, der gut schreiben kann, und wollte mich überreden, auch mitzumachen. Aber daran war ja nicht zu denken. Selbst wenn Kutte irgendwie das nötige Geld beschafft hätte – die Zensur würde eine kritische Zeitung in Berlin nicht gestatten.«

»Er fehlt dir, stimmt's?« Mitfühlend berührte sie seinen Arm.

Das würde später kommen. Er konnte ja gar nicht fassen, dass Kutte nicht mehr lebte. »Es war schlimm, wie er gestorben ist«, sagte er leise. Die Schritte marschierender Soldaten hallten von den Hofwänden wider. Das kam von der Straße. Hannes schlich zur Toreinfahrt vor und spähte vorsichtig hinaus.

Die Soldaten marschierten Richtung Schloss. Gab es einen Angriff auf das königliche Schloss, war es so weit gekommen? Zog man deshalb dort die Truppen zusammen? Moment, waren das nicht Freudenschüsse, war das nicht Siegesjubel in der Ferne?

Sie zogen sich zurück!

Alice erschien neben ihm. Er nahm ihre Hand und trat mit ihr auf die Straße. Die Soldaten schenkten ihnen keinerlei Beachtung, und so gingen sie gemeinsam zum Opernplatz und Unter den Linden entlang. Alices Hand war wunderbar warm. Auch hier zogen sich die Truppen zurück. Sämtliche Kompanien marschierten Richtung Schloss. Männer und Frauen begleiteten die Soldaten und verspotteten sie. Eine Frau rief: »Schämt euch was!«, und spuckte einem Offizier auf die Uniform. Anstatt sie festnehmen zu lassen, zückte er im Gehen sein Taschentuch und wischte sich stumm sauber.

Auf den Resten einer Barrikade fielen sich Männer in die Arme, womöglich hatten sie sich gestern noch gar nicht gekannt, aber diese eine dramatische Nacht hatte sie so eng miteinander verbunden, als seien sie lebenslange Freunde. Ihre Gesichter waren pulvergeschwärzt. Hannes tat es weh, sie zu sehen. Wie gern hätte er Kutte umarmt und sich mit ihm über den guten Ausgang der Schlacht gefreut.

Alice strahlte. »Ihr habt es geschafft. Stell dir das vor! Das Volk von Berlin hat den preußischen König und seine Armee bezwungen.«

Da tauchte aus der Charlottenstraße ein Leichenzug auf. Sechs Männer trugen eine improvisierte Bahre auf ihren Schultern. Begleitet wurde der Tote von einer schimpfenden Menschenmenge. Sie bogen in die Straße Unter den Linden ein und begannen, neben den Füsilieren herzugehen. Einer hob einen Stein auf und warf ihn nach den Soldaten.

Der Offizier gab einen knappen Befehl.

»Es geht wieder los«, sagte Hannes. »Weg von hier!« Das würde ein fürchterliches Gemetzel geben.

Aber die Füsiliere blieben in Reih und Glied, sie ignorierten das Schimpfen und den Steinwurf, nur der Tambour hob seine Trommel und schlug sie im rasselnden Takt.

»Ich frage mich, wo Ludwig ist«, sagte Alice. »Hoffentlich lässt er sich nicht provozieren und kann seine Männer im Zaum halten.«

»Tja, das … Das wäre gut«, stotterte er. Ludwig befehligte überhaupt niemanden. Er lag röchelnd in irgendeinem Lazarett. Ich sage es ihr, schwor er sich. Er musste nur einen Weg finden, die Situation auf der Barrikade gut zu erklären. Er hatte ja nicht auf Ludwig gezielt, zumindest hatte er nicht erkannt, dass es sich bei dem Offizier um Ludwig handelte! Außerdem hatte Ludwig Kutte niedergeschossen. War da nicht seine Wut verständlich? Diese furchtbare Nacht. Diese grausame, kalte, niederträchtige Nacht.

»Unglaublich«, sagte Alice. »Schau dir diese Leute an!«

Auf der einen Straßenseite schimpften die Trauernden, auf der anderen tanzte und herzte man sich wie im Rausch. Unter den Linden war Platz genug, die Straße und die Flanierwege boten allen Emotionen eine Spielfläche.

Sie meinen, sie hätten die bösen Geister dieser Nacht vertrieben, dachte er bitter. Sie denken, jetzt sei alles überwunden. Dabei ist nichts vorbei. Immerhin marschieren ein paar Tausend Soldaten Richtung Schloss.

»Jetzt geht es bestimmt auch mit der deutschen Einheit voran.« Alice drehte sich im Gehen um und ging rückwärts weiter, während sie ihn ansah und mit sich zog. »Vielleicht tun wir uns mit Österreich zusammen? Oder Preußen wird ein Bundesstaat wie die Vereinigten Staaten von Amerika.«

»Rede nicht so. Wenn dich jemand hört! Dafür können sie dich einbuchten.«

»Ach was. Wieso verlangen die Fürsten, dass wir aus voller Seele Preuße, Bayer oder Sachse sind? Ich fühle mich als Deutsche. Guck mal, das Heilige Römische Reich wurde erst achtzehnhundertundsechs aufgelöst, so lange ist das gar nicht her! Und es hat neunhundert Jahre bestanden. Trotzdem tun jetzt alle, als wäre ein gemeinsam Kaiserreich undenkbar.«

Immer dichter wurde die Menschenmenge um sie herum, drängte sie beide in Richtung des Schlosses. Eben noch wäre es für ihn Selbstmord gewesen, sich dem Schloss zu nähern. Aber die Tausendschaft von Bürgern, die ihn mitzog, schützte ihn, er war nur ein Gesicht unter vielen.

»Gebt die Gefangenen frei«, skandierte die Menge, »Freiheit für unsere Brüder!« Hannes dachte an den freundlichen Alten, an den Breitschultrigen und die anderen, die mit ihm in das Haus geflohen waren. Sogar Alice stimmte mit ein. »Freiheit für unsere Brüder!« Er musste endlich den fatalen Gewehrschuss gestehen.

Plötzlich ein Schrei: »Alice!« So schrill war er, dass er das Skandieren der aufgebrachten Menge übertönte.

»So ein Mist.« Alice ließ seine Hand los.

Er folgte ihrem Blick und sah Pauline Gauer, die sich einen Weg durch die Menge bahnte, indem sie mit ihrem Schirm auf die Umstehenden einprügelte. Schon war sie nur noch wenige Armlängen entfernt. Die Letzten sprangen beseite.

»Wie kannst du dich mit diesen Abtrünnigen zusammentun!«, schimpfte sie. »Dein Bruder liegt im Sterben, und du feierst hier mit seinen Mördern.«

Alice schlug sich die Hand vor den Mund. »Was ist passiert?«, fragte sie bestürzt.

Pauline Gauer hatte verweinte, rote Augen. Sie packte ihre Tochter am Handgelenk und zerrte sie mit sich aus der Menge. »Dass du das überhaupt noch fragen musst!«

Er eilte ihnen nach. »Alice, warte! Ich muss dir etwas sagen.«

Sie drehte sich im Laufen nach ihm um, wurde aber gleich weitergerissen.

Bis ins Treppenhaus folgte er ihnen, an den Wachen vorbei. Dort stellte ihn Pauline Gauer zur Rede: »Was wollen Sie?«

Jetzt alles zu offenbaren erschien ihm unmöglich. »Ich muss mit Ludwig sprechen«, sagte er. »Allein. Es ist wichtig.«

»Haben Sie nicht schon genug angerichtet? Halb Berlin brennt! Tapfere Soldaten sind tot! Und jetzt haben Sie auch noch den König gedemütigt. Sie geben wohl erst Ruhe, wenn Preußen in Schutt und Asche liegt, was?«

»Mutter«, fiel ihr Alice ins Wort, »Sie können nicht Hannes die Verantwortung für die Revolution in die Schuhe schieben. Bringen Sie mich zu Ludwig.«

»Ist er hier?«, fragte Hannes. Offenbar wusste Alices Mutter nichts. Vielleicht hatte auch Ludwig nicht bemerkt, wer da auf ihn geschossen hatte?

Pauline Gauer schnaubte: »Ganz sicher will er keinen Revolutionär sehen.« Damit stampfte sie die Treppe hinauf. Alice schlich hinter ihr her, sichtlich erschüttert durch die Nachricht vom schwerverletzten Bruder.

Er folgte ihnen. Vielleicht war es das Beste, dass Alice die Sache Stück für Stück erfuhr. So konnte sie erst einmal verarbeiten, dass ihr Bruder angeschossen war. Bevor sie mit der ganzen Wahrheit konfrontiert wurde, konnte sie ein wenig Atem schöpfen.

Er hatte nur selten gebetet in seinem Leben. Jetzt aber dachte er: Wenn es dich gibt, Gott, dann hilf mir bitte, Alice nicht zu verlieren. Das würde ich nicht verkraften.

Bevor sie die Wohnungstür der Gauers erreichten, schwang sie von allein auf. Ein Herr im tabakbraunen Anzug trat nach draußen, den Paletot ordentlich über den Arm gelegt.

Pauline Gauer trat ihm in den Weg. »Wie geht es ihm?«

»Nicht gut«, sagte der Mann. »Aber vielleicht wird er durchkommen.«

Sie schlug sich die flache Hand auf die Brust und seufzte erleichtert. »Hat mein Mann Ihnen ein ordentliches Handgeld gegeben?« Sie stürmte in die Wohnung. »Habe ich's dir nicht gesagt, Robert? Wie gut, dass ich darauf bestanden habe, dass er zu uns nach Hause gebracht wird. Nirgendwo erholt man sich so gut wie zu Hause. Und diese Militärärzte taugen doch nichts.«

Der Arzt ging die Treppe hinunter. Als er ihn, Hannes, passierte, tippte er sich zum Gruß an den Hut, als seien sie alte Bekannte.

Alice verschwand in der Wohnung. Kurz darauf erschien das Zimmermädchen. Sie wollte die Tür schließen, dann sah sie ihn. »Soll ich dem Fräulein Bescheid geben, dass Sie hier sind?«

Er schüttelte den Kopf.

Sie sah ihn betrübt an. Schließlich nickte sie und schloss die Tür.

Von draußen dröhnten dumpf die Rufe *Freiheit für unsere Brüder! Freiheit für unsere Brüder!* herein. Er setzte sich auf die Treppe. Irgendwann gab es draußen lauten Jubel. Scheinbar hatte der König nachgegeben. Man ließ die Gefangenen frei.

Er dachte an Vater, wie er die Mutter belogen hatte, so oft, bis sie ihm kein Wort mehr glaubte. »Ich habe nichts getrunken.« »Das ist Wasser in der Flasche, einfach nur Wasser.« »Die Kinder haben mich provoziert.« »Diese Woche wurde mir der Lohn nicht ausgezahlt, die Fabrik hat Schwierigkeiten. Ich bekomme ihn erst nächste Woche.«

Eine Lüge war vergifteter Boden. Niemals konnte auf einer Lüge eine gute Beziehung gedeihen. Alice musste Bescheid wissen und sich dann für oder gegen ihn entscheiden, nur mit der Wahrheit hatte ihre Liebe eine Chance.

Er drehte sich zur Tür der Gauers um. Für sie war er einer, der nicht den richtigen Stallgeruch hatte. Weder Zimmermädchen noch Leibdiener arbeiteten für ihn. Er besaß keine Ausbildung und kein Geld für teure Kleider. Er stand noch unter dem Dienstpersonal im Schloss, das doch jeden Tag gefeuert werden konnte. Wie eine Schabe nicht in eine fein gesäuberten Küche gehörte, passte er nicht ins Schloss.

Aber genauso wenig fühlte er sich der stampfenden Menge da draußen zugehörig. Zu der war Kutte das Bindeglied gewesen. Jetzt war Kutte nicht mehr da. Schon immer hatte Hannes klug sein wollen wie seine Mutter. Er hatte den Absprung schaffen wollen.

Es kam ihm vor, als sei er ins Leere gesprungen.

Er fühlte sich zerrissen, wie zwischen allen Stühlen sitzend. Weder wollte man ihn in der Oberschicht haben, noch konnte er sich damit abfinden, Mitglied der Unterschicht zu sein.

Kutte hätte ihn ausgelacht. Er hätte gesagt: »Du bist ein Huhn, das verzweifelt versucht, ein Adler zu sein. Vergiss es!«

Schon als Kind hatte er diese Unruhe empfunden. Er hatte gewusst, dass andere Kinder in der Stadt mit Holzklötzen spielten, glatt gehobelt und fein zugeschnitten. Sie besaßen Schaukelpferde und Ritterburgen, manche sogar eine Eisenbahn. Er dagegen hatte bloß zwei rostige alte Schlüssel zum Spielen.

Auch auf die Väter der anderen war er neidisch gewesen. Er sah sie, wenn er durch die Straßen streunte: Väter, die mit ihren Kindern und einem Drachen aus Papier vor die Stadt gingen, hinaus nach Moabit oder Friedrichshain, um ihn gemeinsam steigen zu lassen. Väter, die ihre kleinen Kinder auf den Schultern trugen. Die ihnen geduldig etwas erklärten.

Er dagegen hörte zu Hause: »Hätte ich einen besseren Sohn, der auch was ranschafft, dann wären wir längst aus der Misere raus. Aber du bist ein Nichtsnutz!« War Vater das erbärmliche Essen angebrannt – Mehlsuppe oder Kartoffeln –, musste es trotzdem verzehrt werden. Er brauchte das Geld für den Schnaps.

Was mache ich hier eigentlich?, dachte er. Alice wird mich so oder so verstoßen, sobald sie erfährt, was ich getan habe.

Und wenn er sagte, es gebe einen bei den Revolutionären, der genauso blond sei wie er, vielleicht habe Ludwig ihn mit diesem Kerl verwechselt? Er selbst sei gar nicht in der Königsstraße gewesen, er habe in der Französischen Straße gekämpft, das könnten viele bezeugen.

Dann würde sie wegen ihrer Vorwürfe ein schlechtes Gewissen haben. Zur Wiedergutmachung würde sie besonders lieb zu ihm ein.

Für Alice wäre die Sache damit erledigt, aber nicht für ihn, er würde immer wieder daran denken müssen, dass sie ihn hassen würde, wenn sie wüsste, was er getan hatte.

Die Treppenstufe war herrlich glatt, das Holz fühlte sich an, als sei es gehobelt und dann poliert und anschließend mit Öl eingelassen worden. So sah bei den Reichen das Treppenhaus aus. Im Feuerland wäre man froh, wenn der Tisch so eine feine Oberfläche hätte. Vorausgesetzt, dass man überhaupt einen Tisch besaß.

Er hörte, wie die Tür geöffnet wurde, und sah erschrocken auf.

»Hannes?« Alice kam auf leisen Sohlen die Treppe hinunter.

»Ist er wach?«

Sie schüttelte den Kopf. »Es geht ihm nicht gut. Ich habe einfach seine Hand gehalten. Fürchterlich, ihn so zu sehen.«

Er räusperte sich. Noch nie im Leben war ihm etwas so schwer gefallen. Die Angst schnürte ihm die Brust ein. »Dein Bruder hat Kutte getötet.«

»Was?« Sie wich zurück. »Das … Das kann nicht sein. Ganz sicher wusste er nicht, dass das dein Freund ist. Oje, du musst ihn verabscheuen dafür. Bitte, verzeih ihm, wenn du kannst, wenn du irgendwann kannst, verzeih ihm das, ja?« Sie biss sich auf die Unterlippe. »Es tut mir leid, Hannes, sehr«, flüsterte sie.

»Ich war so zornig. Ich habe mir ein Gewehr genommen und habe auf den Offizier gezielt, der ihn umgebracht hatte, und habe abgedrückt.«

Sie verstummte.

»Ich habe deinen Bruder niedergeschossen.«

Entsetzt sah sie ihn an. Ihre Augen füllten sich mit Tränen. »Du hast die ganze Zeit gewusst, dass er hier liegt, und hast mir nichts davon gesagt?«

Ihm schoss heißes Blut in den Kopf.

»Du bist mit mir durch die Stadt spaziert und hast dich über die verrückten Leute lustig gemacht, und mein Bruder lag da in seinem Blut?«

»Ich wollte es dir sagen.«

»Geh«, sagte sie. »Bitte, geh.« Voller Abscheu sah sie ihn an. »Ich kann den Anblick eines Menschen, der mich so infam täuscht wie du, nicht länger ertragen.«

37

Stumpf setzte er einen Fuß vor den anderen. Eine leere Hülle, ein ausgebrannter toter Körper war er, den die Füße nur noch mechanisch nach Hause trugen, wo er zu Staub zerfallen würde. Verstört nahm er wahr, dass um ihn herum gefeiert wurde. Fenster standen offen, und Frauen wedelten mit bunten Tüchern heraus. Die Menschen lachten, sie tanzten und krakeelten. Er hörte all das nur gedämpft, als steckte Asche in seinen Ohren.

Müde schlich er durch das Oranienburger Tor. Das Feuerland kam ihm verlassen vor ohne Kutte. Die Nachbarn waren nicht mehr seine Nachbarn. Die windschiefen Hütten waren ihm fremd geworden, und die sandige Straße voller Schlaglöcher war nichts als eine ferne Erinnerung.

Was summte er da eigentlich?

O du lieber Augustin, Augustin, Augustin,
O du lieber Augustin, alles ist hin.

Geld ist weg, Mensch ist weg,
Alles hin, Augustin.
O du lieber Augustin,
Alles ist hin.

Rock ist weg, Stock ist weg,
Augustin liegt im Dreck,
O du lieber Augustin,
Alles ist hin.

Den grauen, löcherigen Putz und die morsche Haustür kannte er, auch wenn es ihm hundert Jahre zurückzuliegen schien, dass er zum letzten Mal hier gewesen war. Er tastete nach dem Schlüssel. Tatsächlich, er war noch da. Er hatte die Barrikadenkämpfe, das Versteck im Schornstein und Victors Prügel überstanden. Mit einem zynischen Lächeln schloss Hannes die Tür auf. Im Treppenhaus roch es nach Linseneintopf. Wie kam es, dass er keinen Hunger hatte? Er hatte doch ewig nichts mehr gegessen. Er betrat die Wohnung. Kara hockte am Boden. Als er ins Zimmer trat, flatterte sie hoch zum Ast. Ab morgen bin ich eine Leiche, dachte er. Ich werde von sechs morgens bis sieben abends in der Spinnerei schuften. Das Geratter der Spinnmaschinen wird mich mürbe machen. Ich sollte Kara lieber freilassen. Der König hat seine Gefangenen freigelassen, auch für sie ist es Zeit.

Er öffnete die Dose. Kein Mehlwurm wand sich mehr darin. Hannes hätte heulen mögen. Er stellte die Dose weg, trat an den Ast heran und hielt Kara den Arm hin. Die Krähe hüpfte ihm auf die Schulter.

»Komm.« Er verließ die Wohnung. Kara trippelte näher an seinen Kopf heran und schmiegte sich mit ihren knisternden Federn an sein Gesicht. Fürchtete sie das dunkle Treppenhaus?

Er trat nach draußen und ließ Kara auf seine Hand klettern.

Da war die Alte aus dem zweiten Stock, sie redete mit den Kindern vom Nachbarhaus. Gleich kamen die Kinder gerannt. »Lässt du Kara jetzt frei?«, fragten sie und tobten wild um ihn herum.

Er nickte. Er hielt die Krähe auf seiner Hand und streichelte ihr noch einmal den Schnabel. »Mach's gut, meine Kleine.« Sie breitete die Flügel aus und flog zu einem nahegelegenen Baum. Neugierig kletterte sie durch das Geäst. *Krah! Krah!* Sie äugte zu ihm hinunter. »Mach's gut.« Mehr brachte er nicht heraus. Alles ging zu Ende in seinem Leben.

Die Alte kam näher. »Hab schon gehört, dass Sie eine Krähe aufgezogen haben.«

Lassen Sie mich in Ruhe, dachte er. Die Frau ging jeden Sonntag zu den Lutheranern in den Gottesdienst, und unter der Woche erzählte sie den Kindern in seiner Straße Abenteuergeschichten wie die von einem Missionar, der einem Löwen einen Splitter aus der Pfote zieht, mit der Folge, dass der Löwe sich später in der römischen Arena weigert, diesen Missionar zu fressen. Sie war früher Lehrerin gewesen. Er hatte aber keine Lust auf eine Unterrichtsstunde über Gott und Glauben.

»Wissen Sie«, fing sie an, »das ist eine tolle Sache, wenn man sich wie Sie um die Natur kümmert. Es ist sogar biblisch. Wir sollen diese Erde pflegen, sie ist uns nur geliehen.«

Er brummte: »Ach was.«

»Kaum jemand denkt noch so. Die Industrie will sich die Natur unterwerfen, sie wird zerhechselt, zerstampft, pulverisiert, ausgegraben und fortgeschafft. Pflanzen und Tiere sind nur noch dafür da, dass wir sie schlachten und kochen und ausschaben. Furchtbar! Der Kolonialismus führt das Ganze auf die makabere Spitze. Wir sehen doch in fernen Ländern bloß die Beute an Erz, Kautschuk oder Kakao, die wir nach Hause schaffen können.«

Und Sie und Ihre Kirchenleute sehen in der Bevölkerung der Kolonien nur Bekehrungskandidaten, dachte er. Merkte die Frau nicht, dass er keine Lust auf ein Gespräch hatte?

»Die Schöpfung wird berechnet und verteilt, aber nicht mehr geachtet. Dabei will Gott einen Menschen, der seine Schöpfung weise regiert. Nehmen wir der Schöpfung die Würde, dann verlieren wir sie irgendwann selber auch. Wir sind ja ein Teil dieser Schöpfung. Gott hat so viel Liebe in diese Welt hineingelegt.«

»Gott?«, sagte er. »Bleiben Sie mir mit dem vom Leib. Ich hab zu viel gesehen, ich glaube diesen Humbug nicht mehr. Das ist doch nur eine Wunschvorstellung! Gott, der jeden genauso liebt, bei dem jeder eine ewige Wichtigkeit in Anspruch nehmen darf, ha, dass ich nicht lache! Schauen Sie sich doch mal um in Berlin. Die armen Schlucker gehen zugrunde, und wer den Adelstitel in die Wiege gelegt kriegt, isst mit Silberbesteck.«

»Aber es gibt eine Gerechtigkeit am Ende, es gibt ein Gericht.«

»Tatsächlich? Mich hat heute ein Offizier verprügelt, mir tut immer noch jede Rippe weh. Meinen Sie, der muss sich irgendwo verantworten? Dieser christliche Glaube ist nur der Versuch, sich selbst zu schmeicheln und die zu trösten, die schlecht weggekommen sind. Deshalb glauben ja auch so viele Arme und so wenige Reiche an Gott.«

»Das können Sie nicht sagen. Seine Majestät der König ist gläubiger Christ! Und Staatsminister von Thile genauso, wie viele andere wichtige und wohlhabende Männer.«

»Na klar. Und was verzapfen die? Sie sind blind für das wirkliche Leid.«

»Das ist nicht wahr. Nehmen Sie Hans Ernst von Kottwitz, der war adelig und hat bis zu seinem Tod vor ein paar Jahren die ›Freiwillige Beschäftigungsanstalt‹ am Alexanderplatz betrieben. Kennen Sie die nicht? Da wird bis heute Arbeitslosen eine Tätigkeit gegeben und ein geregeltes Einkommen, weil das der Anfang ist für ein gutes Leben. Von Kottwitz hat außerdem notleidende Weber auf seinen Gütern in Schlesien beschäftigt, um ihnen zu helfen, und ist dabei beinahe bankrott gegangen. Oder nehmen Sie Johann Hinrich Wichern, der in sein ›Raues Haus‹ in Hamburg verwahrloste Jungen und Mädchen aufnimmt und ihnen eine Berufsausbildung ermöglicht. Er wird dieses Jahr im September auf dem Evangelischen Kirchentag in Wittenberg darüber sprechen.«

»Na und? ›Gleiche Rechte für alle‹, das kann das Christentum uns noch so oft versprechen, am Ende bleibt's doch bei der ungerechten Welt, in der wir leben. Der christliche preußische Staat versagt auf ganzer Linie.«

Sie schwieg einen Moment, als müsste sie seine Worte abwägen. Schließlich sagte sie: »Ich will nicht so tun, als wäre alles in Ordnung. Nichts ist in Ordnung. Deshalb bringe ich den Kindern das Lesen bei. Deshalb kaufe ich für Familie Böttler ein. Weil nichts in Ordnung ist. Der Staat schafft es nicht, das ist deutlich zu sehen. Aber wissen Sie, andere zu lieben, das kann man nicht delegieren, das kann kein Staat übernehmen.«

Dass sie recht hatte, machte ihn nur noch zorniger. Wie sie da stand in ihrem hellblauen zerschlissenen Kittel, das Wissen um die eigene Tugend im faltigen Gesicht, machte ihn wütend. »Da können Sie noch so lange helfen und helfen und helfen. Wenn wir nicht den Staat verändern, tut sich nichts! Mein Freund ist gestern gestorben, damit sich die Verhältnisse ändern. Sagen Sie mir jetzt nicht, dass das umsonst war!« Er war immer lauter geworden. Die Kinder sahen ihn verschreckt an.

»Das tut mir leid«, sagte sie. »Ich weiß, Kutte war ein feiner Kerl. Er kam manchmal zu uns in den Gottesdienst.«

Ihm klappte die Kinnlade herunter. Wie bitte? Kutte war in den Gottesdienst gegangen? Davon hatte er ihm nie erzählt. Er hätte seine rechte Hand darauf verwettet, dass Kutte mit dem Glauben nichts anfangen konnte.

»Das wusste ich nicht«, sagte er verwirrt.

»Er saß immer hinten, und bevor der Gottesdienst vorüber war, ging er wieder. Kaum einmal hat er mit jemandem gesprochen. Aber ich weiß, warum er gekommen ist. Wegen der Lieder. Mitgesungen hat er nie, und doch hat er die Lieder geliebt. Eines besonders, er hatte immer Tränen in den Augen, wenn wir's gesungen haben. Das kennen Sie sicher auch.« Sie fing an zu singen: »Befiehl du deine Wege und was dein Herze kränkt der allertreusten Pflege des, der den Himmel lenkt. Der Wolken, Luft und Winden gibt Wege, Lauf und Bahn, der wird auch Wege finden, da dein Fuß gehen kann.«

»Nein, kenne ich nicht.«

»Wirklich? Die letzte Strophe hatte es ihm angetan.« Sie sang erneut: »Mach End, o Herr, mach Ende mit aller unsrer Not, stärk unsre Füß und Hände und lass bis in den Tod –«

»Hören Sie auf!«, sagte er. »Hören Sie bloß auf! Ich will das nicht hören. Ich ertrage es nicht.« Ihm selbst waren die Tränen in die Augen gestiegen. Wie konnte er die Frau loswerden? Er sah zu Kara hoch. »Mit Ihrem fiktiven Jenseits lenken Sie doch nur von den wahren Problemen ab.«

»Ein Tröpfchen Ewigkeit hat mehr Gewicht als das ganze Meer der Dinge, die der Zeit unterworfen sind.«

»Ich will nichts von der Ewigkeit hören. Lassen Sie mich in Ruhe!« Er ging zum Haus zurück.

Die Alte folgte ihm. »Warten Sie. Ich verstehe, dass Sie wütend sind, weil Ihr Freund gestorben ist. Und es tut mir wirklich leid um Kutte. Ich hoffe, Sie finden zur Güte und zum Frieden zurück. Vielleicht wollen Sie ja einmal zu uns in den Gottesdienst kommen? Mit Wut kommt man nicht weit, wenn man die Welt verändern will. Feuer löscht nicht Feuer, und Böses kann nicht Böses ersticken. Nur das Gute, wenn es auf das Böse stößt und von ihm nicht angesteckt wird, besiegt das Böse.«

»Steht das in der Bibel?«

»Nein. Das hat Leo Tolstoi geschrieben.«

Der Name sagte ihm nichts.

Er ließ die Alte einfach unten stehen und stieg die Treppe hinunter in seine Wohnung. Ohne Kara war das Zimmer leer. So leer wie sein Herz ohne Kutte und Alice. Erschöpft ließ er sich auf die Strohmatratze fallen. Endlich flossen die Tränen. Seine Kehle schmerzte, und er bekam Kopfschmerzen vom Weinen, aber da war so viel in ihm aufgestaut, das sich endlich Bahn brechen musste.

Irgendwann, vielleicht nach einer Stunde oder zwei, fühlte er sich, als habe ihn ein Frühlingsregen reingewaschen. Er stand auf und verließ das Haus. Am Fabrikgelände von Borsig ging er entlang bis zum Hamburger Tor. Er schritt hindurch und betrat die Stadt. Bis zum Armenkirchhof in der Linienstraße waren es nur noch wenige Schritte.

Am vergitterten Eingangstor blieb er stehen. »Guten Tag, Luise«, sagte er leise. Auf diesem Friedhof zu landen, war eine Schande, die selbst die ärmsten Schlucker zu vermeiden versuchten. Die Selbstmörder wurden hier beerdigt, die Verunglückten und die in den Gefängnissen Gestorbenen. Auch die kleinen Kinderleichen des Waisenhauses landeten hier.

Er musste daran denken, wie blass seine Mutter geworden war, als sie Luises Sarg gesehen hatte, eine grobe, flache Holzkiste, so eng, dass Luise sicher mit der Nasenspitze an den Deckel stieß. Aber für einen richtigen Sarg war kein Geld da gewesen. Für einen Grabstein genauso wenig.

Die Gräber auf dem Armenkirchhof waren mit Gras bedeckt, hier und da hatten die Angehörigen ein hölzernes Kreuz aufgestellt, ansonsten waren sie namenlos. Dort hinten in der Ecke lag seine Schwester. Und nun würde auch Kutte hier landen. In ein paar Jahren werde ich euch Gesellschaft leisten, dachte er.

Über den Platz verteilt standen Maulbeerbäume, vermutlich, um wenigstens kleine Einnahmen aus dem kargen Landstück zu ziehen. Die Bäume zogen ihre Kraft aus den verrottenden Toten, die Seidenraupen fraßen die Blätter der Bäume, und dann sponnen sie den feinen Faden, und man webte daraus Bezüge für Seidenkissen. Noch im Tod dienten die Armen als Rohstoff.

Die Barrikadenkämpfe hatten für Nachschub gesorgt, fünf Männer schaufelten schwarze Erde aus frischen Gruben. Zwei weitere brachten bereits einen Sarg heran, eine einfache Holzkiste, wie Luises. Sie versenkten sie im ersten Loch.

Was, wenn Kutte darin lag? Er wollte doch wenigstens wissen, wo sie den Freund beerdigten, damit er eine kleine Blume an der Stelle pflanzen konnte, auch wenn Kutte sie nicht mehr sah.

Hannes schob das quietschende Gittertor auf und betrat den Friedhof. Er fragte die Totengräber: »Verzeihung, wo finde ich die Verstorbenen von gestern Nacht? Ich suche Kurt Siebecke.«

»Ick bin bloß Armenwächter«, sagte einer der Männer. »Da, dit is Paule, der Totengräber. Der weeß Bescheid.« Er zeigte auf den groß gewachsenen Mann am Ende der Gräberreihe. Der Mann schaufelte unermüdlich, obwohl ihm der Schweiß über den Nacken lief.

Hannes ging zu ihm hinüber. »Entschuldigung, ein Freund von mir ist gestern an der Barrikade erschossen worden. Wo könnte ich ihn finden?«

Der Totengräber stach seinen Spaten in die Erde und musterte Hannes. Dann ließ er den Spatenschaft los. Das Blatt steckte tief genug im Boden, um den Schaft in der Luft zu halten. »Komm mit.« Sie gingen zu einem Gebäude am Rand des Friedhofs. Hier war Wäsche aufgehängt über den Gräbern. Der Totengräber schien Hannes' skeptischen Blick zu bemerken, er sagte: »Brauchst nicht so zu gucken, ich hab die offizielle Erlaubnis dafür. Ich kriege Holz zum Heizen und ein paar Taler und Vergünstigungen, dafür muss ich die Leichen der Armen unentgeltlich beerdigen, bloß für die Selbstmörder und die Unglücksleichen kriege ich von der Stadt fünf Silbergroschen. Ist auch kein Zuckerschlecken hier. Warst du eng befreundet mit diesem – wie hieß er doch gleich?«

»Kurt Siebecke. Ja, wir waren seit der Kindheit Freunde.«

Der Totengräber öffnete eine Tür und sie traten in eine dunkle Halle.

»Wo gehen wir hin?«, fragte Hannes.

»Das hier gehört zum Koppenschen Hospital. Du weißt schon, wo die mittellosen Frauen wohnen.«

Hannes wartete darauf, dass sich seine Augen an die Dunkelheit gewöhnten. Als er allmählich klarer sah, wich er erschrocken zurück. An der Wand lag ein Toter neben dem anderen, dreißig mussten es sein oder noch mehr.

Der Totengräber redete unbeeindruckt weiter. »Manche bezahlen die Differenz zu einem hohen und schwarz gefärbten Sarg. Willst du das haben für deinen Freund? Dann ist allerdings auch die Grabstelle nicht mehr kostenfrei, die Stadt bezahlt nur für das schlichte Begräbnis. Bei einem hohen Sarg wird eine Gebühr von zwei Talern fällig. Eine Gedächtnistafel kostet natürlich extra.«

Er schritt die Reihe der Toten ab. Alle diese Menschen hatten gekämpft und ihr Leben gelassen, damit sich etwas änderte. Sie hatten mitbestimmen und frei reden wollen, hatten eine bessere ärztliche Versorgung für ihre Kinder gewünscht, weniger Überstunden, hatten sich einmal satt essen wollen. Nun lagen sie da, reglos. Sie atmeten nicht mehr und wurden ohne liebevollen Abschied unter den Maulbeerbäumen verscharrt.

Wieder stieg diese Wut in ihm hoch.

Ob sein Freund nicht darunter sei, fragte der Totengräber. Eine Liste habe er nicht, und er habe im Jahr zweihundertfünfzig Leute zu begraben, deren Namen könne er sich unmöglich alle einprägen.

Hannes blieb stehen. Da lag Kutte. Die Brust war aufgebläht, die Lippen weiß. Er sah unglücklich aus. Hannes kniete sich neben ihn und legte ihm die Hand auf das Hosenbein. »Das hast du nicht verdient«, sagte er lautlos.

Dass er in dieser dunklen Halle liegen musste und sie draußen ein Loch für ihn schaufelten! Ungesehen und kaum beachtet lagen hier die Menschen, die ihr Leben hingegeben hatten, um den Karren aus dem Morast zu schieben.

Er stand auf. »Hören Sie. In einer Stunde komme ich mit einem Dutzend Männern, starken Leuten, Schlesiern. Wir holen die Toten ab.«

»Wie bitte?«

»Sie haben schon richtig verstanden. Wir holen die Toten ab.«

38

Ludwig war operiert worden und schlief. Er sah aus wie ein Geist. Geschwächt, blutarm. Der Atem ging flach. Nie hatte Alice ihn so sehr geliebt wie jetzt, wo sie ihn beinahe verloren hatte.

»Schussfraktur des rechten Oberschenkels mit ausgedehnter Splitterung ad longitudinem bis in die Nähe des Gelenks. Kugel im Knochen«, hatte der Arzt gesagt. »Starke Erschöpfung durch Blutverlust.«

Was war nur mit dieser Welt los? Victor betrog Frauen und verprügelte Rivalen, Mutter dachte voller Egoismus ans Vorankommen, und Hannes schoss auf einen Menschen, der freundlich zu ihm gewesen war und ihm hatte weiterhelfen wollen. Und dann, was das Schlimmste war, täuschte er sie auch noch und verschwieg ihr die Sache.

Es erschien ihr, als sei Ludwig der einzige gute Mensch auf der Welt. Natürlich war das Unsinn. Sie dachte nach. Welche schlechte Eigenschaft besaß Ludwig?

Zum Beispiel ertrug er es nicht, wenn sie einmal übellaunig war. Er wurde dann wütend und forderte regelrecht gute Laune ein. Dass jemand schlechter Stimmung war, empfand er offenbar als nicht zu verzeihende Schwäche. Das machte ihn in solchen Fällen gefühllos und ungerecht.

Und er konnte nicht Nein sagen. Das führte dazu, dass er Einladungen annahm, obwohl er keine Lust darauf hatte, und der Verabredung dann unter fadenscheinigen Ausreden fernblieb. Statt gleich offen zu sagen, dass er nicht kommen werde, gaukelte er den anderen vor, er würde gern dabei sein, und machte später einen Rückzieher.

Sie stutzte. Ludwig log, genauso wie Hannes. Und sie selbst hatte auch gelogen, als es um den Opernbesuch mit Victor ging. Hannes hatte nicht gewagt, ihr von seinem Schuss auf Ludwig zu erzählen, weil er ihren Zorn nicht ertragen konnte. Nur deshalb hatte er laviert. Rückblickend fiel ihr auf, dass es mehrere Male so ausgesehen hatte, als setzte er an, um ihr etwas Wichtiges mitzuteilen. Jedesmal hatte ihn der Mut dazu verlassen. Aber es blieb die schreckliche Tatsache, dass er auf ihren Bruder geschossen hatte. Welche Kaltblütigkeit dazu gehörte!

Ludwig schlug die Augen auf und blinzelte.

»Alles ist gut. Du bist operiert worden.« Sie rückte den Stuhl näher an das Bett heran und nahm seine Hand. »Hast du starke Schmerzen?«

»Alice?«

»Ja. Ich bin bei dir.«

Er versuchte, sich aufzurichten. »Hast du es den Eltern gesagt?«

»Ich war die ganze Zeit hier bei dir. Soll ich ihnen sagen, dass du Schmerzen hast?«

»Wer auf mich geschossen hat, meine ich. Hast du es ihnen gesagt?«

»Noch nicht.«

»Behalt's für dich.«

»Aber warum?«

Er sank ächzend wieder ins Bett zurück. »Sie würden dann nicht mehr erlauben, dass Hannes dich heiratet.«

Sie erstarrte. »Du denkst im Ernst, ich könnte den Mann lieben, der dich beinahe erschossen hat?« Ihr Herz fing vor Angst an zu rasen. Oder lag es daran, dass sie doch noch Gefühle für Hannes hatte? Warum hatte sie denn den Eltern nichts gesagt? Weil sie Hannes schützen wollte?

»Ja, das denke ich.«

»Aber –«

»Nichts aber. Das ist Krieg. Ich habe auch geschossen.«

Sie schwieg. Nach einer langen Pause erklärte sie: »Er hat gesagt, du hast seinen Freund Kutte getötet.«

»Siehst du?« Ludwig atmete mühevoll ein. »Wir stehen auf gegnerischen Seiten. So ist das nun mal. Irgendwann wird es wieder Frieden geben. Mach die Tür in dir nicht allzu fest zu. Du verpasst sonst einen besonderen Mann.«

Nachtragend, dachte Alice, ist mein Bruder wirklich nicht.

Die Menschen, an denen sie vorüberkamen, nahmen ehrfürchtig die Hüte vom Kopf. Das Jubelgeschrei ebbte ab. Viele gingen mit ihnen. Beim Armenkirchhof waren sie mit achtzehn Toten losgezogen. Jetzt waren es, behauptete der Schlesier, der neben ihm lief, über dreißig. Weitere Trauerzüge mit Toten schlossen sich ihnen an.

Hannes drehte sich nicht um. Er wollte all das nicht sehen. Er war eins mit der Bahre. In ruhigem, immer gleichem Schritt gingen er neben den anderen Männern her. Jeder von ihnen war dabei gewesen, als Kutte starb. Sie zeigten ihre Trauer, indem sie den Erschossenen durch die Stadt trugen.

Kutte, dachte er, habe ich dich wirklich gekannt? Ich wünschte, wir hätten noch einmal auf dem Dach gesessen und uns den ganzen Abend lang unterhalten. Das haben wir so lange nicht gemacht.

Er sagte: »Ich würde gern einen Choral singen. *Befiehl du deine Wege.* Den hat mein Freund geliebt. Aber ich weiß den Text nicht. Kennt hier jemand den Text?«

Niemand kannte ihn. Einer lief los und erkundigte sich bei den anderen Trauernden.

Nach kurzer Zeit kehrte er mit einem Mann zurück, dessen Gesicht Hannes vage bekannt vorkam. Er wusste, er war dem älteren Herrn noch nie begegnet – und doch kam es ihm vor, als würde er ihn seit Jahren kennen.

Der Herr trug einen feinen Anzug. Der Aufständische, der ihn hergebracht hatte, flüsterte Hannes zu: »Das ist Alexander von Humboldt.«

Alexander von Humboldt, der Weltentdecker! Der ging mit ihnen mit? Vorhin hatte er erfahren, dass auch der berühmte Maschinen- und Lokomotivenfabrikant August Borsig sich ihrem Zug angeschlossen hatte. Was geschah hier?

»Ich hätte viel früher den Mut finden sollen, Sie und die Revolution zu unterstützen«, sagte Humboldt.

»Gut, dass Sie heute mit uns gehen. Es ist nie zu spät.«

Dankbar nickte der Herr. »Ja«, sagte er. »Sie haben recht. Wie heißen Sie?«

»Hannes Böhm.«

»Und Ihr Freund hat den Choral geliebt?«

Er nickte.

»Kommen Sie, dann singen wir ihn gemeinsam.« Der berühmte Weltreisende, der monatelang im Kanu durch den südamerikanischen Urwald gefahren war, stimmte mit tiefer Stimme an:

Befiehl du deine Wege
und was dein Herze kränkt
der allertreusten Pflege
des, der den Himmel lenkt.
Der Wolken, Luft und Winden
gibt Wege, Lauf und Bahn,
der wird auch Wege finden,
da dein Fuß gehen kann.

Hoff, o du arme Seele,
hoff und sei unverzagt!
Gott wird dich aus der Höhle,
da dich der Kummer plagt,
mit großen Gnaden rücken;
erwarte nur die Zeit,
so wirst du schon erblicken
die Sonn der schönsten Freud.

Die Schlesier stimmten ein und immer mehr Trauernde, die den Zug begleiteten. Bald sangen sie als gewaltiger Chor, dessen Gesang von den Hauswänden widerhallte. Hannes sang mit, wenn er auch mit dem Text, der neu für ihn war, immer etwas hinterherhinkte. Jetzt drehte er sich doch einmal um. Sie waren eine Kraft geworden, eine nicht zu übersehende Aussage: Auf Brettern, auf aus den Angeln gehobenen Türen wurden die Toten herangetragen. Weiter hinten zogen Männer einen Möbelwagen mit einem Dutzend oder mehr Leichen, viele davon in blutgetränkten Kleidern.

Der Zug der Trauernden näherte sich mit den Toten dem Schloss. Der Offizier der wachhabenden Soldaten befahl seinen Truppen, die Helme abzunehmen. Stumm blickten sie mit entblößten Köpfen auf die Erschossenen.

Es kam Alice ungerecht vor, dass sie im Esszimmer saßen und Kapaun mit schwarzen Trüffeln verspeisten, während Ludwig nebenan große Schmerzen hatte und vergeblich zu schlafen versuchte. Sollte nicht die ganze Familie bei ihm sein?

»Ich habe gehört«, sagte Mutter, »dass es ganze Banden gibt, die ernsthaft planen, den König zu ermorden. Er sollte auf jeden Fall die Stadt verlassen.«

»Ich kann mich an kein Beispiel in der Geschichte erinnern«, wandte Vater ein, »wo ein König seine Hauptstadt verlassen hat und später noch einmal mit der Krone auf dem Kopf zurückgekehrt ist.«

»Was ist mit Heinrich IV. von Frankreich?«, bemerkte Mutter triumphierend. Gleich darauf ermahnte sie Alice: »Nimm die Gabel nicht so voll. Es steht einer Dame nicht an, so große Fleischstücke zum Mund zu führen.«

»Ich möchte rasch fertig werden und mich dann wieder zu Ludwig setzen«, erwiderte sie.

Mutter schien es nicht zu hören. »Und auf deinen Gang solltest du auch wieder mehr achten. Ich habe dich beobachtet in den letzten Tagen. Du fängst an, mit den Armen zu schlenkern. Erinnere dich daran, was ich dir gesagt habe: Kopf zurück, Brust hervor. Die Haltung beim Gehen sagt einem klugen Mann, ob du aus gutem Hause kommst. Als feine Dame geht man ungezwungen, leicht und zugleich ruhig, mit etwas angeschlossenen Armen, und vermeidet weite Schritte.«

Von draußen drang Gesang herein. Der Gesang von Tausenden. Vater tupfte sich mit der Serviette den Mund ab und erhob sich. »Ich gehe nachschauen«, sagte er und trat ans Fenster.

»Was siehst du?«, fragte Alice.

Vater schüttelte fassungslos den Kopf.Er sagte: »Bitte entschuldigt mich.«

Nun stand Alice ebenfalls auf und sah hinaus. Das Volk war zurückgekehrt. Sie sangen Choräle und präsentierten ihre Toten, als wollten sie dem Schloss einen dutzendfachen Mord vorwerfen.

Hier, auf diesem Platz, hatte alles angefangen. Hier waren die ersten Schüsse gefallen. Der Mut der Berliner erstaunte Alice. Der König hatte sich gnädig gezeigt und ihnen den Aufruhr vergeben – und nun hielten sie ihm auch noch die Gefallenen unter die Nase, als genüge seine Vergebung nicht, als fehlte noch etwas: eine Entschuldigung.

»Verzeih, Mutter.« Sie stürmte aus der Wohnung und die Treppe hinunter. Unten auf dem Schlosshof holte sie Vater ein.

»Haben die denn gar keinen Respekt mehr vor den Toten?«, sagte Vater.

Sie traten in das Portal und blieben hinter den Wachen stehen. Ein langer Zug von Menschen fächerte sich vor dem Schloss auf. Sie schleppten auf Brettern, auf Türen und mit menschengezogenen Karren gefallene Barrikadenkämpfer heran. Über zweihundert Tote. Dazu sangen sie:

Mach End, o Herr, mach Ende
mit aller unsrer Not

Da sah sie Hannes. Auf seiner Schulter und auf denen von fünf anderen Männern ruhte eine Tür, und auf der Tür lag Kutte, das Gesicht bleich, die Hände weiß. Hannes sang, und Tränen liefen ihm über das Gesicht.

Stärk unsre Füß und Hände
und lass bis in den Tod
uns allzeit deiner Pflege
Und Treu empfohlen sein,
so gehen unsre Wege
gewiss zum Himmel ein.

In den Fenstern der Bürgerhäuser gegenüber wurden geräuschvoll die Rouleaus runtergelassen. Man empfand das Ausstellen der Toten offenbar als Geschmacklosigkeit. Aber die Rebellen kümmerte das nicht. Sie blickten zum Balkon über dem Portal hinauf. Erwarteten sie, dass der König hinaustrat und die Opfer seiner Politik in Augenschein nahm?

Alice trat an den Wachen vorbei. Sie hörte Vater rufen, doch sie setzte ihren Weg unbeirrt fort, am Schloss entlang, und sah zum Balkon hoch.

Tatsächlich erschien der König. Er trug Generalsuniform und Helm, und an seiner Seite war eingehakt Königin Elisabeth. Ihre Wangen waren hohl. Wie sie sich an ihren Mann klammerte! Fürchtete sie, man würde aus der Menge von unten herauf auf ihn schießen?

Das Singen verebbte. Es wurde still auf dem Platz. Weil sie so nahe stand, hörte Alice, wie der König zu Elisabeth sagte: »Ich bin der Sohn von mehr als vierundzwanzig Regenten, Kurfürsten und Königen, das Haupt von sechzehn Millionen, der Herr des treuesten und tapfersten Heeres der Welt – und mir so etwas.« Aber der Anblick der Toten ließ ihn dennoch nicht kalt, das konnte Alice erkennen. Er blinzelte. Hinter dem Königspaar traten weitere Regierungsangehörige auf den Balkon.

Alice sah wieder zu Hannes hin. Was erwartete er? Niemals würde der König sich entschuldigen. Eher würde es Festnahmen hageln.

Sie konnte nicht anders, als ihn erneut zu bewundern. Hannes saß wenigstens nicht an einem fein gedeckten Tisch herum und schwang hohle Reden. Er unternahm etwas. Auch wenn er schmutzig war und aus Verzweiflung log.

Er stand reglos und hielt die Tür mit Kuttes Leiche darauf. Kurz sah er zu Alice, dann richtete er den Blick wieder hinauf zum König. Sie sah einen solchen Zorn darin, eine solche tiefe Entrüstung, dass sie erschauderte.

Hannes rief in die Stille auf dem Platz: »Den Helm runter!«

Er sah den König an und gab einen Befehl?

Jetzt würden sie ihn packen und fortschleifen, er würde ein furchtbares Ende nehmen. Mit dem König von Preußen so zu reden! Kurzsichtig wie er war, konnte der König sicher nicht genau erkennen, wer das Wort an ihn gerichtet hatte, aber die Königin und die Regierungsangehörigen sahen es natürlich. Jetzt skandierten andere Hannes' Parole mit. Die massige Gestalt des Königs stand reglos da. Endlich löste Friedrich Wilhelm langsam den Riemen, der seinen Helm hielt, und zu Alices grenzenlosem Erstaunen – ihr war, als träumte sie dies – nahm er den Helm vom Kopf. Und er verbeugte sich vor den Toten.

Die Königin murmelte: »Jetzt fehlt bloß noch die Guillotine.«

Das hast du geschafft, Hannes, dachte sie. Du hast den König dazu gebracht, dass er deinem Freund die letzte Ehre erweist. Sie glühte vor Stolz auf ihn.

39

Der Nachtwächter klopfte mit seiner langen Stange gegen die Fenster. Es musste fünf Uhr sein. Hannes wälzte sich aus dem Bett. Mit beiden Händen warf er sich kaltes Wasser aus der Schüssel ins Gesicht.

Er zog die Hose an und knöpfte das Hemd zu. Dann aß er einen alten Kanten Brot, um sich zu kräftigen für die anstrengende Arbeit in der Fabrik. Das würde das Leben sein, das er von nun an führte.

In der Stadt fiel ihm auf, dass keine Polizisten unterwegs waren, zumindest keine in Uniform. Offenbar trauten sich die Gendarmen nicht auf die Straße. Polizeipräsident Minutoli war gestern mutiger gewesen. Er war mitten unter die Tausenden von Trauernden getreten und hatte sich an ihn, Hannes, gewandt. »Ich werde dafür sorgen«, hatte er gesagt, »dass die Opfer der Revolution einen eigenen Friedhof erhalten.«

Auf dem Weg zur Fabrik sah Hannes den Leuten in die Gesichter. Bei den Wohlhabenderen las er Furcht heraus. Die meisten hatten sich den Schnurrbart abrasiert, um bürgerlicher und volksnäher zu wirken. Niemand wollte für reaktionär gehalten werden in diesen Tagen.

Aber Geld brauchten sie alle doch, ob nun revolutionär oder bürgerlich. Für seine drei Groschen würde er heute hart arbeiten müssen.

Mit einer Traube von wortkargen Menschen betrat er die Fabrikhalle. Sie sahen sämtlich so aus, als hätten sie in der Nacht nicht geschlafen. Hier gab es kein Aufbegehren. Gegen die Truppen des Königs hatte man den Aufstand gewagt, in der Fabrik hingegen, das merkte er schnell, galten die alten Hierarchien weiter.

Und er stand ganz unten in der Hackordnung. Jedem, der ihm etwas auftrug, hatte er zu gehorchen. Über ihm standen die Aufstecker, die die Vorgarnspulen auf den Selfaktorspindeln wechselten. Über denen standen die Spinner, und über den Spinnern die Meister. Dann kamen die Obermeister und zum Schluss der Saalmeister.

Er brauchte nicht lange, um zu verstehen, was er tun musste. Bald führte er die Arbeit nur noch mechanisch aus. Die Spinnmaschinen machten keine Pausen, und so war auch ihm nicht gestattet, für einen Moment ans Fenster zu treten oder einer Maus hinterherzusehen, die über den staubigen Fabrikboden huschte. Er hatte der Maschine zu dienen, genau in dem Takt, den sie vorgab.

Der Wagen der Maschine fuhr vor und zurück. Zuerst entfernte er sich vom Streckwerk und verzog und verdrehte die Fasern, dann kehrte er zum Streckwerk zurück, und das Garn wurde aufgewickelt. Vor und zurück. Vor und zurück.

So würde sich sein Leben abspulen. So würde es über die Haspeln rattern, dem unausweichlichen Ende entgegen. Wenn alles Garn aufgewickelt, wenn jeder seiner Tage gesponnen und als feines Gespinst zusammengerollt war, würde er sterben dürfen.

Vor und zurück.

Vor und zurück.

Die Stunden ratterten dahin. Ihm tat der Rücken weh. Als er am Abend aus der Fabrikhalle trat, war es bereits dunkel. So wie es dunkel gewesen war, als er am Morgen hineingegangen war. Die Fabrik hatte ihn um diesen Tag betrogen. Keinen einzigen Sonnenstrahl hatte er abbekommen.

Schon jetzt, nach diesem einen Tag in der Fabrik, verstand er seinen Vater. Die Versuchung war groß, die drei Groschen in Schnaps zu investieren und das Rumpeln und Maschinendröhnen, das auf dem Nachhauseweg noch in seinen Ohren widerhallte, zu ertränken.

Aus Gesprächen, die er unterwegs belauschte, erfuhr er, dass eine wütende Menge das Gefängnis Moabit gestürmt und die gefangenen Polen befreit hatte. Karol Libelt, der an dem Krakauer Aufstand vor zwei Jahren beteiligt gewesen und als einer der Hauptangeklagten im Berliner Polenprozess zu zwanzig Jahren Festungshaft verurteilt worden war, und Ludwig Mieroslawski, der sogar zum Tode verurteilt, aber anschließend zu lebenslanger Haft begnadigt worden war, hätten mitreißende Reden gehalten, sagte man ihm. Na, das würde den Polizeipräsidenten aber freuen. Minutoli hatte die Polen mit großen Mühen eingefangen, und nun waren sie wieder frei und schwangen aufrührerische Reden.

Lange stand er unter den Bäumen vor seinem Haus und rief nach Kara. Doch sie zeigte sich nicht. Selbst das Tier, das er monatelang liebevoll aufgepäppelt hatte, erwiderte nicht länger seine Zuneigung.

Er fühlte sich krank. Die Bank hatte zu dieser Uhrzeit schon geschlossen, also stieg er hinab in seine Wohnung und suchte nach den wenigen Münzen, die er in einem Winkel der Kiste versteckt hatte. Das *Brockhaus Conversations-Lexikon* schob er gleichgültig beiseite. Jeden Tag ein Lexikoneintrag, pah, was nützte das? Wozu sollte er über Brasilien Bescheid wissen, wo er doch sowieso nie dorthin gelangen würde? Was interessierten ihn das achromatische Fernrohr oder die Etrurier? Das beruhigende Gefühl, das er beim Lesen immer verspürt hatte, die Gewissheit, dass die Welt geordnet und beständig war – es war nichts als eine Illusion gewesen.

Da waren sie, die Pfenninge im kleinen Säckchen. Er zählte nach: sechs Pfenning. Ein Glas Branntwein kostete drei. Er verließ das Haus und ging durch die Dunkelheit zur Kellerwirtschaft in der Invalidenstraße.

Als er den Raum betrat, musste er den Atem anhalten, um seinen Widerwillen zu bezähmen. Es stank ekelhaft nach Erbrochenem und angebranntem Erbseneintopf. Erst nach einer Gewöhnungszeit konnte er die abgestandene Luft atmen.

Das Besteck war mittels kleiner Drahtkettchen an den Tischen befestigt. Ein Aufwärter ging herum und verabreichte den Gästen, wenn sie sofort bezahlten, eine Kelle voll Suppe. An der Theke waren noch etliche Plätze frei, die Trinker kamen wohl erst später.

Er setzte sich und bestellte ein Glas Gebrannten. Statt eines Glases erhielt er einen hölzernen Becher. Nicht einmal für Gläser reichte es in der Spelunke. Hannes trank. Der Schnaps brannte wunderbar in der Kehle. Dem Brennen folgte ein warmes Gefühl in der Speiseröhre und im Magen. Er trank den Becher leer. Bestellte einen weiteren.

Lange starrte er in den Becher. Sein Gesicht spiegelte sich darin. Es sah müde aus. Bald würde er den anderen Fabrikarbeitern gleichen, er würde harte Züge haben, Falten um die Augen und einen stumpfen Blick. Er würde die Handgriffe ausführen, die man ihm befahl, und allmählich das Denken verlernen, das genaue Hinsehen, das Staunen über die Federn der Krähen und die Ameisen am Wegesrand und den Wind, der einem das Gesicht streichelte. Er würde sich nicht länger für Schiffe interessieren oder für ferne Länder, sondern den ganzen Tag nur noch darauf warten, dass er hier saß und seinen Becher Schnaps bekam, der ihn all die Erniedrigungen vergessen ließ.

Jemand setzte sich neben ihn. »Wenn ich an solchen Theken sitze und mir den Verstand kaputt saufe, ist das eine Sache. Aber du, Hannes, hast das Leben noch vor dir. Du kannst es besser machen als ich.«

Hannes hob den Kopf. Vater. Die Elefantenohren, die breite Stirn. Ein feines Maßwerk aus roten Äderchen durchzog Vaters Gesichtshaut, und die Tränensäcke hingen schlaff herab. Das war früher noch nicht so gewesen. »Ich hab's versucht, es besser zu machen«, erwiderte er. »Ich hab's versucht.«

»Was ist passiert? Die Kleine?«

Er schwieg.

Auch Vater sagte nichts.

Dafür liebte er ihn, dass er ihn nicht zu trösten versuchte. Dass er ihm nicht vorhielt, ein Mädchen wie sie hätte ihm so oder so irgendwann den Laufpass gegeben. Vater schwieg, und er liebte ihn dafür.

»Ich weiß, wie weh das tut«, sagte Vater schließlich. In diesem einen Satz lag das Gewicht eines ganzen Lebens.

Dass Vater die Mutter irgendwann wirklich geliebt haben musste, war ihm nie in den Sinn gekommen. Warum hatte er sich dann nicht stärker bemüht, warum hatte er nicht wenigstens versucht, mit dem Trinken aufzuhören?

Sie saßen schweigend eine halbe Stunde. Hannes trank den zweiten Schnapsbecher leer.

»Gibst du mir einen aus?«, fragte Vater heiser.

Damit war der Zauber verflogen. Vater war wieder der hilflose, zornige Trinker, und er, Hannes, der enttäuschte Sohn. »Hab kein Geld mehr«, sagte er, »zumindest nicht hier. Sechs Pfenning, das ist alles, was ich hatte.«

Vater nickte.

Wieder schwiegen sie. Jetzt, wo er nein gesagt hatte, war ihm die Stille unangenehm. »Irgendwann übernehmen wir das Sächsische Zehnersystem«, sagte er, nur um irgendwas zu sagen. »Denkst du nicht auch? Ein Groschen zu zwölf Pfenningen, das rechnet sich doch bescheuert. Die Sachsen sind uns voraus mit ihrem Neugroschen zu zehn Pfennig. Und überhaupt, dieser Pfenning bei uns, wie absurd, ihn umzubenennen, bloß weil jetzt ein Taler dreihundertsechzig Pfennige hat und nicht mehr zweihundertachtundachtzig Pfennige wie damals.«

»Du schimpfst wie ein Greis«, sagte Vater. »Hör auf damit. Geh nach Hause, schlaf dich aus, und dann tu was Anständiges.«

»Was denn? Was soll ich tun? In die Fabrik gehen und das Maschinengestell und die Putzpuddel sauber halten? Das ist genauso stupide, wie hier zu sitzen. Ich krepiere im Schneckentempo.«

»Hau ab!«, sagte Vater.

»Und dann?«

»Du sollst gehen! Das hier ist nichts für dich!« Er schlug nach Hannes und jaulte dabei. »Ich will dich hier nicht sehen. Geh! Geh!«

Mühelos hielt er Vaters Arme fest. Er sah ihm ins Gesicht. »Ich weiß nicht, was ich machen soll«, knurrte er zwischen den zusammengebissenen Zähnen hindurch.

Vaters Körper erschlaffte, und Hannes ließ ihn los.

Leise sagte Vater: »Mach das, was du immer gut konntest. Erzähl den Leuten eine Geschichte. Ganz egal, tu irgendwas. Aber werde nicht wie ich. Versprich mir das, Hannes. Wenn du so wirst wie ich, dann habe ich nicht nur bei deiner Mutter und deinen Geschwistern versagt, sondern auch noch bei dir. Du bist der letzte Trost, den ich habe.«

40

Am nächsten Tag ging er wieder zur Fabrik. Und am darauffolgenden Tag auch. Und wieder und wieder und wieder. Nachts schlief er traumlos, und morgens wachte er nur auf, um zur Fabrik zu gehen. Das Rattern der Maschinen nistete in seinem Kopf. Öl und Schmiere klebten an seinen Händen. Er war zum Diener der Maschinen geworden, sie vereinnahmten ihn mit Haut und Haaren.

Ermattet schleppte er sich am Sonntag zum Schloss. Auf dem Schlossplatz saßen Kinder auf hölzernen Karussellpferden und in roten und grünen Wagen und drehten sich im Kreis herum. *Karussellfahrt, zwölf vollständige Umdrehungen, drei Pfenninge,* stand auf einem Schild. Herren und Damen warfen Bälle in aufgerissene Mäuler von Mohren. Die blutrünstigeren Herren säbelten Türkenköpfe ab. Man vergnügte sich mit Pfeilwerfen und dem Ringelspiel, bei dem man den Ring treffen musste, den eine künstliche Taube auf und nieder trug.

Die hatten doch tatsächlich den Jahrmarkt aufgebaut. Als wäre nichts gewesen! Die Zelte und Buden verspotteten das Opfer, das von Kutte und anderen gebracht worden war.

Hannes hätte die Schaubuden und Karussells am liebsten umgeworfen. Kutte ist tot!, wollte er den Feiernden entgegenbrüllen. Wie könnt ihr euch belustigen, während auf den Gräbern der Revolutionsopfer noch nicht mal die Erde fest geworden ist!

Enttäuscht ging er nach Hause. Am nächsten Morgen zwang er sich zur Fabrik. Der Dienstag stumpfte ihn ab, der Mittwoch machte ihn matt, der Donnerstag zermürbte ihn, und am Freitag fühlte er sich krank. Den Samstag brachte er nur mit Mühe herum und schlief dann den größten Teil des Sonntags. Was brachte es, wenn er Alice begegnen würde? Womöglich erholte sich Ludwig nicht mehr, vielleicht war er lebenslang gelähmt oder geschwächt. Das würden Alice und ihre Eltern ihm, Hannes, nicht verzeihen.

Im Mai gab es Wahlen für die Nationalversammlung in der Frankfurter Paulskirche. In zwei Dritteln des Bundesgebiets hatte es nie zuvor allgemeine Wahlen gegeben. Natürlich waren Frauen und Gesindeleute und Dienstboten vom Wählen ausgeschlossen. Auch er, Hannes, durfte nicht wählen. Er war zu jung, man musste über fünfundzwanzig sein. Trotzdem herrschte große Aufregung in der Stadt. In Schulen und Kirchen wurden Wahllokale eingerichtet. Die einfache Bevölkerung durfte mitbestimmen.

Überall engagierten sich Leute: Der Verein der »Freunde mit dem Hut« kämpfte darum, dass die unnütze Gewohnheit des Hutziehens abgeschafft würde. Der Antichampagner-Verein trank bei seinen Zusammenkünften nur schwere berauschende Getränke. Ein Verein nahm sich mit großer Sympathie der leidenden Tiere an und kämpfte gegen Tierquälerei, ein anderer traf sich zum Gesang.

Wo nahmen sie die Kraft her? Hannes atmete, aß und lebte nur für die verhasste Fabrik. Vom Lohn sparte er sich unter Mühen einzelne Groschen ab und zahlte sie auf sein Sparbuch ein. Amerika war weit weg, wenn er so weitermachte, würde es erst in hundert Jahren für einen Neuanfang auf dem fernen Kontinent reichen.

Er hatte das Gefühl, nicht wirklich zu leben. Zu essen und das Brot zu schmecken, spielende Kinder zu beobachten, mit jemandem belanglos zu plaudern, nachts etwas Schönes zu träumen – das alles fehlte ihm entsetzlich.

An einem Juniabend nahm er, obwohl er sich müde und zerschlagen fühlte, zum ersten Mal wieder das *Brockhaus Conversations-Lexikon* in die Hand. Er blätterte rückwärts in Richtung Brasilien, und blieb an einem seltsamen Namen hängen.

BUCEPHALUS, *das Leibpferd Alexanders des Großen, ein Pferd von außerordentlicher Schönheit, aber so wild, dass man es nicht einmal zur Probe reiten konnte, und König Philipp, dem es für dreißigtausend Taler angeboten wurde, es schon zurückschicken wollte, als sein Sohn, der junge Alexander, es zu bändigen unternahm. Alexander bediente sich desselben als seines liebsten Pferdes; auch ließ es keinen andern Reiter aufsitzen.*

Er löste den Blick vom Buch und stellte sich das wilde, schöne Pferd Bucephalus vor, wie es über eine weite Ebene galoppierte, und Staub aufwirbelte vom Boden, wo seine Hufe ihn trafen.

Dann las er, dass die Franzosen den November Brumaire nannten, Nebelmonat. Was für ein schönes Wort das war: Nebelmonat.

Er las vom Buchsiren oder Buxiren, so sagte man von einem großen Schiff, wenn es die Segel einzog und sich von kleinen Fahrzeugen mit einem Schlepptau zum Land ziehen ließ.

Er fand heraus, dass man die Baumwolle in früheren Jahrhunderten Byssus genannt hatte, eine Art sehr feinen zarten Flachses, der besonders in Indien und Ägypten zu Hause war, und aus dem die feinsten Zeuge und sehr kostbare Kleider gefertigt worden waren.

Über Cacao-Bohnen erfuhr er, dass es die Kerne einer amerikanischen gurkenähnlichen Frucht seien, aus welchen die Schokolade bereitet wurde. Diese Frucht wuchs auf einem Baum, der an Größe den Kirschbäumen glich.

Er war beim Lesen mit den Gedanken in Cairo, der Hauptstadt von Ägypten, einer der größten Städte der Welt. Über eintausend Moscheen sollten die Mohamedaner dort haben.

Und plötzlich gelang ihm, wonach er sich seit Wochen gesehnt hatte: Er brach aus der Enge der Fabrikarbeit aus, er bekam wieder Luft und fühlte sich als Teil einer abenteuerlichen, großen Welt, in der es nicht bloß stupide wiederkehrende Handgriffe zu erledigen gab, sondern viel zu staunen, einer Welt voller Wunder.

An diesem Abend schlief er mit einem Lächeln ein. Am nächsten Morgen, als der Nachtwächter um fünf Uhr mit seiner Stange gegen das Fenster klopfte, verkrampfte sich alles in Hannes. Er hätte schreien mögen. Trotzdem zwang er sich, aufzustehen, sich anzuziehen, zu essen. Er zwang sich zu jedem Schritt, zwang sich zu atmen, zwang sich voran, bis er endlich mit hängendem Kopf vor dem schmiedeeisernen Fabriktor stand.

Aber dann konnte er nicht weitergehen. Er konnte diese ratternde, spulende und Fäden spinnende Hölle aus roten Backsteinen nicht betreten. Neben ihm strömten die anderen Arbeiter auf das Fabrikgelände. Er sah ihnen zu, wie sie in der Halle verschwanden. Sah zu, wie der Hallenmeister noch einmal suchend aus der Tür schaute, bevor er sie Punkt sechs Uhr absperrte.

»Nein«, sagte er leise. »Jetzt ist Schluss.« Er machte kehrt und ging zurück in die Stadt. Die Kopfschmerzen waren immer noch da. Doch die Luft schmeckte frischer, so kam es ihm vor. Er hörte die Tauben klatschend von den Dächern auffliegen. Ein Dienstmädchen trat mit leerem Einkaufskorb vor das Haus, er grüßte es, und das Mädchen grüßte zurück.

Irgendwann wird dein Erspartes aufgebraucht sein, warnte ihn eine innere Stimme. Du wirst wegen Bettelei im Gefängnis landen. Die Führungen fortzusetzen kam nicht infrage, Alice hatte Victor bestimmt davon erzählt, es würde dem Premierleutnant eine Freude sein, ihn zu erwischen und festnehmen zu lassen.

Wie konnte er noch Geld verdienen?

Er streunte durch die Straßen auf der Suche nach einem Eckensteher, der ihm einen Auftrag verschaffen konnte, oder nach einem vielversprechenden Aushang. Dabei näherte er sich dem Schloss. Je näher er ihm kam, desto wilder pochte sein Herz. Ihm wurde klar, dass er eine Entscheidung getroffen hatte.

Ein ganzes Jahr soll ich in diesem Palais verbringen?, dachte Alice. Wie ein Gefängnis kam es ihr vor. Still, gediegen, langweilig. Die Vorfreude, die in ihr getanzt hatte wie kleine Sandkörner im aufgewühlten Wasser, schwand dahin. Die Sandkörner setzten sich auf dem Boden ihrer Seele ab.

»Es ist eine große Ehre«, sagte der Höfling, »bei Prinz Albrecht genommen zu werden. Sie werden lernen, sich wie eine Dame von Rang zu verhalten.« Unter seinen Füßen knarzten die alten Dielen.

Die Schränke und Teppichläufer stammten sicher aus dem vorigen Jahrhundert. Die Schranktüren waren mit Schnörkeln, Blumen und Muschelwerk verziert. Schwere Vorhänge erstickten das Tageslicht, bevor es den Mief der Zimmer erreichte. »Ich stelle Ihnen nun die jüngste Tochter des Prinzen vor«, sagte der Höfling. Er klopfte an eine Tür. »Herein«, antwortete eine Mädchenstimme.

Sie betraten das Zimmer. Alices Blick fiel auf ein gewaltiges Puppenhaus. So hoch war es, dass es ihr bis zur Brust reichte. Jedes Kämmerchen darin war mit filigranen Möbeln eingerichtet.

Sie drehte sich um. Vor einem prachtvollen Bett, das fünf Erwachsenen Platz geboten hätte, stand ein Mädchen von etwa sechs Jahren. Sie hielt einen Spielzeuglöwen in der Hand, offenbar war sie gerade noch mit ihm über die Bettdecke gelaufen. Dicke Pausbacken gaben der Kleinen ein niedliches Aussehen, aber ihre dunklen Augen blickten autoritär auf die Eindringlinge. »Wer ist das?«, fragte sie den Höfling.

»Ich bin Alice«, sagte sie. »Einen wundervollen Löwen hast du da.«

»Ich habe bald Geburtstag«, beschied die Kleine sie mit ernstem Gesicht, als ginge es um Staatsgeschäfte. »Dann bekomme ich eine Eisenbahn. Wollen Sie mich besuchen und mit mir spielen?«

»Gern.«

»Ich bin Alexandrine.« Das Mädchen reichte ihr die Hand.

Vielleicht würde das Jahr hier doch nicht so furchtbar werden, wie sie befürchtet hatte. Sie schüttelte die Hand der Kleinen.

»Sie müssen mir die Hand küssen!«, sagte Alexandrine entrüstet.

Gehorsam führte Alice die kleine Hand zum Mund. Als sie den Handrücken mit den Lippen berührte, riss sich Alexandrine los.

»Doch nicht mit dem Mund! Einen Handkuss gibt man auf seine eigene Hand. Man nimmt die Hand der Dame nur mit.« Wie eine erfahrene Lehrerin hörte sich das Mädchen an. Es rief streng: »Sabac el Cher! Komm rein.«

Eine Seitentür öffnete sich, und ein weiteres Kind betrat das Zimmer. Es hatte ein pechschwarzes Gesicht. Ein Mohrenkind! Der Mohr schloss die Tür hinter sich.

»Das ist Alice. Ihr gefällt mein Löwe«, sagte Alexandrine abfällig, so als wäre sie schon erwachsen und Alice die Sechsjährige.

Vor dem schwarzhäutigen Jungen wollte sie offenbar nicht zugeben, dass sie eben noch begeistert von ihrer neuen Eisenbahn geschwärmt hatte. Er war älter als sie, etwa zwölf, wobei es Alice schwerfiel, sein Alter zu schätzen – zu fremd waren ihr die Gesichtszüge. Sie hatte davon gehört, dass es schwarzhäutige Menschen in Afrika gab. Aber sie hatte noch nie zuvor einen zu Gesicht bekommen.

»Stell dich unserem Besuch vor!«, befahl Alexandrine dem Jungen. Ein spöttisches Funkeln trat in ihre Augen. »Er heißt nämlich ›Guten Morgen‹.«

Der Mund des Jungen blieb unbewegt, aber Alice bemerkte einen verletzten Zug um seine Augen.

Alexandrine sagte: »Meinem Vater ist nichts Besseres für ihn eingefallen. Er hat ihn in Ägypten geschenkt bekommen, vom Vizekönig. Papa kann kein Arabisch, nur ›Guten Morgen‹ konnte er sagen, und das heißt Sabac el Cher, deshalb hat er unser Mohrenkind so genannt.«

Unser Mohrenkind. Die Sechsjährige hatte ja ganz schön Pfeffer. Der Mohr war in eine Livree mit orientalischen Verzierungen gekleidet. Sicher widmete man diesem Kammerdiener besondere Aufmerksamkeit.

»Mademoiselle Gauer wird für ein ganzes Jahr bei uns bleiben«, erklärte der Höfling. »Sicher gibt es später noch genügend Möglichkeiten, das Gespräch fortzusetzen.«

Das Mädchen knickste höflich, und der Mohr verbeugte sich.

Am späten Nachmittag, als sie das Prinzenpalais verließ und zum Schloss zurückkehrte, fühlte sie sich, als hingen ihr Bleigewichte an sämtlichen Gliedmaßen. Das hatte sie sich nicht vorgestellt, als sie auf das Ende der Schulzeit hingefiebert hatte: eine Art besseres Zimmermädchen für den Haushalt von Prinz Albrecht zu werden. »Es ist eine große Ehre, bei Prinz Albrecht genommen zu werden« – dass sie nicht lachte! Hinter der gediegenen royalen Fassade sah es reichlich marode aus. Seit Jahren hinterging er seine Frau, Prinzessin Marianne der Niederlande, und seine drei wunderbaren Kinder, neben Alexandrine noch ein Mädchen namens Charlotte und einen Jungen namens Albrecht. Seine Geliebte, Baroness Rosalie von Rauch, machte sich scheinbar genauso wenig Gedanken wie er darüber, dass sie ein Familienglück zerstörten.

Wollte sie wirklich Teil dieses elenden Theaterstücks sein?

Am Lustgarten-Eingang zum Schloss stand ein Diener mit Eimer und Lappen und wischte die Türen sauber. Sie grüßte ihn. Der Diener grüßte zurück, warf ihr aber einen seltsamen Blick zu. Irritiert sah sie an sich hinunter. Stimmte etwas mit ihrer Kleidung nicht?

Als sie den Schlosshof überquerte, um zum Spreeflügel zu gelangen, schwiegen die Soldaten sie böse an. Sie beeilte sich, hinauf in die Wohnung zu kommen. Hatte sich Vater etwas zuschulden kommen lassen?

Im Esszimmer sahen die Eltern kaum auf, als sie eintrat. Mutter fragte mit frostiger Stimme: »Wie war der erste Tag bei Prinz Albrecht?«

»Langweilig, bis auf den kleinen Mohren, den sie da haben. Aber warum sind alle so komisch zu mir?« Sie sah zum Hofrat. »Und Sie gucken auch verärgert, Vater. Habe ich etwas falsch gemacht?«

Der Vater drehte sich mit einem Seufzen zum Fenster. Er wollte scheinbar nicht antworten.

Dafür stellte Mutter weitere Fragen: »Hast du dich die letzten Tage in der Stadt herumgetrieben?«

»Nein.«

»Alice, es war nicht einfach, für dich diese Stelle zu bekommen. Jetzt ist wieder alles infrage gestellt. Mit deiner Unvernunft machst du dir die eigene Zukunft zunichte.«

»Ich verstehe nicht. Sagen Sie doch endlich, was passiert ist!«

Vater stand auf. »Hannes wurde dabei erwischt, wie er etwas mit Kreide an die Schlosstür geschrieben hat.«

»Hannes war hier? Dafür kann ich doch nichts, wenn er solchen Unfug treibt.«

»Er hat geschrieben: *Feuerland braucht dich, Alice!* Hast du ihn in letzter Zeit wiedergesehen?«

»Nein, habe ich nicht.« Jetzt wurde sie wirklich ärgerlich. »Warum verdächtigen Sie mich? Und überhaupt, was ist so schlimm daran, wenn sich ein junger Mann um mich bemüht?«

»Er hat deinen Bruder angeschossen!«

»Es war Krieg, das sagt Ludwig selbst. Und ihm geht's auch schon besser.«

»Schon besser?«, kreischte Mutter. »Womöglich büßt er seine Offizierslaufbahn ein! Was, wenn er sein Leben lang humpelt? So taugt er doch für keine Parade mehr!«

»Darum geht es gar nicht«, sagte Vater. »Alice, es gibt Kreise im Umfeld des Königs, die daran arbeiten, die Revolutionserfolge wieder rückgängig zu machen. Auf Dauer werden sich die Freiheiten des Volkes nicht halten, der Adel wird seine Privilegien verteidigen. Der Zeitpunkt ist höchst ungünstig für Verbindungen zum Feuerland.«

Alice spürte, wie ihr sämtliches Blut aus dem Gesicht wich. »Ich kann nicht fassen, dass Sie das sagen, Vater.«

»Mir geht es nicht darum, dass du nicht helfen darfst. Es geht nur um den Zeitpunkt. Warte ein Jahr, dann kannst du dich wieder in den Armenvierteln engagieren. Im Augenblick solltest du besser die Füße stillhalten.«

Endlich wusste sie wieder, wer sie war. Die Orientierungslosigkeit nach dem Schulabschluss hatte sie gelähmt, das Palais des Prinzen hatte ihr Sand in die Augen gestreut. Aber nun wusste sie, was sie wollte. Sie sagte: »Soll ich etwa vergessen, dass Tausende Kinder in Berlin jeden Morgen in die Fabrik gehen statt in die Schule? Das Feuerland ist voll von Familien, die so arm sind, dass selbst die kleinen Kinder arbeiten müssen.«

»Die lernen in der Fabrik Pünktlichkeit, Ordnung, Ausdauer, Geschicklichkeit und Fleiß«, unterbrach sie die Mutter. »Daran ist nichts auszusetzen.«

»Wie können Sie so blind sein!« Alice schnappte nach Luft.

»Es gibt Gesetze, die regeln das«, mischte sich wieder der Vater ein. »Soweit ich weiß, ist Fabrikarbeit erst ab neun Jahren erlaubt, und dann höchstens für zehn Stunden am Tag, mit einer Viertelstunde Pause am Vormittag und am Nachmittag, und einer Stunde Pause mittags. Kinder dürfen auch nicht vor fünf am Morgen oder nach neun Uhr abends arbeiten.«

»Aber kaum jemand hält sich daran«, entgegnete sie, »das wissen Sie genau! In dieser Stadt geschieht Unrecht, und wir sitzen hier und kümmern uns einen Dreck darum.«

»Deine Ausdrucksweise ist würdelos, Alice«, tadelte sie die Mutter.

»Ich schere mich aber nicht um meine Ausdrucksweise, sondern um meinen Charakter. Und dem geht's nicht gut, wenn ich nur im Schloss oder im Prinzenpalais bin. Ich gehe zu Hannes, und zwar sofort. Er hat den Mut, für etwas einzustehen und dafür zu kämpfen.«

Ein süffisantes Lächeln umspielte den Mund der Mutter. »Diesen Dummkopf zu besuchen, wird dir nicht leichtfallen. Wo ihn doch die Polizei mitgenommen hat.«

41

Die Zelle war überfüllt. Trotzdem quetschten die Wärter immer mehr Männer hinein. Auf einmal sollte er sich die Zelle mit zehn weiteren Gefangenen teilen. Was für eine Nacht stand ihm bevor? Vier Leute saßen auf der Pritsche, sechs weitere auf dem Boden und er, Hannes, sollte neben dem großen Eimer mit den Exkrementen sitzen, weil er angeblich der Neuankömmling war.

Er wehrte sich und erklärte, er sei zuerst hier gewesen.

Da lachten sie nur. Sie sagten, sie hätten schon viele Nächte hier verbracht.

Sollten sie etwa im Sitzen schlafen? Selbst wenn zwei von ihnen unter der Pritsche schliefen und zwei auf der Pritsche, blieben noch sieben, die sich den Zellenboden teilen mussten. Niemals würden sie sich alle ausstrecken können. So oder so war es besser, im Hocken zu schlafen. Der Boden machte einen krank. Er war feucht von Urin und verschütteter, saurer Gemüsesuppe, und er lag voller Haare.

Einer der Privilegierten auf der Pritsche musterte ihn und sagte: »Is nich jerade dit Hotel de Rome. Is klar.«

Hannes nickte.

»Kannste zahlen?«

Drohte er ihm Prügel an? »Ich verstehe nicht.«

»Wer'm Jefängnisdirektor Jeld jibt, kriegt'n Doppelzimmer.«

Gewiss veralberte er ihn.

»Du zahlst – er macht's möglich. Willst'n Brief an die Anjehörijen schreiben? Oder ma aus'n Fenster kieken? Entscheidet allet der Direktor. Ick kann dir helfen, dass du zu ihm vorjelassen wirst. Kost' nur een' Groschen.«

»Ich habe nichts.«

»Dann wirste malochen müssen. Wat denn, haste dit nich jewusst? Hier wird jearbeitet in't Jefängnis! Du mahlst Mehl mit ner Tretmühle. Wat gloobste, wo wir den janzen Tach waren?«

Die anderen Häftlinge lachten hämisch. Offenbar sah man ihm die Bestürzung an.

»Lass raten: Du bist bei Nachbars einjestiegen und hast lange Finger jemacht. Hab ick recht?«

Viel dümmer, dachte er. Ich habe mich in ein Mädchen aus dem Schloss verliebt. Aber das binde ich euch nicht auf die Nase. »Ich verkaufe überteuerte Öllampen an Leute, die Angst vor der Zukunft haben«, sagte er.

»Ick gloob dir keen Wort.«

»Ihr kennt bestimmt dieses Gerede, dass die Welt bald mit einem Gitter von Eisenbahnschienen überzogen sein wird und dass in jedem Winkel der Schöpfung Gaslicht brennen wird und es gar keine Zuflucht für die Tiere mehr geben wird und so weiter. Leute, die so denken, verabscheuen alles Neue. Sie fahren nicht mit der Eisenbahn, sondern mit der Postkutsche. Und sie wollen weder Gaslicht noch einen Gasherd im Haus haben. Wenn man ihnen erzählt, dass eine neue Form der Öllampe erfunden wurde, die nur noch halb so viel Öl verbraucht, und dass das nur niemand erfahren habe, weil die Imperial Continental Gas Association und die Berliner Gasanstalt das Wissen darüber zu unterdrücken versuchen und sämtliche Exemplare aufkauften, dann wollen sie gern so eine Lampe haben. Man kann beinahe jeden Preis verlangen, man muss ihnen nur vorrechnen, wie viel Öl sie, auf ihre Lebenszeit gerechnet, sparen. Natürlich bitte ich sie darum, Stillschweigen zu bewahren, weil mir die Gasanstalt auf den Fersen ist. Aber irgendwer muss geredet haben.« Er erzählte und erfand und erzählte. Aber das innere Glück, das ihn früher beim Erfinden von Geschichten erfüllt hatte, wollte sich nicht einstellen. Er wusste, dass es mit ihm bergab ging. Erst die Fabrik, jetzt das Gefängnis. Irgendwo hatte es eine Gelegenheit gegeben, einen besseren Weg einzuschlagen, ganz gewiss. Diese Gelegenheit musste er übersehen haben.

Dass diese Gierhälse sich nicht schämten, die Butter mit Borax zu vermengen! Die Gesundheit der Bevölkerung war ihnen egal. Solange sie Wasser mit Fett mischbar machen und die Butter auf diese Weise billig strecken konnten, kümmerte sie nichts anderes.

Mit grimmiger Zufriedenheit sah er dem Butterhändler nach, der von den zwei Gendarmen abgeführt wurde. Das hatte er wohl nicht gewusst, dass es genügte, mit Schwefelsäure und Weingeist Proben der Butter zu nehmen. Die Flamme hatte sich deutlich grün verfärbt, das Borax war nachgewiesen. Dieser Hundsfott! Schon die fünfte Festnahme heute. Der Entschluss, persönlich die Milchläden und Märkte zu durchforsten, war richtig gewesen. Julius verließ den Laden und machte sich auf den Weg zum Polizeipräsidium.

Die Arbeitserfolge hätten ihm größere Freude bereitet, wenn nicht Mathilde mit den Kindern zur Kur nach Bad Kissingen gereist wäre. Und gleich für fünf Wochen. Dort trieben sich immer wohlhabende Junggesellen herum, Heiratsschwindler oder ernsthaft Liebeshungrige, die den Frauen den Kopf verdrehten. Mathilde liebte ihn, das wusste er. Aber auch sie war nicht unfehlbar. Er war ja selbst in Bad Kissingen gewesen, er wusste, wie das war, wenn das Wasser des Kurbrunnens blubbernd und zischend aus dem alten Flussbett der Saale hervorquoll, im Glas mit einem gelblichen Stich und säuerlichem Geschmack. Er kannte die wohltuende Wirkung auf den Körper, die Kabinette und Galerien über den Sudpfannen und den Trocknungskammern der Salinen, wo man Lungenbäder nehmen konnte, das beruhigende Einatmen der salzigen Dämpfe, die sich beim Salzsieden entwickelten.

Mathilde würde im Badehaus Bäder in sprudelnden Solen nehmen, Mutterlaugenbäder und Schlammbäder. Sie würde danach verführerisch aussehen, wenn sie durch die Alleen spazierte oder am Ufer der Saale entlangwanderte: Die Haut hell und glatt, die Haare frisch gewaschen und frisiert. Ein bezaubernder Duft würde sie umschweben. Und wenn sie sich derart attraktiv wusste, würde ihr ein Kompliment eines adretten Herrn nicht schmeicheln?

Was, wenn einer der Kurärzte sich an sie heranmachte?

Wenn er es wenigstens wüsste! Mit wem sie redete, wie lange, und worüber. Ob er ihr Komplimente machte und welche. Ob sie die Komplimente mit einem Lächeln erwiderte.

Aber immerhin, heute fünf Festnahmen. Er dämmte das Chaos ein, das Böse, das überall versuchte, dem Guten und Wahren an den Kragen zu gehen.

Vor dem Eingang des Polizeipräsidiums erwischte er Paul, seinen Sekretär, wie er mit einer raschen Handbewegung etwas zu Boden warf und sofort den Stiefel daraufstellte. »Rauchen Sie etwa?«, stellte er ihn zur Rede.

Paul biss die Zähne zusammen.

»Nehmen Sie den Stiefel hoch!«

Unter Pauls Stiefel kam eine zertretene Zigarre zum Vorschein. Ihre Spitze glomm noch.

»Schade um die Zigarre, Paul. Gehen Sie in eine Tabagie, wenn Sie unbedingt dieses Laster pflegen müssen. Wie sollen wir das Rauchverbot durchsetzen, wenn nicht einmal die Polizei selbst sich daran hält?«

Paul machte ein zerknirschtes Gesicht.

»Und sagen Sie mir nicht, dass sie doch nur Sekretär sind. Sie gehören genauso zur Polizei wie jeder andere.«

»Ist echt eine Umgewöhnung hier in Berlin«, sagte Paul kleinlaut. »In meiner Heimat flanieren die Leute über den Jungfernstieg und rauchen, ganz legal.«

»Wenn's Ihnen so fehlt, gehen Sie zurück nach Hamburg.«

»Herr Polizeipräsident, bitte werfen Sie mich nicht raus. Ich hab doch jetzt Frau und Kinder.«

»Gibt es etwas Neues?«

Beflissen meldete Paul, dass eine junge Frau im Vorzimmer warte. Sie wolle mit niemandem sprechen außer mit ihm, dem Präsidenten.

Wieder so eine, die sich wichtig nahm und dabei nur leeres Geschwätz wiedergab. Ein Spitzel, das war jemand, der aktiv Sachverhalte klärte. Er nahm nicht wie ein Papierkorb wahllos auf, was vom Schreibtisch fiel, sondern unterschied wertloses von wertvollem Wissen. Dafür benötigte man eine Kenntnis dessen, was die Polizei suchte. Aber das verstanden viele nicht.

Als er das Vorzimmer seines Büros betrat, sah er sie am Fenster stehen. In ihr hochgestecktes Haar hatte sie Bänder und Blumen geflochten, und das Haar an den Schläfen war hübsch gelockt. Sie hatte einen Schirm auf das Fensterbrett gelegt und stützte sich darauf, eine etwas männlich wirkende Geste. Aber der Schirm hatte die Farbe ihres Kleides, cremefarben, was wiederum sehr fein und damenhaft wirkte. Damen, die etwas auf sich hielten, trugen immer einen Schirm, als Sonnenschutz, auch wenn sie ihn kaum einmal öffneten. Sie müssen Dutzende davon besitzen, dachte er, um immer das zu ihrer Kleidung passende Exemplar heraussuchen zu können. Dieser Schirm war klein und mit Spitzen geschmückt, er hatte einen Elfenbeingriff. Sicher hatte sich das Fräulein nicht für ihn, Julius, so hübsch gemacht. Vielleicht kam sie von einem noblen Kaffeekränzchen oder von einer Geburtstagsfeier.

Er räusperte sich. »Sie wollten mich sprechen?«

Die Dame drehte sich um.

Julius erschrak. Sie war jung, höchstens Anfang zwanzig.

»Danke, dass Sie sich Zeit für mich nehmen, Herr Polizeipräsident.« Sie knickste.

Woher kannte er dieses Gesicht? Er sah sie nicht zum ersten Mal, so viel stand fest.

»Mein Name ist Alice Gauer. Ich –«

»Warten Sie.« Er hob die Hand. Jetzt erinnerte er sich. Natürlich! Das Fräulein aus dem Schlosskeller. »Wir haben uns vergangenen März bei den gefangenen Rebellen getroffen, nicht wahr? Bitte kommen Sie doch in mein Büro.« Er öffnete die Tür und machte eine einladende Handbewegung.

Sie trat durch die Türöffnung, und er folgte ihr. Ihre natürlichen Bewegungen gefielen ihm, da war nichts Affektiertes an ihr, keine Steifheit des Rückens. Das Mädchen ähnelte Mathilde in jungen Jahren.

Als sie sich gesetzt hatten, fragte er: »Wie kann ich Ihnen behilflich sein?«

Ein Schatten zog über ihr Gesicht. »Hannes, also … Jemand hat eine Dummheit begangen.«

Natürlich, es ging um den jungen Aufrührer, den sie schon einmal zu beschützen versucht hatte. »Was hat er angestellt?« Bestimmt gehörte er zu denen, die sich zusammenrotteten, weil der König es gewagt hatte, den Prinzen von Preußen aus England zurückzuberufen. Das Volk war zornig, es wollte diesen Prinzen nicht. »Kartätschenprinz«, nannten sie ihn. Man wusste genau, dass er es gewesen war, der befohlen hatte, mit Kanonen auf die Bürger zu schießen.

»Waren Sie schon einmal verliebt, Herr Polizeipräsident?«

Was für eine ungehörige Frage! Das ging sie nichts an. Kurz dachte er daran, wie er damals in Posen auf der Feier des Armeekommandeurs der zweiundzwanzigjährigen Mathilde begegnet war, und wie sie ihm den Kopf verdreht hatte mit ihrem fröhlichen Lachen. »Ich bin es immer noch, Fräulein Gauer. Bis heute.«

»Dann verstehen Sie bestimmt, dass man manchmal aus Liebe Dummheiten begeht.«

»Das hängt von der Dummheit ab.«

»Hannes hat mir seine Liebe gestanden. Er hat es mit Kreide auf die Türen des Stadtschlosses geschrieben.«

Er lachte. »Nun, das wird sich ja wohl herunterwaschen lassen.«

»Das ist es längst. Es steht gar nichts mehr daran. Trotzdem wurde Hannes festgenommen.«

Das würde sich rasch klären lassen. Zwei, drei Tage Haft, das musste sein. Aber dann würde sie ihn wiederhaben. »Nur aus Neugier: Was hat er denn geschrieben?«

Sie senkte beschämt den Blick. »›Feuerland braucht dich, Alice.‹«

Er stieß einen Seufzer aus und erhob sich.

Zuletzt hatte eine Meute das Hotel des Ministerpräsidenten belagert. Es hatte Demonstrationen vor der Singakademie gegeben, wo sich die Abgeordneten der Nationalversammlung trafen, und man hatte die Chuzpe besessen, den neuen Außenminister zu bedrohen, Heinrich von Arnim-Suckow, einen hinkenden Mann mit Knotenstock. Die Aufrührer hatten sogar versucht, ihn in den Festungsgraben zu werfen. Nachdem die Nationalversammlung abgelehnt hatte, die Märzrevolution anzuerkennen, war ein Tumult ausgebrochen, bei dem zwei Arbeiter von Bürgerwehrmännern erschossen worden waren.

Hoffte diese junge Frau ernsthaft, er würde ihrem Freund helfen, der aufrührerische Parolen an die Schlosstüren schrieb? Man war bei Hofe sowieso schon unzufrieden mit ihm. Er sei im März zu milde mit den Straßenkämpfern umgegangen, hieß es. Manche behaupteten sogar, er habe sie unterstützt. Diesmal, hatte man ihm zu verstehen gegeben, müsse er von Anfang an hart durchgreifen. Wenn er jetzt einem Revolutionär half, der Aufrührerisches an das Stadtschloss geschmiert hatte, würden schwere Zweifel aufkommen, ob er als Polizeipräsident auf der richtigen Seite stand.

Er dachte daran, wie er den Prinzen von Preußen heimlich nach Sanssouci geleitet hatte, als noch niemand wissen durfte, dass er aus dem Exil in London zurückgekehrt war. Er hatte ihn in Potsdam am Wildpark aus dem Zug steigen lassen und ihn zum Schloss Sanssouci gebracht. Beide hatten sie gewusst, dass sie durch diesen gemeinsamen Weg vom König bestraft werden sollten: der Prinz, indem er einen Polizisten zur Begleitung erhielt, der mit den Rebellen sympathisiert hatte, und er, Julius, indem er den legitimen Wünschen des Volkes grob zuwiderhandeln musste. Er wusste, dass die Rückkehr des militärversessenen Prinzen die Reaktion stärken würde und ein Schlag ins Gesicht der Märzkämpfer war.

Maximilian Schasler, der ehemalige Burschenschaftler, der große Redner auf Volksversammlungen, war wieder aktiv. Dass die Lügen, die sich wie Lauffeuer verbreiteten, von ihm stammten, ließ sich aber nicht beweisen. In den Armenvierteln erzählte man sich, dass Berlin vom neuen Gefängnis aus beschossen werden solle. Sprüche wurden geklopft, wie der, dass reiche Bürger Blutegel seien, die man zertreten müsse.

Und der Prinz? Fuhr zwei Tage nach seiner heimlichen Ankunft am Potsdamer Bahnhof in Berlin ein und stieg in voller

Generalsuniform öffentlich aus dem Zug. An Selbstbewusstsein mangelte es ihm jedenfalls nicht. Als er, Julius, davon hörte, hatte er vor Wut zwei Teller an die Wand geworfen.»Warten Sie, schicken Sie mich nicht hinaus.« Auch das Fräulein stand auf. Sie sah ihn eindringlich an. »Sie kennen Hannes nicht. Er ist kein Aufrührer. Obwohl ihm auf den Barrikaden der beste Freund erschossen wurde, sagt er nie ein böses Wort über die Soldaten. Er hat einem alten Mann das Leben gerettet. Und er ist in einem hässlichen, stinkenden Haus aufgewachsen mit einem Alkoholiker zum Vater, und doch streckt er sich nach dem Guten aus und ist in der Lage zu lieben. Ich weiß nicht, warum er gerade mich ausgesucht hat. Aber ich finde, ein Mensch wie er verdient es, glücklich zu werden.«

Du meine Güte. Sie liebte ihn wirklich, diesen Hannes.

»Er arbeitet in einer Baumwollspinnerei und verdient weniger als der letzte Gehilfe im Schloss. Wenigstens soll er frei sein. Bitte verzeihen Sie ihm den Lausbubenstreich!«

Wie Mathilde, dachte er. Dass ihre adlige Familie von Rotenhan ihn, Julius, nicht mochte, war ihr egal gewesen. Keiner von denen war zur Hochzeit erschienen, weil ihnen ein einfacher Freiherr und Beamter nicht gut genug war für ihre Mathilde. Dennoch waren sie glücklich geworden miteinander.

Wie konnte er jetzt an ihr zweifeln? Gewiss war sie ihm treu, auch in Bad Kissingen. Sie würde bald mit den Kindern nach Berlin zurückkehren.

Und er hatte die Gelegenheit, ein junges Glück zu ermöglichen, das gegen viele Widerstände kämpfen musste. Mathilde würde sicher sagen: Denk an uns damals. Hilf der jungen Frau.

Es klopfte. Paul steckte seinen Kopf herein: »Kommissar Rothe möchte Sie sprechen.«

»Gehen Sie mit dieser jungen Dame ins Polizeigefängnis«, trug er Paul auf. »Dort ist ihr Freund Hannes festgesetzt. Überbringen Sie den Beamten meine besten Grüße. Der Mann soll freikommen und die Klage gegen ihn fallengelassen werden.«

Das Fräulein lächelte von einem Ohr zum anderen. Sie bewegte sich einen Schritt voran, breitete, so schien es, schon die

Arme aus, um ihm, Julius, um den Hals zu fallen, hielt sich jedoch im letzten Moment zurück und ergriff statt dessen seine Hand. In ihrer Verlegenheit stammelte sie ein Dutzend Mal Danke, bevor sie mit Paul abzog.

Kommissar Rothe betrat das Büro. »Er ist wieder aufgetaucht.«

»Wo?«

»Am Zeughaus.«

Seit einem Vierteljahr entging der Waffenschieber geschickt einer Festnahme. Aber ein Frettchen wie Nepomuk konnte von seiner Beute nicht lassen, es musste zurückkehren und das Fett schlürfen, das es einmal gekostet hatte.

42

Julius fand es albern, dass man neuerdings alles auf die Nerven schob, diese seltsamen Körperfasern, die das Gehirn mit den Organen verbanden und unter anderem für das Schmerzempfinden zuständig sein sollten. Bisher war er gut ohne Nerven ausgekommen. Seit er von ihrer Existenz wusste und davon, dass sie elektrische – elektrische! – Reize durch seinen Körper sandten, machten sie ihm mehr Schwierigkeiten als je zuvor. Es wäre ihm lieber gewesen, die Elektrizität hätte sich auf Telegrafenleitungen und Blitzableiter beschränkt.

Eine Frau stellte eine Schale Milch neben ihre Haustür und rief: »Miiiiiez, miezmiezmiez!«

Misstrauisch musterte er sie. Gab sie ein heimlich vereinbartes Warnzeichen für Nepomuks Gehilfen? Wenn er eines gelernt hatte, dann, dass sich geübte Kriminelle immer einen Notfallplan zurechtlegten.

Die polnischen Verschwörer hatten bei ihren Versammlungen brennende Kerzen auf den Tisch des Vorsitzenden gestellt, damit er, falls die Posten vor der Tür durch warnende Pfiffe das Heranstürmen der Polizei meldeten, rasch die Papiere verbrennen konnte. Das war der offensichtliche, simple Plan gewesen: der Polizei die Unterlagen gar nicht erst in die Hände fallen zu lassen. Aber als er Ludwig Mieroslawski festnahm, hatte er verblüfft gesehen, wie auf den eilig ins Feuer gehaltenen Blättern blaue Schriftzeichen auftauchten, die vorher nicht da gewesen waren. Er rettete einige der Papiere und fand heraus, dass die Verschwörer die Geheimsten ihrer Nachrichten mit unsichtbarer Tinte aus verdünnter Kobaltchloridlösung zwischen die Zeilen belangloser Texte geschrieben hatten. Durch vorsichtiges Erwärmen der Blätter hatte er die Operationspläne und die Liste der Hauptverschwörer entdeckt.

Sicher besaß auch Nepomuk einen Notfallplan. Was, wenn er ihm auflauerte im Zeughaus, wenn er eine Falle vorbereitet hatte und Kommissar Rothe und er abgestochen wurden wie Walter Unterhag?

Er hatte abwägen müssen zwischen einem raschen Zuschlagen, damit ihm Nepomuk nicht erneut entkam, und der zeitaufwändigen Möglichkeit, mehr Polizisten zusammenzurufen. Das hätte Stunden gedauert, sie waren überall in der Stadt im Einsatz, einen Teil der älteren Männer hatte er auch entlassen müssen, und das in dieser Zeit. Dennoch: War es ein Fehler gewesen, unverzüglich aufzubrechen, nur mit Kommissar Rothe an seiner Seite? Am Zeughaus würden Wachen stehen, die er zur Mithilfe auffordern konnte. Hoffentlich waren es keine unerfahrenen Rekruten.

»Wo sollen wir suchen?«, fragte Kommissar Rothe keuchend. »Das Zeughaus ist groß.«

Er hatte einen so eiligen Schritt eingeschlagen, dass die Passanten sie irritiert ansahen. Donner krachte. Es roch nach Regen. Bevor sie die Werderstraße passiert hatten, zerplatzten bereits die ersten schweren Tropfen auf der Straße. Kurz darauf rauschte es richtig los. Regen und Hagelkörner flogen ihm wie Pfeffer und Salz ins Gesicht. Kreischend flohen die Menschen von der Straße und stellten sich unter. Nur Kommissar Rothe und er gingen stur weiter.

Vor dem Zeughaus hatte sich eine wütende Meute von Arbeitern und Handwerkern versammelt. Das Unwetter konnte sie nicht auseinandertreiben. Sie brüllten Parolen und schüttelten die Fäuste. Die acht Soldaten vor der Tür sahen verängstigt aus.

Julius blieb kurz stehen und wischte sich das Regenwasser aus dem Gesicht. Die Aufständischen waren sicher nicht zufällig hier. Nepomuk hatte dafür gesorgt, dass sie die Wachen beschäftigten. Der Regen tropfte von seinem Helm und rann die Wangen hinunter.

Vielleicht wirft er gerade im Zeughaus die Zündnadelgewehre in einen Sack, oder er wickelt sie in eine Decke ein. Die Fenster sind vergittert, er muss das Gebäude durch eine der Türen verlassen. Also hat er einen Verbündeten bei den Wachen. Womöglich denselben Verräter, der ihm damals die Türschlösser geöffnet hat, in der Nacht, als Walter Unterhag sterben musste.

Er marschierte an den Protestierenden vorbei. Der junge Vizefeldwebel begrüßte ihn erleichtert. »Gut, dass Sie da sind, wir können Unterstützung gebrauchen!«

»Ist jemand unterwegs zur Kaserne am Kupfergraben?«

»Ja, Herr Polizeipräsident.«

»Gut. Hier wird es nämlich bald sehr ungemütlich werden. Die Aufrührer haben einen Unterstützer bei Ihnen ins Haus geschleust. Einen Mann, den wir bereits wegen Mordes suchen.«

Der Vizefeldwebel erblasste. »Korporal Lindemann ist im Haus unterwegs. Ich habe ihn angewiesen, die Türen zu verschließen.«

Das war schlecht. Ganz schlecht. Julius sah sich um. Er konnte dem Vizefeldwebel keinen Mann wegnehmen, selbst zu acht würden sie dem Ansturm der Rebellen kaum standhalten können. Er sagte: »Halten Sie die Stellung, bis Verstärkung vom Kupfergraben eintrifft. Wir nehmen währenddessen den Mörder fest.« Damit trat er an den Soldaten vorbei. Kommissar Rothe folgte ihm.

Ihre nassen Stiefel quietschten auf dem gebohnerten Boden und hinterließen Pfützen. Julius wandte sich nach rechts. Mitten im Flur blieb er stehen. An der Tür zum Zimmer, in dem die Zündnadelgewehre gelagert waren, fehlte das Schloss.

Aber auch der Raum schräg gegenüber war nicht verschlossen. Noch hatten die Aufständischen keinen Angriff gestartet. Nepomuk würde nicht bei den Gewehren darauf warten, das wäre zu riskant. Stumm wies Julius auf die Tür gegenüber dem Gewehrlager.

Kommissar Rothe nickte.

Julius tippte bedeutungsvoll auf sein Pistolenhalfter.

Wieder nickte Kriminalkommissar Rothe.

Sie nahmen ihre Pistolen aus dem Halfter, bissen eine Papierpatrone auf, schütteten das Pulver in den Lauf, dazu eine Kugel, stopften sie fest und setzten ein Zündhütchen auf das Piston.

Der Polizeipräsident schlich zur Tür. Ein Geschoss konnte sie leicht durchschlagen, womöglich hatte Nepomuk sie gehört und lauerte bereits. Er stellte sich seitlich vor die Mauer, langte hinüber und drückte die Klinke nieder. Dann zog er die Tür auf.

Kommissar Rothe sprang mit vorgestreckter Pistole in die Türöffnung und brüllte: »Hände hoch, keine falsche Bewegung!«

Julius tat es ihm nach. »Hände hoch!« Der Raum stand voller Fässer, in denen Säbel steckten, und an den Wänden hingen alte, unmoderne Spieße. Nepomuk stand vor einem der Fässer und blickte ihnen gleichmütig entgegen.

»Na los, wird's bald!« Kommissar Rothe machte eine auffordernde Bewegung mit der Pistole.

Der Waffenschmuggler gehorchte und hob die Hände.

Julius trat an ihn heran und tastete ihn ab. Hinten im Hosenbund fand er ein Messer, und im Stiefel steckte eine kleine Pistole, sicherlich geladen. Julius legte beides auf das Fensterbrett. »Kommissar«, sagte er, »gehen Sie und suchen Sie den Korporal. Wir dürfen nicht zulassen, dass er den Rebellen die Hintertür öffnet.«

Entgeistert sah ihn Rothe an.

»Was meinen Sie denn, wie Nepomuk hier die Schlösser entfernt hat? Er hat jemanden bestochen. Schon damals, als er Walter Unterhag getötet hat, habe ich mich gewundert, wie er in die Räume gelangt ist. Der Korporal ist nicht unterwegs, um alles dichtzumachen. Er hat den Auftrag, die Aufständischen ins Zeughaus zu lassen, glauben Sie mir. Verhindern Sie das! Ich halte Nepomuk währenddessen in Schach.«

»Wollen Sie wirklich mit diesem Mann allein bleiben?«, fragte Rothe besorgt.

»Er weiß, dass ich ihn erschieße, wenn er auch nur zuckt. Und mit dem Korporal werden Sie genauso fertig. Einer, der sich bestechen lässt, ist kein Draufgänger, sondern ein Feigling. Sobald Sie ihm die Waffe an die Schläfe halten, wird er sich ergeben.«

»Wie Sie wünschen, Herr Polizeipräsident.« Rothe verließ den Raum.

Nun waren sie allein, Nepomuk und er. Sie musterten sich still. Bringe ich ihn vor Gericht, dachte Julius, wird er hingerichtet. Das wird ihm klar sein. »Versuchen Sie es doch«, sagte er. »Das Schießpulver ist trocken, wir haben erst hier im Gebäude geladen. Der Schuss wird sitzen.«

Nepomuk ließ langsam die Arme sinken. »Sie sind eine Witzfigur, Minutoli. *Ich verlange Fleiß und Pünktlichkeit*«, äffte er ihn nach, »*Gehorsam, Eifer und Höflichkeit gegenüber den Bürgern.* Dass einer wie Sie eine Uniform tragen darf, ist eine Schande. Ihr ständiges Herumgemale. Diese affigen Listen der berühmtesten Männer! Sie haben für Preußen nur Zeit vergeudet. Verabschieden Sie sich von Ihren dreitausend Talern jährlich und den sechshundert Talern Equipage. In einer Woche sind Sie entlassen, das verspreche ich Ihnen.«

»In einer Woche sind Sie hingerichtet, das verspreche *ich Ihnen.*«

Draußen wurde das Rufen lauter. Glas splitterte. Zwei Schüsse krachten.

Nepomuk begann zu grinsen. »Solche Drohungen habe ich schon öfter gehört. Ich wurde an die Mauer gestellt, auf mich wurde angelegt. Das kenne ich alles. Aber wissen Sie, am Ende hatte ich die Dinge doch besser im Griff als die Gegenseite. So wird es auch heute sein. Polizei und Militär, das sind starre Konzepte. Ich dagegen bin biegsam und wendig. Im Sturm werden die starren Bäume geknickt, denken Sie daran.«

Wo blieb die Verstärkung? Zur Kaserne am Kupfergraben war es nicht weit. Die müssten langsam hier sein.

Oder opferten die reaktionären Mächte am Hof das Zeughaus? Ließen sie zu, dass es vom wütenden Volk gestürmt wurde, damit sie einen Grund hatten, weitere Truppen nach Berlin zu verlegen? Schon lange meldeten ihm seine Spitzel, dass eine Gegenbewegung zur Revolution in den höchsten Kreisen angeschoben worden war.

Das erklärte Nepomuks Ruhe. Niemand kam, um die Aufständischen aufzuhalten. Die Zeit spielte dem Waffenschieber in die Hände, gegen vierzig oder fünfzig bewaffnete Plünderer konnten Rothe und er nicht ankommen.

Denk nach, Julius! Denk nach!

Er nahm die Pistole in die Linke, fasste den Verräter fest ins Auge und schlüpfte aus dem rechten Ärmel. Dann wechselte er die Pistolenhand und zog sich den linken Uniformärmel aus. Er schälte sich aus der Jacke und warf sie Nepomuk zu. »Anziehen!«

Verblüfft sah ihn der Waffenschieber an. »Warum?«

»Tun Sie, was ich Ihnen sage!«

Nepomuk zog die Jacke an. Während er noch versuchte, sie über seinen dicken Schmerbauch zu ziehen, stieg der Polizeipräsident aus den Stiefeln und der Uniformhose. Er warf sie dem Mörder zu.

Die Jacke ließ sich nicht schließen, Nepomuk war zu feist. Er hielt die Hose in der Hand und weigerte sich, sie anzuziehen.

»Wenn Sie bei drei nicht drin sind, schieße ich Ihnen ins Knie. Sie haben sowieso nicht mehr viel zu laufen in Ihrem restlichen Leben. Niemand wird mir einen Vorwurf deswegen machen. Ein Mörder auf der Flucht, das ist ein klarer Fall. Eins! Zwei!«

Nepomuk war fassungslos. Er schlüpfte hastig in die Hose. Sie war nass vom Regen, das machte es schwerer. Als er endlich drin war, ließ sich der Hosenbund nicht schließen.

»Die Stiefel«, befahl Julius.

Nepomuk, der jetzt ernsthaft besorgt aussah, zog sie an.

Währenddessen schlüpfte er, Julius, in Nepomuks Hose und steckte die Füße in die feinen, handgenähten Schuhe des Mörders. Sie waren zu weich und zu groß für ihn.

Draußen im Flur wurde es laut. Eine randalierende Meute stürmte durchs Gebäude, das war deutlich zu hören. »Das sind die neuen Gewehre«, rief jemand. »Die muss man nicht mehr im Stehen nachladen, man lädt sie von hinten im Liegen.«

Julius riss sich den Helm vom Kopf und warf ihn zu Boden. Er fuhr sich hastig mit der Hand durchs Haar, damit man ihm nicht mehr ansah, dass er eben noch den Helm getragen hatte.

Jemand öffnete die Tür. »He«, rief er, »hier ist ein Polizist!« Weitere Aufständische erschienen im Eingang.

Julius streckte die Pistolenmündung gen Nepomuk. »Ich hab ihn. Der wird uns nicht gefährlich.«

Nepomuk schrie: »Die Jacke ist nass, und meine Haare sind trocken! Merkt ihr nichts? Er ist der Polizeipräsident. Die Sachen passen mir doch gar nicht!«

Aber die Aufständischen hörten ihm nicht zu und stürzten weiter.

Durch die offen stehende Tür sah Julius, wie Aufständische Kisten mit der Aufschrift *Gewehrfabrik Sömmerda* forttrugen. Munitionskisten wurden weggeschleppt, sogar die Trophäen und Regimentsfahnen rissen die Rebellen von den Wänden.

Draußen ertönte ein Trommelwirbel. Julius sah aus dem Fenster. Gewiss über tausend Soldaten stellten sich auf dem Platz vor dem Zeughaus auf, die weißen Patronentaschen am Gürtel, die Tornister auf dem Rücken, als würden sie in eine Schlacht marschieren. Ihre Helmspitzen glänzten im Regen. Das mussten zwei ganze Bataillone sein. Verspätet geschickt, gewiss, aber wehrlos wollte man dann doch nicht erscheinen. Die Militärs wollten den Skandal, ohne das Zeughaus komplett zu opfern.

Die Plünderer schrien auf. Sie flohen panisch, wie Insekten bei einem Brand krochen sie aus dem Gebäude. Die meisten wurden draußen festgesetzt, nur wenige entkamen in die Seitenstraßen.

Er forderte Nepomuk auf, voranzugehen und den Raum zu verlassen. Als sie in den Flur traten, drückte er ihm die Pistolenmündung in den Rücken. Er dachte: Wenn ich ihn erschieße, habe ich ein Loch in meiner Uniform. »Keine Dummheiten«, warnte er.

Gemeinsam traten sie vor das Zeughaus. Ein Major nahm sie in Empfang.

»Mein Name ist Julius von Minutoli«, erklärte er. »Ich bin Polizeipräsident von Berlin. Dieser Mann«, Julius stieß ihn mit der Pistole nach vorn, »ist ein gesuchter Mörder. Er sollte unter schwerer Bewachung zur Stadtvogtei gebracht werden.«

Auch Kriminalkommissar Rothe kam aus dem Gebäude. Er bestätigte Julius' Angaben. Rothe trug ordnungsgemäß seine Uniform und konnte sich mit offiziellen Papieren ausweisen. Man glaubte ihm.

Der Major gab einige zackige Befehle. Soldaten rissen Nepomuk die Uniform vom Leib. In Unterhosen stand er da im strömenden Regen. Sein herabhängendes Augenlid zuckte. Walter Unterhags Mörder hatte Angst.

43

Der Regen prasselte auf das Lederverdeck der Droschke.

»Wohin?«, fragte der Kutscher ungläubig.

»Sie haben schon richtig gehört«, sagte Alice.

»Da draußen bleib ich im Schlamm stecken!«

Alice blieb hart.

Knurrend drehte sich der Kutscher um und ließ die Zügel auf die nass glänzenden Pferderücken knallen.

Es war herrlich, durch den Regen zu fahren. Als der Wind den Regen unter das Verdeck trieb, schmiegte sie sich an Hannes. Bei ihm Schutz zu suchen, wärmte ihr Inneres. Er zog sogar seine zerrissene Jacke aus und legte sie ihr über die Beine, obwohl ihm selbst sicher auch kalt war.

»Wusstest du«, sagte sie, »dass der Große Kurfürst die Linden hat anpflanzen lassen, um das Schloss auf hübsche Art mit dem Tiergarten zu verbinden? Der Tiergarten war sein Jagdgebiet. Er hat Hirsche und Wildschweine aus dem Zechlinschen Waldgebiet dahin bringen lassen.«

»Mensch, Alice, durch dich wird noch ein richtig guter Stadtführer aus mir«, scherzte er.

»Ich wollte nur sagen, dass die Monarchen nicht immer töricht sind. Den Tiergarten verdanken wir dem Großen Kurfürsten! Er hat den Bürgern ihre Wiesen abgekauft und das Land entsumpfen lassen, hat Eichen und Buchen darauf angepflanzt und allmählich einen Park daraus gemacht. Den genießen wir bis heute.«

Sie bogen gen Norden ab, in die Friedrichstraße. Ein Betrunkener torkelte aus einem Gasthaus in den Regen und brüllte: »Ich bin ein Revolutionär! Jawohl!« Seine Freunde folgten ihm und zischten ihn ängstlich nieder. Sie brachten ihn zurück ins Gasthaus.

Als die Droschke durch das Oranienburger Tor fuhr und der Hufschlag der Pferde von den Tormauern widerhallte, sagte Hannes: »Hier habe ich dich zum ersten Mal gesehen. Weißt du noch? Hätte nie geglaubt, dass du mich mal aus dem Gefängnis rettest.«

Ohne mich wärst du gar nicht erst im Gefängnis gelandet, dachte sie. Aber sie nickte und schwieg.

In der Chausseestraße, Ecke Invalidenstraße, brachte der Kutscher die Pferde mit einem lauten »Brrrrr!« zum Stehen. »Weiter fahre ich nicht«, sagte er. »Bei dem Mistwetter bleiben mir sonst die Räder im Schlamm stecken.« Er stieg aus und öffnete Alice den Schlag.

Sie fingerte die versprochenen Silbergroschen aus ihrer Börse, gab sie dem Kutscher, und er half ihr auf die Straße.

»Passen Sie auf Ihr schönes Kleid auf«, sagte er. Sie spannte den Schirm auf. Die Windböen warfen ihn hin und her, so dass sie nass wurde. Hannes ging um die Droschke herum und nahm Alices Arm. »Komm. Eine Frechheit von dem Kerl, oder? Anstatt dich vor die Tür zu fahren, wirft er dich in diesem Unwetter mitten auf der Straße raus, und dann sagt er auch noch, dass du auf dein Kleid aufpassen sollst!«

Lachend sahen sie der Droschke hinterher, die auf der Kreuzung gewendet hatte und zurück in Richtung Stadt fuhr.

Hannes führte sie zum Langen Haus. Der Saum ihres Kleides war nach den ersten Pfützen schon braun verfärbt. Schlammspritzer reichten ihr hoch bis zur Hüfte. Das durfte Mutter auf keinen Fall sehen. Außerdem war ihr Haar so sehr vom Regenwasser durchnässt, dass es ihr in schweren Strähnen auf die Schultern fiel. Ihre Frisur hatte sich aufgelöst. Am schlimmsten aber stand es um ihre cremefarbenen seidigen Schuhe. Sie liebte diese Schuhe, weil sie mit einem Band, das ihre Knöchel zart umschloss, über Kreuz gebunden wurden, wie früher. Die würde sie jetzt wohl wegwerfen müssen. Wie lebte man hier draußen, ohne seine Kleider und Schuhe zu ruinieren? Das war offenbar ein Ding der Unmöglichkeit.

Er öffnete die Haustür. Im Treppenflur roch es nach kaltem Steinstaub. Es ging einige Stufen zu einer Souterrainwohnung hinab. Als neugierige Besucherin zu kommen, die sich das Elend der Verarmten ansah, war das eine. Aber sich vorzustellen, dass sie selbst hier wohnen müsste, wenn sie Hannes heiraten würde, war etwas anderes. Diese Aussicht schnürte ihr den Hals zu.

Sie traten in ein Zimmer mit fleckigen Wänden. Kaum zu fassen, dass hier der Mann lebte, der sich mutig vor den König gestellt und verlangt hatte, dass er seinem erschossenen Freund die letzte Ehre erwies. Hannes, der Geschichtenerzähler, wohnte in einem Loch. Ein zerbeulter Topf war da, eine verschrammte Kiste, ein Stuhl und ein Tisch. Das war alles. Hannes besaß nicht einmal ein Bett, er schlief auf einem Strohsack auf dem Boden. Wenn ich mein Leben mit ihm teile, dachte sie, werde ich nie wieder Nürnberger Lebkuchen essen, nie wieder Baumkuchen oder Aachener Printen oder Thorner Kathrinchen. Ich werde hier festsitzen und nichts mehr erleben, weil wir für Ausflüge und Theaterbesuche kein Geld haben werden. Geschweige denn für Bücher. Wie sollte sie das Leben auskosten, es erforschen und in sich aufsaugen, wenn sie hier eingesperrt war? Nein, es ging nicht. Sie musste sich von Hannes verabschieden. Dieser Gedanke wiederum machte sie so traurig, dass ihr die Tränen in die Augen stiegen.

»Setz dich«, sagte er und zog ihr den Stuhl zurecht.

Als sie Platz nahm, rührte der Saum ihres Kleides nass an ihr Bein, und der sandige Dreck, der daran klebte, rieselte an der Haut herunter.

Hannes schnitt mit einem alten Messer zwei Scheiben Brot ab. Er bestrich sie dünn mit Butter – sie hatte gar nicht gewusst, dass man Brot so dünn bestreichen konnte – und streute etwas Salz darauf. Er zog sich die Kiste heran und setzte sich darauf. Dann legte er ihr eines der Brote auf einen Teller und reichte ihn ihr. Das zweite Brot nahm er in die Hand, scheinbar besaß er keinen weiteren Teller. Aufmunternd sah er sie an.

Sie zog sich ein klatschnasses Schmuckband aus dem Haar, das sich kalt in ihren Nacken gelegt hatte. »Bei mir zu Hause betet man vor dem Essen«, sagte sie. »Es kommt mir seltsam vor ohne Gebet. Macht's dir etwas aus …?«

Er schüttelte den Kopf, legte das Brot auf seinem Knie ab und faltete die Hände.

Sie schloss die Augen. »Lieber Gott, danke für dieses Brot. Und danke für das gute Herz des Polizeipräsidenten. Amen.«

»Amen«, sagte Hannes.

Warum sah er sie so an? Warum hatte er sie überhaupt hierhergebracht? Es war keine gute Strategie gewesen, wenn er sie zu gewinnen versuchte. Er schien selbst zu ahnen, dass ihre Welten zu verschieden waren. Womöglich ahnte er sogar, dass sie sich verabschieden würde. Dass sie sich zum letzten Mal sahen.

Dabei will ich das überhaupt nicht, dachte sie, mich von ihm verabschieden. Konnte aus einem Leben zusammen mit Hannes nicht doch etwas werden? Es musste gar nicht so kommen, dass die Eltern sie enterbten und verstießen. Wenn sie Kinder bekam, würde das Vaters Herz erweichen, seine Enkel würde er bestimmt unterstützen.

Es war finster hier. Hatte Hannes nicht wenigstens eine Kerze? Der Regen peitschte gegen die Fensterscheiben. Stumm biss sie ein Stück vom Brot ab. Dieses Brot hatte Hannes Geld gekostet, das er in der Baumwollspinnerei mit harter Arbeit hatte verdienen müssen. Für ihn war eine Scheibe Brot teuer und nichts Selbstverständliches. Mit diesem Bewusstsein kaute sie jeden Bissen.

So schlecht schmeckte das gar nicht, Brot nur mit Butter und Salz. Sie hatte Hunger, und sie konnte ihn stillen. Das Salz reizte angenehm ihre Zungenwurzel, und der Brotbrei schmeckte nach Holzofen.

Wie unaufmerksam sie zu Hause im Schloss aßen! Meistens stritten sie dabei. Das Essen war eine Nebensache, eine Selbstverständlichkeit, obwohl die edelsten Speisen auf den Tisch kamen. Das dünn bestrichene Brot bei Hannes schmeckte intensiver als der Kapaun mit schwarzen Trüffeln im Schloss.

Noch einmal sah sie sich im Zimmer um. Dieses Zimmer war die Kajüte in einem Schiff, das sie zu abenteuerlichen, fernen Orten bringen konnte. Zwar war es unbequemer als die geräumige Wohnung im Berliner Stadtschloss, aber jeder, der in ein fernes Land fuhr, nahm beengte Verhältnisse in Kauf, stürmisches Wetter und Schiffszwieback und das Knarren der Taue. Von diesem kargen Zimmer aus konnten Hannes und sie gemeinsam eine Reise beginnen: den abenteuerlichen Versuch, eine Familie zu werden.

War sie hier nicht freier als im Schloss? Es reizte sie, das auszuprobieren. »Meine Hände sind kalt«, sagte sie und legte den Rest des Brotes auf den Teller. »Magst du sie wärmen?«

Er rückte näher. Behutsam nahm er ihre Hände in seine und blies seinen warmen Atem darauf. Er umschloss sie, hielt sie sich an die Brust. Eine Weile verharrte er so, dann sagte er: »Der Schmerz, der auf mich zukommt, macht den Genuss zunichte.« Sachte ließ er ihre Hände los. »Ich habe deinen Blick gesehen, als wir in mein Zimmer getreten sind. Du könntest niemals hier leben.«

Sie hatte plötzlich Angst vor dem Abschied. Ihr Herz schlug schneller. »Warum hast du mich hierher gebracht?«, fragte sie.

»Ich wollte dir zeigen, wie ich lebe. Ich habe gehofft, dich lieben zu dürfen. Aber es wird wohl nicht gehen. Das verstehe ich jetzt.«

Sie musste widersprechen, noch konnte sie das Gesagte entkräften. Aber sie schwieg.

Es klopfte ans Fenster. Nicht das sanfte Klopfen des Regens war das, sondern ein hartes *Tock-tock-tock*! Sie sah sich um.

Hannes wandte ebenfalls den Kopf. Er ging zum Fenster und öffnete es. Eine pitschnasser schwarzer Vogel hüpfte herein, eine Krähe. Sie flatterte auf Hannes' Arm.

Träumte sie das, oder war es Wirklichkeit? Hannes lachte beglückt auf. Die Krähe krächzte, Hannes lachte erneut, die Krähe krächzte wieder und schlug vor Freude mit den Flügeln. Er streichelte ihr das Gefieder und den Schnabel. Sie griff mit dem Schnabel zärtlich in seine Haare und legte sie ihm zurecht, als hätte sie das jahrelang getan. »Darf ich vorstellen«, sagte Hannes, »das ist Kara.« Der Schmerz lag noch in seiner Stimme, aber in seine Augen war das Leuchten zurückgekehrt.

Mit diesem Mann würde das Leben sich niemals wie ein Gefängnis anfühlen. Er war mit einer lebendigen Krähe befreundet. Er hatte sich von einem arroganten Premierleutnant demütigen lassen müssen, aber den König von Preußen bezwungen. Er besaß kaum einen Groschen und verschenkte doch mit Kissenrutschpartien und glitzernden Pflastersteinen mehr, als man mit Geld kaufen konnte.

Sie sagte: »Ich brauche das Schloss nicht.« In diesem Moment schüttelte die Krähe das nasse Gefieder und plusterte sich auf. Die abstehenden Federn ließen ihren Bauch dick erscheinen.

Wir sind verrückt, dachte Alice. Und strahlte ihn an, den blonden, vom Regen durchnässten Mann mit der Krähe auf der Schulter.

Der historische Hintergrund

Geführte Touren durch die Elendsviertel

Im viktorianischen London buchten die Wohlhabenden organisierte Touren durch die Armenviertel, in New York nahmen sie an Führungen durch die Gegenden der Schwarzen, durch Chinatown oder Little Italy teil. In der Mitte des 19. Jahrhunderts war die feine Gesellschaft geradezu versessen darauf, die Schattenseiten der Großstadt zu erkunden, die Sphäre der Abgestürzten, Diebe und leichten Mädchen. Kriminelle faszinierten genauso wie das nackte Elend der Verarmten. 1842/43 erschien Eugène Sues *Les mystères de Paris*, das in ganz Europa mit Begeisterung gelesen wurde. Ernst Dronke veröffentlichte 1846 seine Stadtbeschreibung Berlins, die auch die dunklen Ecken nicht aussparte, und Friedrich Saß brachte ein Jahr später *Berlin in seiner neuesten Zeit und Entwicklung* heraus.

Fabrikarbeit war ab 9 Jahren gestattet, die 9- bis 16-Jährigen durften höchstens 10 Stunden am Tag arbeiten und nicht vor 5:00 Uhr oder nach 21:00 Uhr. Aber Verstöße gegen diese Regeln zogen nur eine geringe Geldbuße nach sich. 1846 arbeiteten in Preußen 31.064 Kinder. Fabrikanten rechtfertigten die Kinderarbeit damit, dass die Minderjährigen bei ihnen »Pünktlichkeit, Ordnung, Ausdauer, Geschicklichkeit und Fleiß« lernen würden. Erst 1853 wurde die Arbeit von Kindern unter 12 Jahren gesetzlich untersagt.

Die Jugend der armen Schichten erlernte Berufe, die längst überfüllt waren und zudem durch Maschinen in den Fabriken ersetzt wurden. Tischler, Schneider, Schuhmacher oder Weber waren ohne Perspektive. Der Kattundruck war in den 1820er-Jahren noch ein blühendes Gewerbe in Berlin gewesen. Ein Kattundrucker verdiente 18–20 Taler in der Woche. 1848 war dieser Lohn auf höchstens 5 Taler gesunken. Schaffte ein Kattundrucker vier Kleider in einer Farbe täglich, produzierte eine Maschine in der gleichen Zeit dreihundert Stück. Der wachsende Welthandel sorgte für zusätzlichen Wettbewerb.

Berliner Schuster ächzten unter der Konkurrenz durch die Schuhfabrikanten in Spandau, die viel billiger produzieren konnten. In Möbelfabriken hergestellte Massenprodukte waren preiswerter als die von Tischlern hergestellten Möbel. 1846 konnten zwei Drittel der Tischlermeister in Berlin aus Mangel an Aufträgen keine Gewerbesteuer mehr zahlen.

Das Vogtland vor dem Oranienburger Tor, wegen der rauchenden Fabrikschlote auch Feuerland genannt, galt als eines der ärmsten Viertel Berlins. Dort stellte Borsig 117.000 Schrauben für die 1838 eröffnete Eisenbahnlinie Berlin-Potsdam her, baute die »Borsig 1«, die als erste deutsche Lokomotive eine Wettfahrt gegen die englische Konkurrenz gewann, goss die Pumpen für die Fontänen von Sanssouci und baute die Eisenkonstruktion für die neue Kuppel des Berliner Stadtschlosses. 1846 wurde im Feuerland bereits die hundertste Lokomotive gebaut.

Als Beispiel für die damaligen Arbeitsbedingungen kann die Fabrikordnung der Maschinenbau-Anstalt und Eisengießerei der Seehandlung in Moabit gelten:

»Die regelmäßige Arbeitszeit beginnt zu jeder Jahreszeit präzise um 6 Uhr Morgens, dauert mit Ausnahme der üblichen Frühstückszeit von einer halben Stunde, der Mittagszeit von einer ganzen und der Vesperzeit von wiederum einer halben Stunde ununterbrochen bis 7 Uhr Abends und muss streng eingehalten werden.

Fünf Minuten vor dem Beginn der Arbeitszeit wird durch das Läuten der Glocke angedeutet, dass sich jeder in den Werkstätten der Anstalt beschäftigte Arbeiter an seinen Platz zu begeben habe, um gleich nach dem Schluss des Läutens seine Arbeit beginnen zu können.

Punkt 6 Uhr, 8 Uhr, 1 Uhr & 4 Uhr wird von dem Portier die Tür verschlossen.

Wer 2 Minuten zu spät kommt, verliert den Lohn einer halben Stunde; wer über 2 Minuten zu spät kommt, darf nicht eher als bei dem Beginn der nächsten Arbeitszeit zu arbeiten anfangen, wenigstens wird ihm für diese ganze Zeit der Lohn abgezogen. Um alle Streitigkeiten im Hinblick auf die Zeit zu steuern, wird eine über dem Haus des Portiers angebrachte Uhr den Ausschlag geben.«

Traurige Berühmtheit erlangten die Wülcknitzschen Familienhäuser, die sich inmitten eines Heers von ärmlichen Hütten in der Gartenstraße 92, 92a und 92b erhoben. (Heute Gartenstraße 108–115.) Das Größte von ihnen, das Lange Haus, besaß sechs Stockwerke. Die Wohnungen bestanden aus einem einzigen Zimmer von ca. 21 Quadratmetern. Etwa 2.500 Menschen lebten in Schmutz und Elend in den 400 Zimmern der Familienhäuser. Teilten sich zwei Familien ein Zimmer, wurde ein Seil quer durch den Raum gespannt, und man hängte eine Decke darüber.

Der Brockhaus, damals unter dem Titel *Allgemeine deutsche Real-Encyklopädie für die gebildeten Stände (Conversations-Lexikon)*, schilderte das Phänomen der Massenarmut 1846 so: »Pauperismus ist ein neu erfundener Ausdruck für eine höchst bedeutsame und unheilvolle Erscheinung, die man im Deutschen durch die Worte Massenarmut oder Armentum wiederzugeben versucht hat. Pauperismus ist da vorhanden, wo eine zahlreiche Volksklasse sich durch die angestrengteste Arbeit höchstens das notdürftigste Auskommen verdienen kann und auch dessen nicht sicher ist, in der Regel schon von Geburt an und auf Lebenszeit solcher Lage geopfert ist, keine Aussichten auf Besserung hat, darüber immer tiefer in Stumpfsinn und Rohheit versinkt, den Seuchen, der Branntweinpest und viehischen Lastern aller Art, den Armen-, Arbeits- und Zuchthäusern fortwährend eine immer steigende Zahl von Rekruten liefert und dabei immer noch sich in reißender Schnelligkeit ergänzt und vermehrt.«

Der Polizeipräsident

Julius von Minutoli, eine der tragischen Gestalten der Märzrevolution, fiel durch eine intelligente juristische Abhandlung auf; ihm wurde eine Stelle als Regierungsrat in der preußischen Provinz Posen übertragen. Später wurde er dort Landrat und Polizeidirektor. Preußen, Russland und Österreich hatten Polen unter sich aufgeteilt, aber Minutoli fand auch in der polnischen Bevölkerung Anerkennung, weil er sich für die Gesellschaft und für kulturelle Aktivitäten einsetzte. Als die Polen allerdings einen Aufstand vorbereiteten, vereitelte er ihn und ließ die Aufrührer hart bestrafen.

Daraufhin wurde er zum Berliner Polizeipräsidenten ernannt. Auch hier baute er sich ein Spitzelnetz auf, um über Untergrundaktivitäten frühzeitig informiert zu sein. Die Akte des Barrikadenkämpfers Karl Siegrist trägt beispielsweise die Überschrift: »Untersuchung gegen den Schlossergesellen Karl Siegrist aus Braunschweig wegen Aufruhrs und seine Verurteilung zu einer Festungsstrafe – Überwachung nach seiner Entlassung sowie seine Tätigkeit in der Fortschrittspartei.«

Zugleich engagierte sich Minutoli für die Armenfürsorge, für Schulen und das Erziehungswesen. Er bekämpfte Milch- und Butterverfälschung, ließ Straßen pflastern und führte eine neue Art der Straßenreinigung ein.

Als das Volk im März 1848 aufzubegehren drohte, warnte er mehrfach den König. Aber noch am 18. März, nur eine Stunde vor den ersten Schüssen, wiegelte der König mit den Worten ab: »Lieber Minutoli, Sie sehen immer zu schwarz!«

Als die Revolution ausgebrochen war, versuchte Julius von Mintuoli zu vermitteln. Das brachte ihm Feindschaften ein. General Karl Ludwig von Prittwitz stellte es später so dar, als habe der Polizeipräsident mit den Aufständischen zusammengearbeitet.

Er beschrieb, wie Minutoli als Kopf einer Gesandtschaft von Aufständischen versuchte, zum König vorzudringen.

Auch die Zeitschrift *Der Soldatenfreund* berichtete im Mai 1850 sehr einseitig über Minutolis Rolle während der Märzrevolution: »Der Polizeipräsident von Minutoli kam nämlich die Königsstraße herauf und wurde, in voller Uniform, unter dem lebhaftesten Jubel vom Volk über die erste Barrikade hinweggehoben, eine Erscheinung, die in der Weltgeschichte wohl noch nicht da gewesen ist, denn bei allen Revolutionen war bis jetzt der Polizeipräsident der Erste, der weggejagt oder gehenkt wurde.«

Die Tatsachen sahen anders aus. Minutoli wurde am Nachmittag des 18. März von wütenden Aufständischen in der Zimmerstraße zu Boden gestoßen. Man schleifte ihn über die mit Pferdeäpfeln verdreckte Straße, trat ihn mit Füßen und stahl ihm den Degen. Es gelang ihm, sich freizuwinden. Er floh in die Schützenstraße 10 und rettete sich in die Wohnung von Kommissar Kothe (im Roman nenne ich ihn Rothe, um die Namensähnlichkeit zu Kutte zu verringern). Aber die wütende Menge folgte ihm. Mehrere Hundert Männer sammelten sich vor dem Haus und trafen Vorbereitungen, es zu stürmen. Minutoli trat an das Fenster und fragte die Belagerer, was sie von ihm wollten. Sie forderten, dass er sie zum König bringe.

Minutoli stimmte zu und versprach, vorneweg zu gehen, damit man nicht auf die Meute schieße. Um Zeit zu gewinnen, schlug er vor, noch einige Mitglieder der Schützengilde hinzuzuholen, die in der Nähe wohnten, zum Beispiel den Schützenkönig des letzten Jahres, Meineber, aus der Zimmerstraße 28, oder den Gürtlermeister Juhle aus der Hausnummer 87. Als sie eintrafen, musste er Wort halten und mit der Menge in Richtung Schloss ziehen. Unterwegs wurde die Menschenmenge immer kleiner, weil die Aufständischen fürchteten, er würde sie in die Gefangenschaft ausliefern.

Als sie das Schloss erreichten, wurde ihnen die gewünschte Audienz verweigert. Man warf Minutoli die kotverschmutzte Uniform und den fehlenden Offiziersdegen vor. Daraufhin entließ er die verbliebenen Aufständischen und begab sich in den

Schlosskeller, um die Lage der Gefangenen zu begutachten. Dort sorgte er dafür, dass zumindest die Frauen freigelassen wurden.

Seine Versuche, während der Märzrevolution zu beschwichtigen und Verhandlungen zwischen beiden Seiten herbeizuführen, wurden ihm später vorgehalten, vor allem, nachdem das Pendel wieder zugunsten der konservativen Kräfte umgeschwungen war. Nach dem Sturm auf das Zeughaus am 14. Juni 1848, den er nicht hatte vereiteln können, wurde er aus dem Staatsdienst entlassen.

Drei Jahre lang kämpfte er um eine erneute Anstellung. Selbst Alexander von Humboldt setzte sich für ihn ein. Aber der König ließ ihm nur ein Wartegeld zahlen und hielt ihn hin. 1851 trat Minutoli in den diplomatischen Dienst ein und wurde preußischer Generalkonsul für Spanien und Portugal. 1860 wurde er als Generalkonsul nach Persien entsandt. Er starb am 5. November 1860 in einer Karawanserei bei Schiras, vermutlich an der Cholera.

Ernst von Pfuel

Ernst von Pfuel verlor seine Mutter, als er vier Jahre alt war, den Vater mit zehn. Dreizehnjährig wurde er in die Kadettenanstalt aufgenommen und diente fortan im preußischen Heer.

Die Begebenheit aus Kapitel 24 hat sich tatsächlich zugetragen, allerdings am 15. März 1848, nicht am 17. März wie bei mir im Roman. Karl August Varnhagen von Ense beschreibt die Szene in seinem Tagebuch: »Vor dem Auftritt, den der General von Pfuel mit dem Prinzen von Preußen hatte, gab dieser, der nur als Zuschauer zugegen war und gar nichts befehlen durfte, den mit Steinwürfen geneckten Truppen eigenmächtig den Befehl, das Gewehr zum Schießen anzuschlagen, Pfuel befand sich sogar noch vor der Front und wäre von seinen eigenen Leuten erschossen worden. Er aber wollte überhaupt auf die paar Steinwürfe nicht mit Kugeln antworten lassen, befahl abzusetzen und pries die strenge Zucht der Soldaten, die mitten in der Erbitterung doch pünktlich gehorchten. Daraufhin nun brach der Prinz gegen Pfuel in Vorwürfe aus.«

Pfuel beschwerte sich beim König, und der Prinz musste sich daraufhin bei ihm entschuldigen. Nur drei Tage später wurde Pfuel seines Amtes enthoben, mit der fadenscheinigen Begründung, er sei in der Krise nicht auffindbar gewesen – obwohl er sich in seinem Zimmer in der Königlich-Preußischen Bank befand, um kurz auszuruhen und einen Brief an seine Frau zu schreiben. Während sciner Abwesenheit wurde General Karl Ludwig von Prittwitz zum Oberkommandeur der Truppen ernannt, ein Mann, der nicht wie Pfuel Gewalt vermeiden, sondern den militärischen Konflikt mit den Aufständischen herbeiführen wollte, ganz im Sinne des Prinzen von Preußen. Er schlug dem König in der Nacht vom 18. auf den 19. März vor, sollte sich die öffentliche Stimmung nicht beruhigen, müsse man die Stadt räumen, umzingeln und in die Unterwerfung bombardieren. (Tatsächlich wurde diese brachiale Strategie noch im selben Jahr in anderen europäischen Städten angewendet.)

Auch der Angriff auf die beiden Schildwachen vor dem Bankgebäude (Kapitel 27) ist keine Erfindung. Die Wachen gehörten zur 7. Kompanie des Garderegiments Kaiser Franz. Grenadier Theisen wurde durch einen Pistolenschuss in den Unterleib schwer verwundet und starb noch am selben Tag. Grenadier Czaika konnte, obwohl ebenfalls verwundet, fliehen und sich bis zum Gebäude der Kommandantur durchschlagen.

Die Audienz beim König (Kapitel 30) hat vermutlich ohne Ernst von Pfuel stattgefunden, aber was der König zu den Stadtverordneten sagte, ist überliefert worden. Draußen starben Angehörige seines Volkes und seine Soldaten, und der König sagte: »Während ich mit den wichtigsten Entschlüssen über die Zukunft Preußens und Deutschlands beschäftigt bin, zieht man mich durch Nebendinge fortwährend ab. So habe ich gerade jetzt die wichtigsten Vorbereitungen zum Fürstenkongress zu treffen, der in Potsdam stattfinden soll, weil es in Dresden nicht mehr zulässig ist, und seit heute Vormittag lässt man mir keinen Augenblick Zeit dazu, es ist wirklich um die Geduld zu verlieren.«

Es heißt sogar in einem zeitgenössischen Bericht, der Stadtverordnete Schauß sei wegen des Vorwurfs des Königs, er, Schauß, gehöre zu den ausländischen Spionen, in Ohnmacht gefallen. Die Prinzessin von Preußen habe sich daraufhin aufopferungsvoll um ihn gekümmert.

Den Brief »An Meine lieben Berliner« hat Friedrich Wilhelm nahezu wörtlich so verfasst.

Schon seit der Jugendzeit verband Ernst von Pfuel eine enge Freundschaft mit Heinrich von Kleist. Sie trafen sich oft bei Babelsberg, Glienicke und Stölpchen zu philosophischen Gesprächen, reisten gemeinsam durch die Schweiz und nach Paris. Pfuel ermutigte den Freund wieder und wieder, seinen *Robert Guiskard* weiterzuschreiben. Kleist diktierte ihm die ersten drei Szenen seiner Komödie *Der Zerbrochene Krug*. Wenn Kleist ihn in seiner Todessehnsucht zum gemeinsamen Selbstmord aufforderte, bat ihn Pfuel, sie mögen noch eine Nacht darüber schlafen. Am nächsten Tag war der Dichter bereits ein wenig getröstet.

Aber die Todessehnsucht und die Verzweiflung kehrten wieder. Um ihn abzulenken, ging Pfuel mit Kleist ins Theater, in den Louvre und zu Universitätsvorlesungen. Als es einmal Streit gab und Kleist wütend die gemeinsame Wohnung in Paris verließ, zog Pfuel ebenfalls aus. Kleist kehrte zurück, fand den Brief Pfuels, der seinen Auszug erklärte, und verbrannte aus Verzweiflung alle seine Papiere, auch das Manuskript des *Robert Guiskard*. Ohne Abschied meldete er sich für Napoleons Armee, um an der Front zu sterben. Bestürzt suchte Pfuel täglich in der Morgue, der Totenhalle, nach Kleists Leiche.

In Potsdam schließlich sahen sie sich wieder. Sie besuchten den literarischen Salon der Rahel Levin, der späteren Rahel Varnhagen von Ense. Ernst von Pfuel freundete sich mit ihrem Mann Karl August von Varnhagen an. Dann wurde Pfuel nach Ostpreußen versetzt, und Kleist folgte ihm. Pfuel hatte ihm noch in Berlin die Geschichte des Hans Kohlhase erzählt. In Ostpreußen arbeitete Kleist sie aus.

Später lebten sie Stube an Stube in einem Vorort von Dresden. Kleist arbeitete an der *Penthesilea* und an *Das Käthchen von Heil-*

bronn oder Die Feuerprobe, einmal trat er weinend bei seinem Zimmernachbarn ein, weil Penthesilea gestorben war, und Pfuel musste ihn erst daran erinnern, dass er es ja selber gewesen war, der sie auf dem Papier umgebracht hatte.

Am Ufer des Kleinen Wannsees, an dem sich Kleist im November 1811 erschoss, hatten Pfuel und er zehn Jahre zuvor gesessen, und Kleist hatte wieder einmal das Gespräch auf die verschiedenen Möglichkeiten des Selbstmords gebracht und vorgeschlagen, mit einem Kahn auf den See rauszufahren, die Taschen mit Steinen beschwert, sich auf den Bootsrand zu setzen und sich zu erschießen. Es muss schrecklich für Ernst von Pfuel gewesen sein zu hören, dass sich sein Freund genau dort umgebracht hatte.

Pfuel schrieb im Februar 1812 an Caroline Fouqué: »Er war so gequält und zerrüttet, dass er den Tod mehr lieben musste als das Leben, das ihm von allen Seiten so sauer gemacht wurde; nur so musste er nicht sterben, so in unechter Exaltation versunken oder doch so versunken scheinend; er konnte würdiger, schöner enden; er hat es mir schwer gemacht, und das ist's, was mich schmerzt, Gefallen im Tode an ihm zu finden, so wie ich es im Leben an ihm gefunden hatte; und aus dieser Ursache hat mich seine Tat weniger erschüttert, als viel mehr mir wehe getan.« Henriette Vogel, die flüchtige Bekannte Kleists, mit der er sich gemeinsam umbrachte, nannte Pfuel enttäuscht eine »Bekannte von gestern mit dem Gepräge des Unechten an der Stirn«.

In Berlin-Kreuzberg ist die Pfuelstraße nach ihm benannt. Dort befand sich bis ans Ende der 1930er-Jahre die Pfuel'sche Schwimmanstalt. Pfuel hatte den Soldaten beigebracht, wie ein Frosch zu schwimmen, eine neue Schwimmtechnik, die von Johann Christoph Friedrich Guts Muths herrührte. Überall, wo Pfuel sich in seiner militärischen Laufbahn aufhielt, gründete er Schwimmschulen und Badestellen.

Zu den Gütern der Familie von Pfuel gehörten verschiedene Besitztümer, die sich heute im Stadtgebiet von Berlin befinden. 1609 kaufte Albrecht von Pfuel das Dorf Marzahn. 1655 erwarb Georg Adam von Pfuhl für 3.300 Taler Dahlem. Biesdorf und Strausberg gehörten zeitweilig ebenfalls der Familie von Pfuel.

Ernst von Pfuel wurde 1848 vom König mit der Leitung einer neuen Regierung beauftragt. Nachdem Pfuel am 21. September 1848 das Amt des Ministerpräsidenten und Kriegsministers angenommen hatte, betonte er, dass er »fest entschlossen sei, auf dem betretenen konstitutionellen Weg zu verharren, die erworbenen Freiheiten zu bewahren, alle reaktionären Bestrebungen zurückzuweisen, in allen Zweigen des öffentlichen Dienstes für Befolgung der konstitutionellen Grundsätze Sorge zu tragen, die Rechte und Freiheiten des Volkes heilig zu halten«. Das Volk und die Presse lobten ihn, der Adel aber war erzürnt. Seinem Freund Varnhagen gestand Pfuel im Privaten, dass er die Republik für die reinste und vernünftigste Staatsform halte.

Er versuchte die Todesstrafe abzuschaffen, und der König versprach, zuzustimmen, wenn die Strafe bei Vater-, Mutter- und Königsmord ausgenommen bleibe. Als Pfuel und seine Regierung den Adel und sämtliche Titel und Orden abschafften und den Titel »von Gottes Gnaden« aus dem königlichen Titel strichen, kam es zum Bruch. Der König wollte zu seinem Geburtstag am 15. Oktober ein Rede halten, in der er die neuen Gesetze missachtete, daraufhin verweigerte das Ministerium die Gegenzeichnung, weil es »auf der betretenen konstitutionellen Bahn fortschreiten« wolle. Der König protestierte bei seinem Geburtstagsempfang scharf gegen die Haltung des Ministeriums.

Pfuel versprach dem König, auf dem Schlachtfeld stets an seiner Seite zu bleiben, aber er müsse als Minister seine Überzeugung aussprechen und vertreten. Weil es zu keiner Einigung kam, legte er die Regierungsgeschäfte nieder und nahm seinen Abschied aus dem Militär.

Am 3. Dezember 1866 starb er in Berlin.

Der Revolutionsausbruch auf dem Schlossplatz

Die ersten Toten der Märzrevolution gab es bereits vier Tage vor dem 18. März. Eine Kompanie des Garderegiments Kaiser Franz trieb Aufständische die Brüderstraße entlang und fand die

Neumannsgasse und die Spreegasse mit Rinnsteinbrücken verbarrikadiert. Kürassiere kamen den Grenadieren zu Hilfe. Sie wurden mit Steinwürfen empfangen. Die Kürassiere saßen ab und stürmten die Barrikaden mit gezogenen Säbeln. Die Aufständischen flohen in die Hauseingänge. Aus den Fenstern flogen Steine und Flaschen auf die Soldaten und verwundeten mehrere von ihnen sowie einen Offizier.

Daraufhin ließ Hauptmann Friedrich Wilhelm von Cosel das Feuer eröffnen. Der 19-jährige Kupferschmiedelehrling Karl August Wagner und der 18-jährige Malergehilfe Eduard Goldmann, die aus den Eckfenstern der Kreuzung mit Steinen warfen, wurden erschossen.

Als zwei Tage später eine große Menschenmenge einige Schutzbeamte bedrohte und sie, nachdem sie zur Neuen Wache geflohen waren, dorthin verfolgte, rückte Hauptmann von Cosel unter Trommelschlag gegen sie vor. Die Menge schwärmte in zwei Richtungen aus. Der eine Teil rannte zur Universität, der andere zum Prinzessinnenpalais. Zuerst folgte Hauptmann von Cosel der Meute zur Universität und ließ anlegen. Die Aufrührer zerstreuten sich. Die Menge am Prinzessinnenpalais aber blieb stehen, auch als Cosel die Gewehre laden ließ. Jemand rief: »Schießt nur mit euren Platzpatronen.« Auf diese Verhöhnung hin ließ er eine Sektion Schützen vortreten und befahl zu feuern. Drei Aufständische starben, die restlichen flohen.

Trotzdem waren es erst die Ereignisse auf dem Schlossplatz am 18. März, die das Pulverfass zur Explosion brachten. Als bekannt wurde, welche Zugeständnisse der König machte, gab es eine dankbare Massenansammlung vor dem Schloss. Der König war irgendwann der Jubelrufe und der Menschenmenge überdrüssig und äußerte den Wunsch, man möge sich zerstreuen. Die Bürger blieben und feierten weiter. Da befahl er, den Schlossplatz räumen zu lassen.

Ging die Reiterei im Galopp und mit gezogener Waffe auf die Menschenmenge los, oder ritt sie ruhig im Schritt und mit dem Säbel in der Scheide auf sie zu? General von Prittwitz behauptete, nur der Rittmeister habe seinen Säbel gezogen, weil es so laut gewesen sei, dass seine Leute keinen Befehl hatten hören können, und er habe ihnen damit signalisiert, dass sie in Zügen abschwenken und dann in Schwadronskolonne auf dem Platz herumreiten sollten. Als einige seiner Dragoner das Gewehr aufnahmen, habe der Rittmeister ihnen befohlen, es wieder einzustecken. General von Prittwitz war dabei, er ritt selbst in der Schwadron mit.

Andere Augenzeugen, die sich in der Menschenmenge befanden, gaben schriftlich zu Protokoll, die Dragoner seien mit gezogenem Säbel und im Galopp in die Menge geprescht.

Dass geschossen wurde, erklärte Major von Falkenstein, der mit seinem Bataillon das Baugerüst am Schlossportal bewachen sollte, so: »Bei dieser Gelegenheit entlud sich das Gewehr des Grenadiers Kühn der 1. Kompanie dadurch, dass derselbe mit dem Hahn des Gewehrs am Säbel hängen blieb; ein zweiter Schuss fiel, indem ein Bürgerlicher dem Unteroffizier Hettgen derselben Kompanie mit einem Stock auf den Zündstift des Gewehrs schlug.« Keine allzu glaubwürdige Erklärung. Befehlshabender Offizier dieser Kompanie war in der Realität nicht Ludwig Gauer – er ist eine fiktive Figur meines Romans –, sondern Leutnant von Preuß.

Karl August Varnhagen von Ense schrieb in sein Tagebuch: »Herr Major * sagte mir noch heute, dass der Befehl zur Säuberung des Schlossplatzes, als die Menge dort im Freudenrausch Vivat schrie, in einen Befehl zur Auseinandersprengung der Volksmasse verwandelt worden sei, worauf denn die Reiterei mit erhobenem Säbel und im Galopp eingedrungen sei. Der General von Prittwitz hat ihm später einmal vertraulich eingestanden, er wisse wohl, wer den so verwandelten Befehl gegeben und gebracht habe! Der Verdacht, der Prinz von Preußen und sein Adjutant, Major Graf von Königsmarck, seien es gewesen, wird nicht widerlegt.«

Wie auch immer es zu den Schüssen kam, die Menschenmenge rief daraufhin »Verrat!« und floh vom Platz. An diesem Nachmittag wurden vierzig Barrikaden in Berlins Straßen errichtet.

Längst nämlich hatte es Zweifel unter der Bevölkerung gegeben, ob der König seine Versprechen diesmal einhalten würde. Das Wort seines Vaters, Friedrich Wilhelms III., dass es bald eine reichsständische Verfassung geben würde, hatte der neue König gleich nach der Thronbesteigung wieder zurückgenommen. Auch jetzt fürchtete das Volk, die Zusagen seien nur Beschwichtigungsversuche, zumal immer mehr Militär in der Stadt zusammengezogen wurde – nicht gerade eine vertrauensfördernde Maßnahme.

Auf Befehl des Königs schrieb der Porträtmaler Graewert im Schloss mit Ruß und Öl auf ein Bettlaken: »Ein Missverständis – der König will das Beste.« Das Laken wurde zwischen zwei Stangen befestigt und vom Kammergerichtsassistenten Moewes und einem Gehilfen über den Schlossplatz zur Barrikade an der Burgstraßenecke getragen. Dort aber glaubte man der Botschaft nicht.

Die Aufständischen bewaffneten sich mit Eisenstangen und Äxten und gaben erste Büchsenschüsse ab. Gegen 15:00 Uhr begann das Militär auf Befehl des Königs, die Barrikaden zu stürmen.

Theodor Fontane kämpfte aufseiten der Aufständischen, er hantierte mit einem verrosteten Theater-Karabiner und schrieb später darüber: »Mit solchem Spielzeug ausgerüstet, nur gefährlich für mich selbst und meine Umgebung, wollte ich gegen ein Gardebataillon anrücken!« An der Ecke Tauben- und Friedrichstraße verteidigte der Prosektor der Charité, Rudolf Virchow, mit einer Pistole bewaffnet, zusammen mit anderen Aufständischen eine Barrikade. (Später musste er deshalb Berlin verlassen und nahm einen Ruf an die Universität Würzburg an, erst 1856 konnte er nach Berlin zurückkehren und blieb 46 Jahre an der Charité, bis zu seinem Tod.)

Heftige Kämpfe begannen. An der großen Barrikade vor dem Cöllnischen Rathaus wurden gegen 22:00 Uhr Kartätschen eingesetzt, doch trotz der vielen Toten hielten die Aufständischen bis Mitternacht stand. Dann gaben sie ihre Barrikade auf, weil sie keine Munition mehr besaßen. Sie wurden gefangen genommen und brutal misshandelt. Siebzig von ihnen wurden getötet.

Auch in der nördlichen Friedrichstraße und in der Königsstraße wurden Geschütze gegen die Aufständischen eingesetzt. Die königlichen Truppen waren den Barrikadenkämpfern zwar zahlenmäßig überlegen, aber sie waren ungeübt im Straßenkampf und im Umgang mit Volksaufständen. Um Mitternacht waren bereits 20 Soldaten gefallen und weitere 253 verwundet. Dem standen über 150 tote Aufständische und mehr als 500 verletzte Zivilisten gegenüber.

Obwohl es dem Militär gelang, die Innenstadt zu erobern, blieb der Ring der Vorstädte in der Hand der Rebellen.

In der Nacht schrieb der König seinen offenen Brief »An meine lieben Berliner« und befahl am nächsten Tag den Rückzug des Militärs.

Er glaubte, sein Volk sei von französischen Emissären aufgewiegelt worden. Tatsächlich befand sich eine geringe Zahl von Franzosen in der Stadt, aber ihr Einfluss auf die Bevölkerung von 400.000 Einwohnern dürfte nicht allzu groß gewesen sein. Auch polnische Aufwiegler vermutete man und unterstellte beispielsweise den vierzig bewaffneten Studenten aus Leipzig, die in der Woche vor dem 18. März in Berlin eintrafen, Polen zu sein.

Berechtigt ist allerdings die Behauptung von General Karl Ludwig von Prittwitz, der Aufstand müsse vorbereitet gewesen sein. Er schrieb: »So muss dennoch die zweckmäßige Anlage fast aller Barrikaden, ganz abgesehen von ihrer gleichzeitigen Entstehung, ferner der Umstand, dass die Volkskämpfer überall nach einem und demselben System verfuhren, notwendig auf die Vermutung eines lange vorher angelegten Planes führen.«

Während das Militär Barrikade um Barrikade eroberte, wurden Hunderte gefangene Rebellen zum Schloss gebracht. Teilweise wurden sie körperlich misshandelt, etliche starben noch auf dem Weg zum Schloss. Wer lebendig dort ankam, wurde im Erdgeschoss von Herren in Zivil verhört, dann landete er im Keller.

Der König, der die Überstellung der Gefangenen vom Fenster aus beobachtete, soll gesagt haben: »Das ist ja die Ausgeburt der Hölle!«

Varnhagen schrieb in sein Tagebuch: »Als durch die hervorstürmenden Soldaten die ersten Gefangenen in den Schlosshof gebracht wurden, meist armselige Leute, Krüppel, die nicht schnell genug hatten fliehen können, schwächliche Alte und unreife Jungs, die darauf in den Schlosskeller gebracht und arg behandelt wurden, da trat der Prinz von Preußen vor und redete die Soldaten heftig an: ›Grenadiere, warum habt ihr die Hunde nicht auf der Stelle niedergemacht?‹ Der Major * stand dabei und hörte es, auch der General Fürst *. Der Prinz von Preußen, der gar keine Befehlsführung hatte, nahm sich heraus, sowohl dem General von Pfuel, als später dem General von Prittwitz Weisungen zu erteilen, auch ohne deren Wissen über die Truppen zu verfügen. Dass von ihm oder seiner Umgebung, jedenfalls nach seinem Sinn und Willen der unerwartete Angriff auf das friedliche Volk ausging, weil man ein Gemetzel haben und Schrecken einflößen wollte, war die entschiedene Meinung aller Zeugen, die damals den Dingen nahe standen.«

Noch in der Nacht wurden 283 Gefangene nach Spandau abtransportiert, weil der Platz im Holzkeller unter dem Schloss nicht mehr ausreichte.

Die Gewalt gegenüber den Rebellen, die man in den Häusern aufspürte, nachdem sie von den Fenstern aus Steine geworfen oder geschossen hatten, ist belegt. Entsetzt hat mich die Militärsprache in den Berichten von General Karl Ludwig von Prittwitz, er schreibt zum Beispiel, man »ließ diesmal aber kleine Abteilungen an beiden Seiten der Straße [...] vorangehen, welche die Fenster und Dächer der gegenüberliegenden Häuser durch ihr Feuer reinigten«. Auf gut Deutsch: Man erschoss die Verteidiger auf den Dächern und in den Fenstern. Der nächste Satz im Bericht ist nicht weniger erschütternd: »Auch wurde in die lebhafter verteidigten Häuser eingedrungen und die vorgefundenen Bewaffneten gefangen genommen oder sonst entfernt.« Ich mag mir nicht ausmalen, was mit »sonst entfernt« gemeint ist. Prittwitz erwähnt lobend die Soldaten, die besonders viele Aufständische erschossen haben, zum Beispiel einen Mann namens Hiddemann aus der 4. Kompanie unter Hauptmann von Pannewitz, der »15 Bummler erschossen« habe.

Die Gedichtstrophen »An den König von Preußen« aus Kapitel 20, die den König einen »gekrönten Henker« nennen, sind einem authentischen Flugblatt entnommen, das damals in Berlin die Runde machte.

Hannes und Alice benutzen für ihre Flucht einen begehbaren unterirdischen Kanal, der damals quer unter dem Platz der Schlossfreiheit hindurch zum Haus Schlossfreiheit Nr. 9 neben dem Werderschen Mühlengebäude führte. Dort endete der Kanal im Druckpumpenraum. Ursprünglich hatte er das Rohr zur Füllung der Wasserbehälter aufnehmen sollen. Der Eingang zu diesem vergessenen Kanal befand sich im Schloss in einem kreisrunden Raum unter dem Mühlenportal.

Prinz Wilhelm von Preußen

Varnhagen berichtet in seinem Tagebuch, nach dem Befehl des Königs, das Militär aus der Stadt zurückzuziehen, habe der Prinz seinem Bruder den Degen vor die Füße geworfen und geschrien: »Ich wusste, dass du ein Schwätzer bist, aber nicht, dass du eine Memme bist!«

Später saß Prinz Wilhelm apathisch da. Er hatte Angst, dass man ihn zum Verzicht auf sein Recht als Thronfolger zwingen würde. Nicht nur hatte er sich gegenüber dem König vergessen, er hatte auch im Volk den Rückhalt verloren. Man warf ihm vor, das Militär zur Gewaltanwendung aufgepeitscht zu haben.

Der Prinz willigte ein, Berlin so schnell wie möglich zu verlassen, und reiste inkognito nach London. Die Reise muss demütigend für ihn gewesen sein: Er reiste in Zivil, glattrasiert und unter falschem Namen.

In London hatte er Zeit nachzudenken. Als er nach Preußen zurückkehrte, hatte er seine politische Haltung geändert. Er befürwortete nun eine Verfassung für Preußen und erhielt einen Sitz als Abgeordneter in der Preußischen Nationalversammlung.

Nach dem Tod seines Bruders Friedrich Wilhelm IV. wurde er 1861 als Wilhelm I. zum preußischen König gekrönt. 1871 rief man ihn zum Deutschen Kaiser aus.

Öffentliche Trauer

In einem Trauerzug, wie ihn Berlin noch nie gesehen hatte, wurden 183 gefallene Aufständische zum Gendarmenmarkt gebracht. Dort fand, unter großer Anteilnahme der Bevölkerung, eine öffentliche Trauerfeier statt. Anschließend bewegte sich der Trauerzug zum Schloss und pausierte so lange auf dem Schlossplatz, bis das Königspaar sich gezwungen sah, auf den Balkon zu treten, um den Toten die letzte Ehre zu erweisen.

Der König soll »angegriffen« ausgesehen haben in seiner Generalsuniform. Bei ihm befanden sich die Königin und mehrere Generäle. Jemand aus der zornigen Menge forderte ihn mit einem lauten Ruf auf, den Kopf zu entblößen. Als er diesem Ruf gehorchte und den Helm vom Kopf nahm, sagte die Königin: »Jetzt fehlt bloß noch die Guillotine!«

1849 schrieb Friedrich Wilhelm IV. über diesen Moment: »Ich bin der Sohn von mehr als 24 Regenten, Kurfürsten und Königen, das Haupt von 16 Millionen, der Herr des treuesten und tapfersten Heeres der Welt – und mir so etwas!«

Auf dem anschließenden Weg in den Friedrichshain, wo die Toten auf einem speziell dafür angelegten Friedhof der Märzgefallenen bestattet werden sollten, wurde der Zug von dem Polizeipräsidenten Julius von Minutoli begleitet. Das verärgerte die Adligen und die hohen Bürger. Minutoli aber fand, die Toten hätten diese Ehrung verdient – genauso wie die gefallenen Soldaten, an deren Begräbnis am 23. März 1848 er ebenfalls teilnahm.

Auch Alexander von Humboldt folgte dem Trauerzug mit den Särgen der gefallenen Revolutionäre, und das, obwohl er Kammerherr des Königs war, als dessen Botschafter in Paris gewesen war und zu seinen engsten Beratern zählte. Häufig war er zu seinen Abendgesellschaften geladen, der König hatte ihm sogar ein eigenes Zimmer als Zelt gestalten lassen, damit sich der Weltreisende dort wohlfühle.

Der Friedhof befand sich damals vor den Stadtmauern. Heute ist er Teil des Volksparks Friedrichshain. Da in den Tagen nach den Barrikadenkämpfen weitere Verwundete ihren Verletzungen erlagen, wurden zusätzliche Gräber angelegt, sodass heute 254 Märzgefallene auf dem Friedhof liegen.

Revolution und Reaktion

Mitte Oktober 1848 verabschiedete die Nationalversammlung einen Erlass, durch welchen der Zusatz »von Gottes Gnaden« aus dem königlichen Titel gestrichen wurde. Tiefer hätte man Friedrich Wilhelm IV. nicht kränken können. Außerdem schaffte die Nationalversammlung den gesamten Adel und jegliche Titel und Orden ab.

Am 9. November trafen 13.000 Soldaten in Berlin ein und besetzten die Stadt. General der Kavallerie Friedrich von Wrangel ritt persönlich zum Schauspielhaus und setzte die Nationalversammlung davon in Kenntnis, dass sie sich zu zerstreuen habe. Die Bürgerwehr umstellte rasch das Schauspielhaus, um die Nationalversammlung zu verteidigen. Wrangel gelang es aber, den Kommandanten der Bürgerwehr, Major Rimpler, zum Abzug zu überreden und anschließend mit seinen Soldaten das Schauspielhaus zu besetzen.

Am 10. November waren bereits 80.000 Soldaten in der Stadt. Am 11. November wurde in Berlin der Belagerungszustand ausgerufen.

Die Nationalversammlung nahm Ende November in Brandenburg die Arbeit wieder auf, nur um am 5. Dezember durch Graf Brandenburg endgültig zwangsaufgelöst zu werden. Eine neue Verfassung wurde oktroyiert: Friedrich Wilhelm IV. blieb König »von Gottes Gnaden« mit absolutem Vetorecht. Das Heer musste nicht länger einen Eid auf die Verfassung schwören. Die Adelsprivilegien wurden wieder eingeführt.

Darüber hinaus war die neue Verfassung aber erstaunlich liberal – ein geschickter Schachzug, um die Kritiker zu besänftigen. Fortan sollte der Einzelne vor staatlicher Willkür geschützt sein, die Presse und Meinungsfreiheit wurden ebenso garantiert wie die Versammlungs- und Vereinsfreiheit und die Freiheit des Gewissens. Es war die erste Grundrechtserklärung der Nation, und sie galt im ganzen Reichsgebiet, der Reichsverweser hatte das Gesetz unterzeichnet.

Mit finanzieller Unterstützung aus dem Geheimfonds des Innenministeriums wurden nun allerdings überall in Preußen »Treubünde mit Gott für König und Vaterland« gegründet. Sie traten für die Monarchie und einen starken Staat ein.

1849 wurde Friedrich Wilhelm IV. zum »Kaiser der Deutschen« gewählt. Zunächst lehnte er das neue Amt ab, weil er nicht vom Bundestag zum Kaiser gemacht werden wollte, er empfand das, als lege ihm eine Volksvertretung das »eiserne Halsband der Knechtschaft« an. Dann aber akzeptierte er doch.

Daraufhin wurden bereits 1850 das Versammlungs- und das Presserecht wieder eingeschränkt. Kritische politische Äußerungen wurden illegal. Ein Jahr später wurden auch die anderen Grundrechte vom Bundestag aufgehoben.

Ihre Wirkung auf die Menschen allerdings war nicht mehr zurückzunehmen: Eine tiefe Sehnsucht nach der einmal gekosteten Freiheit blieb bestehen. Aus Enttäuschung über die politische Entwicklung und auch, weil die Revolutionäre des März 1848 zu Tausenden vor Gericht gestellt wurden und sich Gefängnisstrafen und öffentlicher Diskriminierung ausgesetzt sahen, begann eine Auswandererwelle, vor allem in die Vereinigten Staaten von Amerika.

Jedes Jahr emigrierten bis zu einer Viertelmillion Deutsche, oft hochgebildete, fähige Leute. Zu diesen enttäuschten »1848ern« gehörte zum Beispiel Carl Schurz (1821–1906), der später Innenminister der USA wurde.

Das Schloss

Kurfürst Friedrich II. ließ 1443–1451 an der Spree ein Schloss errichten. Zwischen den Städten Berlin und Cölln, die zu einer Stadt vereinigt worden waren, gab es Streit – den wusste der Kurfürst geschickt auszunutzen, um an den Baugrund für das Schloss zu gelangen. Ins Schloss wurde ein Teil der Stadtmauer Cöllns integriert sowie ein Turm, der sogenannte Grüne Hut.

Die Berliner waren zeitweilig so verärgert über den Schlossbau, dass sie 1447/48 die Spreeschleusen öffneten und die Baugrube unter Wasser setzten. Der Kurfürst setzte sich dennoch durch, und das Schloss wurde fertiggestellt.

Hundert Jahre später erklärte Kurfürst Joachim II. Berlin zur festen Residenz der Hohenzollern. Er ließ das alte Schloss zu großen Teilen abtragen und errichtete an seiner Stelle ein prächtiges Renaissanceschloss.

Unter dem Großen Kurfürsten, Friedrich Wilhelm I. (1688–1740), wurde die Straße Unter den Linden angelegt. Die Dorotheenstadt und der Friedrichswerder ließen die Stadt nach Westen wachsen, später kam die Friedrichstadt hinzu. Dadurch lag das Schloss nicht mehr am Rand, sondern wurde zum Mittelpunkt der Stadt.

Über die Jahrhunderte wurde es mehrfach umgebaut und erweitert. 1845–1850 wurde eine Kuppel auf das Portal an der Westfront aufgesetzt. Darunter hatten in der Schlosskapelle 600 Menschen Platz.

Kaiser Wilhelm II. (1888–1918) machte das Schloss zu seinem Lebensmittelpunkt. Er ließ im Schlossplatzflügel die kaiserliche Wohnung einrichten. 1914 hielt er vom Balkon über der Lustgartenterrasse zwei Reden, in denen er die Bevölkerung auf den Krieg einstimmte.

Im November 1918 musste er abdanken. Arbeiter- und Soldatenräte besetzten und plünderten das Schloss. Karl Liebknecht rief vom Balkon die »freie sozialistische Republik Deutschland« aus.

Später wurde das Schloss von Museen genutzt, für Vorlesungen der Universität und sogar als Mensa. Auch Privatpersonen wohnten darin.

Die Nationalsozialisten nutzten es als Kulisse für Hakenkreuzfahnen im Hintergrund ihrer Aufmärsche. Auf Veranstaltungen im Schloss aber verzichteten sie.

In den letzten beiden Jahren des Zweiten Weltkriegs erlitt das Schloss schwere Bombenschäden. Es blieb trotzdem so gut erhalten, dass nach dem Krieg verschiedene Verwaltungen und Firmen darin Sitz nahmen. Im Weißen Saal fanden Ausstellungen statt, die gut besucht waren.

Der von der SED geführte Ost-Berliner Magistrat verhinderte schließlich die weitere Beheizung des Schlosses und ließ von der Volkspolizei die darin untergebrachten Institutionen und Firmen zwangsräumen. Am 7. September 1950 wurde es auf Betreiben des SED-Vorsitzenden Walter Ulbricht gesprengt. Im Neuen Deutschland begründete man die Zerstörung des Schlosses so: »Es soll uns nichts mehr an unrühmlich Vergangenes erinnern.« Ein Paradeplatz mit großer Tribüne entstand. Fünfundzwanzig Jahre später wurde dort der Palast der Republik errichtet.

Dieser musste 1990 wegen seiner Asbestverseuchung geschlossen werden. 2002 beschloss der Deutsche Bundestag den Wiederaufbau des Berliner Schlosses. Bundespräsident Joachim Gauck legte am 12. Juni 2013 den Grundstein. 2020 wurde es vollendet.

Und *Hannes Böhm und Alice Gauer*? Wenn es die beiden gegeben hat, dann werden sie vier Kinder bekommen haben. Kurt, der älteste Sohn, wurde Maschinenschlosser. Anna dagegen wird einen Postbeamten geheiratet haben. Luise arbeitete in einem Fotostudio. Und Ottomar, der Jüngste, schrieb Meldungen für die *Vossische Zeitung*. An Feiertagen wird sich die ganze Familie im Schloss in der Wohnung der Großeltern eingefunden haben. Die Töchter spielten Klavier, und die Söhne ließen sich vom stolzen Großvater die Kessel der neuen Luftheizung zeigen.

Die folgenden Bücher waren besonders hilfreich zur Vertiefung in die Themen des Romans:

Kompagnie-Schule. Kurzer und leichtfaßlicher Auszug aus den Waffenübungen der Infanterie (der Linie, Landwehr und Freicorps); nebst einem Anhang über die Behandlung der Muskete und des Stutzens, Regensburg 1848

Neuester Fremdenführer durch Berlin, Reuter & Stargardt 1848

Bettina von Arnim: *Dies Buch gehört dem König,* erstmals veröffentlicht 1843, Deutscher Taschenbuch Verlag 2008

Dr. Bernhard Beck: *Die Schuss-Wunden nach auf dem Schlachtfelde wie in dem Lazarethe während den Jahren 1848 & 1849 gesammelten Erfahrungen,* Verlag Julius Groos 1850

David E. Barclay: A*narchie und guter Wille. Friedrich Wilhelm IV. und die preußische Monarchie,* Siedler 1995

August Braß: *Berlin's Barrikaden: ihre Entstehung, ihre Vertheidigung und ihre Folgen,* v. Schröter, 1848

Horst Denkler, Claus Kittsteiner (Hrsg.): *Berliner Straßeneckenliteratur 1848/49. Humoristisch-satirische Flugschriften aus der Revolutionszeit,* Reclam 1977

Ernst Dronke: *Berlin,* erstmals veröffentlicht 1846, Luchterhand 1974

Bernhard von Gersdorff: *Ernst von Pfuel,* Stapp 1981

Karl August Varnhagen von Ense, *Tageblätter.* Hrsg. v. Konrad Feilchenfeldt. Frankfurt 1994

Albert Geyer: *Geschichte des Schlosses zu Berlin,* Nicolai 2010

Frank Holl: *Alexander von Humboldt. Mein vielbewegtes Leben. Der Forscher über sich und seine Werke,* Eichborn 2009

R. von Langenbeck: *Über die Schussfrakturen der Gelenke und ihre Behandlung,* Hirschwald 1868

Hans-Reinhard Meißner: *Preußen und seine Armee. Von Waterloo bis Paris 1815–1871*, Motorbuch 2012

Dorothea Minkels: *1848 gezeichnet. Der Berliner Polizeipräsident Julius von Minutoli*, Demi 2003

Julius von Minutoli: *Erinnerungen aus meinem Leben*, Reindl 1850

Karl Ludwig von Prittwitz: *Berlin 1848*, verfasst 1849–1854, de Gruyter 1985

Friedrich Saß: *Berlin in seiner neuesten Zeit und Entwicklung, erstmals veröffentlicht 1847*, Heikamp und Frölich & Kaufmann, 1983

Hans-Ulrich Wehler: *Deutsche Gesellschaftsgeschichte.* Zweiter Band: *Von der Reformära bis zur industriellen und politischen »Deutschen Doppelrevolution« 1815–1845/49*, C.H. Beck 1987

Adolf Wolff: *Berliner Revolutionschronik*, Hempel 1851

Der Autor dankt

Seinem Lektor, Edgar Bracht, der die Idee hatte, das Berliner Schloss zum Zentrum eines Romans zu machen, und auch danach noch viele gute Einfälle zur Geschichte beisteuerte.

Elli Bochmann, die Alice entschlossener gemacht hat.

Barbara Ellermeier, die historische Details über Berlin im Jahr 1848 herausfand und in einem frühen Stadium half, dass der Roman eine gute Richtung einschlug.

Helma Denk, die eine am Flügel verletzte Krähe namens Kara aufzog. Sie hat dem Autor alles gezeigt und beigebracht, was er über Krähen weiß.

Gunnar Cynybulk und dem Team des Kanon Verlags, die dieser Geschichte eine neue Heimat gegeben haben.

Den geschätzten Lesern und Leserinnen, die mit ihm über die Barrikaden geklettert sind und den Mut hatten, ins Berliner Feuerland zu reisen.